OUTRAS PARAGENS

Filipe Moreau

OUTRAS PARAGENS

Romance
histórico-poético

1ª Edição
São Paulo, 2016

SEMPITERNO

SEMPITERNO

Todos os direitos reservados à
Editora SEMPITERNO
CNPJ 23.910.303/0001-47
sempiternoeditora@gmail.com

Produção executiva	Gabriel Mayor
Projeto gráfico e capa	Yves Ribeiro
Revisão de texto	Ieda Lebensztayn Maria Eugênia Régis
Fotografia de capa	Dimitri Lee

Dados Internacionais de Catalogação na Publicação (CIP)
(Câmara Brasileira do Livro, SP, Brasil)

Moreau, Filipe
Outras paragens : romance histórico-poético/
Filipe Moreau. -- 1. ed. -- Jaboticabal, SP :
Sempiterno, 2016.

Bibliografia.
ISBN 978-85-59 57-001-4

1. Romance brasileiro 2. Romance histórico
I. Título.

16-01645 CDD-869.3

Índices para catálogo sistemático:

1. Romance : Literatura brasileira 869.3

Agradecimentos especiais
a Maria Laura, a minha mãe Anna,
aos tios Pedro, Maria Clara, Carlos e
ao primo Bruno Mariani, a Paula Perrone
e a Gabriela Brioschi

Dedicado à mulher,
fonte de água límpida e clara
que inspira *minh'alma*

Índice

Parte I

A vinda de um italiano

1

Casa da Torre

O primeiro Garcia

É das leis humanas achar que a natureza pode ter dono, e que não só as plantas, os animais de todos os tamanhos, mesmo agrupamentos humanos que porventura habitem terras de um só senhor a ele pertencem. E pelas convenções ali adotadas, trazidas diretamente de Portugal, haveria de obedecer-se sempre a um decreto de propriedade envolvendo tabeliães e outros burocratas para garantir que, a partir de cada divisa, todo vento, toda estrela que se aviste, e cada grão de areia ou plâncton do mar pertencerá àquele que dele tiver registro.

Por essas e outras razões, diz-se que ainda no século XVIII todo o imenso sertão da Bahia pertencia na prática a duas famílias: os Guedes de Brito e os Garcia d'Ávila. Afora essa ou outras abstrações que se fizeram de início, ao se traçarem linhas horizontais a partir da costa como modo de incentivar uma primeira ocupação portuguesa, também era parte do costume dizer-se do que se tem como aquilo de que se pode cuidar, pois alguém sem cuidados não manteria o que lhe é de domínio, desfazendo-se assim toda a conquista. E, por isso, até hoje se diz que só com o olho do patrão é que se engorda o gado.

O primeiro Garcia d'Ávila, o fidalgo, era amigo e companheiro de Tomé de Sousa. Mais do que isso, dizem os interessados, era seu afilhado, nome que também se dava àquele que fosse filho "natural": não oficial, mas biológico. Desde que Tomé de Sousa mandou erguer a cidade fortificada como sede de seu novo governo, constituiu-se ali uma elite dominadora em que os laços de parentesco envolviam também alguns nativos, descendentes daqueles que foram pacificados por Diogo Álvares Correia, o Caramuru.

Dizem que, antes do casamento, Garcia d'Ávila namorou uma bonita índia, filha de Caramuru e Paraguaçu, mas isso não se conseguirá provar. O que se sabe é que ele era um grande empreendedor, e enquanto se construía a nova cidade, pediu conselhos a Diogo Álvares sobre um bom sítio para iniciar sua fazenda. Na costa ao norte, já havia algumas casas de pau a pique em que portugueses tentavam estabelecer-se, escravizando os índios das proximidades (sem que estes soubessem que eram escravos).

Garcia logo compreendeu a melhor maneira de lidar com os nativos. Era por amizade que eles trabalhavam, mostrando-se ainda muito impressionados com o conhecimento técnico dos portugueses, tanto para a construção de barcos e vilas, quanto para a guerra. Por um machado, eles cumpririam enormes tarefas. Mas só entendiam que o machado era deles se pudessem guardá-lo a salvo do assalto de outros índios, piratas ou portugueses.

Dando início à fazenda

Com pouco mais de cinco escravos, Garcia iniciou a construção da casa. Logo na primeira investida de outros índios, ele sacou a arma de fogo, e quando ouviram o grande estrondo vindo dela, todos fugiram. Foi assim que seus escravos se sentiram realmente protegidos, passando a se empenhar ainda mais em tarefas paralelas à construção da casa, trazendo excelente caça, ótimos peixes e frutas, que dividiam com ele por igual, na hora da ceia.

Garcia era rigoroso na geometria da casa, explicando a Diogo, o único que podia entendê-lo, como pretendia expandi-la nos anos futuros. Tentou fazer também à volta dela uma grande horta de mandioca, mas os índios se recusavam a obedecer-lhe nesse serviço. Foi Diogo quem lhe explicou ser esse tipo de tarefa feito apenas pelas mulheres e, a partir daí, Garcia tratou de agregar naquelas terras (que julgava serem suas) as famílias inteiras de índios, que aumentariam em número e poderiam assim levar ao grande crescimento da fazenda e de suas empreitas.

Passados alguns anos, os índios já sabiam o que era escravidão. Aceitavam trabalhar para o estrangeiro porque podiam aprender com ele, e além disso a situação já parecia consolidada. Diferente dos jesuítas, aquele "senhor" permitia que eles praticassem suas danças, cantos e outros costumes, até mesmo o rito antropofágico, contanto que o fizessem longe da sede da fazenda.

Garcia d'Ávila envelheceu rápido, deixando ao menos iniciada sua obra, que ficaria para os filhos. À época em que morreu, estava pronta a igreja hexagonal de estilo renascentista, e as duas salas abobadadas em estilo medieval, que provavelmente inspirariam seus descendentes a construírem lá uma espécie de castelo, à maneira das casas-fortalezas do Minho, em Portugal.

Sim, o primeiro Garcia prosperou em sua fazenda com a criação de gado, vendendo carne e leite aos moradores da *Cidade da Bahia*. Não era uma criação feita em currais, mas com o gado solto e ajudando a abrir mais campos na mata. Os índios que trabalhavam para ele aprenderam a montar em cavalos, trazendo de volta, com a ajuda de cachorros que os seguiam, aqueles bois e vacas distanciados demais da sede, ou dos entrepostos que eram instalados à medida que a fazenda se expandia...

A chegada de Antônio Tomei

O castelo dos Garcia d'Ávila estava no auge de sua expansão em meados do século XVIII, época em que Antônio Tomei chegou ao Brasil. A Casa da Torre, como era chamada, havia se tornado uma grande fortaleza nas mãos do neto Francisco Dias d'Ávila, que concluiu a obra ainda no século XVII. Das janelas se avistavam toda a costa e a colina de Tatuapara, palavra que o jovem genovês demorou a pronunciar e que, segundo lhe disseram, significava tatu-bola em tupi. Era dessa propriedade, quase uma vila, que os Garcia d'Ávila estendiam suas pastagens de gado por todo o interior, indo além do rio São Francisco.

Antônio foi bem recebido, ainda na praia, por Garcia d'Ávila Pereira de Aragão. Usando palavras que pudessem ser entendidas, contou casos de sua longa travessia e as impressões que teve da Cidade da Bahia, de onde acabara de chegar. Como bom italiano, só interrompeu a fala ao sentir que ninguém mais lhe prestava atenção, e todos já se iniciavam na pequena caminhada até a fortaleza. Antônio Tomei reconheceu nos carregadores da bagagem os mesmos traços de índio que reparara na Bahia.

Já na varanda, à volta da mesa, ouviu longas histórias sobre aquela casa, que realmente destoava de toda a paisagem tropical, e das outras construções que avistara (a não ser, talvez, o prédio dos oficiais da alfândega, que lhe pareceu desenho de um mesmo engenheiro). Nesse sentido não entendia se era recebido de fato por um senhor de terras ou por um representante do governo. Ouvira dizer que o antepassado de seu anfitrião chegara à capitania quando ainda se planejava construir a sede de um governo para toda a Colônia, como adjunto de Tomé de Sousa e *Almoxarife* de d. João III. Mas seria também um *Feitor e Homem de Armas*, e assim suas atividades eram de caráter principalmente militar, responsabilizando-se por dar combate ao gentio e fazer a vigilância da costa.

Garcia mostrou ao visitante o núcleo daquela construção, feito por seu antepassado, ainda no século XVI. A casa de pedra e cal, com salas abobadadas e a capela hexagonal, era apenas uma entre as mais de quarenta da época mas, enquanto outras iam sendo abandonadas pelos colonos (pois mesmo os que conseguiam prosperar nos negócios, acabavam morrendo ou voltando para Portugal), seu antepassado ali se fixara para fundar linhagem. A família se mostrou tão bem adaptada, que de fato foi o neto que acabou construindo toda aquela parte de pedra do castelo. E os descendentes, apesar disso, nunca deixaram de lado o seu vínculo cultural com o velho continente, mantendo correspondência com parentes e enviando os jovens a se instruírem na Metrópole, nas Letras e nas Armas.

Primeiro jantar no castelo

Depois de lhe mostrar o quarto, Garcia pediu a Tomei que se apressasse para o jantar. O hóspede mal se instalou e lá se foi, descendo por aquelas escadas fechadas dos dois lados com duras paredes de pedra, dando-lhe a exata sensação de estar em um castelo europeu. E já sentado à mesa, ofereceu ao anfitrião sua própria garrafa, trazida diretamente de Gênova. Mas Garcia fez questão que experimentassem outro tipo de vinho, bem português, escolhido por ele especialmente para a ocasião. Aos poucos foram soltando suas palavras, e Tomei quis se fazer entender melhor pelo uso de muitos gestos, naquilo que as línguas mostravam diferença de raiz.

O italiano tinha 26 anos e havia deixado para trás apenas seu pai, de nome Pedro – este que era músico na orquestra de Nápoles, dirigindo o coro da catedral –, e a mãe, Ana Tomei – dona da casa em Gênova onde Tomei passara a maior parte de sua infância e juventude. Antônio se dizia cidadão genovês, embora nascido na Córsega, porque naquele ano a ilha estava sendo dominada pela república do continente, Cidade-Estado italiana que era das mais prestigiadas, e poderosas. Foi então que perceberam uma feliz coincidência:

– Você é de 1734? Ora, vejam só... Eu também!

Tomei fez questão de contar que na sua chegada a Salvador já trazia alguns recursos em dinheiro, e ouvira falar dos Garcia d'Ávila, em sua longa viagem de navio. Disseram-lhe ser eles uma família de grande prestígio e poder na Colônia, principalmente político, o maior da região – até pela força econômica e militar que tinham.

De fato, o homem com quem Antônio se sentava à mesa representava toda uma imensa sesmaria, faixa de terra expandida e consolidada pela criação de gado em um regime que no futuro haverá de se chamar "pecuária extensiva"... Eram terras que se estendiam pelo sertão nordestino até os rincões mais longínquos, para se chegar aos chamados "cafundós", entre o Piauí e o Maranhão. E o castelo em que estavam era simplesmente a poderosa sede dessa grande fazenda.

Garcia precisou explicar a Tomei que desde o início, com o bisavô do avô de seu avô, a fazenda era reconhecida, apoiada e bem vista pela Coroa, porque junto à atividade econômica teve sua função militar muito bem definida, como já havia dito: a de "pacificar" (subjugar) os índios daquela região, isto é, submetê-los às leis portuguesas, e em especial a esta, de que as coisas pertencem àqueles que delas tiverem registro, e não apenas se digam donos, mas saibam cuidar...

Uma conversa de muitas histórias

Garcia contou mais sobre seu antepassado, explicando que no começo ia dedicar-se apenas ao plantio e venda da cana-de-açúcar, esta que seria produzida apenas para consumo na Europa. Era o início de uma grande política de empreendimentos concebida pelo conde da Castanheira, homem forte no reinado de d. João III: só dessa maneira se justificariam os esforços e gastos militares que os portugueses ainda tinham para manter esta Colônia, em época que o comércio com as Índias era muito mais lucrativo.

Tentando se mostrar ao menos um pouco conhecedor desse assunto, Antônio Tomei passou a exaltar o valor que ainda se dava naqueles dias (quase duzentos anos depois) para a planta escolhida pelo conde, a cana-de-açúcar, espécie das gramíneas que era o vegetal de maior produtividade na transformação da terra em energia. Sim, pois o Brasil que começara produzindo açúcar de cana para o mercado mundial, assim continuará – ele profetizou –, já se podendo imaginar um país de futuro por seus imensos canaviais, a se descobrir ainda o quanto se extrairá de produtos variados, derivados deste mesmo plantio, como o álcool.

Garcia desconversou sobre isso, pois havia tempos sua família não se dedicava mais àquela atividade. Falou na experiência dos engenhos à volta do Recôncavo, que funcionavam à base de muitos escravos, e que por isso mesmo eram caros, sendo a preferência dele manter-se na criação de gado, administrando os vários currais pelo sertão afora.

Antes de irem à sala de estar, Garcia convidou Tomei a dar mais uma volta pelo castelo, e observar, em sua decoração, os vários quadros pintados. Fez então novos elogios ao antepassado que iniciara aquilo tudo, introduzindo o gado no Brasil. E lembrou mais uma vez, como motivo de orgulho, o envolvimento dele em atividades paramilitares, não só de combate ao "bravo gentio dos sertões" mas, principalmente, de vigilância da costa, ajudando o Brasil a defender-se dos possíveis ataques estrangeiros, como ocorrera em meados do século XVII, com os holandeses:

– Era da Torre que se alertava a cidade sobre a aproximação desses barcos inimigos, enviando-se logo os sinais de fumaça para serem transmitidos de praia em praia, até serem vistos de um pequeno forte no Rio Vermelho, já próximo a Salvador. De lá, avisava-se uma guarnição que ficava no farol da Barra, aquela torre de base quadrada que você deve ter visto... Ela está lá desde o século passado, com seu farol servindo também para avisar os navegantes de paz, menos prevenidos, das pedras e da pouca profundidade na Ponta do Padrão, quando se chega à baía pelo mar.

A proposta de Garcia

Apesar das dificuldades da língua, Garcia sentiu qualidades muito especiais em Tomei, e ao final do passeio pelo castelo, quando voltavam à sala de estar, fez-lhe uma proposta: perguntou se aceitaria o posto de capitão em uma de suas milícias particulares, o *corpo de ordenanças de cavalos*, que atuava nos sertões. Mais do que isso, Antônio seria o administrador de algumas terras que ainda pertenciam à família, remanescentes daquela grande sesmaria que se estendia pela margem ocidental do rio São Francisco (à esquerda, ele explicou, de quem olha a norte, para onde o rio corre). Eram terras entre dois afluentes que vinham do Oeste, os rios Grande e Corrente.

Tomei aprendeu assim que o tal rio Grande, um dos muitos a desembocar no "majestoso" São Francisco, ficava pouco abaixo de Xique-Xique, um vilarejo antigo que era o destino de uma das duas maiores entradas para o sertão, das que saíam direto de Salvador. Já o Corrente era um afluente mais ao sul, próximo ao recém-fundado vilarejo de Bom Jesus da Lapa.

E soube que toda essa região, a oeste do rio São Francisco, pertencia na verdade à capitania de Pernambuco, só que neste caso não eram propriedades da Casa da Ponte, e sim da Torre, que desde o século XVI dominara e ainda mantinha essas áreas de latifúndio pelo sertão.

A principal recomendação de Garcia era que Tomei aprendesse logo a criar gado. E para isso, disse, não haveria muito segredo:

– O mais importante é você conseguir um bom vaqueiro!

Garcia falou então sobre o vaqueiro, explicando ser o homem a quem se confiava o gado, deixando-o todo em suas mãos: e era de quem se recebia o lucro...

Antônio pôde assim entender como essa criação funcionava, principalmente quando era "extensiva" (sem qualquer tipo de cerca, como se fazia no sertão). Mais ou menos desta maneira: o patrão entregava algumas terras aos cuidados do vaqueiro, dando-lhe uma empreitada normalmente de cem reses ("a giz", como diziam). Depois de quatro anos era feito o balanço, separando-se primeiro as cem cabeças do patrão, que eram consideradas a empreita (o investimento, ou "capital", como se dirá no futuro).

Sobre o excedente a esse número (o que se poderia dizer a "produção", propriamente dita), o vaqueiro ficava com 25%, ou "um quarto dos bezerros nascidos", como se costumava entender... Assim, o vaqueiro também se interessava pelo aumento do rebanho, pelo qual era o total responsável.

– Também é assim quando há necessidade de reposição, no caso de uma diminuição ou perda de gado. Ao patrão cabe 75% da "realização"...

Mesmo sem saber se Tomei estava de fato acompanhando o raciocínio, Garcia prosseguiu em suas explicações, mostrando que era possível montar uma fazenda no sertão, até com certa facilidade:

– Constrói-se uma casa rústica, coberta de folhas de carnaúba – sendo preciso também uma arma para defendê-la –, um curral "tosco", e já se pode introduzir o gado. Em geral são oito vacas e um touro – nas menores fazendas – ou o dobro disso – nas maiores.

As reses ainda precisariam passar por um período de adaptação ao pasto (a *"formação de cascos")*, fase em que seriam necessários dez a doze homens trabalhando no manejo, mas o próprio vaqueiro se encarregava de conseguir esses homens, os chamados "cabras".

Sim, a responsabilidade era toda dos vaqueiros: "amansar e ferrar o gado, curar as bicheiras, fazer queimadas no campo na época certa, conhecer as malhadas escolhidas pelo gado" (que eram os esconderijos, locais cobertos para descanso que eles mesmos descobriam), além de "escolher os bebedouros, separar vacas prestes a parir..." (como deverá estar escrito, no futuro, pelos "capítulos de história colonial", de algum autor...).

Homens livres e outros fatores favoráveis à pecuária

Tomei percebeu que tanto os vaqueiros mais experientes como os que trabalhavam para eles, chamados "cabras", eram homens livres. E aos poucos entendeu que nas fazendas de gado daqueles interiores também havia escravos, mas eles eram em número bem menor se comparado ao litoral.

– Em geral são os negros fugidos dos engenhos, ou apanhados de quilombos.

E a maioria dos fazendeiros nem considerava esses negros da região seus escravos, ou ex-escravos, e sim empregados comuns, pois da mesma maneira, os vaqueiros não recebiam propriamente um salário, mas tinham moradia, alimento, vestuário e alguns cuidados médicos e religiosos, oferecidos pelo "patrão"... E também não podiam ser considerados realmente escravos porque, na prática, não existia lá um comércio regular de pessoas, como se fossem mercadorias.

No trabalho com o gado, os que eram escravos tinham as funções dos chamados *fábricas*, "subordinados aos vaqueiros principais e auxiliares para todo o serviço". Também se dedicavam à lavoura de subsistência (principalmente de mandioca – e assim alguns deles eram vistos sentados "numa pedra, comendo farinha seca") e ao trabalho doméstico, preparando a comida e lavando a roupa (e ainda há de agradecer-se à *pessoa* pelo tanto que ali se *ensaboa*, como dirá uma música de roda).

Natureza rude

Já era tarde, mas os olhos de Tomei continuavam abertos, e seus ouvidos atentos a tudo que Garcia ainda dizia. A essas alturas, a sala austera, toda de pedra, combinava bem com seu esforço em prestar atenção a cada palavra nova que era pronunciada, tentando entender-lhe o significado.

O que Garcia queria explicar agora era que as pastagens naturais do sertão foram sempre muito pobres, pois a região estava sujeita a longas secas, que depois eram seguidas de terríveis enchentes, até calamitosas. Ao mesmo tempo, muitos fatores ajudavam para que a criação se tornasse lá a principal atividade:

– A vegetação da caatinga é tão rala que nem é preciso fazer desmatamentos antes da chegada das reses...

Tomei acenou com a cabeça como se entendesse o que acabara de ouvir, mas eram palavras novas para ele.

E Garcia continuou:

– O sertão é uma região de grandes chapadas, com aquele relevo suave que também facilita para a pecuária, ainda mais esta, que é extensiva...

Tomei tentou prestar atenção para entender aquelas palavras mais difíceis que se seguiram, quando Garcia apontou para o vidro de sal e disse haver, principalmente, "fartos afloramentos salinos" por lá, os "lambedouros" que davam ao gado esse nutriente indispensável... Eram muitas as "jazidas de sal" (palavras que lhe pareceram vindas um dialeto antigo), distribuídas "por quase sessenta léguas, do rio Salitre à Vila do Urubu" (como explicarão os historiadores...).

Garcia comentou que a essas alturas já deveria haver mais de um milhão de "cabeças" de gado às margens do São Francisco, e embora os currais do lado da Bahia fossem muitos, chegavam *"a muito maior número os de Pernambuco (margem esquerda)"*, cujo sertão adentrava das proximidades de Olinda *"até quase 200 léguas"*, como anotara o padre Antonil em sua *Cultura e Opulência do Brasil*..., ainda do começo deste século.

E finalmente Tomei ouviu o que mais queria:

– Bem, já está tarde. Se estiver com sono, podemos nos recolher.

2

O sonho de Tomei

Noite na torre...

Saíram daquela sala e ainda passaram pela capela, apenas para que Antônio a admirasse uma segunda vez. Na verdade, essa nova visita tinha um significado que se pode chamar de político porque, de fato, o que mais unia esses senhores (que em realidade eram homens ainda jovens – e de mesma idade, como vieram a descobrir) era a religião.

Em silêncio eles entraram e saíram, para que logo em seguida Tomei fosse levado a conhecer, próxima ao quarto, a sua sala de banho de uso pessoal. Despediram-se e dali, feita a higiene, Antônio Tomei se encaminhou tranquilo ao aposento para, como de hábito, sentar-se à cama e rezar: a *Ave Maria* e o *Padre Nosso* o faziam sentir-se mais próximo de Deus, no lugar onde estivesse.

Cumprido o ritual, apagou as velas e se deitou. Mas demorou a dormir.

(... E disso diria um especialista que o melhor era manter-se primeiro com os olhos serenos, pois a lembrança de um eventual desassossego só faria com que eles se movimentassem mais rapidamente, se assim o dono os deixasse. E para uma noite bem dormida, bastaria fixá-los em um só ponto: fosse da parede – havendo alguma luz – ou na paisagem, qualquer, que se imaginasse...)

... ao som do mar

(... Bem, mas agora que finalmente ele dorme, já se pode pensar se o ruído que faz aqui é o mesmo ouvido em toda a costa brasileira – da época em que se vive e também de outros tempos –, onde as ondas batem e despendem uma quantidade de energia que em nada se compara à da história humana, de tão superior. E o que essas ondas fazem movimentar além de pedra, capim e peixes? No futuro, serão os resíduos de uma civilização suja...)

(Esse som que o mar propicia, seja em terra ou na ilha que ele imagina, é quase um silêncio de útero, barriga da natureza. Aos ouvidos do homem que dorme pode parecer música, vinda acompanhada em seu sonho pelos olhos sedutores de uma doce visão paradisíaca. Lá, na praia, as palmeiras nativas já não se contam, de tantos os coqueiros trazidos há muito tempo da Índia, de onde vieram também as mangas...).

Ouve-se então um ligeiro estrondo, mas ele volta a dormir. Sonha agora que está com Doralina, a visitar uma ilha em que...

(A ilha é bonita, como costumam ser todas as ilhas... Leva-se ao raciocínio de que poderia haver três ou mais, múltiplas regiões no espaço a se conectarem umas às outras... Está ainda se perguntando sobre isso quando ouve agora algum tipo de piano, "agradável, mas que não é o correr dos rios", como diria o seu poeta dos sonhos, Michelangelo dos versos, que ele sempre ouve, ou às vezes, por vozes, como a de "vez em quando" – mas principalmente quando lhe diz não ser preciso nem mesmo o piano, pois "o melhor é ter ouvidos e amar a natureza").

Ainda é o meio da noite, e Tomei sonha agora com uma viagem em que se pode ouvir a voz de um novo poeta. *"A nave ia devagar, desmanchando no mar sua lisura."* Percebe-se que ia à maré mansa só até o aparecimento de uma enorme onda, que aparenta ser forte, vinda em sua direção (seria a mesma com que sonhara em outras noites?). E ao se aproximar (mas parecendo que nunca haverá o contato), ele permite-se chegar ainda mais perto e, "oh..." – Já não há como voltar... (e talvez fosse preciso mesmo acordar, mas agora ele só repara no que começa a surgir, vinda do alto: uma imensa ave, saída de trás das nuvens...).

"Depois que a ave veio, a nave vagava de novo e ia ainda mais devagar, na ausência de vagas..." Estando só o mar, em sua lisura e transparência, aparentava desesperar-se na água mansa, em maré alta, uma...

(Já está quase acordando, e lembra-se agora dos versos que lera ao se preparar para a viagem: *"Lá ia a nave aventureira a singrar mares afora, diminuindo ainda no horizonte aos quantos amigos e parentes lá estivessem a verem-na e gritar: 'Vá! Vá!'"*. Tomei aos poucos vai se lembrando melhor desses versos, "eis lá a nave que ia... mar adentro e fora à vista... dos parentes que estavam presentes e se mantinham de lenços abanando, olhos fixos a gritar...")

Dia de sol – à espera de sensações espirituais...

Era ainda noite quando Tomei preferiu abrir mão do conforto em sua bela cama na casa dos Garcia d'Ávila... Esperou passar um pouco aquele estado de sonolência para, ainda preso às imagens do sonho – sentia-se como barco a sacudir nas ondas – poder se levar à branda realidade: a de estar na Casa da Torre, sozinho naquela cama (aliás um tanto boa e confortável, como podia notar), e de onde começava a ver pela fresta da janela uma claridade mínima, "nesga de luz" a esboçar-se no "firmamento" (ou parte do que "bem se vê", em uma *abóbada* celeste)...

Calçou as botas e foi logo se encaminhando, primeiro em direção ao quadro, em meio às paredes laterais que de tão duras o faziam sentir-se "em plena Idade Média" (como já havia pensado um dia antes...). Abriu a janela e, "oh...", não poderia haver paisagem mais bela, e ainda acompanhada de som em uma natureza tão viva, que ele nunca imaginou que houvesse mesmo dessa maneira, antes de presenciá-la.

... e um pensamento sobre o sentir

(O som e a visão se mostram sempre associados ao que temos de mais precioso, não só em relação à natureza, mas também ao mundo das divindades, pois... Por mais que se conceba uma existência própria aos deuses, eles teriam seus sentidos superiores também ligados à mente – podendo-se aí notar que o próprio conceito de "luz" divina é análogo ao sentido humano, nosso, de uma "visão" –, à abstração pura, que na ausência dos sentidos não se pode conceber nem mesmo como pensamento, isto é: sem ser uma espiritualidade baseada nos sentidos em que se apreendem o tempo e o espaço, grandezas físicas já em si separadas daquilo que seria a essência originária da matéria...).

Há momentos em que os homens parecem ter vida digna de deuses – como se estivessem ocupados por estes, que por acaso os escolhessem para exercitar seus próprios sentidos espirituais, ou mesmo emocionais, como o amor e a compaixão, ternura e contemplação... Para Tomei este, de agora, está sendo um deles.

(E se Deus não pode notar a passagem do tempo fragmentado, ao menos nos presenteia com visões como esta, que os pintores renascentistas tentaram retratar e assim torná-las estáticas, como é a essência divina – e não foi à toa que Leonardo, alguns séculos atrás, declarou que pelo estudo das formas se entendia mais de espiritualidade, e aproximava-se do Criador).

À época em que vivemos esta história, não há como registrar o som da natureza a não ser por uma gigantesca partitura, dando nomes de instrumentos aos pintassilgos e outros pássaros, insetos cantadores e ao próprio marulho. Depois é que vão aparecer as vozes dos homens, as de seus cavalos, e de ferramentas ou qualquer outra intervenção àquele som que seria o de uma natureza sem civilização.

Após o café Tomei vai ao mar

Para Tomei tudo é novidade. E logo depois de um delicioso café da manhã, em que pôde observar, sobretudo, a gentileza (e até doçura) dos criados que vieram servir-lo tão educadamente na varanda do "castelo", ele finalmente entendeu o que tanto queriam lhe avisar, por gestos e palavras ainda novas para ele, e que eram mais cantadas do que faladas...: Garcia havia saído bem cedo, em companhia de alguns vaqueiros.

Atento a tudo que diziam (e de fato interessado em decifrar a conversa que havia entre eles), acreditou entender algo de muito valioso sobre o uso das folhas de juazeiro, e outras histórias sobre árvores, notícias que lhe vieram assim de primeira, com toda uma natureza ainda por descobrir... E Antônio (como se identificou) tentou agora contar-lhes algo sobre a Córsega, e das sementes trazidas em um saco por ele, de um ipê e também de uma fruta originária da Pérsia...

Foi então que lhe recomendaram aquele primeiro passeio, seguindo a trilha de areia que ligava o "castelo" ao mar, rodeada de alguns canteiros floridos, cuidadosamente regados pelos mesmos empregados.

Tomei foi andando, reparando não só no barulho dos bichos como no do vento, e ainda ao longe, na sonoridade inconfundível daquelas ondas que batiam na praia e nas pedras.

Diferentemente do que ouvira no navio, o som agora lhe parecia mais bem ritmado e harmônico.

(E se uma coisa é cada coisa, faz-se-lhe por uma de cada vez, no que a distingue de todas as outras... Ele se aproxima e por enquanto apenas coloca a ponta de um dos dedos na água...).

Ritmo marítimo...

E neste momento o mar segue longe à vista de Tomei... Em seu horizonte pode-se representá-lo na amplitude como sendo das maiores noções de grandeza que se conseguem ter. Sim, porque todo o mar é palpável, e já se querendo senti-lo com os pés, nota-se estar em um ponto de observação quase coincidente ao de sua superfície (de onde haveria assim uma continuidade com outros pontos, mas não que se quisesse ou fosse possível caminhar sobre ele, subindo-lhe as ondas). Sente agora o quanto isso é diferente de olhar para o céu, porque o ar não se vê... E assim Tomei não tem uma noção exata da distância da lua, do sol e das estrelas (mesmo por tudo que se observava à noite, durante a viagem).

Pisa agora de leve numa espécie de estrela, mas que é "do mar" (chama-se "pinaúna", em tupi), e foi bom que não se feriu... Ouviu dizer de outras estrelas (dessas consideradas "do céu") que estariam na verdade em um horizonte ainda mais amplo, de tudo que poderá um dia ser mais visível.

… e a ideia de céu

Tomei continua a olhar para aquele céu, de um azul que lhe parece mesmo único, embora saiba que para tudo pode haver diferentes maneiras de apreensão (e bastaria lembrar que os olhos não são exatamente iguais…). Foi só sair da Europa e viajar um pouco por essas partes do mundo e já se pôde sentir o quanto de grandeza e homogeneidade deve haver no universo de todas as coisas…

Na trilha de volta ao "castelo", ele já se pega de novo divagando, pensando na vida… Bem sabe que uma árvore qualquer – a da beira deste caminho, por exemplo – é um ser vivo completo, entre os trilhões existentes, com os mesmos princípios de luta pela sobrevivência, pela preservação da espécie, e que necessita de matéria-prima para a combustão que lhe dá vida, um eixo eletromagnético de onde entram e saem coisas em sua matéria ou energia…

E reencontra neste percurso alguns dos criados que estavam à mesa do café, mas desta vez nada lhe parece mais fazer sentido, nem o que ouve nem o que lhes diz, cumprindo-se apenas o que se dirá, no futuro, de uma "função fática" – a de manter-se em contato comunicativo, sem dar tanta importância ao sentido. Algo como…

(Talvez para libertar os pensamentos, mas sem saber exatamente se veio do sonho, ou de sua licença poética, o que começa a contar-lhes – uma história que acabara de inventar, pois não entendem mesmo a sua língua)

(E em verdade desacredita que um pensamento possa virar realidade, ao menos dessa maneira que começou a contar a eles, embora também relute em desacreditar, pois só não se desdiz em…)

> "… interagir com todo o meio, todo o universo – quem sabe? – uma máquina… Há também os que acreditam poder o interior de uma pessoa ligar-se a toda a estrutura cósmica, para assim denominar os pensamentos de 'universo interior', mas ele, Tomei prefere crer que os sonhos sejam apenas descargas elétricas. Muitas vezes as pessoas se alegram ao lembrar os sonhos, mas é talvez por estarem acordadas, e terem já preparado as suas emoções em um conforto adequado, tornando-se tudo mais claro para si, aparentemente, por ver-se de dentro o que elas apenas achavam… Muito nos sonhos é o descarregar de tensões, neuroses, e por isso há aquelas aparições obscuras. O colorido é parcial, já que na maioria das vezes se dorme com pouca luminosidade, mas isso só faz pensar que pelos sonhos se poderia ter acesso a uma memória analógica do passado confuso, o mesmo que é para todos, de um momento tumultuado da formação do planeta…".

Fim de tarde e uma nova volta nos arredores

Garcia que ia voltar para o almoço também não chegou durante a tarde e agora parece que só será no dia seguinte. E "tudo bem", porque a viagem de Tomei ficou marcada para só dali a dois dias.

Avançou-se a tarde e novamente ele resolve sair para passear, e nesta paisagem, por quanto já se finda o dia, nada mais ilude do tanto que se pôde olhar a lua, com sua luminosidade de corpo celeste bem próximo, sabendo-se dela apenas o lado que pode ser visto, como luz refletida do sol.

Dizem os astrólogos que agora está "fazendo sol" na lua, sempre sol, neste lado dela em que, conforme o ângulo, se percebe apenas uma fatia que é totalmente arredondada nas duas partes, e já se nota melhor o lado a partir do qual não existe obstáculo para a luz do sol, a se dispersar no espaço... A lua ilude, e mesmo assim estará sempre bela, não apenas para os "poetas" e outros contempladores ociosos, mas a todos que se acostumam a observá-la.

Sobre a mata semivirgem que se vislumbra mais à frente, a lua dá seu toque de firmeza. E se às vezes está encoberta, é porque daqui se notam as nuvens, graças a um ciclo de águas que ainda vai nos proporcionar muitas vidas, por esses e outros lugares, bandas e *paragens*... Pois deste ciclo fazem parte o oceano e os rios, e também todos os seres, como estes que agora Tomei pode ver, organismos que são formados, à maneira dos homens, em sua maioria de água... Água que é também transparente, mas podemos vê-la muito melhor (não é como o ar, que só vemos quando algo é transportado em seu movimento).

Mais leve do que o ar é o vapor dessa água que agora poder ser visto saindo pela chaminé de uma das casas. Mas para os homens a passeio (como é o caso de Tomei, à maneira com que se sente agora), a lua parece estar mesmo bem acima de suas cabeças. Ela não é leve, apenas está longe, pois se distanciou muito, a ponto de atingir um equilíbrio gravitacional que permite sua órbita. A Lua orbita a Terra, que orbita o Sol como outros planetas, que também têm suas luas, mas a "nossa" é mais bela...

E ao ver de novo, de longe, aquela bela capela sextavada, Tomei se vê também capaz de pensar, poeticamente, que "... como as plantas, o ser humano tem vida e floresce para o bem: tem sim a sua alma". E é assim, tão disperso e filosófico em alguns momentos, que ele se prepara para passar a segunda noite naquele "castelo".

No segundo dia ao ver o mar – de azul profundo

Tomei vai de novo à beira do mar e sente que só dele emana um tipo de azul que é mais "profundo" (mas são apenas os seus os sentidos a dizer isso, ele reconhece...) Sabe que toda a água já existia muito antes de haver pessoas e que, depois de resfriado o vapor solto daqueles vulcões, foi no mar que se originou uma primeira forma de vida (justamente neste planeta, é bem possível: o primeiro ser vivo de todo o Universo...). E se foi criado à semelhança de nada, já dizia o poeta que, quando Deus quer e o homem sonha, a obra nasce. Mas perto de Seu esforço, o do homem é pequeno, e só depois de atravessar-se um grande mar de tormentas é que se poderia ver ao longe o brotar de uma flor esplêndida, bem no topo de uma bela árvore... Pois ao se aproximar o navegador, a terra mostrará seus sons, cores, pássaros e flores e que, aqui por essas bandas, também haverá de ter passado o antigo e futuro ser humano...

Só não existe "pompa civilizatória" que se compare à beleza dessas ondas, não sendo à toa que dizem ser "majestosa" a espuma branca marítima, principalmente quando "vista" por quem entrou e ainda acaba de sair da água...

Diz-se mesmo que são "majestosas" essas espumas, podendo-se entender a impressão causada em Tomei por um trecho da Bíblia em que se sugere que *"olhem"* os *lírios do campo*, a ver como crescem sem haver trabalho ou fiação... E lá se observa que *"nem o rei Salomão, em toda a sua glória, jamais se vestiu como um deles"*.

Mas diz-se também serem "majestosas" porque elas teriam se originado – pelo que observará um poeta, atento às canções populares – da vez em que certo rei lançou ao mar o seu anel, ordenando às sereias que o trouxessem de volta, ou as transformaria em espuma... Elas obedeceram, e quando o rei atirou arroz, dizendo o mesmo, elas o atenderam à risca, não faltando "um grão". Mas quando o rei atirou sua própria filha, ninguém as viu voltar, supondo-se que sejam elas, as sereias, hoje, espumas...

Mais um pouco e Tomei se verá pela segunda noite nestas paisagens... E já se prenuncia que será também uma noite de constelações, daquelas que os corações se tentam pela saudade a pedir que se faça alguma coisa, ou tome-se logo uma atitude no *sentido* de não *senti-la*, ao menos para que não se mostre assim, tão aguda, e aguçada.

Última conversa que teve com Garcia

Quando finalmente Garcia chegou de volta, eles combinaram um encontro na capela para rezar juntos (o que se dava, mais uma vez, em acordo à tradição e necessidade interna que tinham, de "louvar a Deus em seu templo"...). Lá, os dois se mantiveram em silêncio por alguns minutos, e depois puderam caminhar lado a lado, lentamente, até a sala de estar. Antes de voltarem à conversa sobre as terras que o italiano iria conhecer, Garcia fez questão de servir a Tomei um vinho novo, bem como apreciar o que fora trazido por ele, de Gênova, e estava ainda sobre a mesa (junto às iguarias oferecidas pelo italiano). Foi uma degustação também acompanhada de queijos brancos e outros variados, todos produzidos na propriedade.

Garcia resolveu procurar um livro que falava sobre os primórdios de sua fazenda, o manuscrito de Fernão Cardim: nele era descrita com detalhes a decoração da capela, à época de sua construção. No entanto, antes de abri-lo, deparou-se com uma preciosidade ainda mais antiga, do século XVI: a sua cópia manuscrita das *Notícias do Brasil*, redigidas por um fazendeiro de nome Gabriel Soares de Sousa, contemporâneo de seu tataravô, à época em que a fazenda começava a ser construída... Por esse livro é que se sabia que a capela era anterior ao ano de 1587, quando houve a última visita do cronista. Pois lá se dizia que já estava pronta, e "*tinha como orago N. S. da Conceição*". E também se explicava que a forma sextavada tinha relação com a arquitetura italiana...

O cronista Gabriel Soares, dono de um engenho, mostrava-se mesmo admirado com aquela propriedade, por suas novas casas e a capela "*mui ornada, toda de abóbada*"...

– Ah... E aqui está! – disse Garcia. – Escute o que ele fala dos Garcia d'Ávila: "*... tem toda sua fazenda em criações de vacas e éguas e terá alguns dez currais por essas terras adiante*". Era um grande observador esse Gabriel Soares.

Ao devolver o livro à estante, Garcia conferiu onde estava o manuscrito do jesuíta, que logo lhe saltou aos olhos. Era também uma preciosidade, a cópia encontrada entre as coisas do pai, das que foram de seu avô... Tratou de explicar que logo no começo do século seguinte, o XVII, a capela já era famosa e muito visitada. E foi então descrita por esse jesuíta de nome Fernão Cardim, em 1601.

Procurando abrir o volume com cuidado, chegou à parte em que falava da propriedade:

– Está aqui... Vem depois desta frase em que diz que a fazenda "*tem tanto gado que não lhe sabe o número*". Ah, aqui está, veja...: "*sua capela é a mais formosa que há no Brasil, feita toda de estuque e tintim, de obra maravilhosa de molduras, laçarias e cornijas; é de abóbada sextavada com três portas e tem-na mui bem provida de ornamentos*".

– O "tintim", ou "tetim" – explicou Garcia – era um tipo de argamassa, parecida com a pozolana dos romanos... Vinha dos Açores e era vermelha, servindo também como pigmento de pintura (e por isso o teto da capela era assim, avermelhado). Depois essa palavra foi sendo usada para se referir só ao pó do tijolo com que se fazia o betume, usado em lugares úmidos...

E Garcia contou isso tudo por uma necessidade já antiga que tinha, a de explicar *tintim* por *tintim* como as coisas aconteciam em realidade, para depois irem parar nos livros e assim serem contadas, de alguma maneira...

Preparativos para finalmente uma partida

Amanhã cedo, Antônio Tomei iniciará sua longa jornada com destino às terras do sertão, a serviço de Garcia d'Ávila... Irá a cavalo, é certo, pois este é o único meio de transporte utilizado em sua época, quando se trata da terra firme.

Pelo que está combinado, uma escolta o levará até a feira de Capuame, onde se apresentará ao vaqueiro *João Francisco de Magalhães,* que há poucos dias chegou a Salvador, trazendo gado do sertão... Mais precisamente: o gado vindo de duas fazendas à beira do São Francisco, indicadas por Garcia d'Ávila como lugar de referência, e as primeiras que Tomei irá conhecer.

E assim ele passará de novo pela *Cidade do Salvador*, podendo aproveitar e conhecer melhor a capital da Bahia...

3

Nova passagem por Salvador

As plantações de coco e manga

Em Tatuapara foram plantados o primeiro coqueiral e as primeiras mangueiras do Brasil, a não ser que se diga que na *Quinta do Tanque*, perto de Salvador, elas já tivessem sido cultivadas em viveiros de aclimatação, pelos jesuítas, que testaram várias mudas exóticas... Sim, porque para muitos, os primeiros coqueiros e mangueiras de toda a América vieram desta quinta, perto da qual Tomei passa agora sobre o cavalo, em conversas com o vaqueiro Josias, que o acompanha desde a Casa da Torre.

De cima dessa colina tem-se uma bela vista, podendo-se ainda mais sentir o vento em sua viração, este que além do frescor agradável, sabe-se, tem grande importância *econômica* (pois já dissemos que se vive aqui em época que o principal das comunicações é feito por "via marítima", a depender de uma "navegação à vela", esta que é "subordinada a condições físicas, da atmosfera e do mar"...). Fala-se disso pelo que se estende até onde os olhos vão, essa *Baía de Todos os Santos*, a "maior reentrância" deste "pouco articulado litoral", que é onde se tem "abrigo, aguada, mantimentos e lenha" para todos que precisem, tornando-se fácil entender "toda a estratégica importância da escolha que situou Salvador" nesse lugar...

Bem, mas Tomei segue agora montado em seu cavalo, tendo conversas sem parar com seu novo amigo, o vaqueiro Josias. Andam mais um pouco e já se vão ao longe da tal *Quinta do Tanque*, onde podem ter sido plantadas as primeiras mudas de coco e manga no Brasil (sim, porque havia em Salvador os tais viveiros de aclimatação dos jesuítas, com suas várias plantas exóticas, como dizíamos...).

(E só teóricos do futuro poderão dizer se toda essa paisagem urbana resulta de uma aprendizagem que é "a simbiose das experiências trazidas nos porões dos navios...". Pois, dessa maneira, as muitas formas de arte – sejam em pintura e escultura ou como simples plantio de mudas – foram aqui aclimatadas por ações privadas e também da Coroa, neste "grande cadinho humano da capital" – como poderá dizer desse futuro algum brilhante historiador da arte – tratando-se de conhecedor em assuntos específicos dessa ordem de coisas, como é suposto...)

(E sim, podem ter sido os jesuítas, mas no caso de não se comprovar isso – nem o contrário – o crédito deverá mesmo ser dado a Garcia d'Ávila, o primeiro deles, por tudo que fez e plantou – ou mandou plantar – na sua sede de fazenda, em Tatuapara...)

Um lugar bem bonito

Tomei atravessara a cidade quase sem parar, porque queria logo chegar à tal feira. Saíra de madrugada e ainda antes do meio-dia já passava pelo rio Vermelho, mas agora não vê a hora de desmontar, pensando em preparar-se para a viagem do dia seguinte, em que finalmente avançará para o interior... E enquanto amarram os cavalos em uma árvore do Terreiro de Jesus, ele conta a Josias no que reparou quando ainda passavam pelos primeiros bairros da cidade.

Seria aquele de fato um lugar acolhedor, e por tudo que lhe pareceu, até mesmo "abençoado" (apesar de carga tão genérica que uma palavra assim possa trazer) a mais que os outros, pela beleza e tranquilidade... E explicou: próximo ao tal *Porto dos Holandeses*, que Josias lhe havia mostrado, viu em uma colina por trás da igreja o lugar que mais lhe chamara a atenção, por sua singeleza de sítio.

(O *Porto dos Holandeses*, é bom que se diga, ganhou o nome depois que os batavos – também ditos "flamengos" – escolheram essa praia para atracar, e desembar as tropas no idos de 1624, ano em que chegaram mesmo a conquistar Salvador, ocupando por vários meses esta cidade que já era a capital da Colônia portuguesa... E foi só bem depois, em 1630, que resolveram tomar Olinda, e depois Recife, com os recursos de uma frota espanhola saqueada na época).

– Bem, foram tempos difíceis para a Colônia... – contara o vaqueiro.

(E Tomei havia notado que aquela praia era agora muito bem fortificada, com grandes construções de defesa em seus dois lados, os fortes de *Santa Maria* e *São Diogo* – este segundo na base do morro que tinha ao topo a tal igreja, que ele achou singela... Na verdade era todo um conjunto de construções interessantes, porque ao lado desta igreja – de Santo Antônio da Barra – ficava a *Casa de recreio dos arcebispos da Bahia...*)

(Foi ali perto que Tomei se encantou com uma fazendinha que ocupava toda a colina, de apenas uma casa, e imensos pomares...)

Chegando à cidade e conhecendo o centro dela

Andando a pé, Tomei interessa-se agora por este largo formado já próximo à antiga porta de entrada da cidade, à qual chamavam São Bento, dando-se a volta e vindo pelo sul (sendo o nome da porta uma homenagem à igreja pela qual haviam passado na chegada, e também fizera questão de visitar...).

Esta é provavelmente a parte mais movimentada da área urbana, pelo que se viu até agora, notando-se aqui uma feira que, ele logo vem a saber, só acontece uma vez por semana, e onde são vendidas apenas pequenas mercadorias (pois segundo Josias, o local fora escolhido bem antigamente, e em função de sua proximidade do porto, pelo acesso rápido e fácil, ao mesmo tempo em que era parte do caminho de quem ia por terra até *Vila Velha*, e ao *Porto dos Holandeses...*)

E finalmente saíram os dois deste largo, ele e o vaqueiro, e vão agora reconhecer todo o centro, mas já sabemos que Tomei não irá se encantar tanto.

Pediram comida e hospedagem na casa de uma ladeira, e lá Tomei veio a conhecer um homem que se dizia franciscano (mas já teria trabalhado com padres jesuítas, foi o que se pôde entender) e falava a sua língua. Achou muita coincidência que o jovem espanhol (mas de nome italiano, Giovano, e aqui era chamado de Fernando) também tivesse interesse em conhecer o sertão, e assim já se pensou que os dois poderiam viajar juntos, rumo à cidadezinha da Barra, no rio São Francisco.

Fernando estava há tempos na Cidade da Bahia, e soube de muitos franciscanos que se dispuseram a fazer pregações pelo interior. Por coincidência, sua ideia era primeiro conhecer os vilarejos à beira desse grande rio, que recebera o nome da Ordem, e era para onde a maioria desses amigos se dirigia (e acabava também fundando as suas missões). Sabia de muitas histórias sobre o passado da cidade e o interior da Bahia, e por isso eles combinaram de se ver de novo na cantina, na hora da ceia.

De fato, não muito mais tarde eles voltaram a se encontrar no mesmo lugar, pondo-se a falar de vários assuntos, e a trocarem ideias por quase toda a noite.

Conversa com o novo amigo

– Se você fosse jesuíta estaria disfarçado de franciscano, como assim?

– Bem, na época do terremoto, o tal padre Malagrida já estava em Lisboa, depois de passar pelo Maranhão, e começou a dizer que aquilo tudo era um aviso para se reformarem os costumes e a moral... Então escreveu um pequeno texto – o seu "opúsculo" – com cópias para d. José e o seu todo poderoso ministro, marquês de Pombal. Mas o marquês logo percebeu ali umas insinuações e acusações disfarçadas, contra a sua maneira de governar. Então resolveu desterrar o padre para Setúbal.

– Mas ouvi dizer que a grande acusação era por motins que os jesuítas faziam contra o agronegócio do Porto...

– Sim, e também foi por isso que três anos atrás o marquês resolveu acabar com todas as missões deles no Brasil, e assim "libertar" os índios, isto é, entregá-los ao *Estado*.

– Nossa... Assim tão de repente?

– Bem, isso porque também havia outras acusações, como a de que os padres praticavam comércio ilegal aqui na Bahia. Assim eles foram suspensos de confessar e pregar por aqui, e também por Lisboa. Passou mais um ano e já se começou a perseguição, até que no ano passado Pombal enviou a Roma um relatório insinuando haver relações entre a ação dos jesuítas e um "misterioso ferimento" no braço de d. José I... Mas aí a Santa Sé nem se importou em responder.

– E fez bem.

– Ainda no ano passado, Pombal preparou um decreto dizendo que todos os jesuítas, com seus *"... tantos, tão abomináveis, tão inveterados e tão incorrigíveis vícios"*, seriam *"rebeldes, traidores"* lutando *"contra a paz pública dos meus reinos e domínio"*... E assim os declarava *"desnaturalizados, proscritos e exterminados"*, em Portugal e nas colônias.

– Bem, agora entendo que é em solidariedade a eles que você se sente assim...

– Sim, poxa... E depois ainda foram confiscados todos os bens da Companhia, e tramada uma imensa campanha popular contra *nós*, digo, contra eles, chamando-os de *"ímpios e sediciosos"*, isto é, pessoas sem Fé, pregadores da desordem... Aquele Gabriel Malagrida, que já é bem idoso, está agora há dois anos em uma prisão, e dizem que poderão até torturá-lo em praça pública...

E seguiu-se por outros assuntos

A exaltação de Fernando talvez se devesse à bebida típica do lugar (uma espécie de aguardente bem forte, feita só de mandioca), oferecida pelo dono da hospedagem, enquanto olhava curioso para os dois, sem entender quase nada do que falavam. E a conversa continuou:

– Ouviu falar de Caramuru?

– Sim, era um primeiro colonizador, que veio com os franceses...

– Os portugueses reclamavam de corsários que tiravam pau-brasil da Bahia desde 1504, mas isso já vinha de antes, com eles chegando naqueles navios abarrotados de marujos, gente de toda parte, portugueses, castelhanos, catalães, genoveses, bretões, normandos e até franceses... Diogo Álvares estaria numa dessas naus em 1510, e só se sabe que era de Viana, no Minho, e não veio em nau portuguesa. Na Vila do Pereira, pelo menos, ele era chamado de "francês". E se realmente viajou depois para a França, com a mulher índia – que viria a receber o nome de sua madrinha de casamento, Catarina, a esposa de um tal Cartier, explorador do Canadá... –, isso só seria em 1527... ou 28...

– Mas e esse nome indígena?

– Diz a lenda que ele era o *Caramuru*, "dragão do mar", ou "moreia grande" – porque era o nome que os índios davam a esse peixe, como ainda é na Bahia... –, o náufrago encontrado cheio de lama na praia do rio Vermelho, que com uma escopeta matou a ave e assombrou o gentio. Mas o seu nome português é que foi adotado pelos descendentes...

– Ele acabou vivendo entre os índios...

– Sim, casou-se com a filha do chefe Taparica, de nome Paraguaçu, depois batizada Catarina... Houve um frei franciscano que escreveu sobre isso, Vicente do Salvador, e a chamou de Luísa, dizendo que o povoamento "civilizado" da Bahia começou com eles, em 1510. O casal então se estabeleceu na Graça, com os descendentes e afins, e sua aldeia foi depois chamada de *Vila Velha*... O nome "Graça" vinha de uma imagem da *Virgem com o Menino*, encontrada em uma nau espanhola que afundou em Boipeba – ou Taperoá, onde depois virou *Ponta dos Castelhanos* –, em 1535. Catarina teria sonhado com a imagem e guiado o marido até o local, para recolher os náufragos. Como não tinha nome, foi chamada *N. S. da Graça* – pela "graça" recebida da Senhora, ao avisar a índia. Com a imagem, eles ergueram para ela uma capela, ou ermida, que depois se tornou a primeira igreja da Bahia – e ainda não era a *Cidade da Bahia*, mas uma vila, depois *Vila Velha*.

Vila do Pereira, depois a cidade...

– Próximo a eles foi que se instalou o donatário Francisco Pereira Coutinho, em 1536, trazendo muita gente para morar no seu "arraial" em frente ao tal *Porto dos Holandeses*...

(Este que ainda há de ser a *Praia da Barra*, próxima à *Ponta do Padrão* que é onde começa – ou termina – a baía, e foi lá construído o *Forte de Santo Antônio*...)

A essas alturas, apenas Fernando falava (e muito exaltado, talvez pela falta de costume em beber):

– Mas cinco anos antes, Martim Afonso já deixara dois portugueses com Diogo Álvares, e assim seriam três os europeus, em meio a tantos índios e índias... Só que quando Coutinho chegou lá, já havia outros seis.

(Que deviam ser filhos de franceses, a "semente deixada na terra" pelos europeus, como eram os filhos de Diogo Álvares, e isso explicava a surpresa de Pero Lopes por serem as "baianas" assim "tão alvas", como as da rua Nova de Lisboa.)

– Foi só algum tempo depois, em 1549, que Tomé de Sousa trouxe o mestre de obras Luís Dias. Eles acharam Vila Velha – a Graça, de Caramuru – e o Arraial do Pereira – depois Barra – muito vulneráveis para se tornarem a *Cidade do Salvador*. Resolveram fundá-la em lugar alto, fácil de defender, já dentro da baía e próxima de um bom porto.

(Diz-se que na verdade eles já vinham com todo um projeto desenhado, e um plano estratégico de funcionamento para a nova sede, mas isso era guardado em segredo...)

– As áreas entre essas três primeiras povoações – *Vila Velha*, *Barra* e *Salvador* – foram preenchidas com o tempo, formando a *Cidade da Bahia*.

Silêncio. E agora era a vez de Tomei dizer alguma coisa...

– Sim, e foi com Tomé de Sousa que chegou o primeiro Garcia d'Ávila, dando início, em Tatuapara, ao seu "castelo" e à grande fazenda de gado...

... e por que ela foi fundada

Fernando aumentou ainda mais o tom de voz, mostrando-se seguro em sua erudição:

– Sempre se soube que a fundação de vilas e cidades coloniais se relacionava a contextos socioeconômicos maiores, podendo-se comparar tudo às antigas experiências das colônias romanas, havendo toda uma descrição de cidades planejadas – com praça, *fórum* etc. – no tratado daquele antigo arquiteto, ou engenheiro militar, Marcus Vitruvius...

– Sim, ouvi falar dele.

– E de uma maneira abreviada, podemos entender que a iniciativa portuguesa de colonizar e urbanizar essas terras, bem como toda a aventura inicial, do caminho das Índias à conquista da América, desde a transformação das cidades europeias no início dos anos 1000 – levando às teorias do Renascimento italiano –, tudo decorreu da simples "necessidade de expansão do comércio europeu"...

Após uma pausa para tomar fôlego, o espanhol ainda continuou:

– No Brasil, isso só se deu depois de 1530, porque antes se priorizava o comércio com o Oriente. Mas nessa época, a Coroa quis se assegurar, e tomar posse de tudo que julgava ser dona, por direito à doação papal.. E então era preciso construir núcleos urbanos estáveis, com que se pudesse constituir uma defesa mais eficiente do que a simples visita periódica de esquadras de policiamento, caras e sem retorno econômico imediato.

E concluiu:

– Nessa época os países ibéricos ainda eram os grandes protagonistas das *navegações*, uma consequência direta do mercantilismo europeu, ao integrar os núcleos mediterrâneos à região "trás os" Alpes, no Atlântico. Logo se saiu em busca de todas as riquezas do mundo, principalmente de povos com que se pudesse trocar, ou simplesmente espoliar... Diferente do ouro e da prata encontrados pelos espanhóis no México e no Peru – as mercadorias mais importantes, intermediadas na troca de todas as outras –, os portugueses só encontraram de resgatável por aqui, de início, o pau-brasil, o artesanato indígena e as peles de animais exóticos...

Tomei encontrou aí uma brecha para finalmente dizer algo, lembrando que na nova política de d. João III era preciso ir além da indústria extrativa, buscando-se uma economia baseada no produto de maior rentabilidade comercial, e que garantisse assim a defesa da costa por meio de núcleos estáveis...

– Já se vê: o plano do rei e de seu melhor conselheiro, o conde de Castanheira, era implantar aqui a indústria do açúcar, mas isso só pôde dar certo, e prosperar, porque houve contribuições importantes da pecuária...

Aproximou-se deles um jesuíta...

Juntou-se à mesa o homem que havia um tempo os observava por detrás do balcão, identificando-se como o padre confessor de alguns engenheiros militares recém-chegados de Portugal (que logo começariam a trabalhar). Não escondeu seu interesse pela conversa dos dois estrangeiros, pois havia aprendido bem o italiano, depois de estudar no *Colégio de Santo Antão*. Mas estes não eram bons tempos para os membros de sua Ordem, como já havia exposto o franciscano...

Apresentou-se como Antero Stanford (ou Guilhermo, como também era conhecido), dizendo-se um tanto satisfeito com o conhecimento histórico ali demonstrado pelo padre franciscano a seu novo amigo, o italiano Antônio Tomei. E que gostaria de também compartilhar algumas ideias. Mas, logo ao saber que estavam os dois de viagem marcada para o dia seguinte, interessou-se também, de imediato (pois naquele momento a sua real condição na cidade era de um morador clandestino, ou foragido, como se queira dizer...), em viajar junto para conhecer aquela parte do imenso sertão da Bahia a que se dirigiam...

Mais meia hora se passou e foi-se o tempo das apresentações e identificações, com o jesuíta também querendo compartilhar um pouco de sua erudição. E pôde agora, finalmente, trazer a conversa a assuntos de seu interesse. Queria muito explicar-lhes as verdadeiras razões humanitárias dos jesuítas, em nada compreendidas pelo marquês de Pombal... Contou-lhes da fundação da *Companhia* em 1534 (mesmo ano do desenho das *capitanias* brasileiras, como lhe lembraram) e que os primeiros "aventureiros" chegaram com Nóbrega e Tomé de Souza, em 1549:

– Pode-se imaginar como eram difíceis essas primeiras viagens no início da colonização – comentou Fernando, verificando se Tomei ainda prestava atenção.

O jesuíta quis explicar a importância delas...

– Era a época de se dividir o mundo em áreas de conquista, entre portugueses e espanhóis, o que acabaria determinando toda uma unidade linguística por aqui. E ela vai ser ainda maior agora, porque o marquês está proibindo o *nheengatu*, língua geral dos índios, nesta colônia de rara dimensão. Nunca foi simples o processo de uma formação cultural dirigida, e aqui ele ainda está pouco consolidado, depois de mais de dois séculos...

– Mas o que acha dessa vinda de tantos portugueses para o Brasil? Não estaria relacionada apenas à incrível densidade populacional da Lisboa antiga, e a não terem mais para onde mandar essas pessoas? Não seria um problema muito mais de lá do que daqui o início dessa colonização?

O jesuíta parecia concordar, mas *achava* que a Lisboa de antigamente também tinha os seus belos *achados*, e era isso o que mais lhe importava...

– Sim, e tudo começou lá, junto ao rio daquela Lisboa fervilhante e cosmopolita dos finais do século XV. No cais, o movimento era intenso, os carregadores corriam em direção aos barcos que tinham acabado de chegar. Algumas vezes o próprio rei se deslocava até lá, para ser o primeiro a ver as pedras preciosas, e depois as outras tantas cargas trazidas de além-mar... O desconhecido, o exótico, era o que arrebatava as multidões.

... com más notícias para a Ordem

Segue Guilhermo a falar agora da história de sua casa, o *Colégio dos Jesuítas*, determinante na fundação da capital em 1549 (e lembra de outros colégios que levaram à fundação de vilas e cidades importantes, como a de *São Paulo de Piratininga*, em 1554...). O prédio fora "recém-sequestrado" em todos os seus bens, ou "estatizado", como também se diz, já tendo havido antes, fazia dois anos, a secularização das aldeias pela "transformação das missões indígenas em vilas e paróquias". Iniciou-se assim o inventário de "... todos os bens de raiz administrados pelos jesuítas nas capitanias da Bahia, Ilhéus, Porto Seguro, Sergipe e Espírito Santo...".

– Para este sequestro foi feito o inventário de todos os bens do Colégio da Bahia, que incluía 184 casas em Salvador, 58 sítios arrendados nos subúrbios e mais cinco de uso da própria Ordem... Mas dizem que o rendimento de todas essas propriedades não cobria os gastos do Colégio, que tinha outras fontes de renda, como o próprio dote real.

– E parece já terem arrecadado muito dinheiro com o confisco dos "nossos" bens – comentou Fernando...

(E aqui não vamos entrar no mérito do *voto de pobreza* que os membros da Companhia possam ter feito, pois como se diz, "a concepção de pobreza eclesiástica não implica que a própria corporação religiosa tenha de renunciar ao direito de adquirir riqueza secular em forma de terras e fontes fixas de rendimentos.")

– Mas não só isso: também foi levado agora do Espírito Santo, para dar ao rei, *"um cofre de jacarandá com sua ferragem de prata, em que vão as estimáveis relíquias do venerável padre Anchieta e constam de quatro ossos das canelas e duas túnicas"*...

Guilhermo lembrou-se então de uma história curiosa sobre esse sequestro dos bens na Bahia, a da "receita secreta de um valioso medicamento"...

– Sim, porque na semana passada, no ofício do desembargador Francisco Berquó, falou-se de haver em nossa farmácia – ou "botica" – a receita do *Antídoto ou Triaga Brasília,* pelo que foi ordenada logo uma busca com medo de podermos "*... ocultar a dita receita, como fizeram aos principais remédios, que em lugar incompetente foram achados*". Pois, segundo o desembargador, haveria quem desse pela receita "*três ou quatro mil cruzados, e é certo que o fundo principal da dita botica era este remédio, pelo grande gasto que tinha, por ser pronto o seu efeito ...*". Não me admira que ainda venham transformar o prédio de nosso Colégio em uma *Faculdade de Medicina...*

Enfim...

Conversou-se mais um pouco e decidiram que a melhor maneira de viajar seria levantando bem cedo, com a primeira claridade, antes de nascer o sol. Mas isso só dali a dois dias, porque iriam ainda esperar a chegada do outro vaqueiro, e era preciso fazer todas as compras, deixando as coisas muito bem preparadas para aquela longa viagem. Combinou-se de passar todo o dia seguinte em Salvador, e no final da tarde, Tomei se recolheria à casa do jesuíta.

Assim se passaria mais um dia, e antes que chegasse o fim de tarde, Antônio se resolveria a, também em Salvador, fazer sua visita ao mar, para refrescar-se de todo aquele calor abafado que continuava sentindo (e olha que ainda nem chegara ao sertão...).

4

Pausa para ver o mar

Tomei segue filosofando...

Logo pela manhã, Antônio fez o primeiro passeio a cavalo, pois se resolvera a ver de perto tudo que havia à volta da cidade... E do alto de seu animal, comprado de Garcia d'Ávila, avistou na colina aquele monte de construções apertadas, assustando-se com a ideia de que no futuro poderá haver assim tanta gente no mundo, a ponto de até o mar estar sujo, do jeito que se encontra agora este *rio das Tripas* (que ele de novo atravessa, lembrando-se de quando o vira pela primeira vez, na chegada a Salvador) pois, como o próprio nome diz, é onde se despejam os restos de animais das cozinhas de muitas casas desta bonita e calma cidade, desorganizada e grande, talvez a maior da região, e de toda a Colônia, ainda.

(Talvez o lado positivo de se morar em uma cidade poluída, suja, cheia de lixo e exposta a doenças – algo com que volta e meia alguns se preocupam, por medo de estarem menos imunes do que antigamente – é que o convívio com muitos vírus e bactérias talvez venha a aumentar a capacidade de defesa dos moradores urbanos. Mas isso é coisa que o saber médico está longe de desvendar.)

E agora ele se solta, novamente, nos íntimos devaneios poéticos, que costuma ter...

"Poluir o mar" é até possível, mas "poluir o amar seria o mesmo que diluir no lodo o melhor lado de todo lar", começa a pensar, já com rimas e aliterações, ao que parece, em sua nova língua: "levantar areia sem ter como arrumar-se às patas do cavalo é tão desnecessário quanto 'desbrumar' um céu antes da hora, olhando de perto o azul em cima das montanhas, assim cristalino, em gota d'água"...

(E mais uma vez ele se lembra dos versos que fazia em sua viagem de Salvador à Casa da Torre: *"a nave ia devagar, desmanchando do mar a lisura, indo à maré mansa até a boca da baía"*)

(E também se recorda do momento que mais lhe despertou esse tal veio poético, ou do interesse no pensar sobre o sentir, algo que talvez lhe seja próprio...: foi quando esteve pela segunda vez naquela capela da Casa da Torre, e lhe vieram à memória alguns conceitos de *História da Arte e Literatura*, apreendidos nas aulas em Gênova...; é engraçado lembrar-se disso agora: a mãe tentava treiná-lo para receber os visitantes que vinham do Oriente, curiosos da arte italiana...)

... em meio ao vento...

Os ventos, sempre se soube, são deslocamentos de ar provocados pela diferença de pressão, que ocorrem principalmente entre as regiões frias e quentes do planeta, isto é, entre lugares em que o rebatimento dos raios solares se dá quase de frente à superfície do globo (entre os trópicos) e aqueles onde esse rebatimento se dá quase tangencialmente (nas calotas polares).

O mar, ele também sabe, são camadas e camadas de moléculas d'água que se aquecem uma por uma; então é normal que as camadas de cima, mais próximas à incidência de raios solares, sejam mais quentes. É normal, também, que o tempo necessário a que cada camada se esquente seja longo, e que a água possa estar quente quando o dia já está frio, e vice-versa.

Essa diferença de pressão entre os polos e a região equatorial gera uma predominância de rota nos ventos, que só não é reta porque também a terra gira, dando a impressão (na verdade, é por "inércia" – palavra que ainda se há de adequar à explicação disso...) de que também os ventos se dirigem a oeste, fazendo uma curva.

De leste para oeste – e a favor dos ventos, portanto (o que aos poucos iremos descobrir) – é como se dará também a trajetória de Tomei...

... sobre a beleza do mar e das estrelas

Agora que está de volta, e lembra-se do quanto ele mesmo falou em um mar "majestoso", Tomei pensa se só é possível dar-se conta de toda a beleza de suas partes, ou da de um rio, quando ela é vista de perto... Mesmo em dias assim, de algumas nuvens cinzas (como estava pela manhã, principalmente), pode-se sentir a sua força. Mas agora ele não quer mais usar essa palavra "majestosa", por se dar conta de que, com todas as conversas que teve com os padres, não está clara a sua esperança em uma monarquia feudal, e muito menos absolutista, como a ibérica...

E é nos momentos de sol e pouco vento, como agora, que o mar atinge essa espécie de perfeição estética, não comparável a nenhuma realização humana (ideia que poderá sintetizarse em versos, no futuro, por algum poeta ao saber dizer que "a luz do sol e a cor do mar não se fabricam").

(E agora que já começa a anoitecer – pois ele não se cansou de ficar ali sentado, em uma pedra, apenas para olhar, como se estivesse a conferir a paisagem –, Tomei também pensa se as estrelas, e mesmo as formas vegetais, têm algum grau de perfeição que não esteja apenas no observador... Pois observador é aquele que usa o seu conhecimento, e só pode julgar as belezas a partir de conceitos de igualdade, justiça, produtividade, bem-estar... E as estrelas só são bonitas porque sob o céu em que estão vivem-se histórias das mais envolventes, de caráter romântico, ou emoções variadas e dispersas, mas sempre ligadas por uma memória emotiva das experiências... Pois se pensarmos no que de fato são, verdadeiros canhões ameaçadores e sem qualquer sentimento – ou "bombas de nêutrons", como se dirá no futuro – tiraríamos delas essas características de beleza... Já o mar, até por ser a maior fonte de vida que existe – mesmo quando está assim, tão ameaçador –, é difícil acreditar que não seja verdadeiramente belo.)

Enquanto isso, escondido no Colégio dos Jesuítas, Antero Stanford (também conhecido por Guilhermo), já se prepara para a viagem:

"Amanhã cedo, a Feira de Capuame... E algum dia, a Vila da Barra!" – ele pensa em voz alta. "E vamos a cavalo" (sim, porque aqui já se comentou ser este o meio de transporte mais utilizado; usou-se muito no passado e ainda se utilizará...).

Primeira parada: o encontro em Capuame

O encontro de Tomei com o vaqueiro ia se dar ainda antes de chegarem à feira de Capuame. E foi Josias quem lhe apresentou o amigo:

– Lá está ele...

Fez um aceno com o chapéu e o cavaleiro apressou-se em vir na direção deles:

– Muito prazer. Sou João Francisco de Magalhães, vaqueiro da Ema...

E ouviram em seguida uma voz que para Tomei soou mais do que conhecida:

– Para onde vocês vão? – perguntou Fernando, fingindo-se surpreso ao chegar.

Quem conhece a história do mercado de gado sabe que, numa das primeiras fases, os centros consumidores mais importantes eram Salvador e seu Recôncavo, e também o Recife. E como haverão de escrever no futuro, "as boiadas que iam para a Bahia dirigiam-se à feira de Capuame", esta que está a oito léguas de Salvador, o que dá uns 53 km (isso se formos simplificar, porque, como o jesuíta acaba de nos explicar – e também aos outros –, uma légua pode significar uma distância variada entre 2 e 7, mas em geral são 6,6 km, a não ser a légua imperial, única precisa, de 4,8 km...).

É à volta desta feira que as reses vindas de longe se recuperam em bons pastos, por algum tempo... Isso antes de serem abatidas, ou seguirem viagem, por outro percurso.

E agora que chegam à feira, eles logo ficam impressionados com a quantidade de pessoas e animais envolvidos nesse comércio. Sim, porque o gado vem de longe, e muito dele, principalmente, daquele sertão para onde Tomei, agora com um experiente vaqueiro (e acompanhado de dois novos amigos), se dirige.

Não é que agora ele é quem tem coisas a ensinar para os padres? Pois o gado sertanejo, ele sabia, era criado sem cercas, nesse chamado regime de "pecuária extensiva" (como aprendera com Garcia). E de forma muito rudimentar... Apenas se vigiavam as reses para evitar sumiços. Capturavam-se algumas para curar as feridas causadas por moscas, perseguiam-se as onças que atacavam os bezerros, mas raramente se construía uma cerca, porque os animais eram criados soltos. E assim, eles viviam magros e mal alimentados...

Nesta feira, todos viram coisas das mais interessantes, mas agora, finalmente, já é hora de Tomei subir em seu cavalo para iniciar-se, ao lado de três amigos, a verdadeira jornada...

5

Uma longa travessia

A caminho dos sertões

O sol ainda nem se esconde e já se vê ali o fio de luz que brilha lembrando estrela, mas se trata é de um planeta, o mais visível deles, e de todos muito bem conhecido por Vênus. Entende-se o seu nome como tomado da mitologia grega, já não sendo assim tão apropriado, agora que Galileu inventou a luneta e se observou ser ele não mais que puro objeto rochoso em deslocamento... E dos ventos sobre sua superfície já sabem algo esses observadores, astrólogos e astrônomos, que apesar de todo o sentimento mítico inicial, há de se sobrepor a ele o ceticismo quanto à possibilidade de haver vida por aquelas *bandas*, paragens ou lugares...

Vida é aqui, nestes sertões ou em qualquer canto que não se tenha tornado de fato um deserto... Deserto, aliás, é o que aparentemente se estende ao infinito por todas as direções do Universo, para onde se vá fora deste planeta-bola em que se respira e de alguma forma bem vivemos. Por isso, "dentro de uma bolha já estamos", é o que pensa Tomei, tratando-se ao menos de uma bolha que não só ele, Antônio, mas sim todos os seus habitantes acham mesmo maravilhosa, infinita em seu tempo e espaços interiores, ou mesmo "no tempo de seus espaços", como prefere agora pensar, "internos e exteriores"...

Aqui se cavalga e muito, ou é mesmo o tempo que se transforma em algo que passa rápido e lento, tudo "a um só *tempo*" – pensa Tomei –, este que pode ser *rápido* ou *lento*, no quanto de desdito se sente com as próprias indagações (ou seria um "contradito"?)...

Distrai-se agora com um pássaro e, quando tenta retomar o raciocínio do que lhe é simultâneo, pensa sobre o tempo que é como onda que caminha numa só direção... O presente é a superfície, havendo, como na água, uma tensão. Deve ser uniforme a sua velocidade, claro, embora tenhamos a leve impressão de acelerar-se, o que se explicaria por uma equação simples: cada segundo passado soma-se ao já vivido e é, proporcionalmente, cada vez menor. Para um bebê, um ano representaria o dobro de sua vida, enquanto para um adulto, algo como um trigésimo, ou até menos.

Para o homem que ainda é jovem, o futuro talvez lhe seja desconhecido, mas é somente o ser humano quem pode, de fato, planejá-lo (até mesmo em detalhes, em muitos casos). E pensa se tudo é "a tempo", agora que aprende a decifrar melhor sua nova língua: "sobre as horas, é necessário dizê-las sempre no plural, visto que o tempo é eternamente múltiplo, inexistindo em sua forma parada...".

(Só não cogita que seu pensamento possa estar se lançando a algo bem mais profundo, sobre uma suposta ruptura original que os astrólogos e astrônomos teorizam, aparecendo nos ritos de outras tantas civilizações...)

(E talvez ainda se entregasse mais à reflexão, não fosse agora observar o vaqueiro que está sobre um galho bem alto, o mais alto daquela árvore que lhe era até então desconhecida. Percebe que toda a escalada – e tendo subido muito, de galho em galho – fora apenas para oferecer-lhe uma fruta nunca antes experimentada, algo que lhe pareceu ser assim meio doce... ou azedo, talvez...: *mezzo*...)

Cavalgando-se – é de fato uma longa travessia

Começa mais um dia de longa jornada. E, enquanto se cavalga, Tomei leva agora os pensamentos a cogitar se haveria as tais "ordens" de coisas inapreensíveis apenas aos seres humanos, simples que somos, pecadores e sem controle dos próprios atos... Essas "ordens" explicariam o fato de sonharmos com coisas ainda não acontecidas, e que estão para acontecer. Podem às vezes ser simples previsões, como ao lançarmos um objeto para o alto e já sabermos que, no futuro, ele atingirá o solo, por atração gravitacional...

É dessa maneira que ele pretende voltar agora a planejar os seus trabalhos... E quem sabe, quando vier a conhecer essa nova cidade, poderá escolher uma casa para nela se instalar de vez. E, quando já estiver bem ajeitada, deixará um copo de água exatamente no centro da mesa que ficará ao lado de sua cama, para quando vier a sede (como agora percebe que a sente, mas prefere economizar este pouco de água que carrega), precisar apenas esticar o braço...

Mas há também a probabilidade de haver coisas ainda não verificadas, ou equacionadas, por não terem parte na ação de fenômenos em seu campo de eventos possíveis, porque simplesmente ainda não experimentados e, em sendo assim, com pequenas informações novas que trouxessem, já se poderia prever logo algo das consequências futuras, que lhe seriam próprias...

O "adivinho", seja ele o pajé dos índios, ou um padre (pois agora começa a entender algo sobre as aglomerações humanas com que vai deparar na região a que se dirige...), parece às vezes ter pretensões de conhecer esse campo, mas não se dominarão nunca, de fato, todos os dados necessários a que se possa aprofundá-lo até porque, se assim o fosse, perder-se-ia de vista a tão grata emoção de uma surpresa... Não que tudo assim se tornasse algo entediante (e Tomei nem tem essa pretensão de saber como seria...). O futuro nunca vai terminar, e se fosse possível prevê-lo mais precisamente, com alguns anos de antecedência, o desafio passaria a ser a previsão dos anos seguintes... E nas fronteiras desse universo "visível", sempre haveria um momento posterior.

Já a busca de um conhecimento total sobre o passado, em teoria, ao menos, talvez seja possível de realizar, porque ele é finito... E os gregos tinham a sua concepção diferente, e de fato interessante, de que o passado estaria à frente, e o futuro atrás... Era, sim, uma noção lógica: pois à frente, podemos ver, e atrás, não. Com o que vemos à frente, podemos imaginar algo do que esteja atrás, mas sem toda a certeza...

Ainda com ideias de céu...

Tomei não imagina como as galáxias podem se distanciar umas das outras, e quem pode provar isso são os astrólogos de tempos modernos, já chamados de astrônomos, como o próprio Galileu... Diz o cientista que é como se desenhassem pintas redondas em uma superfície elástica (algo que pudesse "lacear-se", como uma bola de borracha ou couro, por exemplo...), e quando esse elástico fosse esticado, todas as pintas estariam se afastando umas das outras... E no caso das galáxias, haveria de ser, portanto, um espaço elástico, em que as mais próximas se distanciariam a uma velocidade menor, e as longínquas se afastariam a uma velocidade quase igual à da luz (porque se fosse igual, nunca mais as veríamos).

Este seria o horizonte do visível, o das galáxias que irradiam luz e podem ainda ser vistas, distanciando-se a uma velocidade próxima à da luz. Se estivéssemos a meio caminho delas, o horizonte seria outro, em qualquer das direções (o que também lembra o mar, quando nos deslocamos).

E no horizonte das interpretações mitológicas sobre o passado, haverá sempre imagens tenebrosas, que alguns usam para assustar os outros, como as do tempo em que haveria dinossauros... Mas é ainda mais assustador imaginar-se a Terra ainda no começo de sua formação biológica, ou a história do Universo, anterior à existência do planeta. O inconsciente é obscuro, e se há razão para conhecê-lo é a de elucidá-lo, ser dono de suas rédeas, por meio da razão... Essa chamada "luz".

Tomei fixa-se agora em uma bela imagem de Platão, sobre o condutor de carruagem: ela é o seu "corpo", sendo o "pensamento" as rédeas com que domina os cavalos, isto é, seus "sentimentos"...

Aproximação

Parece que estão agora já próximos ao grande rio, mas anoiteceu de novo. E como não há nuvens nesse sertão, nem aquelas luzes artificiais de lumeeiras a óleo que clareiam os ambientes da cidade, vê-se ali a imensidão do céu, totalmente recheado de estrelas.

Muito já se sabia, desde antigamente, sobre esses objetos luminosos que pontuam a infinitude, e que não eram (como pensavam alguns povos primitivos) simples furos de uma lona preta por onde passavam os raios do sol quando estava coberto, e sim outros sóis, de outros tipos e intensidades.

Outros antigos, da época grega, já sabiam que tempo e espaço eram uma coisa única... Afinal, tudo está em movimento, e cada coisa que se desloca é tanto no espaço quanto no tempo, sendo impossível separar as duas dimensões.

Esses povos antigos também conheciam, por outra maneira, coisas da gravitação e a relatividade de cada observação... O chão, para nossas dimensões, pode ser representado por uma linha reta. Já a trajetória de uma flecha sabia-se que era curva, pois ela estava sendo atraída pelo solo.

Sentado agora à volta da fogueira, Tomei tenta iniciar com os amigos padres e o vaqueiro uma conversa sobre os povos antigos, "ainda mais antigos do que os gregos e romanos", ele tenta explicar... O mundo já se comunicava, mas para isso (atravessar as selvas e desertos expondo-se a menos riscos, ele esclarecia) as pessoas andavam armadas...

Chuva

Já estamos no dia seguinte e sim, esta cavalgada, de tão longa, já parece não ter fim... E para que passe mais rápido o tempo (e possam os quatro concluir logo a travessia) é que se fala aqui, e tanto se tem pensado, justamente no próprio "tempo", e sua velocidade... Pois quando se fala em velocidade, fala-se em espaço e tempo (como ele dizia já saberem os antigos): todos os corpos estão em movimento – e isso é o que Tomei mais vem pensando – e, em assim sendo, deslocam-se numa só coisa, chamada de espaço e tempo.

E seu pensamento se estende agora a uma conversa com o jesuíta, que prefere simplificar as coisas ao concordar que está tudo mesmo em movimento, mas que seria pela simples velocidade do que se expressa na fórmula do "espaço sobre tempo" – e lembra terem todas as coisas uma origem comum nesse espaço-tempo, a que prefere chamar agora, fazendo nova especulação, de um lugar, ou "ponto inicial"... A quantidade de matéria nesse lugar inicial seria a mesma que depois se manteve por todos os tempos, quando se considera que "nada se perde ou cria", pois, como estão a divulgar hoje os cientistas, tudo apenas "se transforma"...

(Porém, para Tomei, basta olhar agora para uma gota de chuva quando ela atinge o solo, em como o seu caminho é desenhado pela força da gravidade... Quase não se percebe, mas em muito ela "esculpe" esse caminho. Tivesse ela algum objetivo, querendo chegar exatamente a outro "ponto", poder-se-ia imaginar que o rio corresse em linha reta, que é a menor distância entre dois lugares...)

(E é agora o jesuíta quem pensa sozinho, que também o caminho do tempo não é necessariamente reto, e a mistura de todas as gotas de chuva em um imenso rio talvez ajudasse a mostrar isso...)

Está anoitecendo, e por isso eles ainda olham para aquelas gotas, já tendo descido de seus cavalos. Logo escurecerá de vez e se perceberá novamente o que só pode se tratar de uma ilusão de óptica, pois a lua não caberia assim inteira dentro de uma dessas poças d'água, formadas pela chuva no fim de tarde... E isso é mesmo uma ilusão, porque tal espaço só pode ser muito menor do que ela (mesmo que não seja tão grande assim, se comparada a um *planeta...*).

E desse modo Tomei já se pega a pensar no que um dia poderá mesmo escrever, quando tiver sua casa:

> É dos nossos olhos que veem a lagoa uma ilusão de que a lua caberia assim inteira, dentro dela... Apenas reflete o seu brilho neste falso espaço, e agora sabemos ser toda a sua água muito menor do que a lua, que por sua vez nem sequer é grande o suficiente para comparar-se aos maiores planetas... Mas é do que os olhos veem o que se imagina: que lá do alto da casa, na visão de uma varanda, caberia todo o Universo...

Luz e volta no tempo – sonho com extraterrestre

Veio agora o jesuíta a contar sobre os filósofos gregos, que para eles a luz seria feita de minúsculos grãos de matéria. Mas que depois de se inventarem as lunetas, no século passado, um astrólogo sugeriu que ela fosse feita de ondas. E, assim como as "ondas do mar" utilizam a "água salgada" para se mover, elas precisariam de uma substância, ou meio... Não havendo no espaço a água, o ar, o vidro, e sim o vácuo, sugeriu-se que todo o universo seria permeado de uma substância difusa, invisível, sem peso e estática, chamada *éter...*

Pois no final daquele século já se estudavam todas as formas de comportamento e qualidades da luz, querendo-se entender suas propriedades, que são tão diversas... E no começo deste século (mas que só por outra "razão" é chamado de século "das luzes"), já se dizia que a luz é feita de minipartículas (e seria um corpo minúsculo, de algum modo influenciado por ondas...).

O jesuíta Guilhermo achava que só no futuro poderão ser calculadas as forças elétricas e magnéticas que se movimentam pelo universo, em velocidade próxima à da luz... E por esse raciocínio, a luz seria uma forma de radiação eletromagnética, transmitida em ondas pelo *éter*.

(E ainda mais no futuro, talvez haja um cientista, ou astrônomo, a observar que a luz se propaga como *quanta* – um conjunto de partículas... Isto é, que se comporta como onda, mas no fundo é também um tipo de matéria – diferente da onda –, porque não precisa de meio para ser transmitida. E o mesmo cientista ou astrônomo poderá constatar que sua velocidade é a única constância no Universo, sendo-lhe o espaço e o tempo apenas grandezas complementares...)

– Haverão também de dizer que, se o espaço pode curvar, o mesmo se dá com o tempo... Mas que não, o tempo não voltará para trás, isso nunca, nem se viverá de novo o passado, mas talvez se possa vê-lo, de uma distância a que se chegue mais rápido que a velocidade da luz... Quem sabe? – indagou a Tomei.

– Como? – perguntou o vaqueiro João Francisco, já um pouco menos atento.

Tomei sonhara com todas essas coisas, e agora queria também explicar-lhe melhor o que pensava, de maneira simples.

– O tempo pode ser cíclico. Cíclico não uma única vez, como uma roda, mas cíclico em todas as suas possibilidades, de segundos a milhares de anos...

E como se saísse de dentro do próprio sonho que tivera com essa conversa...

– Já os antigos diziam que a menor distância entre dois pontos haverá de ser sempre uma linha reta mas, se no futuro o único parâmetro for a velocidade da luz, até sua linha de emissão estará sujeita às gravitações e, portanto, se curvará, levando com ela todo o espaço... E se o espaço de fato se curvar, descreverá assim a parte de um círculo, que são os limites desse universo: mas apenas um, entre os vários possíveis, é o que se supõe... – foi como intercedeu o jesuíta, exatamente à maneira com que Tomei sonhara, já não se sabendo agora o que era sonho ou realidade.

"E se o espaço puder curvar-se, o tempo fará o mesmo, já que estão juntos (e será até comum de cientistas e astrônomos o uso do termo *espaço-tempo*), havendo um círculo em que o tempo se voltará sobre si, talvez em um fechamento que não seja perfeito, mas criando-se já o adensamento (que seria como se desenhássemos vários círculos contínuos, uns sobre os outros)"...

Agora em pensamento, Tomei apenas reflete sobre a nova constatação de Guilhermo, deixando de lhe ouvir: "Pois, dependendo de sua maior ou menor concentração, poder-se-á continuar por caminhos diferentes, desenhando-se em algo próximo aos átomos – ou como aquelas rosáceas dos aparelhos de desenho, nas igrejas... – ou às plantas trepadeiras... Poderão ser estrelas que em seus trajetos atravessem o tempo e o recomponham, nos limites do universo, este que talvez não passe de uma bolha em expansão...".

6

Pecuária e fauna no sertão

No que ainda se faz entender

Já é novo começo de noite e os cavalos ainda andam, iluminado que está o caminho pela luz refletida neste imenso satélite natural, visto por pessoas de todas as épocas, as antigas e atuais, e que ainda será visto no futuro, por todos que, imagina-se, venham a existir...

Ainda cavalgando, Tomei observa e tenta novamente explicar ao vaqueiro como não passa de uma ilusão óptica o fato de a lua caber inteira dentro de cada uma daquelas poças, sendo o seu espaço de reflexão bem menor do que ela (que sequer é um planeta, como ele sabe; mas se fosse por essa perspectiva, dentro de uma poça d'água caberiam até milhares de estrelas – pois se o reflexo servisse para alguma coisa, no fundo de cada poça haveria também uma espécie de céu, podendo ser mesmo o que se verá daqui a pouco, dos mais estrelados...).

E, sim, vamos ainda aproveitar este longo tempo de travessia a cavalo para nos inteirarmos de algumas histórias... Também veio cavalgando com eles o franciscano Fernando que, de tão discreto em seu comportamento, acabamos não dando notícias... É ele quem agora passará a explicar algumas das várias particularidades da natureza nesta região (embora a sua preferência sejam mesmo os assuntos ligados à Fé...).

("Deus lhe ouça" era o que até então ele costumava responder aos outros, levando Tomei a sempre relembrar os pensamentos que tivera na Casa da Torre, e do que se pode dizer sobre isso: que certamente Deus não tem ouvidos, e tampouco olhos – como lá ele pensava –, que estes são simples órgãos de sentido, mesmo que os mais apurados de animais e homens... Pelo que entendemos de Deus, ele não ouve nem vê, mas nos *ocupa*... quando quer, para ensinar – avisar ou fazer provações, nos casos mais graves...)

(E daí que sua representação pela palavra "luz" não deveria estar relacionada somente à capacidade de visão, que é apenas humana e animal... Mas são metáforas humanas, devemos compreender, quando Cristo diz que tudo que está escondido será revelado – ou "visto" – e que ninguém acende um candeeiro para escondê-lo debaixo da cama. Mais do que isso: que a lâmpada do corpo são os olhos).

(Pois também se diz de Gautama, o Buda indiano, que teve lá a sua "revelação", seguida de uma "iluminação" – ou seja, "luz" e vida celeste dos deuses, parecendo estar mesmo relacionadas, mas são apenas figuras de linguagem...)

Toda fauna...

Este outro homem que também cavalga e finalmente começará agora a falar alguma coisa é, depois de Tomei, o mais jovem. E, como sabemos, já foi criança e um dia poderá ser velho... E se pensarmos em uma sociedade, seja qual for o recorte temporal que se queira fazer, poder-se-á "enxergá-la" (ou entendê-la) como algo composto de muitas pessoas, em diferentes idades. Mas se pegarmos pela pessoa, é ela quem estará rodeada de outras que lhe são semelhantes, mas com idades variadas (e assim se mostrarão, dentro de cada uma, inúmeras as sociedades...). Pois não existe parâmetro único para cada fase de crescimento e envelhecimento. Assim, uma sociedade humana é composta de bebês, crianças, jovens, velhos, e todos, individualmente, costumam passar por essas variadas idades...

(Ao que parece, esquecemos de apresentar um novo amigo a quem esta conversa inicialmente se dirigia, o vaqueiro desta região de Irecê chamado Galvão, José Antônio, que se juntou ao grupo há poucas horas quando passaram próximos à casa dele. É um rapaz de mãe índia e pai de origem também italiana – ou espanhola, não sabe bem –, e já estava atento antes, muito interessado mesmo em toda a conversa de Tomei, nas elucubrações que ele fez sobre a passagem do tempo...)

Gado bovídeo

Sobre crianças, jovens, adultos, Fernando explica que também é assim em sociedades animais, embora muitos não saibam como funciona a relação entre os membros de diferentes idades... Começando pelos bovídeos, ele conta que foram introduzidos pelos portugueses para dar início à economia da carne, este que é o alimento mais proteico de todos, e que em sua produção traz junto a do couro utilizado nas roupas e muitas outras coisas...

– Os bovídeos não são apenas os bois e bovinos – lembra Guilhermo –, mas uma grande família de animais, que incluem as renas e mesmo caprinos, como as cabras e os chamados "caprinos montanheses", citados por acaso na carta do escrevente de Cabral, Pero Vaz de Caminha, quando em 1500 comparou os índios a animais...

(E ao se dar conta de que o lugar agora já é quase um país, lembra que a tal carta seria uma espécie de certidão de nascimento desta Colônia...)

– Sim, e todos eles, os bovídeos, vivem em grupos, que vão de dezenas – os tais caprinos montanheses – a milhares, como são estes que vemos agora passar, os bois, da pecuária extensiva...

Bovinos ou bois...

Está agora o vaqueiro a mostrar que também tem conhecimento sobre essas coisas, dizendo que, na região dos Andes, as lhamas, parentes dos camelos, eram domesticadas pelos incas bem antes da chegada dos espanhóis. Havia bovinos em grande quantidade nas pradarias da América do Norte: o bisonte e o alce viviam soltos e eram explorados pelos índios de lá...

E passa Galvão a explicar que é pelo grande número de indivíduos que eles conseguem sobreviver aos predadores, que neste sertão são muitos... Presas e predadores conseguem assim manter um equilíbrio em suas populações, equilíbrio este que, quando se rompe, sabemos, afeta a cadeia alimentar de toda a região, "envolvendo várias espécies". Mas também quando há o colapso, encontra-se novo equilíbrio – e pensando assim, o que é uma pena, talvez seja pela falta de uma consciência maior que os fazendeiros não se importaram em introduzir o gado no sertão, assim como os primeiros colonizadores trouxeram a manga e o coco para o litoral...

– Porém, quando o gado aumenta – lembra Fernando –, podem aumentar o número de predadores – onças, lobos, cobras, morcegos – e também diminuir as populações daqueles animais que se alimentam do mesmo tipo de capim, ou cacto...

(E observadores no futuro poderão saber, por estatísticas, se quando não há predadores o tamanho do grupo é mantido apenas pela disponibilidade do alimento, que nessa região sempre se torna escasso em épocas de seca.)

Galvão continuou:

– Nas manadas de gado solto, é possível reconhecer um líder, que vai à frente do grupo na sua "transumância" – o que quer dizer um "nomadismo sazonal".

(Aqui, onde há criação extensiva, as rotas não são só sazonais, mas também aleatórias, em busca de alimento, sempre... Estudiosos sobre isso, no futuro, é que poderão dizer se a "liderança" de um indivíduo sobre os outros acontece em várias espécies, e é normalmente exercida "pelos machos mais fortes, corajosos e hábeis". E se será sempre uma questão de "preponderância", eles vão dizer... Quem manda? É quem pode, o mais forte...)

Onças...

– Não é o caso das onças, que formam apenas grupos familiares, e a fêmea fica mais agressiva quando tem filhotes. Ela chega a atacar os próprios membros do grupo.

Ninguém discorda da colocação do vaqueiro pois, entre os mamíferos, a maternidade compreende gestação e cuidados pós-parto, que incluem a amamentação.

Diz-se que vêm daí as diferenças de comportamento entre machos e fêmeas... A fêmea quer que o macho a ajude na criação dos filhotes, e por isso tenderia ao relacionamento estável, à escolha de um só marido. Ao macho interessa espalhar seus genes, no maior número de fêmeas que estiverem disponíveis. E sempre que possível, se conseguir.

– A poligamia dos índios talvez seja por isso... Se o macho é valente, consegue casar várias vezes, cada vez com uma mulher mais jovem, que esteja no ponto de procriar.

(Percebendo-se aí a constante necessidade que o vaqueiro Galvão tinha de se diferenciar dos índios)

– Esses nativos vivem como se o mundo estivesse ainda em uma época primitiva...

Fernando preferiu relevar esse julgamento, voltando ao ponto da conversa. Lembrou que normalmente entre os mamíferos, quando se constitui uma família, o casal ensina junto os filhotes a buscarem alimento e a se protegerem dos predadores.

– É engraçado, pois se percebe que na infância animal tudo é mais divertido, enquanto os adultos se mostram sérios, à procura de alimento. Para os filhotes, há sempre novidades, e assim eles principalmente se divertem...

Tomei interveio:

– É que também entre os animais chega uma idade de se notarem a seriedade da vida, as responsabilidades – o sobreviver, o procriar – e a inevitável percepção de que nada é tão fácil. Os medos se tornam objetivos. Mas isso só mostra que essas responsabilidades são, antes de tudo, instintivas... E da mesma maneira, há princípios éticos que até parecem religiosos, mas em verdade são herdados da natureza. Ouvi dizer, em Gênova, de observadores de macacos – como estes saguis – que defendem a ideia de que tais bichos muitas vezes também desenvolvem a solidariedade, a generosidade, o altruísmo...

Aves, sexo e ovos

E já que falaram dos bovinos e outros mamíferos, podem agora falar das aves, lembrando que algumas delas só existem por estas bandas porque também foram trazidas pelos portugueses, notadamente as que não voam e só vieram até aqui para servir de alimento, elas e seus ovos (mas concordam que as mais bonitas são, justamente, as que voam...).

– Entre os cuidados que têm com os filhotes, as aves – como os gaviões, ou carcarás – ensinam-lhes a voar... E como acontece também para os mamíferos, preparar uma nova geração exige das aves um cuidado proporcional ao número de filhotes, e ao grau de dependência deles. Isso já não é assim com os peixes e os répteis, como as cobras, em que há mais independência e menos cuidado com a ninhada – voltou a tomar a palavra o franciscano Fernando.

E se estão agora a falar de procriação, poderão também falar de sexo... Pois é dele – como Tomei e os outros bem sabem – que depende a sobrevivência de toda espécie, e é, portanto, uma necessidade: os indivíduos de sexos opostos se aproximam e procriam, "mesmo que este ato implique a morte de um dos parceiros", o que acontece entre aracnídeos e insetos, como o louva-a-deus – provoca Tomei, inocentemente.

– Em geral, são os machos que procuram as fêmeas, atraídos pela visão, pelo cheiro, ou outra manifestação que seja parte do poder de sedução delas. O macho, para se aproximar, faz a corte, que é o primeiro passo da conquista.

Ao que o vaqueiro arremata:

– No caso do gado, a corte normalmente é a simples predominância do mais forte e ágil sobre os outros. As fêmeas, em um grupo de até dezenas por macho, simplesmente aceitam aquele que se impõe. O acasalamento entre eles é particularmente rápido, indo-se direto à "via de fato" pela simples introdução... Não costuma haver escolha nem corte: o macho cobre as fêmeas na medida em que elas entram no cio. Pronto a exercer sua função, chega a cobrir várias em um mesmo dia.

Feras...

Agora que a conversa está mais animada, entre Tomei e os vaqueiros (enquanto o jesuíta e o franciscano também parecem se divertir, mas sem falar muito), mostra-se saber que com as onças é diferente: as fêmeas entram no cio e produzem um cheiro, que excita o macho e este já começa a produzir esperma. Ele faz uma corte escandalosa, até que a fêmea se submete e aceita o domínio deste macho, geralmente em território dele. Em território dela é mais difícil ela se submeter, e às vezes isso não ocorre, impedindo o cruzamento. Pois é comum a fidelidade do casal, nos felinos selvagens – tentou explicar o franciscano Fernando, ao que João Francisco acrescentou:

– Também entre os cães, é o cio que atiça os machos. Mas as fêmeas são dóceis, podendo cruzar com vários deles no mesmo cio. Foi essa docilidade canina que permitiu a formação de várias raças. Entre os lobos-guará desta região, a fidelidade é mantida por toda a vida, comportamento que também pode ser visto entre certas aves, como a arara azul, mas os cruzamentos ocorrem aleatoriamente, ao sabor das estações...

... e certas aves

Dizem que as araras, como os pavões, fazem parte das aves que "exibem a plumagem colorida para conquistar as fêmeas"... Outras, "estufam o papo e abrem as asas, mostrando a penugem interna colorida". Mas só quando estão calmas é que mostram essas cores, como se exibissem "uma beleza interior desconhecida dos outros".

Comparadas aos machos, as fêmeas têm cores discretas e sombrias, parecendo fazer parte de outro grupo.

Carcarás e outros pássaros

– Entre os gaviões, há comportamentos especiais de conquista, como voos acrobáticos, que mais parecem uma dança. Alguns fazem falsos embates para se exibirem, dando suas demonstrações de voo em pares etc. Mas há os que simplesmente lutam entre si, para escolher a fêmea e o território. Alguns casais constroem ninhos em conjunto, e há machos que os constroem sozinhos, oferecendo-os depois à fêmea almejada – dizia agora o jesuíta Guilhermo.

E lá também se vê o joão-de-barro, pássaro arquiteto, como o nome já diz. O ninho tem uma única abertura, e assim ele esconde e protege melhor a fêmea. Alguns fazem um ninho suntuoso, com arcadas de ramos e pétalas de flores enfeitando o chão... Se a fêmea não o aprova, ele desmancha e refaz inteiramente o ninho, podendo até roubar coisas dos vizinhos.

O padre vai se revelando um verdadeiro conhecedor de aves:

– Já o sabiá é um desses pássaros que "conquistam pelo canto", também numa "espécie de desafio" entre os pares. Muitas vezes eles "entoam árias longas e contínuas para uma plateia de fêmeas, que se mostram prontas a acompanhar o melhor canto".

Mas sabe-se que o canto não é só atrativo, podendo ser também a linguagem de posse do território, da aproximação de uma ameaça (como as perigosas cobras), ou mesmo de satisfação (quando a "cantada" deu certo...) ou descontentamento ("cantando eu mando a tristeza embora...").

– Existem aqueles que oferecem prendas ou alimentos para se mostrarm os parceiros perfeitos, desses que podem alimentar bem os filhotes de toda uma grande prole... Entregam insetos, animais pequenos, e até peixes, como faz o martim pescador.

E sem perder o fôlego, ele ainda continuou:

– Chocar ovos é coisa de fêmea, e só lá no sul, bem no sul, é que os pinguins machos também desempenham esse papel. A alimentação dos filhotes em geral é feita pelo casal, mas às vezes é feita só pelo macho, ou só pela fêmea.

(E se o leitor bem notar, o sertão também é rota de algumas aves migratórias...

Elas têm um hábito muito interessante: antes de partir, fazem um regime intenso e chegam a dobrar de peso – o que também ocorre com certos mamíferos migratórios, das regiões geladas... É como se fizessem uma bagagem de gordura – à moda dos camelos, que trazem às costas a sua reserva energética.)

O gavião

O vaqueiro explicou que o gavião no sertão já tinha esse nome tupi, *karakará*, que virou "carcará" e assim prevaleceu... Na verdade ele é só um tipo de águia, e não à toa as pessoas dizem que "o carcará tem os olhos d'águia".

– Os olhos das águias são mais apurados que os dos humanos. Eles têm duas pálpebras que funcionam de forma independente: uma, exterior, fecha totalmente o olho, enquanto a outra, interior, é translúcida, e só espalha lubrificante na superfície ocular. Com voos bem mais rápidos que a velocidade de um cavalo a galope, um piscar de olhos poderia fazer a águia perder a caça e a própria vida... Pois as caças normalmente são conseguidas rente ao chão, onde há partículas de poeira suspensas. É quando elas têm de lubrificar os olhos...

Cavalos

Neste diálogo entre homens que cavalgam, acabou-se por dar preferência a certos conceitos que lhes vinham de forma quase involuntária, por não haver escolha... Mas é parte das características desses cinco homens, especificamente, a ciência de que podem existir sempre outras verdades, ou maneiras de entendimento, que levem a diferentes reflexões sobre a natureza e o ser e estar humano, dentro dela. Só é pena mesmo que em um mundo de tantas possibilidades conceituais, nesta e em outras épocas, muitos ainda prefiram acreditar na ideia aristotélica de que o mundo foi criado todo de uma só vez...

Pois quem observa a natureza sabe que nunca houve, nem haverá parada evolutiva. E mesmo que isso seja coisa de uma teoria futura, já se sabe por darwinistas de todas as épocas que a especialização atribuída pelos homens a certos animais é sempre um estágio, e que cada característica nunca mais será assim, como algo que estivesse parado, dessa maneira, para sempre... E que se todos os cavalos conhecidos no mundo possuem cascos, uns podem ser mais ou menos peludos, e encorpados, conforme a região a que se adaptem. Há cavalos de pernas mais grossas que estes, acostumados a terrenos irregulares, e cuja irrigação vascular permite a cura de fratura óssea. Diferente dos ingleses...

No sertão não se usa a palavra "égua", que é considerada chula, e assim, Tomei, como os outros, passará a chamar a fêmea do cavalo de "animar".

Homens (hominídeos) e saguis...

Nenhum animal do mundo se adapta a qualquer região, a não ser, claro, o homem. O homem primitivo vivia em grupos de vinte a trinta pessoas, assentando-se na célula familiar. Certamente havia uma hierarquia, e a existência de líderes não surpreenderia ninguém. A unidade familiar variou muito entre as civilizações, podendo ser de dois a mais de cem indivíduos.

A habilidade manual é que na verdade nunca foi exclusiva dos seres humanos (como alguns já chegaram a dizer, por engano...). Até insetos conseguem usar as patas para segurar coisas. Como os homens, os saguis têm os olhos frontais e também um dedo que ajuda a segurar, característica que já fora adquirida pelos primatas há uns 70 milhões de anos...

Os saguis são muito mais graciosos que os homens. Vivem se abraçando e, mesmo na época de acasalamento, não chegam a brigar, havendo consenso nas uniões.

Sociedades humanas

Tomei vive uma época em que os conceitos religiosos ainda se sobrepõem aos da ciência, mas já se imagina que a semelhança entre o comportamento humano e o do animal nunca foi só coincidência. Mais do que imitação, sempre houve cargas genéticas envolvidas: há uma ligação próxima do homem com outros mamíferos, e uma mais distante, com as aves, que remonta a centenas de milhões de anos...

As comunidades humanas têm comportamentos parecidos com as de animais, "mas diferem muito entre si". Em cada uma, há costumes que nunca existiram em outras. Não se pode fazer uma hierarquia (ou taxonomia) desses costumes, que "não sofrem o mesmo processo evolutivo das espécies" e se adaptam a situações específicas.

Alguns animais mais primitivos, se comparados aos macacos, como os pássaros, têm costumes mais sofisticados em relação ao acasalamento. Mas não se pode afirmar que haja alguma herança nesse sentido. Podem-se, isso sim, fazer algumas hipóteses: é como se a humanidade dispusesse de um repertório imenso de costumes, e cada grupo elegesse os seus, mais adequados à região e ao momento histórico (ou político).

(Como o ser humano em geral vive em grupos, os costumes são um bem coletivo, sem imposição ou escolha individual. Quando um indivíduo impõe um costume a outro – como um rei a seu súdito – já não é costume, mas legislação e política. Há exceções: quando um indivíduo se destaca como herói, profeta, artista ou filósofo, seu comportamento pode influir nos costumes – mesmo em uma história colonial, como a que vivemos.)

E os costumes parecem não ter nenhuma relação com o material genético (embora ainda haja muito a se descobrir no futuro...). Eles são comportamentos em nada específicos de raças ou espécies, podendo ser parecidos em comunidades distantes no espaço e no tempo. Poderiam sim estar contidos no material genético, mas de modo bem generalizado: algo apenas disponível, mostrando assim o aspecto frágil da natureza.

A sua herança vai depender de cada acasalamento e, desde que os seres deixaram de ser unicelulares, estará depositada em milhões de genes, que dificilmente serão desvendados...

Cópula

A relação sexual é onde a natureza cobra sua maior cota para a sobrevivência da espécie, e onde a variedade de costumes é maior. Nela, todos os costumes de origem animal podem se fazer ecoar, estando livres para se manifestarem... A corte, a sedução e a conquista mudam praticamente a cada civilização, e encontram-se diferenças de geração para geração em um mesmo grupo. Mas há uma constante: a sedução feminina e a conquista masculina.

Às fêmeas foi dado o papel de seduzir, seja pelo comportamento, cheiro, ou beleza... Aos machos, o da conquista, pela força, liderança, astúcia e outros atributos (até mesmo a beleza). E a sedução se caracteriza como um ato calmo e submisso, enquanto a conquista é um ato impositivo e violento. Uma fêmea jamais forçará um macho à relação... O macho pode cometer um ato contra a vontade da fêmea, mas o inverso é impossível: qualquer alegação moral nesse sentido vai se perceber que é mentirosa (e no futuro, poderá algum poeta resumir essa questão dizendo que ao homem resta seguir-se "enganado ou enganando" em seu viver, curado nesse rasgo ou ignorante a "qualquer ser", pois quando está amando "é parecido com sofrer").

Na relação, uma fêmea poderá disfarçar ou fingir sua excitação, "porque seus movimentos não afetam a aparência física". O macho tem seus movimentos afetados: fica mais lento com a irrigação muscular e sofre conformação corporal. "O membro excitado drena sangue de todo o corpo mas, ao mesmo tempo, seu cérebro mantém um fito único: realizar a ejaculação que, de tão premente, pode causar dores se não for realizada".

Diante disso, o macho não mede esforços para realizar a cópula, chegando à violência, se for preciso.

Na espécie humana, a sedução feminina fez e ainda fará muita história, mostrando-se bastante presente nas lendas gregas (até mesmo entre divindades...). Ela também aparece nas mulheres que foram pintadas pelos artistas italianos, nas atrizes das peças de teatro, na França, Espanha, Portugal. Enfim, em muitos outros casos... Em Roma, as mulheres se empenhavam em obter vestidos de seda para aparecerem seminuas em público.

Para o homem, a sedução feminina tem pouco a ver com o comportamento, e mais com a beleza do corpo. O corpo nu ainda é o maior atrativo das mulheres, enquanto a conquista masculina, diferente da sedução, é um mostrar-se amplo, além da forma do próprio corpo, muito mais comportamental... Em sendo assim, nota-se que a mulher é conquistada pelo espírito, e o homem pela matéria. Do mesmo modo, a matéria não conquista e o espírito não seduz.

Desfecho deste capítulo

É compreensível que, em meio à longa cavalgada, Tomei e seus amigos tenham se deixado dispersar nas ideias e levado a esses pensamentos que chegam a ser quase eróticos... Para ele, especialmente, já se passaram alguns meses desde que saiu de Gênova, onde tivera a sua última relação, sem que houvesse sequer a aproximação de uma nova fêmea com quem ele pudesse depois almejar a cópula, ou ao menos dividir suas carências.

Mas vê-se que o pensamento também vagou por relações consideradas mais nobres, dessas que se dão entre a flora e a fauna, e a maneira como todas as coisas interagem... E talvez estejamos de fato a falar do que ele se imagina ser, ou melhor, dando-lhe consciência de que tudo o que se pensa diz respeito tanto ao homem em seu meio quanto às diferenciações que podem suceder no seio do próprio ambiente, seja ele a mata úmida do litoral ou esta região sertaneja, que é assim tão seca...

Pois de fato, como em qualquer contexto, o que importa mesmo é a interação do indivíduo com seu espaço externo – meio de que faz parte –, para assim saber se levar naturalmente à troca em que todos se beneficiam. Passará a haver então o desejado equilíbrio, podendo-se esperar uma verdadeira simbiose das relações quando se pensa prioritariamente no bem comum. E nota-se isso tanto entre seres humanos como em comunidades de vacas e abelhas pois, como se sabe, tudo é, *mutatis mutandis*, o habitat e os habitantes.

7

O colorido humano – visão dos missionários

A companhia

– Muitos entendem que neste século XVIII, apesar de tudo, é ainda a Companhia de Jesus que lança maior "luz" sobre esta Colônia, sendo capaz de brilhar de norte a sul, por todos os interiores.

(Pois, como um exército – e sempre se responsabilizou por ser o "braço combativo" da Igreja –, fortificou-se em "... igrejas, missões para catequese dos indígenas e colégios para a evangelização" de novas e novas gerações...)

Desde que vieram ao Brasil, em 1549, por todos os lugares onde passaram, "os jesuítas fundavam aldeias, povoavam terras, ensinavam...", e só no Colégio da Baía, até pouco tempo, moravam mais de oitenta padres. Eles eram os senhores de tudo, ou quase tudo... Pois foram também os principais educadores e tinham em sua clientela a "nata" de toda a classe dominante, na Bahia e em outras províncias.

Talvez não se imaginasse que nesses colégios também viessem a aparecer poetas do "calibre" de um Gregório de Matos, ou de outros, um tanto interessados em aprender a retórica a ponto de achar que teriam vocação para ser padre, mas logo depois, por alguma gota d'água qualquer, passaram a ver no discurso daqueles professores algo "insosso e atrelado a ideias religiosas e políticas" ...

Agouros e...

Naquele novo final de tarde, foi Tomei quem primeiro tomou a palavra, começando a contar coisas da época dos gregos, quando se pensava que era preciso fazer um terrível sacrifício humano para que os ventos voltassem a soprar...

– Pois só assim – dizia o italiano –, pelo que eles acreditavam, as tropas de soldados já prontos para lutar poderiam embarcar naqueles mais de mil navios ali atracados, e seguirem rumo à cidade de Troia... Mas hoje já se sabe que essa tragédia podia ter sido evitada porque, de um jeito ou de outro, os ventos voltariam a soprar – com ou sem o sacrifício de Ifigênia...

Não só naquela, mas em várias épocas, inclusive nesta que se vive hoje (e poderá ser assim também no futuro), as lideranças políticas e religiosas parecem não se dar conta de que o agouro é antes de tudo um flanco frágil, pela necessidade criada de que as coisas aconteçam de modo a sempre comprovar-se o oráculo...

Tomei parece que será agora o único a falar, lembrando neste discurso que, como os gregos, centenas de anos depois os cartagineses também precisaram seguir suas superstições, e esperar cerca de cinco dias (até que viesse "uma lua tal", mais apropriada...) para lançarem o seu ataque final contra Roma. E com esse tempo, os romanos tiveram como se reorganizar, e defender-se com muito mais capacidade e eficiência...

– Poderíamos dizer, neste caso, que os latinos só não foram invadidos, nem conquistados porque tiveram muita "sorte" – conclui o genovês.

Mais alguns séculos e já se pode lembrar o que houve na época de Galileu: alguém que seguramente teria mais coisas a ensinar sobre isso; que com crença não se brinca, e é sempre possível desdizermos cada afirmação, rastreando-se a importância dela no que realmente é preciso pensar, ou sentir, sem nos prendermos tanto ao que de fato tenha ocorrido.

... superstições

O franciscano Fernando passou a também falar algumas coisas, lembrando que, no começo da colonização portuguesa por essas terras, via-se que os índios tinham lá os seus agouros, mas os padres tratavam logo de desprezá-los...

– E os próprios religiosos, por sua vez, não podiam abrir mão de certas crendices que tinham, por menor que fosse o seu fundamento lógico. Alguns jesuítas, principalmente, chamavam todas as crenças indígenas de "superstições", achando que não haveria religiosidade, ou qualquer traço de espiritualidade naqueles "selvagens", antes da chegada dos europeus...

Assim – explicava –, se os índios desistissem de uma guerra por se depararem com certo tipo de ave, se colocassem algodão na cabeça das crianças ou se deixassem presentes pelo caminho, como flechas, penas ou abanadores, no intuito de não serem atacados pelos "espíritos ruins" da mata, para os jesuítas isso não queria dizer nada...

No fundo, os padres julgavam que, por estarem do lado de Deus, só eles teriam poder sobre a natureza. E, se outros dissessem ter esse mesmo tipo de poder, já seriam considerados impostores (o que eles nunca podiam ver em si mesmos...). Nos aldeamentos, quando um índio era curado de sua doença, diziam ter sido graças ao batismo, e ao mesmo tempo desdenhavam completamente o curandeirismo dos pajés (a quem eles preferiam chamar de "feiticeiros", à moda dos inquisidores).

– Chega a ser curioso, e até engraçado, alguns padres afirmarem ter visto com os próprios olhos, em uma guerra de índios, que só aqueles que fizeram o sinal da cruz sobreviveram, o que exigiria enorme observação... E que, também com os próprios olhos, elas tenham visto as pegadas de São Tomé, o apóstolo – de quem os índios já teriam ouvido falar, como *Zumé* –, em algumas pedras do litoral... Sim, porque o seguidor de Cristo teria vindo da Índia – onde virou pássaro ao ser perseguido pelos gentios de lá, e atingido por um caçador voltou na queda à forma humana mas, ao chegarem as autoridades, só viram aquelas pegadas do santo, as mesmas vistas depois por aqui, nas pedras... – e do Brasil iria para o Paraguai, e então para o Peru...

Teoria da criação

Bem, e em resposta ao episódio grego lembrado por Tomei, coube agora ao jesuíta comentar que aquela era ainda uma época de muitos sacrifícios humanos... Só depois é que esses sacrifícios foram limitados aos animais (o que até aparece nos evangelhos, com pombas e outros bichos, mas hoje, só seitas menores, hereges e pagãs, é que fariam esses sacrifícios). E é possível que os animais daquela época fossem exatamente iguais aos de hoje, e aos dos dias que virão, a se acreditar numa teoria da *Criação* estabelecida pelos judeus, antes mesmo do Cristianismo. Nela, o mundo todo teria sido feito de uma só vez. E talvez com isso se dê sentido à igualdade do mundo e da condição humana, em suas situações temporais básicas, de passado, presente e futuro.

– Porque, antes, todos os três tempos estariam condensados em um só, e daí a lógica da eternidade, que não seria material, mas em *espírito*. Não se entraria no mérito de averiguar para cada conceito simbólico uma imagem real, pois se no futuro já se souber que existem várias tipos e camadas de solo, nunca se poderá afirmar ao certo com que barro, e de que região, teria sido criado o homem e, a partir dele (de uma costela sua), a mulher...

"Desde e para sempre" é como se resumem nos textos bíblicos a existência e a eternidade onipresente de Deus. Assim, tudo que existe materialmente ou na imaginação estaria interligado no espaço e tempo, uma grandeza natural que por apreensões de sentido passaria a ser também um conceito socio-mental. Sim, porque toda experiência é, afinal, sensorial, e diferenciar o que é espiritual do que é psicológico, ou emocional, é apenas teórico: a religião existe para confortar e dar sentido à vida, mas cada crença, ou Fé, há de ser sempre individual...

– Por essa expressão, "desde e para sempre", já se entende que o tempo sempre existiu e existirá, e que não houve começo, nem haverá fim... Ou então que este "sempre" representa o período de toda a existência, do seu suposto início – que para os "astrólogos", como Galilei, teria ocorrido há uns muitos bilhões de anos – a um suposto fim. Em qualquer dos casos, haverá o antes e o depois, passado e futuro – ou, para os que gostam de uma praticidade, a causa e o efeito de cada movimento...

Logo, todo ser que se transforma no tempo terá dois polos distintos, com suas características correspondentes. Em todos os seres, essas características interagem, e assim, presos a dois polos, o passado mais longínquo e o que couber no presente à luz do futuro, viveríamos neste intenso oscilar de forças distintas, que não se alternam (pois ambas estão sempre presentes), mas variam no tempo e grau que nos ocupam.

Mesmo aquilo que depois a Igreja veio a considerar como força maligna (exterior ou interior) pode-se acreditar que também faça parte da natureza humana e, mais especificamente, de sua reminiscência animalesca sobre um passado sombrio, que alguns chamam de inconsciência. E talvez se acredite que pela expansão da consciência o futuro possa se caracterizar mais pela clareza e lucidez...

Agora já um pouco disperso, e para simplificar o que ouvira e andou pensando, Tomei diz acreditar em uma espécie de teoria da "lapidação", isto é, do aperfeiçoamento individual, e sempre gradual, de cada ser. Imagina ter sido o passado algo sombrio para todos, e que no futuro poderá haver muito mais refinamento... Sim, e diz ser também isso o que se espera da história humana e acontecer na vida de muitas pessoas, sem contradizer a pureza de espírito dos animais e das crianças, que são muitas vezes verdadeiros e realmente mais generosos, por inocência...

Moralismo qualquer

Para ele, até pessoas que acabam se confundindo e caminhando para trás não deixam de acumular aprendizado, mesmo quando não podem colher os frutos dessa experiência em uma oportunidade seguinte... E as que se sentem donas da verdade é que vão colocando inúmeras regras e preceitos morais como condição para aquilo que é próprio e natural do ser: o aumento do conhecimento e refinamento de sua cultura.

O franciscano Fernando concorda, chegando a achar que isso teria acontecido no cristianismo a partir de colocações mais maduras de Saulo, o São Paulo, mas que, apesar de não se ter mais como desatar algumas amarras, manteve-se o amor como principal fundamento de tudo... E Tomei concorda, embora perceba no exemplo dado pelo franciscano que possa ter sido uma abordagem meramente política, para confluir em alguns pontos com o pensamento do jesuíta.

(Sim, podemos agora olhar de fora para este diálogo, no que pensa Tomei, e notar uma semelhança entre o papel do padre de hoje e o futuro papel de um psicanalista, de pensamento mais "científico" e quase material: ambos querem convencer o seu "paciente" de que as melhorias de vida ocorridas desde o início do "tratamento" se dão por influência dessa espécie de tutor, quando é natural da condição humana aprimorar suas experiências e colher frutos de ações que são bem-sucedidas.)

(De um ponto de vista ateu, as invocações religiosas não passariam de ilusões desse tipo ou, no máximo, de estímulo à autoestima, esta sim, capaz de melhorar os desempenhos – como fazer rir um doente ajuda em sua recuperação, também as orações o favoreceriam –, o que dizem ser até constatado estatisticamente... Mas talvez nem seja esta uma informação confiável, e sim de caráter sensacionalista, das que aparecem em folhetins, como já se espalhou recentemente, na Holanda, que uma simples "cópula", ou relação carnal, até mesmo quando realizada com pessoas desconhecidas, levaria a desenvolver-se entre elas o "amor"...)

(E elas acabam levando a situações de conflito entre os religiosos, em que ambas as partes se sentem do lado de Deus – como há tempos se vê entre cristãos e muçulmanos, nas cruzadas ao Oriente Médio e depois na Península Ibérica, ora como vítimas, ora como heróis – e por isso vão dar o máximo de si e assim fazer com que o confronto se arraste no tempo, sem solução... A menos, vai-se dizer, que um dos lados vença e elimine o outro, como já se viu em muitos casos e pode agora estar se dando aqui, onde alguns índios hesitam em aceitar a nova Fé... Mas quando há equilíbrio de forças, talvez o único modo de se pacificar uma região seja o abandono, por ambos os lados, de suas religiões, ou ao menos da ideia de que ela deva sempre se sobrepor às outras...)

Um aparte necessário

Haverá no futuro um escritor português a dizer que a passagem bíblica sobre a *Criação* induz o leitor a um erro, o de acreditar no "poder demiúrgico" do verbo, pois com uma única frase divina, o "Faça-se a luz", tudo teria sido criado, e assim, "... sem imagens, somente com uma simples declaração circunstancial, vemos a escuridão total, ouvimos a grande voz impossível e assistimos ao nascimento primeiro da luz".

Mas se aqui se quisesse dizer que Tomei, em sua conversa mais direta com os vaqueiros, tivesse algum intuito de desmoralizar esse saber dogmatizado, ou os resultados adversos à boa intenção dos dois padres, recorrer-se-ia à famosa (e até simplista) crítica de que, pela lógica cristã, o índio que não soubesse o significado do pecado não poderia ir para o inferno, mas se o soubesse, e mesmo assim o praticasse, aí sim ele até *deveria* ir... E, neste caso, para que estariam os jesuítas ensinando a eles o que é o pecado? Que interesse teriam em engrossar a fileira dos condenados?

Não, a coisa não é tão simples, como bem sabem Tomei e os outros... Pois pela óptica dos cristãos, os índios já estavam nas trevas e assim permaneceriam, não fosse a heroica ação desses missionários, que lhes foram enviados por serem os escolhidos (e até preferidos) de Deus. Mas não, eles também não querem ser tão irônicos... Sabem que muito se deve à ação dos religiosos (principalmente jesuítas) para criar-se nesta imensa Colônia uma identidade própria, sua, de língua e crença, pois só assim irá manter-se como país unificado: o imenso *Portugal das Américas.*

Reação do jesuíta

Guilhermo preferiu falar do que lera no relatório de um tal Diogo Moreno, militar português que esteve na Bahia no início do século XVII para avaliar as fortificações portuguesas... Contou que se deparou lá com um relato frio e calculista sobre as forças de trabalho presentes no Recôncavo, analisando-se que, depois das pazes feitas no sertão, os índios eram considerados de uso exclusivo dos padres da Companhia. Assim, aos colonos restava adquirirem escravos africanos, pagando caro por isso, e tendo de arcar ainda com altos impostos, para bem produzirem e servir à Coroa. E tudo isso resultava na ineficiência de suas fazendas. "Ora, ora", dizia Guilhermo, dava para perceber que o militar defendia assim a escravização dos índios...

E disse não ser só este, mas muitos os cronistas que defenderam a escravização... Mesmo Gândavo, que ficou famoso, mostrava a necessidade dos novos colonos em adquirirem seus escravos, "dois pares, ou meia dúzia deles", para "*honradamente* sustentar sua família", ele dizia: "*... um lhe pesca e outro lhe caça, ou outros lhe cultivam...*".

– Talvez só por isso vocês já entendam como foi importante o nosso trabalho, nesses mais de dois séculos...

– Mas talvez também se possam questionar os primeiros jesuítas – observou Fernando – pelo interesse que tinham em encontrar maneiras práticas de dominar os índios, e declararem abertamente que, se não pudessem fazê-lo "*pelo amor*", o fariam "*por temor*"... Pois eles diziam isso mesmo: Nóbrega, em uma de suas cartas, recomendava "*sujeição*" e "*obediência ao governador*", considerando que os índios "*talvez por medo se convertam mais depressa do que o fazem por amor*"...

(Na verdade, essas sempre foram, e continuarão sendo, as grandes motivações de uma subjugação. Um empregado obedece a seu patrão ou porque gosta dele, ou porque tem medo. Se em um país mais civilizado, como a Inglaterra, ou França, o condutor de carruagem obedece à lei de trânsito, ou é porque acredita nela – aceitando-a como coisa certa, importante, e que merece ser seguida –, ou por medo de ser preso pelas autoridades... Ou seja: os súditos obedecem ao rei ou por amá-lo, ou por temê-lo.)

(Daí que na Bíblia, escritura sagrada dos judeus, o *Todo Poderoso* tenha as duas facetas: ora ama sua criatura, ora a faz temer – com sua maldade? Entraria aí o provérbio chinês: "quando uma história se mostrou errada é porque ainda não terminou; todo final deve ser feliz" –... E existe também uma mistura desses dois sentimentos, quando para o "subjugado" já não há exclusão entre eles; passa-se então a correr o risco do chamado "masoquismo" – enquanto o risco de gostar demais de alguém também pode levar a algo de que temos de nos cuidar sempre para não sentir: o "ciúme"...)

E como não conseguem sair muito desses assuntos, vão ainda esmiuçá-los, com um dos padres começando a dizer que Deus seria uma espécie de consciência superior de tudo, podendo-se encontrar vários conceitos físicos, e até características na natureza apontando para a possibilidade de Ele existir, algumas delas confirmadas pela própria ciência... Deus seria "superior a tudo, consciente de tudo, criador e dono de tudo". Mas dá-se a pensar ele mesmo que, algumas vezes, a religião não se acerta bem ao expressar as sutilezas da existência efêmera na consciência e, com as variáveis tendendo ao infinito, a tudo que lhe escapa do que poderá ser previsível, coloca o nome de "vontade de Deus".

Mas sendo um iluminista...

Mais um dia inteiro de cavalgada e travessia, e agora Tomei anda mais quieto, pensando, sozinho... Mas, enquanto repara em novas coisas da paisagem, lembra-se também das primeiras conversas que teve a sós com Guilhermo, e nas relações das palavras, ou na simbologia, entre "luz" e razão...

Ele cavalga e pensa que não sabe exatamente qual o conteúdo e propósito daquelas enciclopédias organizadas pelos iluministas, mas imagina ser uma tentativa de juntar tudo que havia de conhecimento científico, em oposição ao supersticioso. Haveria estudos sobre as aranhas, os corpos celestes, todos assim coletados... E imagina também que as notações científicas teriam um tipo de linguagem narrativa, e que quase por consequência seriam também compilados os trabalhos filosóficos, retóricos (como os do próprio Descartes) e até literários.

(E talvez seja querer demais, acreditar que tivesse ouvido falar de um processo semelhante ocorrido na Índia antiga, quando da composição dos *Vedas*. Mas se de fato ele ouviu falar disso, saberia de uma sutil diferença: a de que os textos reunidos eram *mantras*, poemas litúrgicos e fórmulas de cura para os diversos tipos de situação... Eram, portanto, de caráter religioso. Sim, porque não havia distinção entre mágica e o real: tudo era mágica. Mesmo os trabalhos sobre o *Direito*, quer dizer, sobre as leis que regiam uma sociedade – como a do trânsito das carruagens – eram todos justificados por expressões religiosas...)

(Mas bem distante da Índia, no belicoso Portugal da era moderna, buscou-se também muito mais apoio na *Fé* que na razão... E é evidente que o interesse desses europeus na "Índia" era principalmente mercantilista, ou pelo que lhes fosse "conquistável"... Naquele ponto da Ásia é que haveria de fato, pode-se dizer, um "choque cultural", porque as religiões distintas que estavam enraizadas – como havia no Brasil – eram amparadas em poderios militares e econômicos – o que aqui não havia... E se no Brasil não aconteceu propriamente um choque, é porque a cultura europeia chegou realmente devastando e atropelando tudo que estivesse pelo caminho, como se fora a verdadeira dona, e esta pudesse "arrasar tudo, com seu trator" – que estava ainda por ser inventado, notando-se ser esta uma comparação anacrônica –, ou melhor, como peste onde o sistema imunológico não estivesse de sobreaviso, como formiga africana onde só existia tanajura.)

8

Índios

A sociabilidade nativa...

Pessoas que estiveram por essas bandas no começo da colonização (pouco antes do grande massacre que começou a haver, dos muitos povos que ainda habitavam as terras) diziam haver algo de sutil no comportamento dos índios. E era, em especial, na relação que cultivavam entre si: algo que ainda deverá ser observado por muitos séculos, mesmo quando cuidar dos índios passar a ser também uma determinação governamental, no intuito de se preservar os que restaram...

Disse-se aqui este "também" porque não devemos negar que haja, mesmo nestes tempos de pré-Independência, uma política indigenista, em que muito já se aplica do conhecimento humanista desenvolvido desde o Renascimento.

Sim, há uma política indigenista para a Colônia, que até pouco tempo se sustentava, justamente, na ação destes missionários, principalmente jesuítas... Eram eles que mais aplicavam o tal conhecimento humanista trazido do Renascimento mas, sendo muito anteriores a uma relativização das culturas que talvez só venha a ser apregoada daqui a duzentos anos (bem como o estabelecimento de uma relação de direitos humanos que seriam universais, em respeito a todos os povos), não têm como elaborar um conceito próprio de alteridade, isto é, de reconhecimento da possibilidade de uma cultura não ser *inferior*, mas *diferente* de outra.

Já nesta época, dizíamos, algumas pessoas observaram que os índios de uma mesma aldeia eram muito amáveis entre si. Eram-no muito mais do que os portugueses o conseguiam ser com seus amigos... E principalmente, cuidavam muito bem de suas crianças: mimavam-nas tanto, que tais mimos chegavam a incomodar os invasores europeus.

– Mimos às crianças fizeram parte de várias culturas, com um sentido de proteção e intuito de que crescessem com autoconfiança, sentindo-se amadas, e assim tivessem mais carinho entre si quando chegassem à fase adulta, trazendo essa motivação a mais para enfrentar as disputas com outros grupos.

(E bem dissemos não ter sido este um privilégio só dos índios, pois assim parece ter ocorrido também na Grécia e em outros lugares... Apenas, como certeza, sabe-se que não deveria ser assim em Israel, pelo que nos mostra a Bíblia, e talvez de lá viesse, e da cultura católica dos portugueses, esse relacionamento tão áspero que alguns pais tinham com seus filhos, entre os colonizadores...)

Esse carinho, que tanto contribuiu para que houvesse a unidade familiar, desenvolveu-se em muitas culturas, e houve até um tipo de radicalismo desenvolvido não muito longe da cidade italiana onde Tomei fora criado. Bem no sul da Itália, vão dizer, surgiram mesmo aquelas máfias familiares... Mas isso não tem nada a ver com o que vínhamos dizendo, e nunca se deve confundir a valorização do afeto familiar com o banditismo desses grupos.

... e se o Brasil foi descoberto por acaso

Dizem alguns que os portugueses já sabiam da existência de terras por estas bandas, e outros, que a tal "descoberta" (palavra um tanto estranha, quando se percebe que eram lugares habitados...) foi meramente casual. Em sendo uma polêmica, não se vai querer aqui dizer o que era e o que não era, e o que de fato teria se passado porque, em caso de erro, haver-se-ia de admitir total ignorância sobre o assunto, quando um narrador que se preze deve ao menos mostrar-se consciente do que diz e disfarçar aquilo de que não se tem toda a certeza, ainda mais isto, de que o Brasil fora descoberto ao acaso, ou então que já se sabia muito bem, tanto que o *Tratado de Tordesilhas* fora firmado pouco antes da tal "descoberta", mas isso tudo, enfim, ou nada disso vai ter aqui sua importância...

Tem, sim, sua importância lembrar que a terra já era muito bem habitada, por esses povos ditos da floresta, que no futuro dirão viver ainda na época da pedra lascada, ou seja, o neolítico, havendo de reconhecer-se nos habitantes locais que eram muito mais felizes do que os invasores o sabiam ser.

E apenas por este dado que acabamos de dar como exemplo, da criação dos filhos, já se sabe que tinham história...

– Não era uma história registrada em códigos de letrinhas sobre papel, pano ou papiro, nem cerâmica, que seja, mas histórias reais vividas por cerca de 12 mil anos de ocupação no continente, de uma geração a outra, culturas produzidas e transmitidas não só por palavras, mas principalmente por gestos, cantos, sentimentos, demonstrações de valentia e amor, ensinando-se uma geração à outra como viver e sobreviver às dificuldades...

Ainda haverá boas teorias a mostrar que antes de estarem aqui os índios, vindos da Ásia, estiveram pelas mesmas bandas alguns negros que eram da Oceania, ou parentes dos de lá (e afinal, a separação dos continentes seria mesmo muito anterior, pois só os racistas de todas as épocas conseguem imaginar que de um ancestral primata comum – neste caso, a tal preguiça gigante de ossos encontrados na Patagônia, segundo lendas contadas na Amazônia espanhola – pudessem se desenvolver espécies que levassem à máxima perfeição, isto é, ao ser humano, na imagem e semelhança de Deus – conversa para boi dormir, já se vê –, que para os religiosos seria de proporções exatas, derivadas do quadrado e do círculo, para os endeusadores da matemática, e parecida com os seres dominantes de outros planetas, para os lunáticos...).

(Essa possibilidade talvez se atestasse por algumas ossadas de 10 mil anos que os moradores rio acima teriam encontrado nas cercanias de Vila Rica, de aparência próxima aos tais negros da Oceania, e pelas pinturas rupestres vistas por ali perto, no Morro do Chapéu, ou pouco mais adiante, já nos rincões do Piauí, que poderiam ter cerca de 40 mil anos, quando se pensa que a passagem entre a Ásia e as Américas, pelo extremo norte, esteve congelada e se desmanchou há apenas 12 mil, período em que se consumou o avanço de asiáticos por estas paragens, inicialmente caçadores e coletadores, atrás de alguns mamutes, é o que dizem, mas enfim, atrás de boas terras para se viver e sobreviver, gerando os descendentes...)

(Teriam os povos vindos da Ásia extinguido esses negros? Sim, se este foi o desejo de Deus, responderiam os padres jesuítas que para lá se dirigiam nos séculos XVI e XVII. Importa que esses asiáticos – e estudos no futuro ainda mostrarão a semelhança de sangue e gene dos índios daqui com os de certos povos do sul da China – tiveram sua trajetória por estas bandas praticamente independente da de seus comparsas – para os que percebem que a humanidade é altamente destruidora do meio ambiente, salvo, justamente, esses povos que por aqui moram há milênios e ainda pensam na possibilidade de se conviver harmoniosamente com a natureza no futuro, deles e de seus filhos, mas não estavam preparados para a invasão de outras civilizações, tecnicamente superiores – a tecnologia deixemos para depois do aguçamento da ciência com o iluminismo...)

Uma "História" indígena

Já se saberá, segundo Fernando, que se sucederam inúmeras e brilhantes civilizações nas terras do México e da Guatemala, sempre sobrepostas por novas levas de "chichimecas" vindas pelo norte, que invadiam, destruíam tudo e dava-se depois o início a outra cultura... Fez-se mais posteriormente (sabendo-se da longa história que houve, anterior a ele) o império Inca, de tanta ciência e arte (vestuário, arquitetura) que se pode comparar aos romanos, até por requintes jurídicos, mas eram pessoas sobretudo dotadas de rara beleza, só comparável, talvez, à dos gregos, em profundidade não filosófica, mas do ser e estar diante do mundo, da capacidade de observar a natureza e conviver com ela em amor seguro.

Também os astecas foram brutalmente invadidos pelos espanhóis, de olhos enormes em suas riquezas minerais, sem perceberem que o trabalho humano feito em ouro e prata era ainda mais precioso. Mataram índios e índias (que eram belíssimas), ensanguentando inescrupulosamente aquelas terras, que eram maravilhosas...

Mesmo que devêssemos distanciar-nos de pensamentos assim e relacionar a esta história apenas o desembarque dos primeiros portugueses, tem-se, comprovadamente, que os mesmos espanhóis que invadiram o Caribe (e há de se desculpar Colombo pelo massacre de lá, uma vez que as cartas do genovês mostram-no como verdadeiro amante da natureza...) costearam o norte da futura colônia portuguesa até Pernambuco, já em 1500, alguns meses antes de Cabral (e deste o que se sabe é apenas pela *Carta de Caminha*, em sua beleza de composição escrita – pecando apenas por um ato falho de malandragem, na parte final, quando o escrivão pede emprego ao sobrinho – mostrando uma espécie de visão edênica que eles tiveram naquele contato com os tupiniquins do sul da Bahia – com algumas coisas sendo observadas e outras meramente supostas, fazendo muito lembrar a carta do genovês, Cristóvão Colombo).

E a existência do Brasil foi enfim comprovada (havendo até essa espécie de "certidão de nascimento") quando as terras passaram a figurar em mapas europeus, não mais como as supostas *ilhas brasilis*, e sim por medições e elucubrações que se podiam comparar à realidade... E o primeiro mapa em que há registro destas terras, diz-se, é o *Planisfério de Cantino*, de 1502.

A chegada pela foz

E ainda olhando de fora para esta história, sabe-se que, muito antes da vinda de Tomei, havia índios escondidos por essas matas, que passaram a observar, de longe, a chegada de canoas como estas (as que Tomei agora também observa...). E assim eles passaram a acompanhar, por terra, o trajeto delas.

É evidente que os índios conheciam muito melhor a natureza local do que os portugueses, que aos poucos iam ali se instalando. Não eram só os caminhos, mas em toda a natureza havia, espécie por espécie, variações sutis que eram de conhecimento só deles. E ao mesmo tempo estranhavam as coisas que eram assim introduzidas tão rapidamente. Foi por isso que estenderam o nome "tapir" ao gado bovino... E embora os padres os quisessem destituídos de curiosidade científica, "ora", era essa, claramente, uma forma de classificação que eles tinham.

No futuro, mesmo com esses e outros massacres, ainda haverá coisas que farão lembrar os índios de hoje, como a TV Tupi, os biscoitos Aimoré, os fogos Caramuru, e coisas assim, em homenagens às antigas tribos. Isso, sem contar as inúmeras "toponímias" que constarão nos relevantes levantamentos "topográficos" feitos por engenheiros, assim caracterizados como "topos-tupis", ou palavras como "tapué", que quer dizer "vasilha", e alguns vocábulos como "mirim" e "peteca"... E mesmo algumas expressões portuguesas vingarão por lembrarem um jeito de índio estereotipado, como ao se dizer "até já", "podexá" etc.

Tempestade anunciada – um "parece que vai chover"

Sensibilidade que se preze é falar da chuva pouco antes de ela começar a gotejar... É lembrar a travessia pelo deserto daqueles muitos povos chichimecas de que falamos, alguns deles originários de grandes culturas como a tolteca e a asteca, e cujo nome, "chichimeca", também não passa de uma generalização, assim como, por estas bandas, se usava um nome genérico para classificar os povos não tupis, chamados de "tapuias", sendo além disso considerados "bárbaros", ou "nômades", pois não passariam de povos primitivos, caçadores e coletadores...

Os novos "chichimecas" viriam para desafiar a cultura de toltecas e astecas, e quando estavam no deserto perceberam aquela pequena gota caída de uma nuvem cinzenta, comprida e passageira... Era o suficiente para agradecerem aos céus o milagre, mas sabiam que, só quando atingissem o vale, veriam, enfim, o grande lago ao lado do qual se instalariam. E, com esse desejo realizado, seria mais do que natural o florir de uma cultura magnífica (embora sanguinária para os padrões católicos, justa ou injustamente...).

É da beira do lago que se vê agora, de novo, o reflexo da lua, que está inteira, por ilusão de óptica (e mais uma vez Tomei se entrega ao raciocínio, já quase um vício, de que "ela não caberia em um copo d'água, ou talvez, considerando-se a condição de sequer tratar-se de um planeta..."). A lua é um satélite, sabe-se, e embora o que se vai dizer também não seja uma novidade, deve-se levar em conta que orbitar e ser orbitado são os polos de uma mesma relação. Se houvesse marés na lua, elas seriam maiores, já que a influência gravitacional do planeta Terra, proporcionalmente ao tamanho, lhe seria algo superior...

Mas por onde ele pensa em prosseguir seu raciocínio, sem afastar-se de tudo de bonito que Fernando veio dizendo até aqui? Talvez pela condição de pertencer a este povo civilizado, produto da interação de culturas fartamente documentadas que, no entanto, também não haverá nunca de chegar a uma terra firme de conhecimentos, pois os problemas e angústias dos seres que nasceram para se deslocar também se movimentam, e no máximo o que se pode alemejar é um retorno ao mesmo ponto em que, quando se esteve nele, no passado, soube-se melhor resolvê-los...

Ainda pensando naqueles índios que ocupavam o México, em um dos barcos que levaram os espanhóis até aquela baía, Tomei ouviu dizer que eles acabaram subindo e se deitando no convés por medo das demonstrações de artilharia... Foram também desafiados para uma luta corporal, mas se recusaram, pois estavam em missão de reconhecimento e troca de presentes. Foi ali que os espanhóis souberam daquela história, de que havia uma "nuvem passageira"...

Tomei pensa agora em como seria o conhecimento místico daqueles índios no século XVI, que saíram de suas aldeias para conhecer a Europa, outra civilização, outro estágio de exploração material da natureza, e outra cultura, que era pior em alguns aspectos, melhor em outros (e o mesmo se poderia dizer da cultura destes cavaleiros, que desbravam o sertão nordestino, à sua época...).

Reflexões de Tomei...

No futuro não faltarão teorias conspiratórias a dizer que os europeus (e só eles) sentiam-se a verdadeira nata da humanidade, a grande civilização, para a qual todas as outras se colocariam sempre em uma condição de inferioridade, que não seria apenas bélica... E que para os portugueses que aqui vinham conquistar territórios pouco importava o extermínio dos índios.

Mas, para Tomei, isso tudo são generalizações perigosas, como se estivesse cada um a falar em sua própria língua. E só de imaginar uma famosa pintura em que aparece a *Torre de Babel*, já se poderiam ouvir as suas 18.500 e tantas línguas, misturadas pelos diversos troncos e galhos finos a que um dia foi sendo levada a humanidade (a se acreditar nessa antiga teoria, e não nas evidências de que as coisas se transformam...).

E todos ali concordam que é tudo tão relativo, que até a contagem dos anos poderia ser feita de outra maneira, sem se basear apenas no nascimento de Cristo. Pois o ano em que se passa esta história é também, pelo calendário chinês, o de 4458, já começado pela primeira lua nova deste, que aqui é o de 1760.

E, a se acreditar nas evidências de que as coisas se transformam, a língua dos índios mais fácil de entender, o tupi-guarani, seria aparentada às de outros grupos das Américas, como o jê, o karib, o aruak, formando apenas um entre sete grandes troncos linguísticos (e o indo-europeu – do latim, grego, iraniano antigo, sânscrito, e todas as neolatinas como o italiano, o espanhol e português – seria apenas um deles).

Assim teorizou o jesuíta.

... ainda a relativizar as culturas

Não seria ele a dizer o que se passou ali no começo dos tempos, naquela região do mundo que se tornara nos últimos duzentos anos uma colônia europeia, este "imenso Portugal" (e já quase um país independente, a essa alturas, como dissemos...). Pois todos sabem que a colonização portuguesa só começou no século XVI desta era cristã, e que até então apenas os índios povoavam a terra. Eles teriam um estilo de vida aparentemente livre, mas na verdade presos a tradições, e nem todos os seus costumes pode-se considerar que fossem saudáveis.

Por exemplo: comer carne humana não pode ser considerado um costume saudável, embora praticado por todo o planeta em épocas passadas porque, se saudável o fosse, socialmente ainda deveria, e muito, ser praticado... É considerado saudável comer outras carnes, como as de cachorro, gato, jabuti. Mas não a humana.

E o que se pode afirmar é que eles não tinham a n-*euro*-se do que vinha de lá, a tal *neurose* trazida da *Europa*... Não havia aquele obscurantismo do apego às mentiras, ao "diz que viu" de monstros e curas miraculosas: isso não fazia parte do repertório cultural deles. Tinham outros, possivelmente, mas não estavam acostumados a mentir. E eles não praticavam, principalmente, a interdição amorosa, esta que fora imposta pela religião, e teve lá a sua lógica no controle das pestes, mas foi também a mais provável fonte de tantas n-*euro*-ses.

E quase todos sabem que, depois de os portugueses chegarem, travou-se esta lenta e ampla luta entre os povos que ficariam com o território, entre brancos e índios, entre brancos e brancos, entre dominadores e dominados. A terra foi colonizada de modo bárbaro até para os padrões normais de civilidade, e não se chegou ainda hoje a uma identidade plena por força de novos colonialismos, de novos interesses, em uma história que está sempre se fazendo.

– Até hoje há uma disputa acirrada e, inclusive, para alguns, pelo tipo de sentimento que deve prevalecer entre os diferentes povos que dividem um mesmo território: o amor ou o ódio – considerou Guilhermo...

Mais sobre os índios e negros no meio dessa história...

Talvez ainda haja algum especialista a explicar como se deu o conflito pela chegada dos espanhóis, de quando vieram à América, e de outros europeus, como os próprios portugueses... E que logo em seguida haveria, de qualquer maneira, o tal "choque" entre civilizações, o que quer dizer: o encontro entre sociedades de diferentes tipos de organização. Astrólogos da época teriam desenhado o mapa cartográfico da América do Sul como estava, com seu império inca na costa oeste, e indicando o que havia afora isso, as cerca de dezenas de milhares de sociedades independentes...

Na costa leste, em contraste com a organização centralizadora dos portugueses, estendia-se uma até relativa unidade linguística, sem hierarquia aparente, a não ser transitória, entre os equilíbrios de domínio territorial dos grupos tribais. Cabral e outros capitães de fragata surpreenderam-se que a cada milha houvesse um novo chefe, sem que se notasse qualquer submissão hierárquica entre as tribos (e mesmo nelas, o poder do cacique não era como o de quem recebia obediência de escravos ou servos).

O jesuíta Guilhermo tem lá sua explicação para a maneira como as coisas se deram:

– No passado desta colônia, os negros africanos foram os mais aproveitados como mão de obra, e alguns dizem que era por terem cultura mais complexa que a dos indígenas: já conheciam a hierarquia. E, além disso, como eram capturados a esmo ao longo da costa oeste da África, pertenciam a ramos linguísticos muito distintos – e para os senhores de engenho portugueses era preferível mesmo a heterogeneidade dos escravos –, tendo como intermédio de comunicação apenas a língua dos dominadores, que eles escutavam aos berros, nas ordens que recebiam...

Assim, os africanos não influenciaram tanto a língua de uso comum quanto os índios (que por toda a costa leste se entendiam em tupi, a primeira língua a predominar durante a colonização portuguesa). Por outro lado, esses africanos acabarão por influenciar toda a cultura local, até mais que os portugueses, com sua música, dança e culinária... (E ao ganharem liberdade, também inovarão na maneira de praticar certos esportes.)

Culto aos antepassados

Cultuar antepassados é coisa bem antiga... Dizem, os que já estudaram o assunto, que o que diferenciou os homens das outras espécies sapientes do ramo hominídeo foi o sentimento religioso, ou capacidade de crer em algo que não se pode ver ou tatear... E parece que isso só se deu bem no fim da *Era do Gelo*, quando alguns grupos humanos aprenderam a se manter coesos, e a dominar territórios específicos... Vê-se que o culto aos mortos, pela elucubração simbólica de alguns animais (como o elefante, alguns já disseram...), deve fazer parte desse processo.

– "Culto", como entendem os filólogos beneditinos, viria do verbo latino *colo* – de particípio passado *cultus*, e particípio futuro *culturus*, o que veio também a dar em importante palavra, que só passou a ser usada com mais frequência agora, neste século XVIII...

Foi como explicou Guilhermo, tocar em assuntos que eram de sua cátedra:

– E "Colo", para os romanos, significava *morar*, *ocupar a terra*, e por extensão, *trabalhar*, *cultivar o campo*...

Fernando acrescentou:

– É curioso que, há 12 mil anos, a volta a uma temperatura média mais própria ao sedentarismo levou – ou ao menos coincidiu no tempo, pelo que se sabe – ao começo de todas as culturas que se tornaram civilizações... E, ao que também se sabe, todas elas agregavam seus indivíduos pela religião, ou culto, e os grupos que não criaram essa unidade de identificação acabaram desaparecendo...

– No fim da *Era do Gelo*, esses povos que migraram para o extremo leste, atravessando o Alasca, ficaram por fim isolados de seus ancestrais na Ásia, Europa e África... Desenvolveram culturas de traços parecidos, e diferentes em alguns pontos, mas também entrelaçadas pelos sentimentos religiosos, e aliadas às técnicas que se descobrissem... Não inventaram a roda, o vidro e a pólvora, mas descobriram por si a cerâmica, os animais de tração – concluiu o jesuíta.

(Guilhermo reconhece que, na verdade, isso tudo são discussões, havendo teorias mais ou menos aceitas – conforme as provas e evidências contrárias que possam ir aparecendo –, e alguns dizem que, como Fernando já havia comentado, antes de os asiáticos aqui chegarem, a terra já estaria ocupada por negroides, que deixaram suas pinturas rupestres no Piauí – há uns 40 mil anos – e esqueletos em Minas Gerais – há uns 10 mil... E esses negroides podem ter vindo em embarcações rústicas da Oceania, pelo Pacífico – o que é mais provável do que terem vindo da África, pelo Atlântico –, como já tentaram demonstrar alguns pesquisadores de correntes marítimas... Podem ter se misturado com os índios, mas as características de todos os povos contatados aqui pelos europeus depõem contra isso. Pela idade dos esqueletos em Vila Rica, supõe-se que tenham mesmo se encontrado e, muito provavelmente, se enfrentado em guerras por território, que teriam dizimado os negros.)

A tradição oral dos índios remete a apenas algumas centenas de anos antes da invasão europeia, narrando lutas por território somente entre índios (principalmente a expulsão de tupinaés e jês do litoral, pelos tupis). Mas os traços comuns entre esses povos da América e os outros, do resto do mundo (notados quando se circundou a Terra pela primeira vez, só no século XVI, com as grandes navegações), fazem crer que muito dessa cultura dos índios é anterior ao fim da *Era do Gelo*...

(E enquanto isso, na Europa e na Ásia, o culto aos mortos pela invocação de divindades – que eram no fundo os espíritos de ancestrais – evoluía na forma de grandes religiões – entre elas o próprio cristianismo, que está aqui muito bem representado por estes dois homens que também cavalgam...)

9

Vaqueiros

Homens fortes...

Não faltarão os mais informados a dizer que nestes tempos de técnica rudimentar, e total dependência da natureza para se produzir alguma coisa, seria impossível a qualquer pessoa que vivesse do trabalho feito com as próprias mãos que não levasse uma vida dura. É verdade... Mas a vida do vaqueiro é ainda mais dura, das mais difíceis e trabalhosas que se possa imaginar, mesmo ao se considerarem todos os lugares que fazem parte desta imensa Colônia...

Sim, ainda mais nestes tempos de isolamento, pode-se imaginar como é dura a vida desse importante trabalhador... O seu principal alimento, já se sabe, é a farinha seca, vinda da colheita das lavouras simples de mandioca – técnica aprendida com os índios. A lavoura costuma ser cuidada pela mulher e pelos filhos, mas pode ser ele mesmo a fazer este trabalho, nas raras horas que tem de "descanso".

É claro que à volta da casa ele também tem algumas galinhas, suas codornas e até porquinhos, desses que fornecem matéria para o tal de "torresmo", que além de alimento serve para alegrar a família, quando estão todos reunidos.

Acostumado a essa vida dura, para o vaqueiro seria difícil aceitar qualquer tipo de conforto, o que só acontece se por algum motivo ele precisa passar alguns dias na cidade, atrás de um documento qualquer que tenha sido exigido pelos políticos locais (como ocorrera a João Francisco, que precisou ir a Salvador e acabou sendo procurado por Tomei...). Diz-se que, quando precisa dormir em cama mole e comer coisas diferentes desse tal torresmo, ele falará logo do que não gosta, e não sabe se alimentar sem... E por isso é que no futuro os cantadores também falarão de coisas assim, sobre os descendentes de vaqueiros que não se adaptam à vida na cidade.

... e suas vaquejadas

Na verdade, a grande recompensa que o vaqueiro pode levar por toda essa vida dura é o "renome" que terá a ostentar entre seus amigos, vivendo as grandes emoções e prazeres que só se fazem sentir nas tais "vaquejadas", os torneios com demonstrações de suas habilidades. É lá que cada um mostra o que aprendeu a fazer de melhor, em seus tratos difíceis com os animais. São sensações que só homens com "o sangue quente de mameluco" (como já especulam os adeptos de teorias raciais...) podem experimentar e são capazes de entender...

Talvez o que se possa comparar, para descrever a entrega do vaqueiro nesses torneios, seja apenas o que já acontece por esses tempos do outro lado do mundo, com certos aborígenes em ilhas do Pacífico recém-avistadas, e visitadas por europeus: ao prazer que sentem em descer pelas belas ondas gigantes que depois vão estourar na praia, apenas se equilibrando em uma espécie de canoa, pedaços de madeira especialmente preparados, cortados e talhados, para esse tipo de acrobacia.

Sim, a sensação de uma boa manobra sobre o touro, ou sobre o cavalo xucro, e a do laço que cai certeiro sobre uma rês nervosa, nada é tão valoroso e importante para o vaqueiro... E assim como não se acostuma à cama mole, e à comida sem torresmo dos "centros civilizados", quando o vaqueiro sai do meio em que foi criado, também não poderá "ouvir sem um frêmito o tropel dos ginetes ou o grito da vaqueirada quando persegue o 'barbatão'" pelas ramadas, ou derruba o novilho fugidio "com um golpe certeiro de aguilhada" (como dirá no futuro um escritor com conhecimento de causa, e é possível, ao que parece, que será mesmo um descendente de Tomei...).

Mas, na verdade, o vaqueiro sabe que a elegância própria com que realiza esses movimentos da vaquejada é quase um treino, apenas o exercício para um tempo em que terá de enfrentar sua dura realidade, a de lutar contra as "intempéries da Natureza", estas que serão sempre cíclicas, e já podem até ser previstas por ele, como se estivesse acostumado (e fosse assim possível acostumar-se a elas...).

Neste ano poderá haver de novo a luta que lhe é destemida, e o vaqueiro se entregará com a mesma generosidade e coragem de sempre, tentando salvar os animais, como se fossem seus filhos...

Olho no rio

Uns mais e outros menos, mas sabe-se que todos os rios são sazonais, e enchendo-se ou esvaziando-se, conforme a época, muitas vezes voltam à aparência de tempos atrás... E não se pensa em recair aqui a falar nos primórdios, de quando tudo era rocha incandescente, em tempestades oceânicas de ondas muito maiores que as desta época, mas apenas lembrar o breve espaço de tempo em que se podem revisitar e reconhecer no grande rio as suas diversas aparências.

Vai descendo o rio e aparentemente tudo desce por ele, nele, e com ele... Ele que com o tempo vai "comendo" as suas encostas e assim diminuindo a declividade em seu percurso, ao fim do qual depositará lá adiante, na foz, alguma matéria fina, esta que fora grossa em sua nascente, composta de lama, pedregulhos, restos orgânicos. O próprio solo é uma decomposição de rochas originais, modificadas camada a camada pelas que se sobrepõem, já no estado mais evoluído que leva a matéria sem vida aos organismos, seres de todos os tipos. E para entender o solo, a terra, já se sabe: é preciso "penetrá-la..." (o que já não sai do pensamento de três desses cavaleiros).

Cavando-se com uma enxada, é pela estratificação da terra que se pode calcular a idade do rio, dirão no futuro cientistas, e geólogos... Aqui, em zonas tropicais, o que prevalece em geral é a transformação química do solo, com diferentes rochas do fundo à superfície. Quando o processo não é químico, dá-se pela gravidade, a transporte do rio. Por esses interiores, dirão os mesmos geólogos, há solos transportados (por vento, gravidade ou rio) e residuais (formados no próprio local), que normalmente se excluem, mas também podem se "sobrepor"...

Avistando o São Francisco (e novo anúncio de tempestade)

Tomei chega enfim às margens do São Francisco, o grande rio, famoso e tão estimado de todos os sertanejos, sabendo-se agora que já estão relativamente próximos à Vila da Barra... Mas vem dos vaqueiros o aviso de que haverá mesmo uma tempestade nas próximas horas, e deverá cobrir toda essa parte do vale. Já há nuvens acumuladas no horizonte e ao que parece ela está ainda mais próxima, pelo que se observa das maritacas (ou cuiubas) em revoada, como mostra um dos vaqueiros, apontando para o alto, lá longe.

– A chuva deverá cobrir toda a região, e até pelo comportamento das formigas já se vê que irá chegar antes do que parece – analisa o vaqueiro João Francisco.

Mais distante do que as aves, no horizonte, já se vê a Vila da Barra e lá, da janela de um dos casarões (e se supõe ser dos grandes, dos primeiros construídos há mais tempo no vilarejo...), já se coloca a olhar para eles, assim de longe, o capitão Brás Resende, que logo vai querer se inteirar das novidades do grupo que aos poucos se aproxima. Pede a um de seus vaqueiros que se dirija já àquela direção para reconhecer a caravana, colhendo ali mesmo as informações mínimas e necessárias a se saber quem são, e a que vêm – porque, se forem de paz, já se pode oferecer guarida para este momento de grande dificuldade, que parece agora chegar...

Cheia

É nesta época do ano, já se sabe, que os vaqueiros da região precisarão tirar toda aquela armadura de couro que os protege dos espinhos, para então poderem nadar, aqui e ali, junto com os cavalos, a ajudar sua boiada nas travessias, salvando o máximo de reses possível, na superação das tantas e longas distâncias que irão percorrer...

Vai ser tudo igual, mais uma vez: para atravessarem o grande rio, vão fazer suas paradas de alto em alto, até onde der pé e dessa maneira aliviarem a respiração antes de chegar ao outro ponto, onde se juntará o gado, este que agora está "com a água pela barriga ou pelas costelas, mugindo e esperando a salvação...". A salvação é o vaqueiro.

No meio daquela chuva forte, o grupo de Tomei precisou se abrigar em um casebre recém avistado, e que lhes pareceu construído propositalmente em um alto, ainda nas proximidades do rio... De lá se podiam ver algumas confusões da enxurrada, e um dos padres chamava a atenção para a vaca que descia arrastada nas águas, querendo ir até lá para olhar de perto aquela corrente, mesmo debaixo de chuva, depois de ficar em dúvida sobre o que avistara mais ao longe, se era mesmo um toco de árvore, ou a cabeça de uma criança sendo levada... Não dava para enxergar quase nada.

E foi assim que Tomei percebeu toda a vaqueirada se reunindo próxima a um grande grupo de animais em desespero, estando a boiada extremamente assustada com aquilo... João Francisco e José Antônio também foram até lá, e aquele ponto boiando não podia ser mesmo a cabeça de uma criança (como se havia preocupado o padre), pois eles já estavam bem próximos e teriam visto... Mas como estavam ali, Tomei resolveu também se juntar aos trabalhadores para observar tudo mais de perto, ainda debaixo de chuva (e depois de todo o calor que passara naqueles dias, era até um alívio estar molhado, desde que não houvesse o risco de se resfriar; ... aliás, ele logo reparou isso: que em nenhum momento de sua longa jornada vira alguém se resfriar; pudera!, com tanto calor...).

Viu então com os outros, já de perto, o gado ali conduzido com toda a firmeza por aqueles vaqueiros determinados, que procuravam a direção certa dos trechos mais rasos em que pudessem parar, de ponto em ponto, e fazer o repouso dos animais... Era assim, eles viram, como se vencia a longa travessia para chegar à terra enxuta, com todos os animais a salvo – ou quase todos.

E também é dessa maneira que os outros vaqueiros ajudarão a atravessar os animais do grupo de Tomei, depois que tudo estiver mais calmo... Só os homens é que deverão chegar a seco ao outro lado do rio, em uma balsa, levando suas bagagens, pois ao que parece os dois vaqueiros já têm notícia de um bom barqueiro, que os levará nesse transporte.

Pelo testemunho que ainda se fará

Espera-se não estranhar que tenhamos citado um escritor do futuro, que ainda nem nasceu, e será descendente de vaqueiros. E diz-se, também, neto "natural" de um bisneto de Tomei. E será de interesse lê-lo não só por ser tetraneto deste italiano, mas por conhecer de perto os assuntos de que estamos tratando.

Sim, pois ele explicará que tudo aquilo era "uma vaquejada por outro sistema"... E porque antes já se terá destacado justamente neste habilidoso ofício, o de vaqueiro, é que será clara na imaginação uma cena igual à que há pouco presenciamos, e como escritor poderá bem explicar que em tal situação "o guia não pode mais caracolar na frente da manada, conduzindo-a com a *melopea do aboio*", e então o que se vê logo é um vaqueiro trazendo um par de chifres amarrado à cabeça, para mergulhar e nadar até certo ponto indicando "ao lote o caminho a seguir"...

Mas, para piorar, vê-se agora que por toda esta parte do rio há "cardumes de vorazes piranhas", e qualquer pequeno corte poderá significar a destruição imediata de uma pessoa ou animal, atraindo os "terríveis peixes que povoam as empoeiras e correntes".

(E não é preciso aqui explicar uma expressão antiga, ligada a situações desse tipo porque, se hoje na cultura de tais homens já não se fazem daqueles sacrifícios humanos, ainda se fazem – e muito – os de animais, e além do que ainda são considerados justos quando existe por trás uma nobre causa – não sendo apenas por um prognóstico supersticioso – a de "salvar seus semelhantes"... E no uso dessa expressão, "boi de piranha", desencadeia-se aqui, quase por si, uma infinitude de sentidos paralelos, duplos e triplos, uma vez que esse tipo de peixe é justamente aquele a que se alude sobre companhias que podem ser comprometedoras – das quais nunca se devem dizer coisas quando não há provas, e não vamos aqui dar *"nomes aos bois"*.)

(E evita-se também falar nas bobagens que um ou outro já pode ter pensado, ao se deixar associarem aleatoriamente as expressões aqui citadas, como, neste caso – e quase por automatismo – lembrar-se do que já fora apreendido bem antes destes homens, até mesmo por animais, em que se incluem os répteis, pois é o que se dirá no futuro, maliciosamente, que onde houver piranha – e isso já sabe o bom boiadeiro – é melhor nadar de costas...)

Mas voltando a falar do que é importante, percebe-se logo no que foi presenciado pelo grupo de que Tomei faz parte, que o vaqueiro nunca teme diante dos perigos... Estando confiado à sua guarda o gado do patrão, ele costuma fazer todos os sacrifícios, "e os heroicos caboclos desprezam os jacarés covardes, afrontam as piranhas ferozes ou as águas traiçoeiras do rio para salvar os companheiros de suas lides ou emoções", como dirá este mesmo escritor citado, possível descendente de Tomei, algum dia...

Enchente

Já se percebe que este ano as vaquejadas vão dar lugar à "luta trágica contra o rio", em mais uma expressão do mesmo escritor: este rio que poderá levar em suas águas, como ele bem lembra, grande parte da criação, desfazendo "o fruto do trabalho de vários anos de pelejas e vigílias".

E também vem-nos à memória algo daquilo que Garcia explicara a Tomei: que nos cuidados tomados com o gado de seu patrão, o vaqueiro ficava com 25% apenas sobre o *excesso* (ou, com um quarto dos bezerros nascidos, como é mais fácil de dizer) – isto é, do número do "capital", que normalmente começava por cem cabeças, cabendo ao trabalhador um quarto da "produção"... E o que percebemos, pelo que acabamos de presenciar, é que desta maneira "o cataclismo aniquila o esforço do sertanejo...".

E aproveitamos também as palavras deste futuro vaqueiro imaginário, provável descendente de Tomei, para explicar o que eram aquelas vaquejadas, já conhecidas do italiano (mas apenas por um rápido momento, quando saíam para seguir viagem, e resolveram ficar mais um pouco ali à volta da Feira de Capuame...). Eram

> ... torneios festivos em que cada qual exibe a própria destreza na derruba do novilho, ou a audácia de vencer o "barbatão" no emaranhado das ramadas, transmitindo ao seu corcel, com quem forma um todo, a vibração nervosa de cada um...

Também convém explicar, para os que estão chegando, que o rio São Francisco, nessa altura entre Xique-Xique e a Barra, tem de fato um ciclo quase regular em suas inundações... E quando elas acontecem, uma grande massa de água se desloca para invadir todo o vale, e alarga o seu fluxo em dezenas de quilômetros, carregando, arrastando e levando tudo que encontra pela frente nas corredeiras: casas, currais, gente, animais, plantas (e também as ferramentas e utensílios de toda atividade econômica das pessoas...).

E quem enfrenta essa situação não poderia ser outro: o vaqueiro, valente e destemido de sempre, lutador de todas as horas...

"Presságio"

Já lembrávamos antes desta passagem que, assim tão distanciados no tempo e na geografia, os gregos e os índios (e mesmo os outros, negros e troianos, se fosse para ficar enumerando cada povo...) tiveram seus agouros e superstições, sendo algumas, por acaso, até parecidas...

Para sorte de Tomei, esta chuva que há pouco caiu não era de fato uma grande tempestade, e agora já se vive o estio de algumas horas... Mas ficou-se sabendo, por uma conversa que tiveram com João Francisco, que no caso das cheias do rio, as grandes cheias, realmente – provocadas por dias e noites chuvosas no sertão –, haveria sempre um agouro indicador dessas inundações, e dos flagelos que depois viriam: o possível pio de certos pássaros quando se davam junto ao coaxar específico de algum tipo de batráquio (o que faz lembrar, do que será dito por algum escritor irônico, no futuro, ser este o bicho que reside em reservatórios d'água e só não lava a pata traseira por não ter esse tipo de vontade – podendo-se aqui dizer isso, de maneira tão dispersiva, apenas para não deixar solitária a passagem de alguns parágrafos atrás, inspirada no mesmo tipo de evasão em que se busca, talvez, alegrar e dar leveza à história contada pelo vaqueiro...).

E há de um dia estar escrito algo, sobre os batráquios em geral, pelo que talvez venha a ser o maior poeta de língua "brasileira":

Coro de cor, sombra de som de cor, de mal me quer
De mal me quer, de bem, de bem me diz
De me dizendo, assim, serei feliz
Serei feliz de flor, de flor em flor...

De verde, verde ver, pé de capim
Bico de pena, pio, de bem-te-vi
A grama, a lama...
A rama, o sapo, o salto de uma rã.

Seca

Do mesmo modo, quando chega setembro e as "chuvas de caju" não acontecem, um ambiente de tristeza já começa a tomar conta do coração do vaqueiro, e fica assim a preocupação sempre presente na maneira de se sentir e emocionar do trabalhador sertanejo... E é este o sentimento que tão bem se expressará na frase do sanfoneiro, quando vier a sair e cantar "*entoce* eu disse ao Deus no céu, ai, por que tamanha judiação?".

E depois disso virá o Natal, em que, se o céu ainda estiver azul, nenhum "floco de *nimbus* ou de *cirrus*" tirará "a monotonia e placidez"... Porque à noite, "um orvalho abundante vem rociar as folhas", alarmando o sertanejo por já perceber que "as chuvas tardam, ameaçando o flagelo para a criação". E a seca então se prolongará, esgotando as lagoas de dentro a cada gota que não veio, fazendo o gado se enfraquecer por andar vinte, ou trinta quilômetros cada dia (umas quatro léguas), para beber às margens do rio e depois voltar...

Já se diz que "as gramíneas desaparecem das vazantes", as árvores ficam sem folhas e "só os virentes joazeiros ou os cactos abundantes conservam a coloração verde nas caatingas ressequidas".

É então que o vaqueiro vai pegar o seu machado e sair a pé "pelos carreiros e quebradas preferidos pelo seu rebanho...". E assim, o gado vai se aproximar de seu protetor: ao ouvir o som do machado, tratará de trotar e mugir, para "receber algumas folhas" que servirão de alimento... Até o cacto, depois de queimados os espinhos, será distribuído para diminuir a fome das reses.

Com todos esses perigos e desafios ao cansaço longe da vista do patrão, os homens vão assim continuar se desdobrando, "por amor ao gado" e sem esperar muito resultado material, porque qualquer seca ou inundação pode destruir o trabalho de até cinco anos...

(*Pois quando se percebe* "a terra ardendo" *qual braseiro em fornalha e vê-se morrer de sede o gado, seu* "alazão", *e até carcará bater asas, é porque é hora de se deixar mulher e casa, para andar as muitas e muitas léguas de uma* "triste solidão", *à espera de que volte mesmo a chover e possa-se ver o campo, em seu belo pasto, estando assim de novo a* "verdejar...")

10

Conhecendo a região

João Francisco leva Tomei para ver as fazendas

Repare agora o leitor que esta história dará um grande salto, e não poderá saber os detalhes sobre a chegada desse nosso grupo, ou caravana, à Vila da Barra, uma vez que estamos já atingindo o final de uma primeira das cinco partes que comporão esta saga, e ainda não pudemos sequer mencionar certos assuntos. Assim, os próximos, que adentraremos agora, precisarão ser resumidos...

Passou-se, portanto, já algum tempo, e faz um ano que Tomei está no Brasil, sentindo-se mais confortável em sua nova instalação na Vila da Barra, depois da época em que se acostumava ainda a viver de uma nova maneira, em pleno sertão, assim sem qualquer tipo de luxo. Sim, e ele agora já pode dizer que conhece muito bem quem são os vaqueiros (o último assunto de que tratávamos), principalmente este, de nome João Francisco de Magalhães que, como pudemos acompanhar, foi quem o guiou (com seus dois novos amigos) por todo o trajeto de penetração nessas terras interioranas.

E somente hoje, já neste ano 1761, é que ele vai conhecer a propriedade em que seu amigo trabalha, uma fazenda de nome "Ema" (como o leitor mais atento talvez se lembre...). Esta fazenda, na verdade, é o anexo de outra maior, a Picada, que em relação à Barra fica mais ao sul, ou acima de quem sobe o rio, do outro lado...

(Mas para os que não gostam de se perder, explica-se logo que as fazendas Picada e Ema ficam à "margem direita do rio São Francisco, termo da Vila de Urubu, comarca de Jacobina", isto é, em terras da *Bahia*, a leste do grande rio...)

Há algumas semanas Tomei combinou com o vaqueiro esta visita "agendada", para que pudesse conhecer logo os seus quatro donos, d. Sebastiana Joana da Madre de Deus, o seu genro alferes José Peixoto de Lacerda, o cap. José Lucas de Souza e sua mulher d. Antônia Francisca Eugênia de São Félix...

(E se aqui também caberia discorrer um pouco mais sobre esse momento – pois há tempos ele não se sentava a uma mesa farta e se sentia tão bem acolhido – já dissemos, e não custa repetir, que é preciso encurtar a história neste final da primeira parte...)

Com tudo se dando de modo muito favorecido, o almoço foi mesmo proveitoso, e por vários aspectos... Agora, Tomei já sabe que as tais fazendas pertenceram um dia à Casa da Ponte, fazendo parte de uma "imensa sesmaria concedida em meados do século XVII ao Mestre de Campo e Regente do São Francisco, Antônio Guedes de Brito". Assim como Garcia d'Ávila, esse desbravador tinha como missão "pacificar a região tumultuada por ataques de índios, negros aquilombados e bandidos, que atacavam estradas e fazendas", mas Antônio Guedes faleceu logo em seguida, deixando suas terras para a filha...

A Picada e a Ema eram duas das quinze fazendas de criatório montadas pelos Guedes de Brito "entre a foz do rio Verde de Baixo e a do Paramirim". Eram registradas pelos atuais donos desde 1735, "quando a grande sesmaria começou a ser desmembrada"...

(E sabe-se aqui do grande projeto de exploração concebido em Lisboa, pelo qual não se podiam considerar territórios mais produtivos como passíveis de divisão com os índios, seus habitantes antigos, nem tampouco com aqueles que eles próprios, portugueses, estavam trazendo da África, e que de alguma maneira acabariam por se emancipar e também disputar com eles a posse.)

A Picada

A Picada era mesmo uma fazenda imensa, com três léguas de margem de rio e cerca de sete de fundo. Ela começava no São Francisco e ia se estendendo para leste até a serra do Assuruá... Ao norte, fazia divisa com a fazenda Umbuzeiro, e ao sul, com a Ema.

Tomei não conseguiu entender bem em que época, mas parece que a fazenda teve originalmente 75 mil e seiscentos hectares, até que começou a se formar dentro dela o vilarejo de Morpará, que também avançou sobre a fazenda Ema (pois houve o dia em que certa autoridade da Barra teria decretado, "para efeito de utilidade pública", que se desapropriasse "uma área de 600 ha", ou "1 km, de frente de rio por 6 km de profundidade...").

O italiano logo entendeu que se tratava de uma propriedade "muito aprazível", com "inúmeras lagoas lindas e piscosas", sendo-lhe depois mostrado um desenho com as áreas de riquezas (e belezas) mais importantes... E também ouviu dizer que a fazenda não tinha sede, mas havia ótimos currais e belíssimos amansadores, como o Carmelo e o Banharão...

(E como conhecemos algo do pensamento de Tomei, já se supõe que tenha reparado, mais uma vez, que "língua tem dessas coisas"... A palavra "sede", que representa a Casa-grande da fazenda, não deve ser confundida com "sede", a sensação da falta de água na boca, que ele começara agora a sentir... E isso o levava a pensar nas "reses" desidratadas e sedentas, palavra que se parece com "rezes", fosse ele o interlocutor da natureza a um fazendeiro que se dispusesse a implorar aos céus pela importância das chuvas e... Agora, sem que os outros percebam, vem-lhe ainda uma brincadeira de criança que se nota mais curiosa em português, quando se diz do vaqueiro – ou do fazendeiro – que ao acordar, pela manhã, só faz duas coisas: "bota a calça" e "calça a bota"...)

Ema

O almoço se dera na fazenda Ema, que se estende por umas três léguas nas duas margens do rio Paramirim, e faz "extrema" ao sul com a fazenda Barra, do capitão Filipe Néri de Oliveira...

A casa em que estiveram era na prática a sede das duas fazendas, e havia ali ao redor também uns belos amansadores, como se podia ver e mostrar bem, na despedida. Ela era localizada em um local chamado *Ema de Fora*, situado "nos tabuleiros da caatinga e afastada do rio Paramirim". Era lá onde costumava morar o principal proprietário, aquele que tivesse registro da maioria das partes, e cuidasse mais que os outros...

E também havia os amansadores da chamada *Ema de Dentro*, que ficavam mais ao longe, entre o rio Paramirim e o São Francisco.

Na volta, a conversa com outro vaqueiro

Durante o almoço Tomei pôde se informar um pouco mais sobre a história da região. Mas foi principalmente na volta, por conversas que teve com o vaqueiro Josué, amigo de João Francisco, que ele compreendeu mais as coisas, em um sentido amplo. Soube, por exemplo, que aquele caminho usado por eles na vinda de Salvador sempre fora considerado o mais pobre em águas e alimento... E, quando as travessias de gado do mar ao sertão eram feitas por lá, já se chegou a perder até metade das reses. Assim, aos poucos foi-se dando preferência em conduzir o gado por caminhos que margeavam o próprio São Francisco, e hoje, quando se quer vender o gado nas feiras, praticamente só se leva pelo rio, do sertão à foz, na ponta de Piaçabuçu. E de lá se vai beirando o oceano até aonde for preciso chegar...

Esse vaqueiro Josué, que veio à frente de João Francisco (que ainda precisava resolver alguns assuntos da Ema), também contou a Tomei que um pouco mais à frente, à beira do grande rio, já se podiam ver essas longas estradas descampadas... E em cada lugar que o rebanho passava acontecia uma grande agitação popular (verdadeiro *"frenesi"* – palavra que o italiano tratou de explicar-lhe o significado), quando se faziam as demonstrações de vaquejadas... Tudo isso Tomei pôde imaginar, e que muitas pessoas seguiam atrás das boiadas, mas Josué contou que havia também manifestações maldosas, e até cruéis com os animais (como ele mesmo presenciara em regiões mais próximas ao mar, de Ilhéus e Porto Seguro – como o arraial de Trancoso –, onde não se combinavam a pesca e a pecuária...).

Explicou, por fim, que só em regiões mais acima do rio é que se fazia ainda o caminho por dentro até Salvador, como o que fora escolhido por João Francisco. E nele, as jornadas normais eram de quatro a seis léguas, havendo também aqueles percursos mais curtos, só que de menos água, em que era preciso caminhar até vinte léguas, dia e noite, "quase sem parar"...

Reencontro com o jesuíta

Já estava combinado que ao final daquele mesmo domingo ensolarado, Tomei ainda visitaria o seu amigo jesuíta Guilhermo, agora pároco de uma capelinha particular nas imediações da Barra, e responsável por sua manutenção, não mais precisando se passar por outro frade franciscano (como fizera ao chegar de Salvador, um ano antes...).

Quando ele e Josué foram alcançados por João Francisco, com o sol ainda alto, decidiram-se a ir direto até lá, sem passar pela Vila. Foi um passeio rápido, e logo ao chegarem amarraram os três cavalos em um pé de araçá e se puseram a bater palmas para anunciar a presença. Finalmente Guilhermo saiu lá de dentro, todo sorridente, dando primeiro um abraço em João Francisco, e outro em seguida, mais longo, em Tomei.

Eles teriam pouco tempo, mas depois deste primeiro reencontro poderiam realizar outros, agora que Tomei já sabia onde ele morava. E logo começou uma conversa, em que Tomei quis contar tudo que aprendera com Josué. Falou do percurso do gado dos primeiros tempos, de onde se abriam as novas trilhas e formavam os pequenos centros, trocando-se produtos de lavoura e criação das famílias... E que com o desenvolvimento desse comércio é que se resistiu à retomada das terras pelos índios.

– Foi, na verdade, como acabaram se formando todas essas vilas da região: Santa Rita, Sento Sé e a própria *Barra do Rio Grande*...

Guilhermo (que até pouco tempo ainda era chamado na região de Antero, o seu antigo e verdadeiro nome) comentou que, como a lua estava clara, eles poderiam estender essa conversa, e foi logo preparando um chá... Pôs a panela no fogão à lenha e disse que ia mostrar uma coisa, saindo à procura do livro de história que ganhara naquele mesmo dia, de um senhor rico, depois de rezar a missa em sua fazenda ali perto. Assim que voltou, começou o discurso, podendo também contar coisas sobre a trajetória do gado.

(E Tomei achou curioso que ele fizesse exatamente os mesmos gestos de Garcia, na Casa da Torre, pela maneira de ler enquanto falava, tudo ao mesmo tempo, para mostrar-se fundamentado em cada coisa que dizia: ia falando e descobrindo...)

11

Segue-se o caminho dos bois

Guilhermo lê para os amigos – uma boa conversa

– Sim... Pois quanto mais se avançava com esses povoamentos, já no meio do São Francisco – e de lá se caminhava ainda mais a oeste –, mais penoso também ficava o percurso de volta. Assim, foram abertos caminhos variados para encurtar essa viagem Primeiro foi o de Geremoabo, que se fazia pelo vale do rio Vasa-Barris até chegar ao São Francisco na região acima das cachoeiras. Depois vieram outros, que iam dar entre Cobrobó e a Barra do Rio Grande: o de Jacobina.

– Sim... Pois quanto mais se avançava com esses povoamentos, já no meio do São Francisco – e de lá se caminhava ainda mais a oeste –, mais penoso também ficava o percurso de volta. Assim, foram abertos caminhos variados para encurtar essa viagem. Primeiro foi o de Geremoabo, que se fazia pelo vale do rio Vasa-Barris até chegar ao São Francisco na região acima das cachoeiras. Depois vieram outros, que iam dar entre Cobrobó e a Barra do Rio Grande: o de Jacobina – este que nós quatro fizemos juntos –, o de Itapicuru e o de Joazeiro. Eram trilhas, em geral, cheias de curvas, evitando-se as matas, serras, desfiladeiros, caatingas mais bravas e terras muito secas..

Tomei lembrou que, apesar dessas dificuldades, desde o começo da colonização, com Garcia d'Ávila, criar gado era considerada uma atividade das mais lucrativas no continente – porque exigia pouca mão de obra, e pouco capital, ou "investimento", dependendo menos do "mercado externo", além de melhorar o *padrão alimentar* da Colônia e ao mesmo tempo atender "às necessidades da moenda de cana nos engenhos" – como também deverão dizer, no futuro, os historiadores...

– Dizem que, no começo do século, o couro chegou a ser o terceiro produto mais exportado pela Colônia! – entusiasmou-se João Francisco, entrando também para a conversa.

(Pois, de fato, haverá de ser assunto no futuro, entre outros historiadores, que o bom aproveitamento do couro contribuiu bastante com a atividade: "Produzia-se couro salgado, curtido, solado, vaquetas"... O couro era preparado nos matadouros

– ou "abatedouros" – e abastecia os mercados regionais e de fora, além de ser usado como embalagem na exportação de tabaco.)

– E do mesmo modo a carne seca, preparada em indústrias locais, era o que dava lucro aos sertões, diminuindo esse prejuízo causado pelo transporte precário do gado em longas distâncias...

História da Colônia

(Sabe-se assim, bem antes da história que aqui se passa, do "papel importantíssimo" que teve o gado na sustentação econômica daquela "imensa massa de população" instalada por essas bandas... "Foi um período curto, mas muito próspero para as fazendas do S. Francisco" – hão de notar esses historiadores, no mesmo sentido do que Guilhermo ainda lê para os outros...)

E nas regiões do ouro, o gado tinha o preço mais alto:

– Cinco vezes mais que em Salvador! – foi o que também disse saber o vaqueiro João Francisco.

– Lá, não havendo outra moeda – explicava Guilhermo –, o boi era pago em ouro, e menos de cinquenta anos atrás ainda chegou a valer cem oitavas (ou quase uma libra de ouro – que são 128 oitavas...). A Coroa Portuguesa tinha medo que esse ouro fosse todo contrabandeado, então quis proibir o seu comércio, instituindo o *Regimento das Minas*, em 1730. Mas acabou desistindo, porque era mesmo impossível controlar aquilo tudo...

Foram então tomar ar fresco do lado de fora da capela, podendo ver que a noite seria mesmo de lua clara... Quando os quatro voltaram os quatro àquela salinha, foi a vez de Josué contar de coisas que sabia, e como achava que deviam ser explicadas. Começou lembrando do crescimento do gado, e que

– ... quanto mais a criação se expandia, mais diminuía o seu comércio com a Cidade da Bahia e o litoral, passando a se achegar mais aos sertões das Minas...

– Só agora é que esse "achego" começa a diminuir, pelo que se sente de uns anos para cá... Porque, dizem, vão querer levar a capital para o Rio de Janeiro, pois é para lá que "o eixo econômico da Colônia" está se deslocando – acrescentou o jesuíta.

(E vão dizer os historiadores que isso faz todo o sentido, pois nas três capitanias onde mais se pratica a mineração – Minas, Goiás e Mato Grosso – a atividade já está se desgastando, e há também o conflito com os espanhóis, ao sul... Pois é a própria "posição estratégica da capitania" que vai produzir esta "mudança de sede do Governo Geral para o Rio de Janeiro", em um ano que já está próximo, o de 1763.)

("Outros fatores, como a colonização do Rio Grande do Sul, também contribuíram para afastar a região sertaneja dos interesses da Metrópole", dirão esses mesmos historiadores... Pois há mais de meio século aquela capitania fornece gado de corte e animais de carga de melhor qualidade para o centro da Colônia... E Sorocaba, a passagem natural desse gado, é agora o ponto de distribuição dos comboios para São Paulo e Minas, comercializando em sua feira não só o gado *vacum*, mas também o *muar* e os cavalos...)

(Assim o Rio de Janeiro se tornará o porto de escoamento de ouro para a Europa, e de ingresso de todas as mercadorias que vão para as Minas... Já há tempos, em 1710, que o *Conselho Ultramarino* deu ordens expressas "para que toda comunicação com o interior fosse feita pelo Caminho Novo de Garcia Paes", e que se utilizasse como porto do mar apenas o da cidade – o que não impediu o contrabando por outros caminhos, mas dificultou-se...)

(E essa mudança na política colonial tinha por trás, claro – como pensava Guilhermo –, a nova orientação mercantilista do Marquês de Pombal, já dada em 1750, de maior controle fiscal e rígido "centralismo administrativo".)

Consequências para o Sertão

Começa agora o jesuíta a dizer que

– ... assim a região sertaneja foi ficando cada vez mais fechada, longe da Metrópole e das sedes nas províncias, com seu comércio se dando cada vez em menor escala, um pouco ainda com o litoral, mas "principalmente com os diversos núcleos regionais do interior".

(E, se fosse possível olhar do futuro, já se saberia que, pouco depois da chegada desses homens à região, ainda haverá três secas maiores, em 1777-78, 1791 e 1793, sendo esta última a "seca grande", que debilitaria o sertão na sua função de abastecedor de carne... Mas o que também já se percebe, pela história que estamos acompanhando, é que o quadro não é assim tão desanimador, nem de tanta crise.)

(Lá de outras épocas, os historiadores poderão dizer que Antônio Tomei chegou à Barra "por volta de 1760, quando a situação comercial ainda era promissora". E que "comprou as primeiras fazendas em 1787" – e só agora se nota, nesta história, o quanto ele teve de esperar para se tornar fazendeiro – quando, pelas fontes de pesquisa desses historiadores, seria uma época de "vacas magras".)

(Mas tudo indica que ainda se farão bons negócios por aqui, porque há muita riqueza acumulada pelas famílias antigas – como as de Brás Resende e de Francisco Gomes de Lima, de que ainda falaremos – e haverá recém-chegados que também conseguirão fazer suas fortunas – como um tal capitão Vanderlei, outro de que falaremos...)

Vaqueiros de rio – barqueiros

João Francisco lembrou que, pouco ou muito, todo esse comércio que aconteceu na região precisou fazer a travessia do rio. E assim se pode falar que, além dos vaqueiros, e agricultores, sempre houve outros trabalhadores importantes.

– Neste pleno sertão, eles estão sempre lá, em suas canoas e veleiros a transformar o grande rio numa espécie de estrada...

– Eis aí uma comparação – tratou de observar o jesuíta – que pode ser feita entre as duas margens, já que uma é baiana e a outra pernambucana... Nesse setor sempre houve preponderância dos baianos. Os da margem direita – de quem olha para o norte, pois... –, esses já tinham mais tradição: desde a colonização de Salvador e o Recôncavo, aprendeu-se muito com os grandes navegadores. E talvez porque não tivessem essa especialidade, os pernambucanos trataram de avançar mais pelo interior, a partir de sua pequena faixa litorânea... E não à toa: lá, sempre, "os principais acessos eram feitos por terra"...

(E talvez por isso se diga na Barra e nas fazendas do lado pernambucano – como atestara Josué – que para atravessar o rio era melhor pegar o barco de quem vinha, do que o de quem ia...)

– Aquele relatório sobre Salvador e as províncias, feito por um engenheiro militar... – Diogo Moreno!, lembrou o jesuíta –, já dizia haver na Bahia um grande número de embarcações, *"uma vez que todos os principais acessos eram feitos por mar"*... E também muitos *"índios e negros... preparados para velejar"*, enquanto os cavalos só eram quase usados nas festas... Pois se montava muito menos que em Pernambuco, onde, já se disse aqui, *"os principais acessos eram feitos por terra"*...

Segundo encontro

Já se esperava que fosse acontecer assim, de dali a uma semana se reunirem de novo os amigos, antigos companheiros de viagem. Naquele domingo estavam três deles na capela, quando apareceu um quarto, sem que isso significasse qualquer surpresa, pois afinal, neste caso, a notícia de um segundo encontro já havia chegado ao padre franciscano fazia mais de três dias... Ele sempre se mantivera em contato com seu colega de pregação.

Foram assim feitos os cumprimentos, demonstrações de afeto, amizade, e tudo o mais... Perguntou-se primeiro a João Francisco sobre o paradeiro do outro vaqueiro, de nome e sobrenome José Antônio Galvão, sabendo-se então que ele seguira viagem por outras fazendas e vilarejos...

Passou-se, depois, a uma conversa entre Tomei e os dois padres. E já se vê que iremos de novo reproduzi-la ao pé da letra, concordando que talvez não haveria essa necessidade, mas não se pode assegurar, antes de ouvi-la, que seja (ou não seja) de interesse para o resto da história.

E por distração já deixamos de pegar o começo dela, pois neste momento Tomei apenas ouve o que dizem o franciscano e o jesuíta, não entendendo como chegaram ao ponto...

– Mas então seria deste seu "imenso Portugal" que se adentraria o território em seus lugares mais inóspitos, pelo objetivo de se criar aqui uma nova civilização?...

– Por que "nova"?

– Nova? Bem, sim, "nova", porque diferente daquela outra, ou de fato, talvez a mesma, mas parada no tempo: o mesmo tempo de quando a outra aqui chegou... Não à toa, as canções folclóricas e muito da literatura de cordel, nesse interior da Bahia, e das Minas, assemelham-se às toadas medievais da Lusitânia...

– Lusitânia? Onde fica? – fingiu não saber Fernando.

– É como os romanos chamavam a região de Portugal, que depois virou "Condado Portucalense"... E daí até hoje se chamarem os portugueses de lusos – e também por isso se diz do grande épico "*Os Lusíadas*" –, a estes que somos, assim, de tantas idiossincrasias... E sabiam que entre 1580 e 1640 todo o Reino esteve submetido à Coroa espanhola?

(Sim, claro, "é claro" que pelo menos o outro padre também sabia... E, entretanto, a grande maioria das pessoas ainda estará por entender este episódio de união entre as duas coroas ibéricas, quando um dos reis se demorou a voltar da África, e seu trono foi dado como vago. Diz-se que até hoje os portugueses de muitas épocas ainda esperam o retorno desse rei... A verdade – e qualquer criança no futuro poderá saber disso – é que d. Sebastião deverá mesmo voltar, pois fora apenas transportado para um portal de outra dimensão...)

Isolamento e costumes próprios na região

E depois eles voltaram a falar de tudo que já perceberam sobre este processo de isolamento vivido no sertão, que está se acentuando justamente agora, pois, enquanto Tomei reencontra os amigos e vai se instalando melhor nos arredores da Barra, a Corte de Lisboa já se vê reunida para preparar a tal resolução de que nos adiantamos em comentar (pois ela trará consequências das mais significativas...).

Em pouco tempo, no ano de 1763, vai se transferir a sede administrativa da Colônia de Salvador para o Rio de Janeiro – o que leva a crer que este sertão ficará ainda mais isolado, e não só de centros decisórios na Metrópole, como também de sua principal representação no continente.

O que se pode depreender disso é que, se antes o povo sertanejo já aprendera a viver em meio hostil, e isolado, criando suas "convenções e códigos de honra próprios" (no dizer de algum teórico do futuro), agora ele se manterá ainda mais autônomo, em suas "obrigações de solidariedade e hábitos culturais diferenciados"...

E já se pode antever que esse isolamento afastará cada vez mais a população de suas origens baianas e pernambucanas, provocando entre outras coisas a presença de muitos arcaísmos na língua, desses que os dois religiosos, naquela conversa, ainda falavam de suas anotações...

Sim, era esse o ponto a que queriam chegar pelo que continuaram falando... Pois durante o caminho em que percorreram os cinco juntos, haviam eles observado a forma com que se dava o diálogo entre os dois vaqueiros, José e João... E nem era preciso reproduzir a forma exata desse linguajar (o que talvez algum escritor do futuro venha a fazer melhor) para notar que havia algo de muito erudito.

Lembraram que na travessia foi comentada entre eles – e qualquer um que não viesse de fora talvez percebesse a diferença (ou até mesmo quem estivesse ainda se acostumando à língua, como era o caso de Tomei, muito capaz disso) – a riqueza desse linguajar. Pois os vaqueiros usavam palavras como *entonce*, *pregunta*, *reposta*, *malino*, *reinar* (por traquinar), *punir* (por defender), *assistir* (morar)...

(E assim sendo, já se sabe que, na futura teoria dos historiadores, será possível dizer que "o vale do S. Francisco não é somente um todo econômico e social, mas também um todo dialetal inconfundível".)

(E aqui se pode supor, ou deduzir que, ao longo dos anos em que Tomei permanecerá na região, andará também misturando em sua pronúncia o italiano ao autêntico "sotaque" sertanejo.)

Os padres ainda se verão mais vezes para tirar conclusões em suas conversas, mas talvez a principal seja mesmo esta, ao dizer-se ali, novamente, que no interior nordestino também se guardam alguns hábitos arcaicos dos portugueses, sendo o mais sensível deles o próprio "linguajar" sertanejo, este que, de tão conservador, é talvez mais fidedigno à língua original do que o próprio português da Metrópole...

12

Antigas sesmarias

Um lugar quase inóspito

(A *inospsia* ou *inópia*, muitos já devem saber, é a maneira mais técnica de se referir à "pobreza", à "penúria", à "escassez total" de um lugar "sem condições de hospedar" e "em que não se pode viver"... Trata-se de um quadro que em alguns casos pode corresponder, de fato, ao do sertão nordestino...)

Lá também se comentou mais uma vez que por esses tempos ainda não se sabe (nem se saberá tão cedo, como já até disseram) o quanto de acaso poderia ter havido na chamada "descoberta" deste lugar que, somando todas as suas partes, representa quase todo um continente, e que virá a se chamar "país" quando deixar de ser colônia: o "Brasil"...

E, havendo os que defendam uma das possibilidades sobre isso, argumentou-se que incrível seria se nada soubessem os portugueses, já que oito anos tinham se passado desde que os espanhóis estiveram no Caribe, até a vinda de Cabral (e como disseram na outra ocasião, há provas de que alguns meses antes, no próprio ano da "descoberta", hispânicos em naus castelhanas chegaram a costear toda a região que veio a se chamar Nordeste, até a praia onde hoje se vê construída a cidade do Recife).

Coincidências existem, e pode ser uma delas esta já comentada entre eles, de que na Idade Média houvesse mapas indicando existirem as tais "ilhas brasilis" a sudoeste no grande oceano, bem onde também poderia estar submerso o lendário continente de Atlântida (em que diziam haver uma civilização tão avançada quanto a grega...).

O que se sabe, e ninguém mais duvida, é que o nome escolhido para a região toda (na qual, em uma de suas partes, se desenrola esta história), o "Brasil", veio de "brasa", em uma referência à cor avermelhada (quase "de fogo") da madeira que foi sua primeira exploração comercial – única possível, à época, de ser feita por estas bandas... O pau-brasil também deu a seus primeiros transportadores o nome de "brasileiros". O nome "Brasil", aliás, há de ser ainda mais pertinente no futuro, quando se constatar que, por séculos a fio, toda esta região terá como principal característica o incêndio indiscriminado: a queimada de matas...

Sesmaria e as fazendas dos d'Ávila

Também já se disse que, no começo da colonização, a Coroa encorajou o desbravamento de todos esses sertões em seu nome, notadamente pela criação de gado (ela que alegava ser "oficialmente" a única proprietária de tais terras, tendo em seu poder, afinal, as muitas bulas papais e até o Tratado de Tordesilhas a comprovar isso, depois de firmado com a Espanha). E assim se distribuiu quase todo o território em regime de sesmarias...

Disso tudo era falado agora em um terceiro encontro, em que Tomei passou a tomar nota do que diziam os padres, principalmente Guilhermo, para melhor assimilar essas histórias (as de ocupação do sertão e desenvolvimento da Colônia), e depois não se confundir.

– Bem, e isso, no começo, beneficiou diretamente só umas poucas famílias, que por algumas gerações "dominaram imensas áreas na região do rio São Francisco"...

Não era o caso de Tomei que, como sabemos, ainda acaba de chegar a estas paragens, e precisa agora comprar o seu pedaço de chão... Mas para os sesmeiros antigos, de que estávamos a falar, haver-se-ia de dar, isso sim, a plena propriedade da terra, sem nenhum encargo sobre ela, a não ser sobre seus produtos. E por isso se diz que "os maiores proprietários foram a família Garcia d'Ávila (Casa da Torre) e a do Mestre de Campo Antônio Guedes de Brito (senhor da Casa da Ponte)".

A Casa da Torre, que sabemos estar próxima a Salvador (e até chegamos a visitá-la, praticamente...), tinha já no século XVI uma sesmaria que chegava ao São Francisco, e foi por ela que se manteve explorada a região desde 1627, quando se atravessou todo o território de Jacobina à procura de ouro, prata e minas de salitre (e dirão os historiadores que "seus currais se espalharam desde então pela margem esquerda do rio até o vale do Paracatu").

– Na família de Garcia, o principal desbravador foi Francisco Dias D'Ávila, o segundo do nome, que chegou a terras nas atuais províncias do Piauí e Maranhão, firmando o seu poder "com grande massacre de indígenas".

(Pois, como ainda defendem alguns, para se tornar de fato um proprietário, ao foreiro é preciso antes de tudo ter as *"mãos ocupadas"*, seja nos *"instrumentos do trabalho"*, seja com a *"escopeta e terçado"*...)

Importância dos aldeamentos

Foi para proteger os índios, e não só na região em que estamos, mas ao longo de todo o rio São Francisco (com um número cada vez maior de currais), que se fundaram as muitas comunidades de catequese, fossem de jesuítas, carmelitas, beneditinos ou franciscanos, todos em defesa dos índios...

E desde bem antes destes dias em que Tomei veio a conhecer a região, já havia quase um século que os religiosos, principalmente jesuítas, estavam em choque com os grandes sesmeiros, dando continuidade a uma disputa de terra que já se estendia por décadas... E normalmente a vontade dos fazendeiros foi que se sobrepôs à dos padres e índios, dando-se para adivinhar a permanente vigência de uma "lei do mais forte"...

– Sim, porque, já em meados do século XVII, também o senhor da Casa da Ponte, Antônio Guedes de Brito, combatia violentamente os índios que habitavam o seu imenso latifúndio, este que fora "legalmente" recebido da Coroa junto com o honroso título de *Mestre de Campo e Regente do rio São Francisco*, e era todo o território da margem pernambucana – à direita de quem sobe o rio –, indo até as terras mineiras...

Sobre Antônio Guedes

– Antônio Guedes também teve propriedades em Jacobina, muitas... Era tido na época como "dos maiores e mais dignos nomes brasileiros na Colônia": um grande sertanista em luta contra índios e escravos fugidos do Recôncavo – que agora estavam escondidos nos chamados "quilombos"...

Sim, e como os Garcia d'Ávila (principalmente o segundo Garcia, como dissemos, filho de Francisco e trisavô de Pereira de Aragão IV), Guedes de Brito era muito elogiado por seus serviços em defesa da Bahia e do Brasil, nas lutas contra os holandeses...

Antônio era também dono de tabelião, como o pai e o avô, e assim ia "oficialmente" demarcando e povoando as terras que "pacificava", fazendo instalar os seus muitos currais de gado principalmente em Jacobina, e depois em toda a região entre os rios Jacuípe e Itapicuru. Nos jornais do futuro ainda se dirá que foi um "grande sertanejo e guerreador do índio hostil", sabendo-se que em 1650 já estava à frente de uma grande bandeira naquela região, devassando terras no *Morro do Chapéu* que viraram um dos maiores latifúndios da Colônia (nas 150 léguas que iam de lá às águas do rio das Velhas, constitundo o morgado da *Casa da Ponte*).

E depois, em 1681, quando já se tornara juiz do senado na Câmara da Bahia (mas se mantendo um grande proprietário de currais, não só no Morro do Chapéu, mas também na região de Santana), ele resolveu ajudar o governador em uma forte expedição para desbaratar índios e bandoleiros...

– Morreu dez anos depois, quando finalmente obtivera a sua sesmaria, e acabou deixando tudo para a filha Isabel, "considerada a herdeira mais rica da Bahia..." Foi ela quem, ao enviuvar, deu procuração ao notório Manuel Nunes Viana para "cobrar aforamentos em suas terras da beira do rio das Velhas", onde tinham sido descobertas jazidas de ouro importantes. Nunes Viana era um chefe emboaba que, extrapolando seu poder, "tornou-se 'ditador das Minas'". Isso tudo, segundo Antonil...

> Porque a Casa da Torre em 260 léguas pelo rio de S. Francisco acima, à mão direita indo para o sul; e indo o dito rio para o norte, chega a oitenta léguas. E os herdeiros do Mestre de Campo Antônio Guedes possuem, desde o morro dos Chapéus até a nascença do rio das Velhas, 160 léguas.

Pelo que dizem...

Os Guedes de Brito e os Garcia d'Ávila eram famílias rivais, e ambas autorizadas a agir "praticamente como representantes da Coroa" – como ainda dirão os historiadores – e assim podendo intermediar as novas doações de sesmarias...

A Casa da Torre – dirão –, "principal propulsora da colonização do Nordeste", tornara-se já no século XVII "um potentado econômico, político e militar", capaz de manter às próprias custas as muitas "tropas de mamelucos e índios aculturados". Deteve esse poder "desmesurado" por quase dois séculos, "desbravando os sertões, expandindo seus currais de gado, combatendo e destruindo os índios insubmissos, buscando minas de prata, ouro e salitre"...

Mas outras grandes concessões de terras também foram feitas no século XVII, sendo uma delas, em 1690, para o bandeirante paulista Matias Cardoso de Almeida, no Alto São Francisco. Ele foi capitão-mor e "administrador dos índios" que estariam ameaçando "currais e povoados ao longo do rio". E muitos paulistas, chamados para ajudar no combate aos índios, também se estabeleceram em grandes currais no Alto e Médio vale do rio, já naquela época...

"Os grandes sesmeiros arrendavam sítios a terceiros para a formação de fazendas", quase sempre se apossando de *sobras*, as "porções de terras devolutas que intermediavam as propriedades" (eram áreas públicas de cerca de uma légua de extensão que não tinham destinação específica, e acabavam sendo alugadas por particulares, valendo até 10$000 ao ano...). Um dos rendeiros era Domingos Afonso, de codinome "o Sertão", que "a partir de um sobrado fundou numerosas fazendas próximas aos rios Piauí e Canindé".

13

E assim nasceu a Vila

As fazendas de gado – costume trazido de Portugal

Aos poucos Tomei vai conhecendo as famílias da região, e muitas estão lá já desde a passagem do século XVII para o XVIII, exatamente a época em que a exploração de ouro se tornou intensa nas *Geraes*... E diz-se que foi quando "o gado nordestino assumiu um papel importantíssimo na sustentação da imensa massa de população que aí se concentrou"...

Pois pelo São Francisco e seus caminhos vizinhos "entrava todo o abastecimento das regiões auríferas". As fazendas ribeirinhas forneciam a carne e também "outros artigos de primeira necessidade, como cavalos, sal e farinha, carne e peixes secos"... "Foi um período curto, mas muito próspero para as fazendas do S. Francisco."

As fazendas sertanejas também criavam cavalos, burros e jumentos, para montaria e carga. O gado solto em terras extensas, não cercadas, exigia uma constante vigilância dos vaqueiros, feita em suas montarias. "Nas vaquejadas, os cavalos bem adestrados sempre se destacavam nas mãos dos vaqueiros mais hábeis..." E a população local também criava e consumia a carne e leite de bodes, cabras e cabritos.

Pouco antes da vinda de Tomei, a difusão de fazendas era ainda maior, com as imensas sesmarias já se fragmentando e as terras sendo vendidas a terceiros. Desde 1695 havia uma Ordem Régia, depois confirmada por outras, que criava "um tipo padrão de fazenda com três léguas dispostas ao longo de um rio, e uma légua mediando e servindo de divisa entre as propriedades" (como resumirão os historiadores, e aqui poderemos conferir nas descrições de algumas fazendas, que aos poucos aparecerão nesta história... E vamos parar com essa ideia de seguir tudo o que ainda dirão, no futuro, os pesquisadores...).

Paulistas que lá se estabeleceram...

Poderá haver um dia tecnologia que permita extrair-se de região tão árida todos os elementos necessários à boa produção agrícola... Mas terá sido bem antes disso, antes mesmo desta época em que se passa a história, que se estabeleceram pelo vale algumas poucas famílias de descendentes de portugueses, neste imenso interior... O "interiorzão" da Bahia é região onde o calor e a falta de chuvas só podem ser compensados pela abundância de águas do São Francisco. É este o "riozão" que até já se comparou ao Nilo, porque também traz águas do sul, de uma região onde a natureza é menos desafiadora, para então passar por essas áreas que são tão áridas...

E, como o rio, vieram do sul essas levas de jovens aventureiros paulistas, na crença de encontrar aqui regiões ainda mais férteis; ou até, por um golpe de sorte, dar-se de frente com jazidas de alguma pedra ou metal precioso... Foram muitos os paulistas que vieram parar nesta região, e descendem deles os fazendeiros que agora Tomei vai conhecer. São famílias realmente já estabelecidas e experientes na exploração da terra, principalmente no que ela oferece de mais produtivo: a criação de gado.

(E se aqui essas famílias quiseram ficar, apesar de todas as dificuldades com a natureza, talvez seja porque, na inversão temporal do poeta, o verde dos olhos da pessoa amada é o que sempre acabará por se espalhar na plantação, fazendo a chuva cair de novo...)

A capela franciscana

Sairá da França um tipo de saber enciclopédico e, ao avançar pelo Brasil, já se saberá que esta região fora primitivamente povoada por índios acroás, à margem esquerda do rio, e pelos mocoazes, à direita, além de tupiniquins, xacriabás, caiapós, *cariris* e aricobés. E que, na região da Barra, o povoamento se dera a partir de uma fazenda para onde era levado o gado vindo do litoral, e ficava naquele ponto em que o rio Grande desemboca no São Francisco, terras que à época eram da Casa da Torre, ainda com o segundo Francisco Dias d'Ávila Pereira, entre 1670 e 80.

A fazenda foi chamada de Barra do Rio Grande, e depois de Barra do Rio Grande do Sul, para distinguir-se daquele outro rio Grande, que era o "do Norte"... Foi nela que os franciscanos ergueram uma capela, a de *São Francisco das Chagas da Barra do Rio Grande do Sul*...

Bem, e isso aconteceu em 1694, quando padres franciscanos vindos da Itália construíram essa pequena capela, mais antiga (que parece já ter sido substituída...). E sabe-se que foi criado também um aldeamento de índios catequizados, e que ele ficava exatamente na confluência desses dois rios, dando origem à Vila.

E se entramos por esses saberes enciclopédicos, também não custa dizer que em 1698 houve uma carta régia, a pedido da Casa da Torre, elevando o arraial pernambucano da Barra à categoria de "Povoação" e Meio-Julgado (Distrito). Sim, porque o objetivo era haver maior proteção contra ataques indígenas, obedecendo-se a uma clara estratégia de conquista, dirão os historiadores, em aliar-se a grupos mais pacíficos e auxiliá-los na luta contra os belicosos...

Aldeia de padres

E sabe-se que essa ordem foi expedida por d. João II de Portugal a d. João de Lencastro (ou Lencastre), 32º governador geral do Brasil que, com ela, mandou instalar próxima à foz do rio Grande a *Missão de N. S. da Conceição*. Ora, mas essa era, agora, uma missão de padres jesuítas, o que, de todo modo, também poderia ajudar no combate às tribos de acroás e mocoás, "ferozes defensores de suas terras", é o que dirão os historiadores...

Seria esta a origem do povoado da Barra (enquadrando-se num dos três tipos básicos de núcleos populacionais formados nesta ainda colônia portuguesa, como explicarão os urbanistas: os planejados e construídos sob o patrocínio da Coroa, como Salvador e São Luís, os de crescimento "espontâneo", geralmente longitudinal, ao longo de um rio ou estrada, e estes, originados em aldeias e aldeamentos de padres...).

E quando o aldeamento foi elevado à categoria de povoação, em 1698, como bem dissemos, ele ainda pertencia à capitania de Pernambuco... Mas, em 1715, o agora povoado ficou subordinado à justiça da *Cidade da Bahia*, passando em 1734 à jurisdição da Comarca de Jacobina.

Passou então a ser Vila, em 1752, por carta régia de d. José I, e a freguesia – ou paróquia – ainda naquele ano, quatro dias depois, desligando-se de Cabrobró... Mas a "instalação" só se deu no ano seguinte, tornando-se a nova *Vila de São Francisco das Chagas da Barra do Rio Grande do Sul*, emancipada politicamente, e constituída de câmara de vereadores, pelourinho e coletoria... A instalação foi feita pelo Ouvidor e Corregedor da Comarca de Jacobina.

(Por isso se diz da Barra – elevada a Vila em 1753 – que, por estar à margem esquerda do rio, ficava na capitania de Pernambuco, mas para causas maiores era sujeita à *Ouvidoria e Correição de Jacobina*, na capitania da Bahia; e, como em outros casos de acesso dificultado pela localização geográfica, ela se submetia economicamente a uma capitania, mas juridicamente a outra...)

Registra-se ainda que as economias que davam sustento à povoação eram a criação de gado e a agricultura, como o cultivo da cana-de-açúcar... E lá havia pessoas de origens bem diversas: portugueses, escravos africanos, brasileiros (filhos de portugueses), mestiços de branco e índio, índios puros, holandeses, flamengos, espanhóis e... – por que não dizer? – um genovês, todos tentando explorar a região sob o comando da *Casa da Torre*...

Outras vilas e povoados

Tomei agora já sabe que há muitos povoados ribeirinhos ao longo do São Francisco, quase todos contemporâneos ao da *Barra do Rio Grande*: *Juazeiro* (ali bem no trânsito da "estrada das boiadas", que leva ao Piauí), *Porto do Brejo do Salgado* (mais ao sul, no caminho de Vila Rica, já em Minas – que alguns preferem chamar de Januária em homenagem a seu fundador, o paulista Januário Cardoso, e é por onde passavam as tropas e boiadas de Diamantina, desde o século XVII...).

Os antepassados dos moradores que ele agora está conhecendo podem ter vindo por um desses dois grandes portos, mas também há outros: *Pedras do Angico* (perto de Irecê, que pode ter começado como quilombo), *São Romão* (também fundado por Januário Cardoso, quando destruiu "com grande matança" uma aldeia caiapó no local), *Santo Antônio de Pilão Arcado* (que no começo era uma base de Garcia d'Ávila, o segundo do nome, para se abastecer e chegar ao Piauí...), *Sento Sé* (de vários currais na região desde 1650, com Domingos Ribeiro, que informava ao governo sobre o número de aldeias indígenas dispersas ao longo do rio)...

(E sobre esses índios *caiapós*, atacados por Januário, há referências muito antigas, e a descrição de um desses lugares na carta de um padre, Aspicuelta Navarro, em 1555. Ele falava em um "grande rio com uma serra em forma de chapéu", onde dizem que depois, em 1688, foi construída a *Igreja de N. S. do Rosário*...)

Foi ainda nessas conversas que Tomei soube de uma família de sobrenome Carneiro, que teria terras nas duas capitanias, espalhando-se por Pernambuco (o lado esquerdo de quem desce o rio, como sempre lembramos), em *Brejo do Salgado* (depois Januária) e também pela Bahia, de *Pedras de Maria da Cruz* até *Rio das Velhas*...

E nunca é demais dizer que em todos esses rincões, os descendentes de Garcia d'Ávila continuaram a comandar a ocupação. Um de seus rendeiros, Afonso Sertão, chegou ao Piauí e de lá se foi ao norte do Ceará onde, antes de morrer, doou 39 fazendas à Companhia de Jesus... A Casa da Torre, portanto, ainda se estendia, e à beira de seus domínios é que passava o São Francisco, caminho móvel para sul e norte, quando já se estava a oeste, vindo do leste...

Gado da cana

E como última explicação desse cenário, já se sabe que no futuro haverá historiadores mais ufanistas a dizer que era pela economia destes sertões que se garantiria a chamada *"plantation"*, sistema de monocultura para exportação... Pois é assim que se realiza ainda o "binômio" de uma nova "civilização brasileira", com o engenho de açúcar no litoral – a indústria do lucro, produzindo para fora – e a fazenda de gado no interior – a nutrição da terra e força motriz das moendas... E com isso hão de dizer que a pecuária está sendo uma "segunda linha" do açúcar:

> A criação do gado foi a ocupação do Brasil. Garcia d'Ávila foi o precursor nessa maior largura dos meridianos. Pacificamente, o criador de gado fez mais ao norte que, a ferro e fogo, o bandeirismo, ao sul. O espaço das bandeiras abaixo do círculo de Cuiabá merece muito menos, ao empurrão dos meridianos, que, acima de Cuiabá, o arranco das boiadas.

Enfim, para esses historiadores do futuro, sem a atividade criadora não haveria indústria açucareira, uma verdade que valeria por séculos.

E sobre a sede de fazenda em que Tomei se hospedara, vindo de Salvador, hão de observar esses teóricos o que suas ruínas terão a revelar: o quanto "a casa forte fora outrora prestadia cabeça de ponte no litoral, para desembarcar e ficar, ficar e caminhar para o sertão...".

(Cabeça de uma *ponte*, há de dizer o poeta, ainda mais no futuro, entre *Portugal* e *Bahia*: entre o fado – cantado na ponta da língua – e a música de roda – esta que é dançada na ponta do pé...)

Parte II

Casamento e família

1

Saga dos primeiros moradores

Sargento Brás Resende...

Tomei talvez não viesse a ouvir isso tão didaticamente, mas aqui podemos contar que no aldeamento de *N. S. da Conceição*, de que falamos, morava uma índia cristianizada de nome Laureana Maria da Conceição, que acabou se casando com uma das primeiras autoridades da Vila da Barra, o sargento-mor Brás Martins Resende, português da ilha de São Miguel... Esse sargento fora nomeado *Juiz meio-Ordinário* do povoado, o que acabou trazendo alguns benefícios à região: a justiça de pequenas causas passava a ser feita no próprio local, e não mais em Jacobina, comarca que pertencia à Bahia.

E enquanto se dava essa aproximação entre Brás e Laureana, que acabou levando ao casamento (e, ainda saberemos, eles serão os pais de Florência, a mãe de Maria Clara da Virgem), outro relacionamento também estava começando a se firmar, para em breve formar-se o casal. Brás era amigo de Bento Gomes de Lima, também português e chefe militar, já fazendo algum tempo que se demonstrava haver um bom convívio entre eles. Este se casará agora com Rita Maria da Silva (e eles serão os pais de Joana Gomes de Sá, por quem, ainda veremos, Tomei há de se apaixonar, e muito...).

(Nota-se por esses dois exemplos que as autoridades militares que comandavam a Vila da Barra eram portuguesas e legítimas representantes da Coroa... Elas eram as responsáveis não só por manter a ordem, como também por dar apoio à nova ocupação da terra, havendo "grande entrosamento entre o poder colonial e os interesses particulares".)

... e a índia Laureana

Tomei foi aos poucos ouvindo falar mais dessa senhora, Laureana Maria da Conceição, figura já considerada "lendária" na região, por ser uma das mais antigas da Vila... E pelo que todos diziam, além de reconhecida, era das mais admiradas no

lugar. Contavam ser ela uma índia aculturada, provavelmente da tribo dos cariris, que depois recebera este nome pelo batismo cristão.

E certamente vinha da Missão Jesuítica, pois o nome do aldeamento era *Nossa Senhora da Conceição*, aquele que, como Tomei pôde ouvir tantas vezes, fora ali estabelecido ainda no final do século XVII. E muitos dizem que toda a cidade da Barra nasceu mesmo deste aldeamento...

Laureana casou-se com o sargento-mor Brás Martins Resende que, como dissemos, fora nomeado 1º Juiz Ordinário da Barra, e era um português de grande autoridade e prestígio. O casal, assim como o outro, formado pelos pais de Joana Gomes de Sá (aquela por quem Tomei vai se apaixonar, como já dissemos...), era um dos pioneiros nessa região, e praticamente fundou com seus amigos a Barra, bem antes da chegada deste grupo que acompanhamos (sim, bem antes porque isso se teria dado ainda no começo do século XVIII). E como dirão os futuros estudiosos do assunto, eles "representavam o núcleo inicial de fixação da família no local".

Laureana deve ter nascido ainda do século XVII, pelo que contam. Ela terá uma neta, Maria Clara da Virgem, que será de muita atuação e importância na história que estamos contando. E levará o sangue indígena, que é marca do povo sertanejo, à família de Tomei...

Os pais de Joana

Consta em documentos que certo Francisco Alves de Carvalho, nascido em 1680, era tenente do exército português, e casou-se com a também portuguesa Teodora da Silva, com quem teve a menina Rita Maria da Silva. Rita Maria casou-se com Bento Gomes de Lima, que era militar, nascido em 1710, e também proprietário de terras na região (este que dissemos ser muito amigo de Brás...).

Essas terras, para sermos mais exatos, eram as fazendas Grande e Sambaíba, que historiadores do futuro poderão dizer que "permaneceram com seus descendentes por mais de um século", descendentes estes, que, já podemos adivinhar, serão os filhos de Joana com seu marido, Antônio Tomei.

Sim, e em terras dessas fazendas é que, em 1698, foi fundada a *Vila de São Francisco das Chagas da Barra do Rio Grande*, ou *Vila da Barra do Rio Grande*, onde este Grande desembocava no "belo e caudaloso" rio São Francisco, bem no local que se percebia o mais apropriado, como sede "natural" dessa propriedade...

Pois bem, deste casal, Bento e Rita Maria, de que estávamos a falar, é que nasceu a menina (de quem já se começou a contar algo) Joana Maria Gomes de Sá... Esses antepassados dos futuros filhos de Tomei, portanto, já ocupavam durante muitos anos a região do chamado "Médio" São Francisco, e só agora é que podem presenciar a chegada deste italiano, Antônio Tomei, tornado por essas épocas também um militar, capitão de uma nova milícia particular dos Garcia d'Ávila, o corpo de ordenanças de cavalos, este que agora atua nos sertões...

Já se sabe do italiano que tem um temperamento expansivo, e começa a se fixar na região fazendo logo as suas alianças políticas. Ele está conhecendo, primeiramente, os pais de Joana Maria... E, mais do que isso, já sabemos: é com ele que Joana vai se casar...

Fazendas que lá estavam

Aos poucos Tomei vai conhecendo e entendendo melhor sobre as propriedades da região. Dirá um de seus descendentes que, neste fim de século XVIII, "as terras ribeirinhas vizinhas ao povoado da Barra estavam todas ocupadas por propriedades rurais de famílias" da Vila, isto é, por pequenos proprietários... Já na outra margem, que pertencia ao município de Xique-Xique, "as fazendas se estendiam por dezoito km seguidos da fazenda Utinga" ao rio Paramirim.

Daquele lado, "quase em frente à Barra", existia uma fazenda que era famosa pelas boas terras que a compunham, havendo nelas "uma lagoa de pescarias de uma légua" de comprido, "e um alagadiço de nível baixo que mesmo as pequenas inundações lavavam e fertilizavam". Sim, já podemos imaginar que algumas vezes Tomei também foi convidado pelo vaqueiro João Francisco a passear por essas bandas, e a fazer pescarias na fazenda (esta que algum dia deverá ser comprada por um futuro amigo de Tomei, o alferes João Maurício – que ainda nem chegara à região...).

Depois vinham as fazendas Cajazeiras (estas que também pertencerão a João Maurício), a da lagoa do Camboeiro e a Genipapo, que eram administradas pelos Vicente de Oliveira. Mais acima estava a Umbuzeiro "com sua grande ipueira", que na época era de Bernardo Magalhães. Fazia divisa com a fazenda Picada, o latifúndio que Tomei fora conhecer e ia do rio até a serra de Assuruá, seguindo pelas margens do rio Paramirim, "onde começava a fazenda Ema".

Na margem esquerda, começando em frente à Vila, "na ponta do Laranjal", estendia-se a fazenda de Fora, "em duas frentes do rio cujas terras começavam a sofrer um processo de retalhamento". Mas havia ainda grandes proprietários, como os Néri de Azevedo...

Havia pequenas povoações quase contínuas à beira da fazenda Itacutiara, na várzea do Curralinho. "Daí em diante vinham as terras que foram antigas posses da Casa da Torre", de cerca de dez léguas até se chegar ao riacho das Canoas, terras estas que ainda serão de um grande amigo de Tomei, o português Luís Marques Pinto...

Vinha depois a fazenda Queimadas dos Negrões, seguindo-se a ela a fazenda

Grande, que também será deste futuro amigo, João Maurício, de sobrenome Vanderlei... Esta foi a única delas que teve a capacidade de ser colonizada "com um quinhão dobrado de dezesseis vacas e dois touros".

Seguia-se o Pixaim, "imensa extensão de terras" que iam quinze léguas adentro e ainda seriam da família Castelo Branco, de Urubus... E subindo-se por este rio afluente, o rio Grande, vinha depois da fazenda de Fora a Umbuzeiros de N. S., ainda na Freguesia da Vila. E pegando-se em direção à serra do Boqueirão, nas duas margens, "notava-se uma acentuada falta de gado curraleiro pela grande disseminação de onças carnívoras".

E toda a zona do vale do rio Grande e seu afluente, o rio Preto, já começava a atrair pessoas pelo índice de chuvas mais alto e, como isso, por suas terras argilosas... Campo Largo, que ficava quarenta léguas acima da Barra, em boa navegação (pelo rio Grande), "centralizou as atividades da região", inclusive como entreposto de todo o gado vindo de Goiás.

De lá também será conhecido de Tomei um tal João Crisóstomo, um dos pioneiros na região, "afazendando-se no criatório das Palmas, por cima do Boqueirão, e instalando na Tabúa águas de rega", de manejo ensinado pelos brejeiros. O riacho que abastecia essa fazenda era "formador do Brejo Grande, no atual município do Cotegipe".

E, "nos fundos de Campo Largo no local do Riachão das Neves foi-se formando o celeiro agrícola da região, na rota que vinha de Goiás"...

A Vila da Barra

Em sendo todas essas informações supostamente tiradas e confirmadas a partir de um depoimento que se há de encontrar mais de dois séculos depois, feito por um dos muitos descendentes de Tomei, bem no futuro, ficaria o italiano também interessado em saber que...

> A localização da Barra do Rio Grande foi sempre considerada excepcional por todos os autores, quer pela beleza natural, quer pelo valor econômico. A povoação foi fundada no ponto de encontro do rio Grande, tributário de porte médio do São Francisco, francamente navegável em quase todo o seu curso, como também nos de seus afluentes, que vão atingir os limites de Goiás. A influência do padroeiro, o milagroso São Francisco de Chagas, deve ter sido decisiva na escolha do local onde se ergueu a Vila. O encontro das duas correntes se opera em ângulo agudo, em frente a uma ilha desgarrada e a um conjunto de arrecifes enegrecidos. As águas esverdeadas do rio Grande destacam-se na coloração barrenta do rio São Francisco pela diferença de composição de cada uma.

E que assim o pequeno povoado foi se desenvolvendo como entreposto de comércio de sal, carne, couro, farinha, servindo-se a abastecer o noroeste da Bahia e também, depois, partes do Piauí e de Goiás... E quando vier o ano de 1805, poderão dizer os historiadores (ainda mais no futuro) que o governador de Pernambuco terá a informar ao rei – o *Príncipe Regente de Portugal*, que se chamará d. João VI e estará vindo para o Brasil, três anos depois – que na Vila da Barra já se passarão anualmente *"perto de mil surrões de sal"*, indo para São Romão e Barra do Rio das Velhas...

2

O encontro com Joana

Palavra é...

Já se construíram muitas teorias e especulações sobre as palavras e, claro, fazendo-se sempre o uso delas mesmas... Alguns filósofos antigos chegaram a acreditar que, para que qualquer coisa existisse, era preciso que antes tivesse algum significado, e um significado que não se referisse apenas à sua existência gratuita e casual (que seria, assim, sem sentido), mas à própria essência original da criação dela.

Na Bíblia se diz que a *Palavra* existiu desde sempre, estando no começo voltada para si mesma... E isso assim significaria que ela era Deus...? Sim, a Palavra era Aquele que existiu desde sempre e para sempre, mas que no começo esteve voltado para Si mesmo. E o que se entende a partir disso é que quando passou a ser instrumento de Deus, a Palavra deu origem a todas as coisas (as que têm nome), elas que, para existirem, precisavam ser designadas.

(Em sendo assim, a própria vida teria vindo da Palavra, que desde sempre esteve contida na ideia que era expressa em si mesma, a partir de um significado...)

Podem alguns interpretar que a palavra de Deus esteve sempre voltada também para o casamento, o que já seria uma especulação menos antiga. Ou que, ao menos para os cristãos, a Palavra (já existindo antes mesmo do começo, mas estando ainda voltada para Deus, bem antes do começo de tudo...) esteve sempre dirigida à *vontade* de Deus... E que assim, antes de existir a língua, já havia a Palavra, como Deus voltado para si mesmo (em sua Palavra de "Criador", e também onisciente), antes de existir o sonho e tudo, porque tudo foi constituído (ou construído) através dela...

... como língua e linguagem...

Só no futuro é que se poderá dizer se os primeiros seres racionais, hominídeos da família dos primatas, o foram porque eram os únicos a fazer o uso extenso de palavras: a descobrir novos campos de significado para cada som, e a representar (não apenas gritar o som que significasse "perigo", por exemplo, mas a inseri-lo no meio de uma história...).

Não se pretende aqui, por meio desta simples narrativa, que sejamos os primeiros a admitir tal coisa, que desde os primórdios da civilização se procurava identificar a *Palavra* com a *Luz* que brilha nas trevas, sem que essas trevas fossem capazes de algum dia poder apagá-la... Sendo o universo físico composto de tempo e espaço (como Tomei vinha pensando desde que chegou à América), essa escuridão inteira não existiria sem que houvesse a *Luz*, em sua forma de energia ou matéria.

Uma vez que a escuridão nunca pôde impedir a existência da luz, deduz-se que essa forma da *Palavra* já habitava o mundo, fazendo-o existir mesmo sem conhecê-la (tal qual mensageiro que chega à sua casa e não é recebido pelos seus, trazendo-lhes, contudo, a possibilidade de se converter: de conhecer a luz e o caminho iluminado das coisas claras...).

Quanto ao Deus que a representa, houve aqueles que o receberam acreditando (e de fato acreditaram) em seu nome, tornando-se filhos da *Palavra*. Esses não teriam nascido da célula humana ou do instinto sexual.

... de sabedoria

E ao falar neste instinto, não se deveria mesmo esquecer, ou deixar de fazer referência também à passagem bíblica que está no *Livro da Sabedoria*, o belo trecho que de tão verdadeiro em muito se assemelha a um tratado de *História Natural* (como o de Plínio, entre os romanos), e hão de se passar séculos sem que a ciência possa desmenti-lo em alguma vírgula...

Diz-se naquele livro, no capítulo 7, que cada um de nós, seres humanos, é tão "*mortal como todos os outros*", descendendo "*do primeiro ser que foi formado da terra*"... E foi formado, como já se sabia, "*de carne*" e "*no seio*" de sua mãe, para durante meses se solidificar no sangue como "*fruto do sêmen de um homem e do prazer que acompanha o sono*". E assim, ao nascer, também respirou o "*ar comum*", caindo "*sobre a terra que recebe a todos igualmente*" para "*como todos os outros*" estrear sua voz chorando...

Cada um de nós foi "*... envolto em fraldas e cercado de cuidados, porque nenhum rei começou a viver de outra forma. A entrada e a saída da vida são iguais para todos*".

E diz o mesmo livro que, a quem suplicou, lhe foi dada a inteligência, recebendo assim "*o espírito da sabedoria*", o que todos deviam preferir à conquista de "*cetros e tronos*" pois, em comparação a ela, toda riqueza é "*como um nada*"... E não se pode compará-la nem à pedra mais preciosa, "*porque todo o ouro, ao lado dela, é como um punhado de areia*", e a prata, junto a ela, "*vale o mesmo que um punhado de barro*".

Em outras partes do mundo também já se dizia que vale mais a "cultura" do que a riqueza, e os exemplos são muitos... Em um dos escritos daquele primeiro "arquiteto" de que se teve notícia, Vitruvius, dirigindo-se ao imperador romano, já se repetia o que está neste *Livro da Sabedoria*... Pois diz o arquiteto que "quem se julgar protegido, não pelo saber mas pela confiança nos bens materiais, viaja pelos caminhos inseguros e arrisca-se a uma vida instável e dolorosa"... E na verdade, são esses também os pensamentos gregos, a que ele faz referência (como ao de Epicuro: "a Fortuna oferece poucas coisas aos sábios, mas dá-lhes o que, no máximo, lhes é necessário: que se possam governar pelos pensamentos da alma e da inteligência").

E que eram coisas já "afirmadas por muitos filósofos", pode-se dizer que...

> ... os próprios poetas, que escreveram antigas comédias em línguas gregas, pronunciaram em cena as mesmas sentenças nos seus versos, como Êupolis, Crates, Quiônides, Aristófanes e, acima de todos estes, Aléxis, que disse ser conveniente louvar os atenienses, porque, *obrigando as leis gerais gregas a que os pais fossem sustentados pelos filhos, em Atenas isso só se aplicava àqueles que tivessem ensinado as Artes aos seus filhos*. Assim como todos os dons são oferecidos pela Fortuna, do mesmo modo e facilmente são arrebatados por ela. Todavia, a educação, conjugada com a força do ânimo, jamais se extingue, antes permanece estavelmente até o fim da vida.

Inteligência e lucidez

Mas, para Tomei, a maior identificação se dava mesmo pelas palavras bíblicas:

> *Amei a sabedoria mais do que a saúde e a beleza, e resolvi tê-la como luz, porque o brilho dela nunca se apaga. Com ela me vieram todos os bens, e em suas mãos existe riqueza incalculável. Gozei de todos esses bens, porque é a sabedoria que os traz, mas eu ignorava que fosse ela a mãe de todos eles...*
>
> *Sem malícia, aprendi a sabedoria, e agora a distribuo sem inveja nenhuma. Não vou esconder sua riqueza, porque ela é um tesouro inesgotável para os homens. Aqueles que a adquirem atraem a amizade de Deus, porque são recomendados pelo dom da instrução dela...*

E se vai novamente rezar, está agora em seu *hábito* reconhecer a existência de uma sabedoria que seria a *"artífice de todas as coisas"*, e em cujo poder está cada um e estamos todos, *"as nossas palavras, a nossa inteligência e as nossas habilidades"*... E assim ele pede a Deus que lhe conceda *"falar com propriedade e pensar"* de acordo com os dons que lhe foram dados, pois só assim atingirá o conhecimento possível das coisas que existem, vindo a compreender

... a estrutura do mundo e a propriedade dos elementos, o começo, o meio e o fim dos tempos, a alternância dos solstícios e as mudanças de estações, os ciclos do ano e a posição dos astros, a natureza dos animais e o instinto das feras, o poder dos espíritos e o raciocínio dos homens, a variedade das plantas e a propriedade das raízes...

Agora sim – a palavra "casamento"

Resume-se o que foi dito até aqui, em homenagem ao amor que aos poucos se fez brotar, dando-se agora em maior intensidade e já assumidamente entre Tomei e Joana, como espécie de gratidão à vida (e pela vida), que a *Palavra*, essência e impulso gerador do Universo, veio a habitar entre hominídeos dos quais eles descendem, pessoas que puderam entendê-la e assim reverenciá-la, para contemplá-la junto à ideia de Deus, do Pai e do Filho, do amor e do louvor ao que possa haver de mais fiel e fidedigno, amoroso, leal e solidário, enfim... E todos os que dali nascessem, passariam a receber dessa plenitude no amor...

Foi nessa conversa mais íntima com Joana, de quando se viram um tanto aproximados pelo tema da religião, que Tomei assim se declarou: um adepto de ideias que fossem sobretudo conservadoras, tendo se desenvolvido dentro dele o respeito às recomendações e prescrições religiosas, para de maneira reverenciadora e simples aceitar-se mais...

– Temo sim, e não só a Deus, mas também a todos os santos. E acho que pode haver espíritos à nossa volta. Nosso comportamento, queiramos ou não, acabará por demonstrar o quanto temos de respeito ou desrespeito por esses espíritos...

(Mas para ambos, havia aspectos muito questionáveis, e até difíceis de entender, nessa teoria de espíritos pelo jeito que lhes apresentara um frequentador da igrejinha. Joana, principalmente, preferia era deixar em dúvida...)

– Em primeiro lugar já se vê que na maior parte da história humana, de milhares de anos, talvez de centenas deles, mostra-se uma população bem menor do que a atual. Digamos que normalmente foi de 200 milhões, e esteja hoje próxima do *bilhão* de pessoas... Haveria mais espíritos agora do que antes? Eles se multiplicaram? E não sendo assim, antes se demorava mais para reencarnar – "entrar" em um corpo – e hoje seria mais "rapidinho"? Bem, e na linha de que tudo é possível, haveria a hipótese de um só espírito habitar dois corpos ao mesmo tempo, um aqui e outro na Oceania... "Não é verdade?"...

(E Tomei não só tem paciência como até se interessa por essas conversas e outras do tipo, entendendo que, quando se fala em um "milagre da vida", é porque talvez fosse muito maior a probabilidade de as coisas nunca terem existido, ou de não serem como são... Isso sem pensar na questão de sermos múltiplos, compostos de várias células que vivem e morrem a cada dia. E a cada dia somos outros, compostos de várias e novas células, que também são seres...)

A realidade do *karma* – relativizando...

No Renascimento já se declarava a obra de Deus como algo que podia ao mesmo tempo encantar e horrorizar... Pois toda maravilha que é ainda existente haverá de um dia desaparecer por completo, e a uma só vez, quando vier o fim dos tempos na forma de um buraco negro, a engolir todo o nosso mal e todo o nosso bem, nosso sol e em seguida toda a galáxia...

Por outro lado, dizem ainda prevalecer na Índia a noção de um simples karma, aquela pela qual, muitos acreditam, cada ser viverá sempre uma mesma vida (a sua própria), por várias vezes, até que sejam criadas algumas variantes, ou pequenas alterações em torno de um padrão original, padrão este que terá se tornado possível de ser assim exatamente pelas sucessivas variantes de uma primeira vida que cada um teve. Nesse sentido, a vida já existiria do começo ao fim, enquanto estamos a vivê-la, o que explicaria toda uma série de *dejà vues* (para quem atenta a isso) e sonhos com coisas que ainda não aconteceram...

E que na *Santíssima Trindade*, o Pai e o Filho que em verdade são um só, em Espírito Santo, mostrar-se-iam uma coincidência...

– Apenas uma coincidência com o número três, das três forças representadas por divindades indianas, as da Criação (Brahma), da Manutenção (Vishnu) e a da destruição (Xiva), esta que dá oportunidade à *criação* de um um novo ciclo...

Aproximação de Tomei e Joana

A mulher é aquilo em que homens como Tomei se espelham, mas para ela não há razão: age mesmo por pura emoção. Ainda mais nesses tempos, em que é vista como estágio intermediário entre a adolescência e o homem adulto... Mais bela, jovial, de voz fina, diz sempre o que acha e, quando está entre as outras, quer supor que o mundo seria mais pacífico se os homens fossem como elas...

Não seria. Os homens cuidam da segurança, de garantir o alimento e defender o núcleo da espécie. Suas brigas, quando ocorrem de fato – e apenas entre os homens –, são mesmo para valer. Perto do que é discutido em termos de alianças, divisão do trabalho, estratégias de combate (até em campos que são considerados esportivos, como as vaquejadas), as futricas de algumas mulheres parecem mesmo infantis.

Mas elas sempre foram capazes de dominar seus homens, porque sabem que, sem elas, eles não servem para nada. Eles *precisam* delas, inclusive para satisfazer o instinto (sendo a carência sexual quase uma dor pois, como dizia Fernando, a sensação de que o desejo não será satisfeito pode até levar à loucura...).

Há muitos homens que acabam também por explorá-las – por se considerarem mais fortes do que elas, fisicamente (e se o são na força bruta e imediata, não o são na resistência...) – e assim a depender delas para organizar a casa, e preparar a comida.

Sobre homem e mulher...

Desejo atrai desejo, e já se vê pelo mito grego que Penélope não precisava entender as razões de seu marido (razões estas que, muito mais que dele, eram dos próprios deuses...). Sua tendência era agir primeiramente no plano do sentimento, como acontecera a outras mulheres, desde Helena, em Troia, a Cliptemnestra (a mulher de Agamenon), passando ainda por Calipso, Circe e até Nauzica.

Mas este isolar da mulher ao plano exclusivo do sentimento e do mistério já se vê desmistificado há tempos, como perceberam os muitos professores de literatura, e leitores das grandes obras clássicas, quando atentaram às questões que ali se discutem em paralelo, o que se lê ou ainda está para ser lido... É talvez a partir dos próprios gregos, ou do início da era cristã (conforme o tipo de interpretação que se dê), que as mulheres passaram a ter mais voz ativa nos fatos (como em histórias desenvolvidas à volta dos episódios narrados sobre Jesus), o que também já pode ter se dado entre as romanas e, se for pensar, entre os próprios índios da região, em que a mulher podia falar de coisas práticas e econômicas...

... e vindos de tantos antepassados

Gastar-se em meditar, ou pensar sobre um passado longínquo, não faria aumentar ou diminuir o caráter fragmentário de cada existência, havendo-se de chegar ao dia em que astrólogos (ou físicos) provarão que são os homens – e a matéria em geral – não mais que concentração de algumas energias, existentes "desde e para sempre" no Universo...

Entre o ser e o não ser, a comprovação da existência do átomo, a se tornar cada vez mais divisível, fará apenas saber que, se algo houver de eterno, serão esses próprios átomos, que já estiveram na explosão inicial de tudo, e depois dentro de uma estrela, sendo lançados por ela em forma de energia, para em épocas humanas fazerem parte de nossos corpos, e no futuro poderem participar de um colapso universal que se dará pela concentração de massas, ou se espalhar indefinidamente mas, uma vez existentes, não deverão deixar de existir...

Não fosse o conhecimento disso, e o caráter fragmentário dessas existências ainda se mostraria maior, a cada passo dado em direção às origens, dentro da própria espécie... E tudo se faria como resultado genético do cruzamento de bilhões de antepassados, com cada um sabendo algo mais do que lhe diz respeito, por suas memórias naturais ou construídas (formatadas) à participação que teve em todos os episódios e períodos da história humana...

– A conta é simples: havendo em média uma geração a cada vinte e cinco anos, entende-se que um bebê teria, cem anos antes do nascimento, os seus dezesseis trisavós, ou seja, um número de 2 elevado à quarta potência, em quantidade de antepassados... Dois séculos e meio e esse número será de 2 elevado à décima, que seriam 1024 antepassados... E, simplificando, pelo exemplo do Brasil, um bebê que nascerá no ano 2000 poderá ter 928.576 antepassados em 1500 ou, quase um milhão...

E não será possível que esse bebê venha a escolher um, entre esses quase um milhão de antepassados da época do Renascimento, para dizer-se parecido, ou entender-se como tendo algo a ver com a personalidade deste ou daquele outro... O que se sabe é que a humanidade fez cruzamentos genéticos entre grupos culturais de histórias e geografias já distanciadas ao longo de milhares de anos, e também não há prova em contrário quanto à participação de alguns desses antepassados nas guerras romanas, no império egípcio, ou nas civilizações da América anterior à chegada dos europeus etc.

– Mesmo em relação à época de Cristo, é possível que um deles figure nos textos – por exemplo, como transeunte naquelas termas em que houve o suposto milagre da cura de um paralítico...

Porém, se toda história que fala de origens familiares tivesse de começar por um antepassado específico, pensa Tomei, neste caso, ele falaria de seu pai, o genovês Pedro, que regia o coro na catedral de Nápoles... Foi ele quem sugeriu ao filho que fizesse uma viagem solitária, rumo ao Brasil. E ele realmente a fez, em 1760...

3

Vida a dois

Agora que está bem casado

Diz-se do curso normal da vida quando no começo da noite as pessoas regressam a seus lares e vão logo de ventos em popas ao encaminhamento de seus ideais, a fazer amor e nutrir-se do necessário para discutir questões sérias e verdadeiras, ou até mesmo engraçadas... E tendo ainda os seus projetos em descoberta, os velhos problemas e soluções, é quando elas mais se divertem, e choram etc. etc.

O casamento é, por si, divisão de coisas, alegrias e tristezas. Hoje, ganha-se o abraço de uma jovem, mas do amanhã, o que será? Os mitos, as meias-verdades arrastadas em séculos anteriores, diante do complexo contexto de todo um sistema sociocultural desenvolvido por milhares de anos, tudo isso, em outras palavras, mostra que o sentimento continua preso às crenças e culturas de cada época.

Comprometimento

E dir-se-á no futuro, por certo escritor português já aqui lembrado, que só antigamente havia dessas regras, de começar-se sempre tudo pelo princípio: uns olhares quentes e chamativos, ou sedutores da parte do homem, o descer suave das pálpebras da mulher entre as pestanas, insinuando que houve ali um reconhecimento da fitada, e depois, até o primeiro toque de mãos, as coisas eram muito conversadas...

Só pela precisão do tempo é que se deverão fazer coincidir os interesses das partes envolvidas, instigando-se (sem que haja intrigas) a fêmea pela vagarosidade ou pressa... E poderá ao longo de toda essa aproximação ter havido cartas, ressentimentos passageiros, reconciliações, sinais de lenço, tosses diplomáticas, mas claro que o resultado final acabará sendo o mesmo, com a donzela de costas na cama, ou mesmo por cima do galanteador, fosse isso com o casamento ou sem ele, mas nunca por fugir-se a este, ou a algo do que se quisesse apegar por meio dele, como se já não houvesse mais em tudo um grande disparate...

Pois só alguns imaginam que em certos lugares, ou grupos sociais (quando pensam em classes menos, ou mais favorecidas), casando-se – por palavras ou outros costumes que estivessem sendo praticados ou não – haveria de ser diferente...

Início de namoro

Não, Joana não era mulher de se expor facilmente. Era direita, mas atraente, e dava para ver quando alguns forasteiros a miravam, deixando-se transparecer pelo velho processo de engrandecimento dos olhos... Tomei, seguro de si, sempre manteve a calma e compostura.

Pode-se comentar que houve apenas uma ocasião, durante o baile de outro casamento, em que Tomei esculachou o homem que lhe seria supostamente concorrente (mas não de fato um pretendente, pois já lhe haviam dito que o tal forasteiro era interessado na verdade por outra mulher, em época que Tomei apenas assumia dentro de si o quanto gostava de Joana – esta que um dia virá a ser também a antepassada de quase todos os seus descendentes...): por causa da roupa exageradamente de gala (e não necessariamente elegante, naquele que se pretendeu mostrar galante, e chique...) trajada pelo homem de Xique-Xique, perguntou-lhe se era aquele um baile à fantasia... E o homem ficou tão desconcertado que foi embora.

Aprendeu com isto que, se estava mesmo decidido por aquela pessoa, deveria impor-se a não chamar a atenção no caso de situações difíceis, até se os sentimentos fossem desses um tanto diferentes dos normais, pois deveria conter-se e aprender a suportá-los, sempre que necessário...

Filhos

A cada dois anos, Tomei e Joana tiveram filhos. A primeira foi Ana, em 1766, quando ele já completava 32 anos... Depois veio Maria, também muito bonita, em 1768, época em que Tomei acabava de fazer 34... Até que lhe veio o filho "varão", finalmente o homem que lhe herdaria os negócios: José nasceu em 1770, quando Tomei já completava 36 anos.

Neste espaço de quatro anos, portanto (de seu "espaço-tempo", pelo que se dirá no futuro), Tomei e Joana tiveram seus três filhos.

Repare-se bem nos nomes pois, são todos muito cristãos...

Sertão cristão...

Já se havendo aqui tocado com tanta delicadeza nessa questão da religiosidade católica que tinham, tanto Tomei quanto os seus companheiros de jornada (eles que agora também levam uma vida nova, na Vila em que vieram a se estabelecer...), quase deveríamos imaginar os nomes que dissemos ter os filhos deste homem com Joana, e que viessem na seguinte ordem: Ana, Maria e José. Pois, como se sabe, na Bíblia, Ana é a mãe de Maria e, portanto, a avó de Cristo, o Salvador... Joana, para os que ainda não sabem, era uma das mulheres que olhavam de longe por ocasião do episódio em que Ele, assumidamente Filho de Deus, fora por fim crucificado.

Aliás, tratemos de rever isso, agora...

Quando houve o grande sacrifício (já tão anunciado aos apóstolos), em sendo na forma de uma vil crucificação, algumas mulheres olhavam de longe, estando entre elas *"Maria Madalena, Maria, mãe de Tiago, o menor, e de Joset, e Salomé..."*, diz Marcos... Ah, sim, e na verdade, segundo Lucas, na manhã de domingo, algumas mulheres foram à gruta onde estava o corpo de Jesus, levando perfumes que haviam preparado para o sepultamento... *"Eram Maria Madalena, Joana, e Maria, mãe de Tiago."*

(E trata-se esta de uma passagem curiosa pois, chegando ao local desse sepultamento, tais mulheres encontraram removida a pedra que ali estava para proteger o túmulo improvisado, não vendo mais o corpo e sim dois homens com roupas brilhantes, tão brilhantes que elas tiveram de olhar para o chão... Eram muito provavelmente as mesmas roupas, brancas e brilhantes – *"como nenhuma lavadeira no mundo as poderia alvejar"* – de outra passagem, aquela em que os apóstolos testemunharam o Senhor a se transfigurar, afirmando-se que *"o seu rosto resplandeceu"*, ou – lembrando a descrição de um deus indiano de mil olhos – *"brilhou como o sol"*, *"transfigurou-se a aparência do seu rosto"*, isto é, *"transfigurou-se a aparência"* e *"seu rosto mudou de aparência"*, juntando-se as palavras de três dos quatro evangelistas...)

(E foram esses anjos os primeiros a dar a notícia, a essas mulheres, de que Jesus havia ressuscitado, conforme anunciado por ele mesmo ainda na Galileia: *"O Filho do Homem deve ser entregue nas mãos dos pecadores, ser crucificado, e ressuscitar no terceiro dia"*...)

... de algumas leituras – quase cíclicas

E ainda há pouco se dizia não existir prova em contrário de que algum antepassado das personagens que aqui se mostram figurasse nas passagens evangélicas, a presenciar, por exemplo, o momento em que o Messias entrou naquelas termas, podendo este suposto antepassado vê-lo de longe a conversar com um homem muito doente, sem condições de competir com outros no momento em que a água se movesse (pois *"um anjo descia e de vez em quando movimentava a água da piscina"* e, depois que ela fosse movida, o primeiro doente que lá entrasse *"ficava curado de qualquer doença..."*). E teria ouvido quando Jesus disse alto, para o mutilado, "levante-se, pegue sua cama e ande" sendo que, *"no mesmo instante, o homem ficou curado, pegou sua cama e começou a andar"*...

Mas se este episódio foi escolhido ao acaso, talvez seja o mesmo narrado por Mateus, Marcos e Lucas, mas em Cafarnaum (e não em Jerusalém), em que puseram à frente de Jesus um paralítico (talvez descido em sua cama, pelo telhado), e enfim, também foi dito a ele, como sendo mais fácil do que perdoar os pecados, *"levante-se, pegue sua cama e volte para casa"*, e *"no mesmo instante, o homem se levantou diante deles, pegou a cama..."* e *"foi para casa, louvando a Deus"*.

E se já exageramos aqui na reprodução dessas passagens bíblicas, pode-se citar mais uma, do início da pregação, quando o Messias conhecera um de seus apóstolos seguidores, Natanael, e garantiu a ele que veria coisas maiores do que o comentário *"eis aí um israelita verdadeiro, sem falsidade"* (depois de tê-lo visto embaixo da figueira, antes que Filipe o chamasse...). Na ocasião, os amigos souberam que ainda veriam *"o céu aberto, e os anjos de Deus subindo e descendo sobre o Filho do Homem"*, imagem que assim mais parece ter sido tirada de um conto de fadas, bastando-se trocar os anjos por pássaros e faz-se então lembrar uma princesa que é amada e rodeada por animais à volta.

Bem, há outros trechos de difícil compreensão ao longo desses evangelhos, e um em especial era o que mais intrigava Tomei, pelo que estava dito, das palavras de Jesus depois da última ceia... Durante a noite que passaram em claro no monte das Oliveiras, enquanto o Messias rezava, alguns dos discípulos (Pedro, Tiago e João) não resistiam ao sono, mas Ele logo os acordava, até que *"voltou pela terceira vez"* e lhes disse: "*Agora vocês podem* dormir e descansar. *Basta! Chegou a hora! Eis que o Filho do Homem vai ser entregue ao poder dos pecadores.* Levantem-se! Vamos! *Aquele que vai me trair já está chegando*". Como seria possível "dormir" e "levantar-se" ao mesmo tempo?

Bem, importa que Tomei e Joana liam juntos alguns trechos da Bíblia (principalmente os evangelhos), e assim, como também diz uma passagem, "*conversavam* sobre o que tinha acontecido e *conservavam* respeito, por tudo e todos..." (algo que tinha a ver com o final do Evangelho de Lucas). E também riam de alguns episódios, como aquele em que, depois do lamento por terem todos fugido e abandonado o Messias no momento da prisão, comenta-se que "um jovem, vestido só com um lençol, estava seguindo Jesus, e eles o prenderam. Mas o jovem largou o lençol e fugiu *nu*".

E seria este um de seus antepassados? Nunca saberão...

Enfim: os nomes escolhidos por Tomei e Joana homenageavam os parentes mais próximos a Jesus, o pai, a mãe e a mãe da mãe, sem que houvesse homenagem aos irmãos (que teriam sua importância na dinâmica familiar, mas se tornaram peças de quase nenhuma participação no núcleo narrativo, na maneira como a história da vinda e vida pública do que seria o Filho de Deus nos é contada pelos evangelistas). E para atender à curiosidade de alguns, seriam os irmãos de Jesus, que de forma bem discreta aparecem nos evangelhos, Tiago, José (ou Joset), Simão, Judas e as irmãs...

A mata ali perto

Um belo gavião bate à janela da casa na fazenda onde agora o casal Antônio e Joana se encontra à rede, podendo-se depreender disso que ainda haverá "perigos e festividades na selva", como simples prognóstico, ou consideração poética, a ser feita por um escritor do futuro...

"Ouça meu piano" era a frase que aparecia no primeiro capítulo daquelas *Histórias familiares*, que Joana, na varanda, lia para os filhos...

– Assim como o pai, minha filha é uma grande música... Começou a aprender piano aos sete anos e hoje, aos catorze, toca todas aquelas peças barrocas, de um jeito impecável.

– Ela me lembra das coisas que diziam da avó do meu avô... O que por sua vez fez recordar uma história ocorrida no interior da Itália... Sim, na Toscana, às margens do...

4

Outro matrimônio: Francisco e Florência

Maria Clara da Virgem

Não muito longe dali, cinco anos depois de Joana dar a luz a José, nascia, em 1775, Maria Clara da Virgem, uma mulher muito especial... Era a primeira filha do casal Francisco e Florência, fazendeiros muito bem sucedidos da região (e que eram os melhores amigos de Tomei e Joana, como dissemos – e poderá no futuro algum historiador dizer que Maria Clara vinha "de família abastada e radicada na Barra a mais tempo", isto em relação à que agora está sendo constituída por Tomei...).

Florência, devemos lembrar, era a filha da índia Laureana Maria, que fora casada com Brás Resende, o primeiro juiz "Meio-ordinário" do povoado... Maria Clara tinha, portanto, o sangue indígena vindo diretamente de sua avó, a aldeada de sobrenome Conceição, e "uma das personagens mais antigas de que a família tem notícia..." (dirá o mesmo historiador).

Em 1º de janeiro daquele ano, portanto (e lá se foram quinze desde a chegada de Tomei...), nascia a menina Maria Clara, filha de Francisco e Florência. Pelo lado de seu pai, era neta de portugueses da Vila de Barcelos, e pelo da mãe, já se sabe, tinha como avó a índia Laureana. Consta em documentos que ela foi "batizada na Matriz de Campo Largo em 30 de janeiro, e consagrada a N. S. da Conceição".

Francisca Antônia do Livramento

Muito tempo depois nascia a segunda filha do casal, Francisca Antônia do Livramento, a Chica.

– Florência, devemos ter mais cuidado com essa menina, ela está aprendendo tudo muito rápido... E acho que é por causa da irmã.

(Não deveríamos aqui nos emocionar antes da hora, mas o fato é que essa criança ficará órfã muito cedo, e os exemplos da irmã serão mesmo os mais importantes.)

Tomei compra as fazendas

Naquele ano de 1787, Tomei resolveu por fim comprar as duas fazendas que havia um tempo já almejava... Alguns fatores favoreceram para que ele tomasse a decisão, que acabou acontecendo em momento em que os três filhos já estavam maiores: Ana, a mais velha, tinha 21, e o mais novo, José, já ia fazer dezoito.

Era um ano de seca violenta, podendo-se notar que o gado estava muito magro, sem ter mesmo o que comer.

– Sorte a nossa de morarmos perto do rio, porque aqui, pelo menos, os animais não morrem de sede...

Joana lembrava a história que se dizia em uma canção, do chefe de família que teve de abandonar mulher e filhos para buscar ajuda e trabalho em terras menos miseráveis... Bem, o certo é que, se o verde dos olhos dela, e o dos de Tomei, pudessem mesmo se espalhar na plantação durante os próximos anos, o gado voltaria a passar bem...

(E como já se disse aqui, trata-se esta de uma inversão temporal do poeta, dando a entender que estaria na cor dos olhos de uma pessoa amada o que faz a chuva cair de novo, pondo a espalhar-se na plantação...)

Mas aconteceu que naquele primeiro ano o gado já estava morrendo, porque a seca era mesmo violenta... Uma onça, agitada, já havia matado dois bezerros. Sem chuva, a água estava difícil...

Tomei e Joana resolveram então passar um período na Barra, como já haviam feito na época em que as crianças eram pequenas. Encarregaram um dos vaqueiros de ir sempre à cidade, para dar as notícias de tudo que houvesse por lá durante aqueles dias, de extraordinário ou de ordinário...

E havia. Mas o administrador ainda não tinha dado a notícia, porque o patrão falou que escreveria em breve, e na carta disse apenas que mandava *"lembranças a todos da casa"*. Bem, e por sorte não era nada de importante...

De fato, a compra de Tomei só acontecera mesmo porque para os antigos donos tudo parecia muito difícil: eles estavam sem dinheiro para investir, não havia mais lavoura ou peixe, o preço da carne estava baixo e a farinha já vinha de fora etc. O casal e os outros dois vendedores (que eram sócios menores) já temiam pela criação, magra nos dois lados do rio... Pediram a Tomei que respondesse logo que recebesse aquela carta, posicionando-se sobre a proposta de compra. E assim foi.

Detalhes da negociação

E foi no mês de abril daquele ano que se fez a certidão de compra e venda das fazendas Ema e Picada, em escritura pública que depois foi passada pelo Tabelião da Barra. Ela dizia que:

– Com a fazenda Picada, o comprador adquiria *"todo o gado situado que se achar, ao preço de dois mil réis cada cabeça"* (especificando-se na entrelinha que o *"de um ano para baixo a mil réis por cabeça"*), e todo *"gado velhaco ou bravo que não vier ao curral"* e vier este a *"se matar no campo e o dito comprador aproveitar o preço de 600 réis"*, *"e* um escravo *da mesma fazenda por nome Alexandre por preço de 65 mil réis..."*.

– O comprador (cap. Antônio Tomei) também adquiria *"com seus gados que se achar a preço de 1800 réis por cabeça e de um ano para baixo a 900 réis"* e *"mais um escravo de nome Manoel Angola por preço de 65 mil réis"*, e também *"as benfeitorias a ela pertencentes"*.

– Por qualquer cavalo que se achasse nas duas fazendas, se venderia a preço de seis mil réis, e cada sela com seu freio, que também se achasse, a mil réis. Cada machado, foice ou enxada a 640 réis, e por uma roda de ralar mandioca velha, 2000. Também uma canoa, a 6 mil, e por cada *"ferro de ferrar gado"*, 320 réis. E *"por cada uma besta e suas crias que se acharem a preço de três mil réis"*...

– Vendem-se as fazendas dessa forma ao comprador cap. Antônio Tomei com os seguintes pagamentos: 400 mil réis *"em dinheiro contado"*, 200 mil em cada ano *"que o primeiro pagamento principiar a correr"*, de 1789 em diante, *"anualmente até findar os pagamentos"*.

Um dia haverão de pesquisar sobre essa compra os descendentes de Tomei, para informar que "o preço total da fazenda" foi de "um conto e 500 mil réis"...

(E já se observa que Tomei só se tornou proprietário dessas duas grandes extensões de terra quando já se passavam mais de 25 anos de sua chegada aos sertões. Na família, vai se dizer que seus recursos nem eram tantos, e que foi ajudado pelo genro português, Luís Marques Pinto, "nas primeiras despesas e na compra de mais gado...").

Tomei bem aclimatado...

Na Vila da Barra e nas fazendas à volta, "o italiano" (como era chamado) foi se vendo cada vez mais reconhecido como pessoa generosa e desprendida, de características tipicamente italianas: "espírito de família, expansividade na conversação, lealdade no trato, amoroso de seu sangue, religioso", como é possível que venha a declarar algum de seus descendentes (alguém que venha a encontrar esses documentos e faça questão de também deixar os seus registros de impressões pessoais, para que outros, ainda mais no futuro, queiram formar o seu próprio tipo de compreensão sobre essa história)...

Com quem o conhecia mais de perto, já havendo conquistado espaço em sua intimidade, ele realmente se soltava e empolgava nas conversas... E quando pediam para que contasse a sua própria história, durante aqueles serões mais longos, ele de fato exagerava na descrição de sua terra natal.

Entre outras conversas para boi dormir, insistia na existência de certos palitos que se acendiam pelo simples atrito, os tais "fósforos", que até dispensavam o uso do corniboque (e disse que Garcia, por exemplo, já ouvira falar e tinha trazido alguns para experimentar, mas ficara desapontado ao ver que só acendiam uma única vez, segundo lhe contaram...). E ele, Tomei, também trouxe alguns de Gênova, e os mantinha ainda bem guardados...

Palitos que acendem de primeira

– As oferendas que os antigos faziam deviam seguir a premissa de que os deuses habitavam o ar, e se alimentavam pela via aérea... Ou seja: inalavam o que lhes era oferecido. Daí o uso do fogo para ofertar qualquer coisa a eles, transformando-se matéria em fumaça...

Os deuses desta época talvez ainda sejam os mesmos, porém transformados...: Joana ouviu uma voz que parecia chamá-la e respondeu alto, apenas para se certificar de que não estava sendo desatenciosa a qualquer um que fosse (a pessoa em espírito), e essas coisas já não mais a impressionavam... Aos poucos foi deixando de responder, ao deduzir que aquilo não passaria de um mal-entendido.

No futuro haverá um tipo de luz que não será produzida pelo fogo do candeeiro, mas por algo ainda difícil de entender, que são as correntes elétricas manipuladas por cargas diferentes... Bem, em compensação, também haverá os cortes de energia (dos que aqui só acontecem quando acaba alguma coisa, seja o querosene, seja o graveto...), e só então se reparará nas atividades simples do dia a dia que podem ser praticadas sem a necessidade de se gastar mais e mais dessa energia, como ler à luz do dia, cuidar do viveiro das codornas, ou de outros animais, e à noite, tocar piano, viola, cantar, contar "causos" de histórias reais ou imaginárias, como essa dos palitos...

E no futuro ainda dirão: "Não deveríamos estar assim tão desacostumados a descascar a laranja, a preparar o café".

Outras conversas

Também quando estava empolgado, Tomei falava de novas coisas exageradas, como na existência de umas imensas orquestras, das que se apresentavam em Milão, tão enormes que chegavam a ter mais de cem participantes (e ele, inclusive, podia afirmar isso, porque fora ouvido diretamente de seu pai, que regia o coro da catedral de Nápoles, como já se disse nesta história...).

"Os sertanejos só conheciam as tocatas de violas e violões, pandeiros, tambores e sanfonas, sem nenhum instrumento de sopro", perceberá aquele que quiser dar crédito à história de Tomei, explicando os motivos de tanta desconfiança...

As rebecas e rabecões, que só faziam parte das festas em igrejas, ele dizia que apareciam às dezenas, nos teatros líricos italianos... E quando contava que nas festas populares se jogavam "confetes", uns nos outros, os novos amigos da região, todos sertanejos e descendentes de portugueses, imaginavam que isso seria uma espécie de confeito, isto é, jogariam pequenas iguarias...

(A verdade é que também a beleza do italiano o distinguia dos outros fazendeiros, descendentes em sua maioria só de portugueses. Era uma beleza própria, que agora já se mostrava sendo passada para os filhos, e talvez pudesse chegar aos netos... – e é assim possível que até estes ainda viessem a se distinguir por uma espécie de elegância física, ou estética, pela qual o italiano continua a chamar a atenção nos meios sociais de que participa...)

(E não à toa, o problema é que talvez os seus descendentes se apaixonem uns pelos outros... E alguns haverão de explicar esses possíveis casamentos entre primos – que acontecerão no futuro – pelo cuidado que se terá em não dividir as propriedades, como essas que foram agora compradas por Tomei... Pois assim se evitaria que houvesse um número muito grande de herdeiros. Mas, aqui sabemos, também se poderá ver por este lado: de que serão poucas as pessoas com quem valerá a pena casar-se, reunindo as qualidades de serem ao mesmo tempo confiáveis, bonitas e atraentes... E o principal dessas pessoas talvez venha a estar dentro da própria família – lembrando-se que casos assim também ocorrerão em outras partes da Colônia...)

5

Vinda de Vanderlei

A "descoberta" de um rio

Muito já se disse que os índios eram selvagens, e faz todo o sentido, pois eles habitavam uma imensa região de matas, campos e florestas, de natureza mais que exuberante... Já o interesse em se dizer que eles eram "bárbaros", no sentido grego de estrangeiros (e assim inferiores aos que mal chegavam), veio depois de algumas décadas de contato, pelo conhecimento que se foi adquirindo dos seus costumes e de como se relacionavam, entre si e com os outros. Pois eram feitos relatos que levavam a diferentes interpretações, de novos e muitos coloridos, nas diversas épocas...

Naquela longa travessia de Tomei com seus amigos, pelo sertão da Bahia, ouviu-se do jesuíta que a carta de Caminha lhe parecera algo semelhante à de Colombo, havendo em ambas o mesmo tipo de descrição singela, respeitosa e de quase admiração pelos índios... O escrivão português chegou a dizer que eles eram bonitos, gentis e curiosos, e suas mulheres até mais sensuais que as europeias... Achou-se mesmo que poderiam ser facilmente submissos, alegrando-se em agregar-se a uma civilização mais "avançada", dominadora, que acabara de chegar – e a receberiam até com doçura (vindo dessa ideia, certamente, os fartos elogios que receberam...).

Também se diz dessa época que certo mercador e explorador de muitos mares, Américo Vespúcio, estaria naquelas primeiras excursões de Colombo, representando os interesses de alguns armadores florentinos (e era quem teria provisionado os navios da segunda e da terceira viagem...). E, sabe-se lá com que habilidade, ele é hoje considerado o "descobridor" do novo continente (o que se trata de uma fraude, mas ela só deverá ser "descoberta" dentro de uns cinquenta, ou cem anos...).

Como por aqui já se sabe da verdade, pode-se dizer que, fosse para seguir a regra das "descobertas" na época, o continente americano deveria chamar-se "Colômbia", em homenagem a seu "descobridor" (mesmo que entendamos ter ele apenas "encontrado o caminho marítimo" – o de navegação, é claro – para o que já estava "descoberto" pelos antepassados dos habitantes locais...). No entanto, já bem antes daqueles tempos, existiam as tais exceções que se sobrepunham às regras, e neste caso preferiu-se "valorizar" (para não dizer "forjar-se") a expedição de Américo Vespúcio como tendo uma suposta anterioridade (o que era, como já se disse, uma "fraude")...

Mas, para o ponto a que queremos chegar, importa é saber que Américo Vespúcio também percorreu grande parte do litoral brasileiro, durante a primavera de 1501 (primavera do hemisfério sul, diga-se...) e o verão do ano seguinte (e como para tudo há controvérsias, cita-se também uma versão de que ele integraria a expedição de Gaspar de Lemos, tripulando uma das três naus que estavam a serviço de d. Manuel; mas de um jeito ou de outro, o que se sabe é que ele veio com seus amigos avaliar as potencialidades econômicas dessas terras, recém-descobertas...).

Em meados de agosto ele passou pelo cabo de São Roque (o ponto mais a leste da América do Sul e, digamos, mais próximo da África) e foi descendo o litoral das futuras capitanias de Itamaracá, Pernambuco, Bahia, Ilhéus, Porto Seguro, Espírito Santo, São Tomé e finalmente São Vicente, na qual pôde chegar ao ponto mais ao sul, onde é Cananeia, em janeiro de 1502 (este que seria o ponto português mais a oeste, em respeito ao *Tratado de Tordesilhas*). Depois ele seguiu para o rio da Prata e desceu até a Patagônia.

E acontece que naquela excursão, exatamente no dia 4 de outubro de 1501, ele e seu comandante de armada, André Gonçalves, aportaram na foz deste grande e bonito, imenso e simpático, caudaloso rio, que por causa desta data, o dia do santo, veio a chamar-se *São Francisco*. Talvez já se imaginasse que aquele "imenso e caudaloso" correr de águas (como se faz questão de dizer novamente) se tornaria uma das principais *vias* de entrada para o interior, o verdadeiro e grande acesso para exploração de toda uma terra interiorana, neste continente que era ainda recém "descoberto".

Avanço para o interior

Não se passariam mais do que cinquenta anos, de raras e pequenas explorações no início da colonização, para que alguns aventureiros mais ambiciosos começassem então a voltar os olhos para aquele "grande rio que se derramava pelos sertões" (no dizer de quem já escreveu sobre isso...). E imaginavam eles que, subindo por ali, encontrariam índios dóceis, minas de "riquezas estonteantes", "... lagoas fantásticas forradas de pedrarias rutilantes..." (no dizer de um futuro historiador).

É do tempo das capitanias hereditárias (que, como a Companhia de Jesus, já existiam havia exatos duzentos anos na época em que Tomei nasceu...) que o rio São

Francisco – chamado pelos índios de todas as nações de "Pará", ou de "Opará" – fazia a divisa entre as capitanias de Pernambuco e da Bahia, ficando a primeira com toda a sua margem de cima, antes da curva, e à esquerda (de quem vê o mapa da maneira convencional), depois dela... Ora, como sabemos, a Vila da Barra ficava à margem esquerda do rio e, portanto, pertenceria a esta primeira capitania, embora o seu acesso, quando feito por terra, se desse pela outra, a da Bahia...

O fato é que em poucos anos já havia gente no mato à procura de minas de ouro e prata (ou, quem sabe, até de se encontrar uma civilização avançada, como a dos incas...), e também de pedras preciosas ou, com maior probabilidade de sucesso, de *salitre* (este que seria a primeira riqueza mineral explorada na Colônia, importante para a fabricação da pólvora e já com seu valor internacional como matéria-prima – e no primeiro mapa que se fez do São Francisco, em 1616, registrava-se um "caminho do salitre").

Rio dos currais

Já se sabe que os sertanistas "na maioria das vezes eram apoiados pelos governos oficiais", preocupados em garantir para si as possíveis descobertas... E foi assim que os aventureiros baianos tomaram a dianteira, ocupando de norte a sul os dois lados do São Francisco. Levavam gado, portanto, também à margem pernambucana, para lá tomar conta dos terrenos de salitre, dando um jeito de se adaptarem aos agrestes e às caatingas.

A criação de gado, primeiramente introduzida no Recôncavo da Bahia ainda à época de Tomé de Souza (perto de 1550), chegara de lá a Sergipe e então saiu desbravando todas essas terras, do *Baixo*, *Médio* e *Alto São Francisco*, até espalhar-se também pelo sul do Ceará e do Maranhão (para assim os estudiosos da história econômica poderem dizer que no período de 1560 a 1690 houve a maior "irradiação de gado pastoril nessa região"...).

Desde então, o São Francisco passou a ser conhecido como o "rio dos currais".

Chegada de um novo forasteiro

Mas voltando à nossa história, ela está agora no ano de 1790, quando se vê chegando à Vila da Barra um novo forasteiro, de nome João Maurício Vanderlei... E como bem já se pôde supor, ele ganhou este sobrenome a partir de um erro de grafia (e raro seria se isso deixasse de acontecer naquela época, entre escreventes dos mais cultos e comuns, pelos muitos cartórios brasileiros em que se fizeram descuidos ainda maiores, desde que se transferiu a capital para o sul...): fez-se ali uma junção arbitrária do que deveria ser a grafia correta, *Van Der Ley*, mas não vamos aqui dar uma de pernósticos, a ponto de não admitir que no Brasil este sobrenome já existisse há mais tempo – pelo menos desde as guerras holandesas – e que assim se foi consolidando e ninguém mais há de reparar... E se existem palavras como "forró" (de *for all*) e "sofá" (de *so far*), não haveria mesmo de ser um simples "Vanderlei" a causar estranhamento...

A família Vanderlei de Pernambuco começou com Gaspar Van Der Ley, um capitão de cavalaria das tropas de Maurício de Nassau, conforme atesta documento do próprio engenheiro militar holandês...

E aqui, como é sabido, à época em que estamos, a Vila da Barra pertence ainda à capitania de Pernambuco (por estar à margem esquerda de quem desce o rio, ou direita de quem sobe, como explicamos), e o jovem João Maurício, de quinze anos, está agora a se aproximar na companhia de um ouvidor e do corregedor geral, que aqui vêm chegando para tomar posse...

O menino pernambucano vem de uma família que parece ter sido muito abastada, mas que teve o patrimônio abalado por algum motivo (e aqui não se vão dedicar esforços para querer adivinhar-se qual seja, ou inventar algum apenas para que este dado se torne mais convincente...).

Ele, Vanderlei, tentará aproveitar a companhia desse ouvidor para adquirir meios de subsistência no alto sertão mas, como também se nota, ele não é totalmente desprovido. Logo que começa a se instalar na Vila, já escolhe um bom lugar, e parece estabelecer boas relações com as principais autoridades...

6

José e Maria Clara, Ana e Crisóstomo, Maria e Luís

Festa de casamento

Contrariando o costume da maioria das sociedades, em que as mulheres se casam mais cedo, garantindo assim o bom aproveitamento da idade (e do sangue fértil), o filho mais novo de Tomei e Joana, José (o terceiro, depois de Ana e Maria), foi o primeiro a se casar. Por esposa, já sabemos, foi escolhida por ele (e ele por ela) a filha mais velha do casal Florência e Francisco, Maria Clara da Virgem.

Foi mesmo depois de muita aproximação (e algum suspense) que finalmente o filho do "italiano" pediu a mão da moça em casamento... E debaixo de um cajueiro, dizem (ou no caminho que leva ao tronco do Juremau, segundo outros), é que foram mostradas as alianças trazidas por ele, dentro de uma bela caixinha...

Pode-se dizer que as duas famílias já se mostravam muito contentes com a escolha. A festa foi dada pela família de Maria Clara, e não faltou nada, naqueles praticamente cinco dias seguidos de comemorações e festejos.

Tomei também dera sua contribuição, mandando matar as três vacas mais gordas (entre aquelas que já estavam ficando velhas) separadas em seu curral, e enquanto saía do estábulo ainda resolveu levar os três cabritos maiores, para se houvesse necessidade de preparar mais carne... E trouxe todas as pipas de vinho branco que vinha acumulando na fazenda, para oferecer a qualquer um que quisesse beber. A Vila da Barra nunca tinha visto uma festa igual.

Todos se lembram da hora em que Maria Clara finalmente apareceu, com o vestido de noiva sendo levantado pela irmã mais nova, a menina Chica. Até esta se apresentou de roupa bonita e costurada especialmente para o dia, e também muito enfeitada, com brinco nas orelhas e xale vermelho, bordado de ramagens...

Também apareceu na festa, "de gibão, perneiras, peitoral e chapéu de couro, tudo brilhando, enfeitado de ouro", um rapaz de dezenove anos, de sobrenome aqui já explicado em seu erro de grafia, conhecido por Vanderlei, que chegara ao sertão, com apenas quinze anos de idade, em 1790... Ainda falaremos muito deste rapaz na história, ele que não por coincidência acaba de ser lembrado logo depois de se falar da Chica, ela que aparecera toda bonita, levantando o vestido da noiva... Dele e dela, ainda falaremos mais.

Maria Clara da Virgem ainda vai se mostrar uma "figura feminina de grande personalidade", sendo a responsável por trazer à família dos descendentes de Tomei, como já comentamos (e queríamos enfatizar), o sangue indígena de sua avó Laureana, recebendo por seu lado um novo tipo de sangue europeu, vindo com o jovem capitão José, filho do "italiano".

Lília

Já no ano seguinte, o de 1795, nasceu Maria, a primeira filha do casal José e Maria Clara. Era também a primeira neta, tanto de Antônio e Joana, como de Florência e Francisco... Foi apelidada de Lília e, sim, dali em diante, por muitos e muitos anos (todos os que terá pela frente a viver, já se sabe), será considerada pelos parentes como a "flor da família".

Sobre José e Maria Clara, pode-se dizer que o alto grau de paixão aumentará o índice de concessões num primeiro estágio do relacionamento, concessões essas que até inconscientemente passarão a ser mais questionadas em um segundo momento... Por fim cessar-se-á o fogo, e a paixão terá de ser substituída pelo companheirismo, em que a necessidade de aprimoramento do que é essencialmente benéfico a ambos (isto é, produtivo, e construtivo, no espírito de dar-se prioridade aos interesses comuns) pressionará contra ou a favor dessas concessões.

(Por isso, diz-se, o alto grau de paixão não é um fator favorável: é preciso estar de olhos abertos, guiados pela razão, sabendo-se enxergar um ao outro nas suas qualidades e defeitos. Aceitar-se sempre, mas levando-se em conta o aperfeiçoamento necessário... E é difícil, mas torna-se visível – pela necessidade que há de às vezes avançar ou não, e talvez recuar, mas sem nunca deixar de ir em frente... – quando se reconhece de perto a matéria-prima do que se quer fazer perdurar.)

A ascensão de Vanderlei

Foi mais ou menos três anos depois do casamento de José e Maria Clara que Vanderlei, aos 22 anos, conseguiu tornar-se o "contratador de dízimos sobre a criação de *vacum*" (cargo para o qual teria sido nomeado graças à ajuda de parentes em Recife, dizem algumas línguas, maldosas ou não necessariamente más, porque, enfim, nada disso é ainda considerado um mau costume...).

Com essa função (ou "dono desse cargo", pelo que se vai dizer), ele passará a percorrer toda a comarca do São Francisco, vasto território que se estende pela margem esquerda do rio, de Carinhanha a Paulo Afonso, para conferir e avaliar as produções, cobrando delas uma parte para a Coroa, certamente, e outra para si mesmo (e tudo na medida em que lhe venha a ser de direito...).

O dízimo, há os que sabem, e os que ainda não sabem, é um tipo de imposto meio civil e meio eclesiástico, de pagamento que é feito a cada quatro ou cinco anos em gêneros alimentícios (ou de outra produção) para o governo instituído. Isso só passou a existir depois que se criaram as freguesias no sertão, pelo Arcebispado da Bahia.

A arrecadação normalmente é feita por contratos particulares, e o "dizimeiro" (que neste caso, agora, passará a ser Vanderlei, personagem há pouco introduzida nesta história e que vamos, passo a passo, entendendo melhor...) recebe o cargo por arrematação (deduzindo-se ser esta uma função das que se colocam em leilão) e tem como pagamento um terço do gado recolhido (até mais do que o percentual dos vaqueiros que, como sabemos, é de 25% dos bezerros nascidos). O que já é muita coisa: pode-se calcular que em três arrecadações – quinze anos – ele já teria um décimo (pelo que diz a palavra) da fortuna de cada grande fazendeiro da região, e somando-se todos esses décimos chegaria a algo como... milhões (milhões de réis em gado!).

Por alguma sutileza sentimental, falar das conquistas de Vanderlei faz-nos também lembrar de Chica, a Francisca Antônia do Livramento, irmã mais nova de Maria Clara da Virgem (esta que atualmente é a nora de Tomei, e poderá ser um dia a sua enteada...).

Chica ficara órfã na infância, e a essas alturas está sendo criada (e muito bem educada) pelo casal José e Maria Clara. Até mais por ele do que por ela...

Netos de Tomei que se seguiram a Lília

Nesta mesma época, ainda três anos depois do casamento de José e Maria Clara, foi a vez de Ana, filha mais velha de Tomei, também se casar. Agora eram Antônio e Joana que dariam a festa, ajudados por algumas economias deixadas pelo avô materno da noiva, sr. Bento Gomes, que eram especialmente para esta ocasião (enquanto a avó materna, sra. Rita, já estava a estas alturas tão velhinha, lá com os seus 87 anos, que mal se levantava da cama ou era capaz de lembrar-se de alguma coisa...). O marido de Ana, que todos já conheciam, era o paulista João Crisóstomo.

Expliquemos, então, *quem* era (e até *como* era, se assim for possível) este tal João Crisóstomo da Mota que, afinal, estava se casando com a filha mais velha de Tomei e Joana, a tão respeitada e querida dos pais, e dos irmãos (e agora da sobrinha), Ana...

Crisóstomo chegara à região como bandeirante, vindo de Goiás (já nesta região mais ao norte, que um dia há de se chamar *Tocantins* – se isso não for adivinhar demais...). Ele já havia atravessado a serra do Duro e encontrado caminho aberto para Santa Rita do Rio Preto, onde morou "provisoriamente com parentes e amigos". De lá, seguiu para a Barra, trinta léguas depois, onde realmente pretendia se estabelecer (e se estabeleceu, afinal...).

(Talvez por ter alimentado dentro de si o sonho de descobrir pedras preciosas, Crisóstomo *nunca* se adaptou aos hábitos regionais ligados à criação de gado. Era por demais orgulhoso, e tinha o temperamento difícil... Mesmo assim, Ana se apaixonou por ele – muito –, e acabou se casando.)

Em 1798, o ano seguinte a este casamento, nasceu a menina Joana Francisca da Mota, filha única de Ana. E, digamos que por coincidência, também nascia em outra casa – a de José e Maria Clara, na Barra – o menino Tonhá, segundo filho do casal (e deste ainda saberemos, por algumas aventuras que mais cedo ou mais tarde haverão de ser narradas aqui – e pelo que no futuro poderá dizer um de seus descendentes, com base nessas mesmas aventuras –, que se tornará um homem "ambicioso" e "ativo"...).

E pode acontecer, como pode não acontecer, de uma boa notícia ser seguida de uma má notícia e vice-versa. Mas o fato é que, apenas um ano depois do nascimento de Joana, em 1799, morreu sua mãe, Ana, a filha mais velha de Tomei, quando tinha ainda 33 anos, deixando para trás, no mundo, essa sua única filha, Joana da Mota, para ser cuidada pelo pai, mas principalmente pelos avós maternos, Antônio e Joana.

A menina Joana, neta de Tomei

Nota-se que estamos falando de uma história trágica e sofrida, não se podendo ir além para imaginar mais do que o fato em si representa, o de uma menina que tenha perdido a mãe no seu primeiro ano de vida, algo que certamente foi muito doído...

E não vamos agora achar que saberíamos enxergar ou descrever tão detalhadamente o dia a dia nesses tempos difíceis, de horas sofridas, nas primeiras semanas, meses e anos de separação traumática.

Mas podemos agora apelar ao chamado *zum*, ou *zunzum* das abelhas, algo que ainda há de se repetir nesta história, e já, já, explicaremos...

Estávamos a falar do que aconteceu no geral, mas por uma câmera aproximada – quando isso for inventado – poderíamos ver que Tomei agora já não sabe o que dizer para explicar o que aconteceu a uma menina que apenas começa a andar... Mas ele a segura calorosamente (e ela a ele) a cada vez que vem para o seu colo, porque é assim que pretende fazê-la dormir, e é assim que ela quer se sentir mais segura...

Põe-se então a falar de coisas que a menina só entenderá quando chegar à fase adulta, e também pouco – ou "tampouco", como se diz na região – entenderá, pelo que se reconhece na maioria dos adultos, mesmo sem precisar chegar-se aqui à honestidade de um sentimento paradoxal, ao admitir-se que, no fundo, nada se sabe... (ou como se dirá, no futuro, pelo maior poeta de todos os tempos, *não sou nada, nunca serei nada, não posso querer ser nada; à parte isso, tenho em mim todos os sonhos do mundo*).

(Tomei recorda-se agora de sua bisavó, que costumava esfriar o chá com uma colher, pacientemente mergulhando-a e tirando-a da água da xícara, horas a fio – era o que lhe parecia... Um dia, em sua infância, veio a mãe lhe falar de um filósofo que disse poder caber todo o Universo em uma daquelas bolhas de ar no leite, que ele também rodava agora, com a colher, para esfriar, lembrando-se um pouco disso...)

Casamento de Maria e Luís Marques – e Maria era e sonho de Luís...

Depois de Ana, casou-se Maria, agora com o português Luís Marques Pinto... Luís enriquecera antes de se casar, e estava prestes a comprar uma grande fazenda, a Timbó. Aliás, era parte dos planos dos dois, dele e dela, comprarem também outra enorme propriedade, a Itacutiara. Ele e Maria já conheciam essa bela fazenda que beirava o rio São Francisco há algum tempo, e até imaginavam como seria a nova sede: ela se chamaria "Torrinha" (pois já estavam muito apaixonados, um pelo outro, e também pela fazenda – o que talvez fosse só um sonho...).

Mas vamos entender isso melhor. O Timbó era um *latifúndio* remanescente da Casa da Torre, cujo dono era um fidalgo do Recôncavo, "descendente da família da casa da Torre" (e "daí o nome Torrinha" para a futura sede, no caso de se unificarem as fazendas...).

Tratava-se do senhor capitão-mor Joaquim Inácio de Siqueira Bulcão e sua esposa d. Joaquina Maurícia de São Miguel de Aragão (sendo este capitão o mesmo que inspirara a Revolta dos Alfaiates, segundo disseram pessoas dedicadas a entender o assunto – a também chamada Conjuração Baiana, movimento emancipacionista que se deu em paralelo à *Inconfidência Mineira*, sendo igualmente de viés iluminista e republicano, mas com mais participação popular, e tendo alfaiates entre seus líderes...).

Novos nascimentos no despontar de um novo século – José e José

Em 1800, nasceu José Marques... O casal Maria e Luís Marques parece ter tido bom relacionamento, porque na verdade eles chegaram a ter *seis* filhos (é o que dizem), mas apenas dois deles sobreviveram. Este que sobreviveu, o primeiro a nascer, é José, que veio ao mundo em 1800, como dissemos...

Luís Marques se entusiasmou com o nascimento deste seu primeiro filho varão, já imaginando que um dia passaria para ele as fazendas Timbó (que ele acabara comprando pouco antes de se casar, e agora passava a ser também de Maria), e até a Itacutiara (que eles ainda tinham planos de comprar...).

(E assim já começamos a entender que, num futuro próximo, essas e outras fazendas serão herdadas pelos descendentes de Tomei vindos de todos os ramos e troncos, galhos finos e médios da árvore genealógica em suas diversas espessuras e comprimentos, e que algumas delas – a Itacutiara, especialmente – serão consideradas as fazendas-sede de uma grande família dos descendentes do "velho italiano"...)

Também em 1800 nasceu outro José, o terceiro filho de Maria Clara e seu marido, também José, este o terceiro filho de Tomei (e sim, Tomei assim passou a ter um filho e agora dois netos com o mesmo nome, José, que homenageava o marido da Virgem que pôde dar a luz ao Cristo Salvador – personagem bíblica que dispensa explicações e a necessidade de se buscarem informações adicionais, pois já todos sabem que de seu pai *"nasceu a vara e da vara nasceu a flor"*, esta da qual *"nasceu Maria"* que, sendo antes nascida, ou vinda, teria criado o próprio Salvador na forma em que ainda não era o pai de todos, inclusive desta mãe, ainda virgem, pelo que estamos tentando entender e explicar...; pois isso tudo só se teria dado até o momento em que Ele, nascido iluminado, teria assim voltado, iluminado, e de novo voltará ao mundo...).

Deste segundo José que acaba de nascer, filho de José, dir-se-á um dia que tinha mesmo jeito para juiz, pois haverá de ser "o intelectual da família, que o pai tivera a 'audácia' de formar em Coimbra", no dizer de um futuro sobrinho bisneto (que também dirá um dia de José, pelo que já sabemos, que se tornará um homem totalmente sisudo e íntegro...).

Tomei constrói a casa do Retiro, sede da Picada, enquanto Luís se prepara para erguer a "Torrinha", na Itacutiara...

No mesmo ano em que nasciam José e José, Tomei construía a primeira sede da fazenda Picada, em um lugar que já era chamado de Retiro, as "altas barrancas de uma Ipueira, com os fundos para a lagoa do mesmo nome"... Isto é, ficaria à beira da Lagoa do Retiro, "em local não sujeito a inundações".

A casa começou a ser feita de um tipo que ficará "idêntico ao da Torrinha", futura sede daquela fazenda Itacutiara, que Luís Marques estava agora mesmo em Salvador tentando negociar a compra, pois é para lá que pretende ver "transferida a sede do Timbó" (a primeira fazenda dele e de Maria, em que agora residem, depois de efetivada a compra).

(Pois convém explicar, pelo que agora sabemos, que só daqui a uns dez anos é que Luís terá a sua *"escritura de venda e quitação"* do que estará registrado como *"uma fazenda de terras próprias de criar gado denominada Itacutiara...*": e lá é onde Maria e ele pretendem contruir a "Torrinha". Assim, a "Torrinha" só estará pronta dentro de uma década, e então é que se poderá comparar ao casarão do Retiro, este que agora já tem a sua cumeeira no meio do telhado, e um porão que logo estará abandonado – ou pelo menos ninguém mais o usará para morar ou guardar coisas importantes, mas de qualquer maneira, dará a essa construção, como à futura Torrinha, "um aspecto bastante imponente", ao se compará-las com outras da região... Só bem no futuro, quando estiverem prontas, e em uso, ambas as casas, é que se vai dizer que a da Torrinha "parecia mais bem acabada, com sua calçada de pedra" – material que lá ainda haverá bastante, e no Retiro continuará a ser escasso.)

Esse lugar chamado Retiro, a três quilômetros do rio, era mesmo ótimo para se ter moradia, e por isso ali perto já há tempos existia um povoado de colonos, pescadores e lavradores, localizado bem à beira da caatinga, a salvo das inundações... Nas palavras de quem o conheceu, havia "uma vereda de águas transitórias, vizinhas" que "amenizava a aridez da paisagem", e com seus peixes, "trazia a fartura nos períodos de estiagem..."

Depois de construir essa sede, Tomei passou a alternar sua moradia entre ela e a outra casa, na Vila da Barra, que era mais modesta... Isso até 1813, quando ele foi se sentindo um pouco doente, e mudou-se em definitivo para a cidade. José, seu filho, é que passaria a ocupar então a casa do Retiro, pelo menos por alguns anos.

A fazenda Timbó

Comentou-se há pouco que foi só em 1801 que Luís Marques concluiu a compra de sua parte naquele imenso latifúndio, o Timbó (e que a negociação teria vindo de alguns anos antes, já se permitindo, inclusive, o adiantamento da posse). E isso já nem importa muito, porque depois de algum tempo ninguém mais saberá quando exatamente se deu essa compra, uma vez que, com a morte de Luís, há de se perceber que a escritura da aquisição teria sido extraviada (ou desaparecido, simplesmente...).

A fazenda ficava à margem esquerda do rio São Francisco, e novamente, para não "dar margem" à diferente interpretação (de quando uma pessoa olha à esquerda, mas pode estar de *frente* para o lado de onde o rio vem – o de sua nascente – e não de *costas*, olhando para onde ele corre – o de sua foz), é bom, neste caso, que se diga a margem *pernambucana* do mesmo citado e dito rio...

Era uma fazenda remanescente dos domínios dos Garcia d'Ávila, ou "do morgadio da Torre", como se diz, tratando-se, pelo que sabemos, de uma grande sesmaria que em meados do século XVIII já estava desmembrada em inúmeras propriedades, de descendentes ou não dos antigos d'Ávila.

Os filhos e netos de Tomei (e de Luís Marques) já não terão muitas referências sobre a origem das terras do Timbó, como dissemos. O que se dirá, por pesquisas bem posteriores, é que "Luís Marques construiu uma casa grande num local alto denominado Torrinha em lembrança da Casa da Torre". Mas, sim, há controvérsias, pelo que dissemos e já se viu explicado aqui de outra maneira (ao repetirmos de uma das fontes, o que agora não saberemos precisar): que quando ele comprou a fazenda já havia a sede (sede, diga-se, que pertencia à Itacutiara – uma das partes da "Timbó", sendo a outra o Jatobá...), e importa é que logo todas essas terras passarão a ser administradas como *uma só propriedade* (restando nos desculpar se mais uma vez nos confundimos e acabamos também por lembrar esta falsa confluência de sentido entre as palavras "sede", "sede" e "fonte").

Carlos, neto de Tomei

Em 1803 nasceu Carlos, o quarto filho de José e Maria Clara da Virgem, depois de Lília, Tonhá e José. Também sobre ele, no futuro, hão de inventar algumas características que teria, de acordo com aspectos mais específicos de sua personalidade. Assim, ele seria "austero e médio em tudo"...

Mas, se no caso de Lília dissemos já ser ela "a joia da família", e de Tonhá, que teria as qualidades de um bom vaqueiro, com possível futuro na carreira militar (ou será que não chegamos a dizer isso?), ou de José que provavelmente se tornará um ótimo juiz, deste Carlos, podemos apenas adiantar que terá menos participação nas histórias familiares que aqui se veem narradas (ou se vem tentando narrar para, aos poucos, tornarem-se cada vez mais compreensíveis...).

7

Cenas cotidianas

Algum Natal

Sente-se do Natal que será sempre uma boa data, trazendo mesmo a sua muita calma para aqueles que estão próximos à família... A alguém que estivesse vendo de fora já se poderia narrar:

– Está tudo feito, e o encontro familiar agora se realiza... Correm as coisas muito rapidamente, havendo os variados movimentos de encontro entre as pessoas dos três grupos participantes, movimentos que trazem gestos dos mais interessantes, e afetuosos...

Neste momento acabam de ser trocados os presentes, que haverão de ser logo abertos... É feriado. Nada de urgente será marcado até meados de janeiro. As crianças, em férias, talvez venham a dar um pouco mais de trabalho aos pais, mas tudo será recompensado.

Infância de Tonhá – o menino que aprende a caçar...

José, o filho de Tomei, gosta de olhar para Tonhá. Não podemos adivinhar se as relações familiares na cultura grega (da Grécia antiga) e entre os sertanejos teriam algo de parecido. Mas... Sim, talvez guardem algumas semelhanças. Sabemos é que José e Maria Clara se orgulham muito deste primeiro filho homem, a quem, logo ao nascer, fizeram questão de colocar o mesmo nome do avô italiano...

Mostra a literatura grega que, quando Ulisses (ou Odisseu, como é mais erudito dizer) ainda era pequeno, foi visitar a fazenda onde morava o avô... E no dia seguinte ao de sua chegada, quando amanheceu (ou despontou no céu uma "aurora de róseos dedos", no dizer do poeta Homero), ele quis acompanhar os adultos em uma caçada de javalis, como já fizera outras vezes... Mas nesta ocasião, acabou sendo ferido por um deles. O javali, por sua vez, perdeu a vida (ou o "alento", na linguagem refinada e precisa de todo este grande poema épico, a Odisseia) pela lança de bronze do menino.

Maria Clara, que era a mais "lida", sabia que Ulisses desde jovem já se mostrara mesmo uma "fera", assim como "o divino Perseu", que não se amedrontou com a pele de leão deixada no chão por Heracles (ou Hércules), partindo para cima do bicho com as simples ferramentas que ali estavam, deixadas pelos servos (pois haveria, para a sorte dele, um machado de ferro, talvez...).

Às vezes, quando veem o filho, Maria Clara e José o imaginam assim mesmo, um menino dotado de todo o poder divino, corajoso e forte, cabendo aos pais não se esquecerem de proporcionar as melhores oportunidades para que ele venha a sempre se desenvolver...

... andando firme sobre os cavalos

Talvez sim, com a lembrança do que lhe fora ensinado pelos avós homens, pais de sua mãe e de seu pai, ou só pela avó paterna, Joana, mãe de Maria e José (Maria, que é agora mãe de José e Maria Joana Marques), ou ainda pelo bisavô "pater-materno", o menino Tonhá adquire cada vez mais conhecimento sobre os cavalos, desde que começou a tudo observar e aprender, como a maneira de José apertar o couro que prendia o estribo do cavalo sobre o qual o menino (isto é, ele mesmo...) apoiaria o pé.

José só não quer que Tonhá se acomode, ou deixe de ser o rapaz alegre e forte que sempre foi, capaz de dar conta dos muitos desafios que uma grande fazenda ainda há de lhe trazer (principalmente quando vier a se casar...).

Para Tomei, Tonhá tinha, além de nome igual, algo que estaria em seu "inconsciente" (não fosse este um conceito ainda a ser "formulado", embora, como ideia, já estivesse mais do que conhecido nas literaturas antigas...), vindo de muito antes. Assim, mesmo que em pensamento, queria passar ao filho José a importância de se "conhecer bem o filho e alegrar-se com o próprio aspecto em criança" (razão dos deuses para sarar-se de vez daquele complexo de se sentir "horroroso" – no fundo, a cobrança por ser belo, vinda de uma vaidade de quando se era ainda adolescente – e esta seria a cura possível para qualquer pessoa que se sentisse incompreensível aos outros, convencida que estivesse de que jamais se desvencilharia de uma imagem ruim, associada ao pai...).

Rotina das crianças na fazenda

Tonhá e Joana, a filha de Ana que está sendo criada por Tomei, têm a mesma idade (são ambos de 1798) e passam o tempo todo juntos, a fazer brincadeiras entre si, um em companhia do outro. E esta fazenda, que é tão bonita, ainda o é mais para eles, que são crianças... Aproveita-se de tudo que esteja ao alcance de suas mãos, e vivem assim uma infância feliz.

E Joana achou muito interessante aquela história contada por Tonhá, de uma codorna que fugira pela brecha do cercado mas acabou entrando de volta, dias depois, e pela mesma brecha, porque deve ter sentido que a vida lá fora era mais perigosa, e a de dentro, muito mais segura... Além do mais, era ali que estavam todas as outras, de sua companhia...

Serão a dois – uma conversa do avô com a neta...

Sabemos que Joana não era a primeira neta de Tomei, e sim Lília, três anos mais velha. Mas a menina que ficara órfã de mãe era a que mais precisava do avô, e foi com ela que Tomei teve as maiores oportunidades de aproximação (podendo assumir dentro de si as verdadeiras emoções que sentia...).

– Minha filha, quero lhe apresentar a natureza... – (pausa)...

– Vô...?

– Esta é sua fazenda e hoje vou lhe explicar o que é a natureza...

(O fundo azul é o céu, de dimensões que nunca poderão ser desvendadas... Faz-nos sentir grandes, porque os sentidos de nossos corpos atingem até esses horizontes, que são os mais amplos imagináveis. E até onde interagirmos – o todo de onde fazemos parte – é o que somos...)

– Já houve homens muito pensativos, que conseguiram fazer cálculos matemáticos e dar razão a coisas da natureza que antes eram só mistérios... E são os nossos olhos que dão a visão, sentido mais apurado, capaz de perceber luzes de estrelas a milhões e milhões de quilômetros... Mas quando há também uma conciliação, ou sintonia, entre o que se imagina e o que pode ser calculado, é aí que se dá essa capacidade de pensar, uma química que não é tato, e atinge outras dimensões.

Pois, se pela visão podemos sentir coisas que estão até distantes do corpo, e chegamos a interagir com elas, é dentro do corpo que se dá o registro de que de fato elas existem... Na verdade, o que vemos só está registrado dentro de nós mesmos, no nosso corpo, que é a casa de tudo: ele que, como o seu ambiente planetário, é composto de matéria e energia, feito de gelo, água e vapor...

– Afinal, "é dos nossos olhos que a lua brilha" – ele se lembra agora da conversa com o jesuíta... "Não fosse isso, não caberia inteira naquele lago que é bem menor que ela. Ela que, apesar de imensa, sequer é um planeta".

("É nesses seus olhos que a lua brilha, cabendo inteira dentro deles – lembre-se: há uma ilusão óptica de que cabe em cada poça d'água, mas este é um espaço menor do que ela...")

– Lá do alto, sua visão seria ampla, podendo despreocupar-se das relações sociais entre seres biológicos que, mesmo galgando distâncias espetaculares, jamais interfeririam nos seus campos de magnetismo... E é melhor para ela, que ninguém sequer os note.

E neste momento, em que "as boas almas se encontram" (Joana dorme, agora estendida sobre a rede, depois de descer sozinha do colo dele), podemos ver as pupas das cigarras ainda presas aos cascos de árvores... Elas também deixam para trás os ruídos (ouvidos ainda, mas não chegam a incomodar...) que ajudam a compor a doce música sinfônica a acompanhar este cenário – do reflexo da lua na água – enquanto alguém já se aproxima, agora, sim, ela vem chegando... Estava ainda sentada à beira da escada na varanda, mas agora está vindo...

– Olá...! Pronto. A menina dormiu... – vê a avó.

– Deixe-me olhar... Sim, pode levá-la.

Atento a não falar de assuntos que não dizem respeito às crianças

Está de novo Tomei a falar sobre (e sob) aquele imenso céu estrelado, mas agora é com Tonhá, e ele não vai dizer ao menino – até porque não precisa – que para si não faz diferença a existência ou não de seres no espaço... Mesmo que veja com alguma simpatia a ideia de que em outros planetas (ou luas) possa haver condições ambientais favoráveis a se desenvolverem micro-organismos, semelhantes às bactérias, acha mesmo totalmente ridícula a hipótese de haver seres parecidos, na forma e no tamanho, com mamíferos e répteis.

E houvesse ainda algum conhecimento astrológico mais aprofundado, então se poderia dizer que a sua indiferença, por existirem ou não esses seres, deixaria de ter toda uma justificativa... Pois não importa a idade de outro suposto planeta habitado, ou o grau de sua civilização: nenhuma tecnologia, de nenhum ser, será maior do que a força da natureza ou, mais especificamente, que a de um buraco negro...

Seja daqui a milhões ou bilhões de anos (e que diferença fará para ele e seus conhecidos, ou pessoas de que ouviu falar?), toda a Via Láctea terá um dia sido sugada pelo buraco que está no seu centro, e lhe dá a forma espiralada... A única tecnologia possível para deter isso (e preservar a vida) seria a de inventar-se uma máquina do tempo, mas nem o homem nem nenhum outro animal seria capaz de fazer isso, simplesmente porque alterar o passado, ou o futuro, impossibilitaria o presente...

E mesmo antes de o sistema solar que conhecemos ser engolido pelo buraco negro (se o Sol durar até lá), a vida na Terra ainda correrá sérios riscos de não existir mais, principalmente o de um choque com outro cometa (e Tomei só não acredita que isso venha a ocorrer por um desastre ecológico causado pelo ser humano, como uma guerra que fosse capaz de destruir toda a vida...; o ser humano pode destruir-se, mas não ao planeta todo; e para este, não fará qualquer diferença, ou sequer se dará conta dessa ausência humana...).

Tomei e Joana (neta), em mais uma conversa

Mas com a menina, principalmente, ele mantinha as conversas em assuntos de coisas muito mais singelas...

– Minha neta, querida... Acho importante você parar de se culpar tanto. Deus gosta do amor e da felicidade, porque é nesses estados de alegria que nós fazemos as melhores escolhas, praticando a generosidade... Essa culpa que os maus religiosos tentam nos incutir é conversa improdutiva, de especulação infecunda. O importante é observar os erros, tentando não repeti-los.

Aproximação de Tomei e Florência

Mal se haviam casado os filhos José e Maria Clara quando uma onda de tristezas se abateu sobre as duas famílias. Na dela, a mãe, Florência, ficou viúva depois que o pai, Francisco, sofreu uma terrível queda de cavalo voltando sozinho de um longo passeio que se decidira a fazer até Xique-Xique...

E mal foram cumpridos os rituais de despedida do pai de Maria Clara, aconteceu outro infortúnio, desta vez na família de José. Sua mãe, Joana...

8

Novo contexto histórico

O casamento de Vanderlei

Foi em 1808 que, aos 33 anos, João Maurício Vanderlei, o já agora contratador de dízimos, como aqui foi bem explicado (e por um lapso quase o chamamos de "capitão-mor", coisa que ainda não o é, a essas alturas, não ostentando este título...), casou-se com dona Francisca Antônia do Livramento, a doce, sofrida e amável Chica, irmã mais nova de Maria Clara da Virgem, nora de Tomei (e que, como já adiantamos, talvez venha a ser também, algum dia, sua enteada...).

Francisca, ou Chica, ficara órfã na infância, como lembramos, e acabou sendo criada pela irmã, e educada principalmente pelo marido desta, José, o filho de Tomei... Ela, a menina, herdara muitos escravos e duas fazendas de gado, dos tipos *vacum* e "cavalar"...

Como contratador de dízimos, João Maurício teve grandes lucros, além de influência social e política entre os moradores, passando a ocupar vários postos de governo na Vila da Barra: o de *almotacé* (que é quem controla a precisão dos pesos e medidas, a qualidade e as condições de higiene dos produtos no mercado...), o de juiz ordinário, o de juiz de órfãos, o de tesoureiro dos ausentes e o de vereador...

Enquanto isso, em Lisboa...

Muito atribulado foi o dia em que a família real teve de colocar seus pertences mais importantes dentro de malas e baús, inclusive o principal de sua biblioteca... Conta-se (mas pode ser anedota) que quando estava à carruagem, indo para o porto, d. Maria, a "louca" (mãe de d. João VI, podendo o leitor se preferir – e conseguir – pular as próximas linhas que apenas ressaltam ao pé da letra que *Maria Francisca Isabel Josefa Antônia Gertrudes Rita Joana de Bragança* era a mãe de *João Maria José Francisco*

Xavier de Paula Luís Antônio Domingos Rafael de Bragança...), teria dito ao filho, que se tornara príncipe regente:

– João, é melhor não corrermos tanto, pois o povo ficaria a pensar que estamos fugindo...

Neste ano de 1808 em que estamos, diz-se que, quando soube que o príncipe d. João chegaria ao Brasil, Vanderlei "ofereceu-se à Câmara da Vila da Barra para ir ao Rio de Janeiro à sua custa, beijar-lhe a mão", como era a etiqueta da época, pois assim se pretendia "prestar-lhe homenagem e fazer um donativo"...

... a vinda de d. João VI

Não é novidade para ninguém que d. João VI foi o primeiro monarca português a conhecer "fisicamente" o Brasil... E está longe da verdade achar que aqui se pretende fazer qualquer tipo de julgamento histórico, mas não se pode dizer que o rei fugia de Portugal, simplesmente porque fuga denota covardia, e este não foi o caso dele. Napoleão queria matá-lo e, com toda a traição ardilosa dos franceses, d. João conseguiu, por fim, ser agora o mais esperto...

E se escapar da morte já é em si um ato de coragem, neste caso a estratégia foi bem trabalhosa, porque se teve de produzir em três dias toda uma frota de quase vinte embarcações (sem contar as inglesas), acompanhada ainda dos navios mercantes providenciados por outros portugueses, a singrar o mar por 54 dias...

Pois, como testemunhou um oficial inglês, de nome Thomas O' Neil, d. João VI ainda seria aprisionado e morto, "caso o vento não tivesse favorecido providencialmente a partida da frota pelo Tejo". E como curiosamente calculou um cronista português, Pereira da Silva, "cerca de 15 mil pessoas *de todos os sexos e idades* abandonaram neste dia as terras de Portugal"...

(Não nos cabe perguntar quantos sexos seriam, nem se todas as idades eram possíveis – como as de número 108 e 245, por exemplo...)

(Mas já devíamos tomar em conta a consciência – ou não – de ser este apenas mais um entre os vários exemplos de idiossincrasias em nossa língua "mátria", à maneira de se falá-la na terra de origem, que é pela qual o Brasil foi colonizado... Pois há quem pesquise os documentos que contam a história oficial, e poderá deparar com exemplos como o da carta de Luís Dias, construtor de Salvador, em que se diz: "... parecia-*me* a *mim* que, se lhe a V. M. parecesse bem, por amor de Deus *falasse* uma *fala* a El rei...". E com muitos outros, como um relatório militar de 1685, que fala em "meios para se conseguir a obra em *menos tempo*, e com *mais brevidade*".)

Viagem de Vanderlei e nascimento da primeira filha

Vanderlei partiu da Barra em janeiro do ano seguinte (o de 1809), em pleno verão, para percorrer mais de quatrocentas léguas e chegar ao Rio de Janeiro só em setembro... Produziu-se na época, na Câmara, um documento dizendo que ele estava

> ... desamparando a sua família e seus interesses... consumindo esse tempo na jornada que fez, já por sertões, já embarcado no caudaloso rio São Francisco, e já sofrendo enfermidades que o puseram em grande risco de vida e que motivaram parte de sua demora.

(E embora se queiram evitar intervenções de tipo anedótico à narrativa, quando não existem provas ou quaisquer indicações de algo que possa realmente ter havido, escapam-nos ainda algumas bobagens como a que agora se vai dizer: de que Vanderlei teria voltado de lá ostentando em sua roupa uma estampa com os dizeres "VI d. João VI")

E se aquilo o recompensou de alguma forma, não sabemos... O que se tem conhecimento é que, no ano seguinte, aconteceu a coisa mais importante e maravilhosa que ele poderia esperar de toda a vida até então, que foi o nascimento de sua primeira filha, entre as crianças que teria com Francisca Antônia do Livramento, a Chica: Ana Francisca Vanderlei nasceu na Barra, em 1810.

9

O casarão da Barra

Arquitetura

Qualquer um que queira observar isso, há de concordar que a arquitetura, desde a Antiguidade, divide-se em vários tipos: a da casa comum, a dos templos (que no caso destas paisagens, refere-se à das igrejas, único exemplo desse tipo de arquitetura em toda a região, a não ser que se considerem as cabanas dos pajés também algo realmente construído, mesmo sendo provisórias...), a dos edifícios civis, a das fortificações... E os que já estudaram mais alguma coisa sobre isso sabem da existência de certos preceitos teóricos pelos quais cada uma dessas arquiteturas tem lá suas atribuições, e deve apresentar características e elementos próprios. Diria um especialista que as igrejas, por exemplo, precisam ser mesmo as construções mais sofisticadas, porque elas representariam a casa onde se quer que habite o *Ser* supremo.

E a boa arquitetura, assim como a arte de qualidade, só se faz acontecer em lugares e tempos mais prósperos, e de estabilidade econômica, o que por sua vez só acontece quando há paz, esta que, normalmente, também só ocorre ao término de uma guerra qualquer... E se uma consideração assim pode até parecer mais um acréscimo casuístico à narrativa, convém mesmo dizer, a esta altura, que a boa arte só se faz mostrar de fato onde haja uma economia organizada (costumando até seguir-se "naturalmente" a ela), e já se saberá por quê... Note-se bem, por onde ela mais proliferou no Ocidente: na Grécia, em Roma, nas cidades italianas do Renascimento...

Depois da Guerra, portanto, ao som "explosivo" da *Paz* (isso dirão os linguistas do futuro, que obstruções consonantais como *p* e *b* são consideradas "explosivas"...), nasceu, também na Vila da Barra, a boa Arte e Arquitetura.

(E se tudo do que dissemos não passar mesmo de uma intervenção casuística à narrativa, há de se ressaltar o fato de que na principal arquitetura da época renascentista, essa dos templos, assim como na arte escultórica, quis-se por um momento igualar-se ao padrão dos antigos para, em um passo seguinte, poder-se superá-los... E isso foi possível porque havia de fato artistas espetaculares, e também as melhores condições de trabalho: a riqueza provinda do comércio nas mãos de pessoas interessadas em promover a arte e a ciência, o que também levou ao aprimoramento tecnológico da época...).

("E assim a representação do homem sobre o cavalo ganhou novas formas de expressão ao longo do Renascimento, Maneirismo e Barroco...")

Construção...

A Vila da Barra não tinha ainda nenhuma casa que fosse realmente bonita, até que Tomei teve essa ideia, a de construir o casarão, pondo-se logo a trabalhar... Ele contava com a importante ajuda, de muitas contribuições braçais, vinda de seu próprio filho, José. Não era para menos: já se sabia (e era mesmo essa a intenção) que lá morariam, depois de um curto período com o "velho italiano", o seu filho "varão" e a esposa Maria Clara.

As condições de construção, podemos imaginar, não eram das mais favoráveis... Não havia materiais apropriados e muito menos uma mão de obra especializada, que executasse cada modelo "na melhor das perfeições", como diziam os portugueses. Tudo isso obrigou Tomei a pensar muito em cada detalhe, antes de começar a obra propriamente dita... E a tentar descobrir (ou lembrar) por si mesmo cada solução que se deveria dar a um novo problema que aparecesse, já que José, normalmente, apenas ouvia (atento, é verdade...) o que ele tinha a dizer. E assim a casa foi toda muito pensada, antes de se começar a construí-la.

A principal medida tomada, que a diferenciava das outras construções na Vila, foi projetar a casa para ser feita sobre um aterro, impedindo assim "a entrada das águas nas inundações frequentes". Houve sim muito empenho pessoal, com o próprio dono participando da obra de perto, mais do que ninguém, conferindo as medidas de todos aqueles desenhos na adaptação ao terreno... E cada coisa foi sendo assim executada, com muita dedicação e cuidado.

Por causa da beleza, da grandiosidade e do jeito imponente que ela foi ganhando, todo mundo se acostumou aos poucos a chamar aquela obra de *Casa-grande*. E graças à sua qualidade construtiva, conseguida com todos esses esforços e decisões que passavam por Tomei, a tal *Casa-grande* já começou a ser considerada por muitos, antes mesmo de ficar pronta (e até pelos que não eram da família) como o casarão mais importante da Vila.

Talvez eles ainda não saibam ao certo, mas aqui já podemos prever: esta casa há de se tornar a residência mais tradicional da família, por tempos e tempos (talvez mais de um século). Se uns apostam que sim, e outros que não, entende-se, pela maioria das opiniões, que sim, foi realmente para José que Tomei construiu a *Casa-grande*, tendo a começado em 1811.

... e algumas características da *Casa-grande*

A decoração foi feita pouco a pouco, ao longo de décadas, pois dizem que só depois de muito tempo este casarão estará mesmo "mobiliado com certo luxo", como dirão no futuro os seus moradores, e só ainda mais no futuro alguns poderão estranhar que ele esteja agora sendo dividido em duas alas, uma só para mulheres e outra para homens, que é como manda o costume atual.

E talvez no futuro já se façam "fotografias", que poderão mostrá-lo ainda mais bem reproduzido do que numa pintura, e por essas ilustrações se possa ver toda a sua fachada térrea, bem característica de como se fazia uma casa assim no século XVIII (embora já estejamos no início do XIX)... Era uma construção bonita "porém assimétrica, com duas janelas à esquerda, a porta de entrada e cinco janelas à direita", poderá dizer alguém que entenda de arquitetura e bem atente a este tipo de detalhe, no futuro. E sendo essa pessoa uma ótima observadora, também notará que "as janelas tinham vergas de arco abaulado" e "folhas de madeira maciça em tabuado para fechamento", assim como "caixilhos de vidro funcionando como guilhotina, na face externa".

(E se há quem estranhe esse tipo de tecnologia já tendo chegado a lugares tão distantes, lembra-se aqui que o uso do vidro é coisa bem antiga, há tempos descoberta pelos fenícios – quando, há seis mil anos, colocaram por acaso alguns blocos de nitrato de sódio para esquentar suas panelas, vendo aparecer ali um líquido transparente – e depois desenvolvida pelos romanos – que o sopravam em moldes para fazer janelas –, venezianos – que o transformaram em cristais artísticos – e franceses – que o fabricaram industrialmente, para fechar Versalhes...)

(E, sim, não vamos colocar em dúvida que, para a época e local, o uso do vidro em um casarão de família mostra ser esta mesmo uma construção luxuosa...)

Outra característica arquitetônica arrojada para esta época é o telhado em duas águas, com uma platibanda na frente, escondendo as telhas de tipo canal. Esse tipo de platibanda começará a se difundir agora por outras cidades interioranas e em capitais, até se tornar de uso comum no que depois se chamará de um período neoclássico... Por isso, no futuro, alguns poderão achar que na verdade a casa não está sendo feita assim, e que a platibanda teria sido colocada depois...

Corrigindo...

Como já dissemos, dentro, a casa está sendo dividida em duas alas, uma feminina e outra masculina. Mas é melhor que se corrija essa informação e diga logo a verdade, ou melhor, explique-se: o que existe é um "gineceu", "espaço reservado só para mulheres"...

Todo o casarão está sendo agora assoalhado com tábuas largas, e terá as melhores mobílias da terra: "baús de cedro pintados com motivos de flores, mesas em estilo d. Maria, oratórios ornamentados em dourado e azul, cadeiras singelas e de braços com trabalhos de torno e de couro" (poderá dizer, no futuro, um orgulhoso descendente de Tomei...). E os lampiões de velas, as "mangas dos candelabros" que enfeitarão a sala, serão todos de cristal belga.

Do lado esquerdo da casa haverá sempre um jardim com muro baixo, dando para a rua, e na parte de trás, de vista para o rio, um grande quintal com cais de atracação e rampa dupla.

A primeira *dona* deste casarão, digamos, a responsável por cuidar dele em seu dia a dia, será Maria Clara da Virgem, que o terá como moradia já a partir de agora, assim que a obra estiver concluída (e se a construção terminar ainda neste ano, o de 1811, ela viverá nele por um longo tempo, pois isso se dará até sua morte, que felizmente só deverá acontecer daqui a muitos e muitos anos... – algo como meio século).

Uma paixão de Tomei por Florência – já quase assumida

Assim como de uma casa, gosta-se mais verdadeiramente de uma mulher quando se identificam nela alguns princípios da beleza absoluta. Foi assim que se sentiu, ao avistar uma, duas vezes, a mesma jovem que dificilmente se sentiria atraída por ele... A beleza não existe na natureza, mas pode ser sentida, não só por homens e mulheres, mas aparentemente por todas as formas de vida. Daí se poder supor que ela seja transcendente e de origem divina...

Tomei aprendeu com os renascentistas que, para uma mulher ser considerada bela, não existirá nunca uma fórmula fixa que se baseie, por exemplo, no tipo de nariz, de olhos ou boca... Mas quando se *vê* uma mulher, *sabe-se* o quanto ela é bonita, e isso pode ser reconhecido mesmo consensualmente entre um grupo de pessoas, ou quase, mas em geral sim, até com certa facilidade... Os renascentistas acreditavam que uma mulher bela se distinguia das feias pelas proporções em geral que, quando se mostrassem corretas, fariam dela um conjunto harmonioso.

E era assim, como aprendeu Tomei, que também se trabalhava uma boa arquitetura...

Estando cada vez mais interessado pela cultura renascentista, Tomei lia em alguns livros que "Deus é pura geometria" pois, na maioria das telas, "a alma é representada por uma seção de esfera...". Mas que para isso poderia haver diferentes interpretações etc.

Fala-se mais em Leonardo, mas foi "Michelangelo quem elevou o artista à condição de intelectual", isto é, à de um homem culto, o que quer dizer: antes ele era tido como simples técnico manual, mas a pintura (ou a escultura, e arquitetura) passou então a ser vista como resultado do uso de uma inteligência. Não fosse assim, o humilde artesão jamais seria introduzido no círculo dos grandes príncipes cristãos e do próprio Papa.

(E poucos sabem, mas Michelangelo, além das obras de arte que lhe foram encomendadas principalmente pela família Médici – à qual pertenciam os papas Leão X, de nome *Lorenzo*, e Clemente VII, ou *Giulio di Giuliano* –, produziu também alguns desenhos de engenharia militar, quando se vira envolvido na defesa de Florença – cidade onde "nasceu e nascera-lhe" o dom artístico – contra o cerco francês... E só depois das alternâncias de regime, quando de novo dominaram os Médici, é que pôde realizar as grandes obras...).

(E Tomei, que fora o capitão de milícia no *corpo de ordenanças de cavalos*, passou a admirar o gênio da pintura também por esse aspecto...)

Enquanto isso, Luís...

Pode ser só coincidência mas, no mesmo ano em que Tomei e José construíam o casarão da Barra (1811), Luís Marques Pinto finalmente concluía a compra de outras terras que compunham o Timbó, principalmente a Itacutiara, fazenda que um dia será também considerada a mais tradicional da família (o que já se dará na geração seguinte, podemos adiantar – e isso porque, como sabemos, lá também será construída uma bonita casa, a "Torrinha", que durará séculos, esta que já foi aqui comentada e até descrita em comparação com a sede da fazenda Picada, construída por Tomei em 1800).

Já havíamos falado nisso, mas pela escritura é que se soube agora: até 1744 a fazenda era "dos descendentes da Casa da Torre", assim como a Timbó... E por essa mesma escritura, os descendentes de Tomei (tanto da filha Maria, casada com Luís Marques, quanto os de Ana e José porque, afinal, nesta grande família poderá haver muitos descendentes comuns aos três irmãos) deverão saber que:

– Em maio daquele ano (de 1811), apareceram na casa do tabelião, em Salvador, o capitão-mor Joaquim Inácio de Siqueira Bulcão e sua esposa d. Joaquina Maurícia de S. Miguel e Aragão, como *vendedores*, e Luís Marques Pinto, como *comprador*, para à frente de testemunhas legitimarem essa venda...

– A fazenda, legítima dos vendedores até ali, e composta de terras próprias à criação, era chamada Itacutiara, "... *sita no termo da Barra do Rio Grande, comarca de*

Pernambuco...", tendo sido avaliada em 220$000 (duzentos e vinte mil réis) por levantamento feito no *"Juízo Ordinário da Dita Vila"*.

– Os vendedores a herdaram de sua avó, e dividia-se por um lado com as terras do comprador no *Riacho das Tabocas*, por outro com *"o sítio da Fazenda de Fora na Varia do Curralinho"*, abaixo do *Retiro do Prepacé*, por outro com o *Rio São Francisco* e por outro com a *Fazenda do Umbuzeiro "no meio da Caatinga dos Tatus"*.

– Com a fazenda eram vendidos *"quatro escravos"* (dos quais os vendedores eram *"legítimos donos"*): *"Francisco José, Quintiliano e Estevam, todos quatro na estimação de 450$000 e todos os gados, cavalos, do serviço da mesma fazenda e sua ferramenta, no valor e estimação de 5:735$000 que tudo completa a quantia de 6:400$000"*, e o vendedor declarava já ter recebido integralmente essa quantia do comprador.

Paisagem sertaneja e construção de casa – na Itacutiara

Na primeira vez que visitaram o local, depois da compra, o casal Luís e Maria passeou bastante a cavalo e, quando se pôde por fim avistar, bem de cima do monte mais alto, todo aquele horizonte selvagem (ainda por domesticar), foi Maria quem suspirou primeiro, dizendo sem querer:

– Minha fazenda...

E Luís, que nunca achou que fosse o dono de paisagem alguma, ao refletir sobre isso pensou, sozinho, no que almejava ser dono: e era apenas do sentimento que ela, esta paisagem, pudesse lhe provocar (e não só nele – em continuidade ao pensamento sobre si –, mas em todos os parentes que a vissem dali em diante). Um sentimento, diga-se, de raro deleite, ligado à tranquilidade e bem-estar...

Já do projeto da casa que eles fariam, deste sim, ele seria o dono... E da mesma maneira, o novo administrador é que seria o dono de todo um êxito construtivo que se revelaria pelo bom planejamento e desempenho dos trabalhadores especialmente contratados. Pois seria dele a responsabilidade pela obra...

E os amigos que pudessem visitá-lo, depois de erguida a casa, e soubessem aproveitá-la ao máximo – no melhor que poderiam – seriam também eles os donos dos dias felizes, assim como as crianças que por lá passassem, e um dia ficassem adultas (tendo na casa o mote para lembrar-se de suas infâncias), saber-se-iam donas de suas felicidades...

É bem provável que nesta casa seja ainda fecundada uma linda menina, de nome Ana Francisca: Ana, que será a filha de Joana, que foi filha de Ana, que fora filha de Joana, mulher de Tomei.

10

Viuvez e filhos "naturais"

Solidão

A construção do casarão que ficará para José e Maria Clara fez de Tomei um homem praticamente realizado. Mas, pouco antes, desde que ficara viúvo, fora percebendo, de tempos em tempos, o quanto se sentia só. Foi então se vendo cada vez mais pensativo, ao ver um touro cobrindo uma vaca, por exemplo, ou o seu alazão a cobrir o animal da raça dele, e mesmo um cachorro, passarinho, ou inseto...

Sim, ele bem sabe, como todos os que vivem também sabemos, que o homem é um animal que trepa, e se angustia e murcha quando não tem por perto o depositário de sua semente. Ele precisa de amor, e do amor de alguém que esteja próximo... Já não tem a ilusão de que estar ainda só é que o fará relacionar-se com outras tantas mulheres que aparecerem, e que isso possa se dar apenas por amizade. Pelo contrário, a falta que sente é de uma companheira de verdade, e que só de poder abraçar alguém à noite, durante o sono, já valeria a pena estar casado de novo.

Segundo casamento

A amizade com Florência, mãe de Maria Clara, tinha momentos de sutileza que só os dois sabiam... Sim, porque uma visita se faz quando se tem um pretexto, e esse pretexto os dois conseguiam construir, e arrumar-se, sempre, sem que outros os estivessem observando...

– Tomei, se precisar de farinha para sua casa, temos aqui uma boa reserva...

– Obrigado, Florência. Outro dia cacei um tatu e tratei de salgá-lo logo, mas não deve durar muito. Comê-lo sozinho seria um desperdício, então resolvi oferecê-lo a você e à Chica...

Os filhos naturais

Antropólogos, no futuro, poderão dizer que os filhos de "uniões" extraconjugais, de antes ou depois do casamento "oficial" de um homem, eram mesmo comuns no sertão, e assim aceitos "culturalmente" como parte de um costume do "universo masculino" (sim, só do masculino, e se aqui não pudermos justificar isso – recorrendo a hábitos e práticas sociais que se estabeleceram e tiveram suas variações desde a pré-história, entre os muitos que se firmaram –, haveremos de dar exemplos de que no "mundo feminino" isso seria impossível...). Ou melhor, como dirá Tomei em seu testamento, eram costumes aceitos como "parte da fraqueza humana"...

E uma vez que houvesse nascido o fruto dessa "união", o reconhecimento como "filho" teria suas gradações... Alguns eram legitimados por testamento, tinham o sobrenome do pai e direito à herança. Muitos (a maioria) recebiam o sobrenome da avó paterna e eram educados e amparados pela família, mas sem direito a essa herança. Outros só tiveram o sobrenome da mãe e viraram "crias" (empregados) na casa do pai. Mesmo os de boa condição tiveram pouca aceitação social, até porque as mães em geral eram humildes, serviçais ou escravas...

Antônio Tomei teve dois filhos naturais quando ficou viúvo: Eduardo e Bárbara. Comparados com outros filhos "naturais" da região, eles tiveram muito mais benefícios, recebendo o sobrenome do pai e, depois de alguns anos, aparecendo em seu testamento com partes quase igualitárias às dos irmãos de "união sacramentada". Certos historiadores poderão averiguar que Eduardo e Bárbara, a filha da escrava Jerônima, "herdaram terras da fazenda Ema, mas Eduardo negociou logo o seu quinhão com os outros herdeiros".

Tomei ganhou um livro de Florência, a mãe de Maria Clara da Virgem. Serviria como simples inspiração à lembrança de quando era casado e tinha por perto uma mulher a lhe tratar e servir, cuidando com seus agrados, até mesmo de maneira mais sensual... E está seguro de que a penetração de um novo assunto lhe poderá valer mais que a simples colocação literária, no caso deste livro, pelo que se seguirá à introdução... E não se guardará para depois todo o seu farto material.

Por fim nasceu Eduardo.

Eduardo

Este menino que acaba de nascer é filho de Florência Clara da Virgem, viúva, a mãe de Maria Clara, vinda de uma das melhores famílias da terra... E por isso mesmo, para ele vai ser diferente da maioria dos que estão ou já estiveram nesta condição, a de "filho natural".

Tomei e Florência não se casarão pela segunda vez, isto é, não chegarão a se casar um com o outro, e haverá quem diga que o motivo para isso não acontecer seria a oposição dos filhos, já bem crescidos e com opiniões bastante "racionais", ligadas à economia familiar...

Mas a verdade é que, apesar disso, Eduardo é, e sempre estará sendo, estimado e querido pelos irmãos... Curiosamente, um desses irmãos é José (por parte do pai, assim como Maria) e outro, ou outra, é Maria Clara (por parte da mãe, assim como a Chica). José e Maria Clara já estão casados há muitos anos, mas isso em si não deveria caracterizar uma endogamia, ou talvez sim, se houver quem se disponha a opinar sobre isso...

Apesar dessa relação aparentemente tranquila, o preconceito social vai impedir que Eduardo se case com alguém que seja de família mais prestigiada, ou de tradição, nos arredores da Vila da Barra (pois uma família que fosse um pouco mais conservadora jamais aceitaria o casamento de uma de suas moças com alguém nascido "naturalmente"). Mais do que isso, já se começa a mostrar agora, dentro da própria família (entre os chamados filhos "legítimos") um leve preconceito que pelo jeito só tende a aumentar, e num futuro não tão próximo (mas também não tão distante) isso poderá se tornar de fato um problema – problema este que há de culminar em uma imagem negativa que será dada por toda a família à mulher com quem Eduardo vai por fim se casar (indo se estabelecer em uma região relativamente distante da Barra, como era de se esperar)...

(Dirá um descendente dos filhos de Tomei, bem no futuro, que o casamento de Eduardo se deu "com pessoa impugnável aos olhos dos irmãos e sobrinhos", o que teria gerado, em seus descendentes, "tendências nunca observadas no tronco legítimo da família". Assim, contrárias ao que outros vão observar como sendo parte de uma tradição familiar, vão se atribuir características geralmente ruins a esse tronco: "astúcia", "vício no jogo", "desregramento com mulheres", "gosto pela cachaça".)

Bárbara

Pouca coisa se sabe de Bárbara (há ainda menos notícias do que as que agora se conseguiram obter sobre Eduardo...) – ela que também é filha de Tomei, como fruto de uma "relação" que ele teve com sua escrava Jerônima... Mas, ao que parece, vai se casar com um vaqueiro de nome Francisco Gonçalves de Oliveira.

O que realmente se sabe é que ela, assim como o irmão Eduardo, será legitimada e irá se tornar tão herdeira quanto os irmãos considerados "legítimos", vindos do casamento oficial, como aparecerá daqui a alguns anos no testamento do pai, deles cinco, Antônio Tomei...

Enquanto isso em outros lugares (ficção à parte)

Há histórias que não se amarram ou submetem à lógica do que é mais importante pelo modo tradicional, podendo se mostrar como meros truques narrativos, que em casos assim serviriam apenas para ilustrar por meio de situações análogas, que se dariam em paralelo, sendo reais ou imaginárias (e, sobretudo, fantasiosas, nos dois casos), dando-se em outros rincões, ou "cafundós" interioranos que existem aos montes por todos os lados (e se não na geografia física, ao menos na da imaginação...). Tudo isso para dizer que o que se vai citar aqui é uma "suposta" (palavra tão gasta...) história ocorrida em uma banda "piauiense" (esta, sim, uma palavra rara, talvez única a apresentar cinco vogais seguidas...), eventualmente próxima à região para onde terá ou teve de se mudar Eduardo...

Trata-se de um depoimento confuso, dado ao delegado ou chefe de milícia local, aparentemente vindo do filho de outro coronel (mas também se diz que seria o sobrinho de um dos vaqueiros, e não se sabe ao certo...), percebendo-se em sua fala uma tentativa de disfarce para esconder o que realmente sabia, a respeito da verdadeira paternidade de outro homem que teria ("supostamente") um filho "natural"...

Depoimento dado ao coronel

Já se supunha que por outras paragens neste sertão os costumes poderiam ser assim um tanto diferentes... Por causa do isolamento, e da falta de um modelo próximo ou de poderes mais vigilantes, como a própria Igreja, teriam surgido casos em que não se assumia tão dignamente uma paternidade, ou aqueles em que ela era assumida apenas pela metade...

É o que se pode observar por este depoimento confuso, do filho de um coronel, feito depois ao juiz daquele distante vilarejo. Ele teria engravidado a filha de um vaqueiro, e não vamos aqui citar seu nome, mas apenas dizer que o menino era até muito estudado, inclusive em Coimbra, e de lá é que teria voltado assim meio confuso, dado a escrever poesia.

– Quero aqui declarar que nunca namorei Luana. Ela sempre teve muitos namorados, e mesmo que houvesse namorado comigo – o que não me lembro bem – foi em época que sua barriga já começara a crescer, ou não, mas não pode ter sido a partir de quando nós namoramos, porque isso aconteceu bem antes, ou depois, não me lembro agora...

E mesmo diante dos olhos desconfiados daquele juiz ou autoridade, o rapaz parecia não ter consciência da contrariedade em seu discurso:

– Também quero deixar claro que, se me apaixonei por ela, ora essa, foi apenas com os olhos, e mal pude deixar que ela me olhasse, embora tivesse sempre algo a dizer, e era apenas o ensaio do que deveria ser dito, para contar-lhe algo sobre minha paixão... Mas a minha paixão, ora, resumia-se ainda à tentativa de que ela me olhasse... E se olhou, não lembro, mal pôde compreender o quanto eu precisava olhar aqueles retratos dela para me inspirar e conseguir despertar aqui dentro de mim algum interesse que tivesse pelas outras coisas...

– Não, eu nunca estive realmente apaixonado por ela, e muito menos daquela vez em que fizemos amor, eu e ela, mas não lembro que ela sequer soubesse o meu nome pois, afinal, isso aconteceu em época de muitos namoros, ela comigo e eu com ela, mas só na imaginação... Na imaginação dela, eu seria alguém muito poderoso, obedecido e respeitado até por autoridades, e ela nem imaginaria que pudesse estar me vendo aqui, agora, onde estou.

– Mas lembro, sim, isso eu posso dizer que, num daqueles forrós, havia outra mulher que era até mais ousada do que ela, e olhava pra mim, mas com certo disfarce, como se fosse à frente, e eu reconheci logo o tipo de atração animal que tivemos, dessas que acabam levando às muitas carícias, e desejos, como aquela vez na praia do rio em que já não nos preocupamos em ser vistos por alguém, ali no meio daquela chuva, alguém que pudesse chegar e nos pegar em flagrante, principalmente a ela, caso estivesse exatamente (mas não literalmente) com "a boca na botija"...

E ainda diante daqueles olhos sérios e desconfiados, os de um juiz-autoridade, ele prosseguia naquele discurso que parecia, como bem já se disse, visivelmente contraditório...

– E foi dessa vez que o pouco de roupa que ela ainda usava foi levado por uma daquelas ondas do rio, e afinal estávamos ali a encaixar as nossas partes, mas nunca, nunca fiz amor de verdade com ela, que não fosse como daquela vez, com ela de um lado e eu do outro, deixando tocar os nossos corpos como se nem soubéssemos o que estava acontecendo, e logo vinha aquela vontade imensa de ir até o fim, com ela bem solta no prazer que demonstrava sentir... Até que entramos numa espécie de êxtase, os dois, o que posso dizer apenas pelo meu lado, fazendo liberar todo um jorro de tensões em um único instante, com mil sensações, e eram tantas da parte material que ela até fez questão de olhar, e ver bem, para saber se era ou não era aquilo o que fazia mesmo questão de enxergar e sentir (e certa vez o meu prazer foi parar quase no estômago dela, de tanta intensidade, mas porque partia dela essa vontade de ver e apreciar tudo...).

– Mas Luana, não, a Luana nunca me disse que era para ficar o tempo todo ali do lado, e teve mil namorados ao mesmo tempo, não poderia ser meu o desenvolvimento do sêmen que estivesse ali na sua barriga, tanto que ela logo desistiu da gravidez... E não só ela se meteu com um monte de tipos infames e esquisitos, como também realmente nunca quis se envolver e ter um "relacionamento sério" comigo; sequer soube o meu nome, porque estava assim na cara, mas nem

tanto, que se daria mal e viraria uma mulher largada, infeliz, rejeitada até pelos mendigos da igreja, e ainda mais por aquele outro, que também virou mendigo...

– O tempo concreto que ela passou ao meu lado foi só durante o forró na parte principal do mercado e, também, na frente de todos, ela só conseguiu me namorar com os olhos, fazendo de tudo para que eu cedesse e passasse vergonha ali mesmo...

– Ali no rio, então, de noite, com as ondas indo e vindo, ela se encaixou em mim, mas não deu tempo de confirmar a vontade (e agora me lembro, o pai dela ficava olhando ali de cima e nos procurando, tão desavergonhadamente marcando aquela pressão toda, que não era para ajudar ninguém, só para atrapalhar, e não dá mesmo para saber a intenção que ele tinha...).

– Mas outros encontros de casos assim, ele não pôde impedir, e ninguém fez amor comigo tão bem quanto Luana, mas aquela barriga, não, daquela vez não devo ter sido eu. Afinal, mesmo naquela época, ela teve muitos namorados...

Novos nascimentos – Francisco, Ambrósio, Luna e...

Francisco, o quinto filho de José e Maria Clara, nasceu naquele ano de 1812, o mesmo em que veio ao mundo o primeiro filho homem do capitão Vanderlei, com sua esposa Chica, o menino Ambrósio, irmão de Ana Francisca.

Francisco e Ambrósio eram primos irmãos, pois, como sempre fazemos questão de lembrar, a Chica (com quem Vanderlei acaba de ter mais uma criança) era a irmã mais nova de Maria Clara.

No futuro, um sobrinho-neto "torto" de Francisco, que será capaz de registrar as características de personalidade atribuídas a cada membro da família (pelos outros, naturalmente), poderá descrevê-lo como "afetivo e comodista".

Dois anos depois, em 1814, seguida a Ana Francisca e Ambrósio, nascia Leonarda Vanderlei, a Luna, segunda filha mulher do futuro capitão-mor João Maurício (este que, adianta-se, ainda terá muitas filhas mulheres, e Luna será, portanto, ao lado de Ana Francisca, uma das irmãs mais velhas...).

... um casamento especial

E foi no ano seguinte ao nascimento de Luna, na família de Vanderlei (que na Vila da Barra morava em casa vizinha à de José e Maria Clara, este casal que, como informamos, recebera há pouco o seu quinto filho, Francisco, ao mesmo tempo em que João Maurício e a Chica recebiam o segundo, Ambrósio...) que, não muito longe dali, pedia-se em casamento a já não tão menina Joana Francisca, neta querida de Tomei, filha única e órfã (como lembramos) de Ana, a mais velha do "italiano".

Neste ano de 1815, portanto, Joana vai se casar aos dezessete anos, sendo o escolhido dela (ela que era a escolhida dele) o capitão Francisco Bonifácio de Abreu, sobrinho de seu pai, João Crisóstomo da Mota (notando-se assim que os noivos eram primos-irmãos).

Diz-se desse capitão que teria chegado à região em uma daquelas levas de bandeirantes paulistas que vinham colonizando todo o sul do Piauí, nas vizinhanças de Goiás...

O que importa aqui é que, em seis anos (de 1816 a 1821), este novo casal terá cinco, simplesmente *cinco* filhos vivos, seguidos...

11

A despedida de Tomei

Da casa do Retiro...

Tomei também tinha a sua casa *do Retiro*, construída por ele mesmo para ser sede da fazenda Picada (e que lembrava a da *Torrinha*, como dissemos), e agora alternava o seu local de moradia entre esta e uma primeira, mais modesta, que ainda manteve na Vila da Barra... Já estava bastante idoso, e chegou o dia em que se sentiu mesmo um pouco doente, decidindo-se a mudar em definitivo para a cidade. Isso foi no ano de 1813, e José passou então, dali em diante, a ocupar também a casa do Retiro, para mantê-la segura.

... ele se muda para a Vila

No futuro, quando se falar em "mudança" (palavra um tanto estranha, e mesmo *non grata*, para alguns...), há de se pensar em um "caminhão" de coisas (sendo esta, aliás, uma palavra ainda por se inventar). Mas nesta época elas são feitas em menor frequência, entendendo-se o recorte social em que é passada a história, pois não estamos aqui a falar de grupos nômades – indígenas, africanos ou europeus –, mas de famílias migrantes que estão agora em solo brasileiro, à procura da terra em que possam viver e voltar a ser sedentárias... Foram mudanças feitas primeiro a navio, depois em barcos pequenos, e só depois em carroças, cavalos, e mesmo a pé, com todas aquelas trouxas amarradas nos braços, e a mais pesada à cabeça...

Mas agora, este homem idoso que pede ajuda aos filhos para se mudar de casa, e é nossa principal personagem da história (pelo menos até aqui), há de falecer nesta *Vila da Barra do Rio Grande*, no ano de 1817.

Fim de um ciclo – os sonhos que teve

Nesse processo de perder as forças, passando mais horas deitado à cama a cada dia, em uma coisa Tomei reparava... Conseguia lembrar-se melhor de cada sonho, e eles agora pareciam ter mais significado, mesmo que logo depois se esvaziassem: era possível observar algumas relações do que ocorria em realidade com as cenas sonhadas.

Foi assim que ele notou um sonho já bastante reincidente, em que a certo momento aparecia a mesma águia (ou seria um carcará?) pousada à beira do lago ao lado de muitas cabras, bem no alto de umas montanhas (e seriam os Alpes? O Himalaia?...). Então um monge franciscano subia em sua mula, porque ia matar uma das cabras, e os outros iam até lá cuidar dela, tentando impedir ou ao menos entender o porquê daquele sacrifício...

Tomei também sonhou com sua avó, que estava bem velhinha, já no leito de morte, mas parecendo tranquila... Qual não foi sua alegria ao ver que no leito de padecimento dela estavam o cobertor (cor de vinho, igual ao que havia na sede da Picada) e uma colcha branca que havia dado a ela como presente (e eram peças que a avó mesma escolhera para o leito, lembrando a cama dele, pois eram simplesmente umas camadas de tecido, mais ou menos jogadas...).

Vendo que ela ainda estava viva, quis que notasse sua presença, então tentou dizer-lhe algo, e percebeu que ela quis responder-lhe... A benzedeira, ali presente, sentindo que a idosa tentava mesmo falar alguma coisa, perguntou-lhe se sabia quem era aquele que estava a seu lado... A avó respondeu: "Sim, meu marido". Tomei tratou de explicar à benzedeira que ela o estava confundindo com seu avô, mas, depois de algum tempo, a avó o reconheceu de fato, chamando-o pelo nome e demonstrando grande carinho.

Era um quarto igual àquele em que ele estava antes, na fazenda, mas como se estivessem na Vila (e havia até um quadro parecido). Antes, ainda, quando pensava em algum lugar para colocar os cachorros (pois já havia passado aquela parte do sonho em que saíam da casa...), ele se lembrava vagamente de ter desfrutado das companhias de Maria e Ana...

Memórias de Gênova

Depois de mais um dia de alucinações e delírios, na noite seguinte Tomei viu-se mais tranquilo, sonhando que era jovem e andava pelas ruas de Gênova... E no meio daquelas imagens apareceu uma pessoa difícil de identificar, parecendo ser um senhor idoso, com cara de índio, mas logo se tornava de novo jovem, usando trajes que combinavam as duas culturas... Eles andaram juntos até a beira de um novo caminho, e Tomei prestava atenção em tudo que o homem dizia...

E se era mesmo uma figura estranha, importa que começou a apontar para longe e falar coisas do que apenas ouvira dizer, sobre um lugar distante (que seria "além da linha do horizonte", bem naquela direção onde o sol se punha...). Lá haveria pessoas vivendo no tempo da caça e da coleta, sem trajar quase nada sobre a pele, e com regras de etiqueta ainda por aprender. Já se comentava nas tabernas, ele dizia agora – e foi quando Tomei passou a sentir malícia em suas palavras –, que os homens de lá não se importavam em dividir as mulheres, e que estas tinham por honra dormir com estrangeiros. Mais do que isso, havia quem dissesse – por experiência própria ou confidência de amigo – que essas mulheres tinham a pele mais macia, e o prazer que proporcionavam ao tato era maior...

Mas agora sua memória começara a falhar, e esse sonho já se misturava a histórias ouvidas ainda na infância, sobre um homem de Veneza que se dedicara a conhecer o mundo e desbravá-lo onde fosse necessário... E que este homem acabou enriquecendo pelo comércio das especiarias trazidas, por saque ou como presente dos reinos que se estendiam até o extremo Oriente...

(Pois Tomei muito também se inspirara em Marco Polo, tentando agora se lembrar do que ele mesmo ouvira naquela taberna de Gênova, e se em algo se assemelhava ao discurso daquele "índio"... Mas isso era mais ou menos em 1750, e então se deu conta de que conhecera muita gente naquele lugar, e sendo ele, Tomei, um dos maiores frequentadores, talvez pudesse lembrar-se um por um dos seus amigos de infância e juventude. Provavelmente muitos já nem existiriam, mas quem sabe alguns, sim, e entre os sobreviventes, estivesse de novo havendo encontros na taberna...)

(E nas últimas conversas que teve, ainda tentou fazer referências a Marco Polo, mas parecia confundi-lo com o "indígena" que nunca existiu – e fora apenas sonhado, diziam, vindo-lhe à memória por uma expressão emprestada daqueles jornais de Gênova, que hoje ele não faria a menor questão de ler, mostrando-se totalmente desprovida de sentido na maneira de descrever o viajante como um homem "à frente de seu tempo"...)

(E isso para dar ênfase a características escolhidas assim tão arbitrariamente, enquanto se adentrava em pensamento pela taberna a escolher depoimentos que só depois o ajudariam a interpretar os fatos, a partir de conversas que teve diretamente com um descendente, ou primo longínquo, de Galileu Galilei... E lá se fazia lembrar que mesmo os parentescos distantes poderiam estar genealogicamente ligados a um só casal de origem... – e que o ser humano teria algo de planta, pois lá se veriam suas raízes...)

Dia a dia sertanejo...

Mesmo que tudo isso possa transformar-se no que algum dia será apenas o seu passado longínquo, "ainda deve fazer muito calor naquela época", era no que se dedicava a pensar... Sim, pois se pode imaginar que, como na memória de uma máquina do futuro, o passado nunca se apagará, e estará lá, ainda agora, sendo vivido...

(Estando sim em alguma memória, ou talvez se venha a descobrir que o tempo nunca se apaga – como se descobre que a memória psicológica permanece viva, sendo capaz de reagir quando há o estímulo certo...)

Não é de se estranhar que no futuro alguém possa sonhar com um amanhecer em que se cuide dos animais e plantas deste lugar... E que pelo sonho se venha, talvez (mas sem se conseguir lembrar de tudo), a viajar por outros "eus", que fossem de seus antepassados... E Tomei ouve agora uma frase na voz do jesuíta, ainda do tempo em que fizeram juntos a longa travessia pelo sertão, para chegar ao São Francisco:

> E pode-se pensar que só existe mesmo o presente, sendo todos os outros tempos o seu prolongamento de dentro da memória... Mas também que ele não exista – se formos pensar cientificamente –, não passando de um ponto de equilíbrio, puramente abstrato, entre passado e futuro..."

Tomei lembra que qualquer antepassado, visto de seus dias, poderá ser velho ou criança: a criança que vê vida em tudo, e o velho não vê vida em nada... Cada antepassado poderia estar sendo esses dois lados, *"criança e velho: criança que vê vida em tudo e velho que não a vê em nada"*, como dizia o jesuíta, enquanto chamava a atenção para a proximidade de sentido dos verbos "ter", "estar", "ser" e "ir" ("eu fui e ela foi, sem nunca termos estado"). Pois cada antepassado só pode *ter sido*, o que é diferente de *ter estado sendo*, ou de *ter ido estar sendo...*

(Tomei agora se lembra do cálculo que fizera à época em que estava se aproximando de Joana, das gerações a cada 25 anos, em que um bebê teria dezesseis antepassados só no último século, ou dois elevado à quarta, e em dois séculos, 256, ou dois à oitava – em cinco, dois à vigésima potência... E só de 1500 para cá, depois de "descoberto" o Brasil, haveria algo como 2048 antepassados para cada português, e para isso se pondera que houve muitos casos de primos casados entre si, e assim se contaria duas ou mais vezes o mesmo antepassado... Pois vendo pessoas que ele conheceu na região da Barra, não haveria população para tantos antepassados, fosse de portugueses ou negros, mesmo a se pensar numa ascendência geral que tivesse apenas um terço de sangue indígena...)

... e era só um sonho – como os de tantos antepassados

(Por este novo sonho ele logo percebe uma metáfora – a que bem se reporta – querendo comparar a infância ao amanhecer – com alguma memória do que outros já pensariam serem "vidas passadas" –, a tarde à meia-idade, e a noite à possibilidade de se preparar para o sono, ou fim daquele ciclo...)

Ele agora está mais calmo que na noite anterior, e quase se lembra de outra coisa ali sonhada, pondo-se a imaginar que cada sonho seria o fragmento de um sonho maior, inteiro, com começo, meio e fim... Sim, porque antes de existirmos já existiria o nosso sonho e, sendo ele formulado com base em fatos reais, já existiriam os fatos reais...

Poder-se-ia até dar nome a tudo isso como um processo químico, físico, existencial, mas o fato é que só pelo distanciamento se permitiria ver a saga humana (dos hominídeos que infinitamente iam ocupando novos horizontes) como um processo semelhante à ação natural de uma colônia de bactérias sobre um tecido (a superfície da Terra)...

E assim ele dormia e voltava a sonhar, pensando coisas diferentes sobre isso.

O último pensamento

Alguns adultos ainda trazem da mais tenra idade a ideia de que objetos inanimados podem também ter sentimentos... Assim, o sapato esquecido numa casa de campo, quando resgatado e colocado de novo em uso pelo seu dono (depois de trazido de lá por alguém de rara sensibilidade), estaria também feliz... Ou ainda, se encontrado por outro que dele também fez uso aventureiro, escalando montanhas e tangendo gado, acompanhado pelos cachorros, vivendo assim uma nova vida dentro de sua mesma, tudo isso seria experimentado e sentido pelo objeto inanimado. É mais ou menos a ideia que se passa nas muitas ilustrações de livros, com desenhos feitos apenas para estimular a imaginação das crianças...

Já os velhos passariam pelo processo contrário. Como depois de morto nada mais será pensado ou sentido, começam às vezes a antecipar essa indiferença... Depois de perdidas algumas amizades, as seguintes tocam menos. Transformam-se, assim, em frios exterminadores de sentimentos internos. Mas não todos os velhos, obviamente... O que interessa é que, na gama de personalidades das pessoas de todas as idades, algumas amadurecem mais (por serem felizes) e outras não. E note-se bem que pode haver sadismo na atitude de muitas crianças (ou até em todas elas), quando descobrem que podem matar os insetos. Algumas refletem sobre isso e passam a evitar o genocídio, mas bem depois é que vão entender de ecologia e que a substituição dos seres vivos faz parte da natureza.

E há realmente os exterminadores frios que atingem essa indiferença pela vida, coisa de velho decrépito e condenado pela doença, como ditadores de republiquetas, vítimas de si mesmos nos muitos regimes de tendências ideológicas que ainda estão por inventar... Mas não será este, nunca, o caso de alguém como Tomei. Ele que agora tem pessoas à sua volta, quando já quase não pode mais falar, estando muitos de seus familiares ali por perto, a demonstrar seus sentimentos e assim permitindo-se trocar cada afeto...

12

Falecimento e divisão das fazendas

Volta à realidade

Sabe-se agora que com a morte de Tomei, em 1817, a fazenda Picada está sendo dividida entre os herdeiros... Mais precisamente, ela será herdada pelos seus dois filhos vivos, José e Maria, mas a parte desta ficará em nome de seu marido, Luís Marques Pinto.

Para lembrar: Ana, a filha mais velha, falecera jovem, em 1799, ficando apenas a filha que teve com Crisóstomo, Joana da Mota, esta que recentemente se casara com Francisco Bonifácio de Abreu e teve agora o seu segundo filho, Clemente Bonifácio (e ao todo serão cinco...). Joana, portanto, teve os filhos bem na época em que viu falecer o seu avô "italiano", que tanto cuidava dela...

Possivelmente Joana, não tendo parte na divisão desta fazenda, será recompensada de alguma maneira (e logo se verá isso, porque o testamento de Tomei já está pronto – foi escrito quatro anos antes de sua morte – e deverá em breve ser apresentado, para ler-se à presença de todos...).

O que importa, em relação à fazenda, é que, algum tempo depois, José comprará a parte de Luís e ficará sendo o único dono de toda ela, para onde se mudará por algum tempo (e nem terá mais certeza de quando voltará à cidade...).

(Aos que veem de fora esta história, já se pode imaginar que ao longo do novo século vão se dar "as sucessões por herança e os negócios de compra e venda entre os herdeiros".)

(E como já estamos agora a adivinhar certas coisas, achamos possível que nesta mesma fazenda venham a ser construídas novas sedes, e esta que ainda está aqui, agora, há de um dia ser considerada a mais antiga, e é para onde José está se mudando: o sólido casarão construído por seu pai Antônio Tomei, à beira da lagoa do Retiro, "em local não sujeito a inundações".)

(José, portanto, será agora o segundo morador desta casa, cabendo a quem vê de fora esta história acreditar, ou não, que um de seus filhos, em especial o mais novo

– que ainda está para nascer e se identificará no futuro como sendo o cel. Pedro –, venha a ser o terceiro a tê-la como moradia.)

E agora, enquanto fazem a mudança, Maria Clara já sente na barriga o filho que deverá nascer em breve, e será o seu mais novo. Ele, que já parece gostar do lugar...

Fazenda Ema – das que não gemem

Sim, agora com o testamento, já podemos entender por que Joana não teve parte na divisão da fazenda *Picada*... A divisão desta outra fazenda, a *Ema*, com suas três léguas (ou 9 mil braças, o que dá uns 20 km) à margem do rio Paramirim, ficou assim:

– Metade dela (isto é, 4500 braças) será herdada pelo filho varão de Tomei, cap. José.

– Um quarto (isto é, 2250 braças) será herdado pelo cap. Francisco Gonçalves, o marido de Bárbara, filha natural que Tomei teve com a escrava Jerônima.

– O outro quarto (que já sabemos quantas braças são) ficará com o cap. Francisco Bonifácio de Abreu, marido de Joana, a neta de Tomei (filha e herdeira de Ana).

O outro filho natural, Eduardo, também participa desta divisão como herdeiro, mas logo negociará seu quinhão com os parentes, em especial o "irmão" (que ele sentia como se fosse seu "tio", pelos dois lados que pensasse, o da mãe ou do pai, que eram como seus avós), cap. José...

A linhagem e os ideais deixados

Descendentes de Tomei que virão dos filhos de seus filhos já poderão saber no futuro (e certamente se orgulhar disso, ao menos na maioria dos casos...) de antepassados em sua família como sendo os primeiros criadores de gado nesta região específica do São Francisco, e que *"nunca tiveram pretensões a brasões de nobreza como muitas famílias de origem europeia..."* – o que deverá dizer um possível tataraneto de Tomei (que na linguagem técnica se diz "tetraneto"), por palavras que deixará escritas para seus descendentes, depois de conhecer e conviver com alguns antecessores que ainda aparecerão nesta história (e deste tetraneto ainda falaremos muito, porque melhor do que outros em sua geração saberá de inúmeras coisas da família, sobre a origem e episódios das épocas seguintes...).

E cada um que entender o significado dessas palavras poderá repetir-se na ideia deixada pelos antepassados, de que *"nossa nobreza sempre foi a terra, passada de pai para filho..."*, pois, *"... vaqueiro, criador de gado, são títulos honoríficos entre os sertanejos"*.

No futuro se saberá que, por mais de dois séculos, a propriedade da terra seria, para os descendentes de Tomei no sertão, "não só a sobrevivência econômica", mas "também a ideia de 'linhagem'", isto é, da continuidade e permanência da família por várias gerações.

Queria-se um tipo de poder que era "ao mesmo tempo moral, intelectual e político", "alicerçado na manutenção da terra, na memória dos antepassados e na unidade do grupo, mais do que na riqueza", que na verdade era até escassa...

Alguns podem entender que era "para conservar a integridade das fazendas" que os casamentos seriam quase sempre em família. "A venda para estranhos era praticamente vedada." As compras e vendas, quando necessárias, eram feitas "entre os membros da família".

Costumes corsos no São Francisco

Tomei veio morar na *Vila da Barra do Rio Grande* quando ainda era jovem, e por lá ficou até falecer, aos 83 anos – o que agora já faz alguns dias... O seu testamento estava pronto desde certo tempo: pelo menos uns quatro anos antes.

Essa longevidade, que é rara para estes tempos (e ainda mais nessa região), mostra que ele estava perfeitamente aclimatado ao lugar. Já perdera a mulher e a filha mais velha, mas esta lhe deixara uma neta, de quem ele cuidou com carinho e ainda viu se casar. E viveu também cercado de outros filhos, e dos muitos netos que teve, sendo o seu maior amigo (o braço direito, talvez) o genro português Luís Marques Pinto. Foi Luís quem o ajudou na compra de gado para as duas fazendas, que Tomei só veio a adquirir quando já estava na meia-idade, aos 53 anos...

Historiadores do futuro poderão dizer que este genovês, nascido corso, "... foi a raiz de uma grande família que viveu sempre unida às margens do rio São Francisco, por mais de duzentos anos". E que esta família, instalada às margens do grande rio, em região tão distante – o pleno sertão nordestino –, praticava alguns costumes que eram de famílias corsas: haveria "um verdadeiro espírito de clã na sua estrutura mental, social, política e familiar", porém mais por solidariedade, e interesses comuns, do que por conflitos com outros grupos, como era na Córsega...

Não se vai aqui entrar no mérito de dizer o quanto isso poderá ou não ser verdade no futuro, mas apontar por esse sentido algumas características desta grande família (e às vezes de outras), como a de haver sempre a "veneração e orgulho dos antepassados", e também "grande religiosidade", incentivando-se os santuários e romarias nas fazendas... Os enterros e o culto aos mortos (o que já pôde ser observado no caso de Tomei) sempre reuniriam uma enorme população de pessoas que moravam à volta, ou vinham de longe, com seus "lamentos, gritos de desespero, carpideiras e luto prolongado".

As tradições da Córsega, pode-se imaginar, tiveram influência de quase todos os povos mediterrâneos, mas se tornaram também específicas em algumas regiões, pela necessidade que sua população teve de se afastar do litoral, confinando-se no interior da ilha para só ali viver, em razão das violentas invasões, que foram muitas...

E como foi lembrado em outra parte desta história (quando se falou em "costumes do sertão"), do mesmo modo que a Córsega, o interior da Bahia acabou sofrendo um amplo processo de isolamento, principalmente depois que a capital da Colônia deixou de ser Salvador, mudando-se para o Rio de Janeiro (em 1763).

O testamento...

Farão pouco caso do que foi deixado por Tomei aqueles que entenderem ser mais importante do que bens materiais a cultura, o conhecimento já herdado de outros antepassados, para que cada um construa a sua própria riqueza, conforme ações individuais... Outros, porém, hão de ser mais realistas, reconhecendo que também a cultura se conquista, ou se constrói, e muito, pela riqueza, ou que a riqueza não impede e, ao contrário, até contribui para que se adquira cultura...

Talvez seja este também um assunto polêmico, e possa ser discutido a partir do que agora se defende na narrativa, de que, no processo de elaboração e construção de uma cultura mais erudita, passa-se primeiro pela acumulação de riquezas... Pode-se dizer: quando uma família se torna culta, é porque na geração anterior soube-se cuidar para que nada faltasse materialmente, fosse comida ou roupa, ou remédios para a saúde, e assim se criou a oportunidade de se dedicar à exploração do conhecimento. Numa mesma geração, nesta época principalmente, seria difícil a uma pessoa adquirir conforto material e cultura ao mesmo tempo.

É por isso que, quando esteve em Salvador, Tomei observou naquela feira de Capuame que havia homens ainda recém-enriquecidos, e não por grandes méritos em se fazer produzir a terra, mas porque deram sorte (ou foram espertos) no comércio... Eram principalmente os vendedores de escravos que, via-se, não tinham qualquer cultura e tentavam se passar pelo que não eram. Ao visitarem as barracas de coisas velhas, Tomei observou, eles compravam livros a "quilo", ou mesmo a "metro", porque era assim que eles achavam que se devesse adquiri-los (como simples mercadoria, a se estocar – e ostentar...).

... em todo seu conteúdo

Além do que estava declarado no inventário da esposa, Tomei tinha como bens dinheiro, ouro, prata, créditos e gado cavalar (sendo que este talvez estivesse sob a guarda da Casa da Torre, pois se diz no documento que era "*tudo de manuseio da Caza*").

Os selos gravados em um conto e quinhentos mil réis foram adiantados aos filhos. À neta, como parte que cabia à filha mais velha, os quinhentos mil réis foram dados em escravos e casas.

À segunda filha foram dadas três meninas escravas e a promessa de fazer *"uma morada de casas na rua Direita desta Vila"* – com madeiras (que já estavam no barranco do rio da Picada) e telhas (já em Santa Bárbara) –, indo para os seus bens apenas o que fosse necessário à conclusão delas.

Para José ele deixava 300 mil em dinheiro, completando o quinhão de 500 com as casas de sua habitação.

Também os filhos naturais recebiam herança, tanto Eduardo (o filho que teve com Florência Clara da Virgem, a mãe da Maria Clara) quanto a outra filha, Bárbara (que teve com sua escrava, a negra Jerônima), esta que a essas alturas já era casada com um homem chamado Francisco Gonçalves de Oliveira, vaqueiro da Ema... Bárbara recebia do pai duas escravas, mais 350 mil em dinheiro, *"e o valor de ouro e prata lançados à razão"*.

No testamento, Tomei também fazia alguns pedidos e recomendações de ordem religiosa, solicitando que fosse sepultado com o hábito de São Francisco, na Igreja de N. S. do Rosário... E se possível, que fosse enterrado junto à esposa, com a presença de todos os sacerdotes na paróquia, pagando-se esmola aos que rezassem à sua alma um *"oitavário"* de missas...

Entre as dívidas declaradas estavam 300 mil à irmandade de S. S. daquela Matriz, 50 mil a um casal e 40 mil aos herdeiros do cap. José Lopes Guimarães... Dava alforria aos dois primeiros e únicos escravos de Angola que teve, Manoel e Guilherme, em razão de seus bons serviços.

E ainda declarava ter uma negra, Januária, cotada a 80 mil réis, sendo que já havia pago 44,520 mil. Pagando o restante a seus herdeiros, já poderia receber a carta de alforria (e o mesmo se passava em relação ao mulato Rumano, de 120 mil, do qual já tinha recebido uma parte).

Sua escrava cabra Deodata ficaria com a filha Maria. Se casasse, que fosse alforriada, mas do contrário, não... Também com Maria ficava a escrava cabra Gustaviana e a Santa Imagem de Senhora do Monte do Carmo.

Aos escravos alforriados, Antônio Barbeira e sua mulher Custódia, *"pelo grande trabalho que sempre tiveram"*, deixava *"as casas das Laranjeiras para poderem alugar e do seu arrendamento sejam sustentados ficando sempre como seus próprios..."*. Também deixava para eles quinze vacas e doze outros animais (que só não se distinguia o tipo, por estar rasurado o papel...), *"uns bois na fazenda do Timbó e sem mais lhes deixo quatro alqueires de farinha e mais ditos de arroz, e dois ditos de milho para ajuda de sua sustentação"*.

E ainda...

– Declarava-se que eram seus bens as duas fazendas de gado, Picada e Ema, com gado *vacum*, benfeitorias, escravos e cavalos (fazendas que, como vimos, ficavam à margem direita do rio e foram adquiridas em 1787, sendo remanescentes da antiga *Casa da Ponte*, da família Guedes de Brito, dos descendentes do também Antônio, "poderoso pecuarista brasileiro" no século XVII...). E também o terreno do casarão e a casa na Vila da Barra, próximos à praça da Catedral.

– Confiava o testamento e administração de seus bens e fazendas aos filhos José e Maria, e ao genro Luís, que receberiam 200 mil e o prazo de quatro anos para dar conta do trabalho.

– Deixava para as obras do Instituto Bom Jesus da Boa Morte 50 mil réis.

– Ao casal do falecido Antônio Dias de Leão, pedia que pagassem 30 pelos 25 que devia, compensando a *"tardança"*.

– Deixava uma Capela de Missas pela alma de seu pai, meia pela de sua mãe, meia pela de sua esposa, uma pela de sua filha mais velha... Meia pela de seu amigo Francisco José, uma pela do amigo Marcos do Amaral... Duas capelas para aqueles com quem teve negócios, e mais duas pelas almas do Purgatório. Uma capela era por aqueles que tiraram algumas frutas de seus pomares.

– Também deixava missas pela alma de seu tio *"... André digo Bartolomeu em satisfação de alguma rebordosa de meninice"* (sim, porque só agora se sabe que ele pode ter sido criado pelo tio...).

– Para sua alma, eram seis Capelas de missas, somando ao todo (*"nesta como nas outras"*) 320 réis, a cargo dos testamenteiros...

– Pedia ainda que no dia de seu falecimento se desse aos Pobres de Portas meia pataca cada, e deixava duas Capelas de missas pelas almas de seus escravos, vivos e mortos.

– À comadre e nora Maria Clara "das Virgens", deixava um terno de copos de vidro, e ao vaqueiro da Ema, João Francisco de Magalhães, um potro.

– Declarava ter recebido de seu escravo Romão 40 mil réis de que não passou recibo (passou só dos primeiros 50 mil que estavam pagos). E ao aleijado José da Costa, de quem guardava um potro, deixava 50 mil de esmola.

– Deixava esmola aos filhos de José Machado (Juca e outros possíveis), 25 mil réis a cada (e se um deles morresse, passaria aos irmãos a quantia), sem que os pais tivessem direito, recolhendo-se o dinheiro ao Cofre dos Órfãos.

– E ainda deixava em nome da filha Maria uma lista de dívidas a serem prontamente pagas, quando ele falecesse... E o que sobrasse de toda essa relação, seria dividido em duas partes iguais, para os filhos José e Maria. E isso se assinou no cartório da Vila de São Francisco das Chagas do Rio Grande, em novembro de 1813.

13

Histórias deixadas para trás

Moinhos parados

Enquanto a história anda, constrói-se junto o próprio caminho, levando-se em consideração as contas que já se fizeram sobre eventos passados, ou coisas que se perceberam para explicar tipos de comportamento e as vontades de cada homem. Por exemplo, coisas que se pensaram a respeito de Tomei, como, "de onde ele vinha", "que riquezas culturais trazia de lá", e outras elucubrações que é de costume fazer quando se quer valorizar alguma (ou a própria) origem.

Sim, há muitas, tantas histórias que se vão acumulando, que já não se contam, enquanto o mundo caminha... E do que lhes foi ensinado pelo próprio Tomei, os filhos sabiam que...

Primórdios da Córsega (o que eles sabiam)

... a ilha da Córsega já fora invadida em tempos bem antigos, por fenícios e gregos... E no século III a. C. é que fora tomada pelos romanos, naquela guerra contra Cartago. Desde lá, com o litoral e as planícies sendo assediadas, os moradores da ilha já se refugiavam nas montanhas do interior, resistindo bravamente aos invasores, ao longo de quase sete séculos (muito mais, portanto, que os 150 anos de ocupação portuguesa no sertão baiano, antes da chegada de Tomei...).

Para todas as culturas que se expandiam, conquistar as ilhas grandes do Mediterrâneo era muito importante... Mas também para expansões que não tinham qualquer cultura, como a dos vândalos, que depois foi seguida das de bizantinos, mouros, "pisaiolos" (ou como melhor se queiram chamar os naturais de Pisa), aragoneses, genoveses, franceses... De todas as ilhas, a Córsega teve a história mais trágica: desde os romanos, foram dezenove dominações diferentes, 37 revoltas gerais, sete períodos de anarquia...

Cartago e Roma travaram essa importante disputa no século III a. C., em que o general Aníbal teria conseguido êxito, não fosse uma simples superstição a mudar a história do mundo ocidental... E dessa guerra vieram as conquistas na Península Ibérica, quando nem se imaginava que pudessem existir Portugal e Espanha, ou que a língua latina ali de fato se impusesse...

(E com isso se pretende nesta passagem homenagear também o bravo povo lusitano que, depois de alfabetizado e assim incorporado à ampla história escrita – oficializando-se o seu latim regional pouco antes das grandes navegações... –, tornou-se, como Cartago e Roma, um imenso império marítimo: o primeiro da *Era Moderna*, e agora "em escala planetária", dirá um ufanista no futuro, sabendo citar sua "rede de fundações interligadas em fluxo constante por rotas regulares", as *"carreiras"*, em cenários não mais de continentes, mas de oceanos, já havendo "o *Estado da Índia*, indo do Índico ao Pacífico" no oriente, e "os *do Brasil e do Maranhão*, mais todo o espaço atlântico, das ilhas dos Açores à costa do golfo da Guiné, Mina e Angola" no ocidente, há de se ufanar o historiador...)

Ilha "das antigas"

Diz-se do chefe vândalo que dominou a ilha no século V que um belo dia foi expulso por bizantinos... E já por volta do ano 700, entraram por lá e devastaram tudo os mouros africanos (ou "sarracenos", outro nome tão genérico quanto "tapuias" e "chichimecas"...), que também massacraram e escravizaram os moradores, até serem eles mesmos expulsos, agora pelos genoveses, por volta do ano 1000.

E pouco depois, a ilha foi dominada por Pisa, que por dois séculos se apoiava nos principais senhores de terra para conseguir isso, aqueles que eram "investidos de direitos feudais" (como poderão interpretar muitos historiadores...). Ao final dessa época, a população já estava dizimada por guerra, fome, miséria e submissão. E desse descontentamento popular se aproveitou Gênova, em sua plena expansão mercantil, para em 1539 entender-se com os chefes corsos e começar uma nova dominação da ilha, que também durou dois séculos... Foram tempos sangrentos e de repressão aos corsos, que não souberam organizar suas revoltas. Os governadores genoveses tinham plenos poderes para condenar nativos à morte, ou afastá-los das funções públicas...

Foi tentando sobreviver a isso que "os pequenos proprietários corsos" abandonaram a planície e muitos se refugiaram na montanha, tornando-se pastores, enquanto outros se exilaram (e por isso, conforme um dito popular da região, o pastor era "o corso mais típico").

E pela falta de justiça em Gênova foi que surgiram as famosas *vendettas*, espécie de justiça feita com as próprias mãos entre famílias rivais (e só por este dado já poderíamos supor algum motivo que justificasse a vinda de Tomei para o Brasil; mas não, não queremos achar que haja sempre um significado político para as decisões individuais...). Porém, junto à rivalidade impôs-se a solidariedade de uma estrutura familiar forte, sem distinção de classe social, para formar-se o *clã*, de "importantes repercussões políticas, na luta contra os invasores"...

Foi assim nos "principais redutos genoveses com cidadelas e castelos-fortes" cercados de muralha: Bonifaziu, Calvi e Bastia (e neste último, principalmente, residiam os governadores, bem no "ponto mais próximo" a Gênova, no nordeste da ilha, e onde provavelmente se fixara a família de Tomei...).

Em 1729 houve uma grande revolta, com o povo se recusando a pagar impostos e impedindo os produtos agrícolas de chegarem aos portos, que eram dominados pelos genoveses... Gênova cedeu vantagens em troca do fim da revolta, mas a paz durou pouco, porque a cidade desrespeitou os acordos. E foi em 1734 que nasceu Tomei, na bela ilha da Córsega, que era então invadida e dominada por essa cidade-estado de Gênova, desde o século XIV. Filho de genoveses do continente, também era essa a sua cidadania, e não a de corso.

Infância de Tomei (momento político)...

Quando Tomei nasceu, a ilha vivia uma grande luta nacionalista pela soberania... Ele tinha apenas um ano quando a Córsega rompeu relações com os invasores e proclamou a soberania de seu Reino (e como não tinha rei, dedicou-se a Coroa à *Santa Virgem*...). E assim continuaram os ataques, contra-ataques, retaliações e atrocidades... Não se sabe se os pais de Tomei, Pedro e Ana, ficaram na ilha (e o que Tomei contou aos filhos talvez não chegue aos netos e bisnetos, e já nem se saberá se ele passou a infância e mocidade em Gênova ou na Córsega...).

Mas sabe-se que, quando o menino fazia 21 anos, em 1755 (e para a época já não era bem um "menino", também isso se sabe), os principais clãs da ilha estavam se unindo para eleger um tal Pascale Paoli o novo chefe da nação corsa... E que esse Pascale teria governado bem a ilha, usando de sabedoria e querendo transformá-la em Estado democrático e constitucional, numa época em que as grandes nações ainda se submetiam ao absolutismo monárquico...

Em 1760, Tomei já não estava na Córsega, nem em Gênova e, dos que o conheciam, talvez só alguns poucos amigos soubessem que estava em viagem para o Brasil... Para essa grande aventura, em que buscava uma vida totalmente nova, ele trouxe algum capital, e certamente toda a determinação de quem esperava construir um futuro melhor. Tinha menos de trinta anos e "não se sabe por que escolheu o Brasil e embrenhou-se pelos sertões"... Fixou-se, fez família por estas bandas, e aqui viveu até o fim de sua vida. Nascera em uma ilha e era cidadão de uma república em que a riqueza vinha do mar, pelo comércio. Talvez, "como os corsos" (e os índios de seu tempo), ele temesse o mar pelas grandes invasões e perigos que vinham dele, enquanto o sertão lhe ofereceria "segurança e liberdade...".

Possivelmente ele soube que, oito anos depois de sua chegada, Gênova ainda quis submeter de novo a Córsega, pedindo ajuda militar e econômica à França... Em 1768, houve a derrocada final da República, com o herói da independência, Pascale Paoli, tendo de se refugiar na Inglaterra (apesar da resistência desesperada do povo). Mas Gênova não conseguiu saldar as dívidas de guerra e negociou a ilha com Luís XV, que a incorporou logo ao território francês (o que Tomei já imaginava que pudesse acontecer, e talvez por isso tenha vindo ao Brasil...).

... e o que sabia de Gênova

Tomei sempre se disse cidadão genovês, e no pouco que os netos souberam de sua vida na Europa, não se falava na Córsega, mas só em Gênova, onde ele provavelmente passou infância e juventude...

E o "Italiano" sempre contava aos filhos:

– Gênova foi fundada pelos ligúrios, no século VIII a. C...

Bem depois, na época dos romanos, é que se tornou "importante porto militar e comercial". Quando caiu o Império, virou de novo um pequeno centro de pesca, agricultura e comércio mas, lá pelo século X, veio outro movimento de reação e progresso, com a população precisando se defender dos turcos... E os navios comerciais de Gênova passaram a explorar todo o oriente do Mediterrâneo, chegando à Palestina...

No final do século XI estabeleceu-se a *Comuna Independente de Gênova*, pedindo-se a contribuição voluntária de todos os cidadãos, com armas, capital ou trabalho... E assim, o "Grande Conselho" escolhia os nobres para o poder executivo, em mandato de dois anos. Nos séculos seguintes, o comércio pelo mar ainda era a principal atividade, com a cidade se tornando uma das líderes na revolução comercial por que passava a Europa... Sua população chegou a 100 mil habitantes, e o poder naval era igual ao das grandes monarquias.

A cidade se tornou fortíssima no Ocidente, comparável apenas a Veneza em negócios com o Oriente... Os principais artigos eram as "especiarias, corantes, medicamentos, tecidos, metais, lãs africanas, sedas, corais e ouro". A indústria naval e os bancos se desenvolveram muito, levando também à expansão da indústria têxtil. Para os historiadores, nos séculos XIII e XIV, Gênova controlou "direta e indiretamente toda a Ligúria, quase toda a Córsega e parte da Sardenha", fundando inúmeras colônias comerciais ao longo do Mediterrâneo.

Em 1359 foi feito um acordo com a Córsega, comprometendo-se os genoveses a aceitarem decisões de um conselho corso em troca de novos impostos, mas isso não impediu que houvesse revoltas e "invasões de outros povos"... E quase cem anos depois, sem o controle da situação, a ilha foi cedida a um banco genovês, a *Casa di San Giorgio,* "primeiro banco público da Europa" (fora criado em 1407, e tinha a pujança comercial de Gênova, riqueza, poder, exército e juízes próprios...).

A "Casa" estimulou produções agrícolas nas planícies e vales baixos, distribuindo terras a genoveses associados para fazer grandes empreendimentos. E os produtos eram exportados em larga escala: trigo, vinho e azeite saíam da Córsega à Espanha... Muitos corsos, vendo o enriquecimento de sua terra sem poder participar dele, acabaram se exilando e tornando-se mercenários em outras cidades italianas...

As *Case-torri*, ou Casas-torre de lá

Quando Tomei ainda estava no navio vindo para o Brasil, aos 26 anos, ouviu falar pela primeira vez na *Casa da Torre* dos Garcia d'Ávila, e achou que tivesse algo a ver com a arquitetura das *case-torri*, ou "casas-torre", os torreões fortificados italianos que já existiam desde o século XI... Pois fora quando a riqueza e o crescimento de muitos centros italianos fizeram a nobreza feudal também querer participar desse "florescimento comercial" de lá, indo para as cidades.

Em Gênova, como em Florença, os nobres do campo passaram a ocupar os espaços urbanos de maneira própria, reunindo-se à volta de uma praça e fortificando-se em altas torres quadrangulares, com ameias no topo. E em Gênova, esse arranjo gerou o *albergo*, uma espécie de associação família-comércio-política entre grupos de origens variadas, reunindo-se num só lugar por interesses comuns, fosse a atividade principal (*"Catanneo, de capitano"*, voltados para negócios marítimos) ou o sobrenome principal (*Centurione*, dos banqueiros).

(E em Florença, o fenômeno não mexeu na estrutura social, mas essas moradias de nobres vindos do campo, ou de comerciantes enriquecidos em busca de proteção, viraram "símbolos de *status*, de poderio dos clãs" que disputavam o "poder da cidade", nas lutas do século XIII. Lá e em Perugia, "as casas-torre de clãs adversários se abriam para a praça comum, que era o lugar dos seus confrontos". E vê-se que essa arquitetura urbana italiana das casas-torre era diferente da alemã e da francesa – da qual descendia a inglesa – na época feudal, em que as torres eram cilíndricas, altas e ocas, cobertas por um telhado cônico "chapéu de bico" – o que não significa que tivesse qualquer tipo de relação com aquelas senhoras voando em suas vassouras...)

Época moderna

Tomei às vezes se entusiasmava contando aos netos as histórias sobre Colombo, genovês que teria sido o verdadeiro "descobridor" da América, e acabou levando uma vida muito pobre... Foi o navegador quem também o inspirara a vir para o Brasil, desde o dia em que estivera naquela taberna, onde sempre se encontrava com amigos de mesma idade (sem que os pais soubessem...). Lá, alguém lhe emprestou uma cópia do "diário" produzido por esse aventureiro em suas excursões, e ele o leu, diversas vezes.

Mas depois se lembrava do que estava contando antes, e voltava a explicar que, por volta de 1550, os franceses se uniram aos corsos para combater os genoveses, e a ilha mudou de lado por mais um ano, até que a retomaram... E nos dois séculos seguintes houve muita luta, e resistências sem tréguas, de ambas as partes.

Em 1729, por causa da cobrança exagerada de impostos, explodiu aquela revolta violenta... E foi assim que em 1735 a Córsega proclamou sua soberania – como ele já havia contado –, com o povo oferecendo a Coroa a N. S. Mas, depois de dez anos, os genoveses, apoiados pela França, retomaram a dominação...

– E, depois de outros dez, os corsos revidaram, elegendo Pascale Paoli, uma figura heroica, o chefe da nação – como ele só ficara sabendo bem depois, aqui do Brasil.

Quando Tomei já morava em Barra, em 1768, foi que Gênova vendeu "a ilha à França de Luís XV, por milhões de libras esterlinas, pagáveis em dez anos"...

14

Outras conversas que teve

Sem significado ou invenções

Nestes primeiros meses de luto, a família ainda se reúne para lembrar os últimos anos de vida deste pai, avô e bisavô (dos dois primeiros filhos de Joana: Ana Francisca e Clemente) italiano. E comentou-se que Tomei ainda conseguiu viver mais quatro anos desde que se resolvera a fazer o testamento, em 1813, sentindo que não lhe restavam tantas forças.

Naquela época, ele começou a conversar mais com José, Maria e Maria Clara, contando não saber bem por quê, mas que vinha pensando muito em seus antepassados, mesmo naqueles que mal conhecera, e em todos que envelheceram e viraram avós antes dele... E contou que, quando atravessara o sertão pela primeira vez, refletiu sobre o fato de todos a seu tempo poderem ser nenéns, crianças, jovens, adultos e idosos, mas que para ele, pensando nos outros a essas alturas, era como se fossem todos muito velhos...

E de vez em quando ele ficava em silêncio, talvez reproduzindo para si uma conversa que teve com o padre, naqueles muitos anos atrás...

– Você tem medo da morte?

– De morrer sim, pelas dores que haverão de ser sentidas... Mas não, não tenho medo de desaparecer: imagino que seja como estar dormindo, sem perceber mais nada do que acontece à volta... E temo, de fato, todo esse sofrimento que antecede a morte, como acabo de dizer (até pelo que vejo em todos os bichos, e mesmo plantas, tentando sempre escapar dela), embora saiba que isso também haverá de passar... Porque a única coisa que não se altera nunca (e ninguém poderá controlar) é a passagem do tempo... Como eu teria medo de uma experiência pela qual trilhões e trilhões de seres, isto é, todos, absolutamente todos os que existiram antes já passaram, e os que por acaso ainda estão vivos também haverão de passar?

Sim, porque, para alguns seres (como as borboletas), a vida pode ter durado um dia, e para outros (como certas árvores) centenas de anos, mas todos, um dia, deixarão de existir (do mesmo modo que, antes de nascer, simplesmente não existiam...).

E assim Tomei pensou de novo em seus avós, relembrando o cálculo dos milhares de antepassados (ou mesmo milhões, conforme o recorte temporal que preferisse fazer) a preparar o caminho que ele na vida pôde trilhar assim tão temporariamente... E também imaginava deixar esse caminho arranjado, na esperança de que uma nova geração viesse a trilhá-lo melhor: uma geração que tiraria proveito de todos os seus esforços, e desfrutasse o que construíra, para ao suceder-lhe fazer jus ao que já houvesse – só não se sabendo se também sofreriam por males que ele teria provocado, ou se ele acabou sofrendo pelo que fora causado por alguns de seus antecessores... Será que acreditava nisso? Não... O melhor, a essas horas, era ele ter calma...

(Tomei não sabia exatamente – nem poderia saber –, mas esta família que agora leva seu sobrenome, fixada e enraizada no sertão da Bahia e por aí afora, ainda vai se fortalecer pelos casamentos que se darão entre membros desses três grupos, começados pelos filhos que teve com Joana... Uma família que levará orgulho a todos os seus possíveis descendentes, quando souberem de seus tataravôs, que se mantiveram "fora e acima das lutas que ensanguentavam a região" – no dizer de um deles...)

Ainda sobre sacrifício e religiosidade

E sobre a vida de Tomei, lembra-se que houve também momentos desta história em que se desandou a falar de sacrifícios humanos, e até de uma doutrina cristã com sua própria acepção de *Universo*... Agora passando-se por este episódio tão essencial – o de sua recém-despedida –, talvez se possa pensar que, havendo mesmo alguma explicação (ou justificativa) para isso, estaria relacionada ao fato de a colonização brasileira colocar-se intrincadamente presa à Idade Média portuguesa, e à ideia de que a religião tem realmente de se fazer presente em todos os gestos, um a um, em cada pessoa – o que como hábito só deverá diminuir em um futuro muito mais à frente...

Pessoas desta época são de fato mais envolvidas com religião do que as do tempo em que serão lidos os seus relatos... Os primeiros descendentes de Tomei ainda serão pessoas muito religiosas, e se estamos aqui a querer adivinhar, ou fingir que adivinhamos o que eles pensam, e a que se submetem, não se poderá avaliar o grau em que isso se dá sem contradizer-se, simplesmente, na suposta isenção de uma narrativa ateia que em nada se comprometeria...

Um dia ainda haverá coisas que deixarão de ser futuras, e apenas lembradas como parte do que está superado (e não mais recém-inventado), desde a abolição da escravatura, a declaração dos direitos humanos etc., a constituírem-se lá em uma espécie de antropologia social, ou algo assim... E talvez diferente do que seja a "humildade" religiosa, ao abrir-se mão da interpretação e da crítica para se enxergarem honestamente as pessoas de outras épocas pelos olhos da cultura delas, também se queira (mas não se consiga, pois não passaria de pretensão) fazer com que cada personagem que entrasse e saísse de uma história pudesse mostrar-se apenas pelo quanto está presente nela, em seu pensamento, o fruto de uma cultura ítalo-portuguesa e cristã.

Um pouco de Caramuru...

Muitos dos portugueses que Tomei veio a conhecer nesta região do São Francisco a ocupar arredores da Vila da Barra, e inclusive os de famílias com quem ele acabou se unindo, diziam descender diretamente do português Diogo Álvares Correa, o Caramuru, de quem ele ouvira falar quando esteve em Salvador...

E em sendo este também um antepassado dos descendentes de Tomei, pelo lado de Joana, haveria assim essa ascedência longinquíssima do primeiro "brasileiro" de que se tem notícia... E o que se sabe de Diogo, juntando-se às informações que Tomei recebera do franciscano Fernando é que, depois de suas muitas aventuras, teria sim se firmado em união estável com a índia Paraguaçu, e juntos tiveram uma grande quantidade de filhos... Era o que Joana lhe havia contado, que ela descenderia desse português e haveria assim um parentesco até mesmo com Garcia d'Ávila. Tomei não quis acreditar nesse último parentesco, mas Joana o lembrou de que uma das filhas de Diogo veio a se casar com Garcia, e assim seus descendentes teriam os mesmos "tataravôs" índios dos outros filhos de Caramuru...

Nota-se que, enquanto outros cavaleiros portugueses, primos próximos e longínquos de Diogo Álvares, viviam suas epopeias de lutas em defesa da Península Ibérica contra invasores árabes – e mais do que isso, chegavam a participar das cruzadas, o movimento sociopolítico saído em defesa do *Santo Graal* (que, para os que não sabem, era o cálice usado na *Última Ceia*, onde se guardavam mostras da carga genética de Cristo, pelo sangue colhido durante a crucificação...) –, outro lado da família já levava por aqui a sua vida de índio, em um "eterno domingo", como haverão de dizer...

E sobre a história deste jovem fidalgo, que depois virou Caramuru (nos anos 1530), e do qual Joana se dizia talvez descendente, houve um padre a querer verificar nos livros, por desconfiança – é o que dizem –, e acabou chegando à conclusão de que simplesmente toda a elite baiana dos primeiros séculos de colonização descendia deste casal miscigenado, Caramuru-Paraguaçu.

Pelo que já se disse aqui, na ordem inversa dos antepassados, em uma população de procriação estável, de dois filhos por geração (o que seria bem inferior à realidade brasileira, em termos de crescimento "vegetativo"), este casal, em quinhentos anos,

teria cerca de um milhão de descendentes... E algo de muito interessante é o que se deve observar sempre sobre este casal: na sua descendência foram misturados genes que estariam distanciados no tempo do planeta por pelo menos 50 mil anos...

É sabido que os portugueses deixavam suas famílias na "Metrópole" e vinham se aventurar por essas *bandas*, em busca de riquezas, mas quase sempre queriam voltar... E aqui chegando, alguns se deslumbravam ao deparar-se com a natureza virgem, belíssima, tão calorosa que poderiam até andar nus... E nas tabernas da Galícia, como em Gênova, também se dizia o pior...:

– Há índias, muitas índias, que não são vigiadas porque seus costumes são bem diferentes, e seus pais vivem ainda na idade da pedra, não tendo condições bélicas de nos enfrentar... Sequer formam uma nação: são tribos isoladas, lutando entre si...

Diferentemente de outras partes no mundo, os povos que antes andavam por estas bandas descendiam dos que migravam sempre a leste... E como os portugueses descendiam dos que migravam a oeste, fechou-se ali o círculo das migrações mais afastadas possíveis... Diferentemente do que houve em outras regiões, como se ia dizer, não houve estranhamento físico, e sim a atração, embora os portugueses, de tão peludos, lembrassem mais o vínculo que tinham com seu passado símio... E também, no modo de falar, lembravam mais os papagaios, além de serem um tanto ranzinzas, em sua maior parte...

... e se estes descendiam de gregos e judeus

Gênova, se fôssemos comparar ao Brasil, não era distante da famosa Toscana, berço de um salto civilizatório e cultural que é dos maiores na história humana: o chamado Renascimento italiano, só comparável à época dos gregos (sem precisarmos ligar aqui essas duas civilizações por um salto "cinematográfico", como se fará no futuro, associando o uso da ferramenta por um primata ao raciocínio que determinaria todas as transformações que se deram pelo tempo afora – até se chegar a uma futurística nave capaz de orbitar o planeta...).

Nos dois casos, eram sociedades simples, e até pequenas em número de pessoas, mas capazes de produzir conhecimentos muito superiores àqueles que no futuro só serão desvendados pelo auxílio de máquinas e "computadores" (ou "ordenadores", como dirão os franceses...).

Mas a verdade é que não precisaríamos recorrer apenas à chamada cultura ocidental pois, em termos filosóficos, outras civilizações teriam ido muito mais longe, por conta própria, nas várias partes do mundo... E talvez se devesse disfarçar aqui o reconhecimento de um eixo civilizatório a deslocar-se da Babilônia ao Egito, e deste à Grécia, e de lá a Roma e de Roma para a França, Inglaterra, e de lá ainda se irá aos

Estados Unidos e mais futuramente ao Japão, China, Índia, e por aí se verão passados não muito mais que 30 mil anos, o que é pouco para a espécie, que ainda poderá ser considerada a mesma por algo como 300 mil anos.

E nota-se que nunca terá havido época na história humana em que existissem apenas paz e produção do conhecimento, ou a sistematização deste, pelo avanço das ciências e das artes... Pois, quando se desfez o Império Macedônico, outro foi posto em seu lugar, com sede em Roma, e não se jogou fora o conhecimento vindo dos gregos (pelo contrário, soube-se valorizá-lo para passá-lo adiante, e de maneira que hoje sabemos ter sido com alta complexidade, pela reprodução dos inúmeros pergaminhos em bibliotecas, mosteiros etc.).

Mas aconteceu de Roma ter sido desbaratada por uma série de invasões de povos menos civilizados, que por outro lado eram mais numerosos e dispostos a guerrear sem trégua, destruindo aquela cidade e fazendo o conhecimento acumulado proliferar sem rumo certo, a não ser, um milênio depois, pelas cidades-estados da mesma península...

E foi assim também na América, como se disse pela voz de Fernando, com olmecas tornando-se a primeira grande civilização a se impor, para se ver depois invadida por levas e levas de chichimecas que destruiriam sua cidade original, dando lugar à fundação de outras, com toltecas e zapotecas espalhando aquele conhecimento já acumulado para levá-lo a acréscimos e aprimoramentos nas civilizações seguintes, com maias, astecas e, no sul da América, naquela que foi a mais requintada de todas: os incas.

(Talvez essas elucubrações possam ter se dado ali, depois da morte de Tomei, nas conversas dos serões...)

Parte III

Continuidade pelo convívio de filhos, netos e bisnetos

1

Viuvez e segundo casamento de Vanderlei

A despedida de Chica

Foi no mesmo ano em que faleceu Tomei, o de 1817, que também veio a se despedir da vida essa jovem Chica, Francisca Antônia do Livramento, irmã mais nova de Maria Clara da Virgem... E assim ela deixou viúvo o capitão João Maurício Vanderlei.

A filha mais velha deste casal, Ana Francisca, veio assim a perder a mãe com apenas sete anos de idade, e passará agora a ter influência muito grande sobre os irmãos menores. Como lembramos, depois dela vinham Ambrósio e Leonarda (a Luna), e finalmente João Maurício, este que tinha o mesmo nome do pai e era, portanto, o quarto filho do casal Vanderlei e Francisca do Livramento. Ele tinha apenas dois anos nessa época, e por isso foi ficando "apegadíssimo" à irmã mais velha, Ana Francisca, a quem muitas vezes chamava de "mamãezinha".

Não se comentava muito mas, a essas alturas, Vanderlei já tinha um quinto filho, que era, como se dizia, "natural" (não totalmente irmão dos outros) e tinha o nome de Joaquim Amâncio...

Enquanto isso em Recife...

Além dessas duas mortes que aconteceram dentro de uma mesma grande família, a de Tomei e a de Chica, 1817 foi também o ano em que se deu uma importante insurreição em Pernambuco, e por causa dela Vanderlei achou que era o momento de proclamar ao povo a sua fidelidade monárquica, propondo à Câmara da Barra que se fizesse uma nova missão de solidariedade, desta vez ao *Conde dos Arcos*, vice-rei do Brasil...

Ele viajou escoltado por sete homens, dos quais três eram escravos... Algum historiador do futuro (e possivelmente descendente seu) ainda poderá ter acesso ao passaporte que ele levava, concedido que lhe fora alguns dias antes, pela Câmara... E assim se conseguirá obter informações importantes sobre este homem, pois lá se diz:

> Capitão João Maurício Vanderlei, homem branco, viúvo, morador nesta Vila da Barra, arranchado e estabelecido com bens móveis e de raiz, homem de estatura alta, olhos grandes, pretos, cara proporcionada, barba não muito fechada, suíças grandes, com alguns cabelos brancos tanto na barba como na cabeça, com falta de dentes no queixo superior na frente, um tanto seco de corpo, mãos pequenas e dedos delgados e bem feitos.

(E novos historiadores, que hão de interessar-se por esta figura ainda mais no futuro, poderão encontrar também outros documentos, incluindo-se um que assim o descreverá: "*... homem probo por morigeração, religião, e todas as qualidades que exige um bom cidadão...*")

Aproximação de Lília

Com todas essas qualidades, apesar da falta de dentes e da secura na pele, pode-se dizer de Vanderlei que ainda era considerado um "bom partido"... Foi assim que conseguiu "ganhar" o coração de Lília, considerada a mais bela, a verdadeira "flor da família" (e repare-se que era ainda menina, com seus ternos 23 anos, vinte a menos do que ele...).

Foi este também um casamento um tanto quanto curioso, e por vários motivos. O primeiro, e principal deles, era o fato de Vanderlei e Maria Clara, a dona da Casa-grande da Barra, terem sido sempre vizinhos um do outro... Tão bons vizinhos (e afinal, Francisca era a irmã dela) que isso chegava a provocar algum ciúme em José, pois se antes entregara em casamento àquele homem, um forasteiro pernambucano, a irmã mais nova de Maria Clara, que ele muito ajudara a criar, agora já se suspeitava que sua queridíssima Lília pudesse também estar interessada naquele "senhor".

Antes de se casar, Lília morava com a mãe na mesma casa, todos os dias, tendo-se sempre por perto uma à outra, e a possibilidade de conversarem no momento em que assim o quisessem. E o curioso é que agora isso também não deixará de acontecer, pois elas passarão a se encontrar no quintal comum às duas casas, à beira do rio... E se as duas foram sempre muito unidas, passarão agora a estar ainda mais, com a avó cuidando dos netos como se fosse uma "grande mãe" (fazendo jus a este termo escolhido por ingleses, franceses, e até holandeses, para designar a avó, mãe da mãe, ou do pai...).

Casamento

De fato eles se casaram, em 1818, mas desta vez não foi uma grande festa, em respeito, talvez, à memória de Chica, à tristeza que os filhos de Vanderlei ainda sentiam... Mas, menos de um ano depois de perder a mulher, portanto, o viúvo se casava com Maria, a menina Lília, filha do capitão José e de sua ex-cunhada (agora sogra), Maria Clara da Virgem, e de mesmo nome que a tia paterna...

E se fosse esta uma sociedade indígena, talvez eles não se casassem, pois segundo Gabriel Soares (o cronista que Garcia lera para Tomei, descrevendo a Casa da Torre), entre os índios...

> ... O tio, irmão do pai da moça, não casa com a sobrinha nem lhe toca quando fazem o que devem, mas tem-na em lugar de filha, e ela como a pai lhe obedece, depois da morte do pai, e pai lhe chama; e quando estas moças não têm tio, irmão de seu pai, tomam em seu lugar o parente mais chegado; e a todos os parentes da parte do pai em todo o grau chamam pai, e eles a ela filha; mas ela obedece ao mais chegado parente, sempre; e da mesma maneira chamam os netos ao irmão e primo de seu avô, avô, e eles a eles netos, e aos filhos dos netos e netas de seus irmãos e primos; e da parte da mãe também os irmãos e primos dela chamam aos sobrinhos filhos, e eles aos tios pais...

(Mas trata-se este, claro, de um modelo indígena – não tão claro à primeira leitura, e assim haveremos de refazer a menção ou falar de novo sobre isto, para entendê-lo melhor – que não deverá ser seguido nesta família, em que casamentos entre tios e sobrinhas ocorrerão outras vezes, inclusive entre descendentes deste novo casal...)

E hão de se fazer as contas para entender que o novo casamento de Vanderlei foi também um bom negócio porque, mesmo tendo dividido o patrimônio com os filhos do primeiro casamento, vai-se notar que seus bens aumentaram com o dote de Maria.

E pelo que dirá no futuro um dos netos de Maria Clara, cujo pai ainda está por nascer – e cuja tia era a própria Lília... –, deste casamento nascerão ao todo doze filhas, mas só seis sobreviverão: Ana Joaquina Vanderlei de Abreu (mãe de Janoca), Antônia Vanderlei, Francisca Antônia V. Borges, Maria Clara V., Joana V. Costa e Rita Vanderlei.

O casarão que agora é de Lília

A casa dos Vanderlei, vizinha à de José e Maria Clara, era mais antiga e baixa, com as janelas de urupema (que, como diz o dicionário, consiste em uma "esteira trançada de folha de cana ou palmeira"), que ainda haverão de ser trocadas por rótulas: são janelas que nunca tiveram vidraças de guilhotina... E, ao contrário da "Casa-grande" (de José e Maria Clara), poderá ser facilmente inundável, de tempos em tempos (e mesmo admitindo-se que esses dois pequenos detalhes poderiam não querer dizer muita coisa, trata-se de uma pequena e leve sugestão, apenas, em meio a outros tantos detalhes desta narrativa, de que os primeiros descendentes de Tomei eram de fato mais refinados que os primeiros de Vanderlei...).

E dirá uma descendente de ambas as famílias destas casas que "Maria Clara e Lília, mãe e filha, se comunicavam pelos grandes quintais ao fundo, em frente ao rio". A casa dos Vanderlei também tinha seu cais de atracação de rampa dupla. E sabe-se, ou se saberá, bem depois, que tal casa será "transformada em um grande mercado"...

Novos nascimentos

Ao mesmo tempo em que se casava, em 1818, Lília também ganhava mais um irmão, o temporão e que será mesmo o mais novo (a não ser que se diga que José ainda terá um filho, "natural", de nome Manuel e sobrenome Gomes de Sá, igual ao da avó da criança, Joana, esposa de Tomei, mas não se terá registro de quem seria a mãe...). E o novo irmão de Lília está sendo agora batizado com o nome de Pedro. Sim, o bom Pedro, caçula, também teria tudo para ser considerado a "joia da família", não fosse este título já pertencer à irmã Maria, ou Lília... Pois ele será ainda o maior dos vaqueiros entre os nascidos como "patrão", e um homem "enérgico, metódico e prestativo", segundo quem ainda o conhecerá, quando Pedro já for bem idoso...

Pedro acaba de nascer e é o sexto filho do casal José e Maria Clara da Virgem.

E já que falamos em nascimentos (e na vinda ao mundo do futuro coronel), houve, no ano seguinte, o de 1819, mais dois deles, dos mais importantes...

No ramo dos descendentes da falecida Ana, nascia agora (talvez na Tabúa, ou na Goiabeira, sede da fazenda Palma, não sabemos), o quarto filho de Joana da Mota (a neta que era tão próxima e querida de Tomei) com o primo paulista (sobrinho de seu pai) capitão Francisco Bonifácio de Abreu... E copiando-se o nome do pai, veio a ser batizado como Francisco Bonifácio de Abreu (o que alguns historiadores mais detalhistas hão de atentar como o nome de alguém que haverá de trilhar uma brilhante trajetória profissional, abraçando no percurso a sua carreira de médico para fazer parte, no futuro, da história desta Colônia, que logo-logo há de se tornar um país...).

(E se na linha desta narrativa já se achou preferível estragar logo uma surpresa a se fazer o suspense sobre algo que pode até não ser percebido em sua relação, diz-se logo que este menino será o futuro *Barão da Vila da Barra*, título que haverá de receber diretamente do futuro segundo Imperador, de quem ele será o médico...)

(Mas neste momento, é apenas o quarto bebê de Joana da Mota, penúltimo dos cinco irmãos Bonifácio de Abreu)

E no mesmo ano nasceu Ana Joaquina, a filha mais velha de Lília com o capitão Vanderlei, e que um dia se casará (já que estamos estragando mesmo algumas surpresas) com o irmão um pouco mais velho deste que se tornará barão.

Esta querida e interessante Ana Joaquina, filha mais velha de Lília, será, portanto, neta de Maria Clara da Virgem, e bisneta do velho italiano, Antônio Tomei. Um de seus descendentes ainda a descreverá como "elegante e vaidosa", por andar "espartilhada e de luvas até mesmo para atravessar uma rua na Barra" (o que se mostra realmente interessante pois, se um dia ainda houver de ser inventado o cinema e a televisão, para que brasileiras de muitos interiores tenham como assim se comparar e copiar diretamente os hábitos das europeias, ou ao menos neles se basearem, às que são requintadas – como é o caso desta Ana Joaquina – já basta ler nos livros para se conseguirem adotar tais comportamentos...).

Divisão da Itacutiara

E se agora estamos dando um panorama geral desta grande família, há também notícias tristes... Foi neste mesmo ano de 1819 que veio a falecer Luís Marques Pinto, o genro e amigo de Tomei, deixando viúva a esposa Maria, segunda filha do italiano... E deixa também a filha, Maria Joana Marques (esta que virá a se casar com o primo mais velho, Tonhá, segundo filho de José e Maria Clara...).

Com a morte de Luís Marques, em 1819, a maior parte de suas propriedades vai ser agora herdada pela esposa Maria...

Está acontecendo nesta época, portanto, com a morte de Luís, a necessidade de que a fazenda Itacutiara passe a ser dividida entre dois irmãos, os filhos dele e de Maria, José e Maria Joana...

José Marques vai ficar com duas léguas de margem na parte de cima, e a irmã Maria (ou Maria Joana) com as três na parte de baixo (sendo essas duas partes separadas pelo *Riacho do Limoeiro*, que passava "pouco abaixo da povoação sede").

O capitão Vanderlei nas lutas da Independência

Por volta de 1822, Vanderlei ainda aspirava à honra de ser o *capitão-mor* da região... Alguns talvez não saibam mas, nesta e em outras comunidades do interior, a escolha desse cargo (ou posto) é feita a partir de uma lista tríplice, entre os representantes das famílias mais ricas de cada canto (ou *paragem* – as famílias que têm mais gado bovino espalhado por este sertão, como já se suporia...), para eleger aquele que se tornará encarregado de manter a ordem e a lei, eventualmente recrutando soldados para o exército e vigiando os escravos (podendo, inclusive, contratar e comandar os chamados "capitães do mato", que são os especializados na captura de escravos fugidos...).

E foi assim que Vanderlei se transferiu para a mesma *Vila de Campo Largo*, para onde já se mudara Eduardo "Primo", passando a morar próximo à casa dele... Esta Vila, talvez já se tenha dito, tornou-se agora o importante entreposto de todo o gado saído de Goiás. Ela fica também às margens do rio Grande, umas quarenta léguas acima da Vila da Barra, na direção do Oeste...

Lá ele vai morar por cerca de sete anos (até 1829), como *capitão-mor* da região, em um lugar que se chama fazenda Brejo Grande.

E é logo no primeiro desses anos que começam as tais "lutas de Independência", já como desdobramentos do que ocorrera em São Paulo (o príncipe d. Pedro, em concordância com seu tutor José Bonifácio – e com sua amante Marquesa de Santos, dizem –, esteve a declarar que não se viveria sem a tão almejada *Independência*, ou liberdade política – mas isto porque sua cabeça e partes do corpo não estiveram sob as mesmas ameaças que as de Galileu Galilei, por exemplo...) e fizeram-se sentir no resto do país, chegando agora ao próprio sertão...

O capitão-mor tratou então de se alinhar, aliando-se aos capitães-mores vizinhos de Urubu, Santa Rita, Brejo Grande e Alto da Serra, convocando contingentes e pedindo munições e armas à junta de Pernambuco, para ajudar o exército de Labatut a combater as resistências na Província do Piauí... E está fazendo agora um ofício diretamente a esse general, oferecendo sacrifícios pessoais e até joias da família, para o movimento de Independência...

E depois disso, dois anos vão se passar (usando-se aqui de um conhecido "truque" narrativo para encurtar a história...) e Vanderlei pretenderá fazer agora em Campo Largo, em mais um apoio a Pedro I, uma "aclamação da Constituição outorgada"... E há de existir no futuro um historiador (e desta vez apostamos com mais certeza ser um descendente dele) que assim escreverá:

> ... no dia aprazado após a missa festiva e solene, aparecia o capitão-mor no adro da Matriz. Trazia a farda dos grandes dias: calções e meias brancas; sapatos boca de vaca, com ourela alta ornada de fivelões de ouro; banda vermelha atada à cinta com borlas pendentes à direita sob a casaca azul clara de muitos botões, e platinas nos ombros. Apertava sob o braço esquerdo o chapéu bicorne à Bonaparte, mãos nos copos do espadim de bainha negra, enquanto, imperioso e hirto, ouvia a leitura pelo sargento-mor, da entusiástica proclamação que redigia e que prometia pôr barreira a tudo o que fosse ofensivo a Pedro I e tudo fazer para a glória da nação e de sua majestade imperial.

2

Volta à Vila da Barra e os serões

Ensino de melhor qualidade...

Passa-se agora mais um ano e meio e já estamos em 1825, quando Vanderlei recebe a *Ordem do Cruzeiro do Sul*, pelo apoio dado aos verdadeiros brasileiros nas suas *Guerras de Independência*... E ele ainda passará mais cinco anos em Campo Largo, até que se resolva mesmo a voltar à Vila da Barra, pensando principalmente na educação dos filhos. A Barra, nesta época, já tem um ensino de excelente qualidade, com latim, francês, geografia, história, lógica e filosofia... Mas o único dos filhos a destacar-se nos estudos é este que também tem o seu nome: João Maurício.

Vendo de fora, sabemos ainda melhor que a decisão de Vanderlei era mais do que justificável. A Vila da Barra era de fato um lugar de destaque em termos educacionais, e foi por causa dessa preocupação de que fosse bem educado, já podemos adiantar, que o filho de Vanderlei haverá de se tornar também uma celebridade, o *Barão de Cotegipe*... E também desta mesma e pequena Vila da Barra, mas de ótima qualidade de ensino, haverá de surgir ainda mais um barão (que será primo deste por parte de mãe, a Chica, irmã de Maria Clara da Virgem).

(Este terceiro "barão regional" vai se chamar Abílio César Borges, e poderá dizer – mas só em 1856, quando for diretor dos *Estudos da Bahia* – que "o povo mais amável e mais hospitaleiro que há em todo o interior de nossa Província é o da Vila da Barra; também é ali onde mais se cultiva a música...". E do primeiro de que falamos, o *Barão da Vila da Barra*, já sabemos que bem no futuro, quando se tornar o chefe do corpo de saúde do Exército, ao reconhecer cada soldado que terá vindo da Barra, ele tirará do bolso um caderninho e um lápis e pedirá que assine o próprio nome, pois achará inadmissível que alguém de sua terra não soubesse ler ou escrever...)

E já se vê aqui o quanto se relacionavam a tradição educacional desta Vila e a cultura familiar, que dava importância não só ao aprendizado, mas também à não-violência (havendo mesmo, pode-se destacar, a seriedade com que se levava a vida, uma racionalidade no uso das coisas, transparecida pelo cuidado que havia com a administração do próprio patrimônio).

... e novos serões

Mas agora vamos tentar explorar uma nova questão, voltando ao ponto em que estávamos da história: depois de todo esse tempo em que ficará fora, morando em uma fazenda de Campo Largo, Vanderlei retornará à Vila da Barra, à casa que também fica às margens do rio Grande, só que bem abaixo, agora já na sua junção com o São Francisco...

E na varanda desta casa que também é de Lília, e colada à de José e Maria Clara, serão da mesma forma realizados os encontros em alguns dos muitos serões de conversas que acabarão por unir ainda mais essas famílias... Serão "serões", encontros que se distinguirão dos saraus, porque o que se há de apresentar neles são interpretações de histórias verídicas (mesmo que reinventadas, por aqueles improvisos de momento, pois para isso pesa-se uma experiência que não é apenas artística ou ficcional...).

Os homens, que são de falar menos, haverão de expor seus flancos de conhecimentos não totalmente fundamentados (e nem sempre claros), por mais que estejam embasados em certos livros, porque até sem querer, às vezes, hão de se ver baseados apenas mesmo em alguns palpites, ora vagos, que a memória se esforçará em fazer parecer que haja mesmo uma razão verdadeira...

As mulheres ouvirão tudo e depois comentarão entre si, modificando algumas partes para que fiquem mais a seu gosto... E um dia já não se saberá de nada do que nestes momentos se falará, porque nenhum desses dizeres haverá de estar registrado a papel e tinta, e só mais no futuro ainda é que se poderá inventar algo que grave as vozes humanas, pelas quais se desenrolarão estas e outras histórias (e tal instrumento que ainda há de ser inventado, é bem possível que venha a se chamar "gravador"...).

Memória sem nada de artificial

Porque lembrar-se ou não se lembrar de uma história pode parecer coisa simples, mas algo nos diz que o estudo da memória ainda guardará segredos, sabendo-se hoje que cientistas de um laboratório francês já injetaram em um rato o líquido extraído do cérebro de outro, de mesma espécie, fazendo com que o primeiro reconhecesse rapidamente o caminho do labirinto... E se a memória for mesmo algo material e químico, estará também por trás do que somos em espírito, pois toda a nossa apreensão de mundo (como já fora raciocinado por Tomei, no começo desta história), todo nosso aprendizado e comportamento se configuram (e formatam) por meio dela...

Mas que a memória possa ser hereditária, ainda se trata de uma teoria (e por muito tempo ainda será...). Por outro lado, só assim estariam explicados os diversos instintos animais e humanos (pois se a razão nos orienta, é o instinto o maior responsável pelas iniciativas e decisões que tomamos – e por nos manter vivos, afinal), para não dizer vegetais e minerais...

Ora, e assim recaímos em uma antiga discussão nesta história, por querer-se admitir que o mito da criação não seja assim tão absurdo... Figuradamente, o barro de que foi feito o homem representou a forma primitiva de vida: a rocha decomposta, terra como prolongamento da matéria difundida na grande explosão, o *big bang* do "faça-se a luz", que se transformou em organismos móveis e múltiplos... Tendo havido o cosmos e as condições climáticas para a vida, fez-se surgirem os animais maiores, o peixe, o réptil, o hominídeo e o homem (e dessas coisas se falará naqueles serões, enquanto outras conversas também se darão às margens do São Francisco, mas na Torrinha, sede da fazenda Itacutiara...).

E tudo isso pode ser contado (ou qualquer coisa que apareça nesta e em outras histórias) simplesmente porque a humanidade criou o artifício da linguagem, com que se constrói há tempos uma "memória coletiva"... E se antes eram necessários os relatos orais (que se iam modificando com o tempo...), ela se faz agora pela escrita (que, mesmo fixa, também está sujeita às variadas interpretações). Antes disso, a memória também seria passada, talvez só instintivamente, com gestos e hábitos, ou mesmo, a se aceitar esta teoria, geneticamente...

Mas, se assim for, também não se deve esquecer que essa genética nunca foi ou será perfeita... Embora todos os humanos descendam de hominídeos africanos, e os primeiros homens tenham sido negros, depois da expansão e colonização do resto do mundo, os grupos foram se modificando e adquirindo características próprias, que não comprometem a existência de uma só espécie (os grupos que se transformaram em outras espécies foram extintos, como sabemos), mas que deixaram para trás a memória do que já foram. Assim, ao reencontrar outros grupos (já que o processo de expansão era finito, limitado ao tamanho e condições de uso do planeta), não houve espelhamento...

E todos sabemos que a memória só faz sentido quando ligada a um afeto e, portanto, a um grupo. O esquecimento dos detalhes de uma convivência se associa assim ao desapego em relação a ele...

Comparando-se à linguagem dos animais

Há de um dia os cientistas descobrirem que, desde os organismos mais simples, todos os seres vivos são capazes de adquirir costumes, e estes existem como reação às condições do meio externo (do habitat sobre o habitante, como aqui já se disse...). E que entre os animais capazes de viver em sociedade, há "reações desencadeadas não apenas pela experiência individual, mas pela comunicação entre seus membros".

E assim se deverá propor por algum cientista que com o ser humano o caso é mais complexo, pois pertencemos à dupla condição de ser animal e social, o que fez criar memórias e tradições próprias dentro de cada grupo étnico, ou de subgrupos sociais, no caso de populações mais numerosas... Haveria, portanto, variedades culturais dentro da própria espécie.

Próprios do ser humano também seriam a consciência, como defendem os religiosos, e a linguagem por símbolos visuais e auditivos (no caso da música), o aspecto moral e as situações intuitivas, onde entraria a espiritualidade... Com o uso de suas tradições, as sociedades humanas procurariam o equilíbrio entre a rotina (estabilidade) e as inovações que levassem à melhor qualidade de vida (ou, nas palavras do cientista que possa vir a teorizar sobre isso, em melhorar "o conhecimento e sua divulgação no espaço e no tempo"...).

Natureza errática

E ao final deste serão em família vai-se ainda elucubrar sobre algumas outras coisas (mas para que o leitor não se desespere, há de se voltar logo à história original...). Defendeu-se naquela noite que a ciência se vale de experimentos para generalizar causas e efeitos, por exemplo. Mas muitos limites já se mostraram intransponíveis, a começar pela própria individualidade do ser. Haverão até de inventar teorias psicanalíticas, mas que serão tão imprecisas quanto eram as astrologias antigas.

Haverá de se descobrir, isto sim, o que de fato se pode guardar na memória, esta que ainda está para ser mais compreendida (e para os budistas é onde reside nossa principal questão existencial, a ser superada). E se já se teoriza que ela pode nunca se apagar completamente, é que se fala, inclusive, nessa possibilidade de ser geneticamente transmitida... Daí o estranho (mas familiar) sentimento advindo das ilustrações de livros que mostram, por exemplo, a pré-história.

Os bichos que eram estereotipados como tirânicos (ou demoníacos, para os religiosos medievais, que ainda existem por aí) nada mais foram que cargas genéticas dotadas dos mesmos instintos que os nossos atuais: os de sobreviver (alimentar-se) e proliferar-se (proteger seus ovos e filhotes).

(E um "alimentar-se" em sentido amplo, que inclui cuidados com a saúde – sono, escolha ao ingerir os alimentos, resguardos – e com a rotina – disputa territorial, trabalho... E este "proliferar-se" não sendo apenas a preservação de uma espécie em si, mas o perpetuar-se como carga genética que seja estável apenas pelo tempo que a natureza assim o permitir, e mostre-se favorável a mudanças que se possam adquirir – e sempre ocorrem, na relatividade do tempo...).

(Bem, ao menos por esta noite não vamos falar mais nada sobre essas coisas...)

3

Despedidas inesperadas: um desafio aceito por Maria Clara

Joana e Francisco

Joaninha, a Joana da Mota, filha única de Ana, a mais velha de Tomei, e neta tão querida de seu avô, faleceu no ano de 1821, o mesmo em que nascera o seu quinto filho, de nome também Antônio (como o bisavô), o Antônio Bonifácio... Joana faleceu com apenas 23 anos, ainda mais jovem que sua mãe, que falecera aos 33. E não deixou apenas um, mas sim *cinco* filhos, e talvez com a esperança de que o pai pudesse criá-los. Todos saudáveis, e bonitos, porém órfãos de mãe...

Quis o destino que acontecesse algo ainda pior a essas crianças, que foi perderem, além da mãe, agora também o pai, apenas quatro anos depois. O capitão Francisco Bonifácio de Abreu, pouco mais velho que Joana, veio a falecer também prematuramente, neste ano de 1825.

O capitão José

José, o filho de Tomei, era o contrário do pai, que sempre preferiu a vida simples... José levou quase tudo que fazia com largueza, gastando mais do que tinha e amparando-se principalmente na fortuna de sua mulher, Maria Clara. E também na da irmã mais rica, Maria, que a essas alturas já era viúva de seu próspero marido, o português Luís Marques.

Na verdade, a quem ele recorria mesmo com frequência era à irmã, já que Maria Clara sempre se manteve “enérgica e metódica”, como se dizia na família, o que não impediu que José, ao morrer, deixasse dívidas espalhadas por toda parte, como se veio a descobrir depois...

O capitão José, filho de Tomei, faleceu na Vila da Barra também em 1825 (como Francisco Bonifácio...). E agora se diz que Maria Clara, com a perda do marido, passa a ser a única dona do casarão, residência que no futuro ficará "marcada pela longa presença de sua viúva", há de se dizer na família... Ela reunirá à volta os seus filhos, sobrinhos, netos, muitos agregados e escravos – escravos estes que aos poucos vão sendo alforriados e ganhando liberdade.

Herança dos Bonifácio de Abreu

O casal Joana e Francisco deixou cinco filhos, e com eles alguns recursos, ficando sob a responsabilidade de quem os tutelasse. O "monte-mor" fora avaliado em 7.301$856, e nele constavam:

– Terras na fazenda Ema (herdadas de Tomei por Joana, como bem lembramos...), com 125 cabeças de gado.

– As fazendas Palma e Tabúa, no município de Campo Largo, antigas propriedades de Crisóstomo (já falecido há tempos, como também lembramos).

O preferido para ser tutor era o neto de Tomei, Tonhá, segundo filho do capitão José, que era casado com Maria Joana, a segunda filha de sua tia Maria.

(Recapitulando, haverá um descendente a dizer que os cinco Bonifácio de Abreu *"entraram na vida real... sem avós maternos ou paternos"*, tendo o seu tio-avô José – único filho homem de Tomei – *"falecido após o pai, Francisco Bonifácio"*.)

Não havia tio materno, pois a mãe era filha única. Tio paterno talvez houvesse, mas a verdade é que isso nem se sabia, e mesmo que existisse estaria longe, sem qualquer possibilidade de ser comunicado... O parente mais próximo era a tia-avó Maria, sogra do tutor Tonhá, ela que morava na Torrinha...

(Haverá talvez este mesmo descendente a explicar que, ao que parece, as relações com Maria Clara da Virgem, agora recém-enviuvada de José, mas tia-avó ainda, na prática ou por afinidade, *"eram mais íntimas, cultivadas em vida dos pais das crianças..."*. Ou seja, Joana e Francisco eram mais próximos a ela – e isso as crianças guardavam bem em sua memória afetiva. Eram mais próximas dela do que de Maria, a tia-avó de sangue.)

O papel de Maria Clara

Não é à toa que Maria Clara ficará guardada "na memória da família", no dizer dos descendentes a que tantas vezes nos referimos (e já se vê que não são tão imaginários assim), como pessoa de "personalidade forte e solidária" e, além disso, "excelente educadora". Naquele ano de 1825, aos cinquenta de idade, ela adotou os cinco sobrinhos-netos por parte do marido (pois, como sabemos eram os netos de Ana, a irmã mais velha dele, filhos de Joaninha, Joana da Mota, e seu marido Francisco de Abreu, ambos mortos prematuramente, nos últimos anos, não custa lembrar...).

A mais velha das crianças, Ana Francisca, tinha apenas nove anos (e às vezes nos confundimos, porque a outra Ana Francisca, filha da Chica, que era também a mais velha dos irmãos, perdera a mãe com sete...).

Foi alguns meses depois disso, já como viúva, que Maria Clara "enfrentou dificuldades com as dívidas deixadas pelo desorganizado José"... Ela começou a criar os sobrinhos junto com os filhos menores, Francisco e Pedro.

E também foi ela quem preparou a aproximação entre Ana Francisca, a sobrinha-neta mais velha, e seu filho Carlos, o quarto que teve com José. Anos mais tarde, Maria Clara, vai se incumbir ela mesma de realizar a união formal, e a festa desse casamento...

"Todos foram educados com energia, receberam valores morais, aprimorada instrução e gosto pelo trabalho", como se poderá dizer no futuro...

Talvez por um erro narrativo, tenhamos deixado de lembrar os nomes e idades dessas cinco crianças: eram Ana Francisca da Mota Abreu (nascida em 1816), Clemente Bonifácio (em 1817), José Bonifácio (em 1818), Francisco e Antônio (também ambos "Bonifácio", nascidos em 1819 e 1821).

Maria Clara da Virgem era a madrinha de Francisco Bonifácio (e talvez um narrador pouco esforçado já tenha entregado essa surpresa, dizendo logo que no futuro ele será o barão que ostentará o nome da Vila...) e aceitou dedicar-se aos cinco órfãos, criando-os junto com os filhos mais novos, Francisco (treze anos) e Pedro (sete), como dissemos... E também foi dessa convivência, como há pouco se disse, que se preparou o futuro casamento que haverá entre Ana Francisca da Mota Abreu e o filho Carlos (já então com 22 anos).

Andanças de José, juiz e fazendeiro – volta de Portugal

Não, não estamos a falar de José, o pai, já recém-falecido (em 1825), mas do filho deste e de Maria Clara, o terceiro deles, outro (mais um) neto de Tomei, que neste ano de 1826 está agora voltando de Coimbra, onde se formou em Direito...

E por esta época, em que o moço José, de 26 anos, já parece desembarcar de um navio vindo de Portugal, que acaba de chegar (e ele está recém-formado em Coimbra, como dissemos – e até nos orgulhamos de dar esta notícia...), vive-se justamente o momento em que seu pai já está morto há pouco mais de um ano e a mãe, como também dissemos, vive uma situação financeira complicada, chegando a sentir, inclusive, que sua fortuna estaria ameaçada...

Podemos então passear mais um pouco pelo tempo para dizer que isto, que se acaba de dizer, tornou-se logo um passado porque, em boa hora, José, o filho, com tudo em seu momento certo, "assumiu o patrimônio paterno, regularizou as dívidas e traçou um programa de restauração das finanças, apoiado pelos irmãos"... E em dois anos a situação se equilibrou, com os bens sendo divididos de acordo com a orientação dele, que acabou ficando com a *Casa-grande*, residência principal (e mais simbólica) da família.

A fazenda Picada é dividida

Foi assim que, ainda em 1826, por avaliação e decisão de José, a grande fazenda acabou sendo repartida em duas propriedades, a Picada e a São João... Lembremos que em 1817, com a morte de Tomei, ela havia sido herdada por José, o pai, e por Luís Marques, por ser este último o marido de Maria. Mas que depois, José (pai) já comprara a parte de Luís, passando a ser ele o único dono.

E nesta ocasião em que é feito o inventário, do pai pelo filho, parte-se então para dividir o que era do pai, por ideia do filho, a fazenda em duas partes... A parte que continua a se chamar "Picada" é a que beira o rio, mantendo as suas três léguas de profundidade. Metade dela fica com a viúva (Maria Clara), e metade com os filhos menores, Francisco e Pedro.

A outra parte, que vai da divisa desta primeira até a serra de Assuruá, passa a se chamar São João, e está sendo herdada por Tonhá, o filho homem mais velho de José e Maria Clara... Já se pode adivinhar que ao longo de todo este século vão se dar "as sucessões por herança e os negócios de compra e venda entre os herdeiros", como até já se disse, em outra passagem...

José juiz e as transformações administrativas na região

É em 1828 que ele, o terceiro filho de José e Maria Clara, inicia sua carreira na magistratura, como *Juiz de Fora* em São Luís (ou Luiz, como ainda se diz, no Maranhão – e observará algum poeta que "juiz" e "Luiz" são sonoridades que se assemelham, podendo ou não seus significados, por algum acaso, até se misturarem...).

Aliás, vivemos uma época de grandes transformações, e agora já se pode falar em um país de fato. Monárquico, é verdade, mas não mais uma simples colônia... E de tão isolados neste sertão, mal mencionamos a vinda de d. João VI, em 1808, e a Independência do Brasil, declarada por seu filho, Pedro, em 1822 (apenas que Vanderlei esteve atento e tentou participar dos fatos). Bem, mas não vamos retroceder para falar disso agora.

Pois também houve transformações na região que estamos a acompanhar... Ainda com d. João VI, em 1820 (por um alvará em junho) foi criada a nova *Comarca do São Francisco*, da qual a Vila da Barra passou a ser a "cabeça" (que alguns preferem chamar de "capital", o que, diga-se, tanto faz, são palavras que querem dizer exatamente a mesma coisa: o centro, o cérebro, e daí o verbo "decapitar", que é deixar de ser o centro, como aconteceu a Salvador, bem na época em que se iniciou esta história...).

Já com d. Pedro (por decretos de 1824 e 1827), a nova comarca do São Francisco passou primeiro à jurisdição de Minas, e finalmente à da Bahia.

4

Juventude de Pedro

Montando ao lado de Tonhá

Estamos mais ou menos em 1830, observando o menino Pedro, que ainda vai ser conhecido como coronel Pedro, o filho mais novo de Maria Clara e José (e, portanto, neto de Tomei, o mais novo deles, no chamado tronco "legítimo" da família...). Ele nascera bem no ano em que a irmã mais velha, Lília, se casava (em 1818) com o capitão Vanderlei, como fizemos questão de frisar.

Com apenas doze anos, Pedro já se tornara agora um boiadeiro, e está sendo a essas alturas empregado pelo irmão Tonhá na travessia de gado macho até o Morro do Chapéu e Feira de Santana... E assim ele está ganhando um grande traquejo para as várias tarefas que ainda terá de desempenhar com o gado, que a criação, como um todo, exige.

Ele já monta a cavalo como raramente se vê, e passa mais horas do dia sobre um deles do que de pé no chão... E se precisar, também cavalga à noite, pois é assim que ele será, boiadeiro por toda sua juventude...

O boiadeiro Pedro aprendeu seu ofício com os melhores vaqueiros do pai, e a fazer as mais complicadas manobras para cercar as reses e animais que tentavam fugir pela caatinga... Pela chapada, chegou ele mesmo a sacrificar um boi a faca, por necessidade, e a caçar outros animais.

Infância do cel. Pedro...

E foi assim que o menino Pedro, levado por Tonhá, conheceu um dia o Morro do Chapéu... Era um lugar diferente, que contrastava totalmente com a caatinga, por ficar bem no alto, em terreno já bastante montanhoso. A temperatura era baixa e chegava-se a sentir... *frio*...

... no morro do Chapéu

O incrível frio daquele lugar o fez pensar, pela primeira vez, nas tais eras glaciais, de que um dia sua mãe falara... Já se imaginou que não seria mesmo um monstro de sete cabeças, algo como a temperatura descer em média uns dez graus nas regiões mais frias, mas aqui, nos trópicos, talvez um grau a menos, se tanto...

No pensamento do menino, fez-se ali imaginar que se já houvesse vida antes, milhões e milhões de anos atrás, não seriam seres tão diferentes dos de nosso tipo... Mas de qualquer maneira, não uma vida que já tivesse linguagem e cultura com os nossos padrões, ou que fizesse uso de instrumentos e esses outros recursos pelos quais se dão nomes a todas as coisas, desmistificando-se assim alguns medos e, pela prática da lógica, desvendando-se muito dos mistérios da natureza...

Pois, como numa feira de gado, foi um dia preciso dar nomes aos bois...

Pedro já percebe que é com essa "cultura" recebida por cada um que podemos "criar" – é o que ele pensa – e interferir nas coisas (e só por essa "cultura", pois a natureza, agora ele vê, não é apenas uma senhora bondosa, mas também uma arena onde múltiplos seres digladiam entre si, e dela descendemos todos, e acabamos por imitar o seu lado perverso em nossa sociedade. Mas há também, claro, um lado em que podemos simplesmente contemplá-la, bucolicamente...). Fazendo uma música, como seu bisavô, um desenho, ou tangendo o gado, é que escrevemos as partes importantes de cada uma de nossas histórias – ele pensa...

Pedro tem sempre a referência desse seu irmão Tonhá, o mais velho dos homens (e que se segue a Lília, vindo logo abaixo). Mas neste momento de ócio, sozinho, em que continua apenas pensando, ele às vezes se perde em ideias vazias... Sabe muito bem, mesmo de dentro do próprio raciocínio com que exercita os pensamentos, o quanto é preciso interagir com a sociedade, e conversar com os outros... Pois é só assim que o indivíduo conseguirá apropriar-se da língua para fortalecer o ego, e depois, como todos os outros, vai melhorar sua comunicação para aprofundar-se em saberes, podendo até com mais força interferir na própria linguagem, espalhando novas coisas, pelo seu jeito de usá-la.

Pedro já fez amigos em vários lugares, e tendo sempre por trás essa espécie de luta profissional, de que na verdade ele nem está ainda tão ciente... Trabalhando, apesar da pouca idade, chegou a experimentar diversos ofícios, em variadas áreas de diferentes especializações, mas tendo em cada um deles, em comum, uma simpatia pelo que considerasse ser mais puro – o que já se nota em sua linguagem... E sente que nem a fala, nem a linguagem escrita jamais expressarão com precisão tudo o que está nos sentimentos, e se mostra apenas pelos olhos. Os olhos, sim, podem mostrar o que pensam... Mas eles não falam e, por isso, o pensamento não é tudo, nem mesmo em sua atividade intelectual... A comunicação com os outros é o mais essencial – ele conclui.

Ainda no morro, um sonho que teve – vendo-se lá o mais velho

Pedro teve um sonho em que se via finalmente completando a travessia de barco, para então seguir mais três dias a cavalo e logo chegar a uma trilha pedregosa, sob o céu baixo, de nuvens tão densas e escuras que mal se distinguia a direção do sol...

O lugar a que se dirigia era uma espécie de ilha verde em meio às agruras do semiárido, cercada de areia, isso é verdade, por todos os lados... E lembrava que durante séculos era ali que os índios se refugiavam nas épocas de seca, travando batalhas imensas por uma pequena área dentro daquele território, em que pudessem instalar suas aldeias. E devia haver um nome que correspondesse ao todo daquele lugar, mas agora já se percebia os pensamentos sendo interrompidos pelas primeiras gotas de chuva, caindo grossas e dispersas, aumentando depois sobre o chapéu e manto de couro que acabara de vestir....

As patas do cavalo ganhavam em sonoridade pelo grande número de poças d'água que se formavam (o que talvez fosse um alívio para o animal, essa nova textura que também acabava deixando uma marca visível à trilha não tão aberta, embora inconfundível em seu traçado pelo pouco de mata que havia à volta...). De vez em quando ele sentia o leve tropeço do animal em uma daquelas pedras. Mas não devia estar tão cansado...

De qualquer forma o sol já se punha, e com a chuva espessa a noite ficaria ainda mais fechada. Eram poucos os raios, mas suficientes para não deixá-lo seguro sob nenhuma árvore. E com o pouco de luz que havia, foi possível deixar a trilha e chegar ao topo do monte mais próximo, de onde se viam ao longe, em lados opostos, duas fogueiras... Na carga de roupas e alimentos levada naquele cesto estava também um tecido longo e mais grosso, apropriado para se fazer uma barraca.

O cavalo, já sem o homem e a carga nas costas, soltava ainda aqueles jatos fortes de ar pela narina, ameaçando dar alguns relinchos, o que podia significar a presença de um animal estranho (ou mesmo ser humano)... Mas como em uma montagem teatral, ou história de ficção, o céu se abriu logo, em poucos minutos, enquanto o cavaleiro ainda terminava de conferir seus objetos dentro da barraca improvisada.

Mal acreditou quando viu a primeira estrela por trás da nuvem rala, e a lua saindo no horizonte, quase cheia ainda, perfeitamente visível... A chuva já parara, mas ainda seria difícil encontrar madeira seca para fazer o fogo. Tinha ainda o resto daquela bebida fermentada, achando por bem bebê-la em vez de se arriscar a desperdiçá-la em um fogo que não se sustentaria... E logo a lua permitiu boa visibilidade. Melhor: economizaria daqueles fósforos, que não eram muitos, e de valor comercial não desprezível – até considerável...

(E ainda no sonho, agora é que se lembra da fome provocada – na boca e no estômago – por todo aquele dia de caminhada, e da sensação que começou a ter ao experimentar o seu prato simples, como se fosse farto, repleto de iguarias – uma sensação que chega a ser indescritível...)

Pedro aprende com o irmão...

Para Tonhá, seria difícil falar de um vaqueiro sem demonstrar a admiração e reconhecimento que ele merece. E contou a Pedro que, quando assumiu as fazendas, encontrou velhos amigos de infância que lá brincavam, e agora já estavam trabalhando...

– A vaquejada é o campo de honra deles – ele explicava. – Quando fazem os longos trajetos, que são até maiores do que este, só bem de tardinha é que tiram as selas dos cavalos, usando o próprio arreio para fazer uma espécie de tenda de acampamento, que é onde passam a noite... Acendem a fogueira e ficam ali, horas, assando alguma coisa e colocando toda a conversa em dia.

Depois é que vão dormir, sobre o próprio arreio, e passam horas a fio só ouvindo o piar das aves noturnas, e o rugir de alguns animais selvagens, assustados com os estalos do fogo.

... para onde esse gado vai

Por conversas que teve com Tonhá, Pedro já sabe da importância e atenção que se deve prestar aos preços lançados na feira, e que ganhar a vida é como administrar o dinheiro que entra e sai...

E assim ele imagina o comerciante de uma mercadoria qualquer (e sem saber por que, ele o vê nas Arábias, atravessando desertos, e se ao acaso se deparasse com quinquilharias tropicais, só se propunha a comprar delas se fosse a preço de banana – o que é só uma expressão, pois na verdade o que se tentava pagar pelas mercadorias era um preço ainda mais irrisório, vindo daí toda a "esperteza")...

O mais apreciável, quando se pensava numa situação assim, era a capacidade de sobrevivência no dia a dia desses comerciantes, imaginar o que e como eles comiam, como se vestiam e dormiam, e até em como eram as suas relações amorosas (se para isso também era exigido um "tino comercial" etc.).

Em qualquer circunstância, haveria entrada e saída de capital (desde que este já tivesse sido inventado, é claro...). Ter uma entrada maior do que a saída não traria nenhum dano. Pelo contrário, enriquecer-se-ia... E tentou assim compreender o que ouvira de Tonhá:

– Lembre-se: "saldo positivo na balança comercial" desenvolve o país. O contrário é que prejudica. Propostas como a de certos políticos dependentes de suas ideologias utópicas, de gastar-se tudo o quanto for preciso e empurrar-se o problema da baixa produtividade com a barriga, guerreando-se por uma nova mudança de regras a cada tempo, isso só desestabiliza e atrasa...

E assim entendeu que, quando uma pessoa não pode (não tem capacidade para) "trabalhar", pode ainda "investir" suas receitas... E que o ponto básico é saber-se o quanto se tem a gastar, e não ultrapassar esse limite. Aumentar o seu campo de domínio pode até ser positivo. Gastar em melhorias para os outros, especialmente os que trabalham muito e são mais pobres, é sempre recomendável...

Vaquejada às avessas

E ele aos poucos foi se conscientizando das muitas dificuldades e sofrimentos vividos pelas pessoas de classes menos favorecidas (e quando for velho, há de ser este o principal sentimento que terá guardado da infância...). E que essa pressão gerada pela diferença acaba recaindo, e chegando com mais crueldade ainda, principalmente nos animais (e este será também um sentimento que o conduzirá ao longo da vida).

Sim, porque ele de fato já vira e verá muitos casos de "sadismo" e maus-tratos com aqueles e outros bichos que eram comercializados, o que se mostrava ainda menos disfarçado neste lugar – pelo que se dizia que acontecia na feira de Capuame...

Pois neste tão distante Brasil, ainda se pratica, e muito, toda a infâmia portuguesa...

5

Casamento de Tonhá e serões com os netos de Ana

O segundo filho a se casar

Em 1831 casou-se Tonhá, com a prima Maria Joana, filha de Maria, sua única tia de sangue ainda viva (sendo a noiva a segunda criança que esta teve com o português Luís Marques Pinto, como bem lembramos...). Eram dois primos-irmãos, ele e Maria Joana, que tiveram dois filhos, que também foram chamados de Antônio e Maria Joana.

Dito de outra maneira: Maria Joana Marques, casando-se com Antônio, o Tonhá, filho de seu tio José, teve os filhos Antônio (que virá a ser doutor) e Maria Joana (que passaremos a chamar de Maroquinhas).

Tonhá, depois do casamento, passou a ser conhecido como o "senhor do Paripacé", já que a esposa herdara de Luís Marques (falecido em 1820, como lembramos) a fazenda Itacutiara, que era o antigo "Prepecé"... A outra metade da fazenda, a Itacutiara de Cima (ou Brejinho), ficou com o cunhado José Pinto Marques, irmão de Maria Joana. A propriedade não tinha divisas bem definidas com a fazenda Timbó (na qual ficavam a Torrinha e o Jatobá), que era na época da sogra Maria, viúva de Luís. As três, agora, tinham passado a ser administradas por José, primo e cunhado de Tonhá, como se disse...

A divisão da Itacutiara já está sendo uma preocupação constante para Tonhá, pois não há limites precisos nem cercas separando as propriedades, o que faz misturar todo o gado, dos diversos donos. Tonhá simplesmente não pode demarcar sua terra na parte central, por estar "cheia de gado" que não é seu... E ela não atinge os carnaubais e a Caatinga Grande, de onde se extrai madeira.

Conceito físico, ou matemático, de uma reta entre dois pontos...

Para as discussões que agora estão se dando entre José, filho de Maria, e Tonhá, genro dela, poderiam ser levados em consideração alguns detalhes. São eles...

> ... dois homens velhos (ou jovens) sentados à mesa com outro mais novo (ou velho), e o mais novo (que pode ser velho) está prestando atenção e concordando com ele, podendo parecer que há mesmo algo de errado no que esteja se passando, ou que *pelas linhas tortas de Deus já se está preparando uma grande surpresa...*

Podemos ver que Tonhá insiste em um ponto sobre o qual José parece discordar... E porque, obviamente, este não é o principal assunto entre eles, não o discutiremos aqui, pois se alguém detivesse o monopólio das ideias, do certo e do errado, não faria parte desta história, em que nem de longe se quer aderir ao partidarismo de uma ditadura tirânica, ou mesmo tiranossáurica (e desta, ainda muito menos...).

Prefere-se, nesse sentido, apenas repassar alguns conceitos do que significa a diferença das ideias, pois...

> ... admite-se constância na velocidade da luz, mas não que a passagem do tempo seja absoluta, percebendo-se quando ela é emitida por dois objetos em grande movimento – um relativo ao outro – que os dois feixes, na moral da história, precisariam de tempos diferentes para cobrir uma mesma distância em velocidade igual, e com isso o tempo não seria constante, mas na verdade o é, como algo absoluto capaz de relativizar assim as próprias velocidades desses objetos, quando próximas à da luz...

Por onde ia José...

Mas voltemos à realidade pois, enquanto isso, José, o filho de José, que cuidou de todos os bens da família e depois se tornara juiz no Maranhão, é agora nomeado presidente da Província do Pará... E o problema é que estamos em plena época de agitação revolucionária.

Neste ano de 1831, quem está no comando do país é o Padre Feijó, nesta que é chamada de uma Regência Provisória. E já se deflagram os primeiros embates contra a ordem estabelecida, neste caso do Pará, em que os manifestantes estão sendo liderados pelos chamados "exaltados", em suas reivindicações federalistas...

José chegou a Belém com uma escolta militar, mas agora está sendo aconselhado a permanecer no navio, para não correr riscos maiores... E já se vê que ele acabará voltando, neste mesmo navio, para então desembarcar em São Luís e ficar à espera de novas instruções.

(E não cabe aqui contar detalhes desta rebelião, que certamente entrará para os livros de História, devendo-se apenas acentuar que houve de fato uma luta armada, contando-se depois, entre mortos e feridos, quase *cem* combatentes...)

Maria Clara cuida dos sobrinhos-netos – os primeiros serões

Conta-se que, desde pequenos, os Bonifácio de Abreu chamavam a atenção pela generosidade, e por muitas qualidades que tinham... Eles eram hábeis nas pequenas tarefas, inteligentes e aplicados nos estudos, sempre atenciosos quando lhes solicitavam algum favor, dedicados e preocupados em não sobrecarregar os mais velhos. Ficavam entusiasmados com as leituras e se envolviam muito com as histórias contadas por Maria Clara, fazendo perguntas de grande complexidade.

Havia Tonhá e outros homens encarregados de cuidar das fazendas herdadas por eles, mas eram terras que não tinham muito gado, e só alguns poucos recursos acabavam chegando às crianças... Apesar disso, e vendo a desenvoltura que eles sempre demonstravam, Maria Clara alimentava o sonho de que pudessem completar os estudos em Salvador (ou "na Bahia", que era como se dizia...).

Pelo seu lado, Maria Clara também lutava para se recompor das dívidas deixadas por José, inclinando-se por uma decisão difícil, e demorada, de que apenas um dos irmãos Abreu é que deveria seguir para fazer na capital o curso de ginásio. Os outros irmãos cuidariam das fazendas, ajudando nas despesas de educação do irmão escolhido...

A escolha vai se dar em pouco tempo, entre José e Francisco, que aos poucos eram reconhecidos e são tidos agora como os mais inteligentes...

E pronto... Francisco ganhou por ser o mais moço: está em idade escolar mais apropriada para dar início a esses estudos... Talvez para compensar isso, há de se considerar sempre, a partir de então, que na verdade José era o mais inteligente (sim, porque parece já haver na família uma tendência a se julgar o caso sem diminuir ninguém, e assim atribuir o sucesso do escolhido "mais à sorte do que ao valor" – nas palavras de um parente...).

E devemos lembrar que, além dessas escolhas, que em si já são mais do que difíceis, também em relação à própria maneira de ensinar haverá sempre discussões... Um dia se voltará a debater as mais diferentes propostas pedagógicas, vindas por sua vez de diferentes bases e fundamentos filosóficos... E se hoje ainda se acredita na importância de poupar os filhos de transtornos e aborrecimentos inúteis, desde muito tempo se prefere achar, em alguns lugares, que as chateações e incômodos podem ser didáticos, levando ao amadurecimento psicológico...

Se quiséssemos ir mais longe lembraríamos que, à época dos evangelhos bíblicos (a que já nos referimos algumas vezes), ainda se achava que a melhor maneira de educar alguém era submetê-lo a castigos físicos. E este "ainda se achava" é puro eufemismo: não só agora, em pleno século XIX, mas muito depois, adentrando-se o futuro desta nação brasileira que começa apenas a se formar, ainda se pensará que a educação se faz castigando (ao contrário do que pensavam os índios de épocas remotas, como se fez questão de lembrar aqui...).

Também é parte desse pensamento atual dizer que só as mulheres devem ser poupadas e tratadas com delicadeza, por serem frágeis... Já aos homens deve ser cobrado o máximo de suas resistências, algumas vezes fazendo-os sofrer e passar propositalmente por provações físicas, pois se acredita que assim se tornarão viris e aptos à luta pela sobrevivência, e mais capazes de defenderem suas mulheres, filhos e demais dependentes das ameaças de outros homens, que se mostrem maldosos e invasivos...

E para mostrar que aqui não se está inventando nada é que se toma o depoimento de uma mulher da época seguinte que, ao descrever seu avô Manuel, "homem de coração", afirma que ele

> ... era de extrema delicadeza com a esposa, filhos e noras. Com os filhos homens era duro, seguindo a teoria errônea naquela época, em que os pais entendiam dever exercer absoluta autoridade sobre os filhos, embora empregando o rigor. "As mulheres", dizia ele, "são fracas, precisam ser tratadas com brandura, e é dever do homem protegê-las." No seu testamento, deixou a terça parte dos bens às filhas. "Os filhos que trabalhem para ter. As filhas precisam mais, visto não terem meios de aumentar seus haveres."

Mas é bem provável que no futuro isso ainda vá ser diferente, e que aconteçam coisas como as mulheres também virem a trabalhar fora, mesmo que até lá mereçam estar mais protegidas em função de sua delicadeza, e – por que não dizer? – beleza...

Histórias contadas antes de dormir...

Já que falamos na atenção que os pequenos Bonifácio Abreu prestavam às histórias contadas por Maria Clara, pelos tempos de tantos, longos e afetuosos serões (que eram os horários mais apropriados a se darem esses tipos de conversa, entre o jantar e a hora de dormir...) na varanda ou na sala (com o ambiente sendo sempre muito bem aproveitado, por todos...), talvez devêssemos dar alguns exemplos dessas histórias, mesmo que isso não passe de uma hipótese (e pouco fundamentada, há de se reconhecer e dizer...).

(E tratam-se, enfim, de histórias que na voz de Maria Clara ganhariam força e forma bem diferente das que aqui se usam para narrar os fatos... Mas os fatos, estes ao menos, pelas hipóteses que aqui se assumem como tal, seriam, talvez, mais ou menos, estes...)

Maria Clara devia se orgulhar de seu passado familiar, isto é, dos antepassados indígenas, e das "lendas que nos contavam as avós", como diria aquela que de fato era sua avó, a índia Laureana (ou ainda, aquele que de fato era seu bisavô, o pai de Laureana...).

Começamos por uma que se teria passado em tempo não muito anterior à época de sua avó... Pois ela contou primeiro esta história (como se fosse mesmo anterior às outras, pelo que a segue e no que se transforma, sem haver nada de muito verídico, a não ser, talvez, por algo que estivesse sendo ali adaptando à linguagem mais fácil, para que melhor se pudesse entendê-la...).

O rapto

Na tribo dos cariris, havia muita espiritualidade nos ritos sagrados que se praticavam pela manutenção da ordem cósmica. Era grande o respeito que se tinha, sobretudo, pelo Sol, criador de todos, e por sua irmã Lua. Era o Sol a fonte de luz de toda a vida, com seus raios fortes que, além de esquentar o corpo, alimentavam as plantas (estas que não se reconheciam como "plantas", mas tinham seus nomes, uma a uma...), que alimentavam os animais (lobo, garça, tatu, cobra, peixe), que junto com as frutas e a mandioca alimentavam toda a tribo.

Nos rituais eles bebiam o cauim, e em muitas noites ficavam acordados, vendo subir a fumaça da fogueira e o fumo oferecido pelo pajé aos maiores de idade... Quando vinha o sol, todos ficavam felizes, e iam ouvindo de leve a gritaria dos bichos, cigarras, sabiás, gaviões, onças.

Na tribo desses antepassados havia um casal de gêmeos, um menino e uma menina, de que todos gostavam em especial, porque eram muito parecidos no jeito, e adoravam se abraçar.

Depois da infância, acaba-se por chegar mesmo à adolescência e, no dizer dos desesperados, passa a haver aquele fogo interno que nunca mais se apaga, restando apelar a Deus para que nos acuda em nossas vontades, e não sejamos tristes pelos restos de nossas vidas (e nem por todo o sempre, se isso também existir...).

Como em todos os lugares, na tribo dos cariris já se sabia dessa sina de homens e animais, havendo uma maneira própria de tratá-la. Assim que a menina se assustasse com o primeiro sangue descendo de sua vagina, ou que o menino se encantasse ao ver sair de si uma primeira gotinha daquele seu líquido cremoso (que serve para engravidar, mas também evidencia o prazer a que se pode chegar, e algumas velhas até se dispunham a ajudar no seu retiro, como se estivessem a conferir-lhe a consistência...), já se sabia que haveriam de cumprir um ritual de isolamento e provações.

Os gêmeos foram assim mandados para o chamado "lugar do medo", onde habitariam não só as feras comuns da floresta (onça, cobra, escorpião), mas também monstros humanos malvados e nada piedosos (que eram, na verdade, os pajés disfarçados), para os quais eles teriam de cumprir tarefas e passar por diversas provas.

Foi a primeira vez que mandaram juntos um menino e uma menina, o que se explicava por aquela espécie de reconhecimento que a tribo tinha do amor que havia entre eles. Uma a uma, as provas foram feitas, e eles falharam em todas, até finalmente serem reprovados na do tiro de arco e flecha em que teriam de matar uma macaquinha que acabara de ter filhotes... Foram então amarrados e levados a uma cabana onde seriam sacrificados, assim que chegasse a lua cheia.

Até a casualidade nos mostra que nada é assim tão casual, e aconteceu de naquele mês cair uma baita chuva, de modo que não se pôde mais ver a lua. Adiado o sacrifício para o mês seguinte, houve tempo para que a notícia corresse de vento em popa, e não só por dentro da tribo, mas também pela tribo vizinha e depois entre os agricultores e vaqueiros daquela fazenda de que falávamos há pouco...

Enquanto isso, ali perto...

A jovem fazendeira Ana Cláudia, filha de Eulálio Lúcio, desceu da árvore – o seu cajueiro favorito – quando soube dessa notícia... Selou o cavalo e tanto fez para descobrir o lugar onde estavam os indiozinhos, e tão bem impressionada ficara com a história daqueles adolescentes, que mal chegando lá já deu jeito de afastar os pajés e seduzir ali mesmo o menino, sem sequer desamarrá-lo. Ao voltar para a fazenda, mais dia, menos dia, suspeitou que estivesse grávida e preparou-se para dar a notícia ao pai. A reação deste não podia ter sido pior, e prometeu matá-la se não tirasse logo da barriga aquela "cria" de índio.

Qual a solução? Não podia ser mais engenhosa. A jovem fazendeira enganou os jagunços que estavam de guarda e fugiu, na calada da noite, para a tribo dos cariris, onde foi morar com a mãe dos gêmeos que ainda seriam sacrificados. E não foi de se espantar que dali a alguns meses tivesse também ela um casal de gêmeos. Estes eram ainda mais especiais, e ouviam de sua mãe histórias diferentes, de um tipo de gente que não seguia aquelas tradições.

Quando chegaram à adolescência, esses novos gêmeos enganaram os pajés com um truque também engenhoso: prepararam uma vestimenta de monstro, usando palhas e cipós, e se passaram por um deles. Para fingir que fumavam, conseguiram prender vaga-lumes na ponta de um graveto (o que eles também fingiam ser uma varinha mágica).

Depois que os pajés desistiram de procurá-los, o menino se embrenhou na mata e nunca mais voltou. A menina também não foi mais vista pelos membros daquela tribo, mas, sabe-se, havia aprendido com a mãe o caminho até a fazenda, e para lá se dirigiu. Foi morar com o avô.

O avô

Sobre esse avô, soube-se que, depois da fuga da filha, vivia numa tristeza só (a filha acabou se adaptando à vida na aldeia dos cariris, servindo a um novo marido e ensinando algumas de suas técnicas culinárias, e outras...).

Essa menina, meio índia, cresceu e acabou se casando com um português, e juntos tiveram também uma filha, mas esta, quando o casal precisou acompanhar o trabalho de um grupo de fazendeiros no litoral sul da Província, foi ali "abandonada" ainda menina, desta vez com o bisavô...

Na verdade esse senhor, que já havia criado a filha, a neta, e agora a bisneta, tinha uma afeição muito grande por crianças, que com sua pureza o ajudavam a se distrair dos pensamentos duros e maduros, tão enrijecidos e tomados por contas e negócios materiais...

Seguindo essa tradição que vinha sabe-se lá por quantas gerações, esse bisavô tinha conversas que eram amenas e ao mesmo tempo de alguma profundidade, com sua bisneta... No fundo, ele passava os ensinamentos adquiridos nos estudos que fizera com o próprio Galileu Galilei, e isso servia para que ele mesmo testasse em si do que se lembrava, e a sua lógica de raciocínio:

– Para uma criança é fácil explicar: a Lua gira em torno da Terra, assim como esta o faz, mas em torno do Sol... Todo corpo (que é feito de matéria) exerce gravitação, e assim a Lua, que é seis vezes menor que a Terra, chega a atrair as águas do oceano (o planeta e seu satélite se atraem mutuamente, mas essa força é compensada com a propulsão gerada pelo movimento de órbita – como no momento em que uma corda que gira está em cima, e não cai). Acompanhando a Lua e sua gravitação, ocorre a maré alta, às vezes de um lado, e às vezes do outro, do grande oceano, que é o mar...

Foi assim que a menina (que ele agora já considerava sua nova filha) ganhou de Natal um globo que é celeste, quer dizer, desses que reproduzem em sua superfície esférica as estrelas e constelações que cercam o planeta. E como seria possível explicar a ela que o que estava no céu e era visto dali, como se fosse côncavo, podia ser representado de maneira convexa?

Era simples, mas explicar pelo mero rebatimento talvez não a convencesse... Foi preciso dizer que o ser humano inventou várias coisas e, entre elas, a roupa, que pode ser virada do avesso. Da mesma maneira, dava para fazer na superfície externa de uma cabaça um desenho, e passar-se depois tudo que fora desenhado ali para o lado interno, ou vice-versa. Se estivéssemos nós (todo o planeta Terra, representado em um só ponto) no interior dessa cabaça, e o que víssemos pudesse ser visto também pelo lado externo dela, teríamos então o tal "globo celeste".

Poeta da montanha, ou...

Maria Clara vai precisar agora de um livro para contar aquela história inventada sobre um vaqueiro, e a princípio será só para Ana Francisca e Clemente, que são os sobrinhos mais velhos... Porque se trata de uma literatura fantástica, a daquele conto que se chama *"O vaqueiro pensativo da montanha"*, ou melhor, *"O vaqueiro que se tornou poeta ao ver* algo *na lagoa – ou* lago"...

É sobre um vaqueiro que morava nas bandas do Morro do Chapéu, e montava em seu cavalo diariamente para andar nas proximidades... Bem, Maria Clara havia contado uma parte desta história na noite anterior, então desta vez já começou pela página seguinte:

... o vaqueiro pensativo

Antes de esvaziar a caixa ele olhou para cima e reparou nos galhos altos aqueles saguis, primatas do tamanho de um esquilo, mas de gestos tão parecidos com os nossos (no modo de coçar a cabeça e debaixo dos braços, de enxergar de lado, no próprio olhar de curiosidade para esse parente mais alto que somos nós), virados para aquelas colmeias e parecendo também querer dizer às abelhas: "Nós só queremos do seu mel"...

O guardador de rebanhos conhece a montanha, e as pastagens da caatinga... Reconhece as árvores e cada pedra que vê na trilha por onde passa todos os dias. Os animais às vezes inventam novos percursos, mas o dele ainda será o mesmo, por aquela trilha que tão bem conhece (e onde às vezes finge sentir, por automatismos da mente, que não é ele o ser a viver sempre em seu corpo, mas também algum outro, que se contemple à margem do tempo por aquelas passagens tão usuais...).

E é notável como reconhece a cada tempo novo o mesmo percurso... Seus joelhos são os mesmos, as mesmas mãos e a paisagem, e um simples borbulhar no lado esquerdo do lago parecendo ser novo, não tivesse ele a consciência do que se previa como horas de chuva... Mas não há chuva agora, e até os insetos são os mesmos. Então, o que será aquele borbulhar?

Num dia esplêndido, de mudança, ele se locomove um pouco afora de sua trajetória, pela simples curiosidade de ver de perto aquele borbulhar e, depois de dado o primeiro passo, os próximos dez ou quinze serão a pura consequência... Há nesse lado esquerdo do lago, de fato, algo de estranho... Está bem embaixo da árvore frutífera que ele identifica a cada passagem, e tão bem conhece nas mudanças que sofre a cada estação...

Ele se aproxima. Nunca viu um peixe grande naquele lago... Será uma novidade? (Lembra-se então da frase antiga que ouvira, ou era talvez um provérbio, algo bem *afro-brasileiro*: "Todos querem abrir a boca do leão, mas só depois há de se achar a toca do tatu" – ou seria uma letra de música?).

Repara bem e lhe parece que do fundo do lago também saem letras, com estranhos dizeres... ("Será uma novidade?" – ele pensa de novo...). Como não decifra tudo na primeira tentativa, aproxima-se mais, mais e mais, para ao menos constatar o que não vê: são só bolhas grandes que vêm do fundo do lago à tona, talvez de um canal subterrâneo ligando a nascente, no Morro do Chapéu, diretamente ao lago...

Ele passa então a acrescentar à sua rotina, em que cavalga cada dia pelo vale, ir até aquele ponto do lago e verificar se as bolhas ainda estão lá, para bem observá-las e ver se permanecem do mesmo jeito. Como não tem amigos por ali perto, e apenas aos domingos vai à vila comerciar, visitar parentes e afins, guarda o segredo consigo.

No quinto dia de mudança, um sábado, ele já está certo de que contará a novidade aos conhecidos mas, antes que isso aconteça, virá a surpresa... Ainda indo para lá, começa a associar imagens de sonhos passados com a mudança (havia montado um sistema de entendimento filosófico na travessia que tivera até se tornar o verdadeiro guardador de rebanhos: era como se tivesse atravessado uma cachoeira guiando uma parafernália com asas – seria uma nau voadora? – para chegar ao conhecimento de si mesmo...).

(Pronto, os meninos dormiram...)

6

Uma história escolhida para contar

Janaína da mata

Maria Clara procurou aqui e ali, pela Vila e redondezas, um livro que tivesse histórias mais compridas para contar aos sobrinhos, de preferência com final feliz. E de tanto se ouvir dizer dessa procura que ela fazia, ou mesmo pelo compadecimento que muitos tinham com essa história de uma tia-avó que cuidava sozinha dos filhos menores, e de mais cinco crianças órfãs, foi que um dia ao chegar a casa ela se deparou com um livro grande e bonito, cheio de ilustrações coloridas, que nem se sabia ao certo como tinha ido parar lá.

Depois de folhear as primeiras páginas, o que já se pode dizer deste livro, *Janaína da mata* – simplesmente "encontrado" por ela na própria casa –, é que se trata de uma fábula adaptada... "Fábula", mas não no sentido de haver histórias de animais falantes como personagens, em um texto enxuto e que finaliza com uma lição de moral, mas no sentido de uma história com eventos fabulosos, que a fazem parecer uma "lenda"...

E se devem mesmo ser feitas algumas considerações preliminares sobre a história que Maria Clara contará agora aos pequenos, como algo de sério e que se mostre preciso, especifica-se então que ela foi primeiramente contada por um indiano... E, claro, se não chegou assim, diretamente da Índia, é porque foi adaptada.

Pois como não se gostaria de enganar o leitor mais atento, sabedor de que nenhuma história se inventa do nada, diz-se logo que poderá encontrar o mesmo caso apresentado aqui, ou outro, muito parecido, em algum clássico da literatura indiana da época dos palácios, quando sobressaiu um poeta de nome Calidaça... Ao que parece, o original desta história atribuiu-se a ele, que a teria encenado aos nobres de uma corte... Mas consta também que para concebê-la ele se aproveitou de uma passagem do grande épico antigo dos indianos, o *Mahabharata* (em que "maha" quer dizer "grande", e "*bharata*", o próprio indiano, para o qual o épico servia de fortalecimento à identidade...).

Sim, e já se percebe que desta vez Maria Clara também vai precisar do livro, e assim interpretar (ou traduzir) palavras que saem diretamente dele, mas trata-se agora de um grande livro, denso e bonito, como dissemos...

Vê-se também, agora que ela começa a contar a fábula, haver aqui o uso de um recurso antigo das literaturas médio-orientais, de mostrarem-se "histórias dentro de histórias". E quanto ao conteúdo passado, apressa-se em defender a "gratuidade" (no sentido de "graça", coisa que é mesmo "à toa", boa e benigna) com que tudo aparece... Há quem venha a dizer ser impossível que se apaixonassem dessa maneira, entre si, uma índia e um fazendeiro, pelo próprio estilo das vidas tão diferentes que levavam, e interesses que teriam. É verdade. Mas sendo isto tudo uma pura fantasia, "ora pois", e por que não? Se são histórias de faz de conta, narradas por uma tia para entreter (e mimar) os seus muitos (cinco) e queridos sobrinhos, e ainda dois dos seus seis filhos que acabou precisando criar junto, "ora pois...".

Enfim, se no futuro ainda houver algum estudo sociológico a explicar como esta índia fora capaz de se apaixonar por este homem, um fazendeiro que ao que tudo indica era mais velho, e ainda deste modo, espera-se também que não se venha a acreditar que as literaturas antigas, por mostrarem costumes que depois caíram em desuso, devessem ser então banidas. Ou que as tias não devam mais mimar os seus sobrinhos, e coisas assim...

E enfim, mais uma vez, trata-se de uma história vinda de tradições ainda mais anteriores, "ora, pois...".

1ª Noite – O fazendeiro a passeio com seu vaqueiro

Diz-se da história de um fazendeiro de nome Lucas que morou naqueles rincões que vão do Piauí ao Ceará, onde também se faz divisa com Pernambuco. Teria muito gado, mas mesmo assim pôde continuar humilde – verdadeiro exemplo de generosiade para a região –, tratando sempre bem seus vaqueiros e outros que lhe prestassem serviços, além de visitar todas as famílias que se agregavam à propriedade, procurando ajudá-las...

E a fazenda prosperava, uma vez que ele nunca saía de lá. Nos dias de sábado, dava descanso à maioria dos empregados e levava um deles para acompanhá-lo em caçadas pela mata, sua principal diversão.

Houve o dia em que estava lá com Adriano, seu vaqueiro mais antigo – autêntico descendente de negros e índios, já um tanto velho a essas alturas, mas que acompanhara a propriedade desde sua formação com o avô e o pai de Lucas –, e saíram os dois a cavalo, indo até longe dentro da própria fazenda, pois não se encontrava nenhuma caça... E eles então se distanciaram mais ainda, atravessando o rio que fazia divisa com uma mata pouco conhecida, onde finalmente avistaram uma linda fêmea de veado campeiro, que tentava esconder-se.

Começando a persegui-la, sentiram os cavalos correrem em disparada, mas eis que algo diferente começou a se passar na cabeça do fazendeiro, ao reparar nos movimentos rápidos e graciosos de sua presa: ela lançava para trás um olhar um tanto afetuoso, enquanto parecia mesmo deslizar sobre o solo, confundindo-se a trilha e a mata...

Também o vaqueiro notava algo de diferente: apesar de toda a correria, a fêmea continuava longe... Ainda se impressionavam com toda aquela velocidade quando chegaram a um trecho de mata mais densa, e finalmente a presa parou. O fazendeiro a contemplou, mostrou-se indeciso em apontar-lhe a arma, e então se ouviu a voz de um homem:

– Não faça isso! Este animal pertence à mata dos índios...

Lucas apontou a arma para baixo e apareceu o tal homem, logo se identificando como jesuíta, que viera à região para contatar os índios da tribo Aricobé, habitantes daquelas matas:

– Não se deve usar uma arma para matar seres inocentes, e sim para proteger os indefesos – ele disse.

Apareceu então um índio bastante enfeitado, que o jesuíta explicou ser um *caraíba*, espécie de pajé errante... Olhando para Lucas, o índio disse algumas palavras em tupi que pareciam proféticas, e o jesuíta apressou-se em traduzi-las: dizia que o fazendeiro ainda se casaria com uma índia, e com ela teria um filho que seria "bonito por natureza", muito forte e "abençoado por Deus"... O fazendeiro agradeceu, envergonhado, e disse "amém".

Surpresa de Lucas

Lucas deixou seu cavalo com Adriano e resolveu caminhar com seus novos amigos, pois queria conhecer e aldeia... Enquanto andavam, o jesuíta contou-lhe que agora ajudaria o pajé a colher madeira para o ritual da noite, mas que o fazendeiro poderia hospedar-se na oca deles, depois. O cacique não estava lá, mas sua filha, a doce Janaína, poderia recebê-lo ali perto.

Lucas sentiu que aquela mata parecia mesmo abençoada, com seus grãos de urucum espalhados nas raízes das árvores, e os diversos tipos de papagaio olhando dos galhos... Então disse que iria sozinho à aldeia, aproveitando para observar as borboletas pousadas à beira daquele pequeno riacho, onde também passavam esquilos e macacos... Tirou as botas e andou pela água, achando curioso que, apesar do sossego, sentisse nos braços uma espécie de tremedeira, como se algo estivesse para acontecer. E foi então que ouviu uma voz em tupi, dizendo:

– Amiga, venha por aqui, rápido...

Ele pôde ver de longe duas índias que lhe pareceram lindas, e bem combinavam com a mata, em sua graciosidade... Estavam nuas, e ele então se sentiu envergonhado, preferindo se esconder para não assustá-las. Ouviu uma chamar a outra pelo nome de Janaína, sugerindo-lhe que amarrasse o cipó para levantar os seios, pois assim ficariam ainda mais bonitos... E Lucas percebeu estar suando...

Vendo as índias a colher frutas, o fazendeiro sentia que pareciam brotar flores onde elas passavam... Os lábios, os braços e a pele macia de Janaína irradiavam a beleza de sua doce juventude.

– Onde estão o jarro e a cuia? Não vamos esquecer de aguar aquelas mudas menores...

Foi então que uma abelha pousou bem nos lábios da filha do chefe, e Lucas reconheceu em si uma espécie de ciúme – assumindo assim a possibilidade de algo ligado ao segredo do amor – ... E mal conseguindo dominar sua mente, precisou mostrar-se a elas:

– Desculpem!

Encontro

Passado o susto, as índias ainda estavam embaraçadas, mas convidaram o fazendeiro a conhecer a aldeia. Lucas agradeceu, dizendo que aquelas palavras, tão doces e sinceras, já lhe serviam de hospitalidade... Então a outra índia, Jandira, sugeriu que os três se sentassem à sombra para descansar e conversar um pouco.

Lucas logo perguntou da família delas, e não pôde deixar de elogiar a beleza de Janaína, que se sentiu envergonhada. Jandira, provocativamente, disse que ela ainda não tinha escolhido marido, o que fez Lucas arregalar os olhos, e Janaína mostrar-se um pouco irritada, já querendo levantar-se.

Jandira então a chamou para aguar as plantas, e Lucas aproveitou para dizer que também se ia. Mas em um gesto ousado, ofereceu à índia o seu anel de prata... Elas o olharam com atenção e viram ser coisa bem antiga, reparando no desenho que lembrava brasão português. Percebendo a preocupação delas com um possível significado do objeto, Lucas tentou disfarçar, dizendo que o recebera de amigos. Mas se era assim, elas preferiam devolvê-lo... E ele recusou.

Lucas ainda olhou Janaína enquanto ela saía, querendo adivinhar o que sentia, pois nunca olhava diretamente para ele. Foi então que ouviram a voz de um pajé, avisando haver forasteiros na mata, e que seus cavalos estavam assustando os outros bichos. Lucas não quis demorar-se mais e as índias também correram, mas Janaína parou e pediu à amiga que a ajudasse a tirar uns espinhos do cabelo... Foi quando se virou para trás e olhou diretamente nos olhos de Lucas, percebendo-se ser aquele apenas um pretexto para que se demorar um pouco...

Lucas, ao se afastar, sentiu já não ter pressa em voltar à fazenda... Convidou Adriano para também acampar nas imediações, e notou que não parava mais de pensar em Janaína... Estava ansioso e queria poder segui-la, mas a razão e a prudência, ainda o seguravam (uma divisão que o deixava triste, como *nau sem vento*...).

2ª Noite – Enquanto isso, na sede da fazenda...

Na casa da fazenda, a cozinheira Aída reclamava dos hábitos do patrão, tão dado à caça. E de toda aquela demora... Maldizia os bichos, onças, codornas, lagartos, aquela mata imunda, a água de riacho que eles bebiam e aquele patrão que não tinha mais hora para comer... E agora essa: soube por Adriano que Lucas se apaixonara por uma índia, e já nem pensava em voltar à fazenda...

Pois realmente, fazia noites que ele estava na mata, e já nem dormia, de tanto pensar em Janaína... Esperava ansioso pelo raiar do dia, perguntando-se como poderia realizar seu maior desejo: o de tocar o coração da amada... E para se sentir otimista, lembrava-se do estado embaraçoso dela, e do olhar de ternura que fez no momento em que se demorou a sair.

Aída resolveu selar o cavalo e partir para a mata à procura de seu patrão. Ao chegar lá, encontrou-o sentado em uma pedra, parecendo estar totalmente fora de si. Tinha o olhar bem diferente do de um homem que tomava tantas decisões, e dava as ordens na fazenda.

Tentando ir ao ponto, ela reclamou que as caçadas o deixavam com o corpo assim dolorido, mas a resposta de Lucas a surpreendeu:

– Você ainda não viu a coisa mais graciosa que existe no mundo...

Aída quis mudar de assunto... Mas Lucas insistiu, revelando que seus pensamentos estavam agora voltados só para a filha de um cacique, e que ela seria "tão linda quanto a flor" ...

– "Quanto a flor?" Você não está exagerando?

– Você já a viu?

Sobre a paixão

Tentando descrevê-la, Lucas reconheceu haver outras mulheres encantadoras, mas aquela seria mesmo a mais bela, uma índia pura, não tocada, verdadeira "virgem dos lábios de mel"... E admitindo ser grande sua paixão, considerou todo o cuidado que viesse a ter como pouco...

Aída quis aconselhá-lo a fugir logo daqueles pajés carecas, lambuzados de urucum... Mas esperou ouvir tudo o que tinha a contar, e Lucas parecia um jovem inseguro, falando da jovem que acabara de conhecer... Descreveu-a como reservada (pois desviara o olhar algumas vezes), mas capaz de sorrir à toa. Não chegou a demonstrar amor, mas também não fez questão de recusá-lo.

Aída fez graça:

– Queria que lhe saltasse aos braços, logo ao conhecê-lo?

Lucas, mais confiante, contou-lhe do olhar singelo na despedida, demonstrando algum sentimento... Talvez de tristeza pela separação, mas para Aída, aquela mata ainda estava mais para campo de guerra do que jardim de prazeres, o que fez Lucas refletir. Alguns pajés já o haviam reconhecido, e era preciso encontrar algum pretexto, se quisesse continuar lá.

"Demônios"

Foi quando apareceram dois jovens índios, que saudaram Lucas com elogios: mesmo vivendo a época de prazeres, ele ainda transmitia segurança, certamente por seus méritos acumulados. Ouviram dizer que era muito respeitado na região, e com sua arma poderia agora dar nova segurança à aldeia, protegendo-a contra a invasão de índios ruins, brancos, e até de "demônios", dos que vinham pelo "grande oceano verde-escuro que cercava toda a Terra...". Desejaram-lhe muitas vitórias e pediram que ficasse por mais alguns dias na mata.

– Como assim? – quis entender Aída.

Eles explicaram que, com a ausência do cacique, alguns demônios estavam se aproveitando para perturbar as matas...

Lucas se sentiu honrado, pedindo a Aída que fosse à fazenda para lhe trazer de volta o cavalo. Mas ela estranhou que a história de demônios não o impressionasse, e quisesse entrar logo em ação...

Ainda conversavam quando viram ao longe a chegada do vaqueiro Adriano, que fora informado pelo jesuíta do pedido dos índios, e assim já trouxera o cavalo de Lucas. Disseram que Aída já podia voltar à fazenda e ela concordou, mas deixou claro que não era por medo de demônios ou espíritos da mata:

– Eu? Era o que me faltava...

E lembrando que ela costumava falar demais, Lucas pediu que não revelasse seu segredo a ninguém. Continuaria ali apenas por respeito aos índios, e sem qualquer inclinação mais séria por Janaína... Ainda comentou ser aquela uma mata selvagem, de habitantes que talvez desconhecessem o amor em seu sentido mais verdadeiro, e levassem as coisas na brincadeira.

– É o que eu acho – respondeu Aída.

3ª Noite – Resolvido a procurar a amada: uma doce visão

Enquanto colhia mandioca, uma índia velha pensava no grande poder que estaria naquele fazendeiro, pois em poucos dias de permanência já teria afugentado muitos maus espíritos, trazendo a tranquilidade de volta à aldeia. Ao ver Jandira também a colher ervas, soube que Janaína andava doente, por causa do sol, e era preciso refrescar-lhe o corpo. Disse então para se apressar e cuidar bem da filha do cacique...

Lucas tinha a distração de um apaixonado, perguntando-se se aquilo era o verdadeiro amor. Caminhava suspiroso e angustiado, pensando em como alegrar sua alma. Sabia quanto o aliviaria a doce visão de sua amada, então imaginou que ela estaria às margens do rio com a amiga, e resolveu ir até lá.

Passando por um lugar fresco, viu na areia marcas recentes de pés que eram certamente femininos (pois tinham os calcanhares mais afundados, por causa do peso dos quadris...). Olhou entre os arbustos, andou mais um pouco e viu com alegria: lá estavam Jandira e Janaína, conversando em uma ramagem florida...

Com os olhos brilhando, ele tentou conter a emoção, e notou que sua amada estava indisposta, e a amiga parecia ter lhe jogado água nos seios, pois a pintura de jenipapo estava desfeita e os cabelos desarranjados. Mas era sempre muito bonita...

Antes de mostrar-se, pôde novamente ouvir a conversa entre elas, percebendo que a amiga queria saber o motivo de algum sofrimento.

– Você não ficou assim só depois que estivemos na companhia daquele fazendeiro? Não foi a presença dele que trouxe todo esse mal-estar? Eu não sei nada sobre o amor, mas você parece doente, como acontece naquelas paixões das lendas... E se não me falar, não terei como ajudá-la.

Jandira ainda disse à amiga que era preciso se cuidar, pois já tinha os braços mais magros, apesar de bonita... E Janaína, precisando mesmo conversar, começou a falar do que se passava dentro dela. Notando isso, Lucas ficou ainda mais inseguro, nervoso e preferindo não se mostrar.

Janaína falou do momento em que o fazendeiro fixou os olhos nela... Parou e se viu envergonhada, mas a amiga insistiu. Então disse que dali em diante não parou mais de sentir angústia...

Lucas ouvira enfim o que mais queria, reconhecendo ser mesmo o amor o que estava a lhe atormentar a alma. E que só o amor, agora, poderia acalmá-lo...

Rodeios, intermediações... enfim a declaração

Jandira sentiu que havia mesmo um grande amor entre Janaína e o fazendeiro, e que a amiga não aguentava mais esperar. Resolveu então procurar o vaqueiro.

Adriano ouviu a história e se entusiasmou muito. Juntos tiveram a ideia de aproveitar o dom dele, de recém-alfabetizado, para escrever uma carta com palavras de Janaína, a ser entregue ao fazendeiro. Janaína resistiu, e por fim aceitou o plano... Pensou em algo que falasse de si para ditar ao vaqueiro, mas teve medo de que Lucas não gostasse. Jandira recomendou a ela que não se diminuísse, colocando apenas palavras bonitas, que pudessem agradar-lhe. Ela sorriu, envergonhada, e disse que não seria muito direta... Pensou mais um pouco, sentou-se, e recitou:

– Não sei como está seu coração, mas o meu parece doente, dia e noite...

Lucas se aproximava deles bem naquela hora, e ouviu tudo. Não se conteve: era o momento de também revelar sua paixão, pessoalmente, sem hesitar... Chegou mais perto e quis falar tudo que lhe viesse à cabeça:

– Mulher linda e graciosa, sou eu que me sinto até doente, de tanta paixão. *Como sol que queima as flores, assim é o amor em meu peito...*

Jandira sorriu, como se desse boas vindas ao homem que vinha ao encontro de sua amada, mas Janaína quis se esconder de tanta vergonha... Lucas gesticulou para que ela ficasse, e Jandira tomou-lhe a frente, dizendo saber que os dois se amavam. E como gostava muito da amiga, pediu ao fazendeiro que não a fizesse sofrer... Lucas recebeu bem essas palavras, prometendo evitar isso ao máximo, pois a paixão era recíproca.

Foi quando Jandira fingiu ter visto um pássaro bonito, e saiu às pressas... Janaína tentou chamá-la, mas ela falou para aproveitar a companhia de quem bem a protegeria... Adriano também se retirou, deixando os dois em silêncio. E Lucas foi o primeiro a dizer alguma coisa:

– Você está com medo? Não se preocupe, eu adoro você... E é melhor ficar neste lugar fresco do que sair ao sol, porque ainda está com febre...

Sentindo-se forçada a ficar, Janaína pediu que ele se comportasse, temendo ela mesma perder o controle da situação... Lucas disse respeitar o pai dela, e que não haveria nenhuma ofensa à tradição dos índios. Mas lembrou que nas duas culturas havia casamentos que podiam dar-se por consentimento mútuo, e talvez ninguém se opusesse ao deles... Segurou no braço da índia, mas ela preferiu soltar-se, pois ainda pediria conselhos à amiga.

Sem se dar conta, ele a tocou novamente, sentindo uma grande vontade de beijá-la (o que seria um "beijo apaixonado", mostrando-se nele a "doçura dos lábios de mel"...). Aproximou-se e ela de novo o repeliu. Foi quando se ouviu a voz da mãe de Janaína:

– Minha filha, venha para casa, já é tarde...

Lucas mais uma vez se escondeu, e a mãe de Janaína aproximou-se com outras índias, trazendo uma vasilha... Perguntou da febre e viu que a filha estava melhor. Então respingou água sobre a cabeça e seus braços, chamando-a de volta à oca.

Janaína levantou mas se sentiu dividida, por ter recusado um carinho de que depois sentiria a falta... Juntou-se ao grupo de mulheres e partiu. Lucas, não precisando mais se esconder, lembrou-se dos lábios dela, que vira às vezes cobertos pelos dedos. E da pele macia, que tanto gostaria de tocar. Então pensou em onde ir, vendo sua dificuldade em sair de lá... Ouviu em seguida a voz de um pajé:

– Ó amigo fazendeiro, que ainda está pelas matas com sua espingarda... Os demônios marrons, comedores de carne humana, aproximaram-se da aldeia com suas sombras malignas, espalhando medo... Venha expulsá-los!

Ele então resolveu voltar a caminhar, sentindo que podia mesmo ajudar aqueles índios, e agora mais motivado...

4ª Noite – O "azar"

Depois de algumas semanas, ao colher plantas à volta da horta, Jandira se via tranquila em saber que Janaína se casaria com um homem justo, que a amava, e ambos consentiam nesta união. Mas algo a inquietava: Lucas voltaria por algum tempo à fazenda, e lá poderia envolver-se com outra mulher... Além disso, apesar das qualidades e virtudes do fazendeiro, talvez o cacique não aprovasse a união. Ou talvez sim...

Voltando à oca, viu Janaína dormindo na rede com um sorriso nos lábios, provavelmente sonhando com seu amado... Havia um pajé tentando chamá-la e, pela voz resmungona dele, pareceu amaldiçoá-la por não lhe ter dado atenção...

E ouviu-o dizer, quando saía, que aquele em quem ela pensava não se importaria mais com ela.

Jandira correu atrás do pajé e pediu que desfizesse logo aquela maldição, pois Janaína nunca fizera mal a ninguém, e deveria ser perdoada. Era um homem teimoso, difícil de amolecer, mas por fim reconsiderou, ensinando que a maldição seria quebrada assim que o amado visse de novo algum presente dado a ela. Jandira logo se lembrou do anel que estava no dedo de Janaína, sentindo-se aliviada.

Na volta, quis conferir e viu que a amiga dormia com o anel, tendo a mão ao rosto e um pensamento que parecia vazio... Preferiu, por delicadeza, não acordá-la. E nem contar nada...

Movimento na aldeia: a caminho da fazenda

Passadas algumas luas, já não se teve mais notícias de Lucas... Jandira se mostrava indignada com aquilo, e os pajés começaram a dizer que as novas dificuldades da aldeia eram por causa da tristeza insuportável por que passava a filha do chefe.

Mas naquela madrugada, em que o cacique voltava de sua missão, os pajés previram que quando a lua fosse embora já levaria consigo o negrume da mente da jovem Janaína. E Jandira, preocupada com aquilo tudo, lembrou-se da maldição. Não quis acreditar, nem pensar muito, mas cogitou chamar o vaqueiro para que levasse o anel até a fazenda, pois Janaína andava muito triste. Ainda mais quando percebeu estar grávida, sem saber como contar ao pai...

Vendo o movimento na aldeia, Jandira se apressou em assistir à partida da amiga. Soube que estava bem, e havia contado ao pai da gravidez. Com os olhos baixos, envergonhada, ela recebeu dele um forte abraço, e a explicação de que a tristeza era parte do agradecimento à vida:

– Hoje mesmo você vai encontrar seu marido!

Contente pela criança que ia nascer, ele aprovara o casamento e preparou tudo para que ela se mudasse logo para a fazenda. Jandira estava triste, mas pensava na felicidade da amiga, e levou algumas flores e penas em uma cesta. Janaína iria a pé até a fazenda com a mãe e o irmão. Toda a aldeia queria cumprimentá-la, e a mãe dizia esperar que ela fosse feliz na casa do marido, tornando-se uma mulher amada, ao lado de uma linda criança.

Na partida, acenderam uma fogueira com agradecimentos e pedidos de proteção aos espíritos dos antepassados. Derramaram nela alguns chás de ervas que trariam pureza. Então o pai ordenou à filha que se pusesse a caminho, conduzida pelo irmão.

(Alguns lobos que habitavam nas proximidades pareciam acompanhar o movimento, uivando como se também se despedissem)

Já a caminho, o irmão apontou para o anel no dedo de Janaína e disse que, segundo Jandira, era para mostrá-lo ao fazendeiro, caso se notasse alguma atitude estranha nele... Janaína assustou-se mas, segundo ele, o recado da amiga era para não ter medo.

Janaína ainda olhou para trás, perguntando-se quando veria de novo a sua aldeia. A mãe lhe respondeu que quando o filho nascesse e, sendo ela também dona daquelas terras, poderia voltar quando quisesse.

De longe, Jandira viu a amiga desaparecer na trilha enquanto, da oca, o pai olhava para a horta, lembrando o quanto regava aquelas plantas a filha que ele tanto amava. Mas agora, longe de casa, ela teria a merecida tranquilidade na alma...

Interlúdio

Vamos aproveitar que chegamos ao meio desta história para voltar à dimensão em que estávamos: Maria Clara conta agora uma parte de cada vez, pois já foram necessárias várias noites para que se pudesse avançar no enredo... E para que ele se complete, serão ainda consumidos alguns serões, no ritmo cadenciado que se mostre necessário à leitura de um clássico da cultura mundial, mesmo que pouco conhecido no Ocidente...

E se é verdade que esta história fora contada aos sobrinhos é o que menos importa agora, e sim lembrar mais uma vez a proveniência de seu enredo e que, como dissemos, trata-se aqui de uma adaptação, já se fazendo atravessada de muitas paisagens... Supõe-se até que o caso possa ter sido contado em partes separadas, entre as tantas vezes em que veio a ser ouvido, e nos diferentes lugares por onde passou, explicando-se assim as muitas variações.

E sobre o evento mais trágico ocorrido nesta história – que por abarcar duas paixões que são verdadeiras já traz em si uma condição potencialmente tensa –, a perda de memória de um dos protagonistas, isso se teria dado quando Lucas finalmente voltava à fazenda... Dizem alguns que teria sofrido o efeito exagerado de uma droga alucinógena – provavelmente o chamado "cogumelo de zebu", que era comum na região –, e outros que fora realmente amaldiçoado por um pajé, ou mesmo assediado pelo "demo", em algumas versões...

O fato é que durante todo esse tempo o fazendeiro não teve notícias de Janaína, e parece ter se distraído ao conhecer alguns violeiros da cidade – e dizem terem sido estes a lhe introduzir o tal cogumelo, provocador da "viagem" que o levara a esquecer-se de tudo (e muito provavelmente para libertar-se daquela angústia que a paixão o fizera experimentar...).

E aqui poderíamos comparar esse detalhe ao que ainda se discute em relação à história do próprio Ulisses, o grego (não o irlandês, porque este, se realmente tiver a sua história escrita, haverá de ser em época bem posterior – exatamente um século – a esta em que se passam os eventos, e mais ainda aos que se veem agora narrados por Maria Clara), se ele estava de fato desmemoriado quando conheceu Nausica, ou se não passou de fingimento... O leitor agora não se preocupe em voltar no tempo para supor que algum de seus antepassados tenha talvez participado diretamente da Odisseia, pois isso nem seria necessário desvendar como detalhe, sabendo-se que toda a nossa cultura descende dela.

O encontro com Nausica – tece-se aqui apenas este pequeno comentário – fora a real oportunidade de Ulisses esquecer todo o seu passado e começar vida nova, ao lado de uma jovem e rica princesa (e imagine-se agora, ela assim, com sua toga grega, toda transparente, aos dezenove anos de idade...), com a qual se fundaria nova linhagem. Mas havia Telêmaco – e nenhum filho poderia ser mais leal e bonito do que ele, já bem sabia Ulisses –, e havia Penélope, com todo o seu bom relacionamento sexual desenvolvido ao longo de anos... E talvez por isso Ulisses tenha desistido de Nausica...

Mas comentávamos sobre a questão da memória, se ela foi realmente perdida e depois recuperada (e graças a essa recuperação sabemos hoje de toda a história grega, metalinguisticamente narrada por Homero naquele momento lírico – ou pelo Homero que se criou a partir de uma memória coletiva, como é preferível dizer), ou se foi escondida, e eis aí o paralelo... Não se sabe ao certo se aquele fazendeiro do sertão realmente se esqueceu, se fez um chá de cogumelos que encontrou pelo caminho e depois não se lembrava de mais nada, ou se foi assolado por pensamentos malévolos de questionamento sobre suas reais intenções com a índia, que o teriam feito representar aquilo...

5ª Noite – Retomando o ponto em que estavam

> Enquanto servia o almoço, Aída chamava a atenção de Lucas para as notas de piano vindas do salão... Era a afilhada dele, que passava alguns dias na fazenda para aproveitar a tranquilidade. E ela parecia expressar sua paixão... Lucas ficou em silêncio para ouvi-la, pedindo que tocasse mais alto, sentindo haver mesmo algo de romântico...
>
> E então pensou no porquê de sua melancolia, já que não sentia falta de nada. O som de piano o entristecia, fazendo lembrar-se de alguns amigos e amores antigos. Ou talvez de um sonho, que ele não conseguia identificar.
>
> Do lado de fora, a lavadeira Jussara precisava avisar ao patrão da chegada daqueles índios, preocupada que fosse apenas mais um contratempo para ele.

Lucas estava na varanda e parecia descansar de sua mente esgotada, escondendo-se do calor...

– Chegou há pouco um grupo de índios daquela aldeia que você visitou, trazendo uma mensagem do cacique... O que digo a eles?

Lucas tentou se lembrar dos índios, e em respeito pediu que o padre os recebesse na capela, pois em seguida iria até lá... Mas Aída apareceu de repente, avisando ao patrão que os hóspedes já estavam na varanda, e queriam ser recebidos. Lucas perguntou se ela sabia algo da intenção dos índios, sentindo-se confuso. Aída disfarçou o que sabia, dizendo que talvez fosse uma homenagem.

Enquanto esperavam o padre, o irmão de Janaína disse à mãe:

– Também fui acostumado à solidão, mas esse homem tem um jeito estranho de se comportar... Seria apenas mais um dos que se entregam a alegrias mundanas?

Vendo a filha nervosa, a mãe de Janaína disse para ela não se preocupar, pois os deuses daquela casa a fariam feliz. Então Lucas foi avisado e eles entraram...

Aída ainda sussurrou que os visitantes pareciam pessoas boas, e que o recado devia ser importante... Ao ver Janaína, Lucas se perguntou se já conhecia aquela moça tão doce e bonita, sentindo que não desejaria ter nenhuma outra como esposa... Ela, com a mão no peito, notou seu coração bater mais forte, querendo acreditar que o marido a amasse de verdade, e a fizesse enfim se acalmar.

E não se lembrava mesmo

Chegou o padre, dizendo que os índios eram bem-vindos. Pediu a Lucas que escutasse a mensagem deles e fez um gesto de atenção com a cabeça, enquanto todos ouviam a saudação do irmão de Janaína. Lucas perguntou como estavam as coisas na aldeia e logo o índio começou a falar, desejando saúde e paz a todos, para enfim declamar a mensagem de seu pai:

– "O seu casamento com minha filha foi de comum acordo e teve meu consentimento, pois vi em você um homem digno e de virtudes. Receba minha bênção e a dos espíritos que os uniram por amor: noivo e noiva iguais. E receba bem a ela que está grávida, pelas obrigações de sua própria religião".

A mãe de Janaína enfatizou que fora um casamento de comum acordo, sem consulta aos pais, dela nem dele, mas devia ser respeitado... E enquanto Janaína ainda pensava no que dizer, Lucas os surpreendeu:

– O que está acontecendo? (palavras que pareceram entrar como fogo no peito de Janaína, queimando-a por dentro...).

O irmão respondeu:

– O que está acontecendo? Também não é costume de seu povo que o marido acolha a mulher grávida, mesmo que não mais a ame?

– Você não a reconhece? – intercedeu a mãe.

Lucas ficou confuso... Tendo ou não se casado com aquela índia, ela o fascinava. Comovido, pensou um pouco, pondo-se a dizer que infelizmente não se lembrava de ter casado com ela, e não sabia se era o caso de recebê-la mesmo que não fosse o pai da criança.

O irmão, tomando as dores de Janaína, disse que ela não merecia tamanho insulto, depois de ter sido seduzida e abandonada. Se o fazendeiro a roubara, e ela aceitou isso, devia ao menos respeitá-la. E já tendo dito o que precisava, pediu que agora fosse ela a ser ouvida...

Janaína indignada... – Lucas ainda confuso

Vendo a transformação daquele amor que tinha sido tão forte, ela não sabia o que dizer para que ele se lembrasse, e lamentou em voz alta:

– Senhor fazendeiro, vejo que agora colocou em dúvida o nosso casamento, e tudo que houve... Isso depois de se divertir com esta pessoa de coração naturalmente puro, e aberto, e termos concordado em nos casar...

Lucas realmente não entendia: por que ela mancharia a própria honra fazendo toda essa encenação? E continuou ouvindo...

– Se você acha que sou esposa de outro homem, vou mostrar uma coisa que fará lembrar-se...

Mas quando olhou para a mão, vendo estar sem o anel, Janaína tomou um susto... Achou que pudesse ter caído no rio, enquanto ela se banhava, e sentiu que naquele momento o destino mostrava toda a sua força.

Lucas viu estar em dúvida, insistindo em não reconhecer o amor que haveria entre eles e envergonhando aquela moça, que tinha uma dor discreta nos olhos... Ela, por sua vez, sentia-se realmente enganada, por alguém que fingira ter boas intenções e agora a tratava com desprezo. Alguém que teria *mel na boca e veneno no coração*. Então cobriu o rosto e chorou...

O irmão desejou que Lucas se arrependesse profundamente, pois uma união secreta como a deles só acontecera depois de muita ponderação. E disse que não demoraria para Janaína transformar seu amor em ódio... Em seguida, avisou que já era hora de voltarem para casa, e que a irmã ficaria com o fazendeiro, para que ele a reconhecesse ou repudiasse, pois essa era a lei de autoridade sobre a esposa. Chamou a mãe e se afastaram, deixando ali Janaína, que protestava:

– Fui repudiada por ele, e vocês ainda vão me deixar aqui?

Tentou seguir a mãe e o irmão, chorando sem parar, mas o irmão a mandou de volta:

– Você quer ser mãe sem marido?

Janaína percebeu que, se fosse considerada impura, teria vergonha do pai...

(Mas talvez quem escreveu essa história – pensou Maria Clara – não soubesse que os índios não têm esse tipo de moralismo, e que se preocupavam mais em cuidar bem de suas crianças...)

Não acreditando na história e ao mesmo tempo sentindo-se atraído por ela, Lucas quis consultar o padre. E este emitiu sua sentença: a moça moraria na sede da fazenda, e quando o bebê nascesse se perceberiam as semelhanças com o fazendeiro. Se fossem muitas, Lucas seria considerado pai; caso contrário, poderia devolvê-lo à tribo.

Lucas concordou, enquanto Janaína parecia rezar, pedindo para ser bem-recebida naquelas terras. Em lágrimas, foi levada pelo padre para morar na capela, enquanto o fazendeiro ainda sentia sua mente bastante turva...

Algumas horas depois, o padre voltou à varanda, agitado e maravilhado com o que vira e lhe parecera um milagre...Contou, ofegante, que Janaína se encaminhava ao pasto ali perto quando um cavalo vindo do nada (e parecendo iluminado) parou ao lado dela, que montou e saiu a galope até o rio, para em seguida atravessá-lo e sumir no horizonte...

Espantado, Lucas comentou que assim se encerrava o caso, pedindo ao padre que se acalmasse... Quando o religioso saiu, Lucas pediu o jantar a Aída, sentindo-se ainda confuso: se a razão lhe dizia para não reconhecer aquela índia como esposa, seu coração dizia o contrário...

6ª Noite – O agricultor e os jagunços do "primo"

O coronel, primo bastardo do fazendeiro, recebia em casa os seus dois jagunços, que traziam um homem de mãos amarradas às costas... Eles o acusavam de ter roubado o anel do fazendeiro, chamando o agricultor de ladrão, pois o anel com o brasão estava no bolso dele.

O trabalhador, com medo, tentava se explicar:

– Eu estava sem dinheiro para pagar as dívidas, então rezei e ouvi a voz do Senhor, dizendo que encontraria algo na barriga do primeiro peixe que pescasse...

"Hum..." – pensou o coronel –, "... é exatamente o que Pedro ouvira de Jesus, quando mencionou os impostos que precisavam ser pagos aos cobradores..." – imaginando ser armação.

Os jagunços já iam bater no cara, mas o coronel quis primeiro ouvir a história. O agricultor falou de sua família e da condição miserável em que viviam, "comendo farinha seca", quando lá bem se via "a produção agrícola e a pecuária" a fazer entender que "pobre não tem valor, pobre é sofredor", e só melhora quando se "acende uma vela pra não passar fome...". Contou ter encontrado o anel nas tripas de um peixe, mas quando foi vendê-lo, na feira, os jagunços o abordaram.

O coronel, sentindo o cheiro ruim, disse que ele era mesmo um pescador... Então resolveu se informar na fazenda do primo como havia sumido o anel... Se tivesse sido roubado, manteria o agricultor preso. Assim, saiu para ir pessoalmente à fazenda...

Horas depois, quando os jagunços já estavam loucos para bater no suposto ladrão, ficaram surpresos com as palavras do chefe:

– Podem soltar a peste!

– O quê?

– Soltem o cabra!

Decepcionados, os jagunços tiveram de engolir o sorriso do agricultor, orgulhoso da própria inocência... O coronel ordenou que todos ficassem quietos, e entregou ao preso um pacote de dinheiro, como recompensa dada pelo fazendeiro.

Sem entender nada, os jagunços disseram que o fazendeiro devia *amar* aquele anel e, como estavam envolvidos no resgate, teriam parte na recompensa. O pescador concordou que não precisava mesmo de todo aquele dinheiro, oferecendo metade aos três. Vendo que não era má pessoa, o coronel convidou o novo amigo para ir até o boteco da Vila, "beber" a recompensa... E lá se comentou que, quando o fazendeiro viu o anel, pareceu estar se lembrando de algo muito importante, ou de alguém, e ficou doido, "louquinho", "*arretado*"...

O mesmo vento

O mesmo vento que passou pelo refúgio onde estava Janaína refrescava agora as salas da fazenda, onde se notava, em plena época de festividades, um grande silêncio... Uma das criadas regava a bela mangueira plantada em frente à casa, ainda pouco verde e rosa, pedindo que ela se enfeitasse para receber logo a primavera...

– As novas chuvas já estão chegando, e você poderá alimentar os pássaros com a delícia de sua fruta...

Jussara, ouvindo aquilo, perguntou se as chuvas já estavam mesmo voltando. Então, pediu à amiga que a segurasse para, nas pontas dos pés, pegar uma flor que estava no alto, e assim homenagear o cupido. Era ainda um botão, mas já se sentia o cheiro... Juntando as mãos, ela desejou ao broto que ajudasse àqueles amantes sofridos pela separação.

Aída passava por ali e lembrou que seu patrão preferia nem ver as comemorações pela chegada da primavera... Contou às amigas sobre o escândalo de rejeição à índia, e elas disseram ter ouvido alguma coisa do anel que os jagunços do "primo" encontraram.

– Pois é... Quando o patrão viu o anel, lembrou-se de Janaína e do casamento escondido que tiveram, e só então percebeu que a tratara tão mal... Depois disso, passou a abominar os prazeres da vida, a não ligar mais para os negócios, a passar noites em claro e trocar o nome das pessoas, envergonhando-se de tudo...

Um grande remorso

Lucas andava em profunda melancolia, mas às vezes falava com Aída. Ela ainda o admirava, apesar da palidez e dos lábios descoloridos de tantos suspiros, e de ter os olhos avermelhados por ficarem abertos à noite, enquanto pensava em Janaína... E o corpo, cada vez mais magro.

O fazendeiro pediu à cozinheira para avisar aos vaqueiros que ele não iria ao curral, em razão de sua longa noite de insônia:

– Adriano poderá cuidar sozinho das vacas...

Para Aída, o que havia mesmo por trás daquilo tudo era a maldição do pajé... Então ela falou do jardim, mostrando que haviam feito todo o serviço de poda, e retirado os formigueiros. Eles poderiam ir até lá e descansar um pouco, naquela área mais fresca...

Lucas escolheu um banco próximo a flores que lembravam sua amada. Perguntou se Aída – que sabia o quanto ele amava Janaína (pois lhe havia dito isso, na mata) – não deveria ter lhe avisado ser tudo verdade, o que os índios diziam... Teria ela também se esquecido? Mas Aída explicou: quando o patrão não sabia se voltaria à fazenda, disse a ela para não comentar com ninguém sobre sua paixão, que no fim poderia ser apenas uma brincadeira... E ela, "burra", teria acreditado... Mas pediu a ele que confiasse no destino, que será sempre poderoso...

Lucas ainda pensava em seu repúdio à jovem índia, sentindo-se "miserável". Lembrou que ela quis seguir a mãe, mas obedeceu ao irmão para ficar com gente estranha. Virou-se com o rosto molhado de lágrimas, e ele, inabalável, não reconheceu sua dor.

Aída quis de novo consolá-lo, dizendo acreditar que os dois ainda se encontrariam: afinal, nenhuma mãe quer o filho por muito tempo sem conhecer o pai. E insistiu para confiar no destino, pois a história do anel era um exemplo de que algo inesperado poderia acontecer...

Desenho que parece vivo...

Jussara passou por ali e Aída pediu que trouxesse uma tela que Lucas começara a pintar, retratando os dias em que estivera na mata... Quando ela voltou, Aída elogiou a beleza do quadro, e a habilidade de seu patrão em expressar tão bem os sentimentos. Reparou nos olhos da musa, que parecia estar viva, de tão bem desenhada... Lucas explicou ser aquele ainda o rascunho que pretendia retocar mas, mesmo quando terminasse, não caberia o encanto da verdadeira imagem.

Aída percebeu assim que, apesar de tudo, a afeição pela índia só aumentava: seu patrão já parecia fora de si. Então perguntou quem eram as outras figuras do quadro. Apontou para uma que devia ser Janaína, "meio cansada, regando a planta", enquanto a outra parecia ser a amiga...

Lucas mostrou alguns borrões de lágrimas escorridas enquanto ele desenhava. Pediu a Jussara que lhe trouxesse os pincéis, dizendo a Aída que ainda faltavam as ocas, alguns macacos e flores... Aída brincou, pedindo que colocasse também os pajés carecas.

Aos poucos foi desenhando detalhes dos enfeites de Janaína, lembrando-se de cada delicadeza... Tinha uma flor nos cabelos e o rosto assustado por causa de uma abelha... Já saindo de si enquanto pintava, Lucas começou a falar com a abelha, ameaçando-a para que se retirasse... E Aída viu que, de tão bem pintada, a abelha parecia mesmo se mexer...

Lucas quis então desafiar o inseto, enquanto Aída ria, perguntando se ele não tinha medo... Ou se não estava ficando louco, e era melhor saírem de lá... Ela mesma precisou se tocar de que aquilo era apenas um desenho, pedindo a Lucas que tivesse calma, e se desse conta da própria loucura.

– Como? É o meu desenho?

O susto de Aída

Depois de se levantarem, foi cada um ao seu canto retomar as atividades, mas quando tudo parecia voltar ao normal, ouviu-se de longe a voz da cozinheira:

– Socorro! Socorro!

Lucas levantou assustado, correu e viu Aída debaixo de uma prateleira, que ela mesma derrubara ao cair... Pensou se não eram os espíritos da mata começando a invadir sua casa, mas logo tratou de ajudá-la. Ela ainda reclamava da sorte quando viu pela fresta da porta uma sombra na varanda, pensando que fosse uma jararaca...

Jussara trouxe uma espingarda e Lucas a armou rapidamente, abrindo a porta com um chute. Mas na varanda estava um índio que, assustado, contou ter vindo em missão de paz... Liana riu, caçoando das boas-vindas de seu patrão, que quase estraçalhou o amigo, como se fosse um animal.

O índio tomou a palavra:

– Vim trazer uma mensagem do cacique...

E assim contou que a aldeia estava sendo novamente invadida por maus espíritos, e que os pajés sozinhos não conseguiam detê-los. Só o fazendeiro, com sua força e os estrondos da pólvora, poderia realmente expulsá-los. Pediu então que o acompanhasse imediatamente, levando seu cavalo e a arma...

Lucas sentiu que usaria sua arma agora em uma missão diferente: defender os índios. Enquanto se arrumava, pediu a Aída que avisasse a Adriano para cuidar de tudo enquanto estivesse fora. E os dois saíram.

7ª Noite – Depois de algum tempo, a caminho de casa...

Lucas passou algumas semanas na mata próxima à aldeia, dando segurança aos índios. Na volta, conversando com seu amigo (o mesmo que o guiara até a aldeia) disse que, embora aceitasse as honrarias do cacique, o que fizera na verdade era muito pouco... O índio sorriu, dizendo que o "caraíba" estava descontente consigo mesmo, mas perto de seu heroísmo, foram até pequenas as homenagens. O chefe estava muito agradecido.

O fazendeiro se disse honrado por sentar-se com o cacique diante de toda a tribo, e receber dele aquele arco-e-flecha poderoso, de pau de jatobá. Soube então que, por aquelas horas, as índias estariam pintando seus corpos com motivos inspirados na proteção dele (pois, segundo o índio, a arma fizera correrem todos os maus espíritos, e índios de outras tribos...).

Não reconhecendo o caminho de volta, o fazendeiro explicou que na ida esteve muito ansioso, e nem prestara atenção. Passavam agora por um lugar alto, até um pouco frio, lembrando paisagem europeia... Lucas foi se sentindo

confortável, vendo suas botas umedecidas pelo orvalho. E de cima dessa chapada, via-se ao longe a fazenda:

– Que vista! Daqui a terra parece se estender em *manchas verdes sem fim*, de folhas que escondem os troncos das árvores... E mal se vê o movimento dos rios, *que parecem filetes de água...*

O índio lhe explicou que bem à frente estava uma região muito apreciada pela tribo. Viram dali uma montanha que parecia molhada, dourada pelo sol e cortada por uma nuvem rosa... O índio disse seu nome em tupi, e que queria dizer "pico dourado": era o lugar para onde se dirigiam os pajés e caraíbas, quando precisavam aperfeiçoar seus poderes... E lá viviam os pais do cacique, também em retiro, protegidos por índios jovens.

Lucas demonstrou vontade de conhecê-los, aproveitando a viagem. O índio concordou, e os dois se dirigiram para lá...

Um lugar mesmo encantado

No caminho, notaram que os cavalos andavam silenciosos, sem nada que os agitasse. Avistaram um pajé imóvel, muito concentrado, parecendo coruja no toco... O fazendeiro perguntou se podia ir lá cumprimentá-lo e o índio segurou os cavalos, lembrando que estavam em terras sagradas, e deviam ser discretos.

Lucas reparou que o lugar era mesmo encantador, e até mais cuidado que sua fazenda (o mesmo que sentira pela mata próxima à aldeia, na primeira vez em que a viu). Chamou o amigo para caminhar junto e então eles amarraram os cavalos. Quanto mais se aproximavam do retiro dos avós de Janaína, mais Lucas se impressionava com o lugar: havia águas douradas e pedras preciosas à beira do rio, árvores que pareciam emitir sons melodiosos com o vento, e até botos, nas águas... No meio do caminho, o índio gritou:

– Ô pajé, sabe se o antigo chefe está ocupado agora?

De longe, ele respondeu que estava em retiro com a esposa, e Lucas preferiu respeitar o lazer deles. O índio sugeriu que os dois ficassem um pouco à sombra, e no momento certo se mostrariam. Disse também que iria dar um rápido passeio, e logo voltaria.

Lucas de repente se sentiu nervoso, com tremedeiras nos braços, como se fosse um augúrio (o que era curioso, pois estava longe de realizar qualquer aspiração). Então ouviu uma voz de índia:

– Seja educado, menino. Solte logo esse filhote!

Viu então um menino que lhe pareceu muito forte, vigiado por essa índia. Ele arrastava pelo rabo um filhote de onça, que tinha o pelo todo eriçado, e os olhos bem abertos de medo. Dizia à índia que estava apenas abrindo a boca do bicho para contar-lhe os dentes... Ela insistia para que não o assustasse, comentando que tinham razão em chamarem-no de Héracles, ou Piá-guaxu, o Corajoso.

Lucas sentiu seu coração inclinar-se pelo garoto. A índia temia que a mãe do filhote aparecesse, e ofereceu ao menino um cocar e arco-e-flecha em troca. Ele estendeu a mão para ver o que era, e Lucas reconheceu no gesto um traço de valentia, semelhante ao de seu pai e ao de seu avô, desbravadores do sertão...

A índia ainda falava quando reparou em Lucas... Sem medo, pediu que fizesse o menino soltar o filhote, e o fazendeiro tentou convencê-lo:

– Um filho de cacique, como você, deveria entender que é desonroso perturbar os animais, e até perigoso, quando se trata de uma fera...

A índia comentou que ele não era filho do cacique (o que Lucas havia suposto pela aparência, e também pelo lugar). O fazendeiro fez um carinho no menino e percebeu que se emocionava ao tocá-lo...

– Que bonito! – gritou a índia, assustando Lucas...

– Vocês dois se parecem... E pelo jeito ele também gosta de você!

Lucas fez novo carinho e perguntou sobre a família do menino, já que não era filho de cacique ou pajé... E quando a índia respondeu que vinha de uma família de fazendeiros, ele pensou: "Seria da minha família, e por isso se parece comigo?"...

Então perguntou à índia por que eles moravam naquele lugar, inacessível a índios comuns... Ela explicou que a mãe do menino fugira de uma fazenda e lá fora recebida quando o filho ia nascer...

E vendo que já era uma segunda etapa de sua esperança, Lucas perguntou o nome do fazendeiro, mas a índia se recusou a pronunciá-lo, dizendo ser de alguém que rejeitou a esposa natural – o que fez a história apontar ainda mais para ele... Ia perguntar o nome da mãe da criança mas achou indelicado, caso fosse esposa de outro homem.

Dúvida esclarecida

Chegou outra índia trazendo um papagaio, e disse, por coincidência:

– Olha a ave que Janaína capturou para você...

O menino pegou o papagaio e perguntou da mãe, alegre em ouvir seu nome... A índia explicou que estava ocupada, e tentou mostrar a beleza do pássaro... Mesmo surpreso ao ouvir o nome da mãe, Lucas se lembrou de haver coincidências, achando melhor não esperar demais, pois temia um possível desapontamento...

O menino mostrava aos outros que aquilo não era um pássaro qualquer, e sim um papagaio, e o agitava com as mãos... Uma pulseira de ervas caiu de seu pulso e Lucas abaixou-se para pegá-la. As índias gritaram para não tocá-la e colocaram as mãos ao rosto. Espantadas, explicaram que a pulseira tinha ervas mágicas, e fora dada por um pajé: só o menino e os pais dele poderiam tocá-la; se um estranho o fizesse, ela se transformaria em serpente e picaria essa pessoa...

O fazendeiro perguntou se alguém vira essa transformação alguma vez e elas disseram que sim, muitas... Lucas abraçou o menino e as índias saíram, querendo dar a notícia a Janaína. Então o menino disse ao pai:

– Quero ver minha mãe.

– Você vai comigo, ver sua mãe.

Mas ele disse:

– Você não é meu pai. Meu pai é fazendeiro.

E Lucas sorriu...

Reencontro

De repente apareceu Janaína... Olhou para Lucas e ele estava tão pálido (ainda por causa do remorso), que achou que não fosse seu marido... Mas quem mais poderia tocar no amuleto e sair-se ileso?

O menino correu para a mãe e perguntou quem era aquele que o abraçava e chamava de filho... Olhando para ela, Lucas pediu perdão pelos sofrimentos causados, e disse que, se o aceitasse agora, poderiam ser felizes... Janaína sentiu o destino sendo-lhe enfim piedoso, pedindo ao próprio coração que se confortasse: aquele era de fato o seu marido...

Lucas agradeceu a Deus por estar de novo à frente de sua amada, podendo ver o rosto que tanto adorava (e acabara ferindo pela desilusão...). Por fim, terminaria todo aquele eclipse.

– Sim, eu reconheço você – disse Janaína.

Com voz chorosa e soluços de paixão, Lucas explicou serem suas lágrimas de puro encantamento, esperando haver também da parte dela amor e perdão:

– Eu não era dono dos meus pensamentos: agi como os que se veem submersos em ilusões...

Janaína pediu calma e disse-lhe que na época os erros dela talvez fossem maiores do que as virtudes, o que teria feito seu marido, de coração gentil e amoroso, desgostar-se... E enxugou o próprio rosto. Vendo o anel no dedo dele, disse ser aquele o que perdera no rio... E Lucas contou-lhe que, ao vê-lo, lembrou-se de tudo.

Chegou então o índio, amigo de Lucas, e parabenizou os três pelo encontro. Convidou-os a visitarem a casa dos avós de Janaína, que se sentiu envergonhada, mas Lucas tratou de convencê-la.

Palavras finais – dos avós

Na oca dos idosos, o índio elogiou o fazendeiro à frente do antigo chefe e de sua esposa:

– É ele quem caminha na mata em defesa de nosso povo... Com sua arma de fogo, alia-se ao relâmpago de Tupã para vencer em combate a maldade dos inimigos...

O casal de idosos assentiu, parecendo já conhecer a história que envolvia a neta e seu marido "caraíba". Disseram a Janaína que o repúdio de Lucas não se dera por agitações impuras de sua mente, explicando melhor o evento do anel. Também recomendaram ao fazendeiro que não se recriminasse mais pela atitude involuntária, elogiando sua braveza. Disseram que o viam com afeto, e pediram que se aproximasse...

Olhando para o menino, quiseram lembrar o passado de sua brava tribo de guerreiros, quando defenderam as terras de invasores que vinham de longe sabendo que só assim honrariam seus ancestrais... E desejaram que ele tivesse uma vida longa em defesa de seus parentes índios, tornando-se um guerreiro ainda mais forte do que o pai.

Enquanto Lucas e Janaína se sentiam aliviados com as explicações da história, o velho índio perguntou ao fazendeiro se já havia dado a bênção a seu filho, e se iria batizá-lo... O fazendeiro respondeu que nele estava a esperança de sua família, e então o antigo chefe disse que o menino iria ainda cuidar de suas terras, conhecendo as leis dos caraíbas para se transformar em um herói incomparável, extremamente afortunado, que atravessaria o oceano em um navio repleto de modernidades, sendo bem recebido em todas as regiões... E que se lá ele era chamado de Corajoso, por cativar o respeito até de animais perigosos, também haveria de ter seu nome e sobrenome português, com que será reconhecido. Lucas disse que um futuro tão grandioso assim só poderia mesmo acontecer com quem fosse primeiro criado entre os índios...

A avó ainda lembrou que o cacique seria compreensivo com ele, assim que entendesse toda a história.

– Pegue agora os cavalos e leve sua esposa e o filho para a fazenda...

Enquanto os três saíam, o velho índio iniciou uma prece em tupi, desejando que os deuses enviassem chuva àquelas terras e lhes trouxessem dádivas, fazendo florescer cada semente... E que fossem honrados os ancestrais dos dois povos, com ações de graça e gestos de generosidade.

7

Notícias familiares

Os estudos de Cotegipe...

Vanderlei, em seu casamento com a Chica, acabou tendo quatro filhos, sendo que o quarto (depois de Ana Francisca, Ambrósio e Luna, como lembramos) chamava-se João Maurício, como o pai... E este tinha apenas dois anos quando perdera a mãe Francisca Antônia (irmã mais nova de Maria Clara e, portanto tia, já falecida, da segunda mulher de seu pai...).

Ora – e isso devemos lembrar sempre –, os filhos de Vanderlei, tanto quanto os de Maria Clara, eram netos de Florência e bisnetos de Laureana, isto é, descendentes de índios...

Talvez fosse só por coincidência, mas o fato é que o menino João Maurício, filho de Vanderlei, depois de ter morado ainda criança naqueles lados de Campo Largo, já se identificava nos meios sociais pelo nome geral dado ao lugar de onde vinha, e obviamente se tratava de um topônimo indígena (usado para referir-se a toda aquela região interiorana acima de Campo Largo, para onde Vanderlei havia se mudado e morado com a família durante sete anos, como bem lembramos...). Assim, já na juventude, quando voltou à Vila, este João passou a ser conhecido de todos pelo seu apelido de "Cotegipe".

...em sua ida a Salvador

Em 1832, aos dezessete anos, ele partiu para Salvador acompanhado de um irmão (mas quem contou isso não soube dizer se era Ambrósio ou Joaquim), a cavalo, em uma caravana, pois lá ele pretendia continuar em seus preparatórios para o curso jurídico, que já se decidira a fazer em Olinda...

Este curso, propriamente dito, ele só poderia iniciar dali a um ano – e depois disso ainda seriam mais quatro, de faculdade. É lá que ele vai conhecer futuras celebridades, os colegas que também se tornarão famosos, como Joaquim Nabuco, Zacarias de Góes, Sinimbu, e seu primo Francisco (o quinto filho de Maria Clara).

Vanderlei, o pai, já estando bastante idoso, começa agora a ter ansiedade pelo dia em que o filho estará de volta, e assim a dizer em cartas tudo o que sente, e percebe, usando expressões como *"cada vez mais os dias me parecem anos"*, *"tomara já te ver em meus braços"*...

Enquanto isso, José...

Há alguns anos, quando houve aquela revolta no Pará, lembramos que não teve outro jeito para José a não ser voltar para o Maranhão. Depois disso passou-se mais algum tempo até ele ser convidado a fazer parte do *Tribunal de Relação da Província*... Mas no ano de 1833, quando ia enfim tomar posse desse cargo como desembargador efetivo, Diogo Feijó, o então ministro da Justiça, convidou-o a ser o novo presidente da província de São Pedro do Rio Grande do Sul.

Esta província era a que ficava mais ao sul, e fora criada em 1821, em substituição à capitania de mesmo nome (de 1807...), e haverá de ser ainda o Estado de nome igual, mas sem a invocação do santo (e isso só depois de reverter-se uma cisão que começará por esses tempos, em que se formará a *Repúbica* rio-grandense, ou *Piratini*, "a mais longa revolta brasileira" de que se tem notícia...).

São tempos realmente difíceis, estes em que se faz a transição entre os dois imperadores, o pai e o filho... Ao que parece, haverá outras tantas lutas que se seguirão à declaração da Independência, decorrentes dos diversos interesses em jogo, neste processo em que o Brasil ainda precisa se firmar como novo país, "autônomo", em relação à sua antiga Metrópole (dando-nos conta por esta palavra que às vezes continuamos a falar grego, pois *auto* quer dizer "de si mesmo", e *nomo*, "lei"...).

Depois do que José enfrentou, ou deixou de enfrentar (pois chegamos a acompanhar mais ou menos de perto o que de fato aconteceu durante aqueles distúrbios no Pará...), agora em São Pedro já se mostra evidente que estas manifestações vão acabar se transformando em uma guerra, a *Guerra dos Farrapos* e, por causa dela, a Regência Trina precisará combater as tendências oposicionistas vindas principalmente do *Partido Liberal*...

José quis contornar essa situação, mas Feijó acabou contemporizando com os liberais, para evitar o choque armado... "Substituiu o Presidente conservador e pouco maleável por um do Partido Liberal" é o que dizem, o que foi contraproducente (também é o que dizem), pois a revolta se antecipou e "explodiu" na capital da província em 1835.

... vive um romance

O primeiro beijo pode ter sido numa cantina, onde se sentaram para almoçar lado a lado, na companhia de novos colegas do fórum, e logo foram aparecendo outros amigos, e alguns que eles tinham em comum, facilitando a aproximação...

José casou-se quando já estava de volta ao Maranhão, tendo sua esposa o nome Joana Meireles, uma mulher rica, de família portuguesa. Tiveram juntos duas filhas, Maria e Joana.

No fim ele adotou mesmo a província do Maranhão, para viver em São Luís com a esposa e as filhas, mas nunca se esqueceu de sua origem rural, na região do vale do São Francisco...

E Maria Clara continua cuidando dos sobrinhos

Como bem lembramos, Maria Clara criou juntos seus sobrinhos-netos e os filhos menores, em especial Pedro, o caçula (que a essas alturas já está com quinze anos – ele é de 1818 – e até fez uma viagem pelo interior, tangendo gado junto com seu irmão Tonhá, como bem acompanhamos). Pedro é da idade de José Bonifácio, o terceiro dos sobrinhos, e mais novo, portanto, que Ana Francisca e Clemente (e mais velho, por outro lado, que Francisco e Antônio).

E agora, depois de já termos entregado facilmente algumas possíveis surpresas, contaremos que Ana Francisca, que está com dezessete, irá logo se casar com o primo Carlos, quarto filho de Maria Clara, que é treze anos mais velho do que ela (ou será que já dissemos isso antes?). E Clemente, agora com dezesseis, irá se casar com Ana Joaquina, de catorze, a filha mais velha de Lília (Lília, que é a filha mais velha de Maria Clara, e casada ainda com o capitão Vanderlei). E a segunda filha de Lília, Antônia, é que será a esposa de Pedro.

Falamos de filhos homens de Maria Clara, dois deles casados com descendentes de Ana, a filha mais velha de Tomei... E neste momento devemos atentar para o que está acontecendo na casa de outro filho de Maria Clara da Virgem, o mais velho dos homens, que há pouco mencionamos ter levado o irmão caçula para tanger gado, quando eram mais jovens, e depois se casou com a única filha mulher de Maria, segunda filha de Tomei.

Neste momento, na casa de Tonhá e de Maria Joana Marques, na Barra, está acontecendo algo de muito especial: o nascimento de Antoninho, filho mais velho do casal... Estamos no ano de1833...

As novas responsabilidades em apoio aos estudos do irmão

Aqui já se falou que a arte de contar uma história tem a seu favor a possibilidade de se manipular o tempo, para frente e para trás, até mesmo ao bel prazer, desde que se possa entender o sentido (e tomou-se o exemplo "cinematográfico" da ligação do primeiro raciocínio que se supõe ter havido – no uso de uma ferramenta – ao aparecimento de "naves espaciais", no futuro; ou outro, mais pertinente, em que se faz narrar uma possível "História da cultura" ligando-se diretamente a ciência grega da Antiguidade à época das cidades italianas, no Renascimento...).

Bem, e aqui já se mostra como "truque" narrativo (mas sendo um pouco menor...) que há algumas poucas linhas falávamos estar no ano de 1833, e repentinamente já pulamos para o de 1835... Isso para voltarmos a falar dos sobrinhos de Maria Clara, dois dos órfãos de Joana da Mota e seu marido, que agora estão ficando mais velhos. Clemente, com dezoito anos, e José, com dezessete, passaram a administrar os bens deixados por seus pais, enquanto Antônio Bonifácio, o mais novo, terá de ficar na Casa-grande da Barra ao lado da família, em razão de algumas fragilidades de saúde que apresenta...

José Bonifácio passa a ser o responsável pela fazenda Palma, que se estende por quatro léguas na margem do rio Grande, onde se guardam e abrigam cerca de 1200 cabeças de gado... A fazenda tem uma sede chamada "Goiabeira", que está a 30 léguas da Barra...

Clemente vai se responsabilizar pela fazenda Tabúa, que tem até mais lavoura do que criação, e fica seis léguas para dentro do *Poço Redondo*, no caminho do Brejo Grande... Ela tem uma sede imponente e é muito bem cultivada, com milho, arroz e cana, esta que serve para produzir o açúcar mascavo, rapadura e aguardente (e há de se notar que o futuro interesse de Antônio "Primo" por esta fazenda talvez fosse justificado também por essa produção – pois, além da "astúcia, "vício do jogo" e "desregramento com mulheres", a ele é atribuído o "gosto pela cachaça"...).

Os dois estão se tornando administradores competentes, e nunca vai faltar apoio financeiro ao quarto irmão, Francisco, que neste momento vai dando os primeiros passos de uma carreira brilhante...

8

A viagem de Francisco

Formação do barão da Vila (algumas considerações)

Caberia aqui colocar algumas explicações já esboçadas, sem precisar repeti-las, mas apenas lembrar que se trata de uma reflexão antiga, presente no livro do arquiteto Vitrúvio, assim como outras vindas dos gregos (Epicuro e mais alguns) – e à qual não se tem nada de novo a acrescentar – sobre a importância da instrução, em que a educação pode e deve ser considerada mais importante até do que as riquezas materiais... E se isso já dizia Vitrúvio (a quem talvez tenhamos primeiro nos referido como engenheiro militar – do imperador Otávio César Augusto, de Roma...) por volta de 25 a. C. (no mais antigo tratado de Arquitetura sobrevivente aos tempos, e se isso já dissemos, também não custa lembrar...), deve estar, com certeza, também escrito na Bíblia, que é uma fonte de referência mais segura do que se passava em termos de "visão de mundo" e na postura dos membros desta família, diante da vida...

E outro pensamento se mostra igualmente presente na Bíblia, a dizer-se que tudo que queremos pode não passar de apenas uma corrida atrás do vento, embora se consiga atingir a felicidade de alguns momentos – como a de se comer e beber com os amigos, isto é, com pessoas queridas, com quem se tenha uma boa relação (e há também outros deleites, como o que aqui já se citou, transcrevendo diretamente do *Livro da Sabedoria*, para lembrar que somos todos produtos de um "prazer que acompanha o sono"...). Bem...

Ida à Europa

(Vamos agora entrar pelo ritmo marítimo de mais uma grande travessia, deveras oceânica...)

Tudo pronto e Francisco vai para a Europa. A viagem de navio é longa, e sobre o que ele sente neste tempo de 360 graus de mar à volta, às vezes chuvoso, ora ensolarado e às vezes mais claro ou escuro, conforme a noite sem lua ou com o tempo fechado,

é o que nos faz agora lembrar mais uma vez de Tomei, em sua chegada à América portuguesa, divagando e percebendo...

Misturam-se as palavras "mar" e "barulho", criando-se o "marulho", termo que quer dizer, simplesmente, "barulho do mar". E por princípio, sendo um som, não poderia ser descrito em palavras, pois sua apreensão (e sensação) se dá de maneira auditiva e nada tem de visual (como fizemos questão de destacar em outra passagem...). Mas com palavras certas talvez se possa remeter à memória do leitor o som, doce e tão repetidamente ouvido durante as longas viagens transoceânicas (todas elas), querendo-se entender conceitual e verdadeiramente como sendo este o ritmo do mundo, da vida e de todas as palavras...

A vida começou no mar, e assim dirão os cientistas do futuro, calculando como há cerca de cinco bilhões de anos que algo diferente ocorreu e gerou a primeira forma de ser que respira, e ninguém sabe se era apenas uma (da qual teriam sido desenvolvidas todas as outras), ou de muitas ocorridas à mesma época, pelo mesmo processo de acaso químico.

Talvez um raio, um mísero raio, tenha provocado este choque, ao ser lançado à superfície marítima, como era comum, à época em que todo o planeta era coberto por águas. Ou então, vai se dizer, a vida também poderá ter vindo do espaço, trazida por um cometa. Dirão haver química orgânica (e o que será isto?) na cauda dos cometas, e que em Marte já teria havido algum tipo de bactéria... Mas como a vida de Marte teria chegado à Terra? Como explicarão isso os cientistas? Ora, com uma explicação do tipo que o impacto de um meteorito teria lançado matéria para fora da esfera de gravitação, e que essa vida, apesar do impacto, teria continuado viva e atravessado o vácuo até chegar aqui (o que é muito difícil acreditar...).

Sim, mas então, lá em Marte, a vida viveria sem o oxigênio da atmosfera, e só aqui precisaria de ar ou água para respirar... Sim, Francisco estende este raciocínio, mas seria "muito difícil acreditar...". O fato é que não deve haver mais água em nenhum outro planeta, e embora se possa achar quão interessante é a topografia de Vênus, pelas lunetas de Galilei, "vida, mesmo, só se vê por aqui", é o que ele conclui, lembrando o seu antepassado...

Ainda o "marulho"

Talvez os menos avisados deste navio não saibam que no mar, em seu conceito mais amplo (que inclui todos os oceanos), ainda existem as maiores quantidades e variedades de vida. Por uma questão simples: não só a superfície, como a espessura marítima do meio habitável, é bem maior que a terrestre. E outras curiosidades ainda poderiam entrar neste comentário, teoricamente feito de Francisco para si mesmo...

O mar ainda esconde os imensos segredos que deram origem ao imaginário de todas as épocas: monstros, precipícios etc. Como descrever um monstro? Francisco agora pensa se a expressão "monstro pré-histórico" não seria redundante, já que nenhuma outra espécie domina a escrita, a não ser a nossa... E todos os monstros como caricatura parecem se basear nos tiranossauros, lagartos e insetos que existem até hoje. Até hoje, no fundo do mar, nas fendas oceânicas, rachaduras que separam as placas tectônicas, há formas de vida pouco desvendadas. Mas não precisaríamos ir tão longe, tão profundamente imersos ao descobrir que os corais e outras formas que não sejam animal ou vegetal, nós as desconhecemos profundamente...

No fundo dos oceanos, a vida é certamente diferente, a começar pela fonte de energia. Enquanto ali na superfície toda ela provém do sol, e é transformada em química pela fotossíntese das plantas, no fundo dos oceanos a fonte primária é o calor do magma que se aloja no centro da Terra, aproveitado por uma síntese química (sem "foto", que é a luz). O que não quer dizer que não somos aparentados a esses seres, a quem estamos vinculados por genes, assim como somos parentes de plantas e insetos... Isso se vê pelas formas orgânicas: são peixes, crustáceos, moluscos e assim por diante, certamente provenientes das mesmas formas de vida que vemos aqui em cima.

Teriam descido há milhares, milhões de anos, e por mutações sucessivas conseguiram se adaptar ao ambiente "hostil". De vez em quando aparecem nos jornais e revistas algumas formas de vida dessa região, que por algum motivo emergiram ao nosso mundo: lulas de cinco metros etc. Não são deformações: existem porque se adaptaram a algum meio. Monstros não o são, mas os antigos os chamavam de "monstros", como a todos os seres distintos dos conhecidos (acreditando até em peixes que "sei lá quanto" poderiam provocar tsunâmis)...

Francisco tenta agora escapar deste tema tão fugidio, o próprio mar, a pensar por um momento que esta mesma travessia transoceânica já foi feita tantas vezes, por muitos de seus antepassados, que durante quarenta dias só ouviam esse barulho de mar, ou melhor, tinham como constância de fundo às suas conversas essa suavidade do quebrar das ondas no casco do navio... Dia e noite, e noite e dia (certamente), o barulho das ondas, no tempo atmosférico que fosse, era constante o "marulho", e difícil seria se acostumarem, depois que chegassem, a passar a vida longe dele.

E houve aqueles que de fato se enjoaram dessas travessias, preferindo depois se embrenharem mesmo nas matas, indo para bem longe (do que guardavam ainda em memória sobre o enjoo daquela viagem...), escolhendo preferencialmente o som da natureza interiorana, com seus pastos e rios, ambientes de suor do gado, currais e bosta de vaca, moscas, bezerros servindo de comida: era melhor, muito melhor mesmo, do que aquele constante "marulho"...

Jantar com o capitão

Naquela noite Francisco foi escolhido para estar à mesa de jantar com o capitão do navio... Não sendo dado à bebida, e acostumado a comer cedo, percebeu que haveria de entreter-se ali sozinho, sem que soubessem, com os próprios pensamentos... Seriam apenas algumas poucas horas e ele já estaria de volta à cabine, podendo fazer suas anotações pessoais, e preparar os estudos do dia seguinte.

E enquanto jantava, logo ao rasgar a carne daquela galinha com uma primeira garfada (já imaginando o gosto suculento do que lhe saciaria a fome), foi que pensou: toda a terra é um só organismo, completo e arredondado, como se fossem células de um todo orgânico, cada uma se alimentando de outras...

Um enorme monstro, aquilo lhe parecia, mas entendendo que a vida é assim mesmo: milhões de átomos misturados, em que quando um indivíduo se decompõe, volta à matéria original, um pouco de água, um pouco de carbono e dezenas de outros elementos que não é preciso saber o nome...

E se os índios eram de fato canibais, talvez seus deuses também o fossem. Pois era assim que eles, em sua razão, representavam a natureza, exatamente à maneira da vida: um todo orgânico e arredondado em que tudo vai se alimentando, e deixando-se alimentar por outro...

Mas deve existir um centro, o centro de uma esfera para onde tudo converge, e desse ponto haveria talvez um raio infinito que o ligasse à superfície exata desta esfera, separando tudo que existe do que não existe... Essa esfera compreenderia toda a natureza, todas as existências, e seria, portanto, o Deus, Ser supremo que é o próprio Universo.

Lutando por uma especialização acadêmica (e os dilemas de como gastar...)

Alguém com potencial para se tornar barão já de cara não "torraria" o dinheiro que fora acumulado por seus familiares, com tanto sacrifício, e permitiria que ficasse tudo ali em definitivo, no exterior, algo que em sua origem tinha como matéria prima toda uma riqueza natural que fosse, e neste caso era o fruto de um trabalho coletivo, feito com muito esforço, em seu país...

Mas há também os que preferem relativizar este pensamento, dizendo acreditar ser tudo isso muito cultural, e que cada um descobrirá o seu estilo de vida, por escolha que lhe é própria... Mas pelo pensamento de Francisco, querendo-se ainda alegar em defesa do que ele sente – e até afirmar – entende-se que cuidar de uma propriedade é mais econômico do que gastar em hotéis. Do mesmo modo, ser dono de um imóvel é mais econômico do que arrendar, ou alugar. Enfim...

Francisco quer evitar (e de preferência esquecer) os erros de certas pessoas, assim tão pouco conhecidas, mas com as quais se vira obrigado a conviver: aqueles homens do navio ainda se acreditavam autônomos e autossuficientes, mas no fundo deviam toda a riqueza que passaram a acumular às oportunidades que lhes surgiram com os casamentos. Para um deles, pelo menos, havia este exemplo... E ele se recusava a ver isto? Em termos...

E na justificativa de um de seus novos amigos para o adiantamento na compra de umas ações, este sim reconhecia a importância de certas coisas, e dos ensinamentos que vinham do sogro, mas nem todos agiam assim... Neste caso haveria talvez um respeito por aquilo que se fingia ser (com o amigo ainda se passando por dono e com maior capacidade que os outros, sem olhar para os próprios limites – era o que lhe parecia...).

Mas importa agora é que com esse amigo Francisco entendeu o mecanismo de se ganhar dinheiro pela compra de ações, em especial de empresas lastreadas pelo governo, ou *reino*, que é a própria administração pública, de seu novo país...

Orgulho de ser sertanejo

E talvez nem valha a pena explicar para essas pessoas sobre sua proveniência, tratando-se de uma vila tão pequena, pois possivelmente não se darão mesmo conta desta raridade que é a Barra, desde os primeiros tempos, tendo se destacado pela qualidade da educação que é oferecida a seus jovens... Pois já na época em que ele e os irmãos nasciam – os anos de 1810 a 1820 (que antecederam a Independência) – havia aulas de latim, francês, geografia, história, filosofia moral e racional em suas escolas. E muitos que lá tiveram sua formação básica continuaram os estudos em centros adiantados, sem qualquer dificuldade de adaptação...

E que tudo isso se tenha conseguido em um lugar onde, até a sua infância, o comércio só se fazia pelo rio, em ajoujos (que eram aquelas várias canoas amarradas umas às outras, com um piso de tábuas por cima, e sobre esse pranchão eram colocados animais e outras cargas...), é sim de se admirar. Francisco se lembra de quando via da casa em que morava com a tia aquelas embarcações muito lentas, subindo e descendo o rio, que era a maneira de se venderem e comprarem gêneros nas outras vilas e vilarejos ribeirinhos... Só agora, depois da Independência, é que apareceram e já circulam por lá algumas barcas melhores, mas isso só quando "o comércio regional se intensificou".

E se quisessem saber mais sobre a Barra, esses passageiros entenderiam que na confederação do Equador, de 1824, o Império tirou de Pernambuco as terras dessa *Comarca* do Sertão, e a Vila pertenceu provisoriamente à província de Minas, para depois (em 1827) passar a ser legalmente uma parte da Bahia... Pois, "com esse desmembramento, os monarquistas tentavam reprimir a propagação das ideias liberais na Comarca do Sertão".

9

Banditismos na região

Ponderações

Não haveremos aqui de nos precipitar, por não sermos nós, leitores ou narradores, distanciados desta história a julgar cada um dos casos, condenando ou absolvendo as idiossincrasias de certas personalidades, entre as muitas possíveis, de seres humanos que estiveram submetidos a provações e experiências de vida que lhes foram bem diferentes das nossas... E principalmente quando se consideram as relações familiares, havendo uma percepção a mais de suas especificidades, tenderíamos a sobrepor o afeto às questões de lógica e jurisdição...

Para "nossa" sorte, a de quem se interessa por esta história (e saiba construir as hipóteses do que eventualmente tenha acontecido, de fato), pode-se aqui recorrer ao mesmo truque narrativo de outras vezes (estando já quase estabelecido como padrão), de nos auxiliarmos de um depoimento que ainda será feito no futuro, por alguém distanciado no tempo destes fatos, e de preferência que os esteja vendo de fora da família: um historiador que ainda poderá ler e interpretar todos esses acontecimentos pela óptica de sua especialização histórico-narrativa, ou sociológica, e o que mais se disser sobre os estudos humanísticos (e até humanitários) que ainda serão feitos, em outros tempos...

E esse historiador, que vai se chamar Wilson Lins, há de dizer coisas muito bonitas sobre os descendentes de Tomei e Joana, que ele saberá descrever como uma "família unida e pacífica"... E dirá de essencial sobre este grupo que se reunia no casarão da Barra, que era o único da antiga nobreza rural a não hostilizar os forasteiros. Pois...

... segundo esse historiador do futuro

... no início do século XIX, época em que o Brasil começava a se tornar um país independente, "nasceu na Barra uma família poderosa e unida, que conseguiu se manter fora e acima das lutas que ensanguentavam a região"... E pela opinião que formará a partir de seu longo estudo, isso só se terá conseguido pelos casamentos consecutivos que se deram entre membros dos três diferentes grupos, vindos de cada filho de Tomei e Joana...

Esse historiador Lins, Wilson Lins, há de se mostrar mesmo surpreso ao constatar que, em "quase três séculos de caudilhismo político e cangaço organizado", os habitantes da Barra tenham podido evitar as lutas armadas entre si, na velha cidade... Pois "vários grupos de fazendeiros no município estavam misturados numa só e grande família, unidos por velhos laços de consanguinidade e interesses econômicos", ele observará, supondo que prevaleceria em todos até certo "espírito tribal", capaz de levá-los à séria responsabilidade de se fazerem preservar a paz no município, e o prestígio que a família tinha em todo o vale.

Vai observar que a riqueza desses senhores da Barra lhes permitiu fazer viagens aos grandes centros da Colônia e ao Reino, em um "contato com a civilização" que "já não acontecia com as outras famílias". "A gente da Barra fazia vir para seus filhos bons professores que preparavam os rapazes da sua nascente aristocracia rural para os cursos superiores de Coimbra."

Naqueles tempos remotos em que "o vale se agitava em lutas fratricidas, o nível intelectual da Barra já era tão elevado" que mandou para "a vida brilhante dos centros adiantados" João Maurício Vanderlei (barão do Cotegipe), Francisco Bonifácio de Abreu (barão da Vila da Barra – "homem de grande espírito e vasta cultura, que introduziu no Brasil o estudo da Química, chefiou os serviços médicos do Exército Brasileiro na Guerra do Paraguai, e traduziu para o português *A Divina Comédia* de Dante"), Abílio César Borges (barão de Macaúbas – grande educador) e outros...

O prestígio da família era grande "a ponto de não haver contra a secular dominação nenhuma tentativa de rebelião por parte do elemento novo da população da cidade."

> Gente pacífica e respeitável, a família da Barra não participou de nenhuma luta em toda a história do vale. Era o elemento da ordem em meio aos desvarios dos ignorantes senhores feudais nascidos da estrumeira gloriosa dos primeiros currais.

Na Colônia, no Império e no começo da República, a Barra era "o asilo predileto de todos os perseguidos e vencidos nas lutas pelo poder político e econômico" de vários lugares.

Um primeiro caso de violência

Já se dizia no início deste capítulo, ainda que de forma aproximada, que ninguém poderia estar dentro de outro (ou fora de si) para julgar o funcionamento de um ser que não fosse ele próprio... E já se falou também que no resultado final, para se avaliar a consequência de uma história (seja ela de glória, fracasso, êxito ou decepção qualquer, podendo-se até considerá-la indiferente...), vai se depender sempre de que se faça uma comparação. E para que esta consiga ser feita com honestidade, o melhor é que aconteça dentro de si mesmo...

E é assim neste caso, das observações realizadas pela impressão de que se pode conhecer o funcionamento do outro – a maneira como algo se passaria no interior de um ser que nos é externo – que surgem possibilidades como a de se perceber que haveria algo de muito errado, algo de não lúcido e até maníaco, repetitivo, ou mesmo destruidor... É quando criamos a tal "sombra", como defeito que não estaria em nossa própria pessoa, mas em alguém que nos é externo.

E haveria nisto, sim, uma lógica: a convivência, ao democratizar os estilos, distribuiria por igual os sentimentos e afetos. Uma pessoa desajustada tenderia a melhorar quando se encontrasse em ambiente saudável, assim como o ambiente saudável tenderia a dar uma leve piorada...

Em 1835 houve na Vila da Barra um episódio considerado *sui generis*: história de banditismo, já se vê, tratando-se de uma primeira entre três que precisaremos aqui abordar (para não se achar que tudo lá ocorreu sempre "às mil maravilhas"...), esta que, se por um lado nos assusta, revela ainda mais um detalhe, algo de muito brilhante, na personalidade de Maria Clara da Virgem...

Foi assim: mais adentro no sertão, em Pilão Arcado, divisa com o Piauí (acima da região de Cotegipe, onde ficava a *Campo Largo* de Vanderlei e Antônio "Primo"), havia um político violento de nome Militão, que era aliado do Partido Liberal. Ele gostava muito de sua sobrinha, e havia contratado um professor de piano, certo Antônio Francisco, para dar aulas a ela. Acontece que esse professor de piano, maldosamente (e até maliciosamente, ou malandramente, ao que se supõe), foi tratando de ganhar intimidade da moça e acabou por seduzi-la...

O mandão Militão não quis que o caso simplesmente passasse impune: ordenou que levassem o declarado culpado à ilha do Miradouro, fora de seu município e, lá, pelo que dizem, o tal professor foi sacrificado da maneira que só se faz a um garrote que já está condenado: cortaram-lhe as mãos, orelhas, deceparam-lhe os calcanhares e por fim o castraram. E a vítima foi ali deixada, naquele estado, entregue aos urubus... Acontece que o homem resistiu às hemorragias, rolou na areia e foi encontrado por um pescador.

Este o levou à Vila da Barra, doze léguas acima (já depois de Xique-Xique, no São Francisco) para entregá-lo às autoridades... O juiz local, como haveremos de explicar melhor, era Francisco, neto de Tomei, o quinto filho de José e Maria Clara. Francisco acabou se compadecendo da vítima, e Maria Clara, a mãe, fez questão de tratar o homem dentro de sua própria casa, a *Casa-grande*, da família... Era um ato de generosidade, mas também, ao mesmo tempo, de provocação a Militão, que poucos ousavam desafiar...

O professor acabou se recuperando, e a matriarca fez com que lá ele se tornasse o feitor dos escravos. Contou-se depois, na família, que ele "montava a cavalo e escrevia com as penas amarradas no final do braço", mas teria mesmo "instintos perversos", pois "a maldade existia naquela alma e os escravos sofriam muito sob seu jugo".

Ainda veremos que Militão, de alguma maneira, quis se vingar da família de Maria Clara. Haverá outras versões, e variações desta mesma história, porque ficará conhecida na região, e inventar-se-ão nomes diferentes para o professor e dir-se-á que a moça era amante de Militão... E também, que o professor teria morrido ali mesmo, no rio, e por isso não se fará muita referência à corajosa atitude de Maria Clara, em outras versões...

10

Notícias de Tonhá, agora na cavalaria

A Guarda Nacional

Já que narramos este primeiro caso de banditismo (pois ao todo serão três, como dissemos, e cada um mais violento que o anterior...), isso talvez nos ajude a explicar, quase justificar, que naquele mesmo ano de 1835 fosse criada a famosa *Guarda Nacional*. Em poucas palavras, vindas do que nos explicam os historiadores, deve-se entendê-la como instrumento de luta pela imposição da nova ordem legal, em plena época de Regência, com o Padre Feijó...

Todos os "bons cidadãos", livres, entre dezoito e sessenta anos, e de renda superior a 200 mil réis anuais (no caso da Bahia), podiam ser recrutados... Já se percebe que se trata de uma nova e importante força militar, "de caráter elitista e conservador", pelo que dirão os historiadores.

Nosso Tonhá, o cel. Antônio, foi comandante dessa Guarda, o que representava ainda, como se dirá, "uma das maiores honrarias" a que poderia chegar um homem de posses (entre todas as que se queriam almejar e atingir na época). E assim ele estará, no dizer de uma historiadora (que poderá ser uma de suas tataranetas, quem sabe?), "destacando-se diversas vezes em defesa da Barra".

Outra boa notícia: a vinda de Maroquinhas

E junto a esta honraria, ainda no ano de 1835, Tonhá teve outra grande alegria – e honraria, por que não dizer? –, certamente a maior delas: o nascimento de sua filha Maria Joana, que em breve vamos nos acostumar a chamar de "Maroquinhas", a irmã mais nova de Antônio Filho, que será o "dr. Antoninho"...

Sim, Antônio e Maria Joana tiveram dois filhos: Antônio e Maria Joana. Dito por outra maneira, Antônio e Maria Joana eram filhos de Antônio e Maria Joana, e para não nos complicarmos, diferenciando bem cada geração, é que a partir de agora chamaremos cada um a seu modo, Tonhá (o segundo filho de José, filho de Tomei), Maria Joana Marques (a segunda filha de Maria, também filha de Tomei), dr. Antoninho (o primeiro filho deste casal de netos de Tomei, e que era, portanto, bisneto do italiano) e Maroquinhas (a segunda).

E para que as coisas fiquem ainda mais fáceis, voltemos à explicação inicial de que Maria, a segunda filha de Tomei, fora casada com o português Luís Marques Pinto, dono de toda a fazenda Itacutiara. O casal teve dois filhos, esta Maria Joana, que depois se casou com Tonhá, e, antes dela, o outro José – não o filho de José, irmão de Maria, que nasceu no mesmo ano e também se chamava José, mas este, de que estamos falando, o irmão mais velho de Maria Joana, que, para não haver dúvida, chamaremos sempre de José Marques, que veio depois a se casar com Ana Francisca, filha mais velha de Vanderlei, "a viúva mais rica do sertão"...

Os filhos de Maria e Luís: José Marques...

José Marques, depois da morte de seu pai, Luís, administrava as próprias terras, as da irmã (que era casada com Tonhá) e as da mãe (o Timbó). Já faz dez anos que ele vive em constantes rixas com seu cunhado e primo, Tonhá, o que só vai deixar de acontecer agora, com o falecimento prematuro deste homem, José Marques, no ano de 1841.

E como informação importante sobre a fazenda Itacutiara, que talvez tenhamos nos esquecido de dar (pois acabamos de descobri-la), é preciso dizer que, com a morte de José, Tonhá passará a ser o tutor do filho dele, Luís, dono de todo o Brejinho (que já tem algo como oitocentas cabeças de gado). E este menino é que também passará a se dedicar aos estudos jurídicos (como os primos José e Francisco...).

... e sua irmã Maria Joana

Essa informação que acabamos de dar, deduz-se, na verdade, pelo que só aparecerá mais tarde, no testamento da mãe de José e Maria Joana, a também Maria (como sabemos...), segunda filha de Tomei e que fora esposa do português Luís Marques.

Maria falecerá em 1851, e no testamento estará declarado que desde a morte de seu marido, Luís, o filho José passara a administrar todos os seus bens, dedicando-se integralmente a isso, e morando com ela na fazenda Timbó, até vir a falecer (neste ano de 1841, como dissemos).

Durante essa administração, já antes do casamento da irmã (com Tonhá...), ele pagava as dívidas declaradas no inventário de Luís Marques com o gado do casal

(Maria e Luís), e também algumas parcelas ao Cofre dos Órfãos da Vila, "que constavam nos respectivos assentos". Depois do casamento da irmã, também pagou uma dívida a Antônio Pereira da Silva, que tinha "um tal Maia" como procurador, de importância que constava em recibo...

Mas Maria vai declarar em seu testamento (e lá ainda estará escrito, se houver alguém disposto a tirar essa dúvida...) que todo o tempo em que o filho esteve à frente dessa administração, tanto de todo o monte do casal – antes do casamento da irmã – como depois de ser reconhecido o que era dela (Maria), nunca prestou conta, nem dos rendimentos nem de seus bens, nem de dívidas ativas comuns a todos, "e que ele cobrou em proveito seu", quando os herdeiros conferirão que era de direito dela...

Festejos pela volta de Cotegipe ao sertão – e enchente em 1838

No ano de 1838, quando o jovem João Maurício voltava ao sertão, encontrou-se tudo alagado, em uma das piores cheias de que já se teve notícia no rio São Francisco... Mas nem por isso ele deixou de achar graça – não precisando mesmo se sentir culpado pelos pensamentos – ao presenciar uma cena que se dava em meio ao grande vendaval, mal chegando à Vila. Ele ia se abrigar no mercadinho novo (recém-construído, logo na entrada) quando se deu conta de uma espécie de trocadilho pois, no momento em que parecia "cair o céu" (no dizer dos gauleses), escutou-se uma voz de menina vinda da casa aos fundos, não se entendendo bem... Mas ficou atento, ouviu de novo e pôde se certificar de que dizia aquilo mesmo, uma mocinha que ali gritava, em pleno *"toró"* (parecendo agora que o som vinha de dentro da casa...):

– É pra você tirar esse seu cavalinho da chuva!

E foi depois de todas aquelas saudações, e dos abraços dados em cada um dos amigos que ele revia, e nos que eram da família, que se combinou de partirem todos em caravana, ou muitos deles juntos, a cada vez, para um novo retiro... A família então se dirigiria até a fazenda *Porto Alegre* (e sabemos que coincidentemente este rio Grande, para se diferenciar de outro, é que era chamado de "do Sul") local mais alto a quatro léguas acima da Barra...

"Durante um mês o novo doutor foi festejado", e era convidado para jantares e bailados em todas as fazendas das redondezas... No clarão quente das fogueiras, todas as noites os barqueiros, escravos, vaqueiros e lavradores repetiam seus vivas (que, agora se nota, eram também dirigidas a seu pai, porque lá se dizia *"viva"* ao *"sinhô capitão-mor"* e *"à sinhá d. Maria"* (que só podia ser Lília), mas, enfim, a quem *"chegou hoje"* vindo lá *"da cidade da Bahia..."*.

Mais festas (e uma fantasia de criança...)

(E durante os festejos de São João, Cotegipe se lembrou de quando dançara quadrilha com uma moça loira... E que seu apelido era Lena... – ou melhor, Rosinha! – e todos repararam na elegância e doçura dela, mesmo vestida de caipira... E ela havia chegado em sua própria canoa, que às vezes punha a navegar...)

(E agora ele também se lembra do homem que lhe contou toda essa história da menina Lena, um negro que lhe pareceu bastante – ou totalmente – alcoolizado... E sim, devia ser alcoólatra, pois quando se encontraram sóbrios, no dia seguinte, ele se mostrou completamente outro, e nem sequer reconheceu o amigo – passou reto como se nada tivessem conversado...).

"Amor, amor, amor" (por essa Lena imaginária...).

(E Luna, a segunda irmã mais velha, de João Maurício, tem a essa alturas apenas 24 anos – ela que é de 1814)

Mas vê-se agora o jovem doutor advogado já prestando mais atenção à música, tentando entender "de onde vem a esperança, a sustança espalhando o verde dos teus olhos pela plantação...", se é mesmo de "debaixo do barro do chão da pista onde se dança"...

Suspira uma sustança sustentada por um sopro divino
Que sobe pelos pés da gente e de repente se lança
Pela sanfona afora até o coração do menino

Pois

É como se Deus irradiasse uma forte energia
Que sobe pelo chão e se transforma em ondas de baião, xaxado e xote
Que balança a trança do cabelo da menina, e quanta alegria!

Título de nobreza – como assim...?

Dizem que, depois da Independência, o primeiro "nobre" do Império seria mesmo o barão da Torre, descendente de Garcia d'Ávila... Sim, porque ainda vai levar tempo para que esta família deixe Tatuapara, e permita assim que os ramos de sua árvore genealógica possam enfim se dispersar, para que no futuro algum historiador venha a explicar que "a gente de Garcia d'Ávila passou para os livros de linhagem".

Mas à época em que estamos, o ano de 1838, o entorno desta casa-castelo continua igual àquele em que Tomei passeou, depois de passar sua primeira noite no Brasil, havendo os mesmos currais e pastagens, também iguais aos primeiros que um dia foram sendo levados para o interior, a pressionar e empurrar os índios para longe e cada vez mais longe, a avançar, território a território, até se chegar ao São Francisco... E vê-se que daqui, de onde estamos, é que foram levados para os lugares até mais distantes, já no Piauí e confins do Maranhão...

Mostrava-se, naquela época, apenas uma possibilidade de caminho: o que agora se vê trilhado...

Sim, porque devemos lembrar que todos esses festejos em homenagem a Cotegipe se deram em fazendas que, se hoje estão assim, são de terras que um dia foram desmembradas, pertencendo antigamente a uma e mesma sesmaria...

E diz-se sobre esses eventos anteriores que o primeiro Garcia d'Ávila enriqueceu a si e à família por acreditar que só o trabalho enobrece, e assim, em sua fidalguia (o descender d' algo, ou *alguém*, como já diz o nome...) não haveria de esconder a mistura do que seria este "nobre" sangue português ao do indígena... E toda essa imensa e extensa riqueza em terras e currais ele deixou ao morrer, em 1609, em especial a seu neto, Francisco Dias d'Ávila.

Francisco era bisneto de Diogo Álvares, o Caramuru, cinco oitavos de sangue português e três oitavos de sangue tupi... Ora, pois se a intenção dos portugueses era conquistar todo um continente, era preciso que alguém, ou alguns, dos que desembarcaram, por aqui resolvessem ficar... E tanto mais era necessário para enfrentar os competidores, que eles chamavam de inimigos, piratas franceses e holandeses (tão invasores quanto eles mesmos, pode-se interpretar...) e os naturais (mas que não eram reconhecidos como donos da terra) aborígenes... Para se firmarem nessa ocupação, os portugueses precisaram mesmo penetrar aquela mata além da orla, e devassar os sertões, traçando já a periferia do que eles chamavam "Brasil".

E nada representou mais essa estratégia do que as atividades da Casa da Torre, com Garcia, o protegido de Tomé de Souza (que por sua vez era o protegido do Conde da Castanheira, um protegido ministro de d. João III – e se para esse sistema de vassalagem já se usou até a palavra "criado", comparando-se ao que era um do outro, isso também não deverá mudar muito em tempos vindouros, havendo um dia de chamar-se "funcionário" ao subalterno que se reporta ao superior, à maneira de como dizia Camões – I, 67: *"manda os diligentes ministros amostrar as armaduras..."*).

Assim, o "criado", protegido de Tomé de Souza, não quis ficar na cidade: teve a coragem de arrendar suas terras por 10$000 (dez contos) a légua cada ano, obtendo sesmarias e comprando sítios... E tudo isso para, como dirão os historiadores, fazer ali uma casa que haveria de crescer e edificar-se, "dominando os quadrantes do céu e da terra...". "Onde? Em Itapagipe, além do rio Vermelho, além de Itapuã..." Em um alto "dominando uma pequena angra, onde desemboca o Tatuapara...".

... e se houver fidalguia, "importa o que se é para si"

Bem, e sabe-se que Garcia d'Ávila chegou a prestar contas à primeira Inquisição que houve no Brasil, e isso pode ter sido antes, ou depois, mas certa vez lhe perguntaram quem ele era, e teria dito: "o morador na minha torre de Tatuapara". E para si mesmo, portanto, ele era apenas a parte de uma obra, a sua, que construíra: a casa de sua fazenda... Talvez isso porque ali, antes de se considerar nobre, ele reconhecesse os diversos aspectos dentro de uma mesma e única pessoa: a sua.

Pois dizem ser dois os métodos mais comuns para se saber quem é uma pessoa: primeiro é preciso ver o que as outras dizem dela, e em segundo, descobrir-se o que ela mesma se diz e acredita ser... E essa segunda maneira já aparece em escritos bem antigos, como o próprio *Evangelho* de João, quando se quis saber de outro João – o que batizava no rio Jordão – quem era, perguntando-se a ele mesmo e tiveram como resposta "uma voz gritando no deserto" a pedir, como Isaías, que aplainassem "o caminho do Senhor..." (este que ainda estava por se apresentar e seria o verdadeiro, e que também diria, mais à frente, sobre João, que fora "mais do que um profeta", um "mensageiro", o Elias que "já veio" preparando o seu caminho – e também o maior entre os nascidos, mas menor dos que estariam no Reino no Céu...).

E isso tudo que agora ao leitor parece confuso serve, na verdade, apenas para lembrar que, quando se vê de fora, há várias maneiras de se descrever uma pessoa, passando-se sempre pela triagem dos elementos mais essenciais que ela tiver, sejam de caráter (e neste caso é necessário que se narrem alguns fatos exemplificadores da atitude que foi considerada correta), de ideais (já selecionados, e se possível que os tenha deixado bem defendidos – de preferência por escrito...) ou aspectos físicos e de saúde...

Bem, e isso foi o que fez o padre jesuíta Manuel da Nóbrega, dos poucos a descrever Garcia d'Ávila em sua época, tratando logo de explicar as diferenças (ou "queixumes") que tinha com ele, admitindo no começo ser o homem com quem mais se *"alegrava e consolava nesta terra, porque achava nele um rasto do espírito e bondade"* (o mesmo que sentia pelo amigo em comum que tinham, o governador Tomé de Sousa, desde que haviam chegado juntos os três, de Portugal...).

Sim, porque se era para dizer a verdade sobre Garcia, no que se tinha transformado, Nóbrega contou que *"tinha ele uns índios perto de sua fazenda"*, e sendo *"muitas vezes admoestado"* pelo padre, até pessoalmente, para obrigá-los a terem seus meninos na escola, e irem *"aos domingos e festas à missa e pregação"*, Garcia, *"antes deixava viver e morrer a todos como gentios..."* (isto é, não os obrigava a abandonar suas tradições...). O jesuíta acabou dando a ordem para que esses índios da fazenda de Garcia fossem levados à força para o aldeamento mais próximo, e ficaram assim, os dois amigos, *"escandalizados"* um com o outro...

Enquanto isso, no Maranhão...

E por lembrar essas questões políticas do país, vemos que já quase íamos nos esquecendo de outra personagem importante desta história, junto com Cotegipe, o juiz José, terceiro filho de José e Maria Clara... A essas alturas, no Brasil como um todo, com oposicionistas "exaltados" contra os "moderados" no poder, continuou a haver perturbações nas províncias.

Em 1838 explodiu a *"Balaiada"* no Maranhão, e o futuro duque de Caxias, Luís Alves de Lima e Silva, fora "nomeado uma espécie de Interventor ocasional da Província". Ele exerceu uma administração militar e política, aproximando-se do desembargador José, neto de Tomei (como sabemos), para uma grande colaboração do *Tribunal de Relação...*

Bem, deixemo-lo lá, pois essas questões nos parecem mesmo um tanto complicadas para as entendermos realmente...

11

Novos acontecimentos na família

O casamento de Clemente e Ana Joaquina

Podemos agora falar de um novo casamento, acontecido entre duas pessoas que pelo menos um pouco já vinham sendo mencionadas nesta história... A primeira delas, Ana Joaquina, é a filha mais velha de Lília, e já está agora com dezenove anos. Ela é neta de Maria Clara e passava muito tempo em sua casa pois, como sabemos, Lília e Maria Clara (mãe e avó de Ana) eram vizinhas, habitando os dois casarões que a grande família tinha na Barra. Assim, além dos filhos mais novos, também alguns netos de Maria Clara conviveram de perto com os Bonifácio de Abreu...

E como já se deve ter notado, do outro lado deste novo casamento temos um Bonifácio de Abreu, o segundo deles, de nome Clemente, apenas dois anos mais velho que Ana Joaquina (sendo que sua irmã mais velha, Ana Francisca, como lembramos, também se casou com um descendente de Maria Clara, Carlos, o quarto filho, treze anos mais velho do que ela).

Clemente, neto de Ana e bisneto de Tomei, casou-se naquele ano de 1838 com Ana Joaquina, a filha de Lília com o capitão Vanderlei, neta de Maria Clara e José e, portanto, bisneta, também, de Tomei. Eram primos, portanto, em terceiro grau... Ela com dezenove, e ele com 21, ao que tudo indica (e dizem os parentes), tiveram um casamento espontâneo e feliz, de dois jovens, vizinhos e praticamente criados juntos...

Nascimento de Janoca

E agora no ano seguinte, o de 1839, é que nasce Janoca, filha única deste casal, quando Clemente e Ana já se veem instalados na fazenda Tabúa... O nome todo dela, Joana Francisca da Mota Abreu, é uma homenagem à avó paterna, Joana Francisca da Mota, a neta de que Tomei tanto gostava e faleceu prematuramente, aos 23 anos, deixando cinco filhos... Os três juntos, o casal e a filha, ficarão morando nesta casa por um longo tempo, isto é, pelo menos até a menina completar dez anos.

A Tabúa fica num alto daquela região que ainda há de se chamar município de Cotegipe, algumas léguas para dentro a partir da margem direita do rio Grande... É uma fazenda "muito tratada e com uma bela sede", como outros também já puderam constatar, e por isso neste momento já começa a ser cobiçada por aquele vizinho de que ouvimos falar, parente natural, que se mudara para a região por não se sentir bem na Barra e enriquecera bastante com o casamento: Antônio "Primo", filho do legitimado Eduardo (o filho natural de Tomei com Florência, mãe de Maria Clara), é o marido de d. Silvéria...

E talvez já tenhamos contado algo sobre esta mesma história, mas não custa repeti-la como informação: Antônio "Primo" (que depois será agraciado com o título de *Barão de Campo Largo*) é um sujeito "muito astuto e jeitoso", e começa agora a criar "uma série de entraves à administração da fazenda" em que Clemente e Ana Joaquina foram morar, e por fim conseguirá "comprá-la por um preço baixo", fazendo uso de "um intermediário"...

(Depois desses dez anos, portanto, a família vai se mudar para a fazenda Grande, "em direção acima do Timbó, herança do Capitão-Mor" – isto é, de Vanderlei pai, o que só poderá se dar, portanto, depois da morte deste.)

Enquanto isso Antônio "Primo"...

Há histórias que se juntam e outras que se separam. Podemos agora lembrar que o "velho italiano", Antônio Tomei, de quem mais se falou até aqui ao longo desta história (e a estas alturas já faleceu há exatos 22 anos), teve ao longo da vida mais dois filhos, além dos três irmãos que eram considerados "legítimos" (por nascerem de seu único casamento oficial, contraído com Joana Gomes de Sá): Ana, Maria e José.

Com a mãe de Maria Clara, Florência da Virgem, quando esta também já era viúva, foi que teve Eduardo, o seu primeiro filho "natural" (assim considerado porque os pais não eram casados). Poder-se-ia então até perguntar por que este casal composto de dois viúvos, que vivia uma história de amor verdadeira e afetuosa (pelo menos como tentamos mostrar, e acreditando que em realidade é a natureza quem escolhe isso...), apesar desse envolvimento *amoroso* (em que, afinal, chegaram mesmo a ter um filho) não se propôs a casar...?

Bem, e como já soubemos a respeito disso, durante a infância Eduardo foi até bem acolhido, tendo algum prestígio dentro da grande família, da qual tanto o pai quanto a mãe faziam parte...

Já o filho de Eduardo, Antônio "Primo", seria o maior destaque em astúcia e "esperteza"... Tratemos agora de explicar isso, lembrando de Antônio que, quando foi ficando maior, viu-se aos poucos desambientado na própria Vila da Barra, principalmente pela alcunha de "primo", recebida por ser filho de Eduardo (o que servia abertamente para distingui-lo do tronco "legítimo" da família)... E como chegamos a contar, ele acabou se transferindo para Campo Largo onde, curiosamente, logo se casou, e diz-se que "com uma fazendeira importante, não se sabe se viúva ou solteira, d. Silvéria"... O que se dizia da fazenda dela, de nome Sobrado, era considerar-se à época "a maior propriedade da região, um latifúndio de 100 mil ha, com lavouras e criação...".

... em suas desventuras

Dizia-se na família que Antônio "Primo" era "essencialmente preguiçoso, falava em dois tons, vivia atravessado no fundo de uma rede de onde fazia planos para se apropriar das propriedades vizinhas, contando com a corrupção das autoridades"...

Pecado por pecado, enquanto uns se deliciavam em devaneios e fantasias (que podiam ser até sexuais, já bem se entende...) nas muitas vezes em que se deitavam às redes (e principalmente depois do almoço), outros faziam esses seus planos maquiavélicos – e assim também será no futuro, havendo-se sempre a importância de saber distinguir a diferença entre o que é pecado e o que é delito...

Conta-se que Eduardo já conseguiu juntar o que nesta época se considera mesmo "uma grande fortuna", seja em aquisição de latifúndios, seja em prestígio político... Ainda vamos entender isso melhor, mas a maneira como ele já está aos poucos se "assenhorando" da fazenda Tabúa, de Clemente Bonifácio de Abreu (que como é sempre bom lembrar, trata-se do terceiro filho de Joana da Mota, a neta mais próxima de Tomei, sendo que Clemente a essas alturas já é o pai de Janoca, por ter se casado com Ana Joaquina Vanderlei, a filha mais velha de Lília) ainda deixará no ar muitas suspeitas... E é uma fazenda bem cuidada, "com seu grande casarão e boas lavouras de regas 'encabrestadas'", e talvez por isso mesmo é que acabou se tornando objeto de cobiça do "Primo"...

Essa fazenda era uma das antigas propriedades de João Crisóstomo, o marido de Ana, filha de Tomei. Pois, reforçando ainda na memória o que acabamos de trazer, a filha deles, Joana da Mota (neta mais próxima de Tomei), casou-se com Francisco Bonifácio, o sobrinho de Crisóstomo, e juntos tiveram os cinco filhos que depois ficaram órfãos (entre eles, Clemente Bonifácio, o pai de Janoca) e foram criados por Maria Clara...

Entre membros do grupo de parentes e amigos mais próximos, já se sabe que Antônio "Primo" acabará provocando vários incidentes contra Clemente, que ingenuamente delegara decisões ao próprio sobrinho de sua avó, "sempre solícito *e falso*", como se diz na família...

E assim a administração da fazenda já começa a se tornar inviável, caminhando-se aos poucos para se chegar à solução dolorosa de vendê-la por um preço baixo, depois de mais de dez anos de trabalho, sendo que o comprador é um "preposto" de Antônio "Primo" (isto é, está claramente a serviço dele...).

E por fim Antônio "Primo" se tornará o barão de Campo Largo, entendendo-se na família que isso se dará em época caracterizada pelo "barateamento final desse título", espécie de "última fornada para salvar a monarquia", isto é, a dita monarquia *portuguesa*, que talvez ainda acreditasse poder-se considerar estas terras (mantidas quase por um fio) como sua Colônia, e aos brasileiros como seus filhos, se súditos o fossem.

As despedidas do capitão Vanderlei e de José Marques

Para os que conviviam com ele mais proximamente, o capitão-mor Vanderlei, pai de Cotegipe, passava a impressão de que desde sempre fora criado em meio abastado porque, mesmo vivendo naquelas regiões longínquas, como era o caso de Campo Largo, ele fazia questão de cercar-se do maior conforto possível... E parece que toda a família se vestia com luxo, de acordo com a moda do Recife. Além disso, dizem, "... sua mesa era muito farta e servida em louças de Macau por muitos criados". E também, que "era admirado no sertão por ser dos poucos a conhecer a Corte e o Imperador".

Seria um erro querer justificar esses dois diferentes estilos, o de Tomei e o de João Maurício (o do italiano e o do holandês) pela diferença cultural que havia entre as origens baiana e pernambucana de suas vindas... Mas não custa, ao menos por força do acaso, citar algumas análises que já foram feitas sobre essas duas diferentes culturas.

Dizem que, quando Salvador foi fundada para ser capital da Colônia, construiu-se lá a sua *Casa da Câmara-e-Cadeia* e ainda um *Pelourinho* na Praça Principal (onde os piores criminosos eram expostos à humilhação), o que materializava a sua carta de estatuto municipal, o *Foral*, concedido pelo poder central da Metrópole, em uma estratégia bem definida (e nada casual...). O *foro de cidade* era muito raro, e dado só às sedes episcopais e vilas que a Coroa se dispusesse a desenvolver.

A Vila de Olinda, de 1535 (anterior a Salvador...), também aspirava a ser cidade, e isso se mostrava pelo desejo de luxo em seus moradores, que chegavam a gastar, dizem, oitenta contos de réis cada ano só em vinhos portugueses... Segundo aquele padre Fernão Cardim, que passou pela Casa da Torre em 1583, em Olinda achava-se "mais vaidade que em Lisboa" (e por isso outro padre, Brandônio, escreveu nos seus *Diálogos das grandezas do Brasil*, de 1618, que a vila era "uma Lisboa pequena").

Já Salvador, de 1549, gozava como capital dos mesmos privilégios do Porto, mas manteve um estilo de vida mais modesto até a segunda metade do século XVII (época de Gregório de Matos), quando conseguiu a aparência digna de uma capital...

Diz-se que "o estatuto jurídico refletia-se nas práticas de urbanidade e na própria forma material da *urbe*, mais monumental". No uso de sedas, por exemplo, significava não apenas "um *status* social de moda ou etiqueta", mas "todo um estilo de vida" que se defendia, "manifestado fisicamente em moradias elegantes, com salões que justificassem o uso de armações de tecidos ricos e bordados da Índia e quartos de alcova com cortinados e dosséis"...

Bem, mas voltando ao que nos interessa... Sabe-se agora que "o velho Capitão-Mor faleceu em 1840, na Barra, deixando seis filhas solteiras", a quem mais se dedicava nos últimos tempos, por atos e pensamentos... E quem esteve por perto para registrar esses seus últimos "atos" diz que ele chamou o filho mais velho, Ambrósio, dono da fama de ser um tanto frio e prepotente (ainda mais depois do caso de violência que será narrado aqui, em capítulo próximo...), para recomendar-lhe "toda a lisura na partilha de bens", e ameaçá-lo, caso isso não se desse da maneira certa, de que iria "amaldiçoá-lo, onde estivesse"...

No inventário do ano seguinte, o de 1841, estava registrada uma grande fortuna em gado e terras das fazendas Grande, Porto Alegre, Santa Bárbara, Utinga, Caraíbas, do Meio e Brejo Grande, e outras menores.

José Marques

No mesmo ano da morte de Vanderlei, outro parente se foi, o filho mais velho de Luís e Maria, José Marques, que nascera no mesmo ano do outro José (juiz) e era também neto de Tomei... Ambos eram de 1800, notando-se assim que José Marques morreu jovem, aos 41 anos.

(E já tínhamos começado a dar esta notícia, de sua morte prematura, pelo que ia acontecer à fazenda Itacutiara, vendo a maneira não tão responsável com que ele a administrava, e os conflitos que já vinham acontecendo desde algum tempo com o cunhado Tonhá, mas agora isto de fato se torna uma realidade: a de José Marques ter falecido jovem, neste ano de 1841...)

José, que era o filho mais velho, varão, de Luís Marques e Maria, acabou tendo três casamentos... O primeiro foi com Maria Custódia da Rocha, do qual nasceu Luís Pinto Marques (que, adianta-se, também falecerá prematuramente, e ainda mais jovem do que o pai, em 1858...). O segundo foi com Maria Eugênia da Conceição (sobrenome que talvez indique uma ascedência indígena, como a de Laureana) Rocha, e não houve descendentes (por isso mesmo, quase nada se sabe ou saberá sobre o tipo de vida que levaram juntos...).

O terceiro matrimônio foi com a filha mais velha do capitão em seu primeiro casamento com a Chica, a agora enviuvada Ana Francisca Vanderlei, mulher que ainda há pouco comentamos que passará a ser considerada, de modo um tanto pejorativo, "a viúva mais rica do sertão"... Deste, nasceu Maria Francisca (adiantando-se aqui que, da mesma maneira que Luís, ela morrerá jovem, também em 1858...).

Mas estes dois não foram seus únicos filhos: ele teve também uma filha "natural", Rita Carolina Marques... Melhor assim, porque, como já adiantamos, por mais uma dessas tristes coincidências (como a deste José, neto de Tomei, e Vanderlei, seu sogro, terem morrido no mesmo ano), ocorrerá de os dois primeiros filhos mencionados, um de Maria Custódia e a outra de Ana Francisca, falecerem na mesma época, dali a dezessete anos.

E tentando concluir, resumidamente, o que temos a contar sobre José Marques, o filho mais velho de Luís e Maria (segunda filha de Tomei), resta dizer que sua fazenda acabará ficando com Ana Francisca Vanderlei, irmã mais velha do barão de Cotegipe, que foi a terceira esposa que teve (como acabamos de mencionar...). Vão-se então passar esses dezessete anos e ela, a última esposa, será sua única herdeira, já que os dois filhos "legítimos" de José também acabarão mesmo por falecer, prematuramente, lá no ano de 1858.

Isso explica por que muitos anos depois, no testamento de sua mãe Maria (a segunda filha de Tomei), será dito que, desde a morte do marido, ela sempre confiara a administração de seus bens ao filho José. E que desde a morte do filho, em 1841, passou a confiar essa administração ao sobrinho e genro Tonhá, e àquela altura também os de seu neto Luís e, para amenizar prejuízos que o genro pudesse ter em seus próprios negócios, convencionou-se um pagamento anual de 400 mil réis que ainda poderia continuar a ser feito com seus bens, caso se constatasse, no seu falecimento, uma conta devedora...

"José Marques faleceu em 1842", diz-se em outro depoimento, dividindo a herança entre Luís, filho do primeiro casamento, a viúva Ana Francisca e a filha do casal, Maria Francisca. Luís ficou com todas as terras do Brejinho, isto é, da parte de cima da Itacutiara, com mais de oitocentas cabeças de gado. Com a renda das terras, "fez cursos preparatórios na Bahia e o da Academia Jurídica em Olinda" (para ser juiz, como o "tio" José, primo de sua avó e irmão de Tonhá...).

A irmã de José, Maria Joana (ambos filhos de Maria e Luís Marques, como sempre fazemos questão de lembrar), casara-se em 1831 com o primo Tonhá. Na morte de José Marques, Tonhá passou a ser o tutor do sobrinho Luís e "tomou pé" na administração das fazendas.

12

Festejos para um novo doutor (que andou pela Europa)

Envolvimento e filho "natural"

Francisco Bonifácio, o quarto dos cinco sobrinhos criados por Maria Clara, teve um filho "natural" que veio a se chamar José Benício, e que recebeu o sobrenome de seu pai, Abreu. Ele foi gerado em 1843, época em que Francisco revisitou o sertão (uma única vez, depois de formado...) e a mãe do menino, de Lavras Diamantina, também passava pela Barra.

Este filho nunca foi aceito por Francisco, mas ainda há de se tornar também, décadas depois, um médico renomado, reconhecido e respeitado no país...

Em sua passagem pela Vila da Barra...

Depois que voltou da Europa, Francisco pareceu não fazer questão de preservar as tantas afinidades que tinha com sua região de origem, mantendo-se como laço afetivo importante apenas sua madrinha Maria Clara, que cuidou dele e de suas instruções, desde a infância. E também a amizade com seu irmão José, com quem sempre se correspondia...

Este ano de 1843 é o primeiro e último em que estará na Barra, desde que concluiu seu curso de Medicina em Salvador. Mas esta acabará sendo mesmo uma temporada alegre em que, como dissemos, chegar-se-á da parte dele até a se envolver com uma mulher de outra cidade para, propositalmente ou não, preparar-se um filho "natural"...

Foi, pois, uma temporada de grandes festanças e bailes, com forrós, xaxados, xotes, baiões, e tudo isso em um período considerado até longo, de cerca de três meses... Esta é a última vez em que os cinco irmãos Mota Abreu poderão estar juntos, e a única em que a sobrinha Janoca (filha de seu irmão Clemente – o segundo dos cinco órfãos – com Ana Joaquina, a mais velha de Lília, como há pouco estávamos contando...), que já tem quatro anos, terá convivido com esse tio (e bem agora eles estão conversando...).

... à volta da fogueira, em conversas com o primo João Maurício...

Destaca-se nesta temporada de Francisco o seu encontro com Cotegipe, ambos se preparando para adquirir "títulos de nobreza", e tornarem-se barões.

Os primos estavam de pé, lado a lado, assistindo a uma das festas, e perceberam que foi só depois de algumas músicas que aquele trio formado por dois cantadores, um na sanfona e outro na zabumba, e o "cabra" do triângulo, arriscou-se a tocar o primeiro forró (antes eram músicas só para agradar aos "patrões")... E eles podem agora atentar e ater-se a apenas uma das frases da música, interpretando o que muito já se ouvira dizer, e vira na região, da tristeza que se expressa por aquela letra que diz "furaram os olhos do assum preto pra ele assim cantar melhor...".

Bem, se vamos agora analisá-la, é porquanto podemos acompanhar o que desta conversa está saindo, dando-se entre dois primos intelectuais, futuros barões, como fizemos questão de dizer, em uma espécie de debate ou ensaio sobre o assunto:

– Sim, percebe-se de cara que há uma generosidade do poeta para com o pássaro, ao fazer-se uso do pronome "ele"... E o pássaro é símbolo fálico. Quem lhe cortou os olhos? Quem perturbou a sua atividade sexual? Quem lhe impôs o sacrifício do sexo em prol da percepção espiritual?

– Foi a igreja católica... A igreja católica impôs o sacrifício do sexo. E impôs ao poeta abastado a sua aflição sexual, para que desempenhasse melhor o canto. O seu canto é puro, muitíssimo elaborado e coisa rara de se ver... Mesmo assim, na sua falta de reconhecimento, quis e aos poucos vai conseguindo superar-se, indefinidamente...

– Outras vezes ficou quieto, como agora, sem coragem de enfrentar o escritório, que é a vida na gaiola, e dar-se continuidade ao trabalho de elaboração em seu canto... Pois mesmo que ninguém o ouça, ou reconheça, haverá de mostrar-se na tonalidade ascendente...

– Mas muitos já fizeram este raciocínio, chegando alguns até a armar-se em revoltas contra o poder da Igreja... Outros ficaram quietos, como agora, quando apenas se pensa sobre isso...

– Entende-se de fato, e claramente, ou ao menos conceitualmente, como sendo mais importante dar continuidade a esse trabalho, em que sempre uma nova coisa poderá acrescentar-se e ser reconhecida pelas outras, em seu sentido anterior a tudo que lá havia...

... sobre o futuro da medicina e outros temas

Colocam-se agora os dois a pensar no futuro, se haverá alquimistas que farão nascer uma criança pela mistura dos genes do homem e da mulher (o pai e a mãe) em um recipiente de vidro... E o que a Igreja pensará sobre isso?... Bem, é algo que tocará de perto a questão do pecado original, um "princípio" básico de sua teologia, sendo ela cristã. Pois, do que se diz, a diferença maior entre o Deus Salvador e um homem comum é que o primeiro veio ao mundo concebido de maneira que não houvesse pecado, ou seja, pelo que afirmam, "Maria não foi fecundada sexualmente por José, seu marido, mas pelo divino Espírito Santo" – e é por isso que se diz a *Virgem Maria...*

E diz a doutrina que todos os demais, concebidos pelo prazer, nasceram pecadores, e só foram ou serão capazes de se livrar disso algum tempo depois, pelo "rito purificador do batismo", criado pelos cristãos... E assim, talvez a Igreja venha a apoiar o trabalho desses futuros alquimistas, pois o bebê nascido de uma fecundação artificial, feita *in vitro*, não traria consigo o *"pecado original"* (mesmo que não se queira comparar ali a mera experiência de um alquimista com a intervenção do *Espírito Santo* – que isso esteja bem entendido –, pois nenhum outro bebê haverá de ser igual a Cristo, o *Salvador...*).

– O pecado original é sim o principal fundamento da doutrina cristã... Mas a teoria de que o sexo só deveria servir à procriação também aparece em religiões das mais diversas (e até em vertentes daquelas indianas que fogem à regra...), levando-se mesmo a opor o prazer à espiritualidade (e por isso, acham alguns, o prazer dos religiosos, que é tão reprimido, acaba às vezes transbordando em perversões...).

E não se vai ali querer entender as razões de uma santa barroca, de nome Teresa, pelo estilo de suas *Memórias* – que um dos primos levou para mostrar... –, quando se refere ao amor de maneira que já não se sabe mais se é "carnal ou celeste": se está sendo arrebatado pelo "fogo divino", ou queimado pela "chama infernal"... Pois ela fala de quando seu "Esposo riquíssimo" pretende agradá-la, convertendo-a...

> *... como una persona que el gran placer y contento la desmaya, le parece se queda suspendida en aquellos divinos brazos, y arrimada a aquel sagrado costado y aquellos pechos divinos.*

E então

> *No sabe más de gozar, sustentada con aquella leche divina que la va criando su Esposo, y mejorando para poderla regalar, y que merezca cada día más.*

Não seria para uma freira assim, certamente, que o baiano Gregório de Matos precisaria à mesma época escrever todo um poema explicando a referência que fazia ao seu "priapo", deus da fertilidade...

Roda de viola

Assim que terminou o baile, Francisco fez questão de conversar com o cantador...

– Em modas de viola se especializou esse meu primo, que não era primo... Mais simples do que ele, aprendi finalmente algumas toadas de mestres que nem são tão populares, quero dizer, daqueles que ainda são pouco reconhecidos. Mas... É porque, para este primo, a questão era só de a autoria ser genuinamente popular (mas sem a pretensão daqueles pseudo-intelectuais que se dizem "solidários" e imitam tudo o que já se vinha imitando daquilo que imaginam ser "o" povo).

E a conversa vai longe: o forró em outras civilizações – Grécia e ritual indígena

Francisco contou que antigamente, na Grécia, quando se disputavam as Olimpíadas, os conflitos locais eram todos adiados, o que talvez se desse em nome de uma consciência de fraternidade, mesmo que celebrada apenas por esses tempos, que já eram previamente combinados...

– Mas não deixou de haver conflitos fora dessas épocas, e isso só se explica pelo fato de que eles eram necessários, fazendo parte da própria condição humana, ou biológica, talvez... Ao que parece, mas poucos haverão de concordar, era porque dentro da espécie seria preciso sempre aprimorar-se, ou ao menos não degenerar, para continuar merecendo-se a existência...

(Na verdade, o que provocou e provoca as guerras, muitos sabem, é sempre haver mais populações humanas do que ambientes possíveis e favoráveis... E à medida que essas populações não se misturavam com as vizinhas, iam se criando identidades que precisavam sobrepor-se às outras...)

– Acima dessa necessidade de conflito estaria apenas a consciência de irmandade... Mas o ser humano, ou melhor, a espécie, em geral, nunca foi boba, ou seja, para falar a verdade, é até má, no sentido de ganância e competitividade...

Francisco e João Maurício já sabiam da existência de alguns estudos mostrando que na chegada dos asiáticos (como *Homo sapiens* de origem, em determinado tempo, na Ásia...) à América do Sul, eles teriam vindo a eliminar os oceânicos (no sentido análogo) para terem certeza de que iriam perdurar... E que assim, como o deste exemplo, haveria inúmeros casos. Um dos que mais instigaram Francisco, quando lera sobre isso em uma revista alemã, era o da chegada de arianos ao norte da Índia, em que provavelmente massacraram uma civilização anterior a eles, no Vale do Indo (e talvez a tenham dizimado totalmente...).

E nessa conversa para a qual eles tentam agora trazer o cantador, e envolvê-lo na discussão, lembram que as grandes navegações do século XVI também ajudaram a despertar esse tal sentimento de fraternidade humana, o orgulho de se fazer parte de uma espécie que conseguiu singrar todos os mares, e ainda será capaz de pisar na Lua (orgulho que só fará sentido se for dentro da própria espécie porque, se existirem deuses, ou seres interplanetários, haver-se-iam de gastar horas, dias, meses, só para explicar o desafio de pisar num outro aglomerado de matéria que gira em torno deste nosso, a uma distância tal, e que não tem vida, e que tem um sexto da nossa massa etc.), mesmo que para outros povos isso não queira dizer muito, porque estão mais preocupados em competir (e aniquilar os que duvidam de sua teologia)...

E o mesmo vale para os adeptos de suas ideologias bitoladas (sente-se agora o efeito do álcool nessas conversas), que pisar na Lua não significará nada para eles, porque para uma façanha dessas não se haverá de trilhar os dogmas do teórico tal... E um dia haverá novas Olimpíadas, que não exigirão essas tréguas nos conflitos locais, porque se estenderão a todos os povos, e as disputas políticas ainda levarão milênios para serem resolvidas... Bem que valeria haver paz, uma paz total, incondicional, mas isso está longe de pertencer à nossa humilde condição de ser biológico, em busca de um DNA e de uma cultura melhor (ou, como diria Platão, mais próxima da ideal, um ideal que já houve, na origem divina do cosmos...).

E do que mais se falava nessas festas

"O rio São Francisco pode não ser maior do que o Nilo, mas é sem dúvida o mais bonito, justamente por ser aquele que passa 'rente' à cidade da Barra do Rio Grande, e depois por Xique-Xique, desembocando no oceano Atlântico..."

– O rio São Francisco, acreditamos, deverá ser sempre muito mais bonito do que o Nilo, que não passa pela Barra do Rio Grande, nem por Xique-Xique, e muito menos sabe o que é desembocar no oceano Atlântico... E isso não é apenas o que diz o poeta, pois muitos haverão de concordar que ele chega a ser mais bonito até do que o Amazonas, sendo o único a receber em suas águas o nosso doce rio Grande, bem à altura desta cidadezinha que se chama Barra e ainda pertence à província pernambucana, mas que logo será incorporada à da Bahia para comunicar-se mais diretamente com Salvador, estando sempre a oeste, exatamente a oeste, quase em linha reta de quem sai da grande cidade...

E para cima dele é que está aquele outro rio, mais claro, transparente e, claro, é por ele que vão estender-se as águas, até chegar ao Brejinho...

As novas andanças do juiz José

Enquanto isso no Maranhão, depois de explodir a "Balaiada" e nomear-se uma espécie de interventor – o futuro Duque de Caxias –, a região foi finalmente pacificada...

Foi esse interventor, Luís Alves, quem nomeou o juiz José, neto de Tomei (e homem do magistrado), agora para a chefatura de Polícia, cargo que ele vai acabar exercendo por três anos, de 1842 a 45... E ao deixar este cargo, dali a um ano, o nome do desembargador será "apresentado em uma lista tríplice para o Senado", mas será logo vetado pelos liberais...

E então, dois anos depois (em 1848), o jovem Imperador (com seus ainda 22 anos...) o transferirá para o *Tribunal de Relação* da Corte, no Rio de Janeiro, e José também será designado o inspetor geral da *Instrução Primária e Secundária...*

13

Mais dois casos de violência

Pré-considerações a essa história trágica

No futuro deverá haver uma teoria "psicanalítica" a dizer que todas as dificuldades, os problemas internos que cada um tem em sua condição humana, adviriam em realidade das relações familiares vividas principalmente na infância... Teoria esta que para alguns também parecerá representar uma fuga, entendendo-se que com ela apenas nos defenderíamos de uma culpa natural formada pela consciência de que os maiores responsáveis pelos erros que cometemos somos nós mesmos.

E pela mesma maneira de quando mencionamos, explicando uma primeira vez o que eram os filhos "naturais", preferimos aceitar novamente esta ideia de que os conceitos morais fazem parte de uma cultura histórica que se estabelece em determinada época e local, tendendo às especificidades o quanto mais se trata de um meio tão distante e isolado, como se tornara e mostra-se, ainda agora, este "habitat", em meio ao imenso sertão...

(E se nos voltarmos com olhos mais críticos a esses fazendeiros, acostumados a espaços que são tão amplos, talvez já supuséssemos que nem ao menos se davam conta de que a maioria da população vivia espremida... Mas não é bem assim. E em relação ao que vamos abordar, são de fato comoventes as histórias de mulheres abandonadas, que têm às vezes de recomeçar a vida, sem sequer saberem se estão sozinhas porque quiseram ou não...)

O envolvimento erótico-afetivo com pessoas de fora da família, sem maiores compromissos, talvez se explicasse mesmo por uma falha humana (e não por um erro essencialmente de caráter, como já se deu a entender...). E deslizes se explicariam – mesmo que para outros isso em nada justifique – pela condição humano-religiosa de termos sido criados para ser imperfeitos... Pois se Deus assim nos fez, assim seremos, e não adiantaria dizer que a causa disso é esta, a de que poderíamos, se quiséssemos, nos aperfeiçoar, escolhendo entre a *Luz* e as trevas, o que seja, porque as razões do Criador, já dissemos e não custa repetir, estão muito acima das razões de criaturas tão imperfeitas que somos...

E por este capítulo que se segue, passaremos a entender que ter um filho "natural" era prerrogativa masculina: somente e apenas, exclusivamente, masculina...

Luna

Estamos no ano de 1850, e Luna, a terceira filha de Vanderlei com a Chica (depois de Ana Francisca e Ambrósio), está com pouco mais de 35 anos (ela é de 1814), e ainda solteira...

E está sendo agora, nas palavras de um membro da família, "iludida por um desses homens de vida irregular"... Seu pretendente não tem condições reais de pedi-la em casamento e, por isso (segundo esse mesmo parente), vai induzi-la "a fugir para um local ribeirinho, abaixo da cidade"...

Ah... Mas Ambrósio, que é mais velho, quando souber disso, vai confirmar sua fama de violento...

Luna agora já fugiu e Ambrósio, depois de dizer-se "ofendido em sua honra" (nas palavras desse parente), dá a entender que vai reparar aquela ofensa sentida, aumentada ainda mais pelos comentários feitos nos cantos deste pequeno meio porque, afinal, *toda a Vila já ficou sabendo...*

Mas ele não conta para ninguém de seu plano (nada do que guarda em sentimento e menos ainda do que elabora em ação...). Ambrósio é altivo em relação ao povo, que se acostumou a respeitá-lo mais por medo que por apreço ao domínio político que tem (ou às qualidades próprias, que se esforçasse em desenvolver...).

Alguns dias depois do "rapto", o sedutor apareceu sozinho na cidade. E era uma noite qualquer, em que ele estava sentado na calçada em frente a uma das casas, conversando com seus amigos, quando recebeu um tiro inesperado de espingarda e morreu ali mesmo... Fez-se o enterro e não houve qualquer ação do delegado de polícia, encerrando-se o caso como se fosse mero acidente. Mas é agora segredado, timidamente, de ouvido em ouvido, sempre o mesmo comentário: "Foi seu Ambrósio quem mandou matar".

Enquanto isso, a família viu-se preocupada com o destino da irmã desaparecida, e foi pedir ajuda a outro irmão, o mais novo de todos, Joaquim, filho "natural" do velho capitão-mor (que a essas alturas, não custa lembrar, já falecera havia dez anos).

Joaquim Vanderlei (pois era este também o caso de um filho natural que recebera o sobrenome do pai), um homem jovem, "muito estimado por todos", foi rápido na busca e encontrou o esconderijo... Mas já era tarde: lá ele recebeu sozinho a triste notícia de que Luna já estaria morta e enterrada...

Voltou *"incontinenti"* (o que quer dizer "disciplinado") à família e logo procurou Ambrósio, suspeitando de que a violência só pudesse ter partido dele (e segundo o parente que deixou escrita esta história, Joaquim, "emocionado e exaltado, teria tentado uma explicação de homem para homem e proferido palavras pesadas de acusação pelo assassinato da irmã...").

Ambrósio ouviu tudo calado, o que não era o seu hábito (nunca permitiria confianças assim mas, neste caso, ele se mostrava moralmente abatido pela tragédia...). Ao que parece, os seus emissários não foram instruídos ao crime, porém abusaram do que seria uma primeira ordem (já por si equivocada, na opinião geral, de todos os outros). Pode-se imaginar o abalo familiar que este crime causou, com todos chorando por Luna e revoltados contra Ambrósio...

Sentimentos e pesares

Ambrósio pode estar arrependido mas, se o que houve com Luna teve mesmo a participação dele, não é coisa que se perdoaria nem em mil anos...

Desta terrível história que deu fim à terceira filha do primeiro casamento de Vanderlei (com a irmã de Maria Clara, Francisca Antônia do Livramento, como bem lembramos...), já se poderia perguntar se isso tudo só aconteceu por causa de uma cultura de honra local, para a qual não havia vigilância de polícia... E que, se o caso ocorresse numa cidade maior, como Salvador, poderia ter outro desfecho.

Quanto à mulher Luna, percebe-se que o seu único crime foi querer ter filhos (e isso por um instinto natural das fêmeas, humanas ou animais, que é o chamado "maternal") e, como não houvesse pedidos de casamento, sua única possibilidade era aquela, a de se enlaçar com alguém da classe menos favorecida.

Mas deve-se lembrar que também para esta história, como em tantas outras de que tivemos notícia (e por isso aqui se faz questão de dizer sempre que foi contada por um "parente"), pode ter ocorrido uma ligeira tendência, quase "natural", de quem a contou primeiro, de aumentar ou diminuir a importância ética desta ou daquela personagem, ou de um fato, conforme os interesses de cada grupo... Ora, Vanderlei ficara viúvo de Francisca e depois se casara com Lília, a filha mais velha de Maria Clara.

O que se poderia dizer dos filhos do primeiro casamento do marido daquela que sempre foi considerada a "flor da família"? Pelo que se contou de Ana Francisca (que teve tudo na mão por pura "sorte", e nunca soube cuidar nem administrar as próprias coisas), talvez se entenda que haveria uma tendência, uma ligeira tendência, quase "natural", a prejulgá-los como não tão éticos, ou menos éticos – assim como ao filho "natural" Eduardo, como pessoa cheia de vícios...

Isso não se pode afirmar pois, como estamos vendo, os descendentes de Ana e Maria, filhas de Tomei, foram se tornando também os descendentes de Vanderlei... Isso porque, já entenderemos, Janoca, que deverá casar-se com o filho de Tonhá, dr. Antoninho, era a filha de Ana Joaquina, filha mais velha de Vanderlei com Lília...

Violência ainda maior

Houve um caso ainda mais terrível, ocorrido na mesma época, mas que não se deu no seio da família...

Antes, seguindo a prática do "voltaremos a algumas ideias que permearão toda esta história...", insistiremos principalmente naquela de se fazer elogio aos gregos, pelo que ainda se preserva de uma "ética" de submissão à lei (que a... *panton basileus*) àqueles que conseguiram educar-se com base na cultura clássica, convidada a se instalar também em alguns pontos desses "cafundós" interioranos...

Retornaremos agora a alguns pensamentos de Tomei, dos que pudemos captar ao acompanhá-lo em sua primeira visita à capela renascentista, nas imediações de Salvador...

Pensamento de Tomei...

Trata-se de haver no mundo das ideias uma possível reestruturação de todas as religiões, mesmo as mais complexas... Pois assim como Platão condenou a mitologia homérica, colocando-a no mesmo saco das fábulas cheias de símbolos (que deram origem às diversas religiões), há de se implorar no futuro (nem que seja pela simples lírica poética, tão imitadora do passado...) para que os homens se atenham cada vez mais apenas ao que lhes seja mensurável e natural, deixando de lado os supostos fatores extrassensoriais, ou não-naturais, de inferno e céu, "nada por que se possa matar ou morrer" vindo de simples ideais imaginários...

E imagina-se que possa haver também uma "não religião", qualquer que seja ela, anunciando-se este como único futuro possível, pela expressão de um grande poeta (que haverá de ser popular), ao relacionar ainda uma série de coisas sem as quais o mundo seria melhor (e com as civilizações "coexistindo" e até convivendo em harmonia e paz – o que é pura utopia, como já se vê).

E lá há de se achar o que sempre se resume em um dizer de que está "tudo bem", com este "tudo" podendo conter em si algum sentido, já que as religiões não costumam falar (ou melhor, nunca falam mesmo) de um mundo físico, mas de uma espiritualidade que só se concebe por ideias... Existe, ou deveria existir, uma espiritualidade ideal, mas que certamente seguiria as mesmas leis da natureza, embora sem se basear mais em corpos transitórios...

Seriam leis de proporção, entre as combinações possíveis: aquela em que a *Origem* natural seria o próprio Deus, diriam os simplificadores... Pois já que o homem está preso a seus sentidos, é só pelo exercício deles que se concebe a felicidade possível: o conforto e os prazeres. Mas no plano das ideias não haveria prazeres nem conforto, e sim a pura contemplação de combinações matemáticas...

Naquele tempo, o dos gregos, não se teorizou, nem hoje há de se teorizar, ainda, ou na futura Física Quântica, o que pelo desenvolvimento da óptica arquitetônica já se pôde demonstrar, havendo este "relativismo" do mundo físico (o dos sentidos) frente ao observador... Não se dizia que a gravitação podia alterar o tempo, mas se percebeu uma relação de tudo, com base no movimento (tendo-se em conta que todas as coisas se movem e o próprio observador delas está nesta condição, sendo vulnerável em sua percepção do que vê e às transformações...).

Para Tomei, fora Platão, mais uma vez, quem primeiro procurou separar o que vemos do que queremos pensar... Uma origem fabulosa das coisas é também artifício do pensamento, e na simplificação de como apresentá-la, de maneira simbólica, já se mostra que na verdade nunca se soube de nada (o que será sempre repetido por um poeta português, o maior de todos os tempos, como aqui entendemos e já se ousou dizer...). Pois só é simbólica por explicar algo que não é possível descrever objetivamente.

Tomei reconhecia naquele momento os homens como seres observadores, que para isso tinham os seus sentidos... Não se conceberia uma história sem se conceber o seu espaço físico, que poderia (ou deveria, até) ser verossímil, baseado no que se vê... Mas quando se vê, cria-se um espaço teórico em que não importa o ângulo do observador. E muito menos importa que essa concepção se tenha dado no cérebro de quem tem dois olhos (e, com isso, a noção tridimensional)...: dois olhos, que dão mentalmente a noção de apenas um ponto de fuga.

... de quando esteve na capela

Assim, o ser humano garante uma esfera que não é celeste. Quem garante o principal, que é o dia depois da noite, não é a espécie... Pode-se dar comida e proteção aos pequenos cachorrinhos, mas quem garante essas e outras coisas, pelo que dizem as religiões, teria poderes ultrassuperiores...

E *movimentos* de ida e vinda estariam por trás de todo o aprendizado. Entre os perigos de salvar alguém, perder-se junto com ela (a pessoa), haver-se-ia lá uma probabilidade do que é "mensurável", por ondas de vai e vem... Mas raramente o risco (embora se mostre assim) se verá determinado num gesto único e isolado, e assim a vida nos dará sempre outra chance, a de repetir ou não o erro, mais mensurável a cada nova tentativa, na busca do acerto.

14

Perseguição à família Guerreiro

Banditismo no sertão – um contexto geral

Já obervamos por outras histórias que, desde meados do século passado (época em que Tomei chegou ao vale), as regiões do São Francisco foram se isolando cada vez mais... No entorno de Vila Rica, as minas foram se esgotando, e a troca de mercadorias pelo sertão veio a ser dificultada por um controle cada vez maior da Coroa, com sua "cobrança exacerbada de uma série de impostos sobre o gado, farinha e outros artigos", como dirão os mais certos historiadores (sendo que Vanderlei, como lembramos, era um dos agentes dessa cobrança...). Assim, o comércio foi se deslocando principalmente para o Rio de Janeiro e seu porto, com o novo caminho aberto por um sertanista importante, de nome Garcia Paes, filho de Fernão Dias.

No sertão, os aventureiros que iam atrás de lucro fácil acabaram se dispersando, ficando apenas os que estavam perfeitamente adaptados à "labuta" dos currais, às secas periódicas e às tragédias das inundações, ou seja, "os que se conformavam com uma existência muito simples e marcada pela rudeza do ambiente sertanejo", como dirá o mesmo historiador... O vale ficou "entregue a si mesmo, insulado num deserto", construindo-se ali "uma cultura própria, desvinculada de suas origens baianas, pernambucanas e paulistas".

E vamos tentar entender o que dirá disso outra historiadora, futura descendente de Tomei, com base no mesmo Wilson Lins de que aqui já se falou...:

– "A anarquia e a selvageria geradas pelas condições de pobreza foram se disseminando"...

– "Negros fugidos dos engenhos no litoral" e alguns criminosos que estavam foragidos também foram se incorporando aos "salteadores", e aumentou-se assim o clima de intranquilidade... Por necessidade prática, impôs-se um sistema de chefia "em que as famílias mais poderosas consolidaram sua força no território que dominavam" (o que pode ter relação com a *Guarda Nacional* de que Tonhá fazia parte, mas veremos que sua atuação foi sempre no sentido de respeitar – e fazerem-se respeitar – as leis nacionais...).

A autoridade da Coroa se viu enfraquecida com o surgimento de líderes violentos, "fazedores de leis próprias e executores de justiça". Chefes locais, rodeados de agregados, "contratavam mercenários e formavam pequenos exércitos em cada fazenda"... Alguns municípios se tornaram mais belicosos, como Carinhanha (um dos mais antigos núcleos de povoamento), Xique-Xique, Pilão Arcado e Remanso. Mas em quase todos – à exceção da Barra do Rio Grande e da Casa Nova – "houve choques armados entre as famílias dominantes".

Militão

Um dos caudilhos da época em que estamos, os anos 1850, é Militão Antunes, ou Plácido da França Antunes (para dizer o nome todo), que há tempos amedronta toda a região salineira de Pilão Arcado, Sento Sé e Remanso, onde faz reinar sua vontade...

Já contamos o triste episódio em que ele ordenou a mutilação e morte de um professor desavergonhado, e que isso fez revoltar a população da Barra e os "pacíficos Castelo Branco de Pilão Arcado", como vieram a dizer... E soubemos que Maria Clara da Virgem, a atual matriarca da família, enfrentou Militão ao recolher o infeliz professor e tratá-lo em sua casa...

Mas o "senhor de *Caroá*" (que era o nome da fazenda onde Militão morava) quis se vingar... Nas eleições de 1855 (para cargos que valeriam até 1860), o juiz Francisco, quinto filho de Maria Clara, quis largar a magistratura e se candidatar a deputado pelo *Partido Conservador* (em que já estava seu primo, o senador Cotegipe). Ao mesmo círculo eleitoral baiano pertenciam as vilas da Barra, Pilão Arcado, Xique-Xique, Santa Rita, Campo Largo e Angical... O suplente de Francisco seria o dr. Frederico de Almeida, membro de uma família rica de Angical e aparentado dos Vanderlei. Tudo indicava que eles venceriam.

Militão já preparara a vingança: o candidato liberal de seu círculo era o sobrinho Francisco Antunes de Campos. Então ele "mandou assassinar, sem maiores explicações, o alferes José da Rocha Meneses", maior fazendeiro de Santa Rita e grande amigo de Francisco (o juiz, filho de Maria Clara...). Também praticou uma série de violências em Xique-Xique para deixar "tudo dominado" (na expressão futura dessa questão política...). Em Pilão Arcado, ele já era dono de todas as áreas. Os conservadores apelaram para o presidente da Província, Cansação Sinimbu, mas este, que era liberal, preferiu não interferir.

Militão controlou assim os três colégios eleitorais, tendo uma vitória avassaladora sobre os adversários (pois aqui também se fez bem o uso dos chamados "currais eleitorais", como ainda se há de fazer mais e mais no futuro...). Sinimbu, o presidente, percebeu o resultado de sua omissão quando já era tarde, e escreveu então para Cotegipe, o filho de Vanderlei:

> Tu foste tão infeliz na Barra como eu em S. Miguel. O Militão quis mostrar que ainda presta para alguma coisa: fez deputado o sobrinho que é um burrego que acabou de receber o pergaminho...

Reclamava assim de quem havia votado naquele novato, preferindo-o "ao respeitável" dr. Francisco... E disse ainda a Cotegipe: "Bem tu receavas!"

A família impede uma invasão

E Militão preparou sua segunda vingança: um assalto à Barra. Ana Francisca Vanderlei, a irmã mais velha, também escreveu sobre isso a Cotegipe, o irmão João Maurício:

> Sei o quanto lhe doerá o que fez aqui o Militão com as eleições e parece-me que, de agora em diante, ele tomará conta dessa "infeliz" Vila. Dou graças a Deus de V. estar livre como senador de tais eleições desgraçadas...

Mas dois homens experimentados, arregimentados em defesa e honra de sua terra, já se preparavam para lutar por ela: *Tonhá*, o Comandante Supremo da Guarda Nacional, que "centralizou suas forças na fralda da Serra dos Olhos d'água, no Brejo de Santo Antônio"; e *Ambrósio Vanderlei*, o irmão de Ana Francisca e de Cotegipe (e de Luna, como lembramos) que, "temido por sua valentia", "colocou-se em defesa da própria Vila".

Militão estava sediado em sua fazenda Giboia, à margem esquerda do rio, ponto estratégico de todos os seus assaltos, "quer para o lado do Remanso, quer para o lado da Barra", e desta vez ele tremeu... Se fosse por terra, o caminho mais curto que evitava as dunas fluviais da região, teria de atravessar o riacho do Icatu e defrontar-se com homens da *Guarda Nacional*, munidos de mais de cem clavinotes ("arma eficientíssima", asseguram os especialistas...). Se fosse beirando as águas, haveria em frente ao rio Grande o choque com homens de Ambrósio, "cuja frieza e valentia despertavam grande temor"...

E contam os parentes que, assim, as pretensões desse "obstinado chefe" foram então adiadas...

Episódio de Militão e Guerreiro

Militão não admitia que ninguém desafiasse ou competisse com seu poder, e voltava-se violentamente contra os que tivessem essa coragem... O caso de Bernardo Guerreiro, que teve início em 1848, "ficou tristemente célebre na história do Vale".

O português chegou a Pilão Arcado ainda pobre, e começou a prosperar pelo comércio, vindo depois a se casar com uma moça de família rica na região, e teve com ela quatro filhos homens...

(E haverá no futuro uma música a contar mais ou menos esta história, e que assim dirá:)...

Era filho de um baiano que viajava no sertão e vendia coisas como roupa, panela e sabão
E que um dia foi caçado pelo bando do... ["Militão"],
que achava que ele era da polícia um espião.
E se fez a confusão, e amarraram ele num pau pra matar depois do almoço.
E ele então desesperado gritava: Socorro!
E uma moça apareceu bem no último instante e gritou pra aquele bando:
Esse rapaz é comerciante!
E com muita habilidade ela desfez a confusão e ele então deu-lhe um presente,
um vestido de algodão.
E ela então se apaixonou.

O "bom conceito" de Guerreiro cresceu na região, enquanto Militão, "que só praticava desatinos", era cada vez mais "repelido pelas velhas famílias do vale" (como os descendentes de Tomei...).

E quando se organizou a *Guarda Nacional* no São Francisco, Militão quis para si as patentes mais altas, mas os Guerreiro e os Castelo Branco em Pilão Arcado, os descendentes de Tomei na Barra e os Nunes em Sento Sé protestaram, "alegando como impedimento o bárbaro crime contra o professor". Militão também quis se vingar dessa afronta, principalmente porque os maiores postos da Guarda em Pilão Arcado "foram distribuídos pelos filhos e correligionários de Guerreiro"...

Acabaram acontecendo outros incidentes que agravaram essa situação de inimizade, mas "Militão se sentiu ainda mais desprestigiado quando Bernardo Guerreiro foi designado, por testamento, tutor do herdeiro menor e administrador dos bens do espólio de d. Félix Castelo Branco". Em uma audiência da Câmara houve violenta discussão, e Bernardo Guerreiro "desfechou uma bofetada no rosto de Militão", que jurou, na frente de todos, que "exterminaria a família Guerreiro"...

E ele logo "reuniu uma tropa em sua fazenda de Caroá e planejou um assalto a Pilão Arcado". Guerreiro, com medo, fugiu para Salvador, mas mesmo assim Militão atacou a Vila... Houve uma luta violenta de oito dias e noites pela posse do lugar, em que Militão, mais preparado, acabou vencendo e pilhando a cidade como nunca se vira.

Assim, "os filhos de Guerreiro fugiram para Vila Imperial de Sento Sé", onde pediram para denunciar o fato ao presidente da Província. Resolveram refugiar-se em Rio de Contas, como aconselhara o pai e, com uma escolta policial de vinte homens, “foram se abastecer para a viagem numa fazenda da família, Boqueirãozinho”. Logo que chegaram, a fazenda foi assaltada pelo próprio Militão, com duzentos homens. Houve resistência por três dias e noites, e conseguiram fugir para outra fazenda em João Dias.

Lá, houve nova luta, e “os bravos irmãos Guerreiro conseguiram fugir outra vez”, atravessando a caatinga seca... Mas acabaram sendo dominados e mortos, numa luta em que Militão perdeu oitenta homens. Dos quatro, só o irmão mais moço, Joaquim, de apenas dez anos, escapou e foi procurar refúgio na Barra. Dizem que acabou se casando com alguém ligado à família de Maria Clara, sendo possivelmente uma descendente de Tomei (de que não se sabe o nome...), e pode assim ter dado continuidade à família.

(Bem, o que se sabe é que haverá descendentes de Tomei com o sobrenome Guerreiro, algumas gerações à frente: uma das filhas do cel. Pedro, Ana Tomei, terá os seus sete filhos com um tal Antônio Barreto Guerreiro e, entre eles, uma, Antônia – ou Toninha –, se casará com um neto de Tonhá, Francisco – ou Senhô –, filho mais novo do dr. Antoninho. E também o sobrenome Castelo Branco aparecerá na família, por Félix, que se casará com Maroquinhas, a outra filha de Tonhá.)

15

Falecimento de Maria Marques e outros eventos

Comentário filosófico

Do seu quarto de estudante, próximo à Faculdade de Medicina em Salvador, o futuro dr. Antoninho distrai-se um pouco dos livros, tratando agora de olhar o jornal...

"Não se sabe se a cada ano a seca será mais seca": é o que está escrito acima da matéria que ele agora adentra, em busca de alguma informação sobre esse assunto. Mas o que se diz lá é não existir tanta certeza assim de que haverá mesmo um aquecimento geral no planeta, provocado pelo ser humano em seu contínuo desmatamento de florestas e uso crescente das máquinas a vapor e outras tecnologias (pois o que se defende é ser este um hábito ainda recente e feito em pequena escala...).

Por este artigo já se saberia que dali a cem anos viveriam no mundo algo como cinco bilhões de pessoas, e que no século seguinte ainda poderá haver o dobro disso... E que as pessoas almejarão padrões de consumo cada vez maiores, até ser impossível à natureza proporcionar tais índices de uso dos produtos – os de países ricos – a toda a humanidade...

Mas o jovem Antônio imagina ser este um tipo de "futurologia" já bem antigo, e que ainda nos próximos tempos o mito religioso mais elaborado haverá de ser mesmo o cristão, pelo que foi inventado, aperfeiçoado, estruturado e até melhorado (ou lapidado) pelos seus seguidores, São Paulo e Santo Agostinho...

Na verdade, trata-se de um mito mais do que milenar, a dizer basicamente que todo ser humano é imperfeito, e esta é a mesma ideia que se defende (ou ilustra) por outro grande mito judaico, o da "Criação": o homem provou da maçã... Ele ainda prova dela, e continuará provando porque é imperfeito... Tornou-se e será sempre escravo do conhecimento (e pode até se constatar que a ignorância seja mesmo uma prisão, mas o conhecimento também não leva à liberdade...).

O conhecimento ainda há de produzir tecnologias que servirão para vencer os contrários e almejar o tal alto padrão de consumo das populações mais abastadas... Não se viverá mais para dentro, pois se viverá apenas o que existe do lado de fora, lutando-se pela sobrevivência e por padrões maiores de consumo... E assim, sabe-se, o ser humano não é nem será totalmente feliz. Mas ele o é, em parte, quando sente amor... E em parte porque não pode ser o tempo todo. É da imperfeição humana ter de satisfazer os sentidos, as necessidades básicas de se alimentar e dormir, não sentir frio e amar...

A tecnologia proporcionará adaptações ao aquecimento do planeta. Não permitirá que caibam nove bilhões de pessoas no fresquinho das calotas polares, mas um grupo significativo delas ainda deverá sobreviver... Como serão elas? A tecnologia há de chegar ao desvendamento genético dos seres, à possibilidade de seleção em laboratório... E isso há de ser terrível, porque a humanidade desde muito tempo produz os seus tiranos (havendo de estar um agora, em sua ilha, ou canto do planeta, sendo continuamente apoiado por ingênuos idealistas...) e poderá algum deles querer decidir por sua vontade qual será a melhor carga genética...

Antoninho agora já arrasta os olhos para o meio de outra matéria, em que diz o articulista: "... ora essa, um pajé indígena metido a escrever". Vê-se que na verdade se trata de um forasteiro, ele, sim, intrometido pelas matas, apenas para estudar a cultura indígena, ou o conhecimento que têm os que seriam considerados verdadeiros pajés...

Em seu delírio, diz o articulista, o tal líder espiritual indígena teria previsto que...

> "... quando as águas dos mares chegarem ao pé da Cordilheira, atravessando o Brasil até se estabilizarem por cerca de cinco anos, haverá uma placa alertando os navios: 'Não cabe mais gente'. Pois já não cabia no Tibete, nem nos Alpes e em outras terras altas... Haverá ainda muitas macieiras que se estenderão à vontade do saber, e à consequente escravização do ser e do agir racional... O ser humano é imperfeito e continuará a sê-lo, mesmo depois do Apocalipse.
>
> "Diz o poeta que a vida eterna só se reserva aos animais irracionais... Nem mesmo as plantas poderiam almejá-la, por não serem assim tão 'do bem', nem ao menos para os animais que delas se alimentam... E que a maioria das plantas não produza conhecimento, 'ainda bem'... Mas já se sabe que a vida é muito mais diversificada do que parece, e se poucos aceitarão isso como verdade, entender-se-á que há 65 milhões de anos uma catástrofe dizimou 90% das espécies, e todos os seres vivos atuais descendem dos 10% sobreviventes, que já eram muito diversificados...
>
> "Por isso, no fundo do mar, desse mar que há de subir e espalhar sua enorme diversidade de espécies desconhecidas, ainda se guardam segredos genéticos incalculáveis... Lá aonde o sol não chega, já existem seres capazes de sobreviver à ausência de fotossíntese... E o que para os humanos podem parecer monstros são, muito mais do que isso, seres bem preparados para sobreviver a uma catás-

trofe na biosfera... No mundo sem luz, essas espécies estarão aptas a conquistar novos espaços, espalhando suas monstruosidades...

"E só o sexo deverá sobreviver. O amor estará em baixa. No entanto, chuvas de granizo trarão nova luz pois, como diz o filósofo, é do caos dentro de si que nasce uma estrela... E outra bomba de nêutrons voltará a brilhar, por pura tecnologia do ser imperfeito. Voltar-se-á a fazer sexo com amor, a criar filhos com muito mais carinho, carinho este que também haverá de existir entre os pais"...

Falecimento de Maria Marques

Percebe-se como estamos adiantados nesta história pois, se no início acompanhamos a viagem de Tomei em sua juventude, agora já se fala no falecimento de sua segunda filha, Maria Marques, fato ocorrido nesta metade do século seguinte (mais precisamente em 1851, quando o Brasil se apresenta como país independente, de vasto território, e por isso está sendo chamado de Império...).

A fazenda Timbó, herdada por ela de Luís Marques (que foi seu marido até 1819), está sendo agora deixada como herança, em testamento, ao seu genro e sobrinho (pois, como sabemos, Tonhá era o segundo filho de seu irmão mais novo, José), que passou a administrá-la...

(Podemos assim dizer, tendo por base direta os escritos deixados por ela mesma, que Maria confiava mais no genro que no próprio filho – o também José, como o tio e o primo, mas Marques, este...)

E foi desta maneira que a tia e sogra de Tonhá, Maria, ao falecer neste ano, fez com que o marido de sua filha fosse beneficiado com um "testamento compensatório" que o ressarciria dos "prejuízos causados pelo cunhado", segundo se entendeu na família...

Ele ficou com um terço dos bens deixados, "além de, por vários anos, uma gratificação anual de 400$000". Assim, de seu quinhão fazia parte a fazenda Timbó, avaliada em 1.000$000.

Aos filhos do já falecido José Marques, único filho homem de Maria (dos que se sabe que chegaram à fase adulta), e que tanto se desentendera ao longo da vida com o cunhado Tonhá, foi calculada uma herança de 1.632$176 para cada um deles, *"representados em escravos, sete éguas e cinco gados"*.

(Esses filhos, como sabemos, são Luís e Maria Francisca, que acabarão falecendo em 1858, havendo os seus bens de ser repassados à viúva – mãe de Francisca e madrasta de Luís – Ana Francisca Vanderlei.)

A memória e os bens deixados

Essa figura antiga, ainda de segunda geração em relação ao velho italiano (que deu sobrenome a esta grande família), escrevera o seu testamento ainda em 1849, dois anos antes de morrer. Pelo que lá se lê, percebem-se logo alguns aspectos de sua personalidade, ela que pretendia manter sua fé na *Santíssima Trindade* por toda a vida e além dela... Declarava-se:

– Natural da Vila da Barra, nesta *Freguesia de São Francisco das Chagas*, sendo filha legítima de Antônio Tomei e Joana Gomes de Sá, já os dois falecidos... Era viúva de Luís Marques Pinto, com quem se casara por livre vontade e teve seis filhos, dos quais quatro morreram pequenos e dois sobreviveram, já tendo estes, também, a sua sucessão...

– O primeiro deles, José Pinto Marques, já então falecido, casou-se primeiro com d. Maria Custódia da Rocha, com quem teve o filho Luís, depois com Maria Eugênia da Conceição Rocha, sem ter filhos, e em terceiro com d. Ana Francisca Vanderlei, com quem teve Maria.

– A outra filha, Maria Joana, única que ainda está viva, é casada com o primo Antônio (Tonhá), filho de seu irmão José.

– Sendo esses os seus legítimos herdeiros, cabiam-lhes dois terços do que ela possuía (e um dia fora do marido), reservando-se o outro terço ao que ela dirá adiante.

– Eram seus bens a fazenda de gado Timbó, os escravos e o que mais se achasse nela...

– Declarava que sua filha Maria Joana também deveria conferir uma casa inacabada que ela, Maria, lhe dera (Maria a Maria Joana, bem se entende...) à rua do Sacramento daquela Vila, metade de outra casa chamada da Laranjeira, na mesma rua, e uma *"escravinha cabra de nome Lucrécia"*, mãe de Maria, uma menina de oito anos... Também dava *"uma escrava cabra de nome Petrônia"*, de quinze anos, à neta Rita Carolina, filha natural de seu filho José, que também deveria conferir, *"caso seja admitida à herança de seu pai"*.

– Declarava-se a tutora do neto Luís Marques, e podendo acontecer de morrer antes de ele atingir a maioridade, e esperando (com igual amor de mãe) o seu bem no futuro, desejava que a substituísse como tutora, 1º, seu sobrinho Antônio (Tonhá); 2º, o irmão deste, Francisco (juiz); e ainda em 3º, se houvesse "*complicação de interesses*", o sobrinho Bonifácio Clemente de Abreu (neto de sua irmã Ana), podendo-se inverter a ordem *"logo que cesse o impedimento dos primeiros, e porque em qualquer deles deposito toda a confiança a respeito da educação do meu neto e a administração dos seus bens"*, pedindo ao Juiz de Órfãos que atendesse a seu desejo.

– Pedia para ser sepultada no cemitério do *Senhor Bom Jesus da Boa Morte*, ficando a cargo do testamenteiro encomendar *"uma oitavaria de Missas pelo Reverendo Penedo"* e por cada sacerdote que acompanhasse o cortejo. Encomendava por sua alma mais duas capelas de Missas e mais uma pela alma de seu marido, outra pela de seu filho José e outra por seus pais.

– Deduzidos tais pagamentos, do que sobrasse de sua terça, instituía como herdeira a filha Maria Joana, "*em desencargo de minha consciência e pelo desfalque que sofreu com a falta de dote, que lhe prometi por ocasião do seu casamento*". E se houvesse uma tragédia, passariam a herdar em seu lugar os filhos dela.

– Para a "obra Pia" de serem testamenteiros, pedia ao sobrinho e genro (Tonhá), a Francisco (também sobrinho, filho de José), Carlos (idem) e Pedro (idem), podendo cada um, por si, ou por alguém de confiança, fazer essas contas, em um prazo de dois anos.

E esse documento foi registrado na Vila da Barra em fevereiro de 1849, sendo bem possível que um dia venha a ser resgatado por descendentes, em especial os que possam se interessar por esta história familiar como parte de sua origem...

Ascensão e viuvez de Tonhá

Com a morte da sogra, naquele ano de 1851, Tonhá assumiu a posse e a administração da fazenda Timbó. Acontece que apenas quatro anos depois, em 1855, veio a falecer sua esposa e prima Maria Joana, a filha de Maria (e imaginamos ter sido este um enorme choque para ele e toda a família, ao ver falecerem mãe e filha em tão curto espaço de tempo... Houve muita tristeza, enfim...).

E assim ele não teve outra coisa a fazer a não ser dividir o antigo Timbó e entregar a fazenda aos filhos: Antônio, ou Antoninho, ficou com a parte onde se formou a fazenda Torrinha; Maria Joana, a Maroquinhas, com a do Jatobá.

Por isso se dirá em um livro que depois da morte da esposa Maria Joana (filha de Maria e de Luís Marques), "em 1855, o Timbó foi dividido em duas propriedades, o Jatobá e a Torrinha", entregues aos dois filhos de Tonhá, dr. Antoninho e Maroquinhas...

A Torrinha ainda vai ficar trinta anos com o dr. Antoninho (até 1885), e será tida como a fazenda-sede da família... O Jatobá, de Maroquinhas, vai ser administrado pelo marido dela, Félix Castelo Branco, e o casal não terá filhos...

(Um dos descendentes do dr. Antoninho, que ainda vai conhecer de perto e muito bem essas fazendas, há de se impressionar com a beleza do lugar e dará assim o seu testemunho sobre a lagoa de Jatobá: "*... lago excepcional pela sua forma em quadrado, em vez de longitudinal, com um ponto de escoamento permanente, conhecido por Barrinha...*")

Cuidando das fazendas

O coronel Tonhá reservou para si as lavouras de cana no brejo de Santo Antônio, onde se produziam, com algumas engenhocas primitivas, rapadura, cachaça e mascavo... Mas tinha por obsessão comprar a fazenda de Ana Francisca, herdeira de seu cunhado José Marques (que falecera prematuramente, e o mesmo se dará com os filhos que teve, Luís, com Custódia, e Maria, com Ana). A principal intenção de Tonhá (o seu grande objetivo, podemos dizer...) era mesmo o de demarcar e regularizar em definitivo os limites da Itacutiara...

E sua motivação era simples, e justa: apenas a de deixar tudo organizado, e desembaraçado, no dia em que viesse a passar a administração desses bens para os dois filhos que tinha, netos de Maria e Luís, Antoninho e Marocas...

De fato, os dois irmãos que acabaram perdendo a mãe muito cedo (em 1855, ele aos 23 anos e ela aos vinte...) terão agora de aprender a cuidar disso sozinhos (pois já se sabe que nove anos depois, em 1864, também perderão o pai – ele aos 31 anos e ela aos 28...).

Dr. Antoninho e a irmã já eram muito bons amigos na infância, na adolescência, e agora passarão a ser, ainda mais, na fase adulta... E vão morar juntos na Torrinha, a "casa construída pelo avô Luís Marques". A relação entre eles é tão boa que Antoninho só vai resolver se casar aos 39 anos (em 1872) e ela, um ano depois, aos 38.

Depoimento de um forasteiro que fez pesquisas na região...

Foi mais ou menos nessa época em que Tonhá, viúvo de Maria, passava a cuidar sozinho da herança que deixaria para os filhos, em meados dos anos 1850, que um pesquisador de sobrenome estrangeiro, Halfeld, e nome Guilherme Fernando, passou pela Barra como parte de uma viagem exploratória que fazia ao longo de todo o rio São Francisco, desde um lugar próximo à sua nascente (em Cachoeira de Pirapora) e indo até a foz no oceano Atlântico. E cumprindo todo esse trajeto, ele escrevia o seu *Atlas e relatório...*

Assim ele deixará na obra um capítulo específico sobre a "168ª légua", falando na junção de dois rios "antes de chegar à ilha do Laranjal", notando serem ambos os canais navegáveis: no principal, o *São Francisco*, tinha-se de 25 a 37 palmos de profundidade, e no *rio Grande*, algo entre 41 e 56, parecendo-lhe ser este um canal artificial (mérito dos antigos moradores), por estar "em linha reta ao porto da Vila da Barra...".

E ao citar esta "importantíssima" Vila da Barra, falou de suas duas igrejas: a primeira, construída anteriormente, invocava São Francisco das Chagas, e a segunda, N. S. do Rosário...

Observou haver na Barra cadeia e a *Casa da Câmara Municipal* em um sobrado, a casa de caridade, o *Hospital de São Pedro*, 660 casas e pouco mais de 4 mil habitantes... Nela residia o Juiz de Direito da Comarca do rio S. Francisco (o sr. Francisco, quinto filho de Maria Clara da Virgem, que estava recém-chegado de Goiás...). O município tinha três distritos: Vila, Miradouro e Icatu, e juntando-se os três, a população chegava a perto de 12 mil.

... e seu relatório...

Deixou registrado que na Vila da Barra o comércio de "importação" era dinâmico, com "fazendas secas, gêneros molhados, madeiras, cereais, sal" etc., tudo vindo principalmente da Bahia (Salvador), de Salgado, Juazeiro, Arraial do Remanso, e das províncias de Goiás, Minas e de diversos pontos no interior da Bahia... Já a "exportação" era pequena e lenta, precisando de algum estímulo...

Pelo que observou (e ouviu de moradores), toda a agricultura era "ainda atrasada", em pequena escala, e não dava conta das necessidades do comércio... Pois realmente só o que se plantava ali era mandioca, cana e um pouco de arroz, e feijão, e também um pouco de milho, usando-se o sal que vinha das terras saleiras (não o sal-gema, que nunca existiu nessas paragens – as terras do São Francisco – ou pelo menos não há qualquer informação geológica sobre isso). Também se minerava o calcário, ele observou...

E para Guilherme Fernando, os "habitantes da Vila da Barra" manifestavam um "caráter nobre e leal" em "todas as suas ações civis e religiosas"...:

> ... particularmente das *famílias de maior distinção*, faz reconhecer que *reina franqueza*, o mais polido cavalheirismo e em extremo, *delicadas maneiras* na vida social, que rivalizam com os habitantes de uma Corte das mais civilizadas, o que como tenho com admiração observado, tem produzido uma *influência benéfica* sobre o desenvolvimento moral e bons costumes do povo da classe inferior, que é, na verdade, na Vila da Barra do Rio Grande extremamente dócil e pacífico...

... de muitas observações

Observou que a Vila se assentava em um terreno pequeno, de apenas 26 a 30 palmos sobre o nível médio das águas, fazendo com que nas maiores enchentes a planície fosse coberta de água "mais de 8 a 12 palmos de altura", deixando todas as casas imersas, umas mais, outras menos, sendo que nessas ocasiões *"chega-se em canoas até as sacadas das janelas do sobrado da cadeia, ocupado pela Câmara Municipal, para tirar-se o arquivo da mesma".*

E viu que esses transbordamentos do rio acabavam levando areia para as ruas e elevando o terreno que a Vila ocupa, e assim, em uma casa das mais antigas atrás da cadeia (a de d. Caetana), mostraram-lhe em uma parede interna *"a maior altura conhecida da enchente, e da qual tirei o nível do rio para poder calcular a sua altura"*, de 43 palmos e 6 polegadas sobre as águas mais baixas, e 37 palmos e 6 polegadas no nível normal.

Para entrar nesta casa, foi preciso descer da "atual" superfície da rua para dentro. Os moradores achavam que eram as casas, por serem pesadas, que iam "sucessivamente entrando nas areias" mas, para Guilherme, a causa seria o "levantamento das ruas pelo depósito que deixam as inundações do rio..." (deduzindo-se, com isso, que não eram ruas calçadas...).

E lamentava ver uma vila, *"tão populosa e importante"*, assim *"exposta a estragos pelas enchentes do rio..."*. Mas pela sua posição na extensa planície, não haveria mesmo como salvá-la de *"semelhantes e lamentáveis catástrofes"*, a não ser transportando-a para lugar mais alto, ou *"elevar sucessivamente o assento das casas a 12 palmos sobre a superfície da planície que a Vila ocupa, ou cercá-la de embancamentos próprios para prevenir a inundação..."* (não sendo aconselháveis as duas primeiras ideias pelo custo que teriam, enquanto a *"construção de embancamentos em conveniente distância em circunferência da Vila"* seria *"exequível"*, mas também com grande despesa e de efeito duvidoso...).

Parte IV

As diversas trajetórias

1

Dois médicos e alguns juízes

Notícias de Cotegipe

Por falarmos que a essas alturas o juiz da Vila era Francisco, aproveitamos para trazer notícias de João Maurício, o quarto filho de Vanderlei, que virá a ser conhecido (em 1860) como o "Barão de Cotegipe"...

João Maurício Filho, o Cotegipe, iniciou a carreira como juiz municipal e de órfãos em Barra e Xique-Xique. Foi juiz de Direito em Santo Amaro, chefe de polícia em Salvador e, em 1852, deputado provincial e presidente da Província da Bahia. Em 1856 foi escolhido senador...

(E por saberes enciclopédicos, também podemos dizer que ele se casou com Antônia Teresa de Sá Rocha Pita e Argolo, que era a filha do *Conde de Passé* e irmã do *2º visconde* – do mesmo Passé –... Diz-se em livros e outros registros que João Maurício se formou em 1837 pela *Faculdade de Direito de Olinda* e em 1843 foi deputado provincial, e depois deputado geral, presidente da província da Bahia – nomeado por *Carta Imperial* em agosto de 1852, presidindo a província de setembro de 1852 a maio de 1855 –, e *senador do Império do Brasil* de 1856 a 1889.)

Vida profissional do juiz Francisco – presidência de Goiás

O quinto filho de Maria Clara, Francisco, como se sabe, também fez carreira na magistratura. Formou-se em Olinda na mesma época em que o primo (por parte de mãe) João Maurício, de que acabamos de falar, o futuro *Barão de Cotegipe*.

Durante muitos anos, Francisco foi juiz na Vila da Barra, onde nasceu. Apenas durante uma época, de 52 a 54 (pouco antes da vinda desse forasteiro que passou por lá, e esteve a fazer suas pesquisas, por volta de 1853, ou talvez tenha sido de fato no tempo em que Francisco esteve *fora*), levado que *fora* durante esse período à presidência da *Província de Goiás*, por influência do primo a quem acabamos de nos referir...

E os goianos parecem ter se decepcionado com seu governo. Segundo um jornalista de *O Popular* (mas diz-se no documento que é matéria de 1869, e como se supõe que ele renunciou em 54, seria uma análise feita cerca de quinze anos depois...), Francisco...

> ... tinha ideias próprias e não dava muita atenção aos chefes políticos locais. Era mais magistrado que político. Não há como negar que seus dissabores, com reflexos negativos na administração, provieram das divergências políticas... É que até elementos do próprio Governo Provincial não se conformavam com a sua imparcialidade...

E este artigo será de um tal Augusto de Godói, que depois ainda publicará as cartas particulares entre o presidente do *Conselho de Ministros do Imperador* (Marquês de Paraná), o barão de Cotegipe e Francisco, ex-presidente de Goiás, comentando o pedido de demissão deste (Paraná pressionara Francisco a apoiar seu candidato ao Senado e, diante da recusa, deu-se uma resposta pouco protocolar a Francisco, que teve de pedir demissão...).

(Pela resposta de Cotegipe a Paraná, vê-se que já era prevista a demissão do primo daquela presidência, pois ele mesmo não desejava continuar... Mas isso não se dava pela descoberta de segredos indiscretos que lhe foram confiados – e era justamente o encarregado de guardá-los –, pois o barão conhecia bem e *"muito de perto o seu caráter sisudo e reservado"*... Assim, pedia a Paraná que suspendesse – ou adiasse – o juízo que tinha *"até mais ampla investigação"*, sendo a desconfiança, a seu ver, infundada...)

(E alegou que o trecho copiado de certa correspondência de Goiás teria *"alguma origem interessada"*: *"os partidos têm faro finíssimo e, às vezes, adivinham aquilo mesmo que ainda temos em pensamento..."*. Não se deveria era duvidar *"da perfeita lealdade de caráter"* de Francisco, e que o julgamento de Paraná naquela carta era, permitia-se dizer, de *"uma severidade excessiva"*...)

"Juiz de roça"

Foi assim que, alguns anos depois (exatamente neste em que estamos, o de 1855), Francisco voltou para a Barra, onde estará agora novamente atuando no cargo que é pejorativamente chamado de "juiz de roça"... E ainda neste ano ele vai se candidatar a deputado, mas já sabemos que ao final perderá para o candidato de Militão, o homem a que já nos referimos outras vezes como o "violento chefe político de Pilão Arcado"...

A filha natural

Entre tantos parentes, todos descendentes do "velho italiano", podemos agora apresentar mais um, isto é, uma, que é ainda menina: ela é filha natural do juiz Francisco, e recebeu o nome de Florência... E neste caso o parentesco é relativamente próximo pois, como é fácil lembrar, Francisco é o quinto filho do casal José e Maria Clara, sendo Florência, portanto, uma bisneta direta de Tomei.

E adiantando este lado da história, diremos que ela se casará com Bento, também filho natural (ou bastardo, como alguns preferem dizer), mas do coronel Pedro, irmão caçula de Francisco, e conviverá muito com Iazinha, uma das futuras netas (e neste caso, "legítima") de Tonhá. Sim, há depoimentos mais do que confiáveis a dizer que, no futuro, ela, Florência, e Iazinha, serão mesmo "muito amigas" e se tratarão "como cunhadas".

Francisco ao longo de toda a vida (e ele viverá muito, até os 93 ou 94 anos, sendo o único dos irmãos a viver tanto...) manteve-se solteiro; mas, pela já citada "fragilidade humana", também teve da viúva Feliciana Maria de Oliveira (sem nada que impedisse os dois de se casarem...) o filho Tomás, que acabará morrendo sem deixar descendência, na *Campanha do Paraguai* (mas antes, em 1860, ainda será reconhecido pelo pai – havendo esse registro, feito por um tabelião, na Vila da Barra).

E foi "por igual fragilidade", pode-se assim dizer, que ele ainda teve depois com a solteira Ana Lina Guariba (e também sem qualquer impedimento dos dois em se casarem...) essa filha Florência Clara da Virgem, que será reconhecida por testamento em 1867.

A moça já será então casada com Bento Gomes, o filho natural do irmão Pedro (dando-se este casamento, portanto, entre primos-irmãos...). Ainda falaremos muito deste casal porque, de fato, Florência só passará a ser a herdeira de Francisco quando este vier a falecer, e isso somente acontecerá, já podemos aqui adiantar, em 1905 ou 1906...

O casamento de Pedro (pai)

Há coincidências que se parecem mais do que acasos, embora na verdade o sejam, ou ao menos é bom que sempre se considere assim (mesmo que não se possa garantir totalmente...). Outras nem tanto, como o fato de Tomei e Chica (a irmã de Maria Clara) terem falecido no mesmo ano: esta não parece ter qualquer relação...

Mas vê-se que é uma forte coincidência quando se fazem as contas e percebem-se certas coisas, como no seguinte caso: da mesma maneira que no ano em que Lília se casava (com o capitão Vanderlei, como bem lembramos) nascia Pedro, seu irmão mais novo; e no mesmo ano em que ela falecia (já viúva de Vanderlei), casou-se este irmão mais novo, já então conhecido de todos por coronel Pedro...

Sim, tínhamos esta triste notícia a dar: naquele ano de 1855 também falecia (além de Maria Joana) Lília, já viúva, a filha mais velha de José (e, ainda se saberá, mãe de Ana Joaquina, a mãe de Janoca, figura muito importante e que haveremos sim de conhecer melhor...).

E na mesma época, ou pouco antes, talvez, casava-se o cel. Pedro, irmão caçula, sexto filho de José e Maria Clara... Casou-se com Antônia Vanderlei, sua sobrinha: a segunda das seis filhas que sua irmã mais velha, *Lília*, teve com o capitão-mor, depois que este ficara viúvo de sua tia Chica...

Bem, e podemos lembrar: o caçula Pedro só não era considerado a "flor da família" porque este título já pertencia à sua irmã mais velha, Lília. E foi com uma das filhas dela, Antônia, que ele se casou e teve os quatro filhos... Foi ainda naquele ano de 1855 que nasceu o mais velho do coronel, Pedro Jr., ou Dindinho, em sua casa na Vila da Barra. Dindinho também será personagem importante nesta história, e passará a infância entre a Barra e a fazenda Picada.

(Também pode parecer coincidência o fato de que naquele mesmo ano havia falecido Maria Joana, a prima-esposa de Tonhá – ela que era filha de Maria, falecida quatro anos antes, a filha de Tomei –, e esse menino, Dindinho, filho mais velho do cel. Pedro, ainda se casará com a neta mais velha de Maria Joana, e de nome também Maria Joana...)

Um dos médicos, o barão Francisco...

Também é nesta época, mais precisamente em 1856, que o jovem Francisco Bonifácio, de 37 anos, está agora retornando ao Brasil, ele que em futuro próximo haverá de ser o *Barão da Vila da Barra*, já podemos dizer... E lembramos que tudo começou com os estudos preparatórios que ele fez em Salvador, até diplomar-se em Medicina. Sim, porque, como sabemos, Francisco era um dos cinco sobrinhos que Maria Clara criou junto com seu filho Pedro: o que fora escolhido, por ela, para estudar na Bahia.

E logo ao se formar ele já havia ingressado no corpo docente da *Faculdade da Bahia*, tornando-se professor substituto na cadeira de Química. E foi então que apareceu este convite para fazer um curso de especialização com o renomado professor da Sorbonne, *monsieur* Wartz... Ele acabou desagradando a seu mestre quando se transferiu para Viena (pois Wartz não gostava da concorrência estrangeira), onde levou ainda mais a fundo os seus estudos de química orgânica, patrocinados pelo *Governo Imperial*...

É agora, neste ano de 1856, que ele chega de volta ao país, mudando-se logo para a capital, como titular desta cadeira, a de Química Orgânica, na *Escola de Medicina* do Rio de Janeiro, isto é, do Brasil.

Na viagem à Europa (e acompanhamos um pouco de sua longa travessia em navio), ele se mostrou sempre um grande interessado nas Artes e Letras, indo aos museus de Florença e Roma, e entrando em contato com obras clássicas como a *Divina Comédia*, de Dante (de que ele mesmo tratará de fazer uma tradução para o português)... E sua maior vontade era mesmo a de ser professor.

Depois ele se transferiu para a cadeira de Partos e Operações, em que adquiriu grande renome, "tornando-se então o Médico da Imperial Câmara".

(Em sendo uma celebridade, já se sabe que no futuro Francisco aparecerá em enciclopédias e será descrito como *médico*, *parlamentar* e *poeta* brasileiro... Falar-se-á de sua passagem como *deputado* geral pela província da Bahia, da 14ª à 20ª legislatura, comentando-se ainda sobre sua trajetória do tempo em que esteve na presidência das províncias do Pará – em 1872 – e de Minas Gerais – em 76. Alguns atentarão para o fato de que ele será agraciado como grande dignitário da *Imperial Ordem da Rosa*, comendador da *Imperial Ordem de Cristo*, tornando-se barão no ano de 1876. Também se dirá que era sócio do *Instituto Histórico e Geográfico da Bahia* e, principalmente, como dissemos, que traduziu para o português a *Divina Comédia*, de Dante.)

... em sua passagem por Portugal

As sociedades se movimentam, na história dinâmica de que fazem parte. "Não deveríamos estar assim tão desacostumados, a descascar a laranja, a preparar o café..."

Saindo da tabacaria, Francisco não poderia deixar de se surpreender com o decote de uma senhora que por ali passava, dirigindo-se à porta dos fundos, pois ela também o fitara (reparando que era como se os dois se conhecessem...). Mas agora ele pensa que nunca mais irá vê-la, lastimando-se pela falta de coragem em voltar atrás e dirigir-se de novo àquele recinto para fazer-lhe logo um galanteio, qualquer que fosse (seria o medo de passar-se por "sem vergonha"?).

Sentindo o vento frio, ele tratou de acender com calma o primeiro cigarro, pensando se na verdade haveria um novo motivo para deixar-se leve, a levar-se pela soltura da mente, e do pensamento... Sim, e era lembrar-se, quase de maneira romântica, da semana em que esteve fora da cidade, naquelas altas montanhas alpinas, em meio à neve e brilhos de olhares argentinos, acompanhados de belos cabelos castanhos... Nada em que devesse se envolver além dos cumprimentos habituais, como o que acabara de acontecer porque, do contrário, estaria angustiadíssimo com o pouco caso que essas loiras, metidas a serem mais europeias do que ele, fazem dos olhos de um sertanejo tão refinado...

Sim, na verdade o que há é muita leveza nessas figuras femininas anônimas, para o seu coração que não quer o mal de ninguém...

O outro médico, dr. Antoninho

Antoninho também se formou em Medicina pela Faculdade da Bahia, mais ou menos na época em que estamos, o ano de 1858. E quando isso aconteceu, ele quis exercer a profissão na cidade, mas precisou retornar ao sertão para ajudar o pai na administração das fazendas, e cuidar dos seus próprios negócios de gado...

(A dedicação de seu pai, Tonhá, na maneira de conduzir os negócios, era um grande exemplo para ele, pois agora todo este ramo da família, dos herdeiros do português Luís Marques, tornara-se o mais próspero... E tudo isso graças, principalmente, ao trabalho do pai, que na verdade era filho de José, mas fora casado com a filha de Luís. E Tonhá, como diziam todos, era quem sempre se colocava como "protetor", encarregando-se de cuidar dos "parentes menos privilegiados"...)

E é assim que na sua volta ao sertão, o agora dr. Antoninho (mesmo que alguns poucos ainda o chamem de Antônio Jr.) passa então a cuidar das fazendas e a praticar medicina, atendendo uma grande parte da população à volta das fazendas. E quando é preciso também assiste os seus tios pelo lado do pai, os juízes Francisco e José, que não o dispensam...

(E certamente também ajuda seus primos por parte de mãe, Luís e Maria, os filhos de José Marques que, como dissemos, virão a falecer mais ou menos por esta época, o ano de 1858 – e por isso, já sabemos, a maior parte da fazenda vai acabar ficando com Ana Francisca, a viúva deste José.)

Uma passagem do futuro barão da Vila por Salvador – surpresa com a folia carnavalesca

Bem, depois daquele "misterioso" caso em que teve o filho natural (que se chama José Benício de Abreu e já está agora com quinze anos – pois nascera em 1843), o também médico Francisco passou alguns dias em Salvador, estando "de passagem", como se dizia, mas para viver sentimentos intensos... A começar pela primeira noite de carnaval, quando o surpreendera ainda mais o coro do "eu quero é mel" cantado por aquelas risonhas folionas que desciam a ladeira... E simplesmente por saber que em toda a cidade não haveria mulher que o quisesse verdadeiramente...

E houve sim, lá no São Francisco, por toda a região em que se divertira nas festas de forró (como até fizemos questão de acompanhar, em alguns momentos...).

A Bahia pode ser terra santa e milagrosa, mas Francisco já confessa para si que tem até receio de certos milagres, apesar de reconhecer-se em alguns deles, como o próprio fato de estar ali e, principalmente, de coração aberto...

(Ele ainda persiste em trabalhar sua tradução da *Divina Comédia*, e sabendo que a escrita é feita em silêncio... Não se deixará contaminar pela euforia dos primeiros sons da marcha carnavalesca, estes que agora o apontam para um diferente estilo, porque não o ajudam a se concentrar, nem mesmo para o possível namoro...)

Banho de mar

Nesta história já se lembrou de uma antiga comparação feita entre a beleza do campo ("olhai os lírios...") e o luxo dos palácios, para dizer-se que a primeira será sempre superior à segunda, por vários aspectos... E de fato, também se comparada às ondas em espuma (o que aqui já foi feito), radicalmente efêmeras, talvez nenhuma cultura humana possa equivaler em beleza às que naturalmente se produzem... E depois de um pequeno contato que teve com a literatura japonesa (durante o tempo em que esteve na Áustria), Francisco deu-se também, de tempos em tempos, a escrever haicais... "E desculpe mas, uma pedra afundada é o mar que esculpe." Ou: "Com toda a bravura, agora mesmo na areia, fez uma gravura"...

É o que se entende do que quer dizer, pelo que pensa e sente, como fora para seu antepassado... E não deve mesmo existir "pompa 'civilizatória' que se compare à beleza 'majestosa'" desta espuma branca marítima, vista de quem mal saíra da água, com o corpo molhado e salgado, e está recebendo agora o calor leve de um sol matutino, na latitude em que se encontra, neste litoral da Bahia...

E talvez isso também se tenha aflorado há pouco por causa daquela loira que andava na areia, não tão bonita assim, e nem mesmo irreverente (sua única ousadia seria a cor da blusa, de um branco quase transparente por estar molhada, e lá de longe lhe parecia ser a própria pele – assim desnudada – algo rosada, o que combinava tão bem com aquela cor de cabelo...). E de longe ao olhá-la, só se percebe agora que está a trocar areia de uma mão para a outra, e a jogar-se depois na água, e não sabe bem por que, mas para Francisco, aquilo sugere algo de muito erótico...

E se algum dia voltar àquela estância, depois de tanto andar e ainda sentir nos pés a areia de uma praia assim branca, só lhe restará caminhar mais um pouco, sozinho, e então ir até o mar para ajoelhar-se, e pedir, sonorizando o nome que imaginou para ela...

Dr. Antoninho escrevendo ainda de Salvador...

Os pássaros já cantam, mas ainda não amanheceu.

"Coleodóptero", ou algo assim, é o nome do bichinho que ficava ali circundando o seu caderno de anotações sobre o criado-mudo, depois de tê-lo trazido da mesa de estudos e deixado junto à garrafa d'água...

Na solidão do quarto, o novo doutor olha para ele como quem vai desvendar alguma coisa:

– Pouco a pouco os biólogos de todo o mundo hão de levantar esses dados, provando, mais e mais, que a humanidade não é melhor nem pior do que as outras espécies...

... e o futuro barão da Vila em uma excursão no Vale

Estamos em 1859, e é como senador que Francisco integra agora a comitiva do Imperador, que está em visita à cachoeira de Paulo Afonso... A excursão veio pela foz do grande rio, margeando vilas antigas, como Penedo, Porto Real do Colégio, Traipu, Piranhas...

(E não vamos aqui disfarçar, fingindo não ter notado ser este último um nome muito estranho de ter-se dado a uma vila, mas no máximo haverá de passar de novo o breve comentário, feito com certa prudência, por não se querer ofender os que por ventura de lá tenham vindo, e evitarem-se assim zombarias e gozações outras, pois se poderão até pedir desculpas no caso de algum descuido que se tenha cometido, ainda no começo desta história, quando falamos de vaqueiros, se foram relacionados tais peixes a um comportamento específico dos jacarés...)

Toda a comitiva está agora subindo a cavalo a serra de Paulo Afonso, de onde se "descortina" todo um grande trecho do rio – e é isso o que vai levar outro senador, o de Alagoas, sr. Sinimbu, a "sugerir estudos para contornar os obstáculos das corredeiras...".

A presença de Francisco nesta comitiva tem de fato um tom muito importante, pois ele já é o médico da *Imperial Câmara*, e é nesta condição que vai depois chefiar a delegação de serviços de saúde na *Guerra do Paraguai*... É ao cabo desta guerra, em 1870, que ele receberá, por fim, o título de *Barão da Vila da Barra*... E dali em diante ainda será considerado um coronel cirurgião *honorário* do Exército, por todos os seus serviços prestados durante anos e anos...

E desta vez ele não poderá mesmo voltar à vila natal... Embora só tenha retornado uma única vez àquela parte do sertão, na ocasião de sua formatura, diz a quem quiser ouvir que manterá sempre os bons laços de amizade e gratidão para com os irmãos, e laços afetivos, principalmente com a madrinha, Maria Clara, a quem se considera "eternamente agradecido", como já disseram os parentes...

Medicina e sacrifício

A civilização em decadência não é de hoje. A explicação dos jesuítas para a ausência de aleijados entre os índios era a de que eles seriam sacrificados ainda bebês. Mas talvez não fosse isso... Para alguns, a população europeia, especialmente a de beira-mar, no Mediterrâneo, seria geneticamente deficiente em relação à outra, mais ribeirinha, porque lhe fora proporcionada a sobrevivência com menor seleção... – mas não, Francisco não se identificará com esse tipo de interpretação, que um dia ainda será chamada de "fascista", quase um século depois...

A sociedade adoecida talvez não seja uma ideia nova. É o que transparece nas narrativas deste novo poeta, Baudelaire sobre a Paris antiga e a atual, e era o que Gil Vicente dizia, nos primeiros séculos da pátria portuguesa... Mas agora o que ele pensa é nas pessoas com quem teve convívio de maior intensidade, se seriam elas as verdadeiras aberrações, caso houvesse necessidade de se apegar aos padrões sociais das novelas literárias. Mas esses folhetins, ao que parece, são mesmo feitos para pessoas de pouca cultura, porque as personagens são idênticas umas às outras (a menos que o defeito esteja na criação dessas personagens, pois é também o que se percebe em algumas peças encenadas, as poucas que ele pôde ver...).

2

Notícias de despedidas

Os filhos de José Marques

Bem, e de tanto já mencionarmos que naquele ano de 1858 faleceriam os dois filhos de José Marques, só nos resta agora explicar que isto realmente aconteceu, como já se dizia e estava previsto por quem acompanha esta história vendo de fora...

Todas as pessoas que eram mais próximas, e outras da Vila, ficaram muito tristes, pois afinal eles eram os dois únicos filhos "legítimos" de José Marques, e os que se chamavam, como os seus pais, Luís e Maria (mas esta segunda, Maria Francisca...).

Falecimento de Maria Clara da Virgem

Como também lembramos em relação ao encontro de Tomei e Joana, no Livro da Sabedoria, da cultura judaica, é dito que todas as pessoas, boas ou más, um dia acabam morrendo... Em 1859, na cidade da Barra, foi a vez de Maria Clara da Virgem.

O que se pode dizer de Maria Clara, como de tantos outros antepassados, homens e mulheres, desta e de outras famílias, é o que se diz neste mesmo capítulo 7 de filosofia bíblica: que ela era *"mortal"* como todos os seres, e *"descendente do primeiro ser que foi formado da terra"*...

(E em sendo mamífero, fora formada *"de carne"* na barriga de sua mãe, ao solidificar-se *"no sangue"* durante meses, como *"fruto do sêmen de um homem e do prazer que acompanha o sono"*... E ao nascer respirou *"o ar comum"*, caindo *"sobre a terra que recebe a todos igualmente"* e, como os outros, estreou sua voz *"chorando"*... Mas fora logo envolta *"em fraldas"* e cercada de cuidados, *"porque nenhum rei começou a viver de outra forma: a entrada e a saída da vida são iguais para todos"*.)

Pois...

> ... na sabedoria há um espírito inteligente, santo, único, múltiplo, sutil, móvel, penetrante, imaculado, lúcido, invulnerável, amigo do bem, agudo, livre, benéfico, amigo dos homens, estável, seguro, sereno, que tudo pode e tudo abrange, que penetra todos os espíritos inteligentes, puros e sutilíssimos.

E como neutrinos...

> ... a sabedoria é mais ágil que qualquer movimento, atravessando e penetrando tudo por causa da sua pureza. A sabedoria é exalação do poder de Deus, emanação puríssima da glória do Onipotente e, por isso, nada de contaminado nela se infiltra. Ela é reflexo da luz eterna, espelho nítido da atividade de Deus e imagem da sua bondade. Embora seja única, ela tudo pode. Permanece sempre a mesma, mas renova tudo, e entrando nas almas santas, através das gerações, forma os amigos de Deus e os profetas. De fato, Deus ama somente aqueles que convivem com a sabedoria. Ela é mais bela que o sol e supera todas as constelações de astros...

Enfim, a *Sabedoria* é superior à luz do dia, pois esta "dá lugar à noite", e sobre aquela "o mal não prevalece".

Fazendas e parentes – a Ema de Tonhá e Carlos

A fazenda Ema, comprada por Tomei (de d. Sebastiana Joana, seu genro alferes, do cap. José e sua esposa, como chegamos a especificar), passará agora à terceira geração dentro de uma mesma família, pois está sendo herdada de Maria Clara da Virgem, a esposa e depois viúva de José (o terceiro filho do "velho italiano", como sabemos), pelos netos de Tomei, Tonhá e Carlos.

E Tonhá já está preferindo vender a sua parte para o irmão natural Manuel Gomes de Sá, para que este possa passar a seus descendentes... Talvez não tenhamos ainda dado notícias sobre este irmão, também filho de José, o pai de Tonhá, Carlos, Francisco... Ele era o sétimo, porém, "natural", como se diz... E tudo faz crer que Manuel Gomes trabalhou muito tempo para a família, como vaqueiro.

Carlos, o quarto filho de José e Maria Clara (entre José e Francisco), como lembramos, era casado com Ana Francisca (da Mota Abreu), a neta mais velha de Ana, filha de Tomei. E como neta de Ana, a bisneta de Tomei era também herdeira... Assim, Carlos virou o proprietário majoritário, já se sabendo que, quando se tornar viúvo, daqui a alguns anos, passará "a residir na sede".

(Pois contam as histórias familiares que, enquanto forem casados, Carlos e Ana terão apenas um filho, José Carlos... E depois do triste falecimento de Ana, Carlos deverá ter ainda um ou dois filhos naturais, com uma companheira que já trabalha ou há de ser moradora na Ema...)

As Itacutiaras de Tonhá e Ana Francisca Vanderlei

A fazenda Itacutiara, como bem lembramos, fora comprada por Luís Marques, ainda antes de se casar com Maria, a segunda filha de Tomei. O casal teve dois filhos e, como também lembramos, a mais nova, Maria Joana, fora casada com Tonhá.

Já o mais velho, José Marques, casou-se primeiro com Maria (Custódia da Rocha), com quem teve o filho Luís. Casou-se uma segunda vez com outra Maria (esta, Eugênia da Conceição Rocha, talvez parente da primeira) e finalmente com Ana Francisca (Vanderlei, a filha mais velha do cap. João Maurício com a Chica, irmã de Maria Clara da Virgem...). Com esta, ele teve a menina Maria Francisca.

Como citamos brevemente, um ano antes da morte de Maria Clara, faleceram Luís, com apenas 27 anos, e logo depois, no mesmo ano de 1858, e também inesperadamente, sua irmã Maria Francisca, ainda mais nova... Assim, no ano de 1860, Ana Francisca Vanderlei passou a ser a única herdeira da Itacutiara de Cima.

E por herança, Tonhá, como marido de Maria Joana, passou a ser dono da Timbó e da Itacutiara de Baixo, ou Precepê, sendo "as duas fazendas separadas pelas terras mal delimitadas da Itacutiara de Cima, ou Brejinho", de Ana Francisca...

Daí o grande desejo de sempre, e que agora é ainda maior, de Tonhá em adquirir essas terras (já se mostrando cada vez mais claro o porquê de tanto se contar nas histórias familiares que ele queria comprar a parte de Ana Francisca, sendo no intuito de enfim "*regularizar* os limites da Itacutiara", o que ele de fato nunca havia abandonado como ideia...).

Título de Cotegipe

Ana Francisca Vanderlei, como se sabe, era a irmã mais velha dos filhos do primeiro casamento do "capitão-mor", com a Chica. Em 1860, João Maurício (que, quando era pequeno, ainda lembramos, chamava esta irmã mais velha de "mamãezinha") recebeu do Imperador o título de *Barão de Cotegipe*, insígnia de muita "grandeza", na opinião de juristas e jornalistas, como Joaquim Nabuco que, entre outros elogios, disse em seu discurso de "boas-vindas":

> Vanderlei era um espírito diferente: nenhum tinha a sua vivacidade..., a sua graça, a sua capacidade de compreensão das coisas; ao lado dele, os outros pareciam morosos, carregados, tristes... Vanderlei produziu nos homens de sua época a impressão de ser o mais inteligente de todos.
>
> Até o fim ele continuará conservador e terminará seus dias encarnando o ultraconservantismo... porquanto Vanderlei não era talhado para a resistência, mas para guiar as transformações. O seu afetado desdém pelo liberalismo tornou-se com o tempo uma segunda natureza e acabou fazendo dele a Cassandra da escravidão, quando dependeu talvez de pouco ter sido ele o verdadeiro iniciador do movimento abolicionista com seu projeto... proibindo o comércio e transporte interprovincial de escravos.

Andanças de Ana Francisca, irmã mais velha do novo barão

Ana Francisca foi ficando cada vez mais sozinha. Perdeu a mãe quando era jovem (aos sete anos, em 1817), o pai (em 1840), o marido (no ano seguinte, ficando assim sem pai e marido em apenas um ano, quando tinha 23), a filha (em 1858, dezessete anos depois de perder o marido, restando-lhe apenas a filha que teve antes de se casar com José – que dizem ter se casado com o famoso Abílio Borges, *Barão de Macaúbas...*) e, em 1860, o irmão Ambrósio, que era logo abaixo dela.

Já se comentou aqui que muito do que é dito sobre ela pode advir de certo preconceito que haveria relacionado à sua origem em um casamento de Vanderlei, anterior (mesmo que com a irmã de Maria Clara) ao que ocorreu depois, bem no seio da família, com a neta mais velha de Tomei... Talvez por não vir de um tronco tão "legítimo" quanto o do segundo casamento de Vanderlei, era dito de Ana Francisca que "... tinha fama de orgulhosa e dava-se ares de fidalguia, como alguns dos Vanderlei".

Com os dois casamentos que teve, ela acabou se tornando muito rica... Do primeiro, que não chegamos a contar, teve essa filha que se casou com Abílio César Borges, o barão de Macaúvas (ou Macaúbas), que era natural da Barra e sempre foi considerado um grande educador. Do segundo, com José Marques, o filho de Maria e neto de Tomei, como já contamos algumas vezes, teve uma filha que morreu jovem, há pouco tempo, Maria Francisca (apenas dois anos antes de Ambrósio).

E foi assim que...

... por volta de 1860 ela se tornou dona da Itacutiara de Cima e era uma das viúvas mais ricas do sertão, com cerca de 10 mil cabeças de gado nas diversas fazendas herdadas do pai e dos maridos. Tinha metade da *Fazenda Porto Alegre* (e como já dissemos, trata-se apenas de coincidência que este *Rio Grande*, à beira do qual se situava a Vila da Barra, também fosse chamado de "do Sul", distinguindo-se assim do que era "do Norte"...), terras na fazenda Angicos (Vila de Xique-Xique – e não "Chique-Chique", como insistem alguns), partes das fazendas Buriti (Barra) e Conceição (Campo Largo).

Sem jeito para os negócios, aos poucos perdeu toda a fortuna. Recorria sempre ao irmão João Maurício, mesmo quando ele ainda não era barão, mas cuja intromissão acabou levando ao rompimento de relações pessoais e políticas com o primo Tonhá (que além do mais era viúvo de Maria Joana, a irmã do segundo marido de Ana Francisca – ambos filhos de Maria, a segunda filha de Tomei, como sabemos...).

Tonhá tinha esse interesse em comprar a propriedade, de limites mal delineados que confundiam as terras de ambos, e parece que Cotegipe acabou contemporizando e aconselhou a irmã a ir para Salvador... Ana Francisca abandonou as propriedades e viajou 120 léguas a cavalo, do sertão a Salvador (o que alguns chegam até a duvidar, dizendo ser coisa "inconcebível para uma mulher"...).

Novela social – enquanto isso nos arredores de Salvador...

Deitada na rede ainda durante o dia, Ana Francisca dorme e sonha com seu segundo casamento...

... O bem-estar (como a tempestade) não depende só de horas bem-dormidas. As horas bem-dormidas são o fruto da consciência tranquila, dos contatos afetivos feitos na medida certa...

As folhas brilhando com raio de sol e o tempo mais fresco lembram outono... É a irrigação trazendo frescor às plantas.

A calmaria do tempo bom, que na verdade é de primavera, expressa-se na natureza plantada da casa, o jardim que de tão suave é onde até as galinhas parecem gostar mais de ficar...

Mas atrás, lá atrás, bem distante dali, outra mulher, que já fora amada por alguns homens, não pensa em desistir de fazer suas ameaças e traçar planos maquiavélicos, que dificilmente darão certo... Só quando se sente capaz de voltar-se mais para si mesma, mas dentro do inferno em que vira se tornar a *Cidade do Salvador* – e por ser este um centro de urbanidade tão grande –, percebe-se mesmo a detentora de certas maluquices e maldades, e acha impossível que ninguém mais venha a cair em seus caprichos...

Há pessoas de frágil equilíbrio emocional, como são as matas ciliares em tempos de nova ecologia... Não se pode descuidar das horas de sono porque, se estas não estiverem bem dosadas, logo se desistirá de aproveitar bem o dia... E da mesma forma, da alimentação não se descura, porque isso implicaria intoxicações outras, como fumar demais... *Não sabemos o quanto é possível comparar-se a vida urbana, à maneira com que se torna desse jeito, tão problemática, à provação física e real que sempre se vive no sertão...*

3

Novidades na família – a Itacutiara

Os juízes José e Francisco, netos de Tomei

Os dois juízes netos de Tomei, filhos de José e Maria Clara, continuaram a ter sucesso em suas carreiras, pelo que se quer dizer: colheram frutos de seus esforços individuais, com dedicação e ética... José, em 1861, foi nomeado ministro do *Superior Tribunal de Justiça*, recebendo com este novo cargo o título de Conselheiro. E três anos depois, em 1864, chegou à presidência do órgão máximo da Justiça.

Poucos anos depois disso, em 1866, o outro advogado da família, Francisco (sim, o quinto dos irmãos, já se sabe...), na "cancha", ou experiência, dos seus 54 anos, foi transferido para Pernambuco a fim de se tornar desembargador da *Relação*. Mas, mal ele tomou posse, foi chamado por um amigo, o conselheiro Zacarias, para exercer a mesma função na Corte do Rio de Janeiro... E assim ele foi removido mais uma vez, desta maneira rápida, sem sequer ser consultado...

Falecimento de Tonhá – Itacutiara e Brejo

Pouco antes disso, ainda em 1864, Tonhá faleceria aos seus 66 anos, quando estava no Brejo do Santo Antônio. Contam que houve uma "grande comoção na região", e disso se falou por muito tempo, segundo ainda relatará Pedro Jr., o Dindinho, então com nove anos (ele é o filho mais velho do cel. Pedro, e era tido até então como o sobrinho protegido de Tonhá), a seu sobrinho Antônio, neto do dr. Antoninho...

E já na época seguinte, o ano de 1866, em que o tio Francisco está sendo promovido e removido para o Rio de Janeiro, o filho mais velho de Tonhá, dr. Antoninho, finalmente acaba de comprar a Itacutiara de Ana Francisca Vanderlei (e por isso se dizia ainda há pouco o que na família se vai contar sobre Ana Francisca, que ela perdera todas as riquezas e propriedades que tinha no sertão, e acabará morrendo sem recursos, sustentada pelo irmão político...).

Mas, enfim, o grande e antigo sonho de Tonhá, de reunificar as fazendas (conseguindo-se assim um registro definitivo delas), está sendo agora realizado pelo filho, dois anos depois de sua morte, com os recursos que ele deixara... Desse modo, as terras permanecerão na família, sem haver, tão cedo, algum novo problema com seus limites.

No inventário de Tonhá constam mais de 300 mil réis em pratas (ao todo 334$160), escravos, várias casas na Barra e diversas fazendas, com o gado espalhado nelas (a 12 mil réis por cabeça, totalizando 16.800$000, isto é, quase 17 milhões). Eram elas a Itacutiara, a Torrinha (avaliadas em 6 milhões de réis cada) e a do Brejo de Santo Antônio (localizada na fralda da Serra dos Olhos d'água), além de terras nas fazendas Picada, São João e Ema.

Não somos aqui economistas a entender o que se passa com essas heranças mas, ao que parece, e tudo indica, seria algo bem superior ao que fora deixado pelo avô Tomei, pois na oportunidade se comentou que o italiano estaria passando para cada filho cerca de 500 mil réis...

A fazenda Itacutiara a partir de agora

Com a morte do pai Tonhá, naquele ano de 1866, o dr. Antoninho pôde então concluir o inventário de sua mãe Maria Joana, falecida onze anos antes. Com a venda de parte do espólio (em que se incluíram até mesmo alguns escravos), ele recebeu quatro contos de réis (ou quatro milhões, como se prefira dizer), que foi o suficiente para dar entrada nas terras de Ana Francisca (e foi desta vez, insistimos em dizer, que ela "aceitou negociar", quando já morava em Salvador...). O preço ficou em 14.000$000 (ou 14 contos), sendo "2.000$000 em terras, 11.500$000 em gado e 500$000 por um escravo já velho".

(E se, no futuro, isso poderá chocar os que acharem que seria fácil para as pessoas, nesta época em que estamos, romper de vez com todo o sistema escravocrata – como em outras épocas se poderia então romper assim repentinamente com os sacrifícios humanos de gregos, astecas e índios brasileiros, ou com outros costumes que depois haverão de ser considerados *bárbaros* –, pelo menos essa proporção que vemos indica que a exploração desses negros – tão seres humanos quanto os outros, o que na verdade já se sabe há tempos, desde épocas imemoriais... – não era das maiores.)

O pagamento está sendo feito em três anos, com recursos próprios e do espólio de sua mãe, Maria Joana Marques, a neta de Tomei (assim como seu pai). Mas a escritura acabou sendo passada só em seu nome, e não no da irmã, a também Maria Joana (como a mãe), que é tão herdeira quanto...

Antoninho e Maroquinhas

Agora, três anos depois, em 1869, quando ele, dr. Antoninho, e sua irmã, a também Maria Joana, Maroquinhas, partilham amigavelmente os bens dos pais – e foram sempre muito amigos, como fizemos questão de lembrar algumas vezes, tanto que moraram juntos por muitos anos na Torrinha, antes de cada um se casar –, essa "situação de desigualdade" (do registro da fazenda apenas em nome dele) está sendo "corrigida", pois, como dirão os seus netos no futuro, o avô Antoninho "era um homem de bem" (e, muito tempo depois, um de seus descendentes dará testemunho de que ele simplesmente "chamou a irmã e corrigiu os desacertos")...

A fazenda passou a ser dos dois, já que fora comprada com recursos destinados à herança deles. Das quatro léguas de extensão total, Maroquinhas ficaria com 3,5 – abrangendo a Ponta da Pedra, o Brejinho, a Várzea da Sambaíba, a Caatinga Grande e o Campo Largo, isto é, os melhores pontos do criatório. Mas "ao contrário de todos da família, esse inventário nunca foi registrado".

E durante muito tempo, as terras do Timbó, que compreendem o Jatobá (de Maroquinhas) e a Torrinha (de Antoninho – assim divididos entre os dois desde 1855, quando faleceu Maria Joana, a mãe), do mesmo modo que as duas partes da Itacutiara, estarão sendo administradas como um "todo único", por Antoninho, que há de manter sempre a sua "grande amizade com a irmã".

Maroquinhas está sendo na verdade influenciada agora pelo marido, d. Félix Castelo Branco, e convencida a abrir mão dos direitos acordados neste ano de 1869 sobre a Itacutiara... E segundo testemunhos, "os ferros e os benefícios dos amansadores" permanecerão "em nome de Antônio".

Mapeando a grande fazenda

Só agora, depois de tantos capítulos, é que iremos acompanhar uma descrição desta grande fazenda, a Itacutiara, símbolo de toda uma identidade dos descendentes de Tomei, e que como título de propriedade, ou registro, há de durar, nesta mesma grande família, literalmente, "séculos" (exatos duzentos anos).

São estes os locais mais destacados:

A *Serra da Itacutiara*, que durante milhões de ano foi "perfurada em *cânion* pelo rio Grande no local *Estreito da Serra*" (e ainda falaremos de uma nova excursão exploratória que acontecerá daqui a alguns anos, talvez em 1878, ou por volta de 1880, organizada pelo já renomado geógrafo Teodoro Sampaio, em que se ouvirá dizer dos moradores ribeirinhos que na *Serra do Brejo* haveria muito ouro, e esses mesmos moradores não saberão explicar por que então ele – o dito ouro – não estaria sendo explorado, pois "admiravelmente" vão se conformar em não fazê-lo; mas a lenda de que haveria riquezas nessas terras estranhamente continuará se espalhando e instigando a imaginação do "ingênuo sertanejo, trazendo-lhe visões, encantamentos, fazendo-lhe ouvir ruídos misteriosos" e ver clarões na "cumiada dos montes"...).

O *Brejinho*, que é um "oásis" atraente em um dos vértices dessa Serra, recebendo a água dela... É considerado o "centro geográfico do criatório", juntando "gado do alagadiço e da caatinga" em seus currais (e como já dissemos antes sobre o Brejinho, toda a água do lugar era, "claro, transparente").

O *Limoeiro* da Itacutiara é uma "povoação de lavradores humildes e cortadores de palha de carnaúba", que fica à margem do rio e é "a verdadeira sede da fazenda". Até pouco tempo as duas Itacutiaras eram separadas por este rio, que é na verdade um riacho seco... E embora seja este um local "úmido e sujeito a inundações", também fica aqui a casa que será de Ana Joaquina, mãe de Janoca (que é quem, já adiantamos, vai se casar com o dr. Antoninho...).

(Ana Joaquina é a filha mais velha de Lília com o capitão-mor Vanderlei, casada com Clemente Bonifácio, neto de Ana, primeira filha de Tomei – sendo ambos, marido e mulher, bisnetos do italiano.)

O *Riacho da Mata*, que se trata, portanto, de um córrego seco, é o que foi "admitido como limite das duas propriedades antigas" por Tonhá em 1860, pois ele não encontrou o "riacho das Tabocas, da escritura de aquisição".

O *Brejo Grande* é o boqueirão principal da *Serra Geral*, de pouca água nascente. Essas águas, nas boas chuvas, alimentam a *Lagoa do Jacaré*. Mas há "descargas nulas por vários anos seguidos e máximas após longos intervalos"...

O *Jacaré* é a vereda e também o nome do reservatório que a abastece (e no canal que o alimenta, o filho mais velho do dr. Antoninho ainda há de construir "um açude de alvenaria de pedra, com comporta regulável", para ampliar a reserva d'água do Jacarezinho, mas que será destruído logo no primeiro ano de funcionamento pelo "impacto de uma descarga máxima" – terá dado certo só no começo, é o que se dirá...). A vereda foi formada por "águas transitórias derivadas das drenagens irregulares da serra e da caatinga, penetrando no alagadiço em forma de delta"...

A *Ponta da Pedra* é o "vértice da serra com rochas de quartzito expostas, de colorações róseas predominantes". Há na pedra sinais pintados que seriam, dizem alguns, de "antigos roteiros indígenas".

A *Várzea da Sambaíba* fica dentro do alagadiço e é o maior "amalhador" de gado da fazenda, com "panorama encantador, entre serras ao fundo e carnaubais umedecidos pela vereda".

A *Caatinga Grande* é o "mato em cerradão, ilhado no alagadiço, predominante em aroeiras altaneiras, sempre intocadas"...

O *Alto dos Tatus*, que fica na *Caatinga dos Tatus*, é onde se tem uma bela vista "para a confluência dos rios São Francisco e Grande", na *Ponta do Laranjal*.

4

Afetos, namoros e o casamento de Antônio Jr....

Os estudos de Dindinho

Dindinho, o filho mais velho do cel. Pedro, foi para Salvador com catorze anos, fazer seus cursos preparatórios no *Gymnasio Bahiano*. Ele chegou com recomendações do pai a seu grande amigo, o diretor da escola, Abílio Borges (o barão de Macaúbas, casado com a filha de Ana Francisca Vanderlei). Passados alguns meses, o diretor informou por carta que o jovem estudante ia muito bem, destacando-se e sendo considerado "um dos mais distintos alunos em Latim e Francês".

A mãe de Dindinho, vale a pena lembrar, é a prima Antônia, segunda filha de Lília, irmã mais velha de seu pai. O cel. Pedro, que agora tem 51 anos, está há catorze casado com ela...

E de novo podemos lembrar aquela coincidência: Lília faleceu no mesmo ano (o de 1855) em que sua segunda filha se casara com o irmão caçula Pedro, nascido no mesmo ano (o de 1818) em que ela se casara com o cap. Vanderlei... Mas o que vale mais a pena é contar que Pedro, neste ano de 1869, ainda vive com sua esposa no retiro da fazenda Picada, a "casa construída por seu avô", o "velho italiano".

Ele herdara de sua mãe, Maria Clara, um terço daquelas terras de pouco gado, e rendimentos bem modestos. Mas Pedro era esforçado desde a juventude (o que vimos em suas andanças para vender gado no Morro do Chapéu, ao lado do irmão Tonhá...). Com todas as dificuldades, ele ainda vai conseguir formar em Direito esse seu filho mais velho, Dindinho.

Já o segundo filho de Pedro, José, será recompensado com uma fazendola no Icatu. As outras duas filhas, ele de alguma maneira ajudará para que tenham bons casamentos... Ana Tomei (de mesmo nome da mãe do "velho italiano" – de quem ela é, já se sabe, uma trineta) casar-se-á com Antônio Barreto Guerreiro e terá ainda os seus sete filhos (entre eles, uma Antônia, ou "Toninha", que vai se casar com o filho mais novo de Janoca e dr. Antoninho, Francisco; outro, Nizan, será amigo de um dos netos deste casal). Sobre a outra, de nome Maria Clara (como a mãe do coronel), já se sabe que também se casará...

Viuvez do cel. Pedro – o Tamboril

Foi depois de um ano morando em Salvador que Dindinho perdeu sua mãe, Antônia Vanderlei, falecida agora em 1870... Seu pai, o cel. Pedro, está vivendo sem a mulher e não vai mais aguentar de tanto isolamento, preferindo abandonar o casarão do Retiro, que é ainda a sede da fazenda Picada. E assim, ele terá sido o último morador desta casa.

Bem, mas a ideia do cel. Pedro é de agora se fixar próximo à margem do rio, logo na divisa com a Torrinha, onde reside seu grande amigo e sobrinho, o médico dr. Antoninho. Eles têm uma relação excelente, além de serem extremamente ligados um ao outro.

Pedro vai aproveitar um local habitado por poucos pescadores, onde já tem um pequeno porto (e aquele engenheiro de nome Guilherme, primeiro forasteiro a fazer pesquisas, chamou-o de *Aracapá*, quando passou por ali em 1852.), para fazer outro logo abaixo, próximo de onde estão dois juazeiros de boas copas, e assim poderá localizar a casa "no capão mais alto ao abrigo das inundações", como hão de aconselhar os experientes vaqueiros... O local em que será feita a primeira cabana terá um único pé de tamboril, entre inúmeros jatobás, e daí o nome.

A nova sede estará aos poucos evoluindo, de acordo com os "escassos limites" do lugar à época... E assim, uma meia dúzia de trabalhadores e suas respectivas famílias também serão convidados pelo coronel a se instalarem no Retiro.

(Dirá deste lugar outro descendente de Tomei, de sexta ou sétima geração – conforme a ascendência que se considere –, que o local em que Pedro está se decidindo por construir a casa será *"extremamente aprazível em meio à folhagem das árvores"*. Suas palavras, escolhidas a dedo para expressar os sentimentos que guardará pelo lugar, ainda haverão de ser aqui reproduzidas, em alguma parte da história...)

Os afetos do sobrinho

O filho de Tonhá, dr. Antoninho, ficou solteiro até quase os quarenta anos, e dizem algumas línguas que já poderia ter espalhado filhos "naturais" por alguns lugares onde passou... Na verdade, isso até agora pode ser mesmo uma mera suposição, mas no futuro deverá haver referências seguras, inclusive por registros familiares, de pelo menos três deles, que talvez ainda estejam para nascer: José Estanislau de Lima, Eulália (a filha que terá com sua escrava Gaudência) e Maria Madalena, sendo que estas duas últimas vão depois se casar com vaqueiros importantes da Itacutiara, os mais experientes e de confiança (a primeira com Genésio Leitão e a segunda com Martinho Carneiro)...

(E, mesmo sem o registro do sobrenome, esses filhos serão "reconhecidos e protegidos pela família", principalmente por Maroquinhas, a irmã e grande amiga de Antoninho... E vai se saber ainda de uma quarta filha, de nome desconhecido, mas que bem no futuro vão dizer que seria a mãe de um jornalista de renome, Geraldo Rocha...)

Casamento de Antônio Jr., o dr. Antoninho...

Em 1872, Antônio finalmente se casou, aos 39 anos, para constituir família... Sua escolhida era uma prima, bisneta de Ana, a filha mais velha de Tomei (enquanto o dr. Antoninho era neto de Maria e de José, os outros dois filhos de seu bisavô italiano com Joana). Joana Francisca da Mota Abreu, a Janoca, tinha 33 anos, e era do ramo Crisóstomo da Mota...

Foi um casamento que parece ter dado muito certo, sendo feliz para os dois lados... E até a mãe dela, Ana Joaquina, que ficara viúva, resolveu em menos de um ano instalar-se na Itacutiara, em terras de seu novo genro, dr. Antoninho, para estar mais perto da filha Janoca... A casa dela, no futuro, será ainda conhecida e bastante visitada por um de seus bisnetos, que perceberá em tudo "um primor do capricho", fazendo-se entender de sua dona que "mesmo sem recursos sempre manteve o bom gosto e a elegância"...

... e Joana Francisca Abreu, a Janoca...

Janoca nascera em 1839, e era a única filha do casal Ana Joaquina (a filha mais velha de Lília) e Clemente Bonifácio de Abreu, primos em terceiro grau. Ela conhecera bem a avó Lília (falecida em 1855) e também a bisavó, Maria Clara da Virgem (falecida quatro anos depois, em 1859).

Joana Francisca tinha o sangue do italiano, pois descendia de José e também de Ana, a mais velha, enquanto o dr. Antoninho também descendia de José, e ainda de Maria. Ao se casar, Joana trazia o sangue dos Mota, dos Abreu e dos Vanderlei, e dr. Antoninho, o dos Correia e o dos Marques (além do italiano, como dissemos, que estava presente em ambos...).

Por palavras que serão de sua bisneta, Janoca, ao namorar o dr. Antoninho (o neto de Maria e Luís Marques Pinto), "uniu-se a esse ramo da família que também eram seus parentes", ou seja, entrava para este outro ramo de uma mesma grande família... Ou ainda, por outras palavras (pode-se pensar), para uma família em que os parentes já eram todos parentes...

Janoca, a filha de Clemente Bonifácio de Abreu (recém-falecido, em 1870), estava até então aos cuidados do tio, José Bonifácio, que foi quem produziu o casamento na fazenda Palma, no vale do rio Grande. Casou-se com o primo aos 32 anos, e foi morar com ele na fazenda Torrinha...

... indo morar na fazenda Torrinha

A Torrinha, que ainda será considerada pelos descendentes a fazenda-sede da família (como já dissemos até muitas vezes, e procuraremos agora não repetir...), ficará trinta anos (até 1885, portanto) com o dr. Antoninho. Agora que ele e Janoca estão se casando, em 1872, será construída uma nova casa, ao lado da mais antiga, onde a irmã, Maroquinhas, continuará morando...

(Há de registrar, no futuro, o mesmo descendente já citado algumas tantas vezes, que "a *fazenda-mater*, nos seus 150 anos da família, ficou conhecida pelas viúvas longevas que foram suas proprietárias": – Maria, a filha de Tomei e viúva de Luís Marques, de 1819 a 51, por 32 anos; – Janoca, a bisneta de Ana, filha de Tomei, e viúva do dr. Antoninho, de 1885 a 1920, por 35 anos; – e Toninha, a neta do cel. Pedro, neto caçula de Tomei pelo lado de José – e que se casará com Francisco Bonifácio, o filho mais novo de Janoca, e ficará lá de 1927 a 53, ou seja, por 26 anos...)

A família de Janoca, que não era muita dada ao "criatório", tinha poucas riquezas materiais e recursos financeiros... Mas os seus "dotes de inteligência e idealismo deram destaque à casa da Torrinha."

Foi um casamento feliz, em que ela, agora rica, exercia seu temperamento generoso e caritativo. E ele, orgulhoso dos predicados da mulher, oferecia-lhe as riquezas:

– *Janoca, venha ver seu gado* – alegrava-se em dizer o dr. Antoninho, mostrando os grandes rebanhos que eram do casal, quando iam às vaquejadas para acompanhar tudo de perto...

(Sim, o casamento parece estar sendo mesmo feliz, mas só vai durar treze anos... Ainda nos comoveremos ao ver que o marido de Janoca, dr. Antoninho, morrerá repentinamente aos 52, deixando a mulher com quatro filhos pequenos – e o mais velho, Ioiô, estará com apenas doze anos.)

Nasce Ioiô, o filho mais velho

O primeiro filho deste casal, Janoca e dr. Antoninho, nasceu em 1873, recebendo o nome de Antônio, como o pai e o avô... Mas logo terá também o seu apelido carinhoso, como é costume na família: já a partir da infância, e por todas as épocas, será chamado de Ioiô.

5

Brejinho – um lugar muito especial

Bênção da natureza

Dizem que, para os sertanejos, os brejos são locais "abençoados", com suas nascentes permanentes, pastos verdes e "terras férteis em que se pode cultivar cana para produção de mascavos, rapadura e pinga". O seu clima ameno proporciona pomares de frutas abundantes – verdadeira preciosidade no sertão...

O Brejinho do sopé da serra do Brejo "reunia todas essas condições, e era também um *amansador* de gado", como dirá um dia o neto destes que acabam de se casar e ter o primeiro filho... Esse lugar já é considerado um dos melhores pontos da Itacutiara – ou o melhor deles, por suas boas aguadas, e tendo ainda um amansador.

Nas veredas à sua volta estão os grandes carnaubais que um dia ainda serão explorados (e quem pudesse olhar do futuro para esta história já saberia que esse amansador e o de Assici, à margem do rio, pertencerão um dia à terceira filha de dr. Antoninho e Janoca, Ana Clemente...).

Ainda durante algumas gerações, nesta família vai se considerar o Brejinho o local mais privilegiado, e propício às "temporadas de descanso"... É um pouco longe da Torrinha, e seu acesso mais fácil continuará sendo a cavalo. Janoca, que não gosta de montaria, prefere ir até lá em uma carroça, puxada por mulas...

Essa de agora foi uma viagem desconfortável, o que não diminuiu em nada "o imenso prazer" de se chegar ao local, e todos que o conheceram já consideram mesmo "encantador"...

A casinha é "bem antiga", quase uma cabana, "com apenas dois cômodos espaçosos", lembrando uma oca... Um é o quarto, "com redes de dormir, um catre forrado de couro, um pequenino oratório com os santos de devoção".

O outro, a sala, tem apenas "bancos rústicos, baús, redes para descanso, moringa de água fresca". Nele também se guardam "os arreios, botas e apetrechos diversos" de uso dos donos.

As paredes dessa "pequena morada" são de pau a pique, o chão de terra batida e a cobertura de palha de carnaúba (exatamente como são as casas dos vaqueiros...).

Mas o que mais atrai nesse local é o "delicioso banho" que se pode tomar "numa bacia natural de pedra, bem grande", enchida com a água sulfurosa que vem de uma nascente lá da serra... E todos gostam.

(Contará à filha este neto de relação mais afetuosa com Janoca, a quem já recorremos em muitas destas citações, que "os homens se banhavam naturalmente, mas as mulheres exigiam um preparo especial. Cercava-se a fonte com folhas de bananeira e galhos de árvores e afastavam-se do local todos os curiosos".)

(E também dirá esse neto que "outro grande atrativo era o pomar"... O ainda futuro menino – mas que também há de se tornar velho, o que poderia nos levar de volta às reflexões de Tomei – vai conhecê-lo quando criança, encantar-se com a variedade e qualidade das frutas, e assim enumerá-las quando já for adulto: "manga de polpa muito fina, cajá-manga, cajá-umbu, umbu, jaca, saborosas pinhas, abacate, preciosas laranjas, maracujás"...)

Depois de Ioiô, Janoca e Antoninho terão mais três filhos. A segunda, que será a mais velha das meninas, vai se chamar Maria Joana (como a tia e a avó), e receberá o apelido carinhoso de Iazinha. A esta filha, mais velha das meninas, como se disse, vai se seguir a irmã Ana Clemente, Naninha... E para ela é que Janoca escreverá um dia certa carta tida como "curiosa", anunciando "o envio de um presente valioso":

– Vão 60 laranjas: 40 são suas, 0 de Mariquinhas, 4 de Mariana, 2 de Laurentina, 2 de Mariinha, 1 de Otávio e 1 para o grumete, da sua mãe e amiga, Joana.

("Curiosa" poderão dizer alguns de seus descendentes, mas apenas por não perceberem que o nº "0", das laranjas que iam para Mariquinhas, é na verdade um "10", já que o nº 1 do primeiro dígito terá sido apagado ou esquecido... Assim, só é necessário reescrevê-lo onde deveria estar, para que a conta fique certa...)

O Brejinho, sempre querido de toda a família, vai se tornar ainda por algumas gerações o "lugar de respeito e veneração". Pois é lá que também terão falecido, inesperadamente, mais duas personagens muito afetuosas dentro deste ramo da família de que nos aproximamos mais, o pai e o filho: dr. Antoninho, em 1885 e, 33 anos depois, o filho mais velho, Ioiô, em 1918.

(Brejo dos beijos)

O que mais chama atenção nesse lugar... é o rio, claro, transparente.

E é o que chama mais atenção ao rio, claro, a transparência. Chama mais a atenção de pessoas que chegam a esse lugar, tratando de conhecê-lo bem e a este rio, claro, e transparente.

E claro é o que se chama à atenção dele, pela transparência...

O espírito e o ritmo do lugar são como os de uma "desfazenda", pois lá também o ser humano pode ser do mato, "como o pato e leão", dirá, no futuro, algum poeta...

E como no Pantanal, "os jacarés dividem as águas e as ilhas com as aves e capivaras".

O que só se espera desse lugar é que haja sempre "bons ventos e vibrações...".

Ainda em lua de mel – forró, baião e música dos pássaros

No Brasil (tratando-se agora de um reino independente, o deste novo e imenso território...), como em outras partes do mundo, a música pode ter surgido como imitação dos pássaros... Melhor: o canto humano pode ter vindo dessa audição.

Repare-se que em qualquer fragmento de música conhecida, de três ou quatro sílabas (por exemplo, *"when I'm home"*), que já existe esta mesma sequência no canto de algum pássaro... E o Brasil é um país muito musical, não só pela sua grande diversidade de cultura, mas também por ser o lugar que abriga a maior quantidade (e variedade) de pássaros.

O canto mais melódico é o do sabiá, e há cerca de 25 anos ele foi homenageado pelo poeta maranhense Gonçalves Dias, em sua Canção do exílio (*"Minha terra tem palmeiras..."*). O lindo soneto sobre o qual este escritor se debruçara, para compor quando jovem (ele que veio a falecer no mesmo ano em que Tonhá, o de 1864), explora bem as rimas, sabiá – *lá*, palmeiras – *gorjeiam*... Depois que os homens (e as mulheres) inventaram palavras para traduzir o canto dos pássaros, começou-se a tecer essas e outras melodias faladas, em suas muitas e altas composições...

Há um pássaro no Brejinho que canta em casal: a fêmea canta e o macho responde. Cabem perfeitamente as sílabas: "Vem hoje" – *"Amanhã eu vou"*.

E as composições melódicas humanas vieram sempre se sofisticando, até poderem se tornar as lindas histórias da tradição oral, passadas de pai (e mãe) para filho (e filha)... Para ficar mais fácil de serem guardados na memória de cada um esses textos, inventados coletivamente (e que iriam fazer parte de um *corpus* de mitos e lendas, formando assim a identidade de uma coletividade, clã, aldeia ou povo...), é que foram inventadas as rimas.

Mesmo que alguns poetas do futuro ainda queiram reinventar tudo para abolir a ordem vigente, e tentem fazer com que a rima perca a sua grande importância (ou deixe de ter tanta), sabe-se que, para outros (como o cantador desta noite, que agora homenageia a história do *Barão*, tio de Janoca...), ela continuará sendo a coisa mais bonita da poesia...

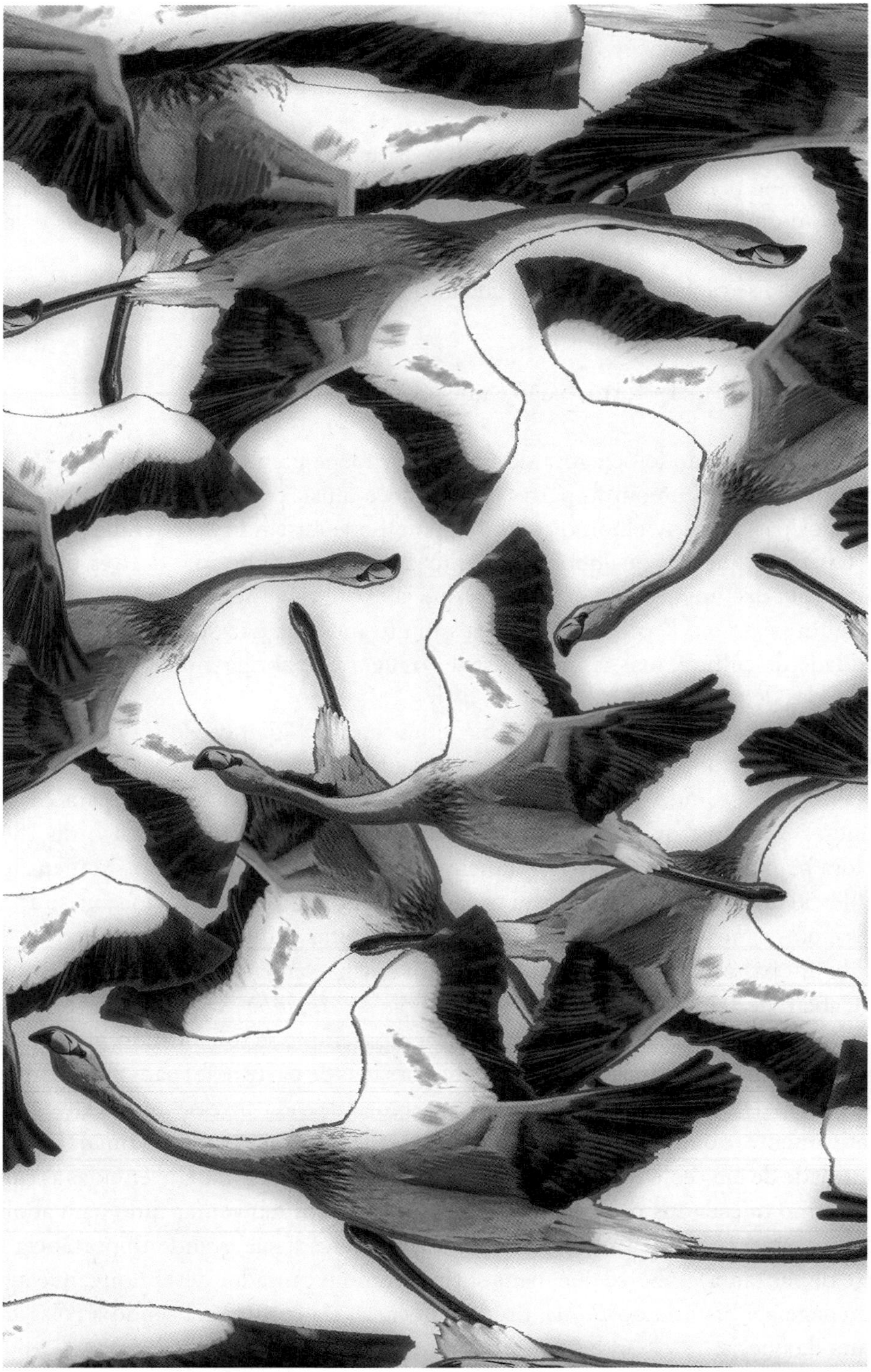

O casamento feliz

Aurora é a luz da manhã, doce instante de melhoria... Os pássaros cantam e já se sabe que têm sotaques, e que até muitas de suas melodias possuem mensagens, podendo ser os gritos de guerra dos machos em defesa do alimento e de suas fêmeas... Se outrora o Tico fosse casado com a Teca, impediria que esta fosse seduzida e levada pelo João Ninguém... Toca-se ali perto a viola de alguns acordes e já avança a manhã: é hora de forrar o estômago, e depois o ritmo de trabalho vem chamando os capacitados à jornada, de leve, para aos poucos o mundo ir de novo entrando em ordem...

E agora já se vê a tarde, período no qual podemos ser mais capazes de vislumbrar a mata em seu ritmo: alguns animais já estão dando a caça por encerrada, e tratam de brincar com seus semelhantes... Chegam a cair no rio de propósito, e depois ainda tentam estender essa hora o quanto consigam. Só vão dormir quando já não houver mais jeito...

O Sol está agora casado com a Lua e, de noite, homens e mulheres dormem abraçados... Nada é maior do que o amor pelos filhos, e não custa acreditar que estes estão mesmo se sentindo felizes, praticamente o tempo todo... O pai volta para casa depois de adiantar alguns de seus negócios (e é também o que faz a mãe, neste caso). Lá, ele vê a mulher que mais ama, e nunca poderá saber se o melhor para ela seria mesmo estar com ele, mas entende que, se o amor é cego, maior ainda é a cegueira do mundo em que se vive, cheio de contradições, por serem vários seres pensantes em disputa... Ele abraça a fêmea, e nada mais gratificante do que ver as crianças sadias e felizes.

Mais uma nota de piano e a noite adentra, amansando fio por fio, até que não reste razão para ficar acordado, assunto para pensar, e dorme-se profundamente: vem o sonho...

Manhã no Brejinho

Dois tuiuius passaram ao longe e ele pôde ver da janela, cada um com uma criança nas costas.

Ioiô andou tendo visões das mais belas, e essa era uma delas, a de que voava às costas de um tuiuiu, seguindo o amigo Quito, filho do vaqueiro, que conhecia o Brejo melhor do que ele... Sobrevoavam as lagoas e rios para verificar se a enchente ilhara alguns animais da criação, e então resolveram fazer parada em uma das praias do rio, que se chamava *Negro*. Os tuiuius despediram-se, e eles deram um pulo na água...

Enquanto isso, seu pai, dr. Antoninho, lembrava uma música que ouvira em Salvador:

É de manhã
Vou ver minha amada
Flor da madrugada é de manhã
Vou ver minha flor

Seus olhos inchados iam tentando dizer do carinho nos lábios e coisas que toda a gente passa...

Viu-se então a voar o tal tuiuiu, enquanto ele pensava nela, Janoca, lá no meio daquele brejo, que mais parecia um pantanal... E mesmo quando quis olhar os jacarés, em um passeio que fez ao final da tarde, não hesitou em centrar seu pensamento, porque agora é só nela que orbita o seu "ser", embora jamais concordasse com esse tipo de paixão exagerada se a visse acontecer com outros...

Na mesma família, o casamento de Maria Joana (Maroquinhas) e...

Já dissemos que o dr. Antoninho e sua irmã Maroquinhas eram pessoas muito felizes, a começar pelo fato de se darem tão bem, um com o outro... E como bons irmãos, sempre se ajudaram. Agora observamos isto: que apenas um ano depois do casamento de Antoninho com Janoca, foi a vez de Maroquinhas se casar, em 1873.

A "tia" Maroquinhas, como ainda há de ser muito chamada pelos sobrinhos, era Maria Joana, a irmã de dr. Antoninho (como sabemos, ambos filhos de Tonhá e sua prima Maria Joana Marques). Ela é agora, portanto, a cunhada de Janoca.

Como dissemos, ela e o irmão sempre se deram (e ainda se dão) muito bem. Basta lembrar que, quando os dois perderam a mãe (em 1855 – ela aos vinte) e o pai (em 1864 – ele aos 31), de tão amigos que eram, "ficaram morando juntos na Torrinha, a casa construída pelo avô Luís Marques"...

Antoninho, como estávamos a dizer, só resolveu se casar aos 39 anos (em 1872), e ela, aos 38 (um ano depois).

O casamento de Maria foi com um grande proprietário de Urubu (que depois se chamará Paratinga), Félix José Leite Pereira Castelo Branco, que tem fama de ser um verdadeiro fidalgo, de nome e na ação... Não vão ter filhos, mas viverão sempre em harmonia, mesmo que Maria Joana não venha a deixar a antiga casa dos pais para acompanhá-lo...

"Félix era dono da fazenda Pixaim, que acabou sendo herdada pela família." Ficou amicíssimo do dr. Antoninho e o beneficiou no testamento com mais da metade do gado daquela fazenda, notando-se, aí sim, uma verdadeira fidalguia (e se poderia até perguntar – assumindo não termos mesmo qualquer informação sobre isso – se não seria ele filho único e solitário...).

... Félix

Félix reconhece nela pessoa "mui amável", verdadeira graça que é quase exatamente igual ao que imaginara antes... Só não pensou que fosse assim tão mais bela quando vista de perto, com sua pele e os olhos claros, mostrando-se amorosa e suave em tudo o que diz, sempre... E sendo descendente de fazendeiros como ele, quando solteira era a vizinha por quem tinha até receio, em certos momentos, de alimentar o seu desejo, por questões que considerava óbvias, e evidentes (pois seriam ligadas ao orgulho, talvez...).

Naquela época ainda não sabia se o tipo de negócio desenvolvido na fazenda deles (dela e do irmão) se baseava também em conhecimentos dos primeiros colonizadores, no que fora começado por antepassados e em tudo se vincularia à pecuária... Pois é claro que também cultivavam daquelas laranjas no pomar, e produzia-se o mel que antes era tirado apenas pelos vaqueiros, para consumo próprio (assim como a mandioca dos sitiantes, que se viam permanecendo em terras dentro da fazenda, e agora já se tornavam os novos agregados da família).

Não se tem nenhum registro de conflitos agrários por lá... Ele imagina agora os seus parentes antigos a cavalgar por terras longínquas de suas fazendas, a conferir tudo que se passava no território que acreditavam ser deles... Deparavam-se, podia ser, com algum novo sitiante, e logo se iniciavam as negociações, com o pressuposto de que há tempos aquelas áreas já seriam de uso próprio, vindas dos antepassados de seus donos atuais...

Possivelmente seriam requisitados os tributos (parte da safra), pois era terreno em que eles também poderiam plantar, caçar, transitar... Passado o período necessário de boa convivência, esses novos agregados já seriam convidados a participar das festas e celebrações religiosas, ou mesmo de torneios esportivos...

Falecimento de José, neto de Tomei

A esse tempo, em 1875, falecia no Rio de Janeiro (mas em dezembro, já se pedindo desculpas em nome do narrador, por este infame trocadilho...) o juiz José, neto de Tomei (terceiro filho de José e Maria Clara). Nas tantas homenagens de missas e funerais, lembrou-se sempre que era "o intelectual da família", que o pai tivera "a *audácia* de formar em Coimbra".

Nas conversas em paralelo, pôde-se lembrar mais livremente de algumas características suas e, não se precisando ali esconder nada, falava-se abertamente para dizer que fora um homem "totalmente sisudo e íntegro" (como até já se comentou aqui, em outra passagem...).

Isso então nos faz agora lembrar de como se desenrolou sua velhice, destacando-se nos comentários que, ao se aposentar, este José, o juiz, começou a frequentar mais assiduamente o *Instituto Histórico e Geográfico*, de que era sócio, passando a estudar e se especializar principalmente na Geografia, que tanto lhe interessava...

E por ocasião desse falecimento, o escritor Joaquim Manuel de Macedo, que também era sócio (e autor de *A moreninha*, como alguns ainda se lembram, ou podem saber), discursou no *IHG*, ressaltando sobre o "Conselheiro" que, até os 75 anos, ainda manteve "todo vigor do seu espírito e da sua bela inteligência...". Em seu dedicado discurso, Joaquim ainda falou:

– *A sua mortalha foi, devia sê-lo, a toga de juiz porque nunca houve nem haverá magistrado que o excedesse ou exceda na retidão, na probidade, e na justa aplicação da lei e no culto vestal da flama do Direito...*

6

A passagem do tempo

Lutas travadas

Onde é hoje a praça central, com sua igreja, travou-se em outros tempos uma importante batalha entre forças políticas que queriam dominar a região... E este mesmo lugar onde se deu a guerra, e que hoje é praça, fora outrora o terreiro de uma grande aldeia de índios...

Sim, porque, de tempos ainda mais longínquos, haver-se-ia também de relacionar uma série de eventos que não deveriam interessar aqui a esta história a ponto de especificá-los, desde a passagem de um tiranossauro rex que estivesse a correr muito, sentindo-se já quase capaz de alcançar sua presa, ao desfilar de algumas formigas carregando as folhas de que à época precisariam para se alimentar, ou mesmo citar-se o voo pelo alto de um beija-flor e o saltitar alegre de um gafanhoto, que estaria pulando de canto a canto...

E se nos distraímos a ponto de dizer coisas assim, talvez soe até como "embromação" (o chamado "preenchimento de linguiça" de alguns narradores, pelo uso comum de certo *enrolamento*, ou coisa que o valha...), assemelhando-se mesmo à técnica de que os menos experientes abrem mão, em especial quando se trata de uma história que mal chegou à sua metade e já não se sabe mais o que acrescentar... Mas não é este o caso.

Tudo isso serve para lembrar (ou mostrar-se, juntando a alguns outros exemplos) que a relatividade do tempo estará sempre presente no contar de uma história, esta ou qualquer que seja, tratando-se assim de um conceito imprescindível, pois todas elas só se darão (em qualquer uma das hipóteses pensadas) pela passagem do tempo...

Em sendo este tempo uma quarta dimensão, entende-se que através dela tudo se tornará possível, até mesmo que dois corpos distintos venham a ocupar um só espaço (e claramente o podem fazer, desde que estejam em tempos diferentes...).

A Vila vira uma Cidade

A Vila foi elevada a cidade em 1873, época imperial em que o termo "cidade" era mais para honorífico, e a nada somava-se administrativamente... A "cidade" passou a chamar-se Barra do Rio Grande.

Houve tempo em que o *status* de cidade era a coisa mais importante mas, para entender isso a fundo, seria preciso retroagir à época dos romanos na região portuguesa, em que havia uma distinção entre *civitas* urbana e *villa* rural, mantida lá pelos séculos que se seguiram à "queda"... Pois só quando despontou um municipalismo mais dinâmico, no final da Idade Média, é que se fez criar o conceito de hierarquias com níveis e naturezas distintas, jurídica, sociológica, formal... E a diferenciação já não se dava simplesmente pelo tamanho, monumentalidade, importância política ou econômica, mas por uma "*especificidade oficial*", que assim ditava os "direitos e deveres" estipulados por lei a cada aglomerado.

E os núcleos urbanos brasileiros também só podem ser entendidos nesse quadro, o da transposição de uma situação arcaica (que remonta à formação do reino, nos séculos XI e XII)... Pois, como dirão os futuros teóricos, havia em jogo muito mais do que um título honorífico (*a... mui nobre e sempre leal cidade de...*), em sendo "uma categoria de direito que adquiria poder autárquico com assento especial nas cortes".

(E com isso se explicarão as sutis diferenciações hierárquicas, havendo um foro mais baixo que se aplicava à maioria das cidades – como Évora –, que "apenas isentava os cidadãos de serem açoitados em público", e um mais alto – dado a Lisboa, e depois a Goa e ao Rio de Janeiro –, que garantia a participação de trabalhadores na vida pública – os eleitos à *Casa dos 24*. O estatuto de *cidadão do Porto* era talvez o mais ambicionado por aqui, e fora dado a São Luís, no Maranhão, em 1615, para atrair colonos – ele desobrigava o serviço militar e impedia moradores de serem presos e torturados, salvo em prisão domiciliar, permitindo o uso de armas de fogo dia e noite, e de tecidos ricos de seda, quaisquer deles, mesmo os proibidos por prática de luxo – como chegamos a comentar em uma passagem sobre Olinda, a contrastar com Salvador – e instituía o dever de "pousada", a hospedagem gratuita de fidalgos e seus criados, por mais de três dias...)

Primeiro jornal – as divagações de um juiz sobre o que se noticia...

Dois anos depois, em 1875, passou a ser impresso o primeiro jornal de toda a região Oeste de duas importantes províncias, Bahia e Pernambuco. E ele foi instalado na cidade da Barra, onde se manteria com oficinas próprias... Era o *Eco do São Francisco*.

Pois sabe-se bem que, depois que Gutemberg inventou a prensa, veio a imprensa, e se no começo alguns já queriam atentar para tudo que nela vinha de escrito, a outros bastava certificar-se de haver um mínimo de coerência política entre as partes editoriais e aquelas matérias internas... Outros iam atrás de coisas que lhes prendessem mais a atenção, desde curiosidades do meio social às novelas literárias, por lhes parecerem questões mais importantes que as de um jogo de forças qualquer: o das brigas atuais...

Aqui, como nos grandes centros, os jornais já começam decepcionando, mas somente àqueles que deles esperam algo mais aprofundado, quando se sabe que informações relevantes, ou mais interessantes, servem aqui apenas a dar sensacionalismo aos fatos, e banalizá-los ainda mais... De sua casa na Vila da Barra, Francisco, filho de José e Maria Clara, lê a manchete de um dos editoriais: *"As Escrituras têm algo a ensinar no campo da ciência?"*...

Ele então acompanha a matéria e prefere tirar suas próprias conclusões, pois sabe que as Escrituras eram a ciência especulativa de uma época – é o que explica à sua atual companheira – com a diferença de que um dia todas essas discussões ficaram "cristalizadas" em uma espécie de "versão oficial", religiosa, dos fatos (primeiro oral e depois escrita). Comparar o *Ovo de Brahma* indiano ao *Big Bang* dos ingleses, a genética evolutiva dos novos cientistas ao mito de Adão e Eva, só serviria para confundir leitores (aos quais se conseguisse passar essa confusão: a de quem escreveu o editorial...).

... tornam-se quase um vício

Passam-se agora dois meses e faz tempo que Francisco não lê mais um editorial do *Eco do São Francisco*... Corre agora os olhos, dando para ver que um mínimo de coerência política eles ainda têm... Mas outro artigo é que lhe prende mais a atenção...

Lembra-lhe que há muito já se sabia que não só a vida, mas também a cultura (e a própria matéria, que deu origem ao espaço-tempo) se difundiram pela diversificação de formas singulares... E que especificar essas etapas, os mecanismos e detalhes de tais diversificações seria um trabalho interminável, tanto descritivo quanto especulativo, já que a própria codificação (classificações e referências) se movimenta e, portanto, transforma...

E diz-se lá que, enquanto houver humanidade (já estando a ciência muito mais fundamentada do que a religião para prever esse período...), não deixará de haver o estudo experimental, estando cada vez mais consciente de existirem arquétipos enganosos, e assim menos preso a eles...

Francisco em nova divagação

Em seu acesso ao jornal, o juiz, como leitor mais criterioso, sabe que poderia ater-se apenas aos dados científicos divulgados por este novo editorial: a análise dos padrões de um código genético (algo que ainda vai se chamar NDA, e depois DNA) leva a crer que haveria dez linhagens descendentes do primeiro homem, e dezoito da primeira mulher, dentro do mesmo grupo humanoide, de uns 2 mil indivíduos, que haveria na África 140 mil anos atrás (e o DNA de mitocôndria seria transmitido só pelas mães, sofrendo dezoito mutações – cópias corrompidas, enquanto o nucleico misturaria as ascendências... As mutações transmitidas pelos pais seriam notadas pelo cromossomo Y, presente só neles).

Aquele jornal era mesmo sensacionalista a ponto de comparar o surgimento do Universo pela explosão de uma singularidade com a ideia de um *Criador*, citando o experimento de duas semanas antes como se fosse o primeiro, quando já havia décadas que tal teoria se desenvolvia...

E seguindo outras partes do jornal, pareceria elucidativo, ao analisarem a "crise" instalada no Oriente próximo, se os jornalistas falassem mesmo em um "conflito de civilizações"... De fato, o que se observava no fenômeno dos "aiatolás" da Pérsia era que lá se desejava uma ruptura com os valores e o estilo de vida praticado no Ocidente. E do lado de cá, tachava-se o estilo deles de retrógrado e medieval... Na ingenuidade de uma solução que agradasse aos dois lados, caberia ao leitor imaginar um mundo dividido em duas grandes regiões, que não se agredissem e que para isso, simplesmente, não se comunicassem...

A dura realidade já se mostrava para que nem o Ocidente se sentisse mais a salvo de um ataque de fundamentalistas islâmicos, nem estes se conformassem com que parte da humanidade não adotasse as suas regras, costumes e, principalmente, doutrinas... Com o tempo, duas civilizações independentes se desenvolveriam. E supondo-se que, alternadamente, uma se sobrepusesse à outra, o que garantiria, à que estivesse em um momento mais forte (militarmente), que a outra, se estivesse nesta condição, não a invadiria e aniquilaria?

E se o isolamento ocorresse por milhares de anos, o provável, biologicamente, era que a humanidade se dividisse em duas espécies. Cada uma delas conviveria com a possibilidade de a qualquer momento ser exterminada pela outra... Estando mais forte, talvez fosse melhor partir logo para o conflito, garantindo sua descendência.

Assim se explicaria algo do passado, que para alguns, mais sensíveis, ainda deve instigar: quando virou "cro-magnon", a humanidade tratou de aniquilar a permanência de suas espécies aparentadas mais próximas (como o homem de "neandhertal", entre outras)? Num nível menor, de "raças" dentro de uma espécie, também a possibilidade de ser vencida e substituída por outros grupos pode ter sido pretexto para massacres e extermínios que fizeram parte da história humana...? Entre eles (porque alguns se sensibilizam mais com isso...), o extermínio dos povos autóctones na Índia para o florescer da civilização ariana (de língua sânscrita), e o múltiplo extermínio dos grupos indígenas na América, para o estabelecimento de civilizações ibéricas e anglo-saxãs...?

No fundo, não era mais do que o que se verificava na pré-história deste continente no hemisfério sul, tão longínquo para o autor dessa matéria traduzida: uma disputa territorial entre tupis e "tapuias".

No outro domingo, uma matéria parecida (mas de referências astronômicas)

Com essas e outras dúvidas, no domingo seguinte, Francisco voltou ao jornal para se informar que, no último congresso de astrônomos, endossou-se a tese de que o universo é aberto e se expandirá para sempre... Segundo se dizia, "a densidade de matéria cósmica é insuficiente para deter a expansão e produzir uma futura contração" (mas "seriam necessários apenas mais 20% de matéria para se atingir a densidade crítica, capaz de frear a expansão").

(E Francisco entendeu que, se houvesse essa contração, bem lá no futuro ocorreria uma nova explosão, que produziria outro universo, de leis diferentes...)

O tempo e a idade do Universo já podiam ser assim calculados, pela evolução físico-química das estrelas, aglomerados estelares e galáxias. Os astrônomos "achavam" (sem ter uma prova definitiva) que dentro de 100 bilhões de anos terá se esgotado o combustível nuclear das estrelas, "deixando atrás de si um Universo escuro e gelado"...

Segundo os ingleses, "a expansão atual do universo é atribuída ao *big bang*", explosão de um ponto (que os astrônomos chamam de "singularidade" – pois, como nota Francisco, vem de "singular", o contrário de "plural"...) de curvatura e densidade infinitas... De lá para cá, o espaço só se distenderia, levando consigo galáxias inteiras...

> Se o destino final do Universo for a expansão, a partir de um determinado momento a baixa densidade fará com que toda a matéria, incluindo a que forma os nossos corpos, se transforme em pura radiação, até mesmo sob a forma de luz.

(Francisco resolveu parar por aí, pois ouvira falar de uma pessoa que acabou transformando o seu hábito de ler jornais em vício – achando que se tornaria culta só pela reflexão que tivesse sobre essas pequenas matérias, em vez de se preocupar em aprofundar fatos como esse, consultando os livros...)

Caderno de cultura

Francisco entende a religião como filosofia, pois pode também fazer uso de certas simbologias para explicar a transcendência (ou ao menos tentar)... Ouviu dizer que na Índia foi igualmente escrito um grande épico, o *Mahabharata*, marco de identidade dos seguidores do hinduísmo... Era anterior e até superior à *Odisseia* grega em número de versos e palavras (mas na forma eles seriam semelhantes, com seus versos rimados para facilitar a memorização – e eram ambos certamente anteriores à versão escrita que os consolidou, vindos de uma tradição oral que atravessou gerações e gerações...).

Mas agora percebe outra matéria cultural que lhe é de mais interesse...

Aqui se fala dos grandes templos antigos, mostrando que, para especialistas, os postulados de "ordens" arquitetônicas não passam de ficção... Mas o que dizer da argumentação deste francês, Antônio Crisóstomo, o *Quatremère de Quincy*, em defesa de uma superioridade – e até originalidade – da arquitetura grega? Não, ela não é tão original assim: descende da egípcia, ou suméria, assim como a maia e a asteca descendiam de várias outras... E para o francês, foi o tipo de moradia pré-histórica – cabana, gruta ou árvore – o que determinou as construções futuras de cada povo...

"Hum... mas isso não procede", pois os teóricos modernos preferem mais acreditar na teoria de uma difusão – em que o aperfeiçoamento técnico se daria sempre pelo contato entre os povos – do que na de uma convergência – a de que existiria uma técnica superior a ser sempre alcançada, por cada povo, isoladamente...

Agora que o leite já ferveu, Francisco pode retomar sua leitura, preferindo voltar à matéria anterior. Diz então à companheira (ou melhor, amiga, uma parente de Ana Lina e Florência, que se hospedara na casa...):

– O épico *Mahabharata* era uma resposta dos brâmanes hindus ao crescente avanço do budismo, naqueles tempos remotos, na Índia... E como também devia acontecer nas vertentes do judaísmo (entre elas, o próprio cristianismo), a filosofia budista manteve o principal da tradição hindu, mas dizem que entre as sutis alterações (ou "adaptações"), uma sobressai, servindo perfeitamente como metáfora aos conflitos modernos...

– O que diz aí?

– Que, antes do budismo, acreditava-se que para atingir o mais elevado grau de purificação eram necessárias muitas reencarnações. O budismo propôs que em apenas uma delas já se poderia atingir esse grau, e chegar-se ao tal Nirvana, o nível absoluto de inexistência e fim das encarnações.

Algumas interpretações pessoais

Passam os dois a conversar e entender que na sociedade moderna deste Brasil, do século XIX, há classes sociais muito bem definidas, sendo o critério determinante para se observar essa estratificação (não o único, podendo-se levar em conta outros como a cultura, o prestígio político...) o poder aquisitivo... Afora a solução mágica, disseminada por interesses exploratórios (e de dar esperança aos que se sentem injustiçados), das loterias públicas, haveria uma regra teórica relacionando este poder aquisitivo à capacidade de cada um em produzir e bem administrar as riquezas. Para isso seria necessária uma boa educação, esforço próprio em adquirir cultura, inteligência, bom faro (tato, visão) de oportunidades.

A realidade que se apresenta é a convivência entre classes sociais (pessoas de poder aquisitivo) bem diferentes, e a resposta dada aos de pior condição é de que seria legalmente possível a todos se igualarem em renda (numa só geração), dependendo em última instância do esforço individual. Mas na prática não é assim: há castas. Muitas gerações (encarnações) seriam necessárias.

– E quando se fala em "encarnação", há de se pensar nesses seus "espíritos" – chamando a atenção da mulher para aspectos duvidosos de uma teoria de que eles realmente possam existir, ainda mais pelo jeito com que alguns a apresentavam, devendo ser em muito questionados...

– Você não acredita?

(Já se percebe que a discussão que travavam – sobre a existência ou não de espíritos – era exatamente a mesma ocorrida cento e dez anos antes, entre os avós de Francisco, Tomei e Joana).

E ainda mais...

Ainda por outra matéria, a da semana seguinte, Francisco entende que pessoas cautelosas rejeitariam o esoterismo em geral, e ainda mais esses de que se tem pouco conhecimento, ou experiência prática... Entregar-se à superstição, isto é, a pequenos gestos inconsequentes para a alteração ou desvio de seu comportamento retilíneo, levaria uma pessoa a se sentir em um "campo minado", entre duas possibilidades: dar o passo largo em direção ao objetivo supremo (acerto), ou retroagir à estaca zero (erro grave). E assim, para muitos, seria mesmo melhor rejeitar o risco, por não haver cálculo possível sobre a probabilidade de acerto...

(E há também os que "acham" não ter mais nada a perder e, de modo semelhante a um "pacto com o diabo", imaginam ser válido o risco de se dar "um passo mais largo do que as pernas podem dar", como alertarão certos artistas do futuro – e ainda mais em uma passagem específica, ao dizer-se que "não se brinca com um beijo, um abraço ou um olhar"...)

(Enquanto os dois discutem sobre essas coisas, mais se reconhecem no pensamento advindo de toda uma cultura familiar, em que a riqueza se valoriza apenas dentro do que se consegue construir através do trabalho, encorajando-se o *fazer*.)

... à noite, eles preferem o evangelho

– Há todas essas coisas e muito em discussão, chegando a parecer mesmo uma pena, talvez, que o entendimento de cada raciocínio possa depender tanto do estado de espírito de uma pessoa... Pois, como diria o seu antepassado, toda a nossa experiência é, afinal, sensorial... Diferenciar o que é espiritual do que é psicológico ou emotivo é apenas teórico. A religião existe para confortar e dar sentido à vida, mas a Fé, esta é individual...

Sua hóspede já dormiu, e Francisco pensa agora se alguns de seus antepassados podem ter vivido na Índia, ou no Egito, mas pela cultura letrada que herdou faz-se supor que a maioria viria de regiões onde se formaram, ou construíram-se, ideias que são nele predominantes: Grécia, Roma, Israel...

Ele ainda está pensando nisso, já em estado de sonolência, quando começa a cogitar algo, apenas por mera hipótese, já influenciada por trechos do sonho... Lembra-se de um episódio do evangelho que um dia os seus avós lhe contaram, em que havia uma sala de banhos públicos, podendo estar presente um de seus antepassados (mas era só uma brincadeira de Tomei e Joana, que o faziam ficar prestando atenção, quando ainda era bem pequeno)... E essa pessoa teria de repente notado um grande silêncio, e foi quando um profeta fizera curar um paralítico e o mandou para casa... E esse mesmo suposto antepassado é que teria fugido nu quando o Messias foi preso...

E Francisco sonhou com isso: um suposto tio, tataravô, contava-lhe de cima de uma escada sobre o antepassado distante, engenheiro que teria participado da construção de estradas e aquedutos romanos...

– Em Jerusalém, conta-se, adaptara-se logo ao calendário judeu, e passou a ter o sábado para descansar... Escolhia como melhores horários para frequentar aquelas termas os mais prováveis de se encontrarem lá as mulheres solteiras, interessadas em conversar com soldados. Falava então com uma delas, que acabara de conhecer, quando ouviu toda aquela agitação vinda da piscina onde só se costumavam lavar velhos e doentes... E foi aí que ouviu a história.

O tio-tataravô continuava a dizer:

– Era o próprio Jesus a encorajar o velho paralítico que mal saía do lugar a se banhar na frente dos outros (pois rezava a lenda – na voz de Tomei – que quem se banhasse primeiro, na presença de um anjo, ficaria curado...). E parece que ele conseguiu, ficando livre de sua doença psicológica...

E esse mesmo antepassado, o jovem engenheiro, dizia no sonho o tataravô, teria na verdade apenas visto o outro jovem, este sim um discípulo, a correr nu pela cidade, na noite em que Cristo foi preso...

7

Outras notícias familiares

Nascimento das filhas: Iazinha e Naninha

Maria Joana, a Iazinha, segunda filha de Janoca e do dr. Antoninho (depois de Ioiô), nasceu na Barra em julho de 1875. No ano seguinte, em outubro, nasceu a outra filha, Ana Clemente, ou Naninha, também na Barra do Rio Grande...

Naninha teve como padrinho o seu tio-avô Carlos, quarto filho dos bisavós José e Maria Clara da Virgem... Carlos era ainda casado com Ana Francisca, irmã do avô de Naninha, Clemente Bonifácio, o pai de Janoca (ambos, Clemente e Ana Francisca, eram netos de Ana, a filha mais velha de Tomei...).

(Na verdade não sabemos bem, estamos em dúvida se Carlos já não se encontra viúvo pois, se sua esposa Ana Francisca ainda estiver viva, estará agora com os seus sessenta anos de idade, talvez...)

E diz-se da madrinha de Naninha que era Nossa Senhora da Conceição... Nana, ou Ana, que era filha de Joana, sobrinha de Ana, filha de Joana, filha de Ana, filha de Joana, esposa de Tomei.

Ou também:

Ana era filha de Joana, a filha de Ana, filha de Maria (Lília), filha de Maria (Clara), filha de Florência. A primeira Maria (Lília), como se sabe, era também sobrinha de Maria, filha de Joana, esposa de Tomei.

E contando ainda de outra maneira: Joana, esposa de Tomei, era a mãe de Maria, que era mãe de Maria Joana (Marques), mãe de outra Maria Joana (Maroquinhas), irmã de dr. Antoninho, marido de Janoca, mãe de Ana Clemente.

Formação de Dindinho

Uns nascem, outros se formam... E assim são as idades humanas.

Enquanto Iazinha nascia, o primo Pedro Jr. se formava, havendo ainda suas vidas de se cruzarem, e até muito se entrelaçarem...

É o ano de 1878, em que Dindinho se forma em Direito pela *Faculdade de São Paulo*, onde teve aula com ilustres professores... E conheceu, entre tantos colegas, pessoas que se tornarão importantes e famosas no cenário político e da cultura nacional.

(Sobre esta faculdade, compara-se à fundação da Vila da Barra, quando sabemos que o *Convento de São Francisco*, origem da edificação, instalou-se lá em 1640 onde o largo era apenas uma pequena fazenda, de demarcação feita também por esta época... E neste convento havia uma biblioteca, que "em 1825, já com acervo reunido de longa data pelos frades franciscanos, tornou-se a primeira biblioteca pública de São Paulo, antes mesmo da inauguração da Faculdade".)

(A *Academia de Direito* fora criada em 1827, pouco depois da Independência, como "instituição-chave para o desenvolvimento da Nação", e "pilar fundamental do Império", pois se destinava a formar "governantes e administradores públicos capazes de estruturar e conduzir o país recém-emancipado". Desta Faculdade, "de seus estudantes ou egressos", é que haverão de partir agora os grandes movimentos políticos do Brasil, a começar pelo *Abolicionismo* de Joaquim Nabuco... E principalmente

> ... na fervilhante vida cultural que a Faculdade de Direito introduziu na pequena São Paulo do século XIX, foi também gestado um sem-número de periódicos, peças teatrais, obras literárias e poéticas, que representam fundamentos da vida intelectual nacional, condensados nas figuras de Álvares de Azevedo, Castro Alves e Fagundes Varela, poetas românticos cujos nomes, gravados em placas de mármore, há mais de um século encimam o portal de entrada da Faculdade.)

Na faculdade de Direito, encontro com literatos

E nem se precisaria lembrar que os principais poetas e escritores desta época procuram ter sua formação em Direito (única carreira, praticamente, na área de Ciências Humanas), como Gonçalves Dias, Castro Alves, e haverá muitos outros, e ainda melhores, como Pedro Kilkerry...

Bem, mas nem na Barra e em outras partes as aulas de literatura chegavam a despertar grande interesse para parte significativa dos alunos, a ponto de conseguirem prender a atenção desses jovens... Pois desde tempos, os professores já tendiam a se mostrar ansiosos, e assim grande parte dos alunos acabava por estudar pouco e não fazia questão de elaborar uma opinião própria sobre certos temas que lhes apresentavam: simplesmente os alunos não se animavam em discutir, por exemplo, se as personagens machadianas dos contos e romances estavam a fazer sempre as mesmas picuinhas, a competir com outras, o tempo todo... Era diferente de como as coisas se davam no sertão, e talvez devessem ser ensinadas.

O que se supõe é que, trazidas dos grandes centros, as aulas eram mais ou menos assim: "... a nação brasileira passaria a ter relevância cultural somente no século XIX" (ou "XI9", como se viu escrito no caderno de um aluno menos atento...); "seu maior expoente literário, que melhor retrata a sociedade emergente até aqui, é, sem dúvida, Machado de Assis" ("... mas sobre quem, eu, mesmo sendo o professor, tenho ainda pouco a lhes dizer...").

– E como em todo processo histórico, na atividade literária há antecedentes delineáveis... No caso político, distingue-se com precisão de datas o período que vai do chamado "descobrimento" à Independência, que é, como se diz, o *Colonial*. Antes disso, o máximo que se pode imaginar de uma história "brasileira" são especulações medievais em torno de umas tais ilhas *brasilis* (que neste caso não teriam qualquer relação com "brasa"), ou considerar a própria história portuguesa que levou ao expansionismo, descobrimento e projeto de colonização...

Visita de outro pesquisador, Teodoro, um engenheiro...

(Escolheu-se aqui um termo genérico, "engenheiro", palavra que já se usa desde o Renascimento – e vem dos tratados italianos, filiando-se a "engenho", nome dado às máquinas de guerra e aparelhos mecânicos que aparecem relacionados na *Gnomonica* e *Machinatio* daquele arquiteto romano, Vitrúvio... – para caracterizar este homem, geólogo e humanista, que esteve na região para fazer o levantamento geográfico – que inclui dados de "estudos sociais", diríamos, e ao mesmo tempo matemáticos, ligados à geologia e à engenharia propriamente dita – juntando-se tudo isso em um trabalho que se volta à História, *Humana* e *Natural*...)

Teodoro Sampaio percorreu todo o rio no sentido inverso ao de Halfeld, indo da foz à "cabeceira", isto é, nascente... Ele passou pela Vila da Barra em 1879, e em seus escritos fez referência à "Torrinha".

Contou que no trajeto ia olhando à esquerda e à direita, vendo passarem as "pequenas povoações e fazendas do Curralim, Joá, Itacutiara, Precepê, Mata-Fome, Timbó, pouco abaixo do Paramirim"... Observou terras que já haviam "melhorado de aspecto", em razão de uma vegetação que se alterava, "tornando-se mais vigorosa e variada".

Vendo uma barranca que saía quatro metros acima das águas, de *"serro quartzoso e áspero"*, lá ele subiu com o companheiro de pesquisa para observar a região ao redor... Estavam "cerca de légua para baixo da fazenda Torrinha, no lugar Timbó, onde paramos para fazer lenha...".

De lá eles avistaram ao longe

> ... para além das vastas planuras de uma vegetação que nos pareceu melhor, a serra de Assuruá com seus recortes pitorescos, e seus picos elevados, alçando-se como uma muralha azul para o lado do Oriente e afundando no horizonte na direção Sudeste...

E do pico da Torrinha eles andaram cerca de meia légua até "uma lagoa cujas águas as enchentes anuais do São Francisco renovam e povoam de peixes ao infinito"... Na ocasião ela estava muito seca, e puderam pisá-la no "solo seco e gretado que as águas transbordadas do rio, todos os anos, invadem e abandonam".

Disse ainda Teodoro, o geólogo...

Já se passaram "cerca de 25 anos" que aquele outro engenheiro, Halfeld, passou pelo rio e se referiu à Barra de maneira até certo ponto otimista, diferente do que faz agora este novo pesquisador, Teodoro Sampaio...

Ele conta que já se esperava a chegada de sua expedição e, assim, "grande massa do povo afluiu à margem", recebendo-os festivamente... Eles então desembarcaram e atravessaram toda a cidade em um rápido passeio mas, apesar do ar festivo, o lugar não lhe causou boa impressão. Disse (em frase pouco clara) que a animação do povo não disfarçava o "aspecto triste e moralmente doentio [?] das coisas que desapareceram"... Mesmo assim, reconhecia a "excelente ... posição em que a cidade está edificada". Na confluência do São Francisco com

> ... seu notável tributário, o rio Grande, a cidade da Barra é o entreposto natural das regiões ocidentais que vizinham o sul do Piauí e o oriente de Goiás transpostas as terras do divisor dos rios São Francisco e Tocantins...

Viu que pelo rio Grande se podia navegar até cinquenta léguas, comunicando-se bem com as vilas de Campo Largo, Santa Rita e outras... E essa navegação pelo rio e seus afluentes é que ajudava a penetrar no interior, "atingindo-se Barreiras sobre o rio Grande e pouco abaixo da confluência do rio das Ondas, Porto das Pedras no rio Branco, Santa Maria para cima de Santa Rita do rio Preto", de onde partiam estradas que levavam aos sertões de Goiás, Maranhão e Piauí, "de que a cidade da Barra representa o *centro irradiante*". Mas para ele, apesar de sua excelente situação...

> ... a antiga e famosa Vila da Barra, berço ... do barão de Cotegipe, de Bonifácio de Abreu ..., vultos que brilharam na política, na ciência e na administração do país, não correspondeu à nossa legítima expectativa.

(Era o que ao mesmo tempo valorizava ainda mais os esforços desses homens e mulheres, vivendo em região que o engenheiro considerou tão miserável, a galgarem um a um os degraus de sua ascensão social que, vista de fora – como é pelo olhar de Teodoro –, pareceria impossível... E o que se diria ser graças a esforços individuais vimos, como no caso do barão da Vila, que era também o esforço de toda uma família: irmãos, tios, tia-avó...)

Para o engenheiro, a cidade parecia mais uma "grande tapera" (isto é, uma vila "arruinada e abandonada"), com o casario baixo, desconjuntado, de "telhados negros" e feio aspecto, "deitando para o rio os muros mal curados de sua cerca": becos e "vielas sujas" ligavam os dois largos, "sem importância e sem beleza"... "Outras vilas de menor categoria nos parecem mais animadas e mais prósperas."

Teodoro via na vila um centro de comércio "intermitente", mas arriscado de "apagar-se", se "lhe tirassem o suprimento que vinha de fora". Assim, considerou o município da Barra "reconhecidamente pobre do ponto de vista agrícola", quase não tendo lavoura pois, além da baixa fertilidade do solo, a população teria "fraca capacidade" para os "misteres agrários"... A criação de gado era "sua melhor indústria".

Ouvira dizer que de lá se estava a 120 léguas de Salvador, "passando pelo Morro do Chapéu em direção a Feira de Santana perto de Cachoeira", e que essa viagem levaria cerca de quinze dias, com longos trechos (8, 10 a 14 léguas) "de caatinga grossa, onde os pousos se tornam forçados...".

Naquele mesmo dia foi que visitou a Matriz da Barra, ainda inacabada, mas merecedora de elogios... E em seguida o prédio da Câmara Municipal, "que também serve de cadeia", o teatro em obras, e um casa, que lhe mostraram "com certo carinho", onde nascera o "barão do Cotegipe".

8

Dois Franciscos, Dindinho e a despedida do dr. Antoninho

Voltando à família – nasce o quarto filho de Janoca

No mesmo ano em que Francisco, o juiz, quinto filho de José e Maria Clara, passava a ser membro do *Supremo Tribunal de Justiça*, aos 68 anos de idade, nascia Francisco, o "Senhô", filho mais novo de dr. Antoninho e Janoca (e é uma pena dizer isto, mas já sabemos que esse menino, que é o quarto dos irmãos, ficará órfão de pai logo aos quatro anos...). Neste caso não diríamos ser apenas mais uma coincidência que os dois eventos tenham se dado na mesma época, preferindo acreditar que o tio-avô tenha sido homenageado...

E este ano de 1880 também marca o início do período em que Dindinho, sobrinho de Francisco e primo de dr. Antoninho, passa a ser o Juiz Municipal na Barra, cargo que manterá até 1886.

Notícias do Tamboril, casa do cel. Pedro na fazenda Picada

E por falarmos em Dindinho, daremos agora notícias de seu pai, o cel. Pedro. Já faz agora um pouco mais de dez anos que o velho coronel começou a construir sua casinha rústica, o Tamboril, esta que já é a segunda sede da fazenda Picada (e, como ainda saberemos, ao todo serão três delas, ao longo dos duzentos anos em que a propriedade estará com a família – e adiantamos que esta segunda, infelizmente, acabará desmoronando e sendo levada pelo rio em uma grande enchente; mas isso só acontecerá daqui a uns quarenta anos, em 1919...).

Podemos agora ressaltar que esta nova casa do retiro, na Picada, ficava nas altas barrancas de uma ipoeira, longe do rio... Quando Pedro ficara viúvo, por volta de 1870, ele não se adaptou mais ao isolamento e precisou mudar-se para a margem do São Francisco, na divisa com a Torrinha. Pois era lá que também morava (e ainda mora) o seu sobrinho e grande amigo, dr. Antoninho (e assim, como escreverá no futuro uma bisneta deste que é médico, "no cume de um cômoro, junto a um único pé de Tamboril, árvore mais rara que o Jatobá", o coronel fizera a sua pequena cabana, que com os anos esteve sendo melhorada, e assim passou a ser o núcleo de um pequeno povoado...).

Retalhação da Itacutiara

Mas agora daremos também notícias de outras fazendas, a *de Fora e a Itacutiara*... Foi no ano de 1884 que Maroquinhas, a irmã de dr. Antoninho, deu ordem ao mesmo cel. Pedro (seu velho tio e procurador), para desmembrar, ou "retalhar" (no entendimento de alguns), essas duas fazendas...

A ordem dela era para que fossem retirados de lá 4 mil metros de terra, indo da ponta da *Fazenda de Fora* para cima, no Paripacé, para dar a Genésio Leitão, o vaqueiro, que era então casado com Eulália, a filha natural que dr. Antoninho tivera com a escrava Gaudência.

Logo em seguida, outro vaqueiro graduado da fazenda Itacutiara, Martinho Carneiro, também casado com uma filha bastarda do dr. Antoninho – esta, Maria Madalena –, propôs comprar dois quilômetros da fazenda Itacutiara, e agora está recebendo um "sim como resposta" de Maroquinhas, sua proprietária.

Há de estar um descendente ainda querendo entender essa "retalhação", ao perceber

> ... como a parte vizinha ao Paripacé era muito alagadiça, Martinho localizou então o lote que pretendia bem no centro da propriedade, desintegrando a fazenda em um trecho largo da vereda central e dividindo-a em duas partes.

Esse descendente (que será neto de dr. Antoninho e Janoca, e a quem muitas vezes nos referimos, porque há de deixar os principais escritos que embasarão esta história) dirá não entender como o "avô" Pedro, sendo tão lúcido, "permitiu a mutilação tão inconveniente da propriedade".

Pelo que se diz, foi um grande choque para a família, mas ninguém, mesmo sendo próximo, pôde opinar muito... Porém, "azar de uns, sorte de outros", como diriam aqueles apreciadores (e até caçadores) de provérbios, e não deixaremos aqui de contar algumas histórias sobre esses vaqueiros...

Falecimento do dr. Antoninho

Como vínhamos lembrando, o cel. Pedro começou a construir o Tamboril, nova sede da fazenda Picada, por volta de 1870, pouco depois de ficar viúvo de sua sobrinha Antônia Vanderlei. A principal razão para escolher aquele local era estar próximo de seu querido sobrinho, o médico dr. Antoninho, e da mulher dele, Janoca, neta de sua prima Joana...

Os parentes em geral contam que o dr. Antoninho era grande e gordo, um pouco diferente dos demais familiares... Para alguns, ele lembrava o velho Tomei, seu bisavô. Se fosse comparado ao pai, Tonhá, podia ser até considerado menos ativo, mas muito mais instruído...

Antoninho sempre teve predileção pelo Brejinho, onde realmente podia descansar. E existe um local ali, bem próximo, que durante décadas ainda vai se chamar a *Passagem do Doutor*... Lá é a principal travessia do riacho da Vereda, e foi o lugar em que um dia o cavalo do médico "prancheou" por causa do peso de seu cavaleiro, e ambos caíram na água...

Foi numa dessas estadias no Brejinho (talvez a mesma) que ele adoeceu gravemente, apresentando uma febre escaldante de que ninguém (nem mesmo ele) podia afirmar com segurança qual seria a verdadeira causa (e talvez os infectologistas do futuro pudessem dizer que fora provocada por aquela água insalubre do riacho, mas já não se poderá provar...). Acabou falecendo jovem, aos 52 anos, em maio de 1885.

E assim de modo inesperado, portanto, o dr. Antoninho deixou sozinha Janoca, com seus quatro filhos: Ioiô, o mais velho (que também se chamava Antônio), tinha doze anos, seguido de Iazinha (a Maria Joana), Naninha (Ana Clemente, então com nove anos) e Senhô (o Francisco Bonifácio, este ainda com quatro anos)... Para tutor dos órfãos está sendo agora escolhido o velho cel. Pedro, que todos sempre consideraram "a pessoa mais respeitada da família"...

É por isso que dizem de Ana Clemente, órfã de pai aos nove anos, que está sendo agora "criada na fazenda Torrinha e na Barra".

No inventário, o gado da Itacutiara...

No inventário de dr. Antoninho, em 1885, declara-se haver 1450 cabeças de gado *vacum* na Itacutiara (indicando-se ter havido no passado até 1800 delas...). A fazenda está agora sendo então dividida entre a mulher, Janoca, e as duas filhas mulheres, Iazinha (Maria Joana) e Naninha (Ana Clemente). O gado será distribuído pelos amansadores e dividido em sete "entregas", das quais quatro ficarão com as filhas: duas com Iazinha, na sede da Itacutiara, e outras duas com Naninha, uma no Acissi e outra no Brejinho. Janoca receberá as "entregas" maiores do Brejinho, Brejo Grande e Jacaré.

Esses já eram antes e ainda serão, por muito tempo, os principais currais, ou amansadores, da fazenda Itacutiara: Itacutiara, Brejinho (o maior), Brejo Grande, Curral Novo, Ponta da Pedra e Jacaré.

Os que acompanham esta história podendo olhar de fora talvez saibam que dali a algum tempo (até o começo do século "seguinte" – palavra que por si mesma rima com "vinte") esse número de cabeças vai diminuir rapidamente... Mesmo agora, com a morte do dr. Antoninho (em 1885, como dissemos), a fazenda já se vê desfalcada, por terem sido vendidos muitos "estoques de gado macho". A venda depois chegou às vacas criadeiras, não se podendo mais reconstituir o rebanho...

... e outros bens deixados

Janoca, viúva e inventariante, declarou serem estes os bens do casal:

– A fazenda Itacutiara, de duas léguas de terra, com 1450 cabeças de "gado *vacum* de toda sorte" e 38 éguas;

– A fazenda Torrinha, de duas léguas de terras, *"pouco mais ou menos"*, com 1300 cabeças de "gado *vacum* de toda sorte", 33 éguas, 3 cavalos pastores, 16 poldros, 25 cavalos de fábrica e 2 jumentos pastores;

– Uma parte da fazenda Picada;

– Metade inculta das terras chamadas São João, nos fundos da fazenda Picada;

– Duas léguas e meia de terras no Brejo de Santo Antônio, com 140 cabeças de "gado *vacum* de toda sorte";

– 400 cabeças de "gado *vacum* de toda sorte" na fazenda do Pixaim.

E também:

– Alguns objetos de ouro e de prata e uma arca pequena;

– 24 escravos.

Os escravos tinham valores diferentes, conforme idade, sexo, estado de saúde... Quem já estudou sobre isso pode dizer que no sertão, em 1885, um negro saudável, de 22 anos, valeria em torno de 500 contos (500$000). "Pouco mais, pouco menos".

(1885 é também a época em que Cotegipe acaba de chegar à presidência do *Conselho de Ministros*, para ficar até 1888 – ele que fora ministro do Império em várias ocasiões, e *Ministro das Finanças* de 1875 a 78... E só em 1888, ano em que ele sairá deste Conselho, é que finalmente – para alívio e melhoria de uma integridade ética neste novo país – haverá a total abolição da escravatura – pois, por mais que se diga que terá sido apenas no papel, tratar-se-á de um diferencial verdadeiro *nas leis*, o fim da escravatura oficial, podendo-se então *verdadeira mente* pensar em como construir um país, sem o seu principal anacronismo...)

O inventário avaliou o patrimônio em 80.526$820, com as terras e benfeitorias chegando a somar 12.400$000 (bem acima do patrimônio deixado por Tonhá – de 16.800$000 – e mais ainda que a soma dos "quinhões" deixados por Tomei a cada filho – de 500 mil réis). O gado foi calculado a 12 contos por cabeça, enquanto cada jumento valia 40, cada cavalo de fábrica 35 e o burro de serviço 80...

Nota-se pelo inventário que o valor total dos animais (bovinos, equinos, muares e caprinos) era de 43.786$000, mais da metade de todo o espólio... E essa avaliação também mostra o preço relativamente baixo da terra, sabendo-se que eram propriedades imensas, "a perder de vista" (e por isso se dizia das fazendas sertanejas terem "tanta terra para tão pouco gado", o que não era para menos pois, nos sertões "quanto maior a fazenda, maior a capacidade de resistir aos flagelos da seca e às cheias calamitosas...").

Saudades que ficaram

O dr. Antoninho, portanto, veio a falecer no Brejinho, em maio daquele ano de 1885... Janoca, desde os 32 anos, quando se casara com o primo, morava com ele na Torrinha. Eram primos já não tão próximos – Janoca, de um lado, era filha de um primo em terceiro grau dele, Clemente Bonifácio, e de outro, de uma prima-irmã (filha da tia dele, Lília), Ana Joaquina.

O casamento parece ter sido mesmo feliz, como já se disse aqui... Mas só durou treze anos: com a morte repentina do marido, aos 52 de idade, ela acabou ficando com a responsabilidade de criar sozinha os quatro filhos pequenos.

O mais velho, Ioiô, tinha apenas doze, como dissemos. A partir dessa época, como já se pode adivinhar, a vida de Janoca passará a ser bastante tumultuada...

O tutor, coronel Pedro

Ainda dirá o seu neto adotivo que o cel. Pedro era um "homem otimista", bastante metódico, desprendido e prestativo... De andar vacilante, sempre apoiado em uma bengala, foi aos poucos assumindo cada vez mais encargos e responsabilidades, para cuidar de toda a família, ajudando as viúvas e os órfãos...

Já neste ano de 1885, é ele quem passará a orientar o inventário de seu grande amigo e sobrinho dr. Antoninho, "procurando a perfeita equidade entre os herdeiros menores", como dirá, futuramente, o seu neto adotivo.

Palavras de gentileza nunca faltaram entre este tio e a viúva, como puderam testemunhar os sobrinhos:

– Vindo de você, eu poderia desconfiar da sinceridade?

– Ando mais feliz e agradeço a Deus por isso... Mas devo refletir, e ainda pensar muito, antes de dizer que vale a pena (se realmente quiser isso) casar-me de novo...

Ana Francisca

Haverá tempo em que se inventarão ares condicionados e ventiladores elétricos, mas no "aqui-e-agora" o calor é sufocante, e para ela a única coisa a que se pode apelar é a um leque, ou umedecer um pano e passá-lo mais uma vez pelo rosto, como sempre fazia nas cavalgadas, Ana Francisca...

Nas narrativas destas histórias não nos furtamos em reparar e mostrar algumas coincidências, e aqui vamos para mais uma, neste momento... O ano da morte de dr. Antoninho (1885) é o mesmo em que faleceu Ana Francisca, a principal herdeira da Itacutiara (pois fora casada com José Marques), e que relutava em vendê-la para Tonhá (mas concordou em fazê-lo ao filho, dr. Antoninho, que assim realizou um antigo sonho familiar...).

Como devemos lembrar, Ana Francisca era a filha mais velha do capitão Vanderlei, de seu primeiro casamento, com Francisca Antônia do Livramento, a Chica, irmã de Maria Clara... Ela teve a fama de se descuidar do patrimônio, depois de haver sido considerada, por algum tempo, a viúva mais rica do sertão... Pois bem: sabe-se agora de Ana Francisca que veio a falecer nesta mesma época, por volta de 1885, em Salvador.

9

Janoca viúva

A casa de Ana Joaquina na Itacutiara

A mãe de Janoca, Ana Joaquina, nascida em 1819 (e que ainda viverá até 1896, já sabemos), era a filha mais velha de Lília – também esta a mais velha, entre os filhos de José e Maria Clara – com o cap. João Maurício Vanderlei... Já o pai de Janoca, marido de Ana Joaquina, era Clemente Bonifácio, nascido dois anos antes dela e já falecido, em 1870. Como lembramos, ele era neto de Ana, a filha mais velha de Tomei... Juntos eles tiveram Janoca, a única filha (e ao que tudo indica, foi este também um casamento feliz...).

No futuro, um dos netos de Janoca (o mais próximo) dirá, sobre a construção em que morava a bisavó Ana Joaquina, que "sua casa era um encanto de simplicidade, coberta de palha de carnaúba trançada, vegetação que abundava nas veredas próximas, rebocada por dentro e por fora". Era composta de quatro alas, "em quadrado amplo", e suas mobílias eram

> ... sofás rústicos, cadeiras tipo tesoura de abrir e fechar, pequenos baús de couro cru com tachas de metal formando as iniciais da proprietária, arcas maiores para rouparia ornadas de pinturas florais, redes majestosas para dormir e descansar, com lindas varandas de renda trabalhadas pelas escravas.

Ana Joaquina não tinha tanta posse em dinheiro, cobre ou prata, mas isso não impedia a fartura de alimentos (uma cultura familiar que se estenderá às descendências, em várias partes do país...): "Parece que os antigos tinham mais trato que os de hoje", é como avaliará e considerará esse bisneto...

"O leite coalhava nos cochos de madeira para a confecção dos requeijões maciços", e "as frutas, tão raras na região, chegavam variadas, semanalmente, em jegues caseiros". Vinham de "um verdadeiro oásis de água nascente que ficava ao pé da serra: o Brejinho"...

A casa se situava à beira do rio e era constantemente visitada por pessoas que chegavam algumas vezes em barcas, outras a cavalo, ou mesmo em charretes e "liteiras" (aquelas cadeirinhas cobertas, apoiadas em duas varas que eram levadas por homens, ou jegues): "muitos vinham para as novenas e rezas no pequeno santuário da casa, outros para longas conversas".

"Janoca permaneceu ali por uma longa temporada, no aconchego da casa materna, quando perdeu o marido em 1885", contará uma de suas bisnetas...

Como já demos a entender, a partir desta época a vida de Janoca começou a se tornar muito complicada... No ano seguinte à morte do marido, ela enfrentou outra perda difícil, a de seu tio José Bonifácio, de apenas um ano a menos que Clemente, e considerado o seu segundo pai... Pelo que dizem os parentes, "o tio gostava tanto da sobrinha que viajava 30 léguas da fazenda Palma até a Torrinha para visitá-la" (e para conseguir essa façanha, cavalgava sempre à noite, fugindo do "sol abrasador" do sertão...). E assim, parte dos bens dele foi herdada por ela, em 1886.

E no ano seguinte morreu outro tio...: o barão da Vila da Barra.

Falecimento do barão da Vila

Francisco Bonifácio, o barão da Vila da Barra, faleceu repentinamente no Rio de Janeiro, em 1887, sem deixar testamento... Deixou sim uma grande fortuna, avaliada em 263.906$682 réis, principalmente em apólices e ações, sendo herdeiros (os parentes mais próximos, que deveriam ficar com seus bens) os sobrinhos José Carlos, morador do Rio, e Joana Francisca de Abreu, moradora do sertão...

Joana, nem precisaríamos lembrar, é Janoca, de quem já estamos falando há algum tempo... José Carlos é o filho de Carlos (irmão de Tonhá, o pai do dr. Antoninho), que fora casado com Ana Francisca da Mota Abreu, irmã do pai de Janoca (tendo os dois sido criados por Maria Clara quando crianças, junto com seus filhos menores, Francisco e Pedro...).

Assim, Janoca e José Carlos eram aparentados por parte de pai (os irmãos Tonhá e Carlos, sogro dela e pai dele) e de mãe (os irmãos Ana Francisca e Clemente, mãe dele e pai dela)...

Muitos brasileiros ficaram sabendo da morte do barão pelo jornal, não só do São Francisco como de todo o país: "*...faleceu Francisco Bonifácio de Abreu, o barão da Vila da Barra*" ("nascido na Barra em 1819 e falecido agora no Rio de Janeiro", foi "um grande médico, parlamentar e poeta...")...

Janoca declarou a quem quisesse ouvir:

– A morte de meu tio Chico Bonifácio, que eu pouco conhecia, acabou com a minha raça.

(O que era muito sincero da parte dela mas, assim mesmo, a notícia que veio em seguida, de uma grande herança deixada por ele, possivelmente acabou ajudando Janoca, de alguma maneira, a começar sua reconstrução...)

Algumas lembranças que ficaram...

Uma das coisas a se lembrar desse tio médico de Janoca é de quando foi se tornando amigo íntimo do primo, também barão, João Maurício. Naquelas festas, que fizemos questão de acompanhar, as conversas iam longe... No dizer de um dos parentes, foi *Cotegipe* quem propiciou a "discreta projeção política" de *Vila da Barra*... Ambos eram considerados muito inteligentes, mas de temperamentos distintos. Francisco era sobretudo humanista, e muito culto, enquanto o filho do cap. Vanderlei "era mais brilhante e se sobressaía pela grande habilidade política".

Pois também se lembra de Francisco que, como *Barão da Vila da Barra*, "nunca exerceu mandato provincial". Mesmo nascido na Bahia, passou grande parte da vida na Corte, de onde só se afastou para ser presidente na província do Pará (em 1872) e na de Minas (em 1876-7), como chegamos a acompanhar... E era amigo pessoal de d. Pedro II.

... e a grande fortuna

O inventariante e herdeiro, José Carlos, primo de Janoca, assim descreveu o patrimônio deixado pelo tio Chico (263.906$8682 réis, o que é, sob todos os aspectos, uma grande fortuna...).

1 – Os "Bens de Raiz": a) 1/4 da fazenda Palma, à margem direita do rio Grande, confluente do São Francisco, na divisa do Campo Largo, e o gado encontrado nela com sua marca; b) 1/16 da fazenda Ema, na margem do rio Paramirim, também confluente do São Francisco, na divisa de Urubu, com o gado que tiver o mesmo ferro.

2 – Ações e apólices (de maior importância que a terra e o gado): a) 100 apólices gerais; 500 ações do Banco do Brasil; 191 ações da Cia. Nacional de Navegação a vapor; b) uma caderneta do Banco do Brasil com 18.542$040; uma letra de 3.000$ aceita por *G. ed. W. May* e sacada por *N. do Rego Macedo* (já paga); c) dinheiro encontrado: 2.251$000; subsídio de deputado em 29 dias: 1.231$000; ordenado de lente jubilado: 366$336.

Alguns bens não foram inventariados: prata, mobiliário, comendas, relógio de ouro com várias correntes, livros de ciência... Janoca, viúva e com os filhos pequenos, tinha como único apoio possível, para ajudá-la a cuidar disso, o seu tio Pedro, que já administrava as fazendas, dela e de seus filhos pequenos. Mas o coronel já estava ficando muito velho...

E ao receber a notícia dessa herança, Janoca, que era "inexperiente e pouca afeita aos negócios" (como entenderão seus descendentes), parece ter se sentido ainda mais desamparada... Mas, sim, novamente ela vai recorrer aos conselhos de seu velho tio, como se perceberá pelas cartas que trocaram.

Precipitação

Foi então que Janoca resolveu, aos 48 anos, mudar-se para Salvador, pensando principalmente em dar melhor educação aos filhos.

Mas eis que no ano seguinte, o de 1888, ela já estava casada, "sem saber por que", no dizer de um de seus netos (e nesta narrativa não nos atreveremos a levantar a hipótese de que houvesse alguma relação com a herança recebida de seu tio), com Luís, de sobrenome Viana, natural de Casa Nova, antigo Juiz de Direito da Barra e então Juiz de Órfãos da capital.

A família não entendeu o casamento (e talvez nem mesmo a noiva, segundo o neto): as filhas chegaram a contar que, na véspera, a mãe estava toda desolada, jogada na cama... O sentimento de desamparo pode ter levado a viúva a aceitar a proteção de um político poderoso...

Janoca em Salvador

Haverá no futuro um poeta a descrever a pessoa que anda "meio triste", desconfiada e "com cara de santo", podendo-se crer que "santo é um santo"...

Sente-se mais uma calma bem agora, apesar do sol forte, que alguns poderão aproveitar para ir à praia... Pois são belas estas paisagens, de que a ex-Colônia e hoje Império (já quase uma República) é grande e cheia. São seus rios também inúmeros, com bacias que talvez sejam as maiores do mundo...

(Sim, há uma bacia "brasileira" e não tão distante da Barra que, todos sabem, deve ser a maior do mundo, e que se chama *Amazônica*. Mas, se estamos a falar da Bahia, em sua cidade que fora capital, queremos é enaltecer a bacia que leva águas a esta *baía*, e que fora corretamente escolhida para ser o centro da Colônia.)

(Pois diz o saber enciclopédico que a *baía de Todos os Santos* – com seus mais de

1.200 km2 – é a maior do Brasil, e a segunda do mundo em tamanho – depois do *Golfo de Bengala.*)

(E se quase sem querer nos vemos aqui a falar da baía em sua bacia, resumiremos tudo isso pela citação a uma historiadora, para logo dizer que...)

> ... a rede fluvial do Recôncavo é formada pelos rios Paraguaçu, Açu, Subaé e Jaguaripe, que deságuam na baía, e pelos rios Pojuca, Jacuípe e Joanes, que deságuam diretamente no oceano Atlântico.

E assim "conviviam no Recôncavo três tipos de vegetação": a litorânea (mangues e restingas), a mata Atlântica e o agreste... Mas essa mata Atlântica que havia em paralelo à costa "foi sacrificada quase completamente... pelos quatro séculos de exploração econômica"...

(Dirá outra escritora, vinda de uma cidadezinha próxima aos fundos dessa baía, à beira de um dos citados rios, o Subaé – e lá é onde nasceu o tal "engenheiro" Teodoro, e onde também nascerá o descendente de Tomei que mais temos aqui citado, por seus depoimentos, uma vez que seu pai, que será o marido de Naninha, filha de Janoca, começará lá a sua carreira pública de juiz... –, que em sua terra também terá havido "histórias de muito amor impossível", vividas por pessoas que entre cantigas e declarações "se abraçavam, se beijavam e juravam eterno amor"...)

(E declarará ela que de lá ainda se vê "o mar azul desta Bahia" de "céu azul que não tem fim", por escritos que curiosamente trarão nomes parecidos com os do sertão, como a fonte "do Brejo", o "rio do Timbó", e os "barcos, canoas" nas "águas tristes, pesadas", do Subaé, com talvez as mesmas flores, sementes e espinhos... Mas explicará que lá é onde se planta "cana pra moer", e assim tirar "o açúcar branco a nascer do caldo doce, escuro, quente, sempre a correr", vendo-se passar os carros de boi que vão "chiando manso a cantarolar", pois "nos torrões da estrada geme a saudade", que "nos faz recordar"...)

Sentimento de pesar, puro e verdadeiro

Tudo muda ou *nada* muda? Pode-se até dizer que é uma questão de escala, também na referência temporal (além da espacial...). Num desenho de adolescência, quis-se mostrar a possibilidade desvinculada dos limites de fim e começo, da própria vida ou de toda a humanidade: da janela aberta para uma lua de Saturno, vê-se a paisagem rochosa e ao fundo o imenso planeta com seus anéis...

Simples abstração, porém consciente de que, na escala macrocósmica, quase não faz diferença o que acontece na vida de uma pessoa, já que as alterações climáticas significativas levam milhões de anos para se fazerem notar... Por outro lado, a experiência emocional, mesmo que cíclica (enraizada na essência genética do ser), dá a entender que a cada dia, ou a cada fragmento temporal de um mesmo dia, podem ocorrer coisas significativamente distintas.

E é assim, nesta espécie de "disputa" emocional sobre o que representa um casamento desfeito (neste caso, por uma viuvez...), quando se tinha tudo para dar segurança, a sustentar-se em responsabilidades e proporcionar o reconhecido *estar-se* lado a lado com um ser tão querido, que muito a acompanharia ainda, mas agora em ritmo fragmentado para se ver satisfeita em seu corpo (e era também o que se mostrava tão caro, lembrando-se de cada vez que ele a acordava insistente, chamando-a de bonita e dengosa, louco por seu carinho...) e sem se permitir descansar totalmente enquanto isso não fosse preciso, para melhor produzir durante o dia, já que andava mesmo aflita, a permear-se de tumultos, alguns externos, outros internos...

São estes – os de agora – outros tempos, e assim se vai vivendo, com a esperança de melhor poder se comportar neste novo relacionamento, e com isso adquirir-se o respeito e, se possível (mas principalmente), algum amor...

10

Serões com o cel. Pedro

Férias na Barra...

O cel. Pedro, lembramos, fora casado com Antônia Vanderlei, a segunda filha de sua irmã Lília (sendo que a primeira, Ana Joaquina, ainda está viva e é a mãe de Janoca...). Pedro, que era muito amigo de dr. Antoninho, ficara viúvo por volta de 1870, e Janoca, em 1885.

De sua viuvez até esses dias que antecedem a Proclamação da República, Pedro teve um filho "natural", Bento Gomes, que se casou depois com Florência Clara da Virgem, a filha "natural" de seu irmão Franscisco com Ana Lina Guariba (e deste casal formado por filhos naturais dos irmãos, netos de Tomei, ainda pretendemos dar notícia em alguma parte desta história, e vamos gostar de fazer isso, só que, porém, sem nos apressarmos...).

O cel. Pedro e Janoca, além de tio e sobrinha (na prática ele era tio-avô dela, mas casado com uma sobrinha que era tia dela, além do fato de serem ambos descendentes do "velho italiano" Antônio Tomei – ele neto e ela trineta, sendo ela bisneta do pai dele, José, e da irmã deste, Ana), sempre foram grandes amigos, e agora se tornavam ainda mais próximos... Pedro cuidava dos negócios e da educação dos filhos de Janoca, que lhe proporcionavam a companhia familiar de que ele tanto precisava, ou melhor, que ele mais prezava, sempre, e de que assim, agora, também necessitava...

A presença do cel. Pedro na casa de Janoca transmitia segurança e amor, e nada mais natural que o hábito viesse aumentando em frequência e intensidade... Nada mais natural, também, que passasse a jantar com os "sobrinhos netos" (ou bisnetos-sobrinhos), transformando-se sempre esse horário do pós-ceia (o chamado "serão") em uma longa conversa afetuosa, em que, como aqui, o mais velho se dispusesse a contar histórias para, deitado na melhor das redes, fazer declarações sobre os sentimentos que mais guardava em si por cada um de seus antepassados... Eram as histórias de familia, pois...

Caracterizando o genovês

Esse avô de que ele falava vinha de uma cidade italiana, Gênova que, como se sabe, competia com Veneza no comércio marítimo do Mediterrâneo... Os italianos daquela geração tinham recalque de portugueses e espanhóis pois, depois de perderem todo o império romano, vinham agora esses ibéricos, que tinham sido colonizados por eles, a dar a volta ao mundo e conquistarem terras em todos os continentes...

Era um jogo de dominação que guardava semelhança com o ocorrido à época do grande império, mas agora em escala mundial e, além de se conquistar pela força, impunha-se aquele tipo de mercantilismo para enriquecer cada vez mais as metrópoles, e só a elas, estas que ficariam infinitamente opulentas e poderosas não fosse outra hegemonia prestes a aparecer (mas já se mostrando bastante atuante): a dos ingleses, os "sagazes brichotes", com suas indústrias e acordos comerciais espertos, muito mais espertos...

E antes deles, só os portugueses tiveram esse orgulho de se dizerem um verdadeiro império marítimo, o maior "desde Cartago e Roma" – e que era, pela primeira vez, em "escala planetária", como já se disse em outras conversas, com "uma rede de fundações" ligadas pelas *carreiras*, e tendo como cenário "os oceanos, não os continentes...".

Uma metanarrativa

E podemos agora nos distanciar do que neste momento Pedro está dizendo, para reparar que, assim como ele, todo narrador de uma história se situa em um tempo futuro comparado ao fato real que ele imagina, esforçando-se em narrá-lo...

Sim, e observa-se muito bem, podemos dizer, que não nos referimos apenas a esta narrativa, mas a qualquer outra. Ressalta-se, porém, que – como todos sabemos – não existe apenas um tempo futuro, mas vários deles... Com isso, há uma grande diferença em relação ao que se narra quando na referência do tempo futuro ele passa a ser considerado um evento feliz ou triste... E contar uma história que ainda não terminou corre esse risco: o do andamento do tempo fazer com que o narrador possa ainda alternar suas impressões...

Trata-se de uma questão de gosto pessoal destacar a melancolia, o desprezo, ou a graça pelo que aconteceu (ou até mesmo a ironia do tragicômico...). Não, nenhum desses rótulos agrada a quem quer expressar os fatos e a sua própria interação neles, com seu processo reflexivo sobre os sentimentos envolvidos.

O que queremos dizer, em referência ao que Pedro começa a pensar e refletir neste momento, é que há, em resumo, dois tipos básicos de narrativa: aquela que é feita por uma das personagens (falando do que viu e lhe pareceu – "um procedimento retórico" que confere "verossimilhança ao relato", como poderá dizer um grande teórico do futuro) e aquela, menos realista, de um "narrador onisciente que afeta conhecer tudo o que se passa fora e dentro das personagens" (como também dirá esse teórico).

(E aqui se poderia lembrar de toda uma questão linguística, citando as palavras gregas que foram incorporadas pelos romanos até chegarem ao nosso português, mas não, não vamos mais nos deixar dispersar tanto, como já ocorreu em outras vezes...)

Conversa do dr. Antoninho, segundo Pedro

Pedro também se lembrava de coisas que aprendera com seu sobrinho, dr. Antoninho, o pai dessas crianças... O amigo lhe contara em particular, sobre a época em que morava em Salvador, que tinha o hábito de andar pelas ruas apenas para soltar seus pensamentos, e fazer relações imaginárias... Falara ao tio que a vida lhe parecia assim mais leve, na medida em que conseguisse, de alguma maneira, relativizar a própria existência.

Contara que principalmente no trajeto da casa à faculdade, que sempre fazia a pé, observava nas características físicas das pessoas que via passando o que houvesse de mais particular, reconhecerndo os vários tipos possíveis como resultado das experimentações genéticas feitas ao longo do tempo, por muitas gerações...

Nessas andanças ele conheceu certo professor, homem que de início lhe pareceu meio "maluco", mas com quem acabou tecendo grande amizade... Este professor defendia a seu sobrinho a ideia de que milhares de anos antes daquela época (algo como *dez*, ele dizia...) haveria inúmeros agrupamentos humanos, e muitos deles já tendendo ao sedentarismo. E que este costume acabou se espalhando, para em mais alguns milhares desses anos (digamos que *três*) já se notarem as civilizações de identidade bastante definida, sendo distintas umas das outras...

Pela lei da natureza, o que há algum tempo se chamou de raça (os traços genéticos característicos de determinados agrupamentos) tenderia a se especializar fisicamente a partir de costumes próprios, para assim surgirem novas espécies. Acontece que seriam espécies de mesma função ecológica a competir pelos territórios, dando explicação a que, em outras fases dos primatas, certos grupos tentassem extinguir os que lhes fossem ainda próximos, mas já não tão semelhantes, em suas aparências.

– Na espécie humana, antes de isso acontecer, já se teria deparado com uma nova realidade: a de haver vários tipos diferentes dentro de uma mesma espécie, e a guerra generalizada entre eles poderia acabar sendo por demais cruel, levando ao extermínio de todos... E eis que então, pouco a pouco, esses tipos foram se misturando...

Na península Ibérica, "da qual Gênova estava próxima" – porque Pedro sempre queria fazer alguma referência ao velho italiano –, mostrava-se desde tempos uma fronteira móvel entre duas grandes civilizações já um tanto enraizadas em seus dogmas religiosos. Mas foi lá que se passou a ter o exemplo de uma ampla miscigenação, esta que nunca mais parou de acontecer... E no Brasil, um país gigante, é talvez onde ela mais se acentue.

(E esse amigo sempre ajudava o dr. Antoninho a pensar que assim, relativizando-se as existências individuais como experimentos genéticos de milhares de anos, seria essa, talvez, a tentativa mais antiga de se preservar a espécie, miscigenando-a indiscriminadamente para gerar tipos visivelmente distintos dentro de uma mesma sociedade... E ainda segundo o que dizia esse professor ao amigo – o sobrinho de Pedro, que afinal era o pai destas crianças –, a vida se mostraria mais responsável – e assim mesmo havendo de ser mais leve – quando se via que cada escolha podia influenciar no desenvolvimento planetário da espécie, apesar de dar-se apenas por aprendizado individual, pois levaria ao amadurecimento afetivo dentro se si, este que se tornaria espiritual, envolvendo toda a espécie...)

Participações de Janoca

Janoca às vezes apenas ouvia e tecia os seus comentários, mas em outras participava com mais entusiasmo desses serões, tentando também lembrar-se de ensinamentos que considerasse importante passar aos filhos, principalmente quando Pedro começava a falar dos gregos (pois ela gostava de mostrar conhecimento dos filósofos, e citar suas frases...):

– Aristóteles já dizia que quando se percebe haver amor, ou a amizade, isso deve ser dito à outra pessoa, o quanto se a ama ou odeia, e o porquê disso... Amar é desejar o que se acredita ser bom para o outro (e não necessariamente bom para si). Amigo é simplesmente aquele que ama e por sua vez também é amado, sentindo-se amigos “os que assim se acham dispostos reciprocamente”.

– Acho que é assim mesmo, minha sobrinha...

– Nessas condições – ela ensinava –, é amigo aquele que se alegra com nossas felicidades e sofre com nossas tristezas, sem que haja outra razão que não seja o interesse em nós...

– E por isso já disseram que a amizade é o estado de espírito mais alto, o de maior verdade e lucidez...

Velhice do cel. Pedro – responsabilidades econômicas...

Durante dez anos, o cel. Pedro administrará sem remuneração as terras das cunhadas, sobrinhas e sobrinhos-netos: a fazenda Grande, o Pixaim, o Jatobá, a Torrinha, a Itacutiara e o Paripacé... Quando enfim transferir essas administrações para os verdadeiros proprietários, ele será ainda um homem forte e lúcido, pelo que contará a seus filhos um outro Pedro, de sobrenome Ribeiro, que logo entrará para esta história como sendo o marido de Naninha, filha de Janoca (e isso já se diz porque será a ele que o coronel apresentará as contas de todo o tempo em que está sendo tutor desta que é ainda pequena, a menina Ana Clemente)...

– Entregou-lhe uma caderneta da *Caixa Econômica* com as rendas arrecadadas, aproximadamente seis contos de réis, demonstrando um excelente resultado...

E desta época derradeira de sua vida, o cel. Pedro acabará deixando algumas cartas que mostrarão traços de sua personalidade... Um dos filhos de Naninha, o que será criado por Iazinha, saberá bem guardá-las. E uma dessas cartas foi há pouco enviada para Janoca, em fevereiro deste ano de 1889, informando-a de que:

> A seca está ameaçando acabar com tudo. Assim mesmo fiz o esforço de juntar cento e tantos bois, que mandei para o Morro do Chapéu, mas ainda não recebi a importância deles para recolher no cofre dos órfãos, como rendimento dos bens de seus filhos.

... e as cartas a Janoca e Luís

Agora em agosto deste mesmo ano, ele escreve uma carta a Luís Viana (que ainda é o marido de Janoca) para dizer que discorda da opinião do amigo sobre como se deveria fazer a divisão dos rendimentos entre os meninos...: *"Entendo, como Janoca, que todos têm igual direito"*.

O cel. Pedro, sendo o conselheiro de Janoca no inventário do barão da Vila da Barra (que era tio dela, irmão de seu pai Clemente, como lembramos...), recomendou prudência e atenção às espertezas do inventariante (que era o seu próprio sobrinho, José Carlos, filho de Carlos). E na correspondência que manteve com ela (Janoca, a viúva de outro sobrinho, que era seu mais querido amigo), nunca deixou de ser carinhoso: *"Janoca, tive muito prazer ao receber sua cartinha..."*, ele dizia naquela carta do início do ano, escrita na Barra...

E contou assim ter recebido a carta dela e outra de José Carlos, informando o número da conta aberta em nome da prima... Ironizando as palavras do sobrinho, escreveu: *"eu, 'metido neste inferno', como ele chama o rio São Francisco, não sei apreciar as maravilhas da Corte também descritas, por isso meu parecer será de pouco valor"*...

Deste modo, o coronel voltava a insistir para que ela não vendesse suas apólices:

> ... ao contrário, mande comprar mais trinta para perfazer o número de cem. Com o rendimento delas, com o restante do dinheiro, que sobra da venda das ações, e com o que daqui lhe poderei mandar, você irá passando, se não com luxo, ao menos com abastança.

Pedro entendia que desta maneira o dinheiro não sairia das mãos dela, já que o primo, inventariante, queria aplicar tudo (inclusive o dinheiro que era dela) em negócios que eram de interesse comercial só dele:

> Se José Carlos entendeu que o Banco do Brasil e a Cia de Navegação, estabelecimentos tão bem montados, podiam falir, é muita presunção da parte dele supor que sua Casa será inabalável... Acho mais prudente abster-se de negócios.

E ao conselheiro Luís Viana, naquela carta de agosto, Pedro lamentava que Janoca se tivesse deixado levar pelo inventariante e vendido aquelas ações (notando-se que houvera já na partilha uma divisão desigual delas e das apólices e, agora que conhecia as causas, isso só confirmava as suspeitas de "esperteza" que tinha do sobrinho...). Disse a Viana: *"O ponto mais difícil é se deve ou não tocar nas dívidas não inventariadas... Aí não me atrevo a aconselhá-lo"*.

Mesmo idoso, Pedro mostrava grande lucidez, procurando sempre ajudar e aconselhar a sobrinha. Em junho daquele ano também escreveu uma carta a seu irmão Francisco, dizendo estar pior de saúde, quase sem forças para se alimentar, mexer as pernas ou poder se virar na rede...

Falecimento de Carlos, pai do inventariante...

Em meio a essa disputa, faleceu Carlos, o pai de José Carlos. Carlos era o quarto filho de José e Maria Clara (depois de Lília, Tonhá e José), e considerado pelos familiares um homem "austero e 'médio'" (seguindo-se o mesmo tipo de "simplificação do caráter" já feito sobre a personalidade de alguns...).

Como lembramos, ele fora casado com Ana Francisca da Mota Abreu, a irmã mais velha de Clemente Bonifácio, pai de Janoca, e juntos tiveram o menino José Carlos (o primo de Janoca que agora é inventariante e divide com ela a herança de outro tio deles, o *Barão da Vila* Francisco Bonifácio).

(Também se sabe de Carlos, ou ao menos se comenta, que depois de viúvo teve ainda "alguns" filhos naturais – um ou dois, não se sabe ao certo...)

11

Os novos casamentos: Iazinha e Dindinho, Naninha e Pedro

Inventário concluído

Em 1890 (ou talvez 91, não se sabe ao certo...), concluiu-se, finalmente, o inventário do barão da Vila. Vê-se que está nitidamente favorecendo o primo José Carlos: das 500 ações do *Banco do Brasil*, que são as mais valorizadas, ele ficou com 360 (e quando, no futuro, o neto de Janoca puder entender este caso e quiser explicá-lo à filha, há de comentar que "Viana quis denunciar, mas vovó não consentiu...").

E depois dos seis anos em que morou na cidade de Salvador, do quinhão de Janoca que era de 130 contos, sobraram-lhe apenas 60 em apólices, que foram então divididas e liquidadas pelos quatro filhos.

Vida profissional de Dindinho

Depois de ser o Juiz Municipal na Barra (entre 1880 e 86), Dindinho prosseguiu em sua carreira na magistratura, tornando-se *Juiz de Direito*... Primeiro foi no Estado de São Paulo (em Faxina, em 1886, durante apenas quatro meses) e depois na Bahia (em Vila Nova, de 1887 a 91).

Talvez isso venha a ser diferente em outros tempos mas, por enquanto, a carreira na magistratura costuma começar mesmo pelo cargo de Juiz Municipal – e é quando se precisa do apoio político de aliados... Os juízes normalmente já almejam um futuro político logo que são nomeados pelo Ministro da Justiça, e se veem então induzidos a conhecer outras províncias. Por isso, Dindinho, ao deixar o cargo em Faxina (SP), recebera homenagens do partido conservador (em janeiro de 1887):

> ... no curto período de quatro meses em que foi aqui juiz, revelou-se digno da maior consideração política, pelo seu caráter e talento..., ilustração e... zelo, sabedoria e critério com que soube decidir os negócios que lhe foram afeitos;

mostrando... aos nossos adversários que a política nobre e elevada nada tem de incompatível com a justiça e que o magistrado pode ter ideias políticas, porque é cidadão...

... por outro lado como *cavalheiro de finíssimo trato*, fez... jus a gerais e merecidas simpatias... magistrado modelo, vai com certeza fazer a felicidade de sua nova Comarca.

Em 1891, Dindinho foi escolhido o Chefe de Polícia em Salvador. E ainda nesta bela cidade, a capital da Bahia, tornou-se conselheiro do *Tribunal de Apelação e Revista* (de 1892 a 99), do qual por fim ele se tornará presidente (de 1899 a 1900) e pelo qual acabará se aposentando...

No dizer de uma de suas sobrinhas (Anita, que será uma das filhas de Naninha, e irmã de Antoninho), o "tio" fizera uma bela carreira na mocidade... Protegido do tio dele, o barão de Cotegipe, foi juiz em São Paulo "... e depois em Vila Nova da Rainha, na Bahia, onde tinha as melhores relações, como o dr. José Gonçalves que, eleito governador, convidou-o para Chefe de Polícia".

Casam-se Dindinho e Iazinha

Não sabemos se isso se deu no ano de 1892 ou 94, mas depois que Dindinho foi Chefe de Polícia, em Salvador, e começou-se a organizar o *1º Tribunal Superior* na Bahia (do qual ele foi logo nomeado conselheiro, para depois se tornar presidente...), em algum momento desta época ele se casou com a prima e sobrinha Iazinha, filha de Janoca (e acreditamos que tenha sido só em 1894, ele já com 39 anos, e ela aos 19...).

Eles eram primos oito vezes:

– A avó materna dela, Ana Joaquina Vanderlei, era irmã da mãe dele, Antônia Vanderlei (ambas filhas do cap. João Maurício com Lília, a filha mais velha de José e Maria Clara);

– O avô materno dela, Clemente Bonifácio de Abreu, era bisneto do genovês Antônio Tomei (pelo lado da filha mais velha, Ana), assim como a avó (pelo terceiro filho, José);

– O pai dele, cel. Pedro (neto de Tomei, por José) era tio do pai dela, o dr. Antoninho (filho de Tonhá, do qual Pedro era o irmão mais novo), que por sua vez era neto tanto de Maria quanto de José, ambos filhos de Tomei...

Assim, ele era neto de José (pelo lado de Pedro) e ela bisneta (pelo de Tonhá)... E assim, ele era bisneto de Tomei (por José) e ela trineta, três vezes (por Maria, José e também por Ana, que era a bisavó de Janoca).

Desse modo, o sangue dos antepassados se juntou neste casal... Casaram-se em outubro de 1892 (como agora sabemos, por uma nova fonte...), ele aos 37 e ela aos 17 anos, na paróquia de S. Francisco das Chagas da Barra do Rio Grande. Não tiveram filhos. Mas dali a sete anos, adotarão um sobrinho...

(O mundo mudou e já não há regras tão precisas como no tempo de seus antepassados... Mas havia sim, lá entre eles, as suas dúvidas éticas...)

A volta de Janoca para a Barra, "descasada"

A vida do casal Janoca e Luís Viana não era tão feliz, como já se imaginava... Em 1893 ela veio para o sertão preparar o casamento de sua filha Maria Joana com o primo Pedro Jr., o Dindinho. E depois não quis mais voltar para Salvador...

Dr. Luís Viana era então conselheiro, um nome consagrado na política e na magistratura, temido por amigos e correligionários do sertão... Mas, na vida íntima, mostrava inúmeros e insuportáveis defeitos, conforme as queixas de Janoca. Ela quis a separação, pois já não aguentava mais a presença dele... O único a compreender isso, e a saber apoiá-la, era o filho mais velho, Ioiô.

Chegada à Vila...

Há certas paisagens que, quando as revemos, trazem-nos a impressão de que também nos reconhecem... Seria puramente interno este processo? Ou será que as árvores, depois de anos, reconhecem uma a uma as pessoas que as visitaram antes...? Dos animais ainda é possível se ter melhor essa noção, porque muitas vezes é manifestado esse reconhecimento. Principalmente pelos cachorros...

... avisada pelo cachorro

Tanto tempo passado e o cachorro continua sendo companheiro do homem (e da mulher). Animal que descende do lobo, parece ter feito parte de todas as civilizações... Mas veio dos egípcios. Em sânscrito, *xvan*; em latim, *canis*. O lobo dos folclores, tão ameaçador, foi trazido para dentro de casa. Fala-se agora do bicho porque dali se ouvem os muitos latidos, desses que parecem querer dizer algo, mas que é só entre eles (ou "eles e elas", como em qualquer espécie adiantada – já que até as plantas têm sexo, é o que dizem...).

Parece que chega alguém, ouve-se... Um barulho de cavalos... É a carroça!

Aproximação de um novo casal:

Nem que se dividisse o tempo em bilionésimos de horas, nem que a matéria consolidada de partes ficasse assim parada, não há átimo ou atomização que descreveria tão bem assim como em seus olhos, vê-se, é o sentimento do amor que agora está pleno...

... unem-se Ana Clemente e Pedro Ribeiro

A outra filha de Janoca, Ana Clemente, casou-se com Pedro Ribeiro (de Araújo Bittencourt). Tinha então dezenove anos, e terá doze filhos com seu marido, "sendo que quatro faleceram ainda pequenos", como é preciso explicar... Vão ser os filhos deste casal: Pedro, Sócrates, Antônio, Ana, Clemente, Maria, Estela e Matias (ou: Pedrito, Tuta, Antoninho, Anita, Sinhô, Mariazinha...).

Naninha, assim como os irmãos, teve boa formação intelectual e será uma mãe de família dedicada, querida dos filhos. Logo ao se casar, passou a morar em Salvador e em outras localidades baianas, qualquer lugar onde o marido precisasse exercer o seu cargo de juiz. E esteve sempre "muito saudosa da família e do sertão"...

Pedro Ribeiro e a fazenda

Pedro Ribeiro nasceu em 1866 e foi criado no Api, "engenho de seus pais no Recôncavo baiano"... Esses "pais" eram Sócrates de Araújo, médico, e Ana Ribeiro Bittencourt, que ainda toca piano e dizem produzir muitos escritos (entre os quais, algumas "valiosas memórias de família" – contam que em sua atividade de escritora ela era conhecida de muitos intelectuais, tendo alguns contatos com Castro Alves).

O marido de Naninha ficou sendo conhecido apenas por Pedro Ribeiro, sem os outros sobrenomes, "em lembrança de seu bisavô Major Pedro Ribeiro, que lutou pela Independência da Bahia". Ele havia feito a faculdade de Direito em Recife, e começara a trabalhar como juiz e promotor, havendo de atuar em diversos municípios baianos: Juazeiro (onde parece ter conhecido as duas irmãs, Naninha e Iazinha), Alagoinhas, Santo Amaro...

E como até já comentamos, exatamente por isso é que nascerá em Santo Amaro o seu terceiro filho, Antoninho, este que será criado no sertão, e só depois começará a ter notícias da família pelo lado de seu pai...

O outro ramo...

Bem, e se esse menino nascerá em Santo Amaro, diz-se que lá havia muitas disputas e até verdadeiras guerras entre os proprietários, ao contrário do que havia na Vila da Barra e na região de onde vinha Pedro Ribeiro, o Catu... Sim, no Catu, Zona da Mata, também prevalecia uma relação de amizade entre os fazendeiros, e a mãe de Pedro Ribeiro, que era escritora, chegou a tecer comentários sobre essa "sociabilidade" predominante, considerando que ela

> ... amenizava a vida, tornando-a muito suportável no campo. Havia certo espírito de família, e, se surgia alguma dissensão, os mais respeitados dentre os parentes tratavam de harmonizá-la. Nas grandes ocasiões, todos se reuniam e auxiliavam-se mutuamente.

E se o nome de Pedro Ribeiro era assim simplificado em homenagem a seu avô, diz-se deste que era membro da cavalaria nas lutas de independência do Brasil, que na Bahia (onde houve resistência) só ocorreu quase um ano depois, em 2 de julho de 1823. Contam que havia um corneteiro meio distraído, ou ousado, não se sabe, que dera a ordem de ataque antes que ela viesse do comando da tropa, e assim venceram os baianos aos portugueses com maior facilidade...

"À calorosa Bahia" dirigia-se por carta alguém que escrevera algo sobre este episódio, quando esteve na capital em uma rápida visita para o velório e enterro de algum bisavô, mas parece estar errada a sua interpretação...

> ... na história contada pelo meu avô, um de nossos antepassados teria participado daquela luta dos baianos contra a resistência portuguesa. Primeiro entendi que era o avô, ou bisavô dele, o corneteiro do exército... A batalha final estava para acontecer e a ordem de ataque dos superiores ainda estava indefinida, ao que parece, uns a favor e outros contra. Foi então que nosso antepassado teria perdido a paciência e começado a tocar a corneta por conta própria, iniciando-se assim o ataque, que afinal foi vitorioso, à Bahia e ao Brasil...

Foi esta a batalha de Pirajá, à qual até Castro Alves às vezes se refere, querendo dar a ela um caráter épico... Afinal, estava a se manifestar uma nação, uma nação que necessitava de história e formação. É o mesmo destaque que tentou dar Gonçalves Dias, em *"Os Timbiras"* (mas em outro contexto).

Diz-se hoje que a praça Castro Alves é do povo. O céu, graças ao gênio do brasileiro, será um dia do avião. O céu que na verdade é do condor, mas isso é outra história (e haveremos de falar nisso quando chegarmos às "modernidades"...).

A mãe de Pedro

Diz-se sobre Ana Ribeiro que

> ... cedo começou a preocupar-se com questões práticas e metafísicas: a dependência das mulheres e a sua dificuldade de sobreviver fora da tutela masculina, as condições de vida dos escravos, o livre arbítrio e o pecado original, a presença de Deus na eucaristia.

E que nos quatro anos passados em Salvador, em companhia do marido que estudava medicina (de 1865 a 68), esteve

> ... em contato com o efervescente movimento literário baiano, liderado pelo poeta Castro Alves, que declamava versos abolicionistas em tribunas populares, associações estudantis e clubes republicanos.

(E depois ela voltou a morar na fazenda, cuidando do pai e educando os três filhos, mas manteve contato com a literatura pelos catálogos que recebia das livrarias de Salvador, e pela assinatura de duas revistas, mostrando também as novidades.)

Ana Ribeiro há de descobrir sua melhor maneira de escrever, e alguns entendem ser como para um bom desenhista: que o escritor não deveria nunca (ou quase nunca) apagar uma letra que pudesse ter ali ficado por engano, mas substituí-la em uma palavra seguinte ao "erro", dando-lhe seu novo "sentido"... E com os recursos que tinha à mão – os recursos que eram da época, como se há de supor –, nem haveria mesmo como registrar suas tantas histórias vividas, e as de antepassados... Mas ela o fez.

(E uma futura reminiscência)

(O Api, de onde ela vinha, é como se chamará ainda a fazenda, nome reduzido da apicultura que outrora devia haver... E ela assim se mostrará como elo e par de outro lugar, também no Recôncavo, mas mais à margem, em meio ao mar escondido, uma tal Ilha das Vacas – ou "de vacas", como será possível entender, porque possivelmente terão havido por lá, e passeado muito outrora, as que eram bovinas, ou bovídeas...)

(E em sendo como se resolvêssemos plantar o mel desta ilha para colhê-lo em seu néctar – às mãos das mães de deuses e olhos de bons jesuses que por lá vivessem suas férias de infância... – é como se lá nos déssemos conta de ser tudo uma mesma música, a de sua única musa, amada que por ascendência celta, árabe ou eslava – o que nela se assemelhasse e futuramente veria – iria enfim mostrar-se, para então deixar-se ali...)

(E tudo isso talvez fizesse sentido dentro de um diálogo antigo, quando nos lembramos de uma passagem em que Tomei ouvia do jesuíta que "... antes de se fundar Salvador, já havia uma ocupação da capitania a se chamar *Vila do Pereira*, sobrenome que tem a ver com essa ilha, e com a tal 'colina' nas proximidades do forte, pela qual você se encantou...".)

("Pois quando se fundou a capital, toda a ocupação daquele bairro da Barra e também do corredor da Vitória e seus arredores passou a se chamar 'Vila Velha', e daí o nome de um futuro mirante, que algum dia será teatro...")

Bem, mas depois de tanta dispersão, voltemos agora à nossa realidade, que é o ano de 1895, quando...

Viana tenta a conciliação...

Por ocasião do casamento de Naninha com Pedro Ribeiro, houve um episódio até certo ponto engraçado... Viana, às vésperas de se tornar governador, tentou se conciliar com Janoca, indo a cavalo de Jacobina até a Barra. Mas foi repelido pela mulher, "que não o recebeu em sua casa apesar das súplicas do velho Pedro...", como deverá entender-se pela visão, isto é, pelo que se deverá saber na versão de uma bisneta dela, Janoca, e de quem ela era a viúva, o dr. Antoninho...

E o conselheiro teve de voltar pelo mesmo caminho, alegando um "chamado urgente"...

12

Notícias da época: Antoninho e os tios

Dois novos Antônios – Ioiô e o sobrinho

O filho mais velho do dr. Antoninho e Janoca nasceu na Torrinha, em 1873. Depois que ficou órfão de pai, aos doze anos, ele passou a ser tutelado e criado pelo tio-avô cel. Pedro, junto com os outros três irmãos, que eram menores...

Agora Ioiô já está com 22 anos e estuda engenharia no Rio, mas logo terá de deixar tudo para trás: vai abandonar a carreira que faria e voltar ao sertão para ajudar o tio, que está muito velho e doente. Mas esses três a quatro anos de vida acadêmica lhe asseguraram uma boa desenvoltura intelectual, que é bem acima da de seus conterrâneos.

Ele é adepto do positivismo, e este será o norte de sua vida, como se notará em muitas de suas cartas... E é "queridíssimo" de todos os parentes, dando constante apoio à mãe.

(Sabemos aqui algumas coisas sobre Ioiô pelas futuras declarações de alguns de seus sobrinhos, principalmente Antoninho – nome que se repete na família desde Tomei, e neste caso será o do terceiro filho de Ana Clemente, a Naninha, o homônimo de Ioiô e também seu sobrinho predileto –... E sabemos assim que o filho mais velho de Janoca tem "enorme pendor para o criatório", o que lhe dá "distração permanente" em meio a este "isolamento que para outros seria um imenso sacrifício"...)

(Reconhece-se nele o maior criador de gado da família, e talvez de todo o São Francisco: "campeador, conhecedor exímio da criação no aberto, costumava prever uma parição futura naquele regime extensivo cujos segredos poucos vaqueiros dominavam".)

Profissional da engenharia

Passar-se-á cem anos e esses tempos ainda serão lembrados pelo seu otimismo, recebendo homenagens nas canções populares (à época que estará *100 years ago*, como se dirá na Inglaterra...) e nos romances de linguagens que por enquanto são desconhecidas, para recordar (como celebração) o avanço tecnológico, o conforto e a cultura trazidos com ele: uma grande esperança para a humanidade.

Mas não vamos aqui ser tão ingênuos a ponto de não registrar – pelo que devemos ter claro em mente, como parte dos costumes – uma característica deste tempo, neste lugar e em outras partes do mundo: que as questões patrimoniais de cada família eram discutidas somente entre os homens, e não raro a riqueza era dividida apenas entre eles, podendo muitas vezes as mulheres escolher a condição socioeconômica (isto é, o seu grau de consumo) a que vão pertencer apenas por meio de casamentos.

Mas o mundo, de fato, modernizou-se, trazendo com ele (a reboque) o Brasil... Patrimônios gerados pela acumulação de riquezas de um ou mais antepassados vão passar a se dividir por igual entre todos os seus descendentes, e contribuir assim, quase naturalmente, para que haja melhor média de distribuição na renda, e entre a população como um todo.

Outra questão vivida ao longo de todo o século XIX, trazida até esses dias, é a de haver poucas escolhas profissionais possíveis, quando se pensa nos homens de família abastada (e entre as mulheres, elas sequer existem...). São praticamente duas: a de advogado e a de médico. Aos poucos se consolida esta de engenheiro, que é a terceira, antes restrita a trabalhos na área militar (estendendo-se de lá às obras civis e religiosas que lhe foram sendo encomendadas, públicas ou não...), e permite-se agora, aos poucos, ganhar-se a independência de dedicar-se exclusivamente às construções privadas.

O administrador de patrimônio não havia e não existe ainda como profissão, sendo a tarefa exercida por profissionais das áreas citadas, ou por um terceiro irmão dedicado exclusivamente a isso, mas sem a formação profissional... Também existe, devemos lembrar, a carreira de padre, quando não há mais espaço profissional dentro da própria família (um quarto irmão homem, por exemplo).

E outras áreas de desenvolvimento intelectual, como a de *Letras*, que dariam o estímulo necessário à formação de grandes poetas, são praticadas apenas em tempos de ócio, por esses outros profissionais, sobretudo advogados (e se, no século XIX, a maioria dos poetas cursa *Direito*, agora no XX, que está por se iniciar, haverá exemplos de grandes escritores que também poderão ser médicos, ou mesmo engenheiros – até que se consolide uma formação específica).

Ainda a respeito...

(E se há pouco mencionamos a mãe de Pedro Ribeiro como escritora, é dela que também trouxemos algumas informações sobre questões patrimoniais e outras de sua época, pelo que foram tratadas em seus registros, vendo-se que mais antigamente – e sabe-se como verdade – as coisas eram ainda mais difíceis e distantes das mulheres, em termos de decisões tomadas...)

(Mas quer-se dizer, quando nos lembramos dela e de outras, que se fica a imaginar esse tempo de grandes poetas e escritores cursando suas faculdades de *Direito*, e é o que na visão poética de alguns ingleses se diz de uma *bela época*, os "passeios pela floresta em um lindo tapete", sentindo-se "o cheiro exalado dos botões e flores se abrindo", enquanto o namorado e Maria se veem "sentados à beira de uma ponte" a olhar "dragões no céu", até se beijarem e despedirem "dando-se 'tchaus'", para logo sentirem "saudades"...)

A procuração de Maroquinhas

Maroquinhas, a tia Maria Joana, chamava seu sobrinho Ioiô, filho de dr. Antoninho e Janoca, de "meu pai".

(E talvez soe a despropósito, mas cabe lembrar de novo a descrição do parentesco indígena feita por Gabriel Soares de Sousa, ainda no século XVI: *"o tio, irmão do pai da moça, não casa com a sobrinha nem lhe toca quando fazem o que devem, mas tem-lhe em lugar de filha, e ela como a pai lhe obedece, depois da morte do pai, e pai lhe chama..."*. Pois, mesmo sem parecer que haja qualquer concatenação com o que iremos falar agora, trata-se, de algum modo, de uma família que descende de índios, e que mantém relação estreitíssima entre seus membros, especialmente os tios e sobrinhos, como se fossem pais e filhos.)

E ele, Ioiô, também tinha muito carinho por esta tia, que era de poucas afinidades (como há de contar o seu sobrinho homônimo...), procurando atender a todos os seus desejos. Em sendo assim, nada mais natural do que ele se tornar, em 1895, o procurador dela.

Não se imagina que possa ser simples coincidência o fato de que neste mesmo ano Ioiô tenha desistido de estudar Engenharia, para se dedicar exclusivamente à administração das fazendas. E ele queria, principalmente, ajudar o seu velho tio, cel. Pedro.

Volta ao sertão (em sequência, a perda da avó e a vinda de mais um sobrinho...)

Ioiô voltou ao sertão e logo no ano seguinte, o de 1896, veio a falecer sua avó Ana Joaquina, mãe de Janoca, aos 77 anos (que, como às vezes é preciso lembrar, era a filha mais velha de Lília com o capitão-mor João Maurício, e havia se casado com Clemente Bonifácio, o segundo dos quatro órfãos – todos criados por Maria Clara da Virgem, a mãe de Lília – deixados por Joana da Mota, a única filha de Ana, filha mais velha de Tomei...).

E, dois anos depois, em 1898, ele veio a ganhar seu terceiro sobrinho, também filho de Naninha (como Pedrito e Tuta, nascidos entre 1895 e 96...). Com este ele terá ainda maior ligação e afinidade, pois é aquele a que já nos referimos muitas vezes, e que agora acaba de nascer, recebendo também o nome de Antônio, e logo terá apelido igual ao do avô, "Antoninho"...

Antoninho nasceu no mês de maio, em Santo Amaro da Purificação, no Recôncavo da Bahia, onde seu pai Pedro Ribeiro, o marido de Naninha, era o Juiz de Direito.

A esperada adoção

Fazia sete anos que Dindinho e Iazinha estavam casados e ainda não tinham filhos, quando puderam adotar, em 1899, o menino Antoninho, terceiro filho de Naninha e Pedro Ribeiro... Diz-se que tinha apenas um ano de idade quando foi "presenteado" aos tios. Antes o escolhido era o segundo, que acabou se tornando afilhado do casal. Mas Sócrates (de apelido Tuta), quando já ia ser adotado, "teve uma febre palúdica e temeu-se por sua saúde no clima do sertão"...

Antoninho parece estar se adaptando muito bem à nova família. As primeiras recordações que terá dos pais adotivos serão do convívio nesta sede da fazenda Picada, o Tamboril, e vão estar sempre "cheias de emoção", como ele mesmo dirá... A casa em que vivem, que é pequena e rústica, atrai também os muitos agregados que moram à volta da família, além dos empregados de que ele mais vai lembrar, pois "... juntos tomavam a fresca ao ar livre nas noites quentes e se entretinham com longas conversas e o relato de muitos 'causos'".

Vai poder dizer que havia, sim, uma intimidade que atravessava as hierarquias sociais, e eram discretas, o que "*irmanava* aquele pequeno grupo".

Antoninho vai se lembrar dessa infância como um tempo feliz: ele é a "única criança da família no sertão", "mimado pela avó e pelos tios". Ainda é bem pequeno e já mandaram "adestrar um carneirinho para ensiná-lo a cavalgar". Foi colocada nele uma pequena sela de couro, que é

> ... toda ajaezada com complementos de prata de lei trabalhada; cabeçada, estribos, chicote, esporas, tudo bem apropriado para um "pequeno lorde" dos sertões de S. Francisco.

A tia Iazinha agora é sua mãe adotiva, e Antoninho falará dela sempre com muita emoção.

13

Antoninho e o avô

Falecimento do cel. Pedro

Foi logo depois, ainda no mesmo ano da chegada e adoção desse menino Antoninho, em 1899, que houve a grande perda, já esperada, desta figura tão estimada por todos na família. O coronel Pedro, como lembramos, era o filho mais novo (o sexto) de José, terceiro filho de Tomei, e Maria Clara da Virgem... Pedro esteve sempre presente na vida de todas essas personagens que aqui se destacaram – ou foram escolhidas para estar em evidência, nesta maneira de se contar a saga... – na história dos descendentes de Antônio Tomei, italiano que saiu de Gênova e viajou até chegar ao sertão, o local que escolheu para morar em definitivo...

O coronel Pedro, nas palavras desse sobrinho que mal aprendera a andar e há pouco veio morar nas fazendas, quase um neto dele (palavras de quando vier, no futuro, a contar para outros membros da família o que saberá de toda a história que houve anterior a eles...), era um homem "enérgico, metódico e prestativo".

E lembramos o que já foi dito, também por um depoimento que será feito no futuro, mas já citado anteriormente que, como irmão caçula, ele seria a "joia da família", não fosse este título já pertencente a Lília, a trisavó deste (autor do depoimento) que com apenas um ano de idade já chegava às fazendas, pouco antes de falecer o seu "tio-trisavô" (e já se pode dizer que um pouco ainda lembrará dele...).

(Sim, este sobrinho de apenas dois anos, que mal conheceu o avô adotivo – ou "tio-trisavô"– mas lembra as cenas de seu falecimento, é quem haverá de guardar as informações que sustentam esta história familiar, aqui sendo contada de maneira mais livre... Dessas notícias, espera-se mesmo que possam ser preservadas, para o dia em que se venha a resgatá-las e organizá-las, certamente, pela mão de uma de suas filhas, que queira se tornar historiadora...)

E se realmente se vier a resgatar esta história de família pelo ponto em que estamos, poderá fazer-se a seguinte narrativa (pois esta filha Maria, filha de Antônio, que era sobrinho de Antônio e Maria Joana "Iazinha", filhos de Joana e Antônio, que era filho de Antônio "Tonhá" e Maria Joana, esta a filha de Maria, filha de Antônio – Tomei – com Joana – Gomes de Sá –, possivelmente resgatará, no futuro, o registro em que Antoninho, o pai dela, narrou este trecho da história familiar em que vivemos agora, a triste perda de seu tio-trisavô, cel. Pedro...):

> Em 1899, na Barra, vai terminando a sua vida, paralítico, atravessado numa rede, aquele que sob os hábitos da paciência e método tudo havia conseguido em prestígio, menos a fortuna. Dizia, aliás, ser o mais rico dos irmãos porque as suas necessidades nunca superaram as suas rendas (...). Naquele dia (...) de outubro, mês asfixiante dos mormaços, à espera de uma chuva que virá ou não virá, manda pagar os criados, entregar as mesadas, e pede para subir progressivamente o nó na rede para aliviar a deficiência da respiração. Ao concluir o derradeiro laço, o filho volta-se solícito. Tudo era calmaria. Pedro (...) já morrera.

Inventário de herança, ou patrimônio

Como lembramos, o cel. Pedro teve, depois de Dindinho, mais três filhos: José, Ana Tomei (que se casará com Antônio Guerreiro) e Maria Clara. E também um filho fora do casamento, Bento Gomes, que ainda se casará com a prima Florência, filha natural de Francisco, o irmão juiz, logo acima de Pedro. Ainda haveremos de falar neles.

O que aqui podemos e nos limitaremos a informar é sobre o "quinhão" de Dindinho, a parte que lhe coube da herança deixada por seu pai. Ele foi avaliado em pouco mais de 11 milhões e 360 mil réis, sendo...

- Terras da fazenda Picada (em meação) com respectivas benfeitorias;
- A canoa de cedro Galateia;
- Duzentas cabeças de gado *vacum* "de toda sorte" na fazenda Picada;
- Quatro cavalos de fábrica e um burro na fazenda Picada;
- Cinco éguas, duas poldras e três poldros na fazenda Torrinha;
- Cinco jumentos na fazenda Ema.

Quando o menino Antoninho soube da morte do avô...

Já ressaltamos algumas vezes que o falecimento do cel. Pedro se deu quando o menino Antônio, sobrinho de Ioiô, chegava à região com apenas um ano de idade, e está agora com quase dois... Em sua memória começam a tomar forma alguns dos sentimentos que ele terá guardado, que se ligam a esse e outros grandes acontecimentos em sua família do lado materno, a única que conhece e de que se lembrará desta época, pois está sendo criado pelos pais adotivos, Dindinho e Iazinha .

Dindinho, filho mais velho do cel. Pedro (com Antônia Vanderlei, segunda filha de Lília, como sabemos), perdera a mãe quando estudava Direito em São Paulo, e acabou se aproximando ainda mais de seu pai, que o educara e orientara ao longo de toda a vida, "mesmo quando fora de seu alcance, na carreira de Magistratura". E como pai de Dindinho, o cel. Pedro era o avô adotivo deste menino que veio morar no sertão (embora como laço sanguíneo fosse o irmão de sua trisavó).

(Na prática, ou melhor, por sangue, Dindinho era casado com a tia de Antoninho e era, portanto, seu tio. E curiosamente Antoninho, tendo nesse tio Pedro, muito próximo, um grande amigo, era como seu avô, dr. Antoninho, que era sobrinho e amigo do cel. Pedro.)

As boas memórias dessa infância

Antoninho sempre se interessou pela vida desse avô adotivo, e guardará todas as referências que recebe do local em que residem, ele e os novos pais... O Tamboril, sede da fazenda Picada, fora construído por seu "avô".

Sua primeira recordação de meninice será de "uma corda de sedém (pelo da cauda de bois) amarrada numa das ripas do telhado da sala de visitas e que dificilmente se desenrolava". Quando ela estava solta, servia para dar impulso ao balanço da rede sem a pessoa precisar tocar os pés no chão. "O velho Pedro era amante das redes, ainda mais porque era fraco das pernas por alguma moléstia desconhecida."

A segunda recordação do menino será o equipamento das canoas para navegação fluvial, que tinham "chumaceiros para laços em couro, remos de voga especialmente talhados e outros, de piloto, mais delgados".

Entre as canoas se destacava a Galateia, comprada pelo cel. Pedro de um barqueiro do rio Corrente, por "terríveis" 200 contos de réis. Bem projetada e toda em cedro, a madeira mais durável, tinha perfeita estabilidade e linhas de proa e popa apropriadas à máxima velocidade...

Antoninho já reparava nos remeiros preparados para o manejo desta canoa: homens robustos,

> ... treinados para a movimentação complexa da voga [canoa], seja na técnica de colocação da "munheca" na ponta do remo, seja para o deslocamento complexo da outra mão, coordenando os atos de encher ou impulsionar o remo.

Diz-se na região que a prática desta época já supera a de todas as outras, e veio "da *orientação* do velho Pedro, pouco amigo dos cavalos e mais interessado no transporte pelo rio" (podendo-se interpretar que ele era sim um amigo dos cavalos, pois evitava submetê-los a trabalhos de desgaste excessivo...).

Para o menino Antoninho, a canoa Galateia em deslocamento era "um verdadeiro assombro". Os dois remeiros trabalhavam em perfeita sincronia, "enterrando sempre a pá do remo em vertical, ao contrário da horizontalidade improdutiva das barcas comuns". Ao menor deslize do ritmo, ouvia-se a voz de alerta (ou crítica à dessincronia), em refrão:

– *Remeiros de Santarém, quando um vai o outro vem!*

Antoninho já percebe que o piloto é importante na direção e na propulsão, com remadas em "roncadeira" (de som rouco e áspero) superando a dos companheiros... Para ele, o espetáculo mais prodigioso é a chegada à Barra, depois de viajarem mais de 11 léguas, vindo-se da fazenda (o que levava sete horas, se contada a de almoço...).

Em sua memória, há de se registrar que a Barra ficava "magnificamente situada" na embocadura do rio Grande com o São Francisco, e para se chegar a ela era necessário atravessar o afluente, o que precisava ser feito em linha reta, "sem ceder à intensa corrente fluvial" da foz. Os extremos dessa travessia eram a ponta do *Laranjal* e o cais da *Casagrande* (da família): "Os remos entravam uníssonos como navalhas nas águas claras do rio", e "o piloto, atento, não se descuidava da propulsão que daria o traçado em linha reta".

A pequena tripulação, de três pessoas, não aparentava nenhum cansaço... E quando se pisava no barranco da cidade, ouvia-se sempre o mesmo comentário da gente simples e tranquila que os recebia ali: *"A canoona vinha que vinha lascada..."*. E ele, tão pequeno, já entendia que "a lasca e o foguete indicavam, na região, a suprema velocidade"...

Retiro de Dindinho...

Pouco depois de perder o pai, Dindinho escolheu se aposentar como conselheiro do *Tribunal de Apelação* para ser candidato a deputado federal, isto é, à representação dos Estados na Câmara... E fez isso logo no ano seguinte, o de 1900 (último do século, já no fim do governo de seu amigo Luís Viana), passando o cargo que tinha no tribunal ao cunhado, também de nome Pedro, e sobrenome Ribeiro (o marido de Naninha...). Foi nessa época que nasceu seu quinto sobrinho, "Sinhô" (Clemente), um ano depois de Anita, a quarta...

Dindinho não se elegeu deputado porque se opôs ao governo de um político de nome Severino Vieira, que assim o fez cair no chamado "ostracismo político" (algo de que logo falaremos), por cerca de dez anos.

(E sobre isso ainda explicará no futuro uma das irmãs de Antoninho, esta que tem agora um ano e nascera antes de Clemente, quando o terceiro dos irmãos era adotado... Anita dirá que Dindinho era "grande amigo" de Viana que, quando se separou de Janoca, manteve ainda uma boa relação. E Luís Viana, "apesar de muito sagaz, errou na escolha de seu sucessor, dr. Severino Vieira". Este mal tomou posse e "começou a hostilizar o amigo", tentando anular a nomeação de Pedro Ribeiro para o Tribunal e "depurando" Dindinho da chapa de deputados federais...)

(Contará que o dr. Viana se retirou na Europa, "e na volta recebeu a maior vaia de que se tem notícia na Bahia", pois no governo "se indispusera com os comerciantes sobre um incidente com um caixeiro", que aproveitaram o ensejo de estarem "protegidos pela polícia" para desacatá-lo... O tio estava com ele no carro, e os dois tiveram de fechar "os vidros e cortinas, pois foram alvo de todas as batatas podres e cebolas dos armazéns da Bahia"... Bem, e aí foi a vez de Viana também ficar no "ostracismo"...)

...: o "ostracismo"

(O "ostracismo", é bom que se diga – ou talvez não se diga –, é o que se poderia sustentar em uma imagem da condição humana, pela pessoa que traz dentro dela verdadeira pérola, mas fecha-se em si mesma...)

(Ou quando se diz de alguém que "ficou no ostracismo", para que não se possa resistir a pensar que seria também algum tipo de regime, em que esta pessoa se limitasse a consumir frutos do mar...)

A fazenda Picada agora

Foi então que Dindinho resolveu morar na fazenda Picada, que herdara de seu pai com os irmãos, e esperava agora tirar "algum recurso da terra"... Embora já não gostasse, no fundo, desse tipo de isolamento da vida no campo, e de ter de "lidar com o criatório", ele sempre manteve um grande amor pela vila em que nascera, e agora, por força dessa circunstância, vai acabar se adaptando de novo ao estilo da região... E já estando casado há alguns anos, sente-se também "encantado com o sobrinho que acabara de adotar".

E é nesta época que ele pensa em refazer a área original da fazenda da família... Não tem tantos recursos, mas mesmo assim conseguiu comprar o Bacamarte, parte final da Picada, de seu tio Francisco "que morava no Rio e lhe facilitou a venda". Pouco depois comprou as terras de seu irmão José.

E tudo isso aconteceu naquele mesmo ano de 1900, em que Dindinho herdou a parte de seu pai, o coronel Pedro, e comprou as porções de seu tio Francisco, o desembargador, e da cunhada Naninha, tornando-se o dono de 88% da Picada e de 50% da São João. Como Tonhá, ele tinha o grande sonho de "reunir outra vez as terras das duas propriedades".

Na Picada ele ainda tinha como sócios Maroquinhas, a tia de Iazinha, e o irmão José, que vinha logo abaixo dele...

(Apenas para localizar, o cel. Pedro e sua sobrinha Antônia tiveram ainda as duas filhas, Ana Tomei – que se casará com Antônio Guerreiro e juntos terão sete filhos, entre eles Nizan, que será amigo de Antoninho, e Toninha, que será a esposa de "Senhô", o Francisco Bonifácio, irmão mais novo de Iazinha e Naninha, e este casal terá cinco filhos, que serão, portanto, primos-irmãos de Antoninho, entre eles o mais amigo, Dedé... – e Maria Clara, que não se casará...)

Fazenda Umbuzeiro

Havia outra fazenda, a Umbuzeiro, que era a vizinha da Picada, descendo o rio... E não se sabe bem ao certo a sua origem, apenas que até 1850 fora de um capitão de nome Bernardo de Magalhães, e antes fizera parte das propriedades dos Guedes de Brito...

(O que os parentes poderão depois levantar é que apenas uma parte dessas terras está sendo aos poucos adquirida por Dindinho, exatamente por volta desta época – e isso nos mostra o quanto Pedro Jr. está empenhado não só em reconstituir e reunificar fazendas que eram da família, mas até em aumentar suas terras...)

Explorando a carnaúba da Itacutiara...

É nesta época que começa a surgir um novo negócio, muito bom para a região: a exploração da cera de carnaúba... Ela está agora sendo muito bem paga pelo mercado norte-americano.

No futuro não faltarão os economistas e agrônomos a explicar que esta planta, nativa da região, terá sido "tradicionalmente considerada a palmeira mais valiosa do sertão". E o que a tornou assim tão valorizada é a cera extraída de suas folhas, que são postas para secar à sombra quando atingem uns 60 centímetros, "e as escamas acinzentadas que se formam são derretidas no fogo, transformando-se em excelente cera marrom"....

As maiores matas de carnaúba da Itacutiara ficam no Brejinho, em um trecho de 12 quilômetros, a partir do Retiro: Angelim, Alto do Murici, Boca da Picada, Ponta da Pedra, Campestre Comprido, Passagem do Doutor, Passagem da Jurema, Várzea da Sambaíba, Ponta do Capão, Riacho, Cariri, Juá das Cabras, *Canafístula*, Brejinho, Canto do Pintado.

Mas também há outras, no Mari, em um trecho de quatro quilômetros vindo a partir do Mourão, onde estão os carnaubais médios: Entrada do Alagadiço, Casa Branca, Riacho dos Patos, Lagoa do Canudo, Patos, Picada do Carro, *Filipa*... E embaixo, num trecho de três quilômetros, estão os menores: Curral Novo, Murici Miúdo e Carnaíba.

(Repare-se que muitos nomes de locais eram dados de acordo com sua vegetação predominante: Angelim – madeira de primeira –, Murici – árvore ou arbusto de fruto carnoso –, Jurema – "madeira usada para carvão" –, Juá – fruta do juazeiro –, Canafístula – de que eram feitas as canoas –, Canudo – "arbusto que embebeda os animais, afetando seus centros nervosos" –, Carnaíba – outra maneira de se dizer "carnaúba".)

14

Cartas trocadas com Iazinha

Uma discreta batucada...

Quando ainda eram bem pequenos, os filhos de Janoca inventaram um tipo de batucada para fazer à mesa de jantar, enquanto esperavam a comida. Diz-se que eram os mais velhos, "Ioiô e Iaiá" (a Iazinha), que ensinavam os pequenos, ainda crianças, Naninha e Senhô...

(Faziam todos juntos, mas não se lembravam ao certo de onde vinha aquilo, se alguém lhes havia ensinado, ou eles mesmos tinham inventado...)

... e cartas para Iazinha

Da Torrinha ou da Barra, Ioiô escrevia quase diariamente à irmã Maria Joana... Iazinha morava no Carmelo, que era a nova sede a fazenda Picada, e quando estas cartas puderem ser encontradas, bem no futuro, há de se reparar na "delicadeza de seus sentimentos" (nas palavras de uma sobrinha-neta):

> ... diga a ela (a mãe) que, aqui chegando – a Lua, a sua querida Lua espalhava um prateado sobre o rio de maneira, pode-se dizer, deslumbrante! Eu tive então que voltar a minha lembrança para ela que fica sempre tão encantada com este belo espetáculo da Natureza.

No aniversário dela, também deixou um bilhete, ou carta, com palavras realmente carinhosas, mostrando o seu afeto...:

> ... Como muitas vezes tenho dito em outras ocasiões, já se passaram para nós as doces ilusões e os felizes entusiasmos da mocidade, só podemos encarar essas

datas prezando as nossas responsabilidades e quiçá com alguma melancolia, mas isso não impede por outro lado que nos apeguemos a gratas esperanças para o Futuro e é nisto que estão os meus melhores votos pra que V. as tenha tido, encontrando no poder sugestivo do nome que lhe foi dado também os melhores estímulos para exercer a sua missão na vida. Aceite assim o afetuoso abraço que lhe envia seu irmão e amigo muito grato Antônio.

Os anos foram se passando e Ioiô não chegou a se casar, mas teve uma filha, Brasília Benigna de Abreu (mais ou menos em 1910)... Ela foi criada com a ajuda da irmã Iazinha (tia) e pela mãe Janoca (avó da criança). Não recebeu o sobrenome do pai, mas nas cartas ele também se referia a ela sempre com muito carinho, mostrando-se preocupado, principalmente, com sua educação.

A infância de Antoninho

Já um pouco maior, Antoninho vive agora "solto, rodeado pelos companheiros, quase todos filhos de vaqueiros das fazendas", que o acompanham "nos passeios a cavalos, nas brincadeiras no rio" e depois nas caçadas de caititu. A infância descontraída vai deixar traços em sua personalidade, e sempre haverá facilidade em "se relacionar com empregados e pessoas mais simples"...

Aprendeu as primeiras letras "com professores particulares na fazenda" e, sendo "extrovertido, curioso e conversador", também ouviu e vivenciou "muitas histórias dos vaqueiros e dos velhos sertanejos".

Sempre que pode, ele visita a fazenda Torrinha para ver a avó Janoca, e é dela que ouve essas tantas histórias familiares que um dia poderá transmitir a seus filhos, que as contarão aos primos, e assim estarão sendo recontadas em várias épocas, e recebendo algumas modificações, quem sabe...

(Sim, pois é bom que se diga, ou reafirme, que todas essas histórias que aqui se mostram, quando verdadeiras, passaram por registros que esse menino deixará em épocas futuras de sua vida...)

Como ele, a avó Janoca era muito conversadeira, e "nas noites estreladas do sertão gostava de se sentar na calçada da casa e contar sua vida e dos antepassados" ao neto, que ela dizia ser "inteligente e interessado".

Assim, em um "mundo isolado, carente de outros referenciais", as histórias iam sendo sempre repassadas e "mitificadas pelo menino, criando um sentimento de orgulho e veneração pelos antepassados". Entre as personagens, a que mais o fascinava era o velho Pedro, que seria seu avô adotivo, mas morreu ao final daquele ano em que ele chegara ao sertão (ainda bebê, vindo de Salvador...).

(Em vida, os seus modelos mais admirados passarão a ser Dindinho, o pai adotivo, por seu "espírito culto, bondoso e muito identificado com o São Francisco" – nas palavras que serão de sua filha –, e o tio Ioiô, "verdadeiro herói que cavalgava como ninguém", e "como o melhor dos vaqueiros, conhecia todas as minúcias do trato do gado"... Isso sem falar na avó, com quem ele trocava sempre o seu maior, verdadeiro e "grande afeto".

Verdadeira mãe

Depreende-se algo da personalidade de Iazinha pelas cartas que trocava com a irmã e com o marido, e outras que recebeu de pessoas amigas... Era inteligente, "lamentava não poder usufruir os prazeres de um centro maior" (a cidade grande), e de espírito um pouco "melancólico, *'que carregava conformada, seu triste destino'*", como já se chegou a dizer, e é o que transparece em sua correspondência...

"Para aliviar a solidão, fumava cigarrilhas às escondidas, assinava revistas da época, procurava contatos com o 'mundo civilizado'...". Quando ia ao Rio, acompanhando o marido deputado, "gostava de ir ao teatro, preocupava-se em estar na moda, passear na avenida e comprar as últimas novidades".

No futuro, Antoninho vai se lembrar de que para essas viagens era preciso "fazer roupa nova", sendo "uma para embarcar na Barra, outra para desembarcar, outra para visitar os amigos, assistir aos espetáculos, fazer o *'footing'*"...

"Iazinha era muito apegada à família, ao irmão Ioiô e, sobretudo, à mãe Janoca." Quase todos os dias "as canoas traziam e levavam correspondência entre as duas fazendas". E nas cartas elas comentavam o dia a dia, davam notícias de pessoas próximas e falavam das questões de saúde. Cada uma agradecia a seu modo os presentes enviados, peixes e carnes variadas, principalmente a de tatu, muitíssimo apreciada...

Uma carta de Janoca à filha mais velha

Janoca escreveu à filha Iazinha uma carta que esqueceu de datar, mas contava que naquela noite havia dormido pouco, não sabendo se era do susto causado pela ventania... Rogava para que Iazinha e "Pedrinho" estivessem bem e tranquilos, pedindo à filha que mandasse lembranças ao marido, e também a *Mariquinha* (e não sabemos se esta seria a cunhada Maria Clara, irmã de Pedro Jr...; o que sabemos, por outra carta de Janoca, é que lhe foram enviadas algumas laranjas, em número não totalmente esclarecido...).

Ela também contava que na mesma canoa vinda da Barra, que chegara há pouco à Torrinha, ia junto "uma carta para Pedrinho", e parecia ser "de Francisco"... E dizia à filha que estava sem notícias de Antoninho, querendo recebê-las, pois ela como mãe devia mandar sempre... Pedia então que mantivesse a sua "Fé em Jesus ressuscitado e em N. S. dos Prazeres", que ele haveria de chegar "a salvamento aonde está a sua Mãe"...

Por fim avisava das encomendas vindas da Barra, havendo um quarto de leitoa não sevada para dar às meninas. Mandava as lembranças de Naninha, Mariinha e Maria da Solidade, e dizia da tia que "vai indo" (referindo-se, possivelmente, a Maroquinhas), ainda aborrecida... E despedia-se, mais uma vez, com palavras de fé e cortesia: "Aceite um abraço saudoso"...

Iazinha e Naninha – as "duas mães"

(Entre a adotiva e a biológica, haveria uma mais verdadeira?) Iazinha e Naninha, a Ana Clemente, eram irmãs "unidíssimas" e, coisa rara, até seus maridos eram muito amigos... Naninha dera seu terceiro filho, Antoninho, para ser criado pela irmã, no sertão distante, assim como depois deu o seu quinto, Sinhô (Clemente), "à sogra, que vivia no Api, propriedade rural no Recôncavo" (a sogra Ana Ribeiro, é bom que se diga e reafirme, escritora de quem contamos algumas coisas; em especial de sua amizade com Castro Alves, o que de certa forma serve a "contextualizar" o que se passa aqui, na vida privada, pela história cultural de uma "nação"...).

"A concepção de família da época se estendia além do núcleo básico de pai, mãe e filhos", como dirá uma das filhas de Antoninho... E como era também para os índios, envolviam-se "no mesmo afeto alguns tios e os avós" – o que se imagina continuar havendo nas famílias de seus descendentes...

(Pois, como já se lembrou outras vezes, em relações indígenas de parentesco, *"o tio, irmão do pai da moça, não casa com a sobrinha nem lhe toca quando fazem o que devem, mas tem-lhe em lugar de filha..."*: isto é, os sobrinhos eram como filhos, e os tios como pais...)

Durante toda a vida, Antoninho vai se declarar "muito feliz por ter tido dois pais e duas mães, todos maravilhosos".

E vê-se que Iazinha também adorava os outros sobrinhos, pois queria sempre presenteá-los... Chegou a mandar um *manteau* para Matias (que era bem pequeno), "vestidinhos para Mariazinha e Estela, chapéus para Anita, canetas e relógios para Clemente, Sócrates e Pedrito"...

Antoninho era tudo para ela:

– Deus permita que esse menino nunca me dê desgosto.

E ele "certamente nunca deu...", poderá dizer uma futura filha dele.

Fim do "ostracismo"

O "ostracismo" de Dindinho durou até 1908, quando ele se elegeu deputado federal pelo 4º distrito (o de São Francisco), no governo Araújo Pinho – este que dará nome a uma rua de Salvador, e no futuro do futuro os poetas poderão dela se lembrar pelos *trolleys* que já terão passado, habitando em suas memórias também estâncias como a do *Tamarindeirinho*, pelo que lá fez o Imperador...

E agora em 1912 ele está se elegendo novamente, "pelas boas relações" que têm no Rio, mas tudo dependendo "do reconhecimento na Câmara". Ele e Iazinha aproveitarão bem esses "oito anos de viagens entre o Rio, Bahia e sertão"...

Para os sobrinhos que estão crescendo, as crianças menores e as que já estão se tornando adolescentes por esses tempos, serão "acontecimentos extraordinários essas idas e vindas de Dindinho e titia Iazinha".

15

Tamboril – a sede e a enchente

Casa levada pelo rio

O Tamboril, aquela sede rústica construída pelo cel. Pedro (por volta de 1870, segundo alguns dizem), está mesmo em local "extremamente aprazível", dirá no futuro este filho de Naninha, adotado já há algum tempo por Iazinha e Dindinho... E com palavras que ele escolherá a dedo, expressará, algum dia, sua lembrança de que a casa se situava "*... em meio à folhagem das árvores adubadas com o lixo da moradia, o pomar com frutas da capital mantido em enorme sacrifício, transportando-se água de 500 m de distância*" (coisa que um bom engenheiro – o que o próprio Antoninho se tornará – certamente poderia muito bem resolver, com alguns cuidados...).

Ainda na descrição que ele fará quando estiver mais velho, estará dito que "*a moradia tinha quartos com pé-direito baixo, de acabamento simplíssimo, construídos como provisórios mas que se tornaram definitivos, sempre rigorosamente caiados*". E observará que "*a casa se dispunha em quadra, dentro da qual se formara a extravagância, para o clima, de um jardim de roseiras e cravos...*".

Estará também em sua memória o que agora já chama a atenção, em um dos lados deste quadrado: uma casa de beneficiamento de farinha, a única existente por aqui, nas fazendas à volta e redondezas seguintes, pelo menos à época em que estamos...

A quase destruição

Neste ano de 1906, as águas do São Francisco estão subindo assustadoramente e parece que também vão invadir esta casa, ou quase toda ela, dando para ver que se trata de uma das maiores inundações já ocorridas... O local já se vê agora inabitável, com mosquitos, sapos e ratos (e há quem se queixe até das lagartixas, entrando e saindo sem parar pela casa em busca de algum refúgio, mas quanto a estas, deve-se dizer que "*no problem*" ou, "nenhum problema", ao menos pelo que está em conformidade com a opinião das crianças e adultos menos complexados...).

Por causa disso, estão todos se mudando para a Torrinha...

E agora, passado o perigo, é que eles já poderão retornar a casa, mas vê-se que tudo à volta dela continua inundado, a não ser o justo espaço quadrado em que fica a *edificação*... Como sempre, louvou-se "a experiência dos antigos": o velho Pedro escolhera "um dos capões marginais mais altos, dos raríssimos em que se avistava fogo ao navegar-se à noite no auge da inundação".

O Tamboril se saiu bem e daqui em diante estará ainda mais "prestigiado". A casa sofreu com a umidade, mas não chegou a se abalar (e para os que veem essa história de fora já se sabe que no ano seguinte haverá nova inundação, mas um pouco menor, é verdade, e a casa resistirá totalmente – para o orgulho de todos...).

(E ao se juntarem por acaso esses mesmos três temas, a escolha de sítio – ao fazer-se o Tamboril –, a salubridade – nas consequências da enchente – e a valorização da "experiência dos antigos", tenta-se o narrador a mais uma dispersão gratuita, pois já vira seguido este exato raciocínio na confecção de um dos capítulos – o 4º, no livro I – do "tratado" do mesmo arquiteto romano Vitrúvio, citado aqui outras vezes...)

(Pois lá se fala na importância de "escolher as exposições celestes mais temperadas quando se tratar da salubridade na fundação das cidades", devendo "ser recordadas com insistência as disposições antigas"... Nossos antepassados, pastores antigos, primeiro observavam os "animais que pastavam naqueles lugares onde se estabeleceriam ópidos ou acampamentos fortificados permanentes" – *Castra Statiua* – examinando pelo fígado se estavam sadios, e no caso de uma anomalia, se provinha de doença ou da qualidade do pasto...)

(E ensina-se então que, se o lugar não fosse saudável para os animais, não o seria aos homens: "...tendo experimentado várias vezes e ficado convictos da natureza íntegra e sólida dos fígados na sua ligação à água e ao pasto, aí levantavam as fortificações", mostrando-se assim para o arquiteto a importância do saber médico – reconhecimento da salubridade em uma escolha de sítio –, antes citado apenas pela ideia de ritmo e frequência, que na verdade está presente em todas as áreas, da poesia à medicina... Bem, voltemos logo à história...)

Outra carta de Janoca a Iazinha

E sobre esta terrível enchente de 1906, que quase destruiu a casa do Tamboril, também vai se descobrir no futuro, relacionada ao episódio, uma carta de Janoca à filha... Pois foi nessa ocasião, como dissemos, que todos tiveram de sair de lá, e "a família de Iazinha passou longa temporada na Torrinha...".

Quando a filha, o genro e o neto adotivo puderam depois voltar para o Tamboril, Janoca teve de se reacostumar à solidão... E na carta ela diz não saber bem se por efeito do *cambará*, ou por sentir a falta deles, mas não conseguia mais dormir direito: a saudade fazia a casa parecer grande... Isso ficava evidente para ela a cada vez que ia deitar-se, lembrando-se do quanto a filha lhe fazia companhia "naquele pedaço"...

– Deus lhe socorra com paciência, esperança e fé viva para obter os seus desejos. Todos tiveram muita saudade.

– Vocês arrumaram e esqueceram o mais precioso, o quadro de Bom Jesus da Lapa...

Ao final, as palavras de fé e carinho, com o desejo de boa saúde "e sossego para a consolação do coração"...

E sobre o episódio da inundação no Tamboril, é o que haverá de dizer no futuro uma bisneta de Janoca, filha de Antoninho – e assim já da sétima ou oitava geração em relação a Tomei (isto é, uma sua hepta ou octaneta, no dizer dos gramáticos alucinados, para o que o "povo" costuma chamar simplesmente de uma "tataraneta"...): que "as palavras de Iazinha se apagaram", podendo-se imaginar suas queixas, em seu temperamento mais frágil que o da mãe, ressentindo-se do "isolamento físico e espiritual em que vivia"...

> Ventanias, noites insones, escuridão, solidão. O sol causticante desde as primeiras horas, a prolongada seca e de repente a devastadora enchente que tudo destrói: até o oratório e os santos de devoção de Iazinha se perdem levados pelas águas. Há várias cartas de parentes e amigos que tentam consolá-la desse desgosto.

Nova enchente (ficção de Antônio...

A casa resistiu bem à enchente de 1906, e à menor, do ano seguinte, mas agora, vão se passar mais doze anos, e então voltará a ser triste e preocupante olhar a chuva que cai...

– Como estará nossa casa? – dirá Dindinho, ao mostrar-se de novo preocupado, olhando bem nos olhos de Iazinha...

Chove, chove... E neste caso a água já nem vai precisar do velho "tanto bate", pois com uma só onda já se verá derrubado o dique de pedra...

E lá, em 1919, haverá de estar escrito em algum caderno: "Chove agora tempestuosamente, copiosamente, assustadoramente, e cada gota que cai é como se fosse para nos lembrar de toda água que *desce*, como se tudo *desse* para caber, e assim estivesse apenas em um só copo – pois, aí sim, seria mais fácil entender".

Vê-se então uma tromba d'água em dose de elefante (ou cavalar, mas neste sonho o que aparece, e mostra-se mais atuante, é o próprio exército indiano, a defender sua fazenda de gado em plena estação das chuvas...).

– É esta uma chuva das que nunca passarão, nem se passará em brancas nuvens pelo seu tempo, tempestade que já ao se aproximar deixa tudo às escuras...

Começam a se formar as poças, e haverá lá a "ilusão óptica de que a lua caberia inteira em cada canto delas, uma a uma, isoladamente, ou em todas elas" – como diria Tomei – mesmo que "tal espaço seja bem menor do que ela, que não é tão grande assim – nem mesmo um planeta, sequer dos pequenos...".

Vai, rio, vai levando os seus milhares (até bilhares) de moléculas d'água, que se um dia passarão por aqui outra vez – quem há de saber? – levará mais de milhão de anos até que sejam as mesmas, e mais outro até que este homem seja o mesmo a contemplá-las...

... de quando sonhou com uma batalha na Índia – de seu exército português)

Antônio sonhou com tubas e trombones retumbantes, estandartes e tambores das tão arrebatadoras tropas, e tantas delas, ou já quase todas, a hastear a bandeira da Lusitânia cristã...

Mas em retirada bateu o militar, que por tal disparate, a tirar-se da história o terremoto de Lisboa (ainda em 1755), fez juntar e arrematar, para até se arrebentar no intuito de instruir-se, o instante de instituir-se só aquilo pela importância vista e vivida, que recortava também dos castelos as estrelas, os martelos, de elefantes, em assalto...

Acordou agora de volta ao sertão e... Bem, já se pode, neste momento, falar-se de novo do que está acontecendo, para ater-se à história principal...

Anuncia-se de novo a tempestade

Os estrondos. São ruídos, estampidos. São raras as tempestades em que não vemos o raio, mas ouvimos o trovão. E estamos a um passo dela... Na ordem estrutural das coisas, temos as causas, com ou sem motivos, e sua localização no espaço-tempo.

Aqueles temores típicos da tristeza, pelo menos já não são de dar tremores:...

(Há uma pequena indicação de melhora neste dia, pelo que haverá de ser resgatado...)

– "Todo rito teoriza uma ruptura original" – já presumia Tomei em sua longa travessia (e ao tentar descer do cavalo, colocava seu pensamento nos índios...).

– "Sobre as horas, é necessário dizê-las sempre no plural" – visto o que também já fora deduzido por ele em algum trecho, de momento parecido: que o tempo é eternamente múltiplo, inexistindo em sua forma parada...

16

Fazenda Picada agora e vida profissional de Dindinho

O belo gesto de Ioiô

Bem, estamos agora em 1910, e o irmão de Pedro Jr., José, já faz tempo que quer vender a sua cota de mil braças na fazenda Picada, e começa a pressionar Dindinho, que tem a maior parte (quase 90%), para comprá-la... Achava que, caso isso não fosse possível, o irmão deveria vender toda a fazenda, e para isso chegou a lhe apresentar o eventual comprador: um fazendeiro rico – o mais abastado, atualmente, na região.

Dindinho chegou a sentir que já até perdera a propriedade, pois não conseguiria obter os dez contos de réis, nem mesmo a crédito, e o irmão se mostrava intransigente... E agora já se conforma com outra solução: um novo retalhamento da fazenda.

Mas eis que surge um "auxílio inesperado": o cunhado Ioiô, que nunca teve muitos recursos, mas é altruísta, "forçou" uma vendagem de boiada para oferecer-lhe os "*4 (quatro) contos de réis*", e eles estão agora disponíveis para essa negociação. Os outros seis poderão ser obtidos com uma "hipoteca de ordenado" no *Banco Auxiliar das Classes na Bahia* (porque, não custa lembrar, nesta época Dindinho já voltou a ser deputado, e recebe uma quantia de 500 mil réis ao mês...).

(E essa venda de gado de Ioiô nos faz lembrar o que muito já se disse, de haver uma época em que as oportunidades "batem às nossas *costas* e é preciso ouvi-las", o que se aplica, *talvez*, a este empréstimo, como gesto até "carinhoso", da parte dele...)

As atenções e valores de Dindinho

Os sobrinhos, os irmãos e o filho adotivo de Dindinho dirão sempre ser ele verdadeiramente um "cavalheiro de finíssimo trato", "tanto na vida pública como na particular"...

Comentou-se agora de relance que, nesta época em que comprava do irmão uma parte que lhe faltava da fazenda Picada, ele já voltara a ser deputado... De fato, um ano antes, em 1909, elegera-se deputado estadual pelo 4º distrito (e dessa sua volta à política, ainda se dirá que "seu espírito aberto e sensível levava-o sempre a pensar e procurar soluções para os imensos problemas da região que representava"). E agora, passados mais três anos (já estamos em 1912), ele foi eleito deputado federal, mas não está sendo "reconhecido".

Sim, porque nesta *Primeira República*, quem se elege ainda depende de um "reconhecimento" das Câmaras legislativas. E isso não depende do número de votos e sim do "interesse político de conservar ou afastar um determinado representante", como entenderão os historiadores... Nessa chamada "degola", Pedro vai esperar dois anos pelo "reconhecimento", que não virá.

E agora depois desses dois anos, em 1915, vendo que não pode ser "reconhecido", Dindinho está se afastando de novo da política, e ficando muito abatido com isso... Ele quis se mudar para Salvador e fazer novos contatos, mas haveria logo depois o assassinato de Pinheiro Machado, este que era "líder no partido *Republicano Conservador* gaúcho", em que Dindinho se apoiava, o que acabaria liquidando "sua última esperança em termos políticos" (eliminando as suas chances de projeção...).

(Vão dizer os historiadores que o *Partido Republicano Conservador* foi fundado em 1909 "por políticos que apoiavam Hermes da Fonseca, com a intenção de exercer controle sobre o governo central", o que se mostrou inoperante... A estratégia "só foi eficaz nos Estados que apoiavam a política de Pinheiro". Com a morte deste, a agremiação se desfez.)

Viagens com Iazinha ao Rio de Janeiro, na segunda legislatura

Voltando ao sertão, teve início a segunda legislatura de Dindinho, com suas "idas e vindas pela Bahia". Nas palavras de Anita (a irmã imediatamente abaixo de Antoninho, e que também escreverá algumas memórias), "o embarque e desembarque para o Rio era uma festa"... "Os melhores navios ingleses tocavam na Bahia e meus tios viajavam sempre neles."

Pedro Ribeiro conseguia a licença e seus filhos, que eram crianças, iam lá todas as vezes, para subirem a bordo e voltarem "carregados de chocolate e bombons ingleses finíssimos".

E a "tia" Iazinha voltava do Rio trazendo malas de presentes para eles: "vestidos, chapéus, sapatos", enchia-os de presentes, incluindo "pequenas joias, pulseiras e medalhas". Tinham "uma generosidade sem limites".

Iazinha se vestia muito bem, "com o que havia de melhor no Rio, nas casas francesas". Dindinho era "um perfeito *gentleman*". Suas roupas eram "do Almeida Rabelo, o melhor alfaiate do Rio". Tinha trajes "para todas as horas do dia": "paletó saco, fraque...", *smoking*, casaca, "sobretudo comum e sobretudo para casaca, de mangas curtas e abertas". Também os objetos de *toilette* "eram os mais requintados": "escovas de todos os formatos para sobrancelhas e bigodes". "Tratadíssimo", ele "parecia um diplomata"...

O tio Dindinho, fazendeiro e político – viagem dos filhos de Naninha em 1915

Aqui ainda se falará do dia em que Anita, essa irmã de Antoninho, resolverá fazer, em adulta, esse depoimento mais longo com tudo de mais importante que se lembrava da época...

E dirá de Dindinho, seu tio, que depois de 1916 "... passava longas temporadas nas fazendas do sertão", mas às vezes ia à Bahia, "sempre bem trajado de chapéu coco e guarda-chuva como um inglês, maneiras finíssimas, um homem encantador".

"Os cunhados achavam graça" que ele administrasse as fazendas "sem montar a cavalo; dava as ordens da casa onde tinha o escritório". "Era doutor em História e Geografia, tinha verdadeira paixão pelo S. Francisco e sempre falava no seu sonho – O Estado do S. Francisco, capital Barra".

Sabia profundamente a história do rio: "... tinha os mapas mais raros da região e no seu tempo parecia um visionário".

Anita assim contará que Dindinho "apresentou projetos na Câmara de uma estrada de ferro" vinda da Barra e passando em Xique-Xique, Morro do Chapéu, Irecê e Mundo Novo, "até ligar-se a uma que já existia, a Central"...

Pois, pelos argumentos dele, essa região era bem mais rica que a atravessada pela Estrada de Juazeiro. "Trabalhou por isso nos dois períodos", conseguindo que se fizessem estudos preliminares, mas que não foram adiante. "Hoje, a estrada do Feijão corta justamente o trecho" com que ele sonhava.

E quem olhar do futuro, verá parte de seus sonhos realizados pois, como dirá Anita, já terá havido uma "redenção do rio"... E até por ter passado a maior parte de sua juventude entre o Rio, São Paulo e Bahia, o tio Dindinho, nas palavras de Anita, "tinha pelo sertão um amor extraordinário e gostava de recitar uns versos sobre o início da República, quando o sertão governava o Estado, dominando a política na capital".

O novo "ostracismo"

(E não se deveria sugerir aqui, mais uma vez, que esta palavra possa ter alguma relação com o comportamento das ostras...)

Que calma, que tranquilidade... Chove, agora, e na fazenda não é preciso fazer nada. Há dias pela frente, não sendo necessário, neste momento, nem mesmo sair a pé, ou jogar bola... Há hora até para esquecer... E é claro que morar na fazenda também acabará entediando, não só pela falta de desafios maiores, mas porque atender a essas poucas demandas administrativas já não trará tanta satisfação, nem se verá como algo de muito gratificante assim... Pois é pena quando não há ambição maior do que cuidar apenas para que a fazenda continue se pagando...

Não há sonhos de que um novo modelo social e ecológico possa ser desenvolvido por ele, e isso se torne conhecido como ideia sua, havendo de ser ainda aperfeiçoada, mas só depois de bem entendida conceitualmente... Porque talvez não exista maior mérito do que trazer facilidade à maneira de se resolverem as coisas. E até em outras áreas, ele poderia sim destacar-se, em seu empenho, pela criatividade e talento raro que tem.

Agora na cidade, vê pela janela uma linda chuva de verão, trazendo transformações à Vila...

Outono de lá – Dindinho e os pensamentos selvagens (oito anos em outubro)

Outubro é o outono de lá, primavera daqui... Os saguis estão radiantes com a nova safra de frutas nos pomares.

"É dos nossos olhos que a lua brilha", como diria o seu antepassado... E das gotas de chuva, "é dentro do corpo que se dá o registro" – na verdade o que vemos só existe dentro de nós mesmos, como há pouco mais de um século explicava Tomei à sua neta Joana, pelo que está em nossa máquina orgânica "composta de matéria e energia", como é todo o ambiente planetário, onde haja "gelo, água e vapor"...

A nova Picada é aqui

Vê-se agora que já é a terceira sede da fazenda Picada, esta que foi idealizada por Dindinho, o filho mais velho do cel. Pedro (que, como o pai, decidiu-se pela empreita já nos últimos anos de sua vida...).

Ela está sendo chamada de "Carmelo", tratando-se de "uma casinha com alpendre, mais confortável que a anterior"...

Serões a dois – o universo dos sentidos e da linguagem...

O universo marcha e de seus ovos nascem outras formas evolutivas. É como se num primeiro segundo tivessem surgido algumas ondas, e delas a música...

– Mãe das letras, a imagem, diferentemente do som, mostra-se mesmo inconfundível... Digo, são dois sentidos distintos, a audição e a visão, mas ambos servem de sensibilizadores à emoção, que é onde pode residir tudo que se eleva a uma "gratidão" existencial, ou espiritual: este "algo" de emotivo que viria na própria memória, juntando-se às informações e repetindo-se nelas, até que seja totalmente sedimentado no que há de reconhecível...

E por este momento em que Iazinha apenas divaga (embora queira também "cercar" o ponto), ele argumenta que *som* e *imagem* são registros feitos para diferentes sentidos (era o que estava tentando se lembrar, e assim estabelecer-se um princípio de raciocínio...): um livro é silencioso, e a música não... São ambos agradáveis, esteticamente, mas no que se refere aos sentidos, as letras estão mais próximas das artes plásticas que da música...

... Dindinho ouve o piano de Iazinha

Como bom advogado (formado em São Paulo, como lembramos) Dindinho é também um estudioso da retórica, ficando até contente quando a esposa trata de discordar, e neste caso passando-se logo a dizer que

– Escrita e música são lineares, enquanto a arte visual é instantânea. São também combinações matemáticas, mas as letras representam os sons da fala... O código escrito começou como memória artificial do código sonoro, diferente das pinturas que guardam a memória visual.

E dando-se sequência ao discurso de ambos, lembra-se que o principal da criação humana está na expressão de sua memória... O quadro de da Vinci, por exemplo, traz à memória o tempo em que se pintava o que via, podendo-se hoje captar com os olhos tudo que era de seu conhecimento... Já o "falar" não é um sentido, mas dom.

– Sabemos agora que antes da escrita já havia literatura, só que era apenas oral... E para que não houvesse muita alteração, utilizava-se o recurso das rimas em métrica igual. Calcula-se, até, que antes da escrita as línguas seriam mais estáveis e redundantes, por uma questão muito simples: as sociedades eram rígidas em suas tradições... Sem novos costumes, não surgiam palavras diferentes, como agora, e o que se inovava acontecia só pelo contato com outras civilizações, ou alterações do meio ambiente...

E nessa conversa de especulações, ambos reconhecem, por outro lado, que só a escrita garantiu uma estabilidade gramatical, quando tida por "oficial", de determinada língua... E espera-se dos vários congressos por que passou a estrutura de uma língua, que as ideias mais funcionais tenham prevalecido, e a falta de lógica que tanto ainda se percebe (como na nossa, entre as palavras "viagem" e "viajar") seja na verdade o que de melhor se preservou entre as várias formas ilógicas possíveis. (E se esta conversa se dava por "entretenimento" ou "entretimento", tanto faz, porque as duas formas continuarão sendo aceitas...)

Outras preocupações

Chega agora à Alemanha, à Rússia e – se no futuro do Brasil também houver os adeptos desse socialismo totalitário, aliados a alas tão hesitantes de uma Igreja assim menos esclarecida (e confiante apenas nos milagres da vida...) – já aqui se poderão apresentar àqueles que não veem (pois não fazem questão disso) mais que um palmo, ou um palmito (e já se pensou outra coisa?...) talvez, adiante, em meio ao todo de que fazem parte, pois só os ajudarão a manter-se na mesma barreira dogmática e panfletária de que são vítimas...

Parte V

Gerações que vão se sucedendo...

1

Volta de Antoninho para Salvador

Reconhecendo os pais

Naquele ano de 1909, depois de ser eleito deputado, Dindinho precisou se mudar para o Rio de Janeiro junto com Iazinha. Antoninho foi então para a casa dos pais biológicos, Pedro e Ana Clemente, em Salvador, onde "passou a frequentar o colégio dos Padres Maristas", já com onze anos de idade... Enquanto morava com os pais adotivos, no sertão, ele tinha uma vida de filho único, e na capital baiana chegou a estranhar a vida "numa casa tão cheia de irmãos".

Em carta, ele se queixou à mãe Iazinha por ter de repartir tudo, "até mesmo o seu baú", agora com roupas de todos os meninos... No começo, as cartas para os pais adotivos e a avó eram muito saudosas, mas depois ele foi se mostrando cada vez mais à vontade na "companhia dos pais e irmãos".

Em agosto daquele ano ele voltou a escrever à mãe, dizendo-se feliz com a notícia de que ela gostou muito do Rio... A superação da tristeza e a felicidade dela o deixavam realmente aliviado. Recomendou que ela não desse mais tanta corda assim à melancolia, "porque nós devemos resistir com paciência a tudo que Deus fez". E declarou que só se sentiria tranquilo se soubesse que a mãe estava feliz.

Mais uma vez, mostrou todo o seu afeto nas palavras de despedida: "Muitas saudades e abraço saudoso de seu filhinho do coração que muito te quer".

Depois escreveu ao pai, esperando que a viagem tivesse sido tranquila, e estivesse em perfeita saúde... Contou dos programas que fez com "mamãe" Naninha e pedia que Dindinho se lembrasse de mandar o boletim, pois dois dias antes tivera nota "boa" em Geografia. Estava ansioso pela chegada de outubro, quando abraçaria os pais... Tinha saudades e mandava lembranças dos pais de Salvador, Naninha e Pedro.

"Adeus e recebe um abraço do filho que muito te quer."

A saudade de Iazinha

Passou-se uma semana e Antoninho escreveu de novo à mãe, falando do postal enviado por ela, e da alegria que trouxe... Mas nada recebera do pai, e achava isso muito estranho, não acreditando que fosse por preguiça de escrever. Já não sentiria saudades? Mesmo quando pensava assim, sua consciência lhe dizia o contrário: que o tio até chorava pelo filho adotivo...

Também contou que andava decorando uma poesia para recitar no aniversário de dr. Vasconcelos: *"O mundo está torto..."*. Mas principamente, que continuava brincando muito, e sem nunca esquecer-se dela, sua mãe querida... Estava há pouco conversando com o irmão mais velho, Pedrito, que outro dia tentara aparar uma bola que vinha muito forte e acabou ficando com o dedo "desmentido"...

Na despedida, mandava de novo "um saudoso abraço do seu filhinho".

(E alguns anos depois, quando Antoninho precisar ir para mais longe – estudar engenharia no Rio de Janeiro –, Iazinha estará novamente saudosa, e tentando se dedicar a outro sobrinho, o José Bonifácio, "Dedé", filho de seu irmão Francisco. Mas a quem quiser ouvir, ela dirá sempre que seu filho verdadeiro é o "dr. Antoninho", vendo o outro apenas como sobrinho, mas a quem também havia de querer bem...)

(Continuará assim muito delicada com o filho adotivo, sem nunca afastá-lo dos pais biológicos... E como se poderá entender no futuro, por uma declaração da filha de Antoninho, eles "conviviam sempre, no sertão ou em Salvador, e todos se sentiam muito integrados. Antoninho chamava as duas irmãs de Mamãe, o pai adotivo de Papai e o verdadeiro de Meu pai".)

Uma viagem de férias com os irmãos

Esta já é a segunda viagem que os irmãos farão juntos, levados por Naninha, para passarem uma temporada de férias nas fazendas, convivendo com a avó Janoca, o tio Ioiô, Dindinho e outros parentes. É uma viagem que toca a todos, especialmente a Antoninho, que volta à região tão especial onde fora criado... Mas todos os irmãos vão aproveitar muito, e se divertir, sentindo aquele evento como algo mais do que especial e importante, relacionado a tudo que já viveram...

Estamos em 1912 e eles ainda não sabem, mas haverá ainda uma viagem seguinte, só daqui a três anos, em 1915... Da primeira delas Antoninho não fez parte, porque ainda morava no sertão, e as outras crianças eram tão pequenas que nem vão se lembrar muito...

Mas esta, de agora, é a que ficará realmente marcada na memória de todos, até mais do que a última, pelos eventos que hão de sobressair em suas lembranças tanto de relações vividas (ou sentimentos experimentados durante essa convivência familiar mais ampla) quanto por fatos ocorridos circunstancialmente, dentro de uma história maior que agora se mostra um tanto coletiva, pois dela participam também os muitos moradores do lugar, deste município que começou como vilarejo e agora já tem até *status* de cidade... Por exemplo: eles vão presenciar o momento em que a Barra se tornará uma *diocese*, e sua igreja matriz, a *catedral*.

De volta à capital, escolha da profissão

Não tanto a engenharia em si, aqueles milhares de cálculos que precisam ser feitos, mas a matemática pura foi o que aos poucos exerceu maior fascínio sobre o menino... Por exemplo, a *Geometria Espacial*... Ele quis testar com seus palitos – os velhos palitos, iguais àqueles de que Tomei falara e trouxe alguns, ao menos na lembrança... – uma esquematização dos vários sólidos geométricos possíveis...

Antes de iniciar as construções, tratou de fazer os desenhos do que imaginava ser cada sólido, para concluir que os radialmente simétricos (de mesma superfície e lados iguais) eram apenas quatro: o tetraedro (feito com triângulos equiláteros), o cubo (com quadrados), o icosaedro (feito de triângulos) e o dodecaedro (de pentágonos)...

Outros sólidos radialmente simétricos também eram possíveis pela combinação de superfícies equiláteras, como hexágonos e pentágonos, quadrados e triângulos... Já em uma simetria bilateral, ele notou serem possíveis inúmeras formas em superfícies triangulares, como um octaedro que equivalesse a duas pirâmides unidas pela base, ou um decaedro intermediado pela superfície plana que se quisesse fazer, combinando triângulos...

Agora lhe ocorria que, prolongando o icosaedro de superfície triangular, se poderia montar um sólido de mais superfícies... Mas não...: seria o mesmo que triângulos maiores... Será?

E quanto mais se embrenhava naquilo, ia percebendo que os sólidos podiam ser inúmeros, quando não se prescindisse de uma superfície “circular”, e assim, com triângulos isósceles, era possível projetar muitos tipos de cúpula (sim, ele parecia se inclinar cada vez mais para o desenho arquitetônico...).

Vida universitária

Talvez só com muitas horas de estudos, aprofundando-se na pura teoria matemática, ele ainda pudesse se convencer de que na natureza não haveria, na verdade, a semirreta como algo diferente de uma reta, ou que o infinito não pudesse ser diferente de dois infinitos... E seria quase um sacrilégio, ele entendeu, perguntar ao professor (que, por ser padre, saberia isso diretamente de Deus?...) se a divisão de algo (*um*) por nada (*zero*), que no seu limite tenderia ao infinito, não seria igual a qualquer outra (mas logo saberá, pela resposta firme e categórica do mestre – de que *"não dividirás"* assim –, que jamais poderá ser feita uma conta de tal maneira, envolvendo uma ausência numérica...).

Um ao quadrado (ou elevado a *dois*), dirá que sim, isso faz sentido, pois o quadrado é plano e assim haverá de ter sempre *duas* dimensões; um ao cubo (elevado a *três*) poderia ser representado por um cubo de *três* dimensões; o tempo, sim, poderia ser entendido como uma *quarta* dimensão (algo elevado a *quatro*)...

Sim, mas se assim fosse, ao se contar esta ou qualquer história pelo uso de uma variável numérica, já se começaria considerando que há muitos bilhões de anos *Nada* existia e *Tudo* era a mesma coisa... Ou, se preferissem alguns, dizendo-se que *Tudo* estava parado, pois *Nada* se movia. Mas o engenho dessa duplicidade deveria ser então creditado a algo anterior, ao ponto zero como inverso ao infinito, por uma abstração do que se "autofecundou", se algo de físico pudesse ser comparado à vida assexuada das amebas...

Vê-se que Antoninho parece agora estar cansado... "O engenho dessa duplicidade", ele ainda pensou, "partiria de um ponto zero e teria como se deslocar para cima, criando o infinito, algo que a princípio seria também indivisível... E por serem inversos, deles nasceriam todos os números..."

(E se há algo de estranho nessa história toda, é querer-se entender por que ele agora se sente assim, do modo como estiveram Tomei, Ioiô, Francisco e Pedro, desperdiçando seus tempos de vida para dar vazão a esses pensamentos, de tantas elucubrações... Então devemos aceitar a hipótese de que isso tudo não seja mesmo verdade, tratando-se de intervenções casuísticas de um narrador querendo aparecer...)

(Mas voltando ao que ainda pensa, diz-se agora, em resumo – enquanto ele mesmo já quer se libertar dessas especulações –, do que poderia argumentar ao padre-professor – mesmo que de outra maneira: que, se algo não tivesse fim, não poderia ter começo... E algo sem começo não poderia existir, podendo-se logo questionar então essa necessidade, já tão antiga, de explicar-se *tintim* por *tintim* como todas as coisas foram feitas...)

Mudando-se em definitivo, para estudar engenharia

Foi assim que, em 1914, Antoninho entrou na *Escola Politécnica da Bahia* com apenas dezesseis anos... Tudo era ainda muito novo para o adolescente, e "nessa mudança de vida", levava na viagem sua *"mala de couro forrada com pano forte brim cáqui"*... Do dia em que se foi *"embora"* de vez do sertão, vai se lembrar de sua avó *"já quase morta"*, da ida de sua mãe *"até a porta"*, e *"até o porto"* seu pai, como também poderá descrever, no futuro, algum poeta baiano, que se veja em semelhante condição...

Diz-se que ele mesmo *"não entendia nada"*, nem para o que *"ia indo"*, *"nem dos sonhos"* que tinha, só percebendo que a mala já durante o caminho *"fedia, cheirava mal"*...

E no novo tempo, em sua busca de referência do que pudesse pensar e sentir (e "sentir" era o mais importante...), ele escrevia principalmente ao pai... Mas seria expor a um público maior parte de sua intimidade se escolhêssemos reproduzir aqui, de novo ("*tintim* por *tintim*"), palavras que eram dele para tudo que se dizia...

"Sozinho pra capital" (uma imagem verdadeira)

Bem, e agora já faz um mês que Antoninho se separou do pai, podendo-se sim reproduzir um pouco do que escreveu para ele, lembrando-se da *despedida*: diz que ela foi "rápida", como quase sempre...

Mas lembra-se agora de que, na viagem (expondo aqui, indubitavelmente – pelo que até transborda –, o seu veio poético), "a pressa do comandante não deu lugar a que se expandissem no barranco as minhas saudades", saudades essas que foram aumentadas quando se viu em um meio estranho, "meditando na rapidez de transição por que passara a minha vida"...

Antoninho sabia a cada momento vivido que chegaria a hora de partir, "mas nem por isso a minha surpresa foi menor quando me vi ausente de todos, trocando a liberdade de espaço da fazenda por um vapor onde tudo me entristecia"... Viu a fazenda passar com rapidez diante de seus olhos, reparando ao longe "os terrenos inundados da Codorniz". Apreciou "a ilha da Picada" e por fim "a Curiçaca que se distanciava", sentindo naquele momento separar-se de tudo que deixou, "numa viagem de longa ausência...".

Era ao que o obrigavam seus deveres de estudo e, como aprendera na família, o dever "a tudo vence"... Por isso ele pensou: "Em troca de passeios ou caçadas terei o livro a me instruir" e assim "preparar o espírito para uma vida futura cujas dificuldades ou empresas não adivinharei...".

Todo esse sentimento de tristeza e separação deveria ser superado, até porque, nas férias, ele voltaria ao sertão, já precisando ajudar o pai nos trabalhos e negócios da fazenda.

Novas férias

Em mais uma vez de volta à Barra, ele ainda está bem jovem, com seus dezesseis anos, e agora já assume quase toda a responsabilidade administrativa quando o pai está ausente... É Antoninho quem passa a contratar os serviços de roçada, ficando horas a fiscalizar "a construção de um curral no Banharão", e às vezes, "visitando a cavalo os mais longínquos locais da fazenda"... Mas, nas cartas que escreve para os irmãos em Salvador, só faz questão de lembrar as boas caçadas que faz, levando "a espingarda que ganhou de seu 'dindinho' Senhô".

Passa-se agora mais um ano (estamos por volta de 1915) e é a mesma época, mas desta vez ele fica em Salvador, escrevendo da casa em que mora com Naninha e os irmãos... Diz que o que gostaria era de "trazer os pais adotivos para viver em Salvador"...

Para Iazinha, diz por carta que talvez os de lá não concordassem com a vinda dela em razão da *ilusão* com que seus tios encaravam "a vida daí"... Mas diz que ele mesmo, "sem o 'baianismo' tão repudiado por eles", sentia que a vida no sertão era mais difícil de aguentar "para quem já se habituou" (como ela) "... a ter distrações variadas na cidade".

E também achava isso em relação ao pai: que, mesmo sendo sertanejo, tinha "todos os hábitos das cidades"... Acreditava que no ano seguinte já conseguiriam um emprego para ele, e assim teriam menos aperto.

– Não julgue você, papai ou titio Ioiô, que assim demonstro pouco amor ao Sertão: não tenho medo de seus impaludismos tanto receados, mas é natural que o meu desejo seja de vê-los na cidade em minha companhia...

Pedro Jr. e Iazinha chegaram mesmo a comprar uma casa em Salvador, mas logo depois a venderam. Também os irmãos de Antoninho desejavam sempre a proximidade dos tios. O mais novo deles, Matias, ao fazer dez anos (em 1915), agradeceu muito o telegrama em que o cumprimentavam: *"O telegrama que me enviaram me deu imenso prazer"* – disse, mesmo já sendo esperado... – *"porque sei que não se esquecem de mim"*. Explicava assim aos tios que a alegria do aniversário só não fora completa por não haver *"a satisfação de vê-los e abraçá-los"*, e por isso pedia a Deus que chegasse logo o dia em que pudesse *"fazê-lo"*... Agradecia aos dois, mais uma vez, e assinava como o *"sobrinho muito amigo"*, Matias, em abril daquele ano...

2

Como bom sertanejo

A memória enraizada para sempre...

Antoninho vai aos poucos se distanciando fisicamente do sertão, mas sentirá sempre que suas raízes ainda estão por lá, alimentando "seu espírito, seu amor à terra e ao grande rio", como haverá de dizer sua filha, em algum momento do futuro... Pois era onde estava "o aconchegante berço da família", e se poderia viver para sempre num "tempo sem datas", com "seus veneráveis e imortais heróis".

> A infância naquelas paragens moldou no temperamento emotivo de ABM [Antoninho] uma certa rudeza e simplicidade de hábitos, um desprezo pelo conforto da vida moderna, bem próprios do caráter sertanejo.

E *"por ser de lá, na certa por isso mesmo"*, como dirá o poeta a acompanhar o sanfoneiro, é que ele também não gostará (no dizer dos vaqueiros ainda mais acostumados a essa "rudeza e simpicidade") *"de cama mole"* e nem saberá *"comer sem torresmo..."*.

Antoninho sempre teve "grande entusiasmo e curiosidade pela vida", ainda há de dizer a mesma filha, mas muitas vezes também se deixará abater pelo pessimismo, e "por um 'áspero' realismo, marcantes naquela cultura" (que já pudemos notar, algumas vezes, em Iazinha e Janoca)...

Ficção de uma noite estranha – Antoninho em Salvador

> Esta noite de frio é algo raro, das poucas que passou assim, na casa de Salvador... Leva-o a sentir-se agora em ligeira insônia, iniciada por devaneios errantes... Já não é a primeira vez que se vê desta maneira, pois se lembra da madrugada solitária vivida em um dos quartos da fazenda de seu avô, o pai de Pedro Ribeiro, no Recôncavo... Fora lá que notara pela primeira vez essa angústia...

E ele então se põe a pensar nos antepassados antigos, dos que teriam começado a montar suas fazendas às margens do São Francisco, em lugares que tão bem conhece, a oeste de Salvador, quase em linha reta:... as imediações de sua velha e conhecida cidade da Barra. Parentes que, sabe-se lá como, puseram-se a desenvolver toda uma cultura erudita e refinada para a região... Mais do que isso, que souberam integrar esse conhecimento à vida prática, adotando um estilo bem mais objetivo do que o levado por esses profissionais da cidade, acostumados à "largueza"... Comia-se o que se colhia ou matava, não bastando ir ao supermercado para encher a geladeira...

É verdade que havia o dinheiro, conseguido pela venda de seus produtos agropecuários e lotes de terra, mas os mercados eram mínimos, e os excedentes de pequenos produtores deviam ser muito mais disputados, antigamente... E se faziam convencer de que estava "tudo bem", em ordem, pois eram eles fazendeiros de porte, organizados entre si, e assim os primeiros a quem qualquer produto de outras lavouras seria oferecido, ou algum bem ou ferramenta que se precisasse vender...

Talvez essa associação de Antoninho refira-se apenas ao repertório erudito dos tios; mas mesmo seus bisavós por parte de mãe, sabe-se que aprendiam latim e grego, e deviam ter bom conhecimento da cultura clássica, sobre as obras puramente literárias: os grandes épicos que consolidavam mitos de identidade para aqueles povos antigos, e também os grandes tratados filosóficos e científicos. "Será?" – ele pensa...

Agora entende que a erudição provinda dos textos clássicos é o que não se poderá atingir pelas futuras máquinas pensantes, como deverão ser os *softwares*, pelo que dizem do que haverá de se causar aos jovens, uma sensação de extremo domínio científico, mas por algo com que não se chegará à qualidade de um pensamento puro...

Esses antepassados viviam no mato, dependendo diretamente de cada caça e colheita... As intempéries, os desafios vencidos a cada ano, os levavam a pensar sempre em como se defender melhor, e preparar-se para o ano seguinte.

Pois tudo dependia do trabalho. Não era como nestes tempos modernos, em que a ideia inteligente consegue ser vendida até com certa facilidade... Havia os grandes momentos de repouso e meditação, especialmente nos finais de tarde, em que grande parte da família se reunia nas varandas à espera da hora da ceia. Ceia esta iluminada por candelabros e luz de lumeeira a óleo. Era o momento da grande "terapia" grupal, sem que se precisasse teorizá-la... Verificava-se como estavam as relações, uma a uma, pelos grupos na família e pelos interfamiliares, já que, além de outros fazendeiros com seus parentes, havia os grupos formados por trabalhadores de confiança, os de agregados, aqueles de relação comercial e aqueles de estranhos, que podiam ou não representar uma ameaça...

A família da qual ele e seus irmãos descendiam era das que conquistaram, ao longo do tempo (por sucessivas gerações), a estabilidade econômica e de domínios territoriais... E quando se pensa no passado, fala-se mais em famílias do que em indivíduos, talvez porque assim se deva imaginar uma ascendência não apenas próxima (de menos de dez gerações) como também aquela que lhe diz respeito em tempos de África, cem mil anos atrás...

Pensamento que voa...

Entre essa origem relativamente remota (ele não pensa agora na evolução biológica que levou à forma – transitória – dos hominídeos), os tempos atuais, o século e meio depois da chegada de seu antepassado ao sertão (que já vinha sendo colonizado uns cem anos antes...), a cultura humana se desenvolveu pela troca de experiência de várias civilizações, das quais Antoninho ainda admira em especial a grega da época clássica (século V a. C.) e a romana do século I a. C...

Entende que veio dessa Grécia antiga uma primeira reflexão sobre a importância de priorizar-se o bem coletivo, levando a muitas discussões... E talvez justamente por isso é que se tenham destacado lá, finalmente, os aspectos da individualidade...: a valorização e reconhecimento de uma *autoria* para cada novo saber desvendado...

Assim, não por acaso, nessa Grécia foi onde melhor se organizou o saber transmissível, registrando-se as autorias, que é de onde veio o moderno conhecimento acadêmico, de individualidades reconhecidas, mas que só importam enquanto tijolos de uma grande construção...

E com tijolo sobre tijolo é que se constrói ainda hoje todo o conhecimento científico, templo da sabedoria, que já lhe interessa bem mais agora do que a mera individualidade, embora se diga que pela viagem ao centro de cada ser se atinja também uma completude, a mesma que há em todos, desde o começo comum, o início de tudo por trás de uma grande explosão originária do *kosmos*. E em cada rã avistada por um de seus antepassados estaria essa origem de tudo...

(Antoninho só não precisa usar a desculpa do sono para reconhecer em seu raciocínio algo como estar-se a "chover no molhado"...)

... longe

Se não eram antepassados físicos os que estiveram na Grécia, eram culturais, ele já disse a si mesmo.... E do mesmo modo que na política, na música e na poesia, o que se segue não é por uma filiação de sangue, mas de ideias...

Antoninho pensa agora se toda cultura de sua época não seria mesmo pequena, perto do que se passava na Grécia... E se de lá desse pensamento antigo também não se originaram os raciocínios que complementariam a doutrina cristã pelos filósofos medievais...

"Em Platão estava o cerne do cristianismo", ele pensa como frase que já estaria cunhada para esta ideia, que talvez chegasse até a desorientar (ou ao menos fizesse indagar) os ortodoxos da tradição judaico-cristã, se aceitassem que a divisão entre bem e mal, mundos superiores e inferiores, seria bem anterior à própria Bíblia... Pois viria de uma evolução anterior, presente até mesmo nos bichos... E também viria, como é em cada ser, hoje, da decisão tomada por cada protozoário, entre o sim e o não de sua vida em particular, e apreendida em sua resposta própria, depois de inúmeras tentativas, que podiam chegar às centenas delas, nos seres primitivos...

E ainda se deixando levar tranquilamente, até diminuir o devaneio insosso...

Pensa agora se não seria também na Grécia antiga o lugar – espaço e tempo – onde mais se desenvolveram a geometria e a álgebra... Pois foi lá que pela primeira vez se definiu o que era o ângulo reto: aquele formado em um triângulo de lados proporcionais a 3, 4 e 5 (tendo-se chamado o seu lado maior de hipotenusa...).

E como os gregos, veio na Idade Média um italiano a especular sobre a função logarítmica estabelecida pela contagem natural, 1+2+3+4, para inventar-se lá uma escala com a soma dos dois números anteriores: 1, 1, 2, 3, 5, 8, 13, 21, 34, 55...

(O que para os matemáticos seria uma parábola de limite infinito nas duas direções, gerando um tipo de gráfico que só representa o quadrante de um círculo porque, se fosse uma esfera, já se teria multiplicado por quatro o seu número de quadrantes...; a chamada "seção áurea" apareceria na divisão de qualquer número dessa escala pelo seu anterior, como 55/34 = 1,6176... 144/89 = 1,6179... 233/144 = 1,6180... 89/55 = 1,6181... 34/21 = 1,6190...)

(E assim os matemáticos do Renascimento também tiveram suas elucubrações, "descobrindo" serem todos esses números próximos a 1,618..., que é a razão média entre a altura de uma pessoa e a de seu umbigo...: uma matemática mística e enganosa, como a de se desenhar o corpo humano – centro do universo – nas formas "puras" de um quadradro e de um círculo...)

Como último pensamento dessa noite estranha e demorada, Antoninho imagina haver outras pequenas relações de proporção semelhantes a essa, algo que já seria perfeitamente dominado por seus parentes e antepassados mais próximos, sobretudo os ligados em engenharia... E vê que novas elucubrações não lhe faltam... Pensa agora se as potências de dois já apontam para o infinito, desvelando razões de espaço e origem... Pois "2 elevado a 0 é igual a 1...".

E então ele dorme, finalmente, passando a sonhar com alguém que lhe diz:

– Não poderia ser *1* a origem de tudo, porque elevado a qualquer coisa dá nele mesmo, assim como qualquer coisa elevado a *0* dá nele... Mas *2* já sofre alteração espacial... Por isso dá-se ao *plano* a denominação de *2* ao quadrado, e ele ao cubo, *8* (ou à *terceira*, como se diz), é que estabelece uma *terceira* dimensão, que é *espacial*. E claro, os físicos demonstrariam que não existe espaço sem o seu tempo, porque os dois formam uma só coisa, o espaço-tempo.

– E tudo que se desloca – e tudo sim se desloca, o tempo todo, assim como o próprio espaço e seu observador: tudo em um espaço-tempo que está junto com ele, nele e é dele... –, como se deve lembrar, está dentro de um tempo que é variável, e por isso pode ser chamado de quarta dimensão. Aqui mesmo, onde se ocupa o espaço de uma casa, infinitas (ou tantas fragmentações com que se possa dividir o tempo...) coisas já se passaram, em um "agora" de plantas, insetos, dinossauros, índios, bandeirantes paulistas, e outros mais recentes...

3

Anos seguintes

Os falecimentos de Ioiô e Maroquinhas

Maria Joana, a "tia" Maroquinhas, como a chamavam os meninos, era a irmã do dr. Antoninho, como lembramos bem, que fora o marido de Janoca, a avó deles... Maroquinhas faleceu em 1916 e, como também lembramos, o seu procurador era Ioiô...

Ela foi a proprietária do Jatobá por 61 anos (dos 20 aos 81), até vir a falecer neste ano, como já se via que ia acontecer... E como também lembramos, esta "tia" fora casada com Félix Castelo Branco, sendo que os dois não tiveram filhos e deixaram todos seus bens para os sobrinhos, estes que são os filhos de Janoca e dr. Antoninho (e outra coisa interessante de lembrar, é que os dois irmãos, filhos de Tonhá e Maria Joana, sempre se deram muito bem, e até moraram juntos ao longo de toda a juventude...). Entre estes quatro sobrinhos estão Naninha e Iazinha, as "duas mães" de Antoninho, de quem mais temos falado ultimamente...

Fazenda Pixaim e a nova Picada

E assim uma nova fazenda chegou à família de Antoninho, vinda de Félix Castelo Branco, que casara com Maroquinhas em 1873... Com a morte dela, como o casal não tinha filhos, a fazenda foi herdada pelos descendentes de dr. Antoninho e Janoca, seus sobrinhos.

A fazenda que era deste casal de tios ficava "à margem esquerda do rio, na freguesia de Urubus, atual Paratinga, uma das vilas mais antigas do sertão", como a descreverá a filha de Antoninho... "Era uma das grandes propriedades remanescentes da Casa da Torre", de grande extensão de terras que ia 15 léguas adentro, na direção de Goiás.

Em conversas com Dindinho e Senhô (o seu tio Francisco), Antoninho achava que a fazenda Pixaim seria indivisível, ou até mais difícil de dividir do que a própria

Itacutiara... Mas em suas reflexões sobre isso, vai deixar por escrito um parecer de que eram terras de pouco valor, a não ser pela

> ... vereda que, rompendo o Boqueirão do Muquém, forma com o espraiamento das suas pernas a capacidade do amansador do Taboleiro em plena caatinga, e mais abaixo ao atingir a região alagadiça, as várzeas excelentes do amansador do Jatobá.

Mas havia também a sede da fazenda Boavista (que ainda será conhecida por Boavista *dos descendentes de Tomei*...), "a chamada ilha entre a ipueira e o rio", com "gado miúdo" e "as verduras ilusórias dos boqueirões da Mangabeira" beirando o rio e, "nos fundos, os de São Bento e Sapateiro, na serra da Gargalheira, distinguida pela boa qualidade de onça a fartar"...

Se essas características não permitiam dividir as terras, o mesmo se dava em relação ao gado que estava nelas... Na conversa com Dindinho sobre uma possível divisão, Antoninho ofereceu "todo o resto pelo amansador do Jatobá". O seu pai adotivo "achou graça, e aprovou".

Um sobrinho de Dindinho, de nome Nizan (filho de Ana Tomei, sua irmã, que se casara com Antônio Guerreiro), ainda vai fazer uma oferta por essa fazenda... Mas eles vão dar outra solução, buscando uma maneira incomum (às tradições sertanejas) para deixar-se de seguir "o espírito de só aquinhoar bem os filhos varões" (por acharem que neste caso ele seria especialmente injusto, se fosse mantida a orientação em que "as mulheres são tão pequenas e de futuro completamente indeterminado, enquanto os meninos apresentam fundadas esperanças nos seus valores pessoais"...).

E já um ano depois da morte de Maroquinhas, agora em 1917, a sobrinha que também é Maria Joana, Iazinha, vai herdar a fazenda São João... Assim, a fazenda Picada passa a ser de novo uma só, tendo à frente o Conselheiro Pedro Jr. (Dindinho), pai de Antoninho...

A barragem de Ioiô...

Na administração das fazendas, Ioiô era mais cauteloso do que arrojado... Mas em 1917, pouco antes de morrer, ele quis realizar uma grande obra de engenharia, melhorando o abastecimento de água das criações na caatinga (e era uma oportunidade de colocar em prática os conhecimentos adquiridos no seu curso feito no Rio de Janeiro, mesmo que tivesse ficado incompleto...).

Deveria ser uma reserva de água permanente no amansador do Jacaré, que tinha uma lagoa mais profunda (a *Lagoa Redonda*), mas sujeita, na seca, à evaporação... Ele queria evitar "a calamidade das viagens forçadas do gado enfraquecido" até o riacho do Brejinho, nas épocas de estio.

Com a orientação dele, foram construídos um longo canal de terra, vindo do riacho perene do Brejo Grande, e uma "barragem de alvenaria de pedra e cal", tendo uma comporta móvel de tronco de jatobá (devendo-se considerar realmente que, depois de muito se dedicar à engenharia, talvez lhe afligisse a ideia "de que sua dedicação aos estudos, na juventude, nada teria de útil").

A comporta ficava um quilômetro e meio acima do Jacaré, e assim se controlaria o volume de água da lagoa, que "estaria permanentemente abastecida"...

... e seu desabamento (quando estava com Janoca no Brejinho)

Já dissemos de Ioiô que era um "campeador", exímio conhecedor da "criação no aberto", acostumado a "prever uma parição futura naquele regime extensivo cujos segredos poucos vaqueiros dominavam"... Ao mesmo tempo, era "homem da rotina, cético e sem arrojo para transformar os acontecimentos". Suas poucas iniciativas "fracassaram pela complexidade do ambiente", sendo a maior a do açude do Jacaré, que arrebentou logo no ano seguinte à sua construção, em 1918. E por coincidência, foi à época em que estava à beira da morte, no Brejinho. Mas vamos contar isso melhor, com a calma que for possível...

Aliás, vamos entender diretamente o que o sobrinho dele, Antoninho, poderá nos contar, no futuro, sobre aquele episódio ocorrido no mês de março, quando

> ... a casa coberta de palha do Brejinho se movimentava para receber sua proprietária que vinha da Torrinha em carroça, puxada a mula. O filho viria depois, na suposição de fazer companhia à mãe. Na verdade viria para adoecer gravemente de um paratifo mal observado no começo.

Sim, a mãe era Janoca, e o filho, o seu mais velho, Ioiô... Seu sobrinho Antoninho contará que enquanto ele piorava da moléstia, em uma noite do começo de abril, caiu de repente um aguaceiro rápido e forte, e na manhã seguinte os vaqueiros deram "a alegre notícia da água sangrando bem pela Vereda até a lagoa Redonda". Mas depois veio a notícia de que o açude fechado para o Jacaré se rompera, desfazendo-se assim todo o armazenamento de água...

Era uma obra bem estudada, sem erros técnicos, mas não se levou em conta "o regime anormal das águas em corredeiras transitórias, para a fixação correta da altura da barragem" (e sabe-se, sempre se soube, o que "água mole em pedra dura" é capaz de fazer...).

Nas belas palavras de Antoninho, tudo parecia "uma homenagem da *Natureza* rústica a um de seus incansáveis admiradores que se despedia da vida"...

Homenagens ao tio

No dia seguinte, o corpo de Ioiô era levado pela Várzea da Sambaíba em direção às barrancas da Itacutiara, exatamente como o de seu pai, 33 anos antes... E então o cunhado, primo e amigo Pedro Jr., o Dindinho, assim escreveu:

> ... sua morte foi uma verdadeira catástrofe para toda a família, da qual era o elo que mantinha a união mais íntima e perfeita concórdia entre todos nós. Sempre bom e generoso, caridoso em extremo, o seu coração magnânimo estava sempre aberto a proteger as nobres causas e a defender os desvalidos. Para mim foi mais que um irmão. Foi um verdadeiro amigo com quem sempre pude contar em todas as dificuldades de minha vida. Foram tantos e tão grandes os favores que eu lhe devia que nunca tentei pagá-los, por ser isso impossível, tributando-lhe apenas a mais alta consideração e sincera amizade durante sua vida, e agora depois que se findou, sob o peso das mágoas que me acabrunham, consigno o meu profundo reconhecimento e eterna gratidão a seus benefícios, e à sua pessoa, uma imorredoura saudade. Pedro...

No pensamento positivista de Ioiô (que ele mesmo fez questão de deixar escrito), "não há nada de irrevogável na vida, a não ser a morte; os vivos são sempre, e cada vez mais, governados necessariamente pelos mortos".

O outro tio, "Senhô", passa a administrar as fazendas

Francisco Bonifácio de Abreu, o "Senhô", filho mais moço de Janoca, nascera em 1880 e ficara órfão de pai aos quatro anos... Ele depois se casou com Antônia Guerreiro, a Toninha, filha de Ana Tomei (uma das irmãs de Dindinho, entre José e Maria Clara), e juntos tiveram cinco filhos.

Ele, "Senhô", é considerado uma pessoa muito inteligente, tendo se destacado no curso de Medicina da Bahia (onde dizem que se formou "com distinção"...). Mas, como o pai, teve de voltar ao sertão para assumir a administração das fazendas, o que se deu naquele ano de 1918, depois da morte de Ioiô, que era o irmão mais velho... "Senhô" era bastante carismático e parece até ter traçado algumas pretensões políticas mas, ao que tudo indica (ou já sabemos), nunca vai realizá-las...

Enchente de 1919: fim da sede do Tamboril

Depois das chuvas que levaram a barragem projetada por Ioiô, no Brejinho, está havendo agora, um ano depois, uma grande cheia no São Francisco... E é triste quando vemos aquela velha casinha rústica, construída pelo cel. Pedro nos anos 1870, e que já resistira a outras catástrofes de enchente, sendo agora levada rio abaixo, depois de desmoronar completamente, em meio à grande enxurrada...

E lembramos o quão bravamente ela resistiu às chuvaradas de 1906 (quando Dindinho e Iazinha precisaram se mudar para a Torrinha, levando Antoninho), e também de 1907, porque era muito bem localizada, em lugar alto... Naquela época, Dindinho chegou a planejar a construção de uma nova casa, em outro local, mas acabou sempre adiando, por causa das dificuldades financeiras.

O ano de 1919 começou muito promissor para o sertão, com o gado gordo e "gozando bom preço e procura, assim como a carnaúba e o couro". E com essa relativa prosperidade, o Tamboril parecia começar vida nova. Mas anunciou-se essa catástrofe.

O rio começara a subir desmesuradamente, ficando quatro dedos mais alto a cada dia, até que de súbito parara, com as chuvas dando trégua por quase uma semana... Foi uma esperança à toa, porque enfim veio "outra carga de água forte e contínua", começando a levar tudo...

O que ocorria, na verdade, era em consequência de uma terrível inundação que viera acontecendo por todo o vale, pois naquele ano, mesmo sem ter havido grandes chuvas locais, acabou chegando uma enorme onda, ou "tromba d'água", vinda das nascentes...

E assim, dirá Antoninho:

> O rio transborda, liquidando o gado e as parições nas caatingas, e atingindo o seu máximo nos capões mais altaneiros e nos cômodos mais elevados dos alagadiços.

Antoninho, o jovem engenheiro, chegou a acreditar que a casa resistiria a tudo, mais uma vez... E "mesmo molhada, de taipa, sem alicerces, consertar-se-iam os rombos depois". A água na verdade só subiu meio metro (e em outra ocasião chegou a atingir 1,7 m), mas a idade dos "esteios" (que são as peças de apoio, ou sustentação) foi determinante: eles já tinham quarenta anos e não podiam mesmo resistir...

E assim o filho adotivo de Dindinho e Iazinha viu as madeiras cederem "em plenas águas, arrastando, com o seu deslocamento, o desmoronamento da casa...". E contará que foi este, simplesmente, "o destino modesto daquele lugar aprazível", onde ele, menino, havia aprendido que a *felicidade existe*, e é apenas "dentro do espírito de *sacrifício* e de *simplicidade*".

O Tamboril, que durou menos que o normal de um ser humano, voltava agora a ser "um porto de pescadores e pequenos lavradores, elevado à categoria de modesto amansador de gado". A casa já passaria a ser então desconhecida, "até dos pilotos dos vapores"...

Antoninho conclui o curso de engenharia (realizando o que Ioiô não pôde fazer)

Antoninho enfrentou muitas dificuldades na época. Em maio daquele ano, ele concluiu o seu curso de Engenharia Civil, mas com o pequeno atraso de alguns meses (no ano anterior, o governo decretara dispensa dos exames e aprovação automática, por causa de uma grande epidemia de gripe ocorrida ao fim da Primeira Guerra; da turma de quarenta alunos, só quatro – ele mais três – pediram banca especial para serem examinados, e assim adiou-se a colação de grau deste grupo para maio...).

Houve uma festa de formatura bastante animada na casa de seus pais, Ana e Pedro Ribeiro, festejando-se também o noivado da irmã Mariazinha... Mas para ele havia uma grande lacuna: os pais adotivos, que sempre o apoiaram e pagaram as despesas (e "desde a mais tenra idade" eram seus verdadeiros pais, como ele bem entendia), não puderam ir...

Os motivos foram mal explicados: a velhice de sua avó Janoca, a construção de uma nova casa na fazenda, e outros ainda... Mas, na verdade, ele *sabia* o motivo: a falta de recursos para uma viagem tão dispendiosa (como era nesta época) do sertão à capital. E Antoninho sentia: o casal estava desolado.

4

Despedidas de Janoca e Pedro Jr.

Sofrimento de Dindinho

Pedro Jr., o pai adotivo de Antoninho, entrou de repente em um processo de envelhecimento que evoluiu rápido... Se até 1918 ele era "um homem conservado para um sertanejo que vivia em clima 'áspero'", três anos depois já parecerá "um ancião", como explicará no futuro a filha de Antoninho. E deve ter piorado muito quando soube do falecimento de Janoca, em 1920...

Falecimento de Janoca, na Itacutiara

Naquele ano de 1920, Janoca veio a falecer na Itacutiara, sendo o seu corpo levado até a Barra na canoa Galateia, em uma viagem de sete horas. Dirá sua bisneta, filha de Antoninho, que a despedida foi acompanhada "por um grande cortejo de canoas com o povo entoando cânticos religiosos e segurando velas acesas nas mãos...".

Inventário...

Neste ano de 1922, como sabemos, comemora-se o primeiro século de Independência do país, que já fora Império e agora é República. Por isso, na capital e em São Paulo, principalmente, estão ocorrendo importantes manifestações culturais. Mas não, não vamos aumentar ainda mais esta história, que já está longa, e depois de tantos capítulos, ainda querer falar alguma coisa sobre isso...

Do contrário, vamos apenas dizer que este foi também o ano em que se concluiu o inventário de Janoca, feito conjuntamente ao do Conselheiro Luís Viana, falecido à mesma época (embora fizesse mais de vinte anos que o casal estava separado, e Viana tivesse outra companheira e até um filho dela, ainda menor de idade, Henrique Luís...).

Fez-se então a partilha entre Janoca e o filho do conselheiro... "Descontados impostos e despesas, o montante-mor chegou a 856.073$524. A legítima de cada um dos três filhos de Janoca (pois Ioiô havia falecido) ficou em 139.897$151" (quase 140 contos...).

No montante de Janoca (a dividir entre os irmãos) estavam 33 quilômetros de terras à beira-rio, incluindo os 12 da fazenda de Fora... Iazinha, agora a filha mais velha, recebeu:

> Metade da fazenda de Fora (Casa Nova); 3 km de terras da fazenda Itacutiara (Barra); 2 km de terras da fazenda Pixaim (Barra); 1/3 da fazenda Palma (Campo Largo); 1/3 da fazenda Ilha (Campo Largo); 1/3 na fazenda Sertão (Campo Largo); 1/3 da fazenda Vereda de Santa Bárbara (Campo Largo); 1/3 da fazenda Itaim (Barra); 1/2 da fazenda Floresta Negra (município de Amargosa); 1/3 de casa na rua Rui Barbosa (cidade da Barra); 1/3 de casa na rua Desembargador Montenegro (cidade da Barra); 1/2 de terras litigiosas na fazenda Itacutiara; 1 km de terras na fazenda Ema (Barra); gado *vacum*, cavalos e burros; ações do Banco do Comércio etc.

... e desavenças

Para dividir esses 33 quilômetros de beira de rio (porque, sendo feito o inventário de Janoca em conjunto ao de Luís Viana, incluía-se a fazenda de Fora) houve divergências mais sérias entre Senhô, o mais moço, e as irmãs Iazinha e Naninha...

Naninha já escrevera para Iazinha ao final de 1921, imaginando como o irmão receberia a carta de Pedro Ribeiro sobre este assunto... Pedia à querida irmã e ao primo (Dindinho) que o "acomodassem", caso Senhô se mostrasse "aborrecido com Pedro", lembrando que, se viesse com "algum destempero", seria pior.

Pedro Ribeiro estaria "um tanto incaprichado devido às bobagens e grosserias que Senhô andou fazendo com ele", mas o primo (e marido da irmã) poderia com jeito "acomodá-lo", contando com a ajuda dela no que pudesse porque, apesar de concordar com Pedro (seu marido), tinha pena daquele que era agora o seu único irmão, e lembrava que os pais sempre desejaram que eles fossem todos unidos.

E considerava que Pedro e o primo tinham seus "ordenados", o que a Senhô fazia falta... Mas "debaixo daquela arrogância toda e má criação" haveria também um espírito fraco, capaz de ficar "acabrunhado" por tudo... Achava que a maior contrariedade de Senhô estaria "por conta do Jatobá", e que Dindinho deveria descobrir um meio de dividir esses 23 quilômetros (incluindo-se um da Ema) em três, para assim "aquinhoá-lo lá".

Também entendia que o primo deveria escrever para Pedro Ribeiro nesse sentido, lembrando a vida trabalhosa que Senhô levava lá, sem qualquer distração, e que tocado pelo coração ele cederia, ainda mais contando com o apoio dela, Naninha... Recomendava assim que tudo fosse feito "com muito jeito", pois Pedro saberia ceder quando a questão fosse levada por bem, mas não quando o fosse por mal...

Para Naninha, a partilha como fora organizada por Pedro não prejudicava Senhô, pois ele ficaria com todas as benfeitorias na Torrinha, feitas por Ioiô, e os "pastos cercados de arame como não tem nenhuma fazenda", tudo pelo preço das que ficaram com elas.

Além disso, acabou ficando com tudo que era da mãe deles e, se elas não brigaram "pelas grosserias" que o irmão já havia feito até ali, também não deveriam brigar "por questão de interesses"... Mas juntava-se o fato de que elas tinham os filhos criados, e os dele ainda eram pequenos.

Na despedida, mandava um abraço afetuoso à "irmã e amiga sincera".

Carta de Iazinha a Senhô

Dois anos e meio depois, Iazinha escreveu ao irmão Senhô...

Reclamava de ele ainda fazer alguns insultos, e avisou que assim ela deixaria até de escrever... Considerava-se vencida, mas de consciência limpa, tendo cumprido com seu dever e acreditando que Deus lhes perdoaria, como ela lhe perdoava... Mas Senhô, sendo mais inteligente, deveria entender que na vida tudo cansa e, se ela já estava doente, triste e nervosa, não podia mais continuar naquelas discussões, que eram contra sua crença e o seu gênio.

Só aspirava agora à paz em sua alma, para se conformar com o triste destino de servir a Deus, aos seus, à humanidade "e para educar José, se a isto V. não se opuser" (que certamente era o próprio filho dele com Toninha, Dedé, o José Bonifácio, a quem Iazinha se apegou mais depois que Antoninho foi para Salvador...).

E assim, em razão de sua saúde, e do modo diferente de pensarem, decidia por se abster das questões pecuniárias, que a faziam sofrer... Agradecendo ainda o interesse que ele teve em sua causa, encarregava Antoninho de resolver tudo por ela, esperando que se tomassem providências e evitassem aqueles pequenos atritos, capazes de se degenerar em grandes inimizades... Desse modo se manteriam amistosas as relações particulares, "únicas que devem existir entre irmãos educados nos sãos princípios de uma família tradicional como a nossa".

E despedia-se pedindo que ele aceitasse, com Toninha, as "lembranças nossas e muitos beijos de Dedé... De sua irmã e amiga sincera...".

Ainda o sofrimento de Dindinho

O cunhado de Dindinho, Pedro Ribeiro, tornara-se desembargador em 1920, e foi então nomeado Presidente do *Tribunal de Apelação e Revista*, cargo que ainda haveria de ocupar por dezoito anos (até 1938)... E logo depois, em 1921, Dindinho elegia-se *Intendente* (prefeito) da Cidade da Barra.

Como observamos no início deste capítulo, o envelhecimento de Dindinho foi se dando de forma acelerada pois, como ainda haverá de analisar no futuro a filha de Antoninho, se aos 63 anos (em 1818) ele era ainda um homem "conservado" para o clima áspero do sertão (em que passou a maior parte da vida), aos 66 já se mostrava agora um ancião...

Falecimento de Pedro Jr.

Com todos os seus idealismos, Dindinho continuou a olhar para o São Francisco, e se antes o fazia lembrar de todo o vale (das barragens que desejava fazer no Paracatu e no Urucuia, e do canal ligando o rio Verde ao Paramirim...) ele era agora apenas o que banhava as margens de sua fazenda Picada, "formando-lhe a rede de lagoas", e que depois abraçava a Barra "para acolher a massa d'água robusta do rio Grande, que lhe ajudaria a se manter na parte do seu curso até o mar"... Seu pensamento se limitava agora à terra natal, na possibilidade de melhorá-la e também em preservar as propriedades da família...

Antoninho viu seu pai adotivo ficar doente, triste e sem dinheiro... Recebeu dele uma carta contando que já havia um mês que só se alimentava de leite e, "não suportando ingerir remédios", tomava injeções de "*strichnina*". Pedia que, assim que concluíssem o inventário de Janoca, mandassem algum recurso para que ele pudesse viajar em busca de tratamento... E despedia-se do filho por esta carta, dizendo: "Do teu papai sempre amigo, Pedro".

Antoninho, que tanto o amava e começava sua carreira, quase não tinha tempo para ajudá-lo, mas recorreu ao pai, Pedro Ribeiro. Este mandou uma carta para Dindinho em que oferecia recursos para uma viagem, e desejava a sua franca recuperação. Dindinho agradeceu, dizendo já estar melhor, e que esperaria a oportunidade de estarem os três juntos (eles dois e Francisco) para liquidarem os negócios do espólio da sogra em comum...

Mas faleceu um mês depois, em maio daquele ano, mostrando que a carta disfarçava a gravidade de sua doença... Estavam à volta a mulher, o filho, o cunhado Pedro Ribeiro e inúmeros amigos que o admiravam.

Como escreverá sua sobrinha Anita, ele morreu de uremia, no solar da família na cidade da Barra, "onde se casara" e "onde desejava morrer". Antoninho escreverá uma carta dizendo admirar todos os seus antepassados mas, dos que conheceu, dois se superavam no carinho que tinham, e por suas "qualidades excepcionais". Eram, obviamente, o seu pai adotivo, em sua "bondade infinita" a transmitir-lhe parte do imenso amor que sentia pelo rio São Francisco, e a avó Janoca, que ajudou Iazinha a criá-lo...

Carta à tia

Também a sobrinha Anita enviou uma carta a Iazinha, dizendo-se muito triste e sentida, e explicando ser aquela a primeira vez que escrevia desde o falecimento do tio... Não queria acreditar no ocorrido, porque até pouco antes estavam "no maior afeto e franqueza, como nós vivíamos aqui", e agora teria de chorar "a perda de um tio tão bom e tão nosso amigo e de todos os nossos tios o mais querido", o que dizia ser pelo carinho com que sempre os tratava, e pela amizade dedicada, como se os sobrinhos fossem seus filhos...

E se isso dava algum consolo à grande dor da tia, queria que soubesse que todos sentiam a perda dele, pois não se imaginava que existisse homem melhor, e lhes restava pedir a Deus conforto e resignação... Pedia à tia que fosse agora para Salvador, pois eles lhe queriam como filhos, e principalmente Antoninho poderia vê-la com mais frequência... Imaginou a dor que sentia e contou que, ao ler a carta de seu pai, Pedro Ribeiro, chorou ao saber que logo ao chegar ele já se deparou com Dindinho muito mal, e mesmo assim ainda perguntava por Naninha e pelos sobrinhos...

Lembrava o quanto gostava de vê-lo sempre lá, às seis horas, "sentado na ponta da mesa ceando", ou quando "chegava à tarde com o maço de jornais na mão". Disse então que a esperavam logo depois da missa de um mês, e despedia-se com um abraço e muitos beijos, com "muita, muita tristeza...".

Testamento

Dindinho deixou pronto o testamento quando ainda estava bem de saúde, em 1917 (cinco anos antes de falecer...). Declarava-se bacharel em Direito, pensionista aposentado do *Tribunal de Apelação e Revista* e ciente do que ali declarava...

– Nascido em 1855, na Barra do Rio Grande, era filho legítimo do cel. Pedro e de Antônia Vanderlei...

– Católico apostólico romano, queria cerimônias religiosas em seu enterro: que a alma fosse sufragada e o corpo sepultado na Catedral da Cidade da Barra.

– Era casado em comunhão de bens (desde 1893) com a prima Maria Joana, "companheira constante e amorosa", a quem pedia "perdão de algum desgosto" que pudesse ter dado, eventualmente, na vida conjugal... Não tiveram filhos.

– Sem herdeiros "necessários", podia transmitir livremente os seus bens, o que fazia da seguinte maneira:

– "As propriedades rurais com acessórios" (gado, benfeitorias e casas) "ficarão em usufruto de minha mulher" – Iazinha – enquanto ela viver, e depois disso com o filho adotivo – Antoninho –, filho dos cunhados des. Pedro Ribeiro e a esposa, sua cunhada – Naninha.

– Outros bens – "bens móveis, dinheiro ou títulos ficarão para minha mulher em plena propriedade".

– Se por "infelicidade" sobrevivesse à mulher, instituía por "herdeiro universal" de todo o seu "possuído" seu "referido filho adotivo" dr. Antoninho...

– Como testamenteiros nomeava sua mulher, seguida de seu filho adotivo e em terceiro seu cunhado Antônio (Ioiô, porque o testamento fora escrito antes do falecimento deste...).

Eram essas suas "disposições de últimas vontades", rogando-se "à Justiça da República" que as fizesse cumprir e executar (o que assinava em maio de 1917, em Salvador).

5

Antoninho e as fazendas

Picada e Ema

E assim Antoninho, que era o único filho de Dindinho e Iazinha, acabou ficando com quase todas as fazendas...

A Picada, como lembramos, fora comprada por Tomei em 1787, e depois herdada pelo filho José e por Luís Marques, então marido de sua filha Maria, em 1817... Mas depois José comprou a parte de Luís, e quando ele morreu, em 1825, um dos lados passou a se chamar São João, e o outro, que continuou sendo a "Picada", era o que margeava o rio, tendo três léguas de largura a partir dele... Metade dela ficou com Maria Clara, e a outra metade foi dividida entre o juiz Francisco e o cel. Pedro, filhos mais novos dela.

A "São João", que ia dessa nova divisa, a três léguas do rio, até a serra de Assuruá, ficara com Tonhá... Mas por novas heranças e compras (como a do cel. Pedro, da parte de Francisco), Dindinho tinha, em 1900, 88% da fazenda Picada (os outros 12% eram de seu irmão José) e 50% da São João (sendo os outros 50% de Maroquinhas), sonhando em reunificar essas terras...

Em 1910 ele comprou a parte de seu irmão José (com a ajuda de Ioiô, como lembramos) e em 1917, com a morte de Maroquinhas, Iazinha herdou toda a parte que era da tia. Finalmente a fazenda estava reunificada e, em 1922, com a morte de Dindinho, era agora a viúva, Iazinha, a dona de tudo... E quando ela morrer, em 1929, todas as terras ficarão para Antoninho, o filho adotivo do casal.

(E mais uma vez, não somos nós a julgar o grau de felicidade de uma mulher que desperdiçou sua juventude, casando-se com um homem mais velho, e embora fosse agora rica, na velhice, não teria mais disposição para o "bem desfrutar" dessa riqueza, e muito menos se dispor a recomeçar a vida afetiva com um novo namorado... Talvez se sentisse exatamente como a avó, Ana Joaquina, que gostava de novidades e dos costumes modernos e, mais ainda do que ela, preferia a vida movimentada da cidade grande...)

Os principais amansadores e currais da Picada, em diferentes épocas, foram o Carmelo, o Banharão, o Tamboril, o Picada, o Saco da Cruz e o Saco Redondo... Agora, com Antoninho, já diminuíram as parições, mas no começo do século ainda chegaram a nascer uns duzentos bezerros por ano, nesses currais...

Já a fazenda Ema, que também veio de Tomei, ao contrário da Picada continuou em seu processo de divisão e partilha entre os seus muitos herdeiros, inclusive Antoninho, que vai receber, em 1932, 562 braças que eram dos pais adotivos...

Itacutiara

A Itacutiara, como lembramos, esteve dividida entre os herdeiros de Luís Marques (falecido em 1819 ou 20...), tendo à frente Tonhá, o marido de Maria Joana (que era a filha de Luís com Maria, a segunda filha de Tomei).

José, o outro filho de Luís, que era mais velho, ficou com as duas léguas de margem na parte de cima – que incluíam todo o Brejinho –, enquanto Maria Joana herdara as três léguas na parte de baixo... José acabou falecendo em 1842, deixando as terras para o filho do primeiro casamento, também Luís (como o avô), para sua terceira mulher, a viúva Ana Francisca, e para a filha que eles tiveram juntos, Maria Francisca... Luís e Maria Francisca faleceram em 1858, e as terras que eram de José e Maria acabaram sendo todas passadas para Ana Francisca...

Quando o dr. Antoninho comprou essa parte de Ana Francisca, a fazenda foi reunificada...

A Itacutiara sempre teve bastante gado, e em 1925 houve uma grande parição, sendo contados 408 bezerros ferrados... Mas os anos seguintes, por causa de longas estiagens, dos surtos de aftosa e de alguns problemas administrativos, foram épocas de "grandes perdas de bezerros e gado adulto"...

A fazenda de Fora

No começo desta história, lembrou-se que na cultura ibérica, como em tantas outras, levou-se a acreditar, por uma série de circunstâncias (e entre elas a superação do escambo puro e simples...) que dono de alguma coisa é aquele que dela tiver o registro...

Janoca e o Conselheiro Viana, mesmo não sendo mais casados, mantiveram seus bens vinculados até o inventário, e foi assim que, em 1923, Iazinha e Naninha herdaram mais uma fazenda, a *Fazenda de Fora*...

Bem, a origem desta fazenda é uma longa história, e basta aqui dizer que veio de uma propriedade de cerca de quatro léguas de margem no rio São Francisco, e outras quatro de profundidade (em direção ao Piauí), que era de Antônio da Rocha Pita, "um dos cinco maiores latifundiários do Nordeste"... Em meados do XVIII, época em que Tomei chegou ao Brasil, ela fora dividida entre os filhos deste fazendeiro, tornando-se duas, a *de Dentro* e a *de Fora*.

(Era, enfim, um desmembramento de sesmarias da Casa da Torre, que na época de Garcia d'Ávila Pereira de Aragão, o amigo de Tomei – que continuava o trabalho do pai, Francisco Dias d'Ávila, abrindo uma estrada de boiada ao Piauí e Maranhão –, fora adquirida por esse Rocha Pita... Os nomes – *de Fora* e *de Dentro* – tinham a ver com a primeira divisão, feita em paralelo ao rio, que os vaqueiros logo notaram ser inconveniente... Por sugestão destes, elas foram amigavelmente redivididas, no outro sentido, mas mantiveram os nomes. A que ficou sem a lagoa foi compensada com mais margem de rio, e havia muita carnaúba, mas não se sabia explorá-la... E outras compensações foram feitas, para se conseguirem "melhores caatingas" para o gado, "terrenos menos inundáveis" para plantação, "melhores portos" para o comércio...)

(Com as disputas dentro da família, a fazenda passou por alguns inventariantes que não eram herdeiros, entre eles o Conde de Passé, neto de Antônio Rocha Pita, em 1839, e pelo seu genro barão de Cotegipe, o filho do cap. Vanderlei, em 1872...)

E basta dizer que a parte de Iazinha, que seria administrada por Dindinho, acabou ficando para Antoninho (58%), e a parte de Naninha viria a ser administrada pelo marido, Pedro Ribeiro (42%). Assim, Pedro, o pai biológico (e também o pai de fato, quando Antoninho se mudou para Salvador), e o filho passaram a ser sócios nesta fazenda...

Registrar-se-á de lá uma interessante carta, guardada por Antoninho, ao recebê-la de seu administrador José Martins, em 1933 (por este trecho que se segue às muitas palavras de cortesia, como "saúde, paz e tranquilidade"):

> Lampião é verdade que passou por aqui, não no Bem-Bom, sim em Oliveira; prendeu Tonhá e Ormento em suas casas, roubando ouro e dinheiro e soltando depois. O chefe da polícia deu providências necessárias e por enquanto não tivemos mais notícias. Deste lado do rio S. Francisco acha-se mais difícil de ele penetrar. Alfredo adquiriu uns fuzis e rifle e vive com gente em armas a esperá-lo.

(Na parte final, de novas palavras em cortesia, há também um *p.s.*: "até agora não choveu uma gota, mesmo assim o gado vai 'travessando bem. *O mesmo* [J. M.]".)

Como cuidar delas...

Antoninho tentou ser fazendeiro, conciliando as duas atividades, a de produtor rural e a de engenheiro, o profissional liberal morador de cidade grande... Mas não deu conta.

Realmente, devia ser bem difícil para ele querer administrar suas terras à distância. É o que também se notará pelas cartas de outro administrador, de nome Nemésio, nos anos 40...

Em uma delas, segue-se da mesma maneira, no início, a retórica dos votos de saúde e paz a todos da casa, passando-se depois às "notícias da fazenda"... A produção de peixes era "muito pouca", pois a única a dar alguma coisa era a Picada (a Umbuzeiro não dera realmente nada). E com a falta do produto, o preço estava até bom (80 a arroba do peixe branco e 112 o Surubim), mas faltava peixe...

> ... Aqui tudo *difise*, dinheiro ninguém fala, procurou o dono d'ele, a lavoura não tem, peixe é *scasso*, carne *baratiou*, farinha vindo de fora, enfim tudo. A criação estou com muito medo, porque tanto deste lado como do outro, magra. *Pesso* logo que receba esta, responda explicando tudo. Do criado amigo Nezinho Leitão.

Bem no futuro...

Depois de sua triste e insistente luta para manter as fazendas, que representavam a tradição e a memória de toda uma família, no final da vida Antoninho ainda estará enfrentando os dilemas de um "fazendeiro a distância"... E ainda por seis anos depois de sua morte, a fazenda permanecerá com os filhos, até precisar ser realmente vendida, em 1987, exatos duzentos anos depois da compra de Tomei...

(E só dez anos depois disso é que sua filha Maria, historiadora, encontrará entre os seus muitos papéis e documentos alguns dos escritos que contam esta antiga história familiar, mostrando as muitas gerações de avós que se sucederam, antecedendo a ela e a seus filhos, primos, sobrinhos...)

(Papéis estes que talvez passassem despercebidos e se perdessem para sempre, por estarem misturados a outros tantos, ligados à administração da empresa estatal em que Antoninho era diretor...)

Vida e amor – as memórias de Antoninho

A vida não existe para ser escrita, e sim para ser vivida... Mas a escrita, desde que foi inventada, é o que mais assegura à memória um mínimo de materialidade. E com a memória fortalecida por ela é que muitas civilizações souberam se impor a outras. Do mesmo modo, individualmente, a memória fortalecida foi o que mais ajudou, sempre, na guerra contra a repetição de erros involuntários...

Foi no começo dos anos 20 que Antoninho se mudou para o Rio de Janeiro, junto com o irmão Sócrates, ambos começando a vida como engenheiros... E nos dez anos seguintes, ele trocaria muitas cartas com sua mãe Nana, a "verdadeira" (vendo-se por essa correspondência, entre outras coisas, o apego dela ao filho, reclamando mais e mais as visitas dele, que para ela e o marido "enchiam a casa de alegria e consolava-os em suas preocupações").

A mãe verdadeira era agora o último "vínculo" de Antoninho com sua gente antiga, moradora do sertão... Pois todo aquele mundo passava a existir apenas em sua memória: o tio Ioiô, a avó Janoca, o pai Dindinho, Senhô, a mãe Iazinha... "Nem com seus irmãos, criados em Salvador, podia repartir as recordações do sertão..."

(E talvez com isso se possa entender o motivo de Naninha ter dado um de seus filhos à irmã: pelo menos um na família, da geração seguinte, manteria vínculos com sua origem...)

E assim, "por algum tempo restou Naninha, sua mãe, também sertaneja, mas esta pouco sobreviveu. Morreu em maio de 1931".

Restou o pai

Nos anos seguintes, Antoninho trocou "intensa correspondência" com Pedro Ribeiro, seu pai verdadeiro. Este fora criado "num engenho do Recôncavo" e "nada tinha de sertanejo, mas a grande amizade pelos parentes de sua mulher identificava-o com a região"... E por mais de vinte anos os dois foram sócios, meio a meio, nas fazendas de *Fora* e *Itacutiara*...

"Dividiam as preocupações e também os lucros da carnaúba", numa época em que esta se manteve bem avaliada nos mercados internacionais.

Antoninho guardou muitas cartas do pai, tratando não só de negócios, mas fazendo comentários gerais, e dando muitas notícias dos outros filhos e netos... "Nelas se percebe que havia afinidades e um trato bem íntimo entre os dois", dirá a filha Maria Laura...

Pensamentos sobre como "dedicar-se" às fazendas...

Já se contou que Francisco, o Senhô, irmão mais novo de Naninha, casou-se com Toninha, que era sobrinha de Dindinho (filha de sua irmã Ana Tomei), e tiveram cinco filhos... Um desses filhos, Chico, além de primo-irmão, era muito amigo de Antoninho... Foi para ele que Antoninho escreveu uma carta, no início dos anos 30, expondo todo o seu dilema e a dificuldade que tinha em *"Dedicar-se a ser fazendeiro"* (título que ele mesmo dera a esses escritos):

> ... Um rapaz formado dedicar-se a ser fazendeiro, mesmo por cá ou em São Paulo, eu reputo no momento uma vida sem compensação. Hoje em dia, a orientação de todas as formas do país, mais ainda do que antes, é no sentido de taxar o interior, criar toda sorte de empregos nos grandes meios e ainda por cima tabelar ["congelar"] os produtos que produzimos a fim de a cidade ter vida mais barata.

Antoninho via nisso uma "verdadeira injustiça", sabendo-se bem que "o homem do interior não tem nada de supérfluo e só se aguenta baseado na mais rígida economia", sem ter "prazeres senão o do próprio trabalho"... E acabava sendo impossível melhorar o rebanho, já que "não há pastos formados e a fome acanha os tipos bovinos".

O mercado de venda era irregular e "as parições sujeitas à natureza": "Uma parte morre antes da ferra, outra depois e mais tarde procuram-se as reses para a venda e só se encontra a metade". E sabe-se, "o valor de uma fazenda está no que vende e não no que nasce".

Os resultados também eram diminuídos por "pneumoenterites, bicheiras, manqueiras e fome". Os sobreviventes acabavam ficando magros e eram "vendidos a pessoas que ganham pouco e que por isso nos assustam nos pagamentos". Assim, o lucro do criador estava no comércio instintivo que fazia:

> ... o bezerro recebido ou o garrote comprado ao vaqueiro; o peixe que arrecada de uma pescaria eventual, ou a meia de carnaúba extraída; a rapadura armazenada no paiol e vendida na alta; um pouco de cercas quando ninguém mais tem...

Quando se observava o grande capital "emperrado no valor das terras", na "quantidade de gado" e na "dificuldade em fiscalizar tudo, vender, receber, auxiliar ao povo pobre, sofrer a emoção das secas", via-se como era difícil obter um bom resultado... Por isso tudo, ele aconselhava mesmo o primo Chico a ir com a mãe para Belo Horizonte, "onde poderá tentar a clínica num bom meio", não se entregando "a sentimentos pessimistas"...

6

"É o fim de tudo?"

O Brasil em perspectivas...

Há uma crítica que atravessará todo este século, reconhecendo no Brasil um país de grandes disparidades socioeconômicas, e ainda por cima melado de uma cultura feita para as massas, que irá substituir, o quanto puder, uma outrora identificação religiosa que servia igualmente a dar-se uniformidade, e identidade, como referência às questões culturais. E assim se nivelará ainda mais por baixo a comunicação linguística...

A renda será ainda muito mal distribuída, como decorrência, entre outras coisas, das inúmeras, impossíveis e preguiçosas explorações irracionais do meio ambiente, facilitadas pela permanência de uma enorme população na faixa de pobreza, como mão de obra barata...

Mas Chico, o primo de Antoninho, terá lá suas explicações para o que considera algumas "boas" características do Brasil em relação a outros "continentes" (reconhecendo aí um lapso, ou ato falho, por não ter dito simplesmente "países", como ia dizer...): por aqui não haveria lutas étnicas propriamente, pois nenhuma "etnia" poderia vangloriar-se de estar há milênios na região (como fazem certos povos bíblicos, por exemplo...).

Ou poderiam fazê-lo, de fato, essas chamadas "nações indígenas" mas, além de uma "índole pacífica" que parecem ter (e isso ele não diz à toa, mas apoiado no que novos estudos de um sociólogo francês mostraram em um jornal de hoje: que, no passado, nenhum desses povos chegou a praticar guerras de extermínio entre si, e mostravam-se sempre receptivos aos europeus; no máximo – pelo que se estudou de uma ocupação anterior à chegada dos portugueses – expulsavam outros povos para o interior, mesmo porque não havia a tecnologia de hoje...), elas representam, depois de tantos massacres, uma parcela muito pequena da população.

E agora a falar dessa nova civilização lusitana na América, ainda nos seus quatrocentos anos de história, Chico acha que os primeiros a ganhar espaço foram mesmo os conquistadores ibéricos (pois os chamados negros de diferentes proveniências teriam dificuldade em determinar uma nação que identificariam – e reivindicariam – como a mais antiga ocupação...). Depois é que vieram, em grande quantidade (ou *massa*) os italianos, podendo também lembrar-se os japoneses ou, antes, alemães, ingleses, franceses, nórdicos, eslavos, árabes... Isso porque daqui a mil anos, se houver conflito étnico, duzentos ou trezentos anos já não fará tanta diferença, e não se espera outra migração maciça por invasão até lá, mesmo considerando esse tempo assim longo. O que se espera é uma continuidade a esta tendência de miscigenação, que só fará impedir, definitivamente, tais conflitos.

(E mesmo quando houver as tais alianças dos partidários de um nacionalismo totalitário com a militância de igrejas menos esclarecidas – e à maneira como já se falou, entre "aqueles que não veem" um palmo, ou *palmito*, adiante da "barreira dogmática e panfletária de que são vítimas", por confiarem "nos milagres da vida", como dissemos –, uma guerra etnocida, por aqui, jamais acontecerá...)

Aceitando-se o que se sabe

E era agora a vez de o primo se pronunciar, e querer fazer também uma comparação para dizer que dentro da espécie humana haveria subdivisões semelhantes às que ocorreram nas outras... Mais do que as centenas de milhares de anos de afastamento genético, o que diferenciaria os grupos também poderia ter sido provocado pelos diferentes *habitats* ocupados (e hoje são praticamente todos os do planeta...).

Em lugares frios, zelar pelo interesse comum parece ter sido mais importante... E dizem alguns que lá as terras seriam mais férteis. O fato é que com milhares de anos de técnicas e conhecimentos adquiridos, acumulados, aprimorados a cada geração, algumas civilizações tiveram mais avanços materiais. Não por coincidência, mas eram também aquelas de maior consciência do coletivo, ou simples senso, e por isso também avançaram mais no sentido de garantir a sobrevivência de seus cidadãos.

Mais alguns milhares de anos e o "abismo" entre povos ficaria maior pela complexidade dos conhecimentos, que eram diferentes em uns e outros. E o contato entre os grupos só tinha a aumentar, não se sabendo exatamente o momento em que passou a haver o comércio, ou se sempre houve... Mas sempre, onde existiram dois povos interagindo, houve troca de costumes e seus conhecimentos, desenvolvendo-se junto o mercado de produtos.

A integração dos mercados aumentou muito na época do Renascimento, porque as grandes navegações encurtaram as distâncias. Acelerou-se depois, pela Revolução Industrial, a produção em série que ampliou imensamente a quantidade de produtos trocados... Voltou a aumentar agora e, mais aceleradamente, com os meios de comunicação a longa distância (telégrafo, telefone, rádio...) difundindo as mercadorias e serviços.

O desnível sociocultural entre os povos ainda é grande, ou até maior: as civilizações hegemônicas são cada vez mais complexas, enquanto alguns povos permanecem enraizados nas suas tradições antigas, sejam povos da floresta, teocracias ou os regimes totalitários de propaganda socialista, que começam a ser testados...

– Estes últimos são os mais radicais no sentido de garantir a sobrevivência de seus cidadãos, por meio do amparo social: já não é preciso trabalhar para ganhar a vida, basta o Estado extrair ao máximo de quem produz, e saber distribuir *benesses* entre os acomodados de sua burocracia, para não deixar de colher bons resultados políticos, pelo menos por algum tempo...

Temporada em Salvador

Entre as atividades de uma cidade grande, podemos chamar de produtivas aquelas ligadas ao comércio e administração de qualquer tipo. Vê-se: numa área urbana não há espaço para o plantio, para a criação de animais úteis, apenas para negócios e profissões técnicas. Entre os administradores estão os que fazem espécies de loterias, companhias de seguros, de guardas que, enfim, não produzem... Mas há também os artesanatos, as artes, as lições religiosas que, se não produzem nada de essencial, cuidam do espírito humano.

Necessidades essenciais, ele diria, são apenas as de comer, vestir-se, dormir; beber água, fazer amor, exercitar o corpo...

E como o desejo, a ambição pelo sucesso profissional anda dentro de um universo de sentidos (sendo esta palavra, "sentido", a que circula entre apreensões de lógica, como a arte de uma enorme onda, minuciosamente construída de causas e efeitos, a mesma que deu origem a tudo e a todos...).

– A continuidade do que se supõe vital, propiciador de vidas, mais do que o culto, o cultivo, está agora emperrada nos seres humanos, por motivo de desuso... Custou-se a compreender que o homem que invade um terreno baldio para plantar milho é mais digno e afiado – ou afinado – às leis de sobrevivência do que os que se apegam a questões tão fúteis, como marcas de produtos e personagens da coluna social... Sim, porque são menos dependentes nessa rede de confortos que é a sociedade hierarquizada.

(E por isso se diz aqui que "não devíamos estar assim tão desacostumados a descascar a laranja, a preparar o café"...)

Misticismo e futuro cósmico

Aquelas casas à beira de rio, sem saneamento, é onde moram pessoas simples, das que temem apenas o fim do mundo... Aliás, por este aspecto, nem precisariam ser simples pois, como ainda se há de dizer pelas músicas populares, "eu, tu e todos no mundo no fundo tememos por nosso futuro...".

E o fim de tudo se imagina que poderá mesmo acontecer de maneira mística, ou simples, como cataclismo na forma de "luzes no céu" e outras imagens que se queiram tirar dos Evangelhos... Pois tanto faz, e físicos do futuro já saberão se ocorrerá mesmo o inevitável fim da humanidade, quando a seu tempo já não houver mais as condições ambientais adequadas...

(Pois existem agora muitos estudos sobre isso, e esses físicos hão de dizer que, dentro do Sol, a energia que equilibra sua gravidade é gerada pela fusão de átomos de hidrogênio em hélio. E que a fusão nuclear precisa de energias e pressões gigantescas, a 15 milhões de graus Celsius... Mas só quando esse hidrogênio acabar é que o sol vai entrar em crise...)

(E o Sol não há de esfriar, dirão eles, mas "esquentar gradualmente" – só menos de 1% a cada 100 milhões de anos... E em um bilhão de anos, os 10% a mais de luminosidade farão com que no planeta não existam mais atmosfera nem oceanos, e a Terra se transformará numa bola incandescente... – só se podendo perguntar, mais uma vez, como andarão as coisas nas tais fendas oceânicas, e se haverá seres biológicos a atravessar ainda esses tempos "sombrios" – que, pelo aspecto físico, serão até mais "luminosos"...)

E pensamos agora se não seriam estes os mesmos "motivos para não temer o fim" sobre os quais Tomei refletia ao cabo de sua longa vida...

Ainda uma reflexão existencial – a olhar os bezerros –...

Poucos já ouviram falar de um fenômeno celeste de nome "vento solar", que é provavelmente magnético... Antoninho não chegou a estudar mais a fundo para entendê-lo como sendo de efeito análogo ao de uma enxurrada ou ventania física: ele "arrasta" a matéria cósmica deixada pelo próprio Sol e pelos planetas... Mais do que isso, cria uma espécie de bolha (para quem olhasse de fora do sistema solar) de proteção ao Sol e seus filhotes planetas (ou "planetinhas", a sua "prole", ou "cria", que fica assim protegida e guardada, junto a ele...).

(E aqui também se busca fazer analogia com o que Antoninho sentiu naquele momento em relação à sua ancestralidade – o conhecimento de seus avós e avôs envolvendo toda uma questão essencialmente afetuosa... O que se acredita que ele sentia de fato era todo um respeito por esses antepassados, de vida dura, corajosa, e de muita valentia – mais do que a que se exigiu dele...)

... e alguns eventos posteriores (uma viagem no tempo)

Vamos chegando ao final desta história – em matéria de eventos narrados –, mas sabemos que irá continuar. Tivéssemos aqui uma máquina do tempo e já se saberia todo o futuro...

Em 1927 faleceu o tio "Senhô", irmão mais novo de Iazinha e Naninha, ele que tinha "um gênio difícil, autoritário e despótico", como bem mostraram as cartas das irmãs... Antoninho era seu afilhado e gostava muito dele, chegando a ser chamado para que tentasse fazer algumas conciliações, no inventário de Janoca, em 1922 (Pedro Ribeiro, que era inventariante, chegou a romper relações com o cunhado, enquanto Dindinho, que também discordava das atitudes dele, preferiu não enfrentá-lo, pois já não estava bem...).

Antoninho contará aos filhos que era visível o declínio na saúde de seu tio Francisco, e ainda assim ele mantinha total cordialidade com o sobrinho-afilhado (guardando-se desta maneira os "últimos elementos do entrelaçamento antigo"). Quando se viram pela última vez em 1925, na Barra, Antoninho esqueceu seus interesses, pois "Senhô", aos 45 anos, e com diversas enfermidades, já parecia ter mais de 70... Estava "cercado da consideração pública, pelo seu valor individual e poder de insinuação junto à população", dizendo: *"Eu aqui já sou tratado como era meu tio Pedrinho"* (o cel. Pedro, falecido em 1899). Morreu dois anos depois, já residindo no Rio.

Em 1929, faleceu Iazinha, em Salvador... Ela ainda ia fazer 54 anos e não resistiu à doença, depois de um longo tratamento feito no Rio de Janeiro (em que estava sempre acompanhada de perto pelo filho Antoninho...).

Dois anos depois disso, Naninha escreveu uma carta para o filho, dizendo sentir o desaparecimento dos irmãos, da mãe e do primo (que era também um irmão). Estava muito triste e só... Confortava-se apenas por Antoninho não ter se esquecido de Iazinha pois, como dissera a Sinhô (seu filho Clemente, que também fora adotado, mas neste caso pela avó paterna...), por ocasião da morte da mãe de Pedro Ribeiro, a mãe de criação amava e adorava o seu filho adotivo, e este nunca deveria esquecê-la...

E terminava sua carta dizendo: "Aceite, com Tuta" (o irmão Sócrates), "muitos abraços" e beijos da mãe Naninha.

Três meses depois, naquele ano de 1931, falecia Ana Clemente.

(Pausa: a vila, que fora elevada a cidade em 1873, adotando o nome *Barra do Rio Grande*, passou, neste ano de 1931, a se chamar *Barra*...)

(E lá por meados deste novo século haverá a demolição da *Casa-grande* da dita *Barra*, tida como a tradicional da família... Para muitos, era o casarão "mais importante da vila", construído em 1811, com dificuldades, por José, filho de Tomei...)

E Antoninho, que já perdera a mãe, perderá também o pai, Pedro Ribeiro, mas só em maio de 1958, em Salvador... E como é parte da história humana (e animal, vegetal etc.), o próprio Antoninho também acabará falecendo, em 1980...

Em 1987 (exatos duzentos anos depois da compra de Tomei) é que será vendida a última fazenda, e somente onze anos depois (em 1998, já quase o ano 2000, e século XXI...) é que a *Barra* estará integrada à malha rodoviária brasileira, acessada pela BR-242, estrada federal que ligará Salvador a Brasília...

7

Histórias de vaqueiros

Florência e Bento

Já se falou aqui em dar mais atenção a este casal formado por Florência da Virgem, filha natural de Ana Guariba com o juiz Francisco (quinto filho de José e Maria Clara), e Bento Gomes, filho natural do cel. Pedro, irmão mais novo do mesmo Francisco (este, mais velho, tido pejorativamente como um "juiz de roça")...

A dedução que se segue não é tão lógica assim, havendo inúmeros casos a contradizê-la, mas neste contexto pode muito bem fazer sentido: a de que existiria uma relação direta, proporcional, entre a riqueza das pessoas e a possibilidade (ou probabilidade) de elas deixarem alguns escritos organizados sobre suas vidas, caso no futuro alguém venha a se interessar por saber de suas histórias...

Mas talvez devêssemos mesmo admitir que essa probabilidade (ligada sempre a uma capacidade, ou oportunidade...) dependerá na verdade de duas coisas: do grau de cultura letrada desta pessoa (quando existe algum) e do tempo disponível que ela terá para exercê-la... Mas nem assim se chegaria a alguma regra de fato: haverá inúmeros casos de pessoas que terão feito questão de deixar registros sobre suas experiências, aproveitando-se de tempos mais improváveis para se dedicar, e com esforços quase impossíveis, a aprender coisas que não lhes foram ensinadas...

Desses dois netos naturais de José e Maria Clara que vieram a se casar, Florência e Bento, digamos que apenas um deles houvesse tido essa oportunidade, dedicando-se à prática da leitura, seguida de um registro dos acontecimentos e sentimentos que os dois puderam observar e experimentar, em algumas épocas. Não, não precisamos dizer qual deles...

Nascimento de Juliana – a segunda filha (ficção)

Bento não se esquecerá daquela tarde quando tudo começou a andar rápido, e pôde enfim reparar na nuvem grande e espessa que começava a cobrir todo o céu do sertão (parecendo voar em direção à Amazônia, mas não se podia afirmar...). Mal desamarrou o cavalo e já se equilibrava firme sobre ele, a percorrer toda uma trilha arenosa (e de algumas poucas pedras que se viram soltas, sendo lançadas junto à poeira pelos cascos do animal sobre as plantas à volta – plantas que já andavam mesmo sofridas com a falta d'água...).

Ele se dirigia à vereda onde morava com a família, lugar que mais se assemelhava a uma imensa ilha, protegida de um lado pelo semideserto de areia e poucas pedras, e de outro por aquela mata ainda não explorada, em pleno sertão. Uma vereda, é preciso dizer, também protegida a sul e norte pelos desafios de uma longa travessia de rio, em canoas que não eram nada seguras para o tipo de correnteza...

(A vereda em suas terras é lugar ainda sem nome, a menos que já o houvesse na língua indígena, em épocas anteriores à chegada de sua gente, esta que trouxe os currais e fazendas hoje bastante vistos pela região. Mas já deve fazer uns cinquenta anos que ninguém mais falou do lugar...)

No meio da cavalgada já se podia sentir mais e mais a umidade, que parece juntar-se, formando aos poucos as primeiras gotas de chuva, raras e grossas, das que só agora é que se poderão ver bem... Começam logo a respingar, fazendo barulho sobre o chapéu e a capa do vaqueiro, enquanto brilha ainda, de vez em quando, a faísca de uma pedra raspada pelos cascos do cavalo – desses dois que têm ferradura...

Bento percebe então o contraste das cores, com o sol já se pondo e querendo revelar vestígios das antigas cenas mitológicas, aparecendo as "crinas de bronze" de um cavalo que "relincha ao vento" (como poderá dizer um poeta ainda mais do futuro, ao se sentir "sem rédeas" e vendo-se passar entre os "pistilos" e "estames", as "flâmulas de flor" em "areia rosa"...).

Finalmente ele chega ao rancho e lá salta como uma bala, encontrando sua mulher Florência já deitada na única cama do casebre (deste pequeno lugar que é só deles, moldado pela moradia retangular que mais parece uma cabana, toda ela de pau a pique, com teto em sapé, nas duas partes que formam um só cômodo – e a cama é mesmo dura, como ainda fazemos questão de lembrar, porque sertanejo que se preza não gosta das que são moles, nem de deixar torresmo aos cães...).

Estava prestes a dar à luz sozinha, por força da necessidade – pois a menina Celeste, primeira filha deles, só podia olhá-la e transmitir um pouco de sua doçura, no ar de ausência e distração que mantinha (como é próprio dos inocentes em que "aflora a beleza dos traços"...).

Já começa a anoitecer e finalmente se vê chegar o cabra Maneco, fiel ajudante do vaqueiro, no trato com o gado e cuidado com outros animais... Ele quer lhe assegurar que fora mesmo longa a viagem feita depois de tanger todo aquele rebanho, e por isso se atrasou...

E agora, sem demora, o cabra tira "o suporte da lanterna" (a "laterna", como eles mesmos chamam...) e gasta muitos, três, quatro fósforos (que eram ainda aqueles recebidos de um amigo de Tomei), para conseguir acendê-la...

E é neste momento que a chuva começa a cair de verdade, ainda suave e estável, mas logo vai aumentando para trazer, como já se sabe, mais uma grande cheia de rio...

Só quando eles encontram e acendem outro candeeiro é que dá para ver, da janela, aquela vegetação mais espinhosa próxima à casa, e as árvores baixas, só um pouco iluminadas...

Na casa de mãe Florência
Não precisa de Candeia
Pois os olhos de Celeste
A casa toda "alumeia"...

(Vê-se agora que há vaga-lumes... E é como se a casa iluminada estivesse em uma espécie de ilha, e no resto do mundo se pudesse caminhar por um tipo de espaço vazio, parecendo "ainda mais vasto por causa da escuridão"...)

Bento dá ordens ao cabra:

– Sim, volte e procure a parteira. Acho melhor...

Maneco sai a cavalo em um trote quase silencioso, por esta estrada que é a mais estreita, na maior parte coberta de areia branca, que com a lua dá para ver melhor... Passa agora pela fileira de tamarindos e finalmente já se aproxima da Vila pelo lado de cima, até podendo ouvir o barulho dos cascos do cavalo pisando em outro tipo de cascalho (e sentir a rua propriamente dita...). Então o cavalo resolve parar ali mesmo, soltando um bufo alto...

O vaqueiro Bento já acende mais o fogo, atiçado com os gravetos que encontrara na parte coberta... A mulher o admira. Ela consegue se levantar e está agora perto da mesa, com as mãos ao ventre... Maneco está demorando e Bento já pensa em também sair, mesmo debaixo de chuva, mas não pode deixar a mulher ali sozinha...

Maneco pede ajuda ao ver uma senhora que atravessa a rua da Vila, pois a conhece de nome... Ela lança sobre ele um olhar fixo, de quem sabe avaliar bem os homens, em suas boas ou más intenções... E se há gravidade no que dizem (principalmente em se tratando de algo adverso...). Ele mantém o olhar firme, e sem precisar dar mais explicações, ela aceita subir à garupa do cavalo.

– Vamos até lá, rápido! – ele agradece, enquanto cutuca o cavalo com os calcanhares, para ajudá-la a subir... E correm então "entre os barrancos de terra seca" do caminho que vai à casa do médico, onde estão os instrumentos necessários à parteira...

Mas lá, tudo está silencioso, e só depois da terceira chamada é que ele sai, com a cara de quem acabara de dormir, reparando-se no cabelo inteiramente branco, e as pernas muito arquejadas (de um corpo ainda musculoso...).

– "De onde você veio"? – ele diz sorrindo. – "Nunca a vi chegar assim..."

A chuva recomeça, e enquanto escolhe as melhores peças do armário para emprestar à parteira, o médico fala ao cabra de coisas do seu rancho, agradecendo o elogio à beleza e tentando explicar sua demora em abrir a porta...

– Com certeza é um bom lugar para morar, excetuando-se os mosquitos... E bandidos...

Logo depois, "o cascalho voou sob os pés dos cavalos" até chegarem à vereda onde Bento e Florência moram. O cavalo parou sem fazer nenhum barulho (pois parece estar tudo quieto, podendo-se ver "reinar o silêncio"), e é quando se ouve um "grande grito vindo da casa", que faz aquele homem e a mulher descerem rapidamente do cavalo...

– Venha... Vamos ajudá-la!

E a parteira aproxima-se rapidamente, para primeiro examiná-la... "Flor" já estava coberta por uma velha manta encontrada na grande mala de vime... E só então foi que ergueu a cabeça para ver seu marido, soltando um "maravilhoso sorriso que lhe transfigurou o rosto bonito e cansado...".

O que se ouve agora é apenas a chuva, que está ainda mais intensa a cair sobre o telhado...

– É uma menina! – diz a parteira – ... uma menina muito bonita, e saudável!

Do lado de fora, "a água que atravessara o sertão por centenas de quilômetros, em areais e pastos" cai ainda sem parar, sobre a terra à frente deles, "formando inúmeras poças", e chegando aos laranjais mais distantes, vendo-se agora "os arames de sustentação brilhando com as gotas de chuva"... E esta é a chuva que faz encher o rio, aquele que, "se não levasse toda essa água para o mar (lá bem longe, a leste), inundar-se-ia toda a região"...

E também se veem agora molhadas "as terras pantanosas perto do rio e as montanhas à volta" de toda aquela imensa região "quase deserta...", podendo finalmente sentir-se o cheiro de terra úmida, que penetra os narizes de homens e animais...

É de manhã e Florência dorme, finalmente... Tem "o rosto virado para Bento, e a boca um pouco aberta"... "A chuva já passou" – é o que eles pensam. Mais alguns minutos e já vão querer retomar o trabalho...

Bento é que iria levantar-se primeiro, mas prefere antes olhar para quem está a seu lado, a mulher de mão "já gasta, quase fibrosa" que agora lhe lembra ainda mais o quanto é preciso recomeçar o trabalho... "Ele estende a mão e a desce, docemente, sobre o braço dela, para então se virar de costas e quase fechar os olhos". É hoje, só por hoje que ele vai tentar pegar no sono mais uma vez...

Sonha agora em como estará a vida dali a vinte anos, podendo imaginar-se com as duas filhas já adultas, em conversas uma com a outra, a guardar-se a marca deste sentimento que vive dentro dele, e é o mais forte de todos.

Enquanto isso na Itacutiara...

Tendo até aqui chegado o leitor que por ventura acompanhou toda esta história, pode já ter reparado que, quando falamos nas propriedades herdadas por Antoninho, pouco dissemos sobre a Itacutiara, a fazenda que vinha de Luís Marques e ficara em parte com sua viúva, Maria, filha de Tomei...

O sonho de Tonhá, isto é fácil lembrar, foi realizado por seu filho, dr. Antoninho, ao recomprar as partes que ficaram com Ana Francisca, a filha mais velha de Vanderlei (com a Chica, irmã mais nova de Maria Clara da Virgem) que fora casada com José Marques. E assim a fazenda voltou a ser o que era na época de Luís, o pai de Maria Joana, que era a mãe de Maria Joana, que era a tia de Maria Joana...

Mas depois vieram novos desmembramentos... Foi quase no final daquele século, pouco antes da abolição da escravatura, que eles começaram a acontecer, modificando bastante as propriedades.

O primeiro deles foi a doação de Maroquinhas dos quatro quilômetros de terra no Paripacé, em 1884... No ano seguinte veio o inventário de dr. Antoninho, em que a Torrinha era separada da Itacutiara de Cima, para dividir-se entre os herdeiros... Depois, Maroquinhas vendeu os dois quilômetros de terras na parte central de sua propriedade, dividindo-a em duas. Em 1916, quando ela faleceu, "seu procurador fez uma doação como seu representante", de dois quilômetros, "nos finais do Curral Novo".

E assim, "o imenso conjunto de terras foi sendo fragmentado", e com as mortes da "tia" Maroquinhas (1916), do "irmão" Ioiô (1918) e da "mãe" Janoca (1920), os últimos da linhagem antiga, a polêmica sobre a divisa entre a Torrinha e a Itacutiara reacendeu... No inventário de Maroquinhas, o sobrinho Francisco ficou com o Jatobá de Baixo e a sobrinha Naninha, Ana Clemente, com o Jatobá de Cima. "Pedro Ribeiro reivindicava agora a parte restante do Jatobá de Baixo."

Maroquinhas e Ioiô

Foi Ioiô quem, já bem adulto (aos 43 anos), concretizou a "reforma" de 1916, pois Maroquinhas (a tia-avó dos filhos de Naninha, que ainda acompanharemos em uma bela viagem de trem quando eram crianças...) dera uma procuração a ele, como lembramos...

Maria Joana (tia-avó, como dissemos, e de mesmo nome que a única tia materna desses meninos...) era marcada por uma forte personalidade sertaneja, e bastante independente. Parecia ser obstinada e extremamente apegada aos sobrinhos bastardos (os filhos naturais do irmão dr. Antoninho, como lembramos, José Estanislau de Lima, Eulália e Maria Madalena...).

E principalmente a Eulália, a filha da escrava Gaudência – que perdera a mãe quando ainda era pequena, após um acidente trágico, que chocou toda a família –, ela se apegou muito... Eulália depois se casaria com o vaqueiro Genésio Leitão (do mesmo modo que a terceira filha "natural" de seu irmão, Maria Madalena, também se casaria com um vaqueiro "graduado" da fazenda, Martinho Carneiro...).

Filhos naturais que eram agregados – Eulália e outros

Lembramos que não foi só o dr. Antoninho, mas vários os parentes que tiveram seus filhos naturais... O "velho italiano" teve primeiro Eduardo, o pai de Antônio "Primo" (que se casou com Silvéria e se tornou o *Barão de Campo Largo*), e depois, com a escrava Jerônima, Bárbara, que se casou com Francisco de Oliveira...

Depois de Tomei vieram, com seus descendentes, os filhos "naturais" de outras gerações. Mas nenhum que herdasse as principais terras da família...

Antoninho, o filho de Naninha criado por Iazinha, quando tratou de entender melhor esse assunto, percebeu que as filhas "ilegítimas" costumavam ganhar do pai, no tempo em que se casavam, uma casa e uma máquina de costura, enquanto os homens recebiam cabeças de gado... Entre esses parentes havia muita "gente amiga", embora Antoninho em seus escritos só se referisse a eles de maneira quase negativa (em seguimento à sua cultura familiar...) – principalmente aos "primos", descendentes de Eduardo, que se fixaram no Campo Largo...

Fez parte da cultura local, e não poderíamos afirmar que fosse este um costume apenas regional, justificado pelo isolamento do povo sertanejo, o fato de que houvesse sempre lá muitos protegidos, sendo acolhidos "nas casas grandes das fazendas e das cidades"...

E era o costume do sertão que esses parentes "naturais", velhos ou moços, sem recursos, passassem mesmo a fazer parte do núcleo familiar, aumentando assim essa ideia de "clã", que já existia na Córsega do século XVIII, mas também em várias outras civilizações, de todas as épocas...

Eulália, a filha de dr. Antoninho com a escrava Gaudência, casou-se com o vaqueiro Genésio Leitão, do Paripacé. E esse vaqueiro tinha um irmão, Antônio Leitão, que já era casado, segundo dizem, com outra filha bastarda do médico fazendeiro (que teria sido criada na casa da Torrinha...). E pelo que contam desses irmãos que se casaram com as filhas "naturais", eles vinham de um lugarejo bem próximo chamado Curralinho, e foram considerados sempre excelentes trabalhadores: homens hábeis no traquejo do gado...

E ainda havia a outra filha, a terceira bastarda (ou "natural", como aqui se prefere dizer) do dr. Antoninho, que era Maria Madalena, também casada com um vaqueiro graduado da Itacutiara, de nome Martinho Carneiro...

8

A determinação de Maroquinhas

Eulália, Madalena e as terras passadas a seus maridos: os vaqueiros Genésio e Martinho

Talvez agora já possamos entender melhor a história de Maroquinhas... Em 1884, ela dera ordem a seu procurador, o velho cel. Pedro, para que tirasse uma faixa de quatro quilômetros de terra, indo do extremo da divisa com a fazenda de Fora para cima, no Paripacé, para dar a Genésio...

Pois bem: logo em seguida à oferta de Maroquinhas a Genésio, este Martinho, casado com Maria Madalena, propôs comprar outros dois quilômetros da fazenda Itacutiara, e recebeu o "sim" de Maroquinhas, que era então proprietária daquela área... E Martinho quis localizar o lote pretendido bem no centro da propriedade, já que a "parte vizinha ao Paripacé" era um tanto alagadiça.

E dessa maneira, a fazenda estava se "desintegrando" sobremaneira, "em um trecho largo da vereda central e dividindo-a em duas partes"... Quando Antoninho já era adulto e soube dessas coisas, não entendia como seu avô adotivo, o cel. Pedro, sendo tão lúcido, "permitiu a mutilação tão inconveniente da propriedade". Parece ter sido um choque para muitos que eram da família "legítima", e simplesmente não puderam opinar...

E como vimos, mais de dez anos depois, em 1895, o procurador de Maroquinhas passou a ser seu sobrinho Ioiô, o filho mais velho de dr. Antoninho e Janoca (a quem ela chamava de "meu pai"). Ele tinha muito carinho por essa tia, que seria de poucas afinidades (pelo que Antoninho entendeu depois, na versão que lhe era contada por Janoca) e, assim, Ioiô procurava atender a tudo que ela pedisse.

Quando Maroquinhas faleceu, em 1916, a família foi novamente surpreendida: Ioiô apresentou aos irmãos a sugestão de dar, nos fundos do *Curral Novo*, os dois últimos quilômetros a uma protegida de sua tia, Cota, a antiga cozinheira, mas que era casada com um tal Antônio Batista, sujeito tido na família como de mau caráter...

Ioiô, "muito desprendido" (ele que era altruísta...), entendia ser este o desejo de sua querida tia, mesmo que não o tivesse manifestado oficialmente, por escrito. Em toda a família houve um sentimento de desaprovação, mas só o irmão mais novo dos quatro (depois de Iazinha e Naninha), o "voluntarioso" Francisco, foi veementemente contra...

Ioiô, como procurador, propôs então tirar do seu próprio quinhão a parte a ser doada, mas nem assim o irmão concordava... E Francisco acabou levando essa questão à mãe Janoca, porque sabia que normalmente ela não concordava com o sistema de doações da cunhada.

Nas palavras de Antoninho, Francisco achava que "o novo Coriolano (general romano que só ouvia os conselhos da mãe) se conformaria com o julgado". Mas Janoca achou o contrário, e foi direta:

– Francisco, vá trabalhar... Você não pode impedir que Ioiô dê o que é dele...

E depois disso, Ioiô fez a doação.

Assim, Maroquinhas, a Maria Joana Castelo Branco, pode ter sido uma das pioneiras nesses sertões a fazer um tipo específico de "reforma agrária", vendo-se que estava "movida por sentimentos intuitivos de justiça e afeto" (nas palavras de uma das filhas de Antoninho...).

Uma das filhas de Naninha, Anita (a mais velha entre as meninas, tendo nascido logo depois de Antoninho), por ocasião da morte de sua tia-avó Maroquinhas, em 1916, escreveu uma carta à tia Iazinha dizendo:

> ... quando formos aí passear havemos de sentir falta do nosso passeio à casa da nossa tia, de ouvir o seu "fonógrafo" enquanto ela nos mostrava suas peças prediletas, e principalmente das novenas, animadas por ela, e do seu presépio que era o seu encanto.

A herdeira de Francisco

Íamos dizendo (ao contar uma história inventada...) do filho que o cel. Pedro teve fora do casamento, Bento Gomes, que se casou com a prima Florência, filha natural de Francisco, irmão de Pedro...

O juiz Francisco, quinto dos filhos de José e Maria Clara, foi o último dos irmãos a falecer, em 1906, quando o menino Antoninho (seu "sobrinho bisneto") já fazia oito anos. Ele ainda há de ser julgado, no futuro, como um homem "afetivo e comodista" (embora também venha a ser considerado, na memória familiar, uma pessoa de grande equilíbrio e humanidade, mesmo não tendo o talento e a cultura de seu irmão

José...). Teve uma vida longa, como já dissemos, pois viveu ainda mais sete anos depois do falecimento do cel. Pedro, que era o irmão mais novo...

(Talvez a reflexão que se possa fazer em torno de um homem que viveu muito – quase um século, no caso de Francisco – esteja em que, se houver lembrança de sua vida, ela estará reduzida ao que o tempo terreno registra como algumas horas ou minutos. E aí se percebe: cem anos não é nada na vida do cosmos, talvez menos do que um minuto na vida de uma formiga...)

(E aí, novamente, o espaço e o tempo se mostram muito semelhantes. Do tamanho da vida, da região e do continente, do planeta e da galáxia, estendem-se assim indefinidamente para o imensamente grande, como se reduzem também ao indefinidamente pequeno, passando pela ponta do dedo ao tecido orgânico, às células, moléculas, átomos e suas partículas invisíveis – que nada garante serem indivisíveis.)

(É assim com o tempo: talvez infinito e divisível em grandes partes – ou eras – ou em pequenas, minúsculas mas, ainda assim, divisíveis...)

Francisco já havia deixado o testamento pronto desde 1894, doze anos antes de sua morte (e se houver no futuro algum poeta a dizer que "o homem velho é o rei dos animais", isso só deverá remeter-se à sapiência, pois seja ele um homem, sapo, ou rato, estará vendo sua autoridade sempre sendo diminuída, e a depender invariavelmente, cada vez mais, de quem o alimente e dê cuidados...).

Bem...

Neste testamento Francisco se declara *"natural da Vila da Barra do Rio Grande (...), filho legítimo de José (...) e d. Maria Clara da Virgem (...), já falecidos"*, tendo feito *"carreira da Magistratura"* em que foi *"compulsoriamente aposentado quando ministro do Supremo de Justiça"*...

Diz que sempre se conservou *"no estado de solteiro"*, mas teve, *"por fragilidade humana"*, de *"Feliciana Maria de Oliveira, viúva, com quem não tinha impedimento para casar, um filho de nome Tomás"*, morto na Campanha do Paraguai sem deixar descendência, mas que fora reconhecido por ele em 1860, *"em escritura (...) lavrada (...) naquela Vila"*...

E logo depois revela que em 1855, *"por igual fragilidade"*, teve da solteira Ana Lina Guariba (também sem impedimento de casar) a filha Florência Clara da Virgem, reconhecida por testamento em 1867... Ela estava então casada com Bento Gomes, o filho natural de seu irmão Pedro – em matrimônio contraído, portanto, entre primos irmãos, como já bem dissemos...

E finalmente, no testamento, Francisco constitui essa sua filha a única herdeira da parte legítima de seus bens, que eram:

– Uma parte das terras da fazenda da Picada e gado com seu ferro ali pastando...;

– O que constar de uma caderneta da *Caixa Econômica*;

– Móveis de pouco valor, entre os quais, uma cama de metal amarelo (usada por ele) com uma colcha de damasco vermelho (da família de seu falecido irmão José...).

Ele desejava ainda (o que está aqui apenas a título de curiosidade) que seus poucos móveis e livros fossem vendidos a particulares. A louça e serviço de mesa de seu uso, o *"trem de cozinha"* e o que estivesse na despensa deveriam ser dados a quem o servisse na época do falecimento, e sua roupa mandada para o *Asilo da Mendicidade.*

Disse não ter dívidas (só gratidão pelos benefícios e favores dos parentes e amigos), e em seu pequeno livro *Corrente* constavam pessoas que lhe deviam por palavra, sendo que as da folha 15 ele dava por saldadas, e as da 34, por perdidas... E se os herdeiros do devedor da folha 35 ainda quisessem pagar por iniciativa própria, devia aceitar-se.

E dava algumas instruções para seu modesto funeral (no cemitério de São João Batista, em sepultura rasa), deixando ainda terça *"aos netos"*, filhos de sua herdeira (pois Florência teria agora um terceiro filho, menino, se fosse para explicar a ficção), recomendando que se completasse esse legado em terra e gado *"para que o pai deixe-lhes um lugar em que possam levantar uma choupana"*.

Assinava o documento no Rio de Janeiro, em 1894, como *conselheiro Francisco,* ministro aposentado do *Supremo Tribunal...*

Em dezembro de 1901 ele fez uma ressalva, declarando já não ter aquela parte da fazenda Picada, vendida para pagar as suas "muitas necessidades"... Pedia então que se empregassem "todas as diligências" para que se fizesse efetiva "a percepção do Montepio *em favor da* (...) *herdeira*".

Francisco faleceu no final de 1905, aos 93 anos, na cidade do Rio de Janeiro, onde viveu por 39...

9

Novas histórias de vaqueiros

Genésio e Eulália

Nos forrós e outros festejos (que dissemos ter ocorrido em momentos especiais, como o retorno passageiro à Barra de pessoas que se consagraram na vida política ou profissão – como era o caso dos velhos barões, da Vila e Cotegipe...), havia entre os convidados, e geralmente por serem amigas dos vaqueiros, pessoas mais simples, já conhecidas de vista da família de Antoninho e Janoca, muitas vezes a andar pelas ruazinhas (como aquelas que dissemos acompanharem de longe para depois irem até o porto aplaudir a chegada da canoa Galateia, trazendo o velho cel. Pedro) a cumprimentá-los...

Genésio era um dos que participavam muito desses forrós, sempre com grande alegria e entusiasmo... Falava coisas engraçadas e olhava sem disfarce para aquela senhorita que era quem mais soltava risadas, e olha que era só pelo prazer de estar lá, com ele... Por um tempo, nada..., ninguém mais precisava saber que, mesmo agora, eles ainda são só amigos, mas de uma intimidade nua e total. E é assim que ele vai acabar se casando com Eulália, a filha de seu ex-patrão com a escrava Gaudência...

Casa de vaqueiro e diversão

Não faz muito tempo que demos a notícia – está apenas alguns capítulos atrás –, por meio de uma ficção, do nascimento de Juliana, segunda filha do casal Bento e Florência (pois a primeira fora Celeste, cujos olhos iluminavam a casa...). Depois daquele parto meio sofrido, todas as coisas voltaram ao normal, havendo sempre a visita do cabra Maneco ao cabo das tarefas, no final da tarde.

E nessas horas eles se sentavam à varanda para conversar... Nos dias em que tudo parecia ter corrido bem, e se tinha mais domínio da natureza, o ambiente era de descontração. Muitas vezes Maneco chegava até a cair da cadeira de tanto rir, depois que

Bento ou Florência contavam os "causos" que encontraram registrados em um livro...

Sim, pois por aquelas bandas também era personagem de "causos" dos mais absurdos um tal cel. Alexandre, fazendeiro aposentado e casado com Cesária, a mulher que confirmava todas essas histórias que não tinham pé nem cabeça... Ao que parece, eram "causos" primeiramente contados por um forasteiro vindo de Alagoas, e apenas para que o leitor não fique tão curioso é que vamos "rememorar" de maneira bem simples alguns deles, muito "porcimamente", como se diz...

Alexandre acabou chegando a essas bandas por uns livrinhos impressos que estavam sendo vendidos na Barra, pendurados em um barbante (os "cordéis") com pregador de roupa. O casal de vaqueiros passou a colecionar esses folhetos, que vinham com histórias rimadas (podendo ser declamadas ou cantadas) e alguns desenhos de uma só cor (que eram primeiro esculpidos na madeira, para depois se passar a tinta e gravar no papel).

(E só no futuro essa personagem dará origem a um tipo de comédia "televisiva" – o que não teremos como explicar o que seja, talvez espécie de teatro, mas passado dentro de um tipo de eletrodoméstico capaz de produzir imagens e que, bem, isso não daria mesmo para explicar... – em que o herói "Pantaleão" também teria sua esposa a confirmar "causos" inverossímeis, dizendo ser tudo "verdade verdadeira"...)

Seriam também essas as histórias que se contavam nas varandas e à volta das janelas da *Casa-grande*, nos longos serões ao luar? Isso não saberemos, mas pelos livros já se pode dizer que são muitos os casos de Alexandre, e falaremos apenas de dois deles, para dar exemplo: um em que Alexandre ia vender suas reses para o mercado do outro lado do São Francisco, lá perto da foz, e no meio da travessia foi que se percebeu o grande furo na madeira da canoa em que ele e os outros viajavam, e era por onde entrava toda aquela água... Alexandre pediu que todos se acalmassem e agiu rapidamente, pegando emprestadas as ferramentas de um amigo até resolver o problema: fez outro furo e, assim, a água entrava por um buraco e saía pelo outro...

O outro caso serve apenas para mostrar a fidelidade de Cesária, porque às vezes Alexandre se contradizia... Depois de falar de uma arma que fazia grande estrago com um só tiro, e que tinha excelente mira, ele contou da vez em que avistara da varanda de sua casa, lá longe, na montanha, uma fêmea de veado campeiro a dois quilômetros de distância... Acertou de primeira, e depois de andar muito na mata (por "dezessete léguas") foi que encontrou o bicho todo estraçalhado, com "um caroço na cabeça, outro no pé".

Veio entrão o negro Firmino a querer explicações de como uma bala pudesse ter feito dois furos no bicho, e Alexandre se levantou, demorando a responder... Até que veio Cesária em seu socorro, achando curioso que o bicho tivesse sido atingido bem na hora em que coçava a orelha, usando uma das patas...

Médico

Alguém que viesse de outra época talvez pudesse não saber o que é um médico, ou pelo menos como ele hoje se apresenta e comporta (pois é uma profissão que talvez exista já há milênios, e até os gregos tinham os seus...). O médico, pois bem, usa sempre uma maleta com o seu estetoscópio, que é a lanterna para se examinar a garganta, ou um "instrumento para examinar o ouvido" (talvez seja), e uma pequena caixa com uma seringa de vidro e algumas agulhas (e "lamparina de álcool para esterilizar a seringa").

A consulta, o exame e o diagnóstico são feitos à beira do leito... Mas haverá dia em que o paciente deixará de ser visitado, pois ele mesmo é que terá de ir ao "consultório" do médico, aonde todos esses instrumentos vão agora morar numa gaveta... E também, dia haverá em que novamente todos os exames que se hão de inventar para serem feitos em laboratório voltarão à casa do paciente, não mais por uma maleta, mas sim com um pequeno aparelho que será uma espécie de "telefone móvel" (haja abstração...), capaz de reproduzir e transmitir as imagens...

Mas podem-se passar milênios, e o que terão dito sobre esses médicos alguns gregos, como Sócrates e Platão, continuará sempre valendo: "quando todos passam bem, só não é bom para o médico"; e coisas assim, como variações dos provérbios feitos em diversas culturas, do tipo: "médico, cura-te a ti mesmo" ou, "pode-se pagar um médico, mas não se compra a saúde"...

Lembrança triste...

Quando os filhos de Ana Clemente ainda eram pequenos, houve a história muito tensa e angustiante de um vaqueiro, de nome Elias Borges, que faleceu de pneumonia por volta de 1904. Os "lances dramáticos" desse episódio ficaram na memória principalmente de Antoninho, que estava lá e só tinha seis anos...

Nos escritos que deixará, ele vai contar a história desse vaqueiro que "fazia parte de uma das famílias vindas do *Reino* para formar uma povoação na nova sede do Tamboril" (e eram famílias portuguesas, ora pois, do norte ou do sul, mas certamente da zona rural – e com mais chances de serem do norte...).

Com a doença (que se dizia "moléstia") afligindo o homem e "apoderando-se" cada vez mais dele, o "remédio salvador" só poderia vir da Barra... Foi então escolhido o menino Chico Elias, filho mais velho do enfermo, para percorrer as 22 léguas de ida e volta, atravessando o São Francisco e o rio Grande, duas vezes... E tinha de ser tudo no menor tempo possível.

Antoninho contará que "o mensageiro deveria pagar um portador especial para a travessia dos rios, comprar pasto para o animal e acordar o farmacêutico Custódio", no meio da noite... Mas mesmo com todas as instruções assim claras, e o dinheiro recebido a mais do patrão, Chico falhou no prazo (e quem somos nós, aqui distantes, para julgar? – mas presumiu-se lá, entre os inconformados, que o atraso do menino "talvez" fosse "por economia"...): ele chegou uma hora depois de o pai ter morrido, e "ao entregar o pacote de remédios foi recebido por todos com quase hostilidade" (notando-se ser esta uma história já passada adiante com a sua *culpa* e o *culpado...*).

Na preocupação infantil que tinha, Antoninho correu para ver o estado do animal, "um rendeiro robusto da entrega de um dos vaqueiros"...:

> O cavalo arquejava numa sombra, mas com a respiração controlada – partira às seis da manhã da Malhadinha (defronte da Barra) e chegara antes do meio-dia, sem paradas. Enfrentara areias permanentes em quase todo o trajeto, mas parece que o animal representava ainda a herança longínqua do sangue árabe.

Antoninho acordou no dia seguinte com um vozerio estranho, quando mal amanhecera: "o corpo de Elias Borges era conduzido numa rede para o Retiro", enquanto "o povo entoava um Bendito que contagiou a todos da casa". E assim, "... voltava à sua terra o habitante original, que o velho Pedro conduzira a *outras paragens*".

Isso porque o Tamboril, não sendo ainda um povoado consolidado, não tinha cemitério.

(E se já nos referimos aqui à diferença de educação que se dava à época, na região, entre meninos e meninas, pode-se ver aí mais um exemplo de austeridade, e só no futuro se poderá analisar o grau de desarranjos psicológicos que provocariam casos assim, pelo tratamento "quase" hostil que fora dado ao filho do vaqueiro, em se culpá-lo pela morte do pai, e que tipo de consequências traria à sua autoestima. E mesmo se haveria alguém a se curar deste trauma, depois de recebida tamanha acusação...)

10

Modernidades

Céu estrelado...

Ioiô vê aquelas duas estrelas no céu e lhe parecem estar paradas, ou ao menos uma em relação à outra... Mas sabe a maneira de se dar conta da imensidão do cosmos, que é lembrar-se de que essas duas estrelas, aparentemente próximas, podem estar a uma distância bem maior entre si do que a mais próxima delas está do nosso planeta, ou sistema solar. E Ioiô tem toda a ciência de que, depois do Sol, a estrela mais próxima se chama *Alfa Centauro*, e fica a uns quatro anos-luz daqui. Então o que se vê dela, na verdade, é o que esta estrela foi, quatro anos atrás...

E desse mesmo modo ele sabe que a visão da estrela é um tipo de ilusão (vê-se a luz que ela emitiu muito tempo antes – mesmo a do Sol, que é tão próximo, só se vê a que foi transmitida há oito minutos...), podendo ela já ter deixado de existir (naquela forma). Também é assim na visão de Ioiô para a pessoa que está a seu lado agora (no momento em que se olham, uma à outra...), tratando-se, simplesmente, de sua apreensão de uma realidade que pode até ser objetiva, mas vista pelos sentidos (olhares), que já não correspondem ao tempo dessa imaginável materialidade... Pois a luz viaja e, mesmo sem ser perceptível, haverá sempre uma defasagem (a quem precisa dela para enxergar).

Na prática, como dizem os professores-engenheiros que ele conhecera no Rio (tendo como base justamente os estudos astronômicos, mas também matemáticos...), é preciso que tudo seja "arredondável", isto é, compreensível na adaptação de seu uso funcional pois, em teoria, o que se vê nunca passa de ilusão...

(No vagão deste trem em que ele anda pela primeira vez, quem caminha pelo corredor a pé, em sentido contrário ao do trem, está na prática fazendo um movimento normal. Mas em teoria, é como se andasse de costas, a uma velocidade altíssima...)

... em meio a novidades da época

Que divindade amorosa se encarregaria de zelar por este telefonema, que agora vem vindo, e de fazer pensar que um século antes a maior das cidades era menos iluminada que a menor das de hoje? Hoje já se vê a "cor do tempo", que é verde, como amplo pasto onde disputam animais selvagens com os de criação...

Será que alguma divindade antiga zelará pelo bom funcionamento dos telefonemas, ou ao menos por um desempenho melhor, na medida do que disserem seus usuários, de razoável, sincero e íntegro?

A modernidade já começa a introduzir nas paredes do mundo os prazeres da solidão. Seria papel vergonhoso aos próprios deuses se não pudessem acompanhar de perto essas mudanças eletroeletrônicas sofridas nos últimos cinquenta anos (quando se inventou, "de supetão", os trens, telégrafos, aviões, e logo se chegará aos jatos e foguetes...). Pois foi tudo de surpresa, como diriam os próprios deuses, acostumados a dormir por mais de cinquenta anos, e já não sabem, afinal, a quem responsabilizar, e pelo quê...

Situação política...

Ali se contesta a hegemonia inglesa como antigamente se contestava a romana. Os padrões de civilização desta história, ou deste meio, podem até ser criticados, ou mesmo elogiados, em alguns casos, pelos que preferem admitir os benefícios advindos de muitas coisas, em especial a tecnologia dos vapores, e a tecelagem industrial...

Já na Antiguidade, uma alternativa de desvinculação do grande Império talvez significasse apenas mais atraso em relação às novas tecnologias, concepções estéticas, filosóficas etc. Há ainda quem defenda ser mais vantajoso que cada agrupamento humano se mantenha nas próprias tradições, fechando-se à "ocidentalização" de matrizes franco-inglesas (e que um dia poderão ser norte-americanas ou, mais ainda a oeste, sino-japonesas – ou seriam nipo-chinesas?...). E quem somos nós aqui nestes meios e personagens para dizer que isso só significará mais atraso, abandono, miséria e violência? É ao menos o que quase tudo indica...

... e outras ciências humanas

E também deverá haver – o que já se disse em outro capítulo – uma teoria psicanalítica a achar que todas as dificuldades e problemas internos que podemos ter adviriam apenas de relações familiares sentidas, ou percebidas ao longo da infância... No caso de

Ioiô, lendo no trem o seu jornal, parece ser esta também uma ideia de fuga, defesa contra a consciência de que os maiores responsáveis por nossos erros somos nós mesmos...

Tecnologia experimentalista

Ioiô sabe que no futuro as pessoas já estarão acostumadas à moderna tecnologia do cinema, com facilidades para compreender a relatividade do tempo e sabendo que à distância ele todo se transforma em uma coisa só (como filme enrolado em carretel, já se sabendo o seu princípio e fim...).

Neste grande filme de todas as civilizações, história da humanidade inserida no período de vida do planeta, poderá ter havido uma região e época específica em que o ser humano (como o homo já sapiens) atingiu sua maior sofisticação em termos de produção cultural, o que se entende também por ter havido a melhor das sociedades, de costumes refinados e desfrute exemplar do que seja um dom, ou fenômeno, talvez divino, chamado "vida"... Trata-se, claramente, da Hélade, a Grécia em seu período clássico, que por sua vez descende da civilização grega de períodos anteriores, influenciada por fenícios e egípcios...

Foi essa Grécia que influenciou o que de mais rebuscado produziram os romanos, também uma civilização sofisticada, como o foi a civilização indiana de muitos períodos (principalmente o clássico, de poesia palaciana...), e como foram outras civilizações sem escrita, como a incaica que, por outros registros e depoimentos, ainda podemos imaginar como algo mais do que fabuloso, em termos de cultura e elaboração das adequações sociais, enfim... Em todas elas também haveria, claro, maus costumes, exploração de outros seres humanos e de animais, violência...

Ainda no trem

Ioiô se pega lembrando da cidade que enfim conhecera, sabendo agora que não fora construída há muito mais que três séculos, no que era antes um continente recém-descoberto, quase no meio do nada (quando se pensa em cultura e civilização europeia, ocidental...). Leva então seu pensamento aos viajantes de todos os séculos, que puderam sentir essa imensidão do mundo... É sempre o que mais o fascina, saber de todos esses lugares visitados (ou vistos indiretamente nos livros, mas isso já não conta tanto) que continuam ali a existir, só que agora longe dele, com suas histórias atuais.

Lá, próximo à cidade da Bahia, está o rio Paraguaçu, que desemboca nos fundos do Recôncavo... Ele é cheio de curvas, e quando se navega sem o uso do motor é ainda mais emocionante... E próxima a ele, à beira do Subaé, é que foi fundada um dia a cidade de Santo Amaro (e nada se identificava ao topo – ou lugar – idealizado, principalmente quando se tratava de um desencontrado mato do mundo, mas lá foi criado o tal "deslocamento multifacetário" da metrópole principal...), onde morava agora a irmã Naninha e seu marido, com os dois primeiros sobrinhos...

O livro que lê...

Passam-se os anos e agora é Antoninho quem viaja... Alterna-se a paisagem do que se tem à vista no trem (em "dois lados da janela") pelo que ainda se pode ler, tratando-se do trabalho de um pesquisador que viajara no mesmo "comboio", embora se diga que desde 1818 "já se construíam os vapores que ligam Salvador às principais cidades litorâneas do Recôncavo"... Sim, pois à época desses pesquisadores eles não estavam prontos, e por isso tiveram de atravessar em barcas comuns até Cachoeira, onde se diz que chegaram "por volta da meia-noite"...

Mas Antoninho quer logo adiantar essa leitura, a ver o que dizem do sertão... E assim encontra a passagem que lhe prende um pouco mais a atenção, podendo rapidamente adivinhar o que quis dizer este autor com...

> A imagem que o gringo tinha do sertanejo era de um temperamento violento e vingativo, e que muitas vezes terminava suas rixas com um tiro de espingarda...

Bem, vê-se que é uma espécie de diário, e está aqui o que se diz sobre o rio São Francisco:

> Sentimos o poder ditirâmbico do verso pindárico: Αριστου μεν υδωρ – a água é o que há de melhor. Para reanimar o nosso espírito extenuado e, após tantas desventuras e tribulações, chegamos à margem do hospitaleiro e abençoado rio.

Vê-se que, à época da excursão, a região estava seca e parecia morta... E que por isso eles seguiram "apressada e cuidadosamente" pela estrada, até depararem com um vaqueiro a quem perguntaram sobre a extensão daquele deserto... "Até o rio São Francisco, ali está farto de tudo", foi a resposta.

E acrescentou hesitante:

– Tem farinha e água.

... e o que viu Antoninho

Antoninho se baseou nas muitas histórias familiares, principalmente contadas pela avó Janoca, para entender que à época de seus primeiros antepassados que habitavam na região – Francisco de Carvalho, Teodora da Silva, Brás Resende –, ainda o final do século XVII, já havia por lá alguns fazendeiros ricos (ligados ao abastecimento das minas de ouro – com carne e leite, além de "cavalos, sal", farinha, "peixe secos"...), podendo ser vistos cruzando o rio em suas "embarcações luxuosas cobertas de palanquins à moda oriental"...

Desde essa época, a localização da Barra era estratégica, precisando passar por ela todos os que iam para outras regiões do São Francisco, ou que conduzissem as boiadas vindas do Piauí, Maranhão, Goiás...

Mas só muito tempo depois, no começo da República (os anos 1890), é que houve realmente uma efervescência econômica e social nessa parte do sertão, com o comércio advindo de uma nova economia (além da cera de carnaúba, que já se comentou aqui): a maniçoba, "seringueira da caatinga", fornecedora de um látex com que se produzia borracha de alta qualidade para transformar-se em pneus, luvas etc.

Foi uma economia que se desenvolveu em todo o semiárido mas, especificamente na Barra, reforçou-se todo um comércio regional pelo uso do vapor *Saldanha Marinho*, que desde 1902 fazia rota regular entre Pirapora (MG) e Juazeiro (BA), passando por lá, entre as duas grandes fazendas... E é uma pena que logo depois essa cultura tenha declinado tão rapidamente, pois em 1912 já não se produzia quase nenhuma borracha...

11

Viagem de 1912

Sonho de Antoninho...

Um dia, não faz muito tempo, quando Antoninho já se tornara adulto, sonhou com sua viagem de 1912, aquela que fizera com a mãe Naninha e os sete irmãos, para reverem os parentes do sertão... Matias, o mais novo, tinha só sete anos.

Sonhou que todos chegavam à casa da Barra e ele queria mostrar tudo aos irmãos, que ficavam olhando atentos, reparando em cada coisa... Sim, mas principalmente na beleza dos santos, naqueles nichos "lisos sem entalhes"... E sonhando ele se lembrava de tudo que lá se usava, e também do que havia na fazenda, aquelas "louças estrangeiras, copos de cristal e talheres de prata". Pôde ainda identificar os dois copeiros que ficavam à volta da mesa, servindo as crianças: chamavam-se Chico da Fazenda e Nicolau...

(E como depois viria a ser no Api, a fazenda do Recôncavo em que o pai fora criado – e onde morava à época o seu irmão Clemente, que também fora afastado da mãe biológica para ser criado pela avó Ana Ribeiro –, era sempre a mesma pessoa que se sentava à cabeceira... Na Barra, agora ele se lembra bem, era o seu tio Ioiô...)

... pela lembrança de Anita

Anita, uma das irmãs de Antoninho (que vinha logo abaixo dele e era a mais velha das meninas, como dissemos e fazemos questão de lembrar), quando já estava mais velha, aconteceu de um dia também sonhar com aquela viagem... E ao acordar, precisará agora narrar tudo que lhe vem à memória, deixando aflorar em si os sentimentos que ainda guardava, de coisas muito afetuosas e profundas vividas naquela época...

Vai então poder condensar em poucas linhas tudo que sabia de mais importante sobre o que se passava naquele núcleo familiar, como parte de uma longa história.

> A grandiosidade do cenário em que viviam, o rio majestoso, aquelas fazendas imensas, uma grande quantidade de agregados, bons cavalos, bons arreios, tudo isso lhes dava a impressão de serem grandes porque eram independentes.

Conforme escreve, Anita vai se lembrando cada vez de mais coisas, e agora é de quando iam a cavalo até a Itacutiara, onde a mãe Naninha "tinha a sua herança" para visitar... E foi lá que eles conheceram os dois locais mais agradáveis e interessantes de toda a região, o *Brejinho* e o *Brejo Grande*, "verdadeiros oásis no meio da caatinga que cobria a maior parte das propriedades". Podiam ver aquelas "várzeas imensas cobertas de flores miúdas", em que às vezes passavam, bem por cima deles, "aves enormes, as emas, e outras menores, as seriemas e também veados, um deles impressionante com sua galharia"...

E Anita agora se dera conta de que nunca chegou a ver uma onça viva, mas que certa vez levaram à Torrinha uma que já estava morta, vencida pelo vaqueiro... Seu tio Ioiô mandou fazerem um assado, mas as crianças rejeitaram aquilo, e não quiseram nem experimentar (sentindo um grande "nojo", só de olhar...).

Anita então vai se lembrando de que eles gostavam de "atravessar o rio em canoa para passar uns dias no Tamboril, sede da fazenda Picada"... Lá, moravam os tios, Iazinha e Dindinho, "um homem muito civilizado", nas palavras dela (sim, pois muito se orgulhava daquele tio que estudara em São Paulo ao lado de Pinheiro Machado e Albino de Oliveira – sendo este último um primo de Rui Barbosa, que acabou morrendo "numa grande fazenda em Campinas, de onde manteve correspondência com meu tio por longos anos"...).

(E não só ela, mas todos os sobrinhos sempre acharam o tio deles, Dindinho, um homem "afável, bondoso, extremamente educado e gentil"...)

E nesta casa dos tios, o Tamboril, que era a sede da fazenda Picada, todos se sentiam muito bem... Havia o conforto de quem já morou nos grandes centros, e as refeições eram ótimas, com legumes e frutas...

Os tios eram mesmo generosos, muito bons e carinhosos com todos os sobrinhos e com as outras crianças, sempre... E criavam o irmão Antoninho, para quem a "tia" Iazinha acabaria deixando todos os seus bens... "A não ser" – lembrou-se Anita – "uma terça parte da fazenda Pixaim", que reservaria para dar a seu sobrinho José (o Dedé, filho de Francisco, seu irmão mais novo, único dos homens a se casar).

A viagem

Anita se lembra bem daquela segunda viagem, de quando tinha apenas treze anos... Estavam todas as crianças, claro, muito radiantes com a ideia de passar as férias na fazenda com a avó Janoca... Ela era a quarta (depois de Pedrito, Tuta e Antoninho), e estavam juntos todos os oito filhos de Naninha e do desembargador dr. Pedro Ribeiro. É engraçado porque não consegue lembrar-se muito bem da primeira viagem, de quando tinha ainda quatro anos, guardando da época apenas "a lembrança de um calor intenso"... Esta de agora é a de que Anita se lembra bem, e foi feita em 1912 (lembra-se até mais dela do que da última, que ainda fariam, em 1915...).

Sim, foi uma viagem realmente "memorável"... Eles saíram da cidade "muito cedo, pela manhã", em um trem da *Leste Brasileiro*. Levaram dois dias para chegar a Juazeiro... Na primeira noite o trem parou em Serrinha, onde não tinha hotel e eles ficaram na casa de um Juiz de Direito, amigo de seu pai (e Anita se lembra agora de que, para cuidar das oito crianças, a mãe "sempre levava uma empregada para auxiliar no trabalho com o 'batalhão'").

Em Juazeiro eles ficaram no Hotel Lopes...

(E se um dia houver de ser feita barragem nos municípios de Sobradinho e Casa Nova, a quarenta quilômetros dali, haverá de gerar grande quantidade de energia elétrica... Pois será o *"segundo maior lago artificial do mundo"*, espelho d'água de trezentos quilômetros a armazenar 34 bilhões de m^3 em sua represa... Espera-se então que seja feita também uma "eclusa", podendo as embarcações vencer o desnível de 32,5 m e continuar navegando pelo trecho que vai de Juazeiro-Petrolina, BA-PE, a Pirapora, MG.)

O homem chega e já desfaz a natureza, tira gente, põe represa, diz que tudo vai mudar
O São Francisco lá pra cima da Bahia diz que dia menos dia vai subir bem devagar
E passo a passo vai cumprindo a profecia do beato que dizia que o sertão ia alagar

Adeus Remanso, Casa Nova, Sento Sé, adeus Pilão Arcado, vem o rio te engolir
Debaixo d'água lá se vai a vida inteira e por cima da cachoeira o Gaiola vai subir
Vai ter barragem no salto do Sobradinho e o povo todo vai-se embora com medo de se afogar

(Era um hotel considerado "o melhor da cidade" mas, como bem se lembra agora, "especialista pela falta de higiene"...)

Era então que embarcavam no navio onde tinham uns quatro camarotes, reservados com antecedência.

E essa viagem, sim, foi uma delícia...

> O navio deslizava nas águas mansas do rio... impulsionado por uma roda que deixava um rastro de espuma. As margens eram barrancas sobre barrancas, de vez em quando uma ilha e a beleza eram as garças que vinham em bandos e formavam nas ilhas verdadeiros reinos ...

> A espécie mais bonita das garças era a das "colhereiras", garças cor-de-rosa que tinham o bico em forma de colher. Às vezes também vinham em bando patos selvagens e outras aves.

A cada cidade em que o navio parava, eles desembarcavam: Sento Sé, Casa Nova, Xique-Xique, Remanso, Pilão Arcado e por fim a "Barra do Rio Grande, onde a família nos esperava".

Mal chegando, foram todos para a Casa-grande:

> ... um sobrado imponente com uma grande porta ao centro e cinco janelas de cada lado. No centro, subindo-se uma escada, havia um corredor largo separando duas alas; a do lado direito das mulheres e a do lado esquerdo dos homens.

Foi lá que as crianças aprenderam algumas coisas sobre a história da família: que a casa fora construída por José, filho de Tomei, sendo este o genovês que trouxe sobrenome italiano à família na Barra, vindo da Córsega em 1760. "Quando a Córsega passou para o domínio francês, ele fez declaração pública de que continuava cidadão genovês", escreve agora Anita, lembrando-se deste detalhe pelo que poderá ainda contar esta mesma história a seus filhos e netos...

Esse José foi casado com Maria Clara da Virgem, a filha de um português com a índia Laureana... A irmã de Maria Clara, Chica (ou Francisca Antônia do Livramento), casou-se com o capitão-mor pernambucano João Maurício Vanderlei, e juntos tiveram quatro filhos, entre eles o barão de Cotegipe.

(Anita, que agora é adulta, pôde se lembrar de que foi Maria Clara "quem inspirou a planta da casa baseada em casas portuguesas, de inspiração mourisca". E ela parece ter sido uma mulher extraordinária: "viúva muito cedo, criou os seis filhos e mais cinco sobrinhos, mandando o mais velho dos filhos estudar em Coimbra".)

(E lembra-se agora de que, nesta viagem que fez com os irmãos à Barra, já não havia a separação de alas na Casa-grande. "As refeições eram na sala grande das mulheres e as visitas eram recebidas no salão dos homens." "Os móveis eram simples, porém de madeiras sólidas", havendo "nichos, arcas, cadeiras de tabelão...". Com a destruição da casa, tudo ficou espalhado...)

Eles não se demoraram na Barra, e seguiram, como da outra vez, direto para a Torrinha no mesmo vapor (apenas subindo pelo rio mais onze léguas a partir da cidade, na direção sul...). E agora Anita se lembra bem disso, que na volta eles desceram o rio em barca própria, para "esperar o vapor na cidade"... Então puderam passar mais alguns dias na Barra, com o tio Dindinho e sua esposa, tia Iazinha, na Casa-grande...

Personagens do encontro – Ioiô, Senhô, Janoca...

Algumas palavras podem querer dizer certa coisa para uns e outra para outros, conforme o repertório que se tenha constituído em um todo lógico, que é sempre individual... É o caso desta palavra escolhida por Anita para descrever o seu tio Ioiô: ele seria um homem "antagônico":

– Ioiô "era um tipo antagônico" como um "santo laico"... "Sensato, moderado, trabalhador, tinha as fazendas em completa ordem, administrando tudo que era da mãe, dos irmãos e da tia Maria Joana..." (a Maroquinhas, viúva de Félix Castelo Branco, que não teve filhos e deixou todos os bens para os sobrinhos...).

Seu tio Ioiô, o "solteirão", estava "sempre vestido com calças de couro, jaleco e chapéu de couro de vaqueiro". De tarde, quando ia jantar, punha uma roupa de brim, mas antes passava algumas horas numa casinha próxima ao rio que era o escritório das fazendas, onde ficavam as escrituras e era conferida toda a contabilidade das propriedades, "tudo muito bem feito"... Ioiô mandava cópia "todos os anos para os irmãos", ressaltando as rendas vindas da pesca e da cera de carnaúba, que ele sabia explorar...

Escritório dos tios

Naquele escritório havia uma "pequena biblioteca", com "livros franceses de Auguste Comte e outros filósofos, clássicos franceses e ingleses traduzidos para o francês"...

Os dois irmãos, Ioiô e Francisco, gostavam de ler tudo sobre História Geral, principalmente de fatos ocorridos na França e em Roma... E quando estavam à mesa de jantar, na frente das crianças, eles discutiam sobre esses episódios acontecidos na época dos romanos, ou na Corte e academias francesas... Tudo como se fossem fatos ainda recentes. E isso despertava nos menores uma grande fantasia. Depois faziam algumas comparações com as culturas portuguesa, brasileira e outras...

> ... Viviam os dois irmãos num mundo irreal comentando episódios grandiosos, levando uma vida rústica, simplíssima.

Desenhos

Era o final de uma manhã de domingo e, depois de andarem muito a cavalo, as crianças resolveram passar a tarde nesse escritório dos tios, desenhando e conferindo os livros, nas companhias de Ioiô e Senhô...

(Só muitos anos depois é que veriam de novo esses desenhos... E isso se deu quando Iazinha e Senhô precisaram dar ordem naquilo, encontrando desenhos de criança dos sobrinhos Anita, Mariazinha, Estela, Matias e Clemente, no meio daquele monte de pastas, quando era preciso diminuir a tralha... Realmente, o escritório ficava melhor assim, bem arrumado, e eles podiam então deixar de pensar nas diferenças que os perturbavam à época...)

(E do modo que é para todos, trabalhando, envolviam-se no que estavam fazendo e deixavam de ter pensamentos inúteis... O ócio, quando inútil, desde sempre fez as pessoas sofrerem de "paixões", como ciúme, raiva, inveja... E quando a sorte é maior – porque talvez seja merecida – o que se nota é justo o contrário: a possibilidade de haver muita calma no mundo, mostrando-se estar realmente bem, em todas as coisas...)

Janoca

Os netos se lembram de que a espiritualidade de Janoca, o seu sentido de caridade, "era conhecido em todo o rio"... E Anita também falou disso quando escreveu que as "mulheres que estavam à morte vinham entregar-lhe os filhos"...

A fazenda tinha casas para os doentes e, dentro da sede, "uma farmácia aonde uma mulher ia todos os dias preparar as fórmulas já prescritas" para diversas doenças... Prescritas, diga-se, por médicos que eram da própria família, como o seu filho Francisco, "Senhô"...

> Quinino, calomelanos, ruibarbo e outras drogas eram pesadas em pequenas balanças e as cápsulas que eram guardadas vazias eram preparadas para os doentes. Era sempre uma romaria de pedidos de remédios e de dinheiro e sempre eram atendidos.

Longe de Roma, mas era uma "romaria", pois...

Janoca dizia a Naninha que, além dos remédios e esmolas que dava para os agregados, à tarde ela ficava na calçada e, quando via as crianças indo pegar água do rio, reparava se estavam magrinhas e fracas, para então chamá-las:

– Venham comer em minha casa para vocês melhorarem...

E dizia em particular a ela:

– Sei, porém, minha filha, que não me agradecem; faço pelo amor a Deus. Outro dia passou aqui uma das minhas protegidas, e eu disse: "Você não tem vindo comer aqui por que razão?". Ela respondeu, alteando a voz para eu ouvir: "Não preciso mais, já estou gorda!". E assim são quase todos, mas continuo fazendo caridade, porque me conforta.

12

Reencontro feliz

Sonho de quando eles conheceram a avó

Quando Anita conheceu a avó, aos doze anos, Janoca já tinha 72... Ela era pequenina, tinha poucas rugas e "os cabelos ainda não eram completamente brancos"... Mas estava muito surda, o que dificultava a conversa.

É talvez uma das cenas mais tocantes a que agora podemos imaginar, pelo que acaba de se lembrar Anita: o momento em que a avó (parecendo à menina uma senhora muito idosa...) percebeu a chegada da filha e dos netos à casa da Torrinha, sede de sua fazenda... Veio então se aproximando para olhar um a um aqueles meninos e de repente começou a chorar, de tanta alegria, não parando mais de fazer isso... Pois era mesmo a pura emoção em vê-los assim, ou revê-los, agora, depois de tantos anos de separação... E ia enfim poder guardá-los assim perto, por todos esses dias em que estivessem na sua fazenda...

Ela agora abraça de novo os seus netos, um a um, e só depois de chorar muito é que vai conseguir acalmar-se, dizer coisas para agradá-los, mimá-los todos com seu carinho (principalmente os menores, Sinhô, com onze anos, Mariazinha com dez, Estela, com oito, e Matias, com seis...).

E nos dias seguintes ainda vai continuar chorando, sentindo essa alegria imensa de vê-los, e um pouco ouvi-los, sem nunca deixar de dar a bênção a todos, pela manhã, à tarde, à noite...

(Eles acabavam se vendo principalmente nesses momentos em que ela preparava o café, dava o lanche ou quando era a hora da ceia... Mas também em outros, na varanda, e também à noite, quando todos se reuniam e as crianças brincavam...)

Conversa na calçada

Muito tempo depois, quando Antoninho ainda morava lá, mas Janoca já era bem idosa (pois sabemos que só virá a falecer aos 81 anos, em 1920...), estavam apenas os dois naquela calçada da Torrinha, e a avó quis lhe contar das principais transformações ocorridas em sua vida:

– [São] ... *bens abençoados, esses do meu tio Antônio* – o sogro Tonhá – *que me permitiram viver até agora sem sacrifícios.*

Quando Antoninho se tornou adulto, e conhecedor de muitas histórias, achou curioso que ela já não falasse na herança recebida de outro tio, o barão – um montante que a essas alturas já estava todo consumido... Mas realmente, ele pensou, talvez os grandes bens abençoados fossem mesmo aquelas terras, que os antepassados e outros familiares tiveram sempre o cuidado de manter socialmente reconhecidas, como bens deles, particulares, o que assim permitia "enraizar-se" a família (não se tendo registro de que houvesse contestação, lutas ou tentativas de invasão, sabendo-se, por outro lado, dos muitos esforços dedicados a unificá-las e mantê-las coesas – como terras que vinham de Tomei, Vanderlei e Luís Marques, principalmente –, esse esforço, de fato, começou com o sogro Tonhá, mas depois foi feito também pelo marido médico, e pelo primo chegado, Dindinho, que tão bem cuidou de seu neto mais próximo, o que ficara no sertão...).

Antoninho e a avó...

Talvez fosse esse o sentido de suas palavras... E Antoninho, o já tataraneto e pentaneto de Tomei (pois dizem que depois do tataravô, ou tetravô, é que vem o pentavô, o hexavô, o heptavô e o octavô...), sempre teve um carinho especial por essa avó, a quem achava que devia a vida.

E não era à toa que ele pensava isso... Se alguém lhe perguntava sobre uma cicatriz feia que tinha na barriga, fazia questão de contar que, quando era pequeno, caíra uma vela em sua cama, incendiando todo o pijama e o colchão... E o que ele se lembrava dessa época era apenas de sua avó sentada noite e dia na cabeceira, rezando... Quando se recuperou, ela o levou de vapor até a gruta de *Bom Jesus da Lapa*, para os dois, de joelhos, agradecerem a grande graça recebida...

Em uma carta deixada à filha, ele vai poder contar mais coisas de sua avó Janoca, que era "... conhecida em todas as barrancas do rio São Francisco", nas que eles passaram juntos e nas outras, da Lapa a Juazeiro, "por causa das romarias ao nosso modesto Santuário":

Todos os viajantes desvalidos que aportavam à Torrinha eram por ela protegidos. Sofreu muito na vida, perdendo o filho queridíssimo (Ioiô) quando já tinha quase oitenta anos, e apesar disso foi a mesma até a morte, na vivacidade do espírito e no interesse por todas as soluções humanitárias.

Na temporada de despedida...

Antoninho, o filho de Ana Clemente, repetia o nome que vinha passando por aquele ramo da família já em quatro gerações, ao longo de mais de cem anos: Tomei, Tonhá, dr. Antoninho (isso sem falar nos outros ramos, ou nos considerados menos "legítimos"...).

Entre os homens, outros três nomes também se repetiram por muitas vezes: José, Francisco e Pedro.

Nas viagens de 1912 e 1915, o menino Antoninho pôde visitar algumas vezes, agora com os irmãos, a casa da Torrinha, sede da fazenda Itacutiara, que fora de seu antepassado Luís Marques... A tia Maroquinhas, ainda viva, morava no "sobrado", a casa antiga da Torrinha que ficava ao lado da nova, construída por seu avô, dr. Antoninho, como bem lembramos...

Anita, quando escrevia suas memórias, também se lembrou bem dessa casa da Torrinha, que naquela época ainda...

> ... era como um grande barracão, de umas oito janelas de frente, diversas portas, ladrilhada de tijolos, telha-vã, com uma calçada na frente, onde à tarde nos sentávamos olhando o rio, o movimento das barcas e canoas e de vez em quando um vaporzinho que subia ou descia o rio.

E lembra-se agora, principalmente, quando volta a escrever, de que os irmãos mais velhos (Pedrito, Sócrates e Antoninho) "saíam muito a cavalo" com o pai (Pedro Ribeiro, que trazia esse hábito do Api), e assim eles "caçavam e voltavam entusiasmados", comentando a abundância dos animais selvagens... Eram patos imensos, e ainda mais gostosas as

> ... marrecas novinhas, preparadas à moda da cidade, deliciosas. Nas refeições havia sempre tatus, com a farofa feita no casco, cabritos que eram mais gostosos que os carneiros, segundo meus tios.

E na casa, havia só uma mulher que sabia cozinhar bem, Lioba, que a mãe deles orientava com todo o respeito, tratando sempre com carinho, pois tinha sido sua babá.

(Como bons entendedores, Anita e os irmãos sabiam que "não havia no sertão aquela tradição de comida bem-feita como no Recôncavo". As crianças não gostavam do "peixe frito à moda da terra" mas, depois, Naninha "descobriu que era preparado com toicinho e, quando começou a prepará-lo com azeite doce ou manteiga", eles começaram a apreciar, "principalmente o surubi feito em filés".)

O que eles mais gostavam, de fato, era das voltas a cavalo com o tio Ioiô: todos trotavam, galopavam e, quando estavam a passos lentos, ele tirava um livro que trazia escondido embaixo da sela para começar a ler poemas, trechos do livro de Dante e outros clássicos (de escritores franceses, e alguns modernos...).

... uma cavalgada até a Vila

Pedrito, irmão de Antoninho e de Anita (o mais velho), também guardou na memória alguns dos bons momentos vividos naquelas férias...

Em uma noite de outono, já depois das férias seguintes (as de 1913), foi que sonhou estarem todos desembarcando em uma cidade pequena, ali vizinha, vindos de Salvador. No porto, ele, sua mãe e os irmãos esperavam alguém para "conduzi-los à propriedade situada perto de um vilarejo"...

– Olha – mostrava o vaqueiro – o vilarejo... e lá a Vila da Barra!

À esquerda da estrada, um pouco mais adiante, dando para ver as luzes da Vila, também lá longe se viam as da sede da fazenda, "embaçadas pela chuva"...

– Vamos passar na Torrinha ou ir direto ao vilarejo? – perguntava aos outros, que sempre o admiravam, por ser o mais velho...

– "Ah, para a fazenda é melhor."

E como Anita, lembrou-se da volta que fizeram de barca, para depois "esperar o vapor na cidade", podendo enquanto isso ficar em companhia do tio e sua esposa, na *Casa-grande*...

Ainda a viagem...

Anita voltou a contar que em 1912, quando estiveram todos no sertão, seu tio arranjou um vapor especial para fazer sua campanha de candidato, e tiveram uma viagem linda "até o rio Corrente, afluente do São Francisco". Eles pegaram o navio na Torrinha e seguiram até Bom Jardim (Ibotirama), para de lá irem à Lapa visitar a gruta do Bom Jesus,

> ... lugar onde acorrem milhares de peregrinos todos os anos e cuja devoção em todo o São Francisco é igual à do Senhor do Bonfim na capital. *"Valha-me Senhor Bom Jesus da Lapa"* é o grito de pedido de socorro por toda a população do rio. A gruta imensa é imponente, e o altar insignificante, dadas as dimensões da gruta; milagres e quadros primitivos são pendurados nas pedras rústicas.

Da Lapa eles navegaram pelo rio Corrente "até Santa Maria das Vitórias", sendo recebidos "com toda a cortesia pelos prefeitos e correligionários" de seu tio Dindinho, nas cidades em que passavam. E ficaram principalmente "encantados com o rio Corrente":

> Depois das águas barrentas do São Francisco navegamos num rio *claro, transparente*, era um espetáculo inesquecível. As margens verdes com plantações irrigadas com rodas e a água tão clara que, quando o vapor parava, via-se o fundo do rio com seus peixes e pedras.

Créditos das imagens, grafias originais dos nomes, notas explicativas e árvore genealógica

Créditos das imagens

Fotografias de Dimitri Lee – pp. 26, 40, 136, 158, 170, 260, 274, 338, 352 e 400
Fotografia de Anna Mariani – p. 72
Fotografia de Daniel Roland – p. 92
Desenhos de Gabriela Brioschi – pp. 104, 112, 124, 130, 150, 212, 230, 294, 298, 320, 376, 394 e 424
Fotografias de Yves Ribeiro – pp. 194, 218, 250, 452 e 470
Fotografia de Filipe Moreau – p. 480

Grafias originais dos nomes

Antônio(a) = Antonio(a)
Brás M. Resende = Braz M. Rezende
Crisóstomo da Mota = Chrisóstomo da Motta
Estela = Stella
Ioiô = Yoyo
Iazinha = Yàsinha
Joana e Ana (todas elas) = Joanna e Anna
Luís = Luiz
Matias = Mathias
Teodoro(a) = Theodoro(a)
Tomei = Thomey/Thomei
Vanderlei = Wanderley
Viana = Vianna

Notas explicativas

I

p. 16 – **Primeiro jantar no castelo**. Aparecem aqui as primeiras informações tiradas diretamente do livro *Ser tão antigo...* (STA), de Maria Laura (ML), vindas neste caso do 1º capítulo, em que é contada a vida do "velho italiano": cf. ML-STA pp. 21-3.[1]

pp. 18-9 – **A proposta de Garcia**. As principais informações sobre vaqueiros vieram de: ROCHA, Geraldo. *O Rio S. Francisco*. São Paulo: Companhia Editora Nacional, 1940, p. 28, texto transcrito em ML-STA, pp. 191-4. Portanto, as aspas em palavras e expressões da parte inicial remetem diretamente ao texto do jornalista. Apenas na parte final as aspas significam reprodução de frases da própria autora em STA, p. 155, fundamentadas em: PRADO JR. *Formação do Brasil contemporâneo*. São Paulo: Brasiliense, 1973 (13ª ed.), p. 186 (penúltimo parágrafo) e ABREU, Capistrano. *Caminhos antigos e povoamentos do Brasil*. Rio de Janeiro: Ed. Sociedade Capistrano de Abreu, 1930, p. 181 (último).

p. 19 – **Homens livres e outros fatores favoráveis à pecuária**. As informações e citações deste subcapítulo vieram de ML-STA, pp. 155-6, trecho apoiado em: WEHLING, Arno e WEHLING, Maria José. *Formação do Brasil colonial*. Rio de Janeiro: Nova Fronteira, 1999 (2ª ed.), p. 202, à exceção da última frase, em que se faz referência (como brincadeira) à música "Madalena" de Gilberto Gil.

p. 20 – **Natureza rude.** Os "historiadores" aqui citados são: PRADO JR., Caio. *Formação do Brasil contemporâneo*. São Paulo: Brasiliense, 1973 (13ª ed.), p. 1; e ANTONIL, André João. *Cultura e Opulência do Brasil por suas drogas e minas – Lisboa 1711*. São Paulo: Ed. Cia. Melhoramentos, 1923, p. 263, que sustentam o texto em ML-STA, p. 156, sendo as citações em itálico do próprio livro de Antonil.

p. 25 – **... e a ideia de céu**. Ao longo de várias situações aparecem informações científicas ligadas à moderna Astronomia, que em geral pontuam os momentos de reflexão solitária de Antônio Tomei nesta primeira parte do romance. Elas foram tiradas principalmente do livro: CASSÉ, M., ADOUZE, J. e CARRIÈRE, J-Claude. *Conversas sobre o invisível*. São Paulo: Brasiliense, 1991.

Ao final deste subcapítulo, há um trecho apresentado ao mesmo tempo com aspas e letra menor. Tantos as aspas quanto a letra menor (quando o trecho é logo) representam citações, feitas normalmente a outros autores... Mas neste caso é para mostrar um distanciamento: o pensamento e a lembrança do sonho misturando-se à realidade. Se no primeiro contato com os criados havia uma intensa tentativa de comunicação, ele agora está absorto em pensamentos – depois de se ver sozinho em contato com toda aquela natureza exuberante. Assim, os trabalhadores locais lhe parecem mais figurativos (elementos de um quadro maior), e por um momento – dando-se continuidade à conversa que tivera no "castelo" – ele fala de coisas que se dão *internamente.*

p. 27 –**Fim de tarde e uma nova volta pelos arredores**. Pode-se estranhar o uso do termo "astrólogo" no lugar de "astrônomo", mas faz-se por referência a alguns textos portugueses antigos, que nomeavam assim os seus mapeadores, cartógrafos e cosmógrafos (como em carta de Luís Dias a Miguel de Arruda, de 1551, dando-se crédito à escolha de sítio para a fundação de Salvador ao "astrólogo" Filipe Guillén – cristão novo que aperfeiçoou a bússola e chegou a receber "trovas" de Gil Vicente, por sua inteligência e "esperteza").

pp. 27-8 – **No segundo dia ao ver o mar – de azul profundo**. A primeira citação em itálico (3º parágrafo) é de um trecho da Bíblia, nos evangelhos de Mateus (6,29) e Lucas (12,28). No parágrafo seguinte cita-se o belo poema (que teria vindo de uma canção popular) "Balada do rei das sereias", de: BANDEIRA, Manuel. *Bandeira de bolso*. Porto Alegre: L&PM, 2012 (podendo-se também encontrá-lo em sites, como *http://poemaspoetaseportugues.blogspot.com.br/2012/08/balada-do-rei-das-sereias-manuel.html*).

pp. 28-9 – **Última conversa que teve com Garcia**. As citações às palavras de Gabriel Soares e Fernão Cardim são verídicas, tiradas de: SOUSA, Gabriel S. de. *Tratado descritivo do Brasil em 1587*. São Paulo: Ed. Nacional/ Edusp, 1971, p. 36; e CARDIM, Fernão. *Tratado da terra e gente do Brasil*. São Paulo: Hedra, 2009.

---

[1] Da mesma maneira que Maria Laura inventou a sigla ABM para citar seu pai Antoninho, simplificando assim as inúmeras referências a escritos deixados por ele, adotaram-se aqui para as seguidas citações ao mesmo livro as siglas ML (Maria Laura) e STA (Ser tão antigo).

pp. 31-2 – **As plantações de coco e manga**. No 1º parágrafo faz-se referência ao texto de MOREIRA, Rafael. "O arquiteto Miguel Arruda e o Primeiro Projeto para Salvador", *Caderno de Pesquisa do LAP 37*. São Paulo: FAU-USP, 2003, pp. 33-59, a quem o narrador chama de "brilhante historiador da arte" (e é também o maior especialista na arquitetura militar portuguesa da época colonial, espalhada por quatro continentes). No 2º parágrafo faz-se nova referência, agora ao texto de Pedro Agostinho "Embarcações e navegação na Baía de Todos os Santos", em VIDAL, Emeric Essex. *São Salvador da Baía de Todos os Santos: vista panorâmica – aquarelas 1835-1837*. Rio de Janeiro: Banco da Bahia Investimentos, 1996, do qual foram tiradas as palavras e expressões que aparecem entre aspas. Já as frases nominais entre parênteses do 4º parágrafo voltam a citar, como se declara, o "brilhante historiador" português.

pp. 33-4 – **Conversa com o novo amigo**. As informações que sustentam este subcapítulo são da *Wikipédia*, assim como todas as citações da parte final do diálogo, remetendo-se ao Decreto de Pombal de 1759.

pp. 34-6 – **E seguiu-se por outros assuntos... / Vila do Pereira, depois a cidade...** Os dados que sustentam estes dois subcapítulos seguem, provavelmente, algum livro específico, não localizado. Recomenda-se, em particular, outras boas fontes para confirmar essas informações: DORIA, Francisco Antônio. *Caramuru e Catarina: lendas e narrativas sobre a Casa da Torre de Garcia d'Ávila*. São Paulo: Senac, 1999, pp. 17-27. CARNEIRO, Edison. *A Cidade do Salvador (1549): uma reconstituição histórica/ A Conquista da Amazônia*. Rio de Janeiro: Civilização Brasileira/ INL-MEC, 1980, p. 26. SOUSA, Gabriel S. de. *Tratado descritivo do Brasil em 1587*. São Paulo: Nacional/ Edusp, 1971, pp. 128-9.

pp. 36-7 – **... e por que ela foi fundada**. A maneira de se contar uma espécie de história das cidades, do 3º ao 6º parágrafo, teve como referência (e original de uma citação) o texto: KATINSKY, Júlio Roberto. "Monumentos quinhentistas da Baixada Santista". *Revista USP*, nº 41 (março a maio/99). São Paulo: Coordenadoria de Comunicação Social da USP (acervo do historiador Waldir Rueda), 1999, pp. 74-97.

pp. 37-8 – **Aproximou-se deles um jesuíta...** No 1º parágrafo cita-se o *Colégio de Santo Antão* pela maneira de o padre declarar-se jesuíta. O *Colégio* existiu desde 1545 e era onde se dava a "Aula de Esfera", ensino matemático aplicado à Navegação, Artilharia e Fortificações, com pontos comuns entre engenheiros militares e cosmógrafos. Destacou-se nela o irlandês Inácio Stafford (a quem o nome fictício faz referência), que veio ao Brasil em 1640 em companhia do Vice-Rei Jorge de Mascarenhas. A cena final provavelmente se inspirou no livro O' NEIL, Thomas. *A vinda da família real portuguesa para o Brasil*. Rio de Janeiro: José Olympio/ Prefeitura, 2007 (2ª ed.).

pp. 38-9 – **... com más notícias para a Ordem**. As citações são de um verbete na *Wikipédia*.

p. 42 – **... em meio ao vento...** O terceiro parágrafo faz talvez uma referência ao recém citado texto "Embarcações e navegação na Baía de Todos os Santos", de Pedro Agostinho.

pp. 42-3 – **... sobre a beleza do mar e das estrelas**. A frase é de Luís Melodia, na música "O sangue não nega". Como em outras partes, o termo "bomba de nêutrons" faz sutil referência ao livro de CASSÉ, M., ADOUZE, J. e CARRIÈRE, J-Claude. *Conversas sobre o invisível*. São Paulo: Brasiliense, 1991.

pp. 43-4 – **Primeira parada: o encontro em Capuame**. No segundo trecho, após o diálogo, há uma citação logo no 1º parágrafo de ML-STA, p. 141, assim como as informações relacionadas a ela.

p. 47 – **Ainda com ideias de céu...** A principal referência dessas passagens, como já foi dito, é o livro *Conversas sobre o invisível*, podendo ter havido consulta também a outras publicações, como: MOORE, Patrick. *O universo em expansão*. São Paulo: Melhoramentos, 1982; e SEAGAN, Carl. *Cosmos*. Rio de Janeiro: Francisco Alves, 1982.

pp. 52-3 – **Gado bovídeo**. A partir daqui, até praticamente o final do capítulo I-6, "Pecuária e fauna no sertão", utilizam-se informações de um livro de História da Arte: MUNARI, Luiz. *O costume da arte*. São Paulo: FUPAM, 2002, capítulos II – pp. 27-37 – e III, pp. 38-50, tratando-se evidentemente de uma adaptação à natureza local. Seguem-se nas notas abaixo correspondências mais específicas em relação aos trechos originais como, por exemplo, na última frase deste subcapítulo, a informação que aparece na voz do franciscano Fernando está na p. 27 do citado livro.

p. 53 – **Bovinos ou bois...** O original dessas informações (e a própria concatenação) está em MUNARI, 2002, p. 27, assim como a citação do 2º parágrafo. Já as locuções entre aspas do último parágrafo vieram da p. 28 do mesmo livro.

p. 54 – **Onças...** O original do 1º parágrafo ("apenas") também é de Munari, o. c., p. 28.

pp. 54-5 – **Aves, sexo e ovos**. O 2º parágrafo corresponde ao final da p. 28 em Munari... Os parágrafos 3º e último correspondem à p. 29 (meio e final).

p. 55 – **Feras...** Reproduz informações da p. 30 em Munari (com o 2º parágrafo correspondendo ao meio desta página).

p. 56 – **... e certas aves**. Todo esse trecho veio da p. 31 do livro de Munari (como mostram as muitas citações).

pp. 56-7 – **Carcarás e outros pássaros**. O conteúdo deste subcapítulo também veio da p. 31 (meio) do livro de Munari, assim como as citações do 3º parágrafo. No quarto parágrafo faz-se uma citação à música "Desde que o samba é samba", de Caetano Veloso e Gilberto Gil.

p. 57 – **O gavião**. As informações e a citação do 1º parágrafo são da *Wikipédia*, seguindo-se depois o texto de Munari.

p. 57 – **Cavalos**. O final do penúltimo parágrafo também corresponde a um trecho de Munari (início da p. 35, embora "disfarçado"...).

p. 58 – **Homens (hominídeos) e saguis...** O 2º parágrafo corresponde a um trecho da p. 38, em Munari.

pp. 58-9 – **Sociedades humanas**. As citações do 2º parágrafo são da p. 32 (meio) do livro de Munari. Nos parágrafos seguintes aparecem ainda informações do mesmo texto.

pp. 59-60 – **Cópula**. O 2º parágrafo corresponde à p. 36 em Munari (havendo uma óbvia citação, ao final dele, à música "Dores de amores", de Luís Melodia. Nos parágrafos seguintes, volta-se, com citações, ao texto de Munari, sendo que os dois últimos correspondem às pp. 36-7 do mesmo livro.

p. 61 – **A companhia**. As citações que aparecem neste subcapítulo são do livro MIRANDA, Ana. *Boca do inferno*. São Paulo: Ed. Schwartz, 1990, p. 85.

pp. 61-2 – **Agouros e...** A expressão "uma lua tal", que aparece no 3º parágrafo, é de Fernão Cardim, em obra aqui já citada.

pp. 63-4 – **Teoria da criação**. Sobre as camadas de solo, há comentário semelhante em algum dos livros de José Saramago.

pp. 65-6 – **Um aparte necessário**. O escritor é José Saramago, e a frase foi tirada do livro *A bagagem do viajante*. São Paulo: Companhia das Letras, 1986, p. 143.

pp. 66-7 – **Reação do jesuíta**. Tanto o relatório de Diogo Moreno quanto o livro de Gândavo (de que aparecem citações) e a frase de Nóbrega são textos reais, dos séculos XVI e XVII. Estão provavelmente em: MORENO, Diogo de Campos. *Livro que dá Razão do Estado do Brasil* – 1612. Recife: Arquivo Público Estadual, 1955; GANDAVO, Pero de Magalhães. *Tratado da Terra do Brasil – História da Província Santa Cruz*. São Paulo/ Belo Horizonte: Edusp/ Itatiaia, 1980; e NÓBREGA, Manoel da. *Cartas do Brasil*. São Paulo/ Belo Horizonte: Edusp/ Itatiaia, 1988.

pp. 67-8 – **Culto aos antepassados**. A dedução etimológica que aparece no segundo parágrafo foi tirada de BOSI, Alfredo. *Dialética da colonização*. São Paulo: Companhia das Letras, 1992, p. 11.

p. 79 – **Homens fortes...** Praticamente todas as informações deste capítulo I-8, "Vaqueiros", vieram de ML-STA, em especial do capítulo homônimo das pp. 191-4. No final deste primeiro subcapítulo, faz-se referência à letra de Gilberto Gil para a música de Dominguinhos, "Lamento sertanejo", o que voltará a acontecer ao longo do romance.

p. 80 – **... e suas vaquejadas**. No 3º parágrafo deste subcapítulo já começam a aparecer locuções entre aspas, que remetem ao texto transcrito por ML no capítulo citado, ROCHA, Geraldo. *O Rio São Francisco*. São Paulo: Companhia Editora Nacional, 1940, p. 194. Geraldo Rocha era possivelmente neto "natural" de dr. Antoninho, um bisneto ("legítimo") de Tomei.

O 2º parágrafo, como se percebe, é pura ficção.

pp. 80-1 – **Olho no rio**. Dosam-se aqui uma ficção (baseada em recortes de jornal) e as informações passadas pelo capítulo citado.

p. 82 – **Cheia**. Nos dois primeiros parágrafos acompanha-se mais de perto o texto (chegando-se a fazer citações) de Geraldo Rocha, que aparece em ML-STA p. 192. Na sequência alternam-se ficção e informações do jornalista.

p. 83 – **Pelo testemunho que ainda se fará**. Cita-se explicitamente o testemunho do jornalista Geraldo Rocha, provável descendente de Tomei, como está à p. 192 de ML-STA. Aparecem, em seguida, comentários irônicos que são obviamente fictícios, do próprio autor.

p. 84 – **Enchente**. As primeiras locuções entre aspas, e depois o longo trecho citado do texto de Geraldo Rocha, encontram-se em ML-STA p. 192, estando este último ao final dela.

pp. 84-5 – **"Presságio"**. O poema, ou letra de música ao final, como quase todos sabem, é de Caetano Veloso, para a música "A rã", de João Donato.

pp. 85-6 – **Seca**. As informações (e muitas citações) deste subcapítulo também vieram do texto de Geraldo Rocha, em ML-STA p. 193. No 1º parágrafo e ao final, faz-se referência à letra de "Asa branca", de Luís Gonzaga.

pp. 87-8 – **João Francisco leva Tomei para ver as fazendas**. As informações sobre as fazendas Picada e Ema vieram de ML-STA, pp. 162-70 (sendo as citações da p. 162, exceto a última, da p. 163).

pp. 88-9 – **Picada**. A informação do segundo parágrafo provavelmente se refere a uma época posterior (em ML-STA, a história é contada por um descendente de Tomei de 6ª e 7ª geração, Antoninho, o pai de ML), mas preferimos deixar assim por serem poucas as informações sobre esta fazenda.

p. 89 – **Ema**. No penúltimo parágrafo cita-se a p. 170 de ML-STA.

pp. 89-90 – **Na volta, a conversa com outro vaqueiro**. As informações do 1º e 3º parágrafos vieram de ML-STA, p. 141.

pp. 93-4 – **Guilhermo lê para os amigos – uma boa conversa**. Todo este subcapítulo segue informações (inclusive com citações e trechos adaptados a diálogos) de ML-STA, pp. 141-2 (e começando por ele, toda a sequência do cap. I-11, "Segue-se o caminho dos bois", reproduz, misturando-se à ficção, as informações que estão em "O rio dos currais", capítulo de ML-STA, pp. 139-46).

pp. 94-5 – **História da Colônia**. Segue-se a leitura de ML-STA, agora das pp. 143-4.

p. 95 – **Consequências para o sertão**. A primeira citação, logo no 1º parágrafo, é da p. 145 do trecho que está sendo seguido em ML-STA. Os parágrafos seguintes, entre parênteses, correspondem à sequência de informações do mesmo livro, do final da p. 145 ao início da 146 (de onde foi tirada a maior citação).

p. 96 – **Vaqueiros de rio – barqueiros**. No 2º e 4º parágrafos, a citação feita é do próprio autor, em sua tese de doutorado *Arquitetura militar em Salvador da Bahia: séculos XVI a XVIII* (São Paulo: FAU-USP, 2011, orientação de Mário Henrique Simão D' Agostino, p. 333 – em transcrição e análise de documentos, o "Relatório de Diogo Moreno – 1609").

pp. 97-8 – **Isolamento e costumes próprios na região**. As citações do 2º parágrafo (bem como as informações deste subcapítulo, em geral) também são de ML-STA, p. 25 (v. nota 5, em que está a frase citada ao final do 4º parágrafo: TRIGUEIROS, Edilberto. *A língua e o folclore da Bacia do S. Francisco*. Rio de Janeiro: MEC, 1977, p. 14).

pp. 99-100 – **Um lugar quase inóspito**. As palavras entre aspas foram tiradas de um dicionário.

p. 100 – **Sesmaria e as fazendas dos D'Ávila**. Aqui se inicia mais uma leitura de ML-STA, o capítulo "Sesmarias e fazendas", pp. 152-8. As citações do 1º ao 3º parágrafo são da p. 152, e as do 4º da página seguinte, sendo as que estão em itálico vindas de VIANNA, Urbano. *Bandeiras e sertanistas bahianos*. Série Brasiliana, v. XLVIII. São Paulo, 1935.

p. 101 – **Importância dos aldeamentos**. Segue-se aqui o texto citado à p. 153.

pp. 101-2 – **Sobre Antônio Guedes**. A citação do 1º parágrafo não aparece em ML-STA e pode ter vindo da *Wikipédia*, junto a algumas informações complementares. Já a da parte final deste subcapítulo é de ANTONIL, André J. *Cultura e opulência do Brasil por suas drogas e minas – Lisboa 1711*. São Paulo: Ed. Cia. Melhoramentos, 1923, p. 264 – apud ML-STA, pp. 153-4.

p. 102 – **Pelo que dizem...** As citações do 1º ao 3º parágrafo são da p. 154 de ML-STA, enquanto as do último parágrafo são da p. 155.

p. 103 – **As fazendas de gado – costume trazido de Portugal**. As citações do 1º e 2º parágrafo são de ML-STA, p. 142. As do 3º e 4º são de outro trecho do mesmo livro, à p. 158, referindo-se a historiadores que são a própria ML e as referências apontadas por ela, como PRADO Jr., Caio. *Formação do Brasil contemporâneo*. 13ª edição. São Paulo: Brasiliense, 1973, p. 190.

p. 105 – **Paulistas que lá se estabeleceram...** O parágrafo final faz citação à letra de "Asa branca", de Luís Gonzaga.

pp. 106-7 – **A aldeia de padres**. A citação do 1º parágrafo é de ML-STA, p. 123. Foram aqui resumidas as informações do capítulo "Vila de São Francisco das Chagas da Barra do Rio Grande", em ML-STA, pp. 121-30.

p. 107 – **Outras vilas e povoados**. As informações do 1º e 2º parágrafo são de ML-STA, p. 123.

p. 108 – **Gado da cana**. Tanto a citação maior, do 2º parágrafo, quanto a seguinte, no 4º, são do texto de Afrânio Peixoto, "Torre de Tatuapara", copiado por Sócrates T. Nascimento (Barra, BA, fev/04) para disponibilização em como *http://www.casadatorre.org.br/torretatuap.htm. do-rei-das-sereias-manuel.html*). O parágrafo final faz citação à música "Maria particularmente", de Luís Melodia.

II

p. 111 – **Sargento Brás Resende...** A partir desta 2ª parte, seguem-se ainda mais ao pé da letra as informações passadas em ML-STA. Sobre esta personagem do título, elas estão na p. 125.

pp. 111-3 – **... e a índia Laureana**. Reproduzem-se aqui as informações do trecho "Laurena", em "Figuras femininas", ML-STA pp. 87-8 (fazendo-se uma citação).

pp. 113-4 – **Os pais de Joana**. As informações (e citação do 2º parágrafo) podem ser conferidas em ML-STA, pp. 21-3.

pp. 114-5 – **Fazendas que lá estavam**. Todo este subcapítulo se baseia em texto de Antoninho, ou ABM, o pai da pesquisadora Maria Laura. Antônio era descendente de Tomei de 6ª (pelo lado do avô materno) e 7ª (pelo da avó materna) geração. O texto encontra-se em ML-STA, pp. 159-60, com o título "As fazendas dos barrenses" (até o 3º parágrafo as citações são da p. 159, e nos seguintes, da 160).

Nota-se que as descrições dessas fazendas são de época mais recente, feitas por Antoninho já no século XX (como a que foi feita sobre um vilarejo que se instalou entre as fazendas Picada e Ema), mas servem aqui de cenário à paisagem (ficcional, fantasiosa, romanticamente possível, verossímil...) encontrada por Tomei.

pp. 115-6 – **A Vila da Barra**. A grande citação que aparece como parágrafo intermediário é um trecho de PIERSON, Donald. *O homem do Vale do S. Francisco*. Rio de Janeiro: Ed. Ministério do Interior – Superintendência do Vale do S. Francisco, 1972, v. I, p. 290, reproduzido em ML-STA p. 128. Já no trecho final, a citação é de GUERRA, Flávio. *Os caminhos do São Francisco*. Recife: Governo do Estado de Pernambuco, 1974, p. 82, trecho transcrito em ML-STA no início da mesma página (de onde também vieram as informações que a acompanham).

pp. 117-8 – **Palavra é... / ... como língua e linguagem...** Está aqui subentendida uma citação bíblica, do início do *Evangelho de João* (cap. 1, 1-18).

pp. 118-9 – **... de sabedoria**. No próprio texto já se faz referência ao cap. 7 do livro bíblico que empresta o nome a este subcapítulo. Porém, a citação final (de quando Tomei se prepara para constituir família, e assim ensinar a seus descendentes que na vida vale mais o conhecimento do que as riquezas – uma verdade que ao mesmo tempo não serve como justificativa para se descuidar das segundas, ainda mais nos casos em que ela representa os bens acumulados pelo trabalho de muitos antepassados), a citação é de Vitrúvio, no preâmbulo do livro VI (neste caso, na tradução de Justino Maciel, VITRÚVIO. *Tratado de Arquitetura*. Lisboa: IST Press, 2006, pp. 219-21).

pp. 119-120 – **Inteligência e lucidez**. Volta-se aqui ao citado *Livro da Sabedoria*, da Bíblia, em seu cap. 7.

pp. 125-6 – **Comprometimento**. Faz-se referência a um escritor português, que é novamente José Saramago, em um de seus romances.

p. 127 – **Sertão cristão...** Nas citações ao Evangelho do 2º parágrafo longo, a primeira é de Marcos, 15-40, seguida da de Lucas, 24-10. No parágrafo seguinte, a primeira citação é de Marcos, 9-3, seguida de expressões, para uma mesma imagem, que aparecem nos três evangelhos parecidos (em Mateus 17-2, Marcos, 9-2 e Lucas, 9-29).

pp. 127-9 – **... de algumas leituras – quase cíclicas.** As citações do 1º parágrafo são de João, 5-4 e 5-8, e as do 2º de Mateus, 9-6 e 7 (como poderiam ser de Marcos, 2-11 e 12, e Lucas, 5-24 e 25). Já as do 3º parágrafo são de João, 1-47 e 1-51, e do 4º de Marcos 14-41 e 42 (como poderia ser de Mateus 26-45 e 46). A primeira citação do 5º parágrafo é de Lucas, 24-14, e a do final (episódio do homem que fugiu nu) é de Marcos, 14-51 e 52.

p. 129 – **A mata ali perto.** Neste trecho ficcional, a referência a um suposto "outro" escritor do futuro é falsa (o final abrupto é proposital, para dizer que esta era apenas uma cena normal, cotidiana, entre as tantas milhares possíveis).

p. 131 – **Maria Clara da Virgem.** Há três citações neste subcapítulo, uma ao final de cada parágrafo. Todas elas são de trechos do livro de ML, de onde provêm todas as informações relativas à história de família. São das pp. 61 e 91-3.

p. 132 – **Tomei compra as fazendas.** Alternam-se aqui informações verdadeiras (de ML-STA, pp. 162-3) e trechos ficcionais, em que se inclui uma nova citação à música "Asa branca", de Luís Gonzaga (parágrafos 4 e 5). Há também a adaptação da carta de um administrador de Antoninho (descendente de 6ª e 7ª geração) como se trabalhasse para Tomei (parágrafos 6 a 9), transcrita em ML-STA, p. 169.

p. 133 – **Detalhes da negociação.** As informações do 1º parágrafo estão em ML-STA, p. 162, seguindo-se depois, por itens, as referências entre aspas da escritura transcrita no mesmo livro, pp. 163-4. O trecho final também reproduz informações de ML-STA, p. 165 (sendo a última frase uma citação da p. 164

Pelo comentário final, de que "seus recursos nem eram tantos", e "foi ajudado pelo genro português, Luís Marques Pinto", pode-se entender que a compra só se deu depois do casamento de Maria, mas mantivemos esta ordem por acreditar que a ajuda possa ter vindo antes (o casamento aparecerá em sequência, no cap. II-6).

pp. 133-4 – **Tomei bem aclimatado...** No primeiro parágrafo, as informações e o trecho entre aspas vieram de ML-STA, p. 24, sendo a expectativa de que algum descendente pudesse reunir os registros e fazer constatações uma alusão à própria pesquisa de ML.

p. 134 – **Palitos que acendem de primeira.** Todo este capítulo é ficcional, e as aspas da frase final são falsas, isto é, a referência é a outros trechos de ficção espalhados no romance.

pp. 134-5 – **Outras conversas.** As informações dos três primeiros parágrafos, incluindo trecho entre aspas, também vieram de ML-STA, p. 24.

pp. 138-9 – **Avanço para o interior.** A partir daqui, e até o final deste capítulo, repassam-se informações do capítulo "O rio dos currais", em ML-STA, pp. 139-46. Logo no primeiro parágrafo há citação indireta a VIANNA, Urbino. *Bandeiras e sertanistas baihanos/ Série Brasiliana, vol. 48*. São Paulo, 1935, p. 10 – apud ML-STA, p. 139.

As informações e a citação ao final deste subcapítulo são de ML-STA, p. 140.

p. 139 – **Rio dos currais.** A citação do 1º parágrafo é de ML-STA, p. 140. A do final do 2º é de: MAGALHÃES, Basílio. *Expansão geographica do Brasil colonial.* São Paulo: Companhia Editora Nacional, 1936, citado por Urbino Vianna – apud ML-STA, p. 140.

pp. 139-40 – **Chegada de um novo forasteiro.** Aqui as informações vêm de outro capítulo, em ML-STA, pp. 79-80.

pp. 141-2 – **Festa de casamento.** Para não deixar dúvida: este subcapítulo é de pura ficção. A descrição do penúltimo parágrafo foi tirada de: RAMOS, Graciliano. *Alexandre e outros heróis*. Rio de Janeiro: Record, 1991 (sendo a vestimenta descrita talvez de uso do próprio boiadeiro – e fazendeiro – Alexandre). Já as citações do último parágrafo são do capítulo "Maria Clara da Virgem", em ML-STA, pp. 91-3.

pp. 142-3 – **A ascensão de Vanderlei.** A citação e as informações são de ML-STA, p. 80.

pp. 143-4 – **Netos de Tomei que se seguiram a Lília**. A citação do 3º parágrafo é de ML-STA, p. 23. As outras informações da família de Ana (ou Anna) estão na mesma sequência, e as informações sobre Tonhá aparecem nas pp. 42-4 do mesmo livro.

pp. 144-5 – **A menina Joana, neta de Tomei**. No penúltimo parágrafo há uma citação óbvia, do início do poema "Tabacaria", de Fernando Pessoa (podendo-se facilmente notar que todo este subcapítulo é ficcional).

p. 145 – **Casamento de Maria e Luís Marques – e Maria era o sonho de Luís...** A informação do 3º parágrafo veio da escritura da fazenda Itacutiara, transcrita em ML-STA pp. 173-4 (havendo dados complementares sobre os vendedores extraídos da *Wikipédia*).

pp. 145-6 – **Novos nascimentos no despontar de um novo século – José e José**. As informações deste subcapítulo são de trechos variados em ML-STA, pp. 41 e 62. Faz-se aqui, além de comentários pessoais, uma citação à música "Calix bento", de Milton Nascimento e Tavinho Moura. A citação do último parágrafo se baseia em palavras de Antoninho (o pai de ML e descendente – de 6ª e 7ª geração – de Antônio Tomei), em trecho de STA, pp. 61-2.

pp. 146-7 – **Tomei constrói a casa do Retiro, sede da Picada, enquanto Luís se prepara para erguer a "Torrinha", na Itacutiara...** As citações do 1º parágrafo são de ML-STA pp. 199 e 167. As citações do 2º também são da p. 199, com informações complementares da p. 171. No início do 3º, há citações da própria escritura, transcrita em ML-STA pp. 173-4, sendo as citações e informações seguintes, assim como as do 4º e 5º parágrafo, da p. 199 do mesmo livro.

pp. 147-8 – **A fazenda Timbó**. As informações sobre esta fazenda (com uma pequena citação, no 3º parágrafo, e uma maior, no 4º) vieram de capítulo homônimo em ML-STA, p. 171-3.

p. 148 – **Carlos, neto de Tomei**. As poucas informações que sustentam este subcapítulo são de ML-STA p. 62 (1º parágrafo).

pp. 149-54 – Todo o capítulo II-7, "Cenas cotidianas", é composto de ficções.

p. 155 – **O casamento de Vanderlei**. As informações deste subcapítulo vieram de ML-STA, p. 80.

pp. 155-6 – **Enquanto isso, em Lisboa...** Apenas o último parágrafo (antes é uma ficção) foi tirado de ML-STA, p. 80, mas há, inclusive, duas citações.

p. 156 – **... a vinda de D. João VI**. No terceiro parágrafo faz-se citação ao livro O' NEIL, Thomas. *A vinda da Família Real Portuguesa para o Brasil*. 2ª ed. Rio de Janeiro: José Olympio/ Prefeitura, 2007, p. 39.

p. 157 – **Viagem de Vanderlei e nascimento da primeira filha**. As informações dos dois primeiros parágrafos vieram de ML-STA, p. 81, seguindo-se um trecho de ficção e por fim a informação do nascimento de Ana Francisca, que aparece na p. 93 do mesmo livro.

pp. 159-60 – **Arquitetura**. Nas últimas linhas há uma falsa citação: a frase é do próprio autor, vinda provavelmente de algum trabalho acadêmico.

pp. 160-1 – **Construção...** A citação é de ML-STA, p. 195. O capítulo de onde vêm as informações "verdadeiras" se chama "A Casa-grande", do mesmo livro, pp. 195-7. Ao final do subcapítulo, tenta-se acomodar duas informações: a de que "Foi *José Mariani*, o pai, quem construiu a Casa-grande, em 1811..." (p. 62, aparecendo igualmente na p. 195 que "... o casarão mais importante da vila, construído com apuro, em 1811, por José Mariani..."); e (falando sobre Tomei), "sua casa na Barra, herdada por seu filho José, sobreviveu até o século XX" (p. 26 – o que só pode referir-se ao casarão).

p. 161 – **... e algumas características da Casa-grande**. A primeira citação é de ML-STA, p. 62. A fotografia citada no 2º parágrafo está em ML-STA, p. 196 (a mesma da capa). A partir deste parágrafo e até o final, as informações e citações são do mesmo livro, pp. 195-7.

p. 162 – **corrigindo...** As citações (e informações) deste subcapítulo são da página 197 de ML-STA. Pela fotografia da p. 196 (igual à da capa), nota-se o "jardim" citado no 3º parágrafo.

pp. 162-3 – **Uma paixão de Tomei por Florência – já quase assumida**. As aspas da 2ª parte (começando por "Deus é pura geometria") devem ser falsas (não se tem certeza, podendo referir-se a algum trabalho escolar). As últimas aspas ("nasceu e nascera-lhe" são assumidamente falsas, fazendo-se referência ao

"Eupoema" em: PIGNATARI, Décio. *Poesia pois é poesia: 1950-2000*. Cotia: Ateliê Editorial/ Campinas: Unicamp, 2004, p. 53.

pp. 163-4 – **Enquanto isso, Luís...** A escritura de compra da Itacutiara, que aponta o ano de 1811, está transcrita na íntegra em ML-STA, pp. 173-4. Já os trechos entre aspas que antecedem as citações diretas do documento referem-se à análise da autora, em ML-STA, pp. 174-5.

p. 166 – **Os filhos naturais**. Este subcapítulo corresponde à p. 114 de ML-STA. A última citação (anterior à parte ficcional, dos últimos parágrafos) é da p. 116 do mesmo livro.

pp. 166-7 – **Eduardo**. As informações deste subcapítulo encontram-se em ML-STA, p. 115. As citações do último parágrafo são palavras de Antoninho, pai de ML (e descendente de Antônio Tomei de 6ª e 7ª geração, como já foi dito).

p. 167 – **Bárbara**. Essas poucas informações também vieram de ML-STA, pp. 114-6.

p. 171 – **Novos nascimentos – Francisco, Ambrósio, Luna e...** As informações deste subcapítulo vieram de ML-STA, pp. 62, 65 e 81.

pp. 171-2 – **... um casamento especial**. Informações vindas de ML-STA, p. 54.

p. 176 – **Dia a dia sertanejo...** As aspas do primeiro parágrafo são falsas (remetem a textos ficcionais, não publicados, do próprio autor).

pp. 179-80 – **Volta à realidade**. As informações vieram de trechos variados em ML-STA: pp. 23, 54-5, 71, 164... As aspas do 5º parágrafo referem-se à frase de ML que reincide em outra parte. Já no 6º parágrafo, a citação é da p. 167 do mesmo livro.

p. 180 – **Fazenda Ema – das que não gemem**. As informações deste subcapítulo vieram de ML-STA, pp. 169-170.

pp. 180-1 – **A linhagem e os ideais deixados**. As belas frases de Antoninho (ABM), pai de Maria Laura, aparecem em ML-STA, p. 161. As aspas seguintes referem-se a considerações da autora no mesmo capítulo (de introdução a "As fazendas da família"), pp. 161-2.

pp. 181-2 – **Costumes corsos no São Francisco** – As informações deste subcapítulo vieram de ML-STA, pp. 24-6 (sendo as citações do 4º parágrafo da p. 24, e as do 5º da p. 25).

pp. 182-4 – **... em todo seu conteúdo / E ainda...** – Reproduzem-se aqui, com citações, as informações do "Testamento de Antônio Tomei", transcrito na íntegra em ML-STA, pp. 27-32.

pp. 185-8 – De **Primórdios da Córsega (o que eles sabiam)...** a **Infância de Tomei (momento político)...** Segue-se aqui a pesquisa de ML apresentada em STA, pp. 33-6, com alguns poucos acréscimos.

No 4º parágrafo de **Primórdios da Córsega (o que eles sabiam)...**, p. 186, fazem-se seguidas (5) citações ao texto acadêmico: MOREIRA, Rafael. A arte da ruação e a cidade luso-brasileira, *Cadernos de pesquisa do LAP 37*. São Paulo: FAU-USP, 2003, p. 10. Em **Ilha "das antigas"**, as citações do 3º parágrafo (p. 186) são de ML-STA, p. 34. A do final do parágrafo seguinte (p. 187) é da p. 35 do mesmo livro, e as do 6º parágrafo (também p. 187) também da p. 35. Em **Infância de Tomei (momento político)...** reproduz-se o conteúdo de ML-STA, pp. 35-6, sendo as citações do 3º parágrafo da p. 36.

pp. 188-9 – **... e o que sabia de Gênova**. Reproduzem-se informações (com citações) de ML-STA, pp. 37-8.

p. 189 – **As *Case-torri*, ou Casas-torre de lá**. As informações e citações deste subcapítulo vieram de DORIA, Francisco Antônio. *Caramuru e Catarina: lendas e narrativas sobre a Casa da Torre de Garcia d'Ávila*. São Paulo: Ed. Senac, 2000, pp. 88-9.

p. 190 – **Época moderna**. A partir do 2º parágrafo, retoma-se a leitura do texto de ML-STA, p. 39.

pp. 191-2 – **Sem significado ou invenções**. No último parágrafo faz-se referência ao texto de Wilson Lins, que ainda seria abordado.

pp. 193-5 – **Um pouco de Caramuru...** No final do 3º parágrafo, a expressão "eterno domingo" faz referência à música "Baila comigo", de Rita Lee.

III

pp. 199-200 – **A despedida de Chica / Enquanto isso em Recife...** Todas essas informações aparecem em ML-STA, p. 81.

p. 200 – **Aproximação de Lília**. São comentários ficcionais, mas baseados em informação de ML-STA, p. 93 (final do capítulo "Maria Clara da Virgem") e outras.

pp. 200-1 – **Casamento.** A informação do casamento aparece na p. 93 de ML-STA. O trecho sobre casamentos indígenas aparece em SOUSA, Gabriel Soares de. *Tratado descritivo do Brasil em 1587*. 4ª ed. São Paulo: Companhia Editora Nacional/ Edusp (Coleção Brasiliana v. 117), 1971, p. 309. As informações do trecho final (últimos dois parágrafos) estão em ML-STA, p. 82.

pp. 201-2 – **O casarão que agora é de Lília** – As informações sobre o casarão de Vanderlei vieram de ML-STA, pp. 197-9, bem como as citações da parte final (e quando se fala em dicionário consultado, normalmente é o *Mini-Aurélio*, ou o *Aurélio*, em edições variadas).

pp. 202-3 – **Novos nascimentos**. As informações sobre o cel. Pedro encontram-se nas pp. 62 e 71-8 de ML-STA. Já as informações sobre Francisco Bonifácio estão nas pp. 54 e 57-60. E sobre Ana Joaquina, nas pp. 62, 82 e 97-8.

p. 203 – **Divisão da Itacutiara**. As informações vieram de ML-STA, p. 174.

pp. 203-4 – **O capitão Vanderlei nas lutas da Independência**. As informações são de ML-STA, pp. 82-3, alternando-se a comentários fictícios. Já a descrição por ocasião da "aclamação da Constituição outorgada", na parte final, é de WANDERLEY PINHO, José. *Cotegipe e seu tempo: 1ª fase, 1815-67*. São Paulo: Companhia Editora Nacional, 1937, p. 24, transcrito em ML-STA, p. 83.

pp. 205-6 – **Ensino de melhor qualidade...** No 1º parágrafo, segue-se a leitura em ML-STA, p. 83. Nos demais, há informações vindas de outras partes do livro, em especial a p. 130.

p. 206– **... e novos serões**. Não se pode precisar, mas os parágrafos 3º e 4º também parecem inspirados em uma passagem de José Saramago.

pp. 206-8 – **Memória sem nada de artificial / Comparando-se à linguagem dos animais** – São comentários meramente ficcionais, havendo duas citações a um livro do próprio autor: MOREAU, Filipe. *Mitologia das abelhas e outros contos*. São Paulo: Intermeios, 2013 (as duas da p. 27 – a segunda, de desfecho do trecho, é do finalzinho dela).

p. 209 – **Joana e Francisco**. As informações são de ML-STA, pp. 54-5.

pp. 209-10 – **O capitão José**. Juntam-se aqui informações do mesmo livro, pp. 61-2 e 92.

p. 210 – **Herança dos Bonifácio de Abreu**. As informações vieram de ML-STA, p. 55. O "descendente" a que aqui se refere (de citações em itálico do 2º e 4º parágrafo do 2º trecho) é mais uma vez Antoninho, pai de ML, que preservou todas essas histórias.

pp. 210-1 – **O papel de Maria Clara**. As informações deste subcapítulo são de ML-STA, pp. 54 e 91-2. As citações do 1º parágrafo são palavras de ML, p. 91, e as do 3º e 5º, da p. 92.

pp. 211-3 – **Andanças de José, juiz e fazendeiro – volta de Portugal**. A vida de José, filho de José, é contada em ML-STA, pp. 62-5. A citação do último parágrafo é da p. 62.

p. 213 – **A fazenda Picada é dividida**. As informações deste subcapítulo vieram de ML-STA, p. 164, inclusive a citação do último parágrafo, que é reincidente no romance.

pp. 213-4 – **José juiz e as transformações administrativas na região**. O 1º parágrafo traz informações de ML-STA, pp. 62-3. Seguem-se o comentário ficcional e elementos históricos possivelmente tirados da *Wikipédia*.

p. 215 – **Montando ao lado de Tonhá**. Este subcapítulo se baseia em informações de um pequeno parágrafo de ML-STA, p. 71.

p. 215 – **Infância do cel. Pedro...** Daqui ao final do capítulo III-4, "Juventude de Pedro", são textos ficcionais, havendo inclusive um trecho em fonte menor (por apresentar-se como ficção dentro de outra ficção).

p. 219 – **Pedro aprende com o irmão...** Este trecho fictício inspira-se em passagem do livro ROCHA,

Geraldo. *O Rio S. Francisco*. São Paulo: Companhia Editora Nacional, 1940, p. 28, transcrito em ML-STA, pp. 191-4, e em um depoimento de Antoninho comentado por ML (p. 191).

p. 221 – **O segundo filho a se casar**. As informações sobre Tonhá vieram de ML-STA, pp. 42-4 (a citação do último parágrafo é da p. 43).

pp. 221-2 – **Conceito físico, ou matemático, de uma reta entre dois pontos...** O último parágrafo deste subcapítulo, que obviamente é todo fictício, foi provavelmente construído com informações do já citado livro CASSÉ, M., ADOUZE, J. e CARRIÈRE, J-Claude. *Conversas sobre o invisível*. São Paulo: Brasiliense, 1991.

p. 222 – **Por onde ia José...** As informações vieram de ML-STA, pp. 62-3.

pp. 223-4 – **Maria Clara cuida dos sobrinhos-netos – os primeiros serões**. As informações vieram de ML-STA, pp. 55-6, incluindo palavras de Antoninho, que aparecem ao final do 5º parágrafo (estão no início da p. 56).

Ao final deste subcapítulo também se faz uma longa citação à avó paterna de Antoninho, a escritora Ana (ou Anna), mãe de Pedro Ribeiro. Ela voltará a ser citada ao final do romance, nos subcapítulos **O outro ramo...** e **A mãe de Pedro**, em IV-11 "Os novos casamentos...". O trecho aqui citado está em BITTENCOURT, Anna R. de Goes. *Longos serões do campo II – infância e juventude*. Rio de Janeiro: Nova Fronteira, 1992, p. 4.

pp. 224-5 – **Histórias contadas antes de dormir...** No 3º parágrafo há uma pequena citação à música "Clarice", de Caetano Veloso e Capinan.

pp. 228-9 – **... O vaqueiro pensativo**. Este e o anterior são obviamente criações ficcionais, do próprio autor. Ressalta-se aqui, como em outras partes do livro, uma menção ao trecho da música "Questão de posse", de Luís Melodia, que diz: "eu quero é mel". E há outras menções, como ao poema de Alberto Caeiro "O guardador de rebanhos VIII" (1914), em PESSOA, Fernando. *Obra poética*. Rio de Janeiro: José Aguilar Editora, 1972, p. 209 (a citação do penúltimo parágrafo do primeiro trecho é da música "Na estação", do próprio autor).

pp. 231-54 – Como está escrito no próprio texto, todo o capítulo III-6, "Uma história escolhida para contar", sobre um suposto livro que Maria Clara teria encontrado para ler em companhia dos filhos menores e sobrinhos-netos, é a adaptação de um clássico da literatura sânscrita, a peça *Xacuntalá reconhecida*, do poeta e dramaturgo Calidaça (ou Kalidasa, Kalidaça, Calidasa...), aqui consultada pela tradução (não publicada) de 1990 dos professores de Sânscrito da USP, Carlos Alberto da Fonseca e Mário Ferreira.

O clássico indiano teve sua primeira tradução no Ocidente no começo do século XIX. Foi aclamado por Goethe e mostrou à Europa o alto nível da literatura sânscrita do passado (a época da peça não pode ser datada com precisão, mas entende-se ser ela parte das realizações palacianas do período Gupta, que vai do século IV ao VI). Seu estilo é "rigoroso, formalmente rebuscado e catarticamente intenso" (*Wikipédia*).

A título de curiosidade, a personagem Xacuntalá, aqui adaptada à índia Janaína, seria uma *apsara* (espécie de sereia, ou ninfa), divindade do céu de Indra (o deus guerreiro), que no eremitério de Kanva teria concebido *Bharata*, o fundador do primeiro império no norte da Índia.

A personagem figura assim no grande poema épico Mahabharata já existindo, portanto, na tradição oral anterior à compilação deste, por volta de 400 a.C. Sua história não pertence à narrativa central, mas agrega-se à volta dela para efeito comparativo, em um dos episódios de exílio dos irmãos Pândava na floresta (o Mahabharata é todo narrado por diálogos que atravessam vários polos analógicos, formando "histórias dentro de histórias": todas as partes recebem referências das outras, não havendo uma linearidade precisa – na verdade, os mais de 100 mil versos duplos orbitam o *Bhagavadgita*, livro de ensinamentos de ioga de Krishna a Arjuna, espécie de resposta do hinduísmo védico ao budismo, então inovador e crescente).

Calidaça, o maior dramaturgo e poeta da Índia, trouxe dessa epopeia religiosa o núcleo e título de seu drama escrito no século IV (supõe-se), obedecendo às recomendações de um modelo complexo. A série de diretrizes para peças e dramaturgias estava reunida no livro *Natyaçastra*, prevendo a passagem por oito "rasas" (emoções, ou sensos: amor, riso, cólera, tristeza, orgulho, medo, ódio e assombro) "estáveis", subdivididos em 33 "instáveis". Qualquer dos 33 rasas, ou todos, podiam fazer um breve aparecimento no decurso da peça, passando em seguida a um segundo plano. E também deviam ser seguidos os elementos de ação (empreendimento, esforço para a frente, possibilidade de sucesso, certeza do sucesso e sucesso) através de nexos com partes e componentes, num total de 65, nem todos obrigatórios.

Ao longo da história adaptada aparecem algumas aspas indicando citações, que em geral remetem à tradução dos professores, podendo também haver referências por associações mais livres e fáceis de localizar.

p. 255 – **Os estudos de Cotegipe...** As informações vieram de ML-STA, pp. 81 e 85-6.

pp. 255-6 – **... em sua ida a Salvador**. Idem, das pp. 83-4.

p. 256 – **Enquanto isso, José...** As informações são de ML-STA, p. 63 (sendo que o trecho entre aspas do 2º parágrafo pode ter vindo da *Wikipédia*). O último parágrafo também segue essas informações (p. 63), com duas citações.

p. 257 – **... vive um romance**. A informação do casamento está em ML-STA, p. 65, sendo o resto uma ficção.

p. 257 – **E Maria Clara continua cuidando dos sobrinhos**. As informações vieram de várias páginas em ML-STA: 55, 61, 71, 82 e 44 (desta última, o trecho final).

p. 258 – **As novas responsabilidades em apoio aos estudos do irmão**. A partir do 2º parágrafo (o 1º é ficção) seguem-se as informações contidas em ML-STA, p. 56. Também são citadas de passagem informações das pp. 115-6.

p. 259 – **Formação do barão da Vila (algumas considerações)**. Faz-se aqui referência ao que já fora dito no capítulo II-2, subcapítulo **... de sabedoria**, pp. 118-9. As citações à Bíblia dizem respeito aos chamados "livros sapienciais", o da *Sabedoria* (já aqui citado outras vezes) e o *Eclesiastes* (sobre a "corrida atrás do vento"), cap. 1 a 6.

p. 264 – **Orgulho de ser sertanejo**. Depois de um longo trecho de pura ficção, retorna-se aqui, já no 1º parágrafo, às informações do livro de ML, da p. 130. O mesmo ocorre no 2º parágrafo, agora com informações (e uma citação) da p. 128. E dá-se também este processo no 3º, com informações e uma citação da p. 125.

pp. 265-6 – **Ponderações** (último parágrafo) / **... segundo esse historiador do futuro**. Acompanha-se aqui o texto "Uma família unida e pacífica", em LINS, Wilson. *O médio São Francisco – uma sociedade de pastores e guerreiros*. São Paulo: Brasiliense, 1983, p. 61, transcrito em ML-STA, pp. 136-7 (em **... segundo esse historiador do futuro** a primeira citação, logo no 1º parágrafo, é da p. 136, e a partir do 3º parágrafo entra-se na página seguinte).

pp. 267-8 – **Um primeiro caso de violência**. A partir do 5º parágrafo, segue-se, propositalmente, com citações (mostrando-se bem o estilo deste tio-avô do autor) o relato de Antoninho, ou ABM, no artigo "A Barra do Rio Grande", reproduzido em ML-STA, pp. 92-3.

p. 269 – **A Guarda Nacional**. As informações e citações deste subcapítulo vieram de ML-STA, p. 42 (em especial a nota 11).

pp. 269-70 – **Outra boa notícia: a vinda de Maroquinhas**. As informações básicas estão em ML-STA, p. 41 (sendo a brincadeira com os nomes desses antepassados, obviamente, uma criação do autor).

p. 270 – **Os filhos de Maria e Luís: José Marques...** As informações vieram de ML-STA, p. 46.

pp. 270-1 – **... e sua irmã Maria Joana**. As informações (e citações) são de ML-STA, p. 89.

p. 271 – **Festejos pela volta de Cotegipe ao sertão – e enchente em 1838**. As informações "verdadeiras", entremeadas por uma ficção, são de ML-STA, p. 84. A quadrinha final, que aparece na mesma página, foi transcrita por ML de WANDERLEY PINHO, José. *Cotegipe e seu tempo – 1ª fase – 1815-1867*. São Paulo: Companhia Editora Nacional, 1937.

p. 272 – **Mais festas (e uma fantasia de criança...)**. Depois de um trecho de pura ficção, faz-se referência à música "De onde vem o baião", de Gilberto Gil.

pp. 272-3 – **Título de nobreza – como assim...?** Este trecho tem como referência o texto de Afrânio Peixoto "Torre de Tatuapara; Garcia d´Ávila" (nota extraída do livro *Breviário da Bahia*. MEC e CFC, 1980 – copiado por Sócrates T. Nascimento: Barra-BA, fevereiro de 2004).

p. 275 – **... e se houver fidalguia, "importa o que se é para si"**. O trecho contém referências bíblicas explicitadas nele mesmo. Uma reflexão no terceiro parágrafo parece inspirada em Saramago, não se podendo precisar o livro. Nos últimos dois parágrafos há citação de carta jesuítica de 1559, em: NÓBREGA, Manoel da. *Cartas do Brasil, 1549-1560*. Belo Horizonte/ São Paulo: Itatiaia/ Edusp, 1988, p. 210.

p. 276 – **Enquanto isso, no Maranhão...** As informações e a citação são de ML-STA, pp. 63-4.

p. 277 – **O casamento de Clemente e Ana Joaquina**. Há informações vindas de vários trechos em ML-STA, em especial das pp. 97-8.

pp. 277-8 – **Nascimento de Janoca**. Idem, das pp. 98 (nas citações no 2º e 3º parágrafo) e 101.

pp. 278-80 – **Enquanto isso Antônio "Primo"... / ... em suas desventuras**. Esses dois subcapítulos reproduzem informações (algumas já apresentadas anteriormente) e fazem citações das pp. 115-6 de ML-STA.

pp. 280-1 – **As despedidas do capitão Vanderlei e de José Marques**. As informações e citações são de ML-STA, pp. 84-5. Do 2º ao 5º parágrafo (em que se mostram cinco citações) reproduzem-se interpretações do texto MOREIRA, Rafael. A arte da ruação e a cidade luso-brasileira, *Cadernos de pesquisa do LAP 37*. São Paulo: FAU-USP, 2003, pp. 9-10, de onde também vieram as citações dos padres Fernão Cardim e Brandônio.

pp. 281-2 – **José Marques**. As informações são de ML-STA, pp. 41, 43, 88-90 e 174 (no antepenúltimo parágrafo, ao citar-se o testamento da mãe dele, Maria, reproduz-se o que está na p. 89; já as duas citações do penúltimo parágrafo são da p. 174).

p. 283 – **Envolvimento e filho "natural"**. A informação está em ML-STA, p. 59.

pp. 283-4 – **Em sua passagem pela Vila da Barra...** As informações estão em ML-STA, pp. 59 e 103 (último parágrafo), havendo também um comentário fictício sobre as músicas que tocavam.

p. 284 – **... à volta da fogueira, em conversas com o primo João Maurício...** No segundo parágrafo há uma citação explícita à música de Luís Gonzaga, em torno da qual orbita todo este subcapítulo – que é, naturalmente, uma ficção.

pp. 285-6 – **... sobre o futuro da medicina e outros temas**. Os três primeiros parágrafos reproduzem o conteúdo de um artigo de Ferreira Gullar publicado nos jornais *Globo* e *Folha* em 5 de maio de 2013, com o título "Sem pecado". Já no trecho final, faz-se citação às *Memórias de Santa Tereza* (JESUS, Sta Teresa de. Conceptos del amor de Dios, in: *Obras Completas*. Madrid, 1942, pp. 439-40), a "grande santa barroca e doutora da Igreja", trecho transcrito em: SANTOS, Paulo. *O barroco e o jesuítico na arquitetura do Brasil*. Rio de Janeiro: Livr. Kosmos Ed., 1951, pp. 64-5.

p. 287 – **E do que mais se falava nessas festas**. As aspas são falsas, e nos dois primeiros parágrafos alude-se, claramente, à poesia de Fernando Pessoa. No terceiro parágrafo, alude-se a uma frase de Annita (irmã de Antoninho, o pai de ML) que reaparecerá em outros capítulos e desfechará o romance.

p. 288 – **As novas andanças do juiz José**. As informações são de ML-STA, pp. 63-4.

pp. 290-1 – **Luna**. Segue-se aqui o relato emocionado do próprio Antoninho, com algumas citações... A transcrição desse manuscrito, que é tão especial, encontra-se em ML-STA, pp. 96-7.

pp. 291-2 – **Sentimentos e pesares**. Nessas considerações incluem-se também alguns comentários de ML, espalhados pelo livro.

pp. 292-3 – **Pensamento de Tomei...** Ao final do 1º parágrafo e início do 2º há citações à música "Imagine", de John Lennon (com versos já traduzidos).

pp. 295-300 – Todo o capítulo III-14, "Perseguição à família Guerreiro", segue informações (com algumas citações) contidas no capítulo "Violência", de ML-STA, pp. 146-51. Em **Banditismo no sertão – um contexto geral** (pp. 295-6), as aspas reproduzem texto de ML (pp. 146-7), mas que se baseia em LINS, W. *O médio São Francisco – uma sociedade de pastores e guerreiros*. São Paulo: Brasiliense, 1983, pp. 41-2. Em **Militão** (pp. 296-7), segue-se (nas mesmas condições) ML-STA, pp. 147-8. Em **A família impede uma invasão** (p. 297), idem, ML-STA, pp. 148-9 (aparecendo aqui uma citação de Antoninho, provavelmente responsável por todos os registros deste episódio). Em **Episódio de Militão e Guerreiro** (pp. 297-300), idem, ML-STA, pp. 149-51, à exceção de trecho enxertado da música "Eu", de Paulo Tatit.

pp. 301-3 – **Comentário filosófico.** A primeira matéria de jornal em que se baseou este trecho de ficção era provavelmente da *Folha de S. Paulo*, nos anos 90. Já a segunda, é totalmente fictícia.

p. 303 – **Falecimento de Maria Marques.** As informações e duas citações deste subcapítulo vieram de ML-STA, pp. 174-5.

pp. 304-5 – **A memória e os bens deixados.** Reproduzem-se aqui os principais trechos do testamento de Maria Marques, transcrito integralmente em ML-STA, pp. 88-91

p. 305 – **Ascensão e viuvez de Tonhá.** As informações são de ML-STA, pp. 43 e 171 (de onde veio a citação do 3º parágrafo). Ao final do subcapítulo apresenta-se a descrição da lagoa de uma dessas fazendas, sendo o futuro descendente citado, mais uma vez, Antoninho, em uma de suas notas. Ela está reproduzida em ML-STA, p. 172 (início).

p. 306 – **Cuidando das fazendas.** As informações são de ML-STA, pp. 43-4 e 98 (a que remete a citação do último parágrafo).

pp. 306-8 – De **Depoimento de um forasteiro que fez pesquisas na região...** a **... de muitas observações.** Nesta parte final do capítulo III-15, segue-se (com informações e citações) ML-STA, pp. 131-3, o capítulo "Texto de Halfeld – 'Um olhar forasteiro'", de referência na nota de rodapé: HALFELD, G. F. *Atlas e relatório concernente à exploração do Rio S. Francisco, desde a Cachoeira de Pirapora até o Oceano Atlântico durante os anos de 1852 a 1854.* Rio de Janeiro: 1860, capítulo 168ª légua.

IV

p. 311 – **Notícias de Cotegipe.** As informações sobre esta personagem vieram de ML-STA, pp. 85-6, e também da *Wikipédia.*

pp. 311-2 – **Vida profissional do juiz Francisco – presidência de Goiás.** As informações e citações (inclusive de cartas reproduzidas no livro) são de ML-STA, pp. 65-8.

p. 312 – **"Juiz de roça".** Informações e citação de ML-STA p. 68.

p. 313 – **A filha natural.** Os dois primeiros parágrafos trazem informações das pp. 75 e 116-7 (a citação ao final do 2º parágrafo é da p. 117) de ML-STA. As informações dos últimos três parágrafos vieram do testamento de Francisco, transcrito em suas partes mais importantes em ML-STA, pp. 69-70.

pp. 313-4 – **O casamento de Pedro (pai).** As especulações foram feitas com informações vindas de várias partes de ML-STA: pp. 61-2, 71, 82, 97, 101, 105...

pp. 314-5 – **Um dos médicos, o barão Francisco...** As informações dos cinco primeiros parágrafos (incluindo-se uma citação) vieram de ML-STA, p. 57. As do trecho final vieram da *Wikipédia.*

pp. 315-6 – **... em sua passagem por Portugal.** As aspas do 1º parágrafo são falsas, isto é, remetem a frases do próprio autor, em outros trechos fictícios.

p. 316 – **O outro médico, dr. Antoninho.** As informações e a citação (p. 45) são de ML-STA, pp. 44-5.

pp. 316-7 – **Uma passagem do futuro barão da Vila por Salvador – surpresa com a folia carnavalesca.** No 1º parágrafo deste trecho de pura ficção faz-se referência à música "Questão de posse", de Luís Melodia.

p. 317 – **Banho de mar.** A comparação foi feita no subcapítulo **No segundo dia ao ver o mar – de azul profundo**, pp. 27-8, ao qual já foi dada a devida referência. No 1º parágrafo, os haicais reproduzem poesia do próprio autor em *A flor lilás* (São Paulo: Ed. Neotrópica, 2014). No 2º há novas falsas aspas, que remetem ao mesmo subcapítulo citado, do próprio romance.

pp. 318-9 – **... e o futuro barão da Vila em uma excursão no Vale.** A informação inicial (antecedendo o comentário fictício) está em ML-STA, p. 57 (sendo a citação do 3º parágrafo da mesma página). O último trecho traz informações de ML-STA, p. 59, incluindo a citação.

pp. 321 – **Os filhos de José Marques.** A informação básica está em ML-STA, p. 41.

pp. 321-2 – **Falecimento de Maria Clara da Virgem.** Mais uma vez é citado o capítulo 7 do livro *Sabedoria*, da Bíblia, havendo sutil comparação aos conhecimentos científicos modernos.

pp. 322-3 – **Fazendas e parentes – a Ema de Tonhá e Carlos.** Como é dito no 1º parágrafo, a informação deste já fora passada, vinda de ML-STA, p. 162. A partir do 2º parágrafo, as informações (e uma citação) são do mesmo livro, pp. 169-70.

p. 323 – **As Itacutiaras de Tonhá e Ana Francisca Vanderlei.** As informações dos três primeiros parágrafos vieram de ML-STA, p. 41. A citação do 4º parágrafo é da p. 175, e a do 5º do início da p. 44 do mesmo livro (o conteúdo deste subcapítulo aparece em duas sequências, as pp. 42-4 e 174-6 de ML-STA).

pp. 323-4 – **Título de Cotegipe.** O conteúdo deste subcapítulo (incluindo a longa citação) é original de ML-STA, pp. 85-6 e 93.

p. 324 – **Andanças de Ana Francisca, irmã mais velha do novo barão.** O conteúdo deste subcapítulo veio de ML-STA, pp. 93-5 (sendo do início desta última a citação do 2º parágrafo).

p. 325 – **E foi assim que...** O conteúdo veio de ML-STA, p. 95, incluindo a citação final (parte deste conteúdo também aparece nas pp. 43 e 174-5).

p. 327 – **Os juízes José e Francisco, netos de Tomei.** As informações são de ML-STA, pp. 64 e 68-9.

pp. 327-8 – **Falecimento de Tonhá – Itacuatiara e Brejo.** As informações de todo este subcapítulo (incluindo uma citação no 1º parágrafo) vieram de ML-STA, p. 44 (acrescentando-se apenas uma, do 2º parágrafo, vinda das pp. 68-9), juntando-se a elas algumas interpretações do autor.

p. 328 – **A fazenda Itacutiara a partir de agora.** As informações do 1º parágrafo estão em ML-STA, p. 175. Segue-se um parágrafo de interpretações pessoais e, no 3º, retomam-se as informações do mesmo livro, pp. 175-6.

p. 329 – **Antoninho e Maroquinhas.** Seguem-se aqui as informações de ML-STA, pp. 175-6, com as citações de ML e Antoninho (que deixou registrado: "meu avô era um homem de bem"). A citações aos finais do 2º, 3º e 4º parágrafo também são da p. 176.

pp. 329-30 – **Mapeando a grande fazenda.** Todo este subcapítulo segue (com citações) as explicações de um mapa (p. 178) que estão em ML-STA, p. 177 e 179-80 (no 3º parágrafo, pp. 301-2, reproduz-se a citação feita em ML-STA, p. 177, de: SAMPAIO, Theodoro. *O rio S. Francisco – trechos de um diário de viagem.* São Paulo: Ed. Escolas Profissionais Salesianas, 1905, p. 52).

O último trecho entre parênteses colocado na descrição do Brejinho é uma citação "fictícia", isto é, remete mais uma vez ao texto de Annita que fecha o romance, e fala, na verdade, do rio Corrente, afluente que desemboca mais ao sul, no S. Francisco.

pp. 331-2 – **Os estudos de Dindinho.** No 1º parágrafo, as informações e a citação são de ML-STA, p. 214. Já as informações do 2º aparecem em vários trechos, inclusive na p. 71, de onde também vieram as informações do 3º ao 5º parágrafo.

p. 332 – **Viuvez do cel. Pedro – o Tamboril.** Este subcapítulo segue informações de ML-STA, pp. 200-1 (a citação do 3º parágrafo é da p. 200, e a do 4º já é da 201; já a do 5º parágrafo, em itálico – p. 201 – é de um texto de Antoninho que ainda reaparecerá na história).

pp. 332-3 – **Os afetos do sobrinho.** As informações (e uma citação que aparece neste subcapítulo) são da p. 45.

p. 333 – **Casamento de Antônio Jr, o dr. Antoninho...** As informações do 1º parágrafo são de ML-STA, p. 45, e as do 2º (com duas citações ao final), da p. 98.

pp. 333-4 – **... e Joana Francisca Abreu, e Janoca...** As informações são de ML-STA, pp. 101 (incluindo a citação do 3º parágrafo) e 45 (no 4º parágrafo).

p. 334 – **... indo morar na fazenda Torrinha.** Os primeiros dois parágrafos seguem informações de ML-STA, p. 172, sendo Antoninho o "descendente" a que nos referimos, e as citações de ML (grifando-se aqui, por conta própria, a locução "*fazenda-mater*"). A partir do 3º parágrafo, segue-se trecho (incluindo citações) da p. 47.

p. 334 – **Nasce Ioiô, o filho mais velho.** A informação básica é de ML-STA, p. 42, e reaparece em outras partes (por exemplo, na p. 49).

pp. 335-6 – **Bênção da natureza**. Segue-se a partir daqui, com muitas citações, o capítulo quase homônimo a este IV-5, "Brejinho", em ML-STA, pp. 203-6 (as citações em grande número têm o propósito de valorizar o texto original, mostrando que o livro de ML traz uma visão bastante completa, nas observações e descrição dos valores familiares). Abre-se apenas uma exceção, já na parte final, pela interpolação de explicações sobre os outros filhos do casal Janoca-dr. Antoninho (mostrando-se a quem era remetida a citada carta, transcrita na íntegra em ML-STA, p. 206).

pp. 336-7 – **(Brejo dos beijos)**. Aparece aqui mais uma citação à frase de Annita com que se fez o desfecho do romance. Faz-se ainda citação à música "Refazenda", de Gillberto Gil, e à frase de uma reportagem televisiva sobre o Pantanal. Já a última citação é "falsa", remetendo a um poema do próprio autor.

p. 337 – **Ainda em lua de mel – forró, baião e música dos pássaros**. Neste trecho de pura ficção, o exemplo de verso em inglês (2º parágrafo) é da música "A hard day's night", dos Beatles.

pp. 339-40 – **Manhã no Brejinho**. O "poema" (4º parágrafo) é parte da letra da música "De manhã", de Caetano Veloso.

p. 340 – **Na mesma família, o casamento de Maria Joana (Maroquinhas) e...** Volta-se aqui a acompanhar a leitura do livro ML-STA. Os quatro primeiros parágrafos trazem informações da p. 98 (incluindo-se a citação do 3º parágrafo), e os dois seguintes (incluindo uma citação, no último), da p. 99.

pp. 341-2 – **Falecimento de José, Neto de Tomei**. As informações são de ML-STA. As citações do 1º parágrafo são do início da p. 62 (e as aspas do 2º apareceram talvez por engano, baseadas em informação do mesmo trecho). Nos parágrafos seguintes, reproduzem-se informações da p. 64, incluindo duas citações.

p. 344 – **A Vila vira uma cidade**. As informações a partir do 2º parágrafo (a do 1º pode ter vindo da *Wikipédia*), incluindo citações, vieram do texto MOREIRA, Rafael. A arte da ruação e a cidade luso-brasileira, *Cadernos de pesquisa do LAP 37*. São Paulo: FAU-USP, 2003, pp. 8-10. No último, a observação que já "chegamos a comentar" refere-se ao subcapítulo **As despedidas do capitão Vanderlei e de José Marques** (pp. 280-1).

pp. 344-5 – **Primeiro jornal – as divagações de um juiz sobre o que se noticia...** As informações do 1º parágrafo são da *Wikipédia*. O editorial que aparece ao final do 3º parágrafo, e é analisado no 4º, é possivelmente da *Folha de S. Paulo*, na década de 90 (1993, talvez).

p. 345 – **... e torna-se quase um vício**. Também há aqui referência a uma matéria de jornal, possivelmente da *Folha de S. Paulo* em seu caderno "Mais!", onde se divulgava ciência (especialmente com Marcelo Gleiser, articulista preferido do autor à época).

pp. 345-6 – **Francisco em nova divagação**. O primeiro item comentado é possivelmente o mesmo de dois subcapítulos antes (**As divagações de um juiz...**). O segundo item (a partir do 3º parágrafo) é comentado de maneira quase atemporal, o conflito de religiões no Oriente Médio, evoluindo já desde a Antiguidade. Possivelmente se inspirou também em alguma matéria do caderno "Mais!", da *Folha*, mas partiu-se para uma dissertação, ficcional, do autor.

p. 347 – **No outro domingo, uma matéria parecida (mas de referências astronômicas)**. Para as informações e citações deste subcapítulo há duas possibilidades: terem vindo também do caderno "Mais!", da "*Folha*", ou do livro: CASSÉ, M., ADOUZE, J. e CARRIÈRE, J-Claude. *Conversas sobre o invisível*. São Paulo: Brasiliense, 1991. As citações, inclusive, podem ser falsas (isto é, serem "invenções" do autor).

pp. 347-8 – **Caderno de cultura**. As informações sobre "Antônio Crisóstomo, o *Quatremère de Quincy*", vieram da *Wikipédia*.

p. 349 – **E ainda mais...** No 2º parágrafo, faz-se referência à música "Não vá se perder por aí", dos Mutantes.

pp. 349-50 – ... **à noite, eles preferem o evangelho**. Este subcapítulo remete a outro, de uma conversa entre Tomei e Joana, em II- 3, **... de algumas leituras – quase cíclicas**, pp. 127-9.

p. 351 – **Nascimento das filhas: Iazinha e Naninha**. As informações genealógicas estão espalhadas por várias partes de ML-STA, podendo-se conferir as deste subcapítulo pelas pp. 45-7,101, 230 e 251 (onde estão os dados mais específicos sobre Ana Clemente, ou Naninha).

p. 353 – **Formação de Dindinho.** As informações do 3º parágrafo, sobre Dindinho, estão em ML-STA, p. 214. A partir do 4º parágrafo, e até o final do subcapítulo (trechos que estão entre parênteses) são informações (e até longas citações) tiradas da *Wikipédia.*

pp. 353-4 – **Na faculdade de Direito, encontro com literatos.** São falsas as aspas do 3º parágrafo, colocadas em meio à pura ficção apenas para dar algum ar de realidade ao trecho. O último parágrafo faz referência a outras partes do romance: I-8 **... e se o Brasil foi descoberto por acaso / Uma "História" indígena** (pp. 70-3); I-12 **Um lugar quase inóspito** (pp. 99-100).

pp. 354-5 – **Visita de outro pesquisador, Teodoro, um engenheiro...** As informações e citações são de texto do próprio Teodoro Sampaio, transcrito em ML-STA, pp. 134-5. A informação do 1º parágrafo veio certamente de algum texto de Rafael Moreira sobre engenharia militar.

pp. 355-6 – **Disse ainda Teodoro, o geólogo...** A citação do 1º parágrafo é da apresentação de ML para a transcrição do texto SAMPAIO, Theodoro. *O rio S. Francisco – trechos de um diário de viagem.* São Paulo: Ed. Escolas Profissionais Salesianas, 1905, p. 44, em ML-STA, pp. 134-5, de onde vêm todas as outras citações (e informações).

p. 357 – **Voltando à família – nasce o quarto filho de Janoca.** Informações vindas de ML-STA, pp. 47, 69, 111 e 214.

pp. 357-8 – **Notícias do Tamboril – casa do cel. Pedro na fazenda Picada.** A citação do último parágrafo é de ML-STA, p. 72 (início). As informações também vieram de ML-STA, pp. 71 e 200.

p. 358 – **Retalhação da Itacutiara.** Todo este trecho segue informações de ML-STA, pp. 99-100, sendo que a citação mais longa – no 5º parágrafo – é de frase que está bem na passagem entre essas duas páginas. Já a citação do 6º parágrafo são palavras de Antoninho, trazidas de ML-STA, p. 100.

pp. 358-9 – **Falecimento do dr. Antoninho.** As informações do 1º parágrafo vieram de ML-STA, p. 71. Do 2º ao penúltimo parágrafo seguem-se informações (e duas citações) da p. 51, enquanto no último faz-se uma citação da p. 251.

pp. 359-60 – **No inventário, o gado da Itacutiara...** As informações do 1º parágrafo vieram de ML-STA, p. 180, e as do 2º das pp. 180-1. As do 3º (incluindo uma citação) também são da p. 180.

pp. 360-1 – **... e outros bens deixados.** Este subcapítulo sintetiza informações de ML-STA, pp. 47-8 (e, após trecho de reflexão sobre a "anacrônica" existência de escravos à época, retomam-se as informações de ML-STA distribuídas pelas pp. 48-9 – sendo as citações do último parágrafo desta última).

p. 361 – **Saudades que ficaram.** As informações deste subcapítulo aparecem em trechos variados de ML-STA, mas segue-se aqui o da p. 101.

pp. 361-2 – **O tutor, coronel Pedro.** As informações e citações dos dois primeiros parágrafos (seguindo-se a eles um trecho de ficção) são de ML-STA, p. 72.

p. 362 – **Ana Francisca.** O subcapítulo inicia-se por uma ficção, mas acaba relembrando informações de trechos variados em ML-STA, pp. 43-4, 80-1, 93-5 e 175.

pp. 363-4 – **A casa de Ana Joaquina na Itacutiara.** No 1º parágrafo, para a explicação dos parentescos, fez-se uso de vários trechos em ML-STA. A partir do 2º parágrafo, fazem-se seguidas citações a mais um belo texto, ou artigo, de Antoninho, intitulado "A Barra do Rio Grande", reproduzido por ML nas pp. 206-7. Apenas no 6º e 7º parágrafo as informações e duas citações passam a ser da própria autora, p. 207 de STA. Nos dois últimos parágrafos, as informações e citações são da p. 103, do mesmo livro.

pp. 364-5 – **Falecimento do barão da Vila.** Para este subcapítulo foram utilizadas informações de dois trechos em ML-STA, pp. 59 e 103 (apenas no 4º parágrafo, a pseudo-notícia de jornal é possivelmente informação da *Wikipédia*).

p. 365 – **Algumas lembranças que ficaram...** Nos dois parágrafos são reproduzidas informações (com três citações) de ML-STA, p. 59, que por sua vez remete a: A. A. A. Bulcão Sobrinho. Titulares baianos, in: QUEIRÓS MATTOSO, Kátia. *Bahia século XIX.* Rio de Janeiro: Nova Fronteira, 1992, p. 272.

pp. 365-6 – **... e a grande fortuna.** Segue-se aqui (simplificando as informações) ML-STA, pp. 103-4 (sendo a citação do último parágrafo da p. 104).

p. 366 – **Precipitação.** Segue-se aqui ML-STA, p. 105 (início).

pp. 366-7 – **Janoca em Salvador.** No 1º parágrafo faz-se referência à música "Memórias modestas", de Luís Melodia. A informação do 4º parágrafo é da *Wikipédia.* No 6º e 7º, fazem-se citações à tese de doutorado de AZEVEDO, Esterzilda B. de. *Açúcar amargo: a construção de engenhos na Bahia oitocentista.* São Paulo: FAU-USP, 1994, pp. 18-21 (orientação de Júlio Katinsky).

Nos últimos dois parágrafos também se faz referência (treze citações) ao livro VELLOSO, Mabel. *Poesia Mabel/ Mabel Velloso.* São Paulo: Intermeios, 2012, pp. 11-2, 21 e 184.

p. 369 – **Férias na Barra...** As informações dos três primeiros parágrafos vieram de páginas variadas em ML-STA: 69, 71-5, 101...

p. 370 – **Caracterizado o genovês.** No penúltimo parágrafo, o termo "sagazes brichotes" faz sutil referência ao poema "Triste Bahia", de Gregório de Matos. E no último parágrafo, já pela quarta vez, faz-se referência ao texto MOREIRA, Rafael. A arte da ruação e a cidade luso-brasileira. *Cadernos de pesquisa do LAP 37.* São Paulo: FAU-USP, 2003, p. 10, com quatro citações curtas.

pp. 370-1 – **Uma metanarrativa.** Os principais conceitos aqui reproduzidos a partir do 3º parágrafo vieram do livro: BOSI, Alfredo. *Brás Cubas em três versões – estudos machadianos.* São Paulo: Companhia das Letras, 2006, p. 7.

p. 372 – **Participações de Janoca.** Este trecho foi inspirado no livro ARISTÓTELES. *Retórica das paixões.* São Paulo: Martins Fontes, 2000 (a citação do 2º parágrafo parece ser verdadeira, embora não localizada, assim como o 4º parágrafo também parece ser uma citação, em forma de diálogo).

pp. 372-3 – **Velhice do cel. Pedro – responsabilidades econômicas...** Volta-se aqui a seguir trechos de ML-STA, começando pela p. 72 (final). O 2º parágrafo é uma citação (aqui como se fosse na voz de Pedro Ribeiro) das pp. 72-3. A citação do último parágrafo (de carta verdadeira, guardada por Antoninho) é da p. 72.

pp. 373-4 – **... e as cartas a Janoca e Luís.** Segue-se aqui mais um trecho de ML-STA, pp. 72-4, com citações de reproduções autênticas de cartas de Pedro. A do 1º parágrafo está na p. 72. As informações e citações dos seis parágrafos seguintes são da p. 73. Já os dois últimos parágrafos são de informações das pp. 73-4 (sendo as citações desta última).

p. 374 – **Falecimento de Carlos, pai do inventariante...** As poucas informações sobre Carlos vieram de ML-STA, pp. 55, 62, 73, 92, 105... (a única citação é da p. 62).

p. 375 – **Inventário concluído.** As informações e a citação são de ML-STA, p. 105.

pp. 375-7 – **Vida profissional de Dindinho.** Quase todas as informações deste subcapítulo estão em ML-STA, pp. 214-5 (sendo as duas citações desta última página). Apenas no último parágrafo, elas vêm de Annita, em ML-STA, p. 259 (final).

pp. 377-8 – **Casam-se Dindinho e Iazinha.** As primeiras informações repetem o subcapítulo anterior, vindas de ML-STA, p. 214. Adentra-se então o conteúdo de ML-STA, p. 211

p. 378 – **A volta de Janoca para a Barra, "descasada".** As informações são de ML-STA, pp. 105-7.

p. 379 – **... unem-se Ana Clemente e Pedro Ribeiro.** As informações vieram das pp. 239, 251 e 253 de ML-STA, sendo as duas citações da p. 251.

p. 379 – **Pedro Ribeiro e a fazenda.** As informações e citações dos primeiros parágrafos vieram de ML-STA pp. 252-6 (havendo dois acréscimos às informações sobre Anna Ribeiro, vindos de outras fontes). No último parágrafo, as informações vêm do mesmo livro, pp. 237-9.

p. 380 – **O outro ramo...** A citação do 2º parágrafo é de BITTENCOURT. Anna R. de Goes. *Longos serões no campo* – vol. 2: *Infância e juventude.* Rio de Janeiro: Nova Fronteira, 1992, p. 3. Já a segunda longa citação (5º parágrafo) é fictícia, isto é, a adaptação de um escrito do próprio autor.

p. 381 – **A mãe de Pedro.** As duas grandes citações que aparecem no início são da introdução de Maria C. M. Bittencourt (p. 5) para a obra de Anna Ribeiro de Goes citada acima, *Longos serões no campo,* agora em seu vol.1, *O major Pedro Ribeiro.* No parágrafo seguinte as informações vieram do mesmo livro e página, e o último é apenas uma ficção.

pp. 381-2 – **(E uma futura reminiscência).** As aspas da parte final (parágrafos 4º e 5º) não são citações mas, supostamente, palavras do jesuíta, referentes a um trecho da parte I-3, **Um lugar bem bonito,** p. 32.

p. 382 – **Viana tenta a conciliação...** As informações e duas citações deste subcapítulo vieram de ML-STA, p. 107.

p. 383 – **Dois novos Antônios – Ioiô e o sobrinho.** Os três primeiros parágrafos seguem o texto de ML-STA, p. 49. Já as citações do 4º parágrafo são de um texto de Antoninho, também em ML-STA, p. 49, e a informação que abre este parágrafo é da p. 42 do mesmo livro. Também as do 5º parágrafo são de Antoninho, da mesma p. 49.

pp. 383-5 – **Profissional da engenharia / Ainda a respeito...** Nestes dois trechos de ficção faz-se referência a música dos Rollingstones ("100 years ago" – citada indiretamente, em itálico), a considerações do livro de Anna Ribeiro e também (ao falar do "administrador de patrimônio") a uma reflexão de Antoninho que ainda aparecerá mais à frente (sobre "dedicar-se a ser fazendeiro"). As citações finais são da música inglesa primeiramente mencionada.

p. 385 – **A procuração de Maroquinhas.** As informações do 1º e 3º parágrafo estão em ML-STA, pp. 49 e 100. A citação do 2º parágrafo já apareceu anteriormente e é de SOUZA, Gabriel Soares de. *Tratado descritivo do Brasil em 1587*. 4ª ed. São Paulo: Companhia Editora Nacional/ Edusp (Coleção Brasiliana v. 117), 1971, p. 309.

pp. 385-6 – **Volta ao sertão (em sequência, a perda da avó e vinda de mais um sobrinho...).** As informações foram tiradas de ML-STA, pp. 49, 97 (mais as que fazem referência à filiação de Anna Joaquina), 237 e 239.

p. 386 – **A esperada adoção.** As informações do 1º parágrafo são das pp. 211 e 239 (desta última, a citação) de ML-STA. Seguem-se mais dois parágrafos com informações e citações da p. 239, um seguinte das pp. 239 e 241 e uma citação desta última página no penúltimo parágrafo. A consideração final se mostra nesta e em outras partes do livro.

pp. 387-8 – **Falecimento do cel. Pedro.** No 1º parágrafo, as informações são da p. 71 de ML-STA (e de trechos que mostram, sobretudo, a sua boa convivência com os familiares, como as pp. 72-4 e 104-5), e no 2º e 3º, as citações são da p. 62. O último parágrafo, finalmente, é um trecho original de Antoninho, manuscrito transcrito em ML-STA, p. 74

p. 388 – **Inventário de herança, ou patrimônio.** As informações são de ML-STA, pp. 71, 74-5 (a citação e o principal do subcapítulo estão na p. 74).

pp. 388-9 – **Quando o menino Antoninho soube da morte do avô...** Afora as explicações iniciais de parentescos (de várias partes), o texto em que se apoia este subcapítulo (de onde também vem a citação no 2º parágrafo) é de autoria de Antoninho, manuscrito transcrito em ML-STA, p. 75.

pp. 389-90 – **As boas memórias dessa infância.** Segue-se aqui o mesmo texto de reminiscências de Antoninho, transcrito em ML-STA pp. 75-8. As citações do 2º paragrafo são das pp. 75 e 77, e as dos parágrafos seguintes (inclusive uma mais longa, no 6º parágrafo) são apenas desta última. Na parte final (últimos três parágrafos), segue-se com várias citações ao mesmo texto, do final da p. 77 ao final da 78.

pp. 390-1 – **Retiro de Dindinho...** As informações vieram de ML-STA, pp. 215-7, 239 e 259-60 (essas últimas correspondem ao texto de Anita – ou Annita, como era escrito o apelido à época –, havendo algumas citações).

pp. 391-2 – **A fazenda Picada agora.** Os dois primeiros parágrafos seguem (com informações e citações) ML-STA, p. 217. Já o 3º e 4º seguem as pp. 164 e 166 (sendo desta última a citação do 3º parágrafo). O último parágrafo, de explicações genealógicas, reúne informações de trechos variados (em especial a p. 71).

p. 392 – **Fazenda Umbuzeiro.** As informações vieram de ML-STA, p. 170.

pp. 392-3 – **Explorando a carnaúba da Itacutiara...** Essas informações e citações vieram de ML-STA, pp. 181-2, sendo que a autora cita como referência o livro PIERSON, Donald. *O homem do Vale do S. Francisco*. Rio de Janeiro: Ed. Ministério do Interior – Superintendência do Vale do S. Francisco, 1972, tomo I, p. 181.

pp. 395-6 – **... e cartas para Iazinha.** As cartas transcritas, a citação e outras informações vieram de ML-STA, p. 51. No último parágrafo, as informações são do mesmo livro, p. 53.

pp. 396-7 – **A infância de Antoninho**. Todo o subcapítulo segue informações (com muitas citações) de ML-STA, pp. 241-2.

p. 397 – **Verdadeira mãe**. Já este subcapítulo (também com muitas citações) segue as pp. 230 (três primeiros parágrafos) e 232 (último parágrafo) do mesmo livro.

pp. 397-8 – **Uma carta de Janoca à filha mais velha**. A carta, da qual foram feitas algumas citações, está integralmente transcrita em ML-STA, p. 232. A preocupação com a ventania faz supor que é de época pouco anterior à enchente, em que a família (Iazinha, Dindinho e Antoninho) ainda estava no Tamboril.

p. 398 – **Iazinha e Naninha – as "duas mães"**. Afora a indagação inicial (também com uma citação da p. 234), o trecho reproduz informações de ML-STA, pp. 233-4 (sendo as citações desta última). No terceiro parágrafo cita-se, mais uma vez, Gabriel Soares de Souza, em sua explanação sobre o parentesco indígena (op. cit., p. 309).

p. 399 – **Fim do "ostracismo"**. Junto a alguns comentários de ficção, seguem-se neste trecho, com informações e citações, as "Anotações para memórias..." de Annita, em ML-STA p. 260. Faz-se também uma sutil citação à música "trilhos Urbanos", de Caetano Veloso.

p. 401 – **Casa levada pelo rio**. Todos os trechos aqui citados são de um belo manuscrito de Antoninho, reproduzido pela filha em ML-STA, pp. 201-2.

pp. 401-2 – **A quase destruição**. Até o 4º parágrafo, seguem-se informações (com citações) do mesmo – e belo! – manuscrito de Antoninho, trecho transcrito em ML-STA, p. 201. A partir daí (quatro parágrafos seguintes) passou-se a lembrar e fazer citações a VITRÚVIO. *Tratado de Arquitectura*. Tradução de Justino Maciel. Lisboa: IST/ BPI/ FCT, 2006, p. 44.

pp. 402-3 – **Outra carta de Janoca a Iazinha**. A citação do 1º parágrafo é de ML-STA, p. 233 (nota 68). Já as do 2º parágrafo e frases aqui colocadas com travessão (sugerindo um diálogo) são de uma carta de Janoca à filha mais velha, reproduzida em ML-STA, pp. 232-3. Na última parte, dos últimos dois parágrafos, tanto as citações iniciais quanto a mais longa, ao final, são palavras de ML em STA, p. 233.

pp. 403-4 – **Nova enchente (ficção de Antônio...** Neste trecho de pura ficção, as referências históricas (enchentes de 1906, 1907 e 1919) estão em ML-STA, pp. 201-2 e 233. Há também uma referência a trechos de ficção anteriores (sobre o reflexo da lua em poças d'água), como em I-V o subcapítulo **Chuva** e outros. E os dois subcapítulos seguintes também são de pura ficção, remetendo também a outros trechos "poéticos" do romance.

p. 405 – **O belo gesto de Ioiô**. As informações e citações são de ML-STA, p. 164 e 166 (apenas o último parágrafo é uma "interpretação").

pp. 405-6 – **As atenções e valores de Dindinho**. As citações do 1º parágrafo são de uma homenagem do Partido Conservador de 1887, e de palavras de ML em STA, p. 215 (mas encontram equivalentes, por exemplo, no texto de Annita, em ML-STA, p. 259, ao dizer que "esse nosso tio era um homem muito civilizado", ou que Dindinho "era afável, bondoso, extremamente educado e gentil"). Já as informações e citações do 2º e 3º parágrafos são de ML-STA, p. 217. No penúltimo parágrafo, as informações são das pp. 217-20, sendo desta última a citação. Também no último, são citações da p. 220, de texto da própria autora.

pp. 406-7 – **Viagens com Iazinha ao Rio de Janeiro, na segunda legislatura**. As informações e inúmeras citações deste subcapítulo são do texto de Annita, em ML-STA, p. 261.

p. 407 – **O tio Dindinho, fazendeiro e político – viagem dos filhos de Naninha em 1915**. As citações do 2º parágrafo são de Annita, em ML-STA, p. 262 (final). As do 3º e 4º parágrafo são de parte do mesmo texto (mas aparecem anteriormente, nas pp. 261-2). Também os parágrafos finais são de informações e citações das "Anotações para memórias..." de Annita, em ML-STA, p. 262.

p. 408 – **Outono de lá – Dindinho e os pensamentos selvagens (oito anos em outubro)**. Novamente, em uma passagem de ficção, há referência a outras de mesmo tipo.

p. 408 – **A nova Picada é aqui**. As informações e a citação são de ML-STA, p. 167.

V

p. 413 – **Reconhecendo os pais.** Nos dois primeiros parágrafos, as informações e citações são de ML-STA, p. 242. No 3º e 4º, são palavras do próprio Antoninho, em carta de 1909 reproduzida por ML na mesma página. O último trecho é de uma carta a Dindinho reproduzida na página seguinte (243), provavelmente do mesmo ano.

p. 414 – **A saudade de Iazinha.** Os primeiros três parágrafos mostram, com algumas citações, mais uma carta de Antoninho, transcrita em ML-STA p. 243. Os dois últimos parágrafos reproduzem informações (com duas longas citações) do mesmo livro, p. 234.

pp. 414-5 – **Uma viagem de férias com os irmãos.** As informações foram tiradas das memórias de Annita, em ML-STA, p. 255 (com acréscimo de um elemento trazido provavelmente da *Wikipédia* – sobre diocese e catedral).

p. 415 – **De volta à capital, escolha da profissão.** O trecho em ficção tem como base a informação em ML-STA, p. 244, de que "em 1914, Antoninho entrou para a Escola Politécnica da Bahia", com "apenas dezesseis anos".

pp. 415-6 – **Vida universitária.** Mais uma vez o trecho em ficção faz referência a outras passagens (no caso, à consulta de Garcia d'Ávila ao livro de Cardim, ao final de I-2).

pp. 416-7 – **Mudando-se em definitivo, para estudar engenharia.** A informação relevante do início do 1º parágrafo está em ML-STA, p. 244. Segue-se uma comparação fictícia à letra de Caetano Veloso na música "No dia em que eu vim-me embora". No último parágrafo volta-se a uma informação da mesma página em ML-STA, fazendo-se breve metacitação (citação à citação) da ficção anterior.

p. 417 – **Sozinho pra capital (uma imagem verdadeira).** Ao contrário do anterior, trata-se aqui de um depoimento verdadeiro, feito por Antoninho e transcrito em ML-STA, p. 244. São citações, portanto, de uma "poética" que aparece em carta ao pai Dindinho, exceto a consideração do último parágrafo, feita por ML na mesma página.

pp. 417-8 – **Novas férias.** No 1º parágrafo, as informações e citações são da p. 244. Nos seguintes, acompanha-se o texto de ML-STA p. 245. A citação do 2º parágrafo ainda é de ML, passando-se depois a citar o próprio Antoninho em carta à mãe (a última citação desta carta é feita com um travessão, para parecer diálogo).

Na parte final, a informação do 1º parágrafo é de ML-STA, p. 45, fazendo-se no 2º, entretanto, uma ligação com outra parte do livro, a carta de Mathias (irmão de Antoninho) que aparece na p. 235 (de citações que aparecem no 3º parágrafo desta parte final).

pp. 419 – **A memória enraizada para sempre...** As informações e citações do 1º parágrafo são de ML-STA, p. 245, bem como a longa citação do 2º. O 3º parágrafo é uma citação à música "Lamento sertanejo", de Gil e Dominguinhos. As citações do 4º parágrafo são do mesmo livro, p. 247.

pp. 422-3 – **E ainda se deixando levar tranquilamente, até diminuir o devaneio insosso...** Nesta sequência de trechos ficcionais, "apela-se" novamente ao recurso de citar outras "ficções" dentro do próprio romance (como em I-5, **Aproximação,** e V-1, **Vida universitária,** quando se discutem duas dimensões, o espaço e o tempo, como coisas inseparáveis: o espaço-tempo).

p. 425 – **Os falecimentos de Ioiô e Maroquinhas.** As informações são de ML-STA, p. 100 e outras partes do livro.

pp. 425-6 – **Fazenda Pixaim e a nova Picada.** Nos dois primeiros parágrafos, as informações (e duas longas citações no 2º) são de ML-STA, p. 183. No 3º parágrafo as informações são de um texto do próprio Antoninho (carta a seu pai, Pedro Ribeiro, de 27 de setembro de 1927, por ocasião da morte de seu tio Francisco – respondendo à proposta de compra da fazenda Pixaim feita pelo primo Nizan Guerreiro), transcrito em ML-STA, pp. 182-3. O 4º parágrafo é uma citação da mesma carta, na p. 182. Também o 5º parágrafo são citações desta carta, de trechos reproduzidos nas pp. 182-3, e o 6º, da p. 183. As informações do 7º parágrafo vieram de uma nota na mesma página, e também do final da carta de Antoninho. No último parágrafo (sobre a fazenda Picada), as informações são de ML-STA, p. 166.

pp. 426-7 – **A barragem de Ioiô...** Todo este subcapítulo segue trecho de ML-STA, pp. 51-2, sendo as citações (a partir do 2º parágrafo) da p. 52 (exceto a penúltima, sobre a dedicação aos estudos na juventude, não localizada).

p. 427 – **... e seu desabamento (quando estava com Janoca no Brejinho)**. As primeiras citações (1º parágrafo) são de texto de Antoninho, transcrito em ML-STA, pp. 49 e 51. Já a longa citação do 3º parágrafo é de outro texto de Antoninho, reproduzido na p. 52 do mesmo livro. Os parágrafos seguintes são também informações e citações tiradas deste segundo texto de Antoninho, em ML-STA, p. 52 (com alguns comentários do autor).

p. 428 – **Homenagens ao tio**. As informações do 1º parágrafo ainda são do texto de Antoninho, em ML-STA, pp. 52-3. Segue-se uma longa citação do discurso de Dindinho (pela morte de Ioiô), transcrito em ML-STA, p. 53. No último parágrafo, a frase foi registrada por Antoninho, e está reproduzida na mesma página em ML-STA.

p. 428 – **O outro tio, "Senhô", passa a administrar as fazendas**. As informações deste subcapítulo, assim como a citação, são de ML-STA, p. 111.

pp. 428-9 – **Enchente de 1919: fim da sede do Tamboril**. As informações deste subcapítulo vieram de mais um manuscrito de Antoninho, transcrito em ML-STA, pp. 201-2 (a primeira citação já é da p. 202, havendo mais dez em sequência – os grifos são meus).

p. 430 – **Antoninho conclui o curso de engenharia (realizando o que Ioiô não pôde fazer)**. As informações deste subcapítulo (com apenas uma citação) vieram de outro texto de Antoninho, transcrito em ML-STA, p. 220.

p. 431 – **Sofrimento de Dindinho**. As informações e a citação deste parágrafo único são de ML-STA, p. 220.

p. 431 – **Falecimento de Janoca, na Itacutiara**. Já aqui, as informações e a citação são do mesmo livro, p. 108.

pp. 431-2 – **Inventário...** A partir do 2º parágrafo, seguem-se as informações de ML-STA, pp. 108-9, com duas citações, incluindo a longa do último parágrafo.

pp. 432-3 – **... e desavenças**. As informações do 1º parágrafo são de capítulo homônimo em ML-STA, p. 109. E do 2º ao último parágrafo, segue-se, com bastantes citações, uma carta de Naninha a Iazinha datada de 13 de setembro de 1921, transcrita integralmente no mesmo livro, pp. 109-10.

p. 433 – **Carta de Iazinha a Senhô**. Segue-se aqui o conteúdo desta carta, datada de 24 de junho de 1924, transcrita integralmente em ML-STA, pp. 110-1, sendo as três citações da p. 111.

p. 434 – **Ainda o sofrimento de Dindinho**. No 1º parágrafo, as informações são de ML-STA, pp. 223 (nota de rodapé) e 253. No 2º, as informações e citações (duas) são do mesmo livro, p. 220.

pp. 434-5 – **Falecimento de Pedro Jr**. No 1º parágrafo, as informações são de ML-STA, pp. 220-1 (e as citações desta última). No 2º, as citações são de uma carta de Pedro Jr. a Antoninho, de trechos transcritos no mesmo livro, p. 221. O 3º traz também informações de ML, fazendo citações a outra carta de Dindinho, agora a Pedro Ribeiro, transcrita em seu início na mesma p. 221. O parágrafo seguinte são informações de ML-STA, p. 222, e o último traz informações e citações das "Anotações para memórias..." de Annita em ML-STA, p. 262, além de fazer citações a um manuscrito de Antoninho, transcrito no mesmo livro à p. 222.

p. 435 – **Carta à tia**. Reproduzem-se aqui as informações, com algumas citações, de carta de Annita integralmente transcrita em ML-STA, pp. 222-3.

pp. 435-6 – **Testamento**. No 1º parágrafo reproduzem-se informações de ML-STA, p. 228, com algumas vindas diretamente do testamento de Dindinho, de 1917. Os oito parágrafos seguintes, com travessões, reproduzem com citações os oito itens enumerados neste testamento, transcrito na íntegra em ML-STA, pp. 228-9 (estando esses itens na p. 229). O último parágrafo reproduz (com citações) o final do testamento.

pp. 437-8 – **Picada e Ema**. O 2º e o 4º parágrafo reproduzem informações de ML-STA, pp. 164-5. O penúltimo traz informações do mesmo livro, p. 167 (final), e o último da p. 170.

p. 438 – **Itacutiara**. Os três primeiros parágrafos trazem informações de ML-STA, pp. 174-5. No último parágrafo, as informações e a citação são do mesmo livro, p. 180.

pp. 438-9 – **A fazenda de Fora**. No 2º parágrafo, as informações são de ML-STA, pp. 108 e 188. No 3º parágrafo, as informações e a citação são do mesmo livro, p. 184. Seguindo-se o texto, as citações do 4º parágrafo já são da p. 186, assim como as informações do parágrafo seguinte. Já o 6º parágrafo traz informações do mesmo livro, pp. 189 e 247. Todo o trecho final refere-se, com citações (duas pequenas e uma mais longa), à carta autêntica de um vaqueiro, recebida por Antoninho em 1933, e que está transcrita integralmente em ML-STA p. 190.

p. 440 – **Como cuidar delas...** A partir do 2º parágrafo, as informações e citações são de ML-STA, pp. 167-9, sendo desta última todas as citações de outra carta integralmente transcrita.

p. 440 – **Bem no futuro...** As considerações deste subcapítulo foram feitas com base em várias passagens de ML-STA (pp. 15, 162, 247-9 e outras).

pp. 440-1 – **Vida e amor – as memórias de Antoninho**. A partir do 2º parágrafo, as informações e citações são de ML-STA, p. 247.

p. 441 – **Restou o pai**. Nos dois primeiros parágrafos, as informações e (muitas) citações são, em ordem sequencial, de ML-STA, p. 247. No último, a citação já é da p. 248 (mesmo livro).

pp. 441-2 – **Pensamentos sobre como "dedicar-se" às fazendas...** O parágrafo introdutório traz informações de parentesco vindas de outras partes de ML-STA (como as pp. 71 e 111) para o texto de Antoninho (carta ao primo) integralmente transcrito nas pp. 248-9 (com nota explicativa nesta última). Com uma longa citação já no 2º parágrafo, passa-se a reproduzir, em sequência, todo o texto/carta.

pp. 443-4 – **O Brasil em perspectivas...** Neste trecho de pura ficção, no último parágrafo faz-se, mais uma vez, referência a outro trecho ficcional, que está em **Outras preocupações**, no desfecho da parte IV (p. 410).

p. 445 – **Temporada em Salvador**. Novamente, em um trecho de ficção, faz-se referência a outros, II-4, **Palitos que acendem de primeira** (p. 134), e IV-1, **... em sua passagem por Portugal** (pp. 315-6).

p. 446 – **Misticismo e futuro cósmico**. O 1º parágrafo faz referência à música "Extra", de Gilberto Gil. O 3º e o 4º trazem informações e possíveis citações do livro CASSÉ, M., ADOUZE, J. e CARRIÈRE, J-Claude. *Conversas sobre o invisível*. São Paulo: Brasiliense,1991. O último faz referência a subcapítulo em II-14, **Sem significado ou invenções** (pp. 191-2 – mas as aspas são falsas).

pp. 447-8 – **... e alguns eventos posteriores (uma viagem no tempo)**. No 2º parágrafo há informações de trechos variados de ML-STA, sendo a citação da p. 113. Também as três citações do 3º parágrafo são desta página, porém de um relato de Antoninho, transcrito (com mais detalhes) no livro. A partir do 4º parágrafo há também informações tiradas de trechos variados de ML-STA: pp. 234 – 4º, 235 – 5º e 6º, com citações da carta de Naninha, transcrita nesta página, 251, 195 (com citação), 253, 237, 162, 166, somadas a algumas da *Wikipédia* (sobre o nome da Vila e sua integração à malha rodoviária).

p. 449 – **Florência e Bento**. O primeiro parágrafo reúne informações vindas de duas partes em ML-STA, pp. 68-9 e 75.

pp. 450-4 – **Nascimento de Juliana – a segunda filha (ficção)**. Todo este trecho foi inspirado, e em alguns casos copiado (quando há citações) de "Acima da carruagem", capítulo de abertura em: CAMUS, Albert. *O primeiro homem*. Rio de Janeiro: Nova Fronteira, 1994, pp. 5-19. Entre os acréscimos, adaptações e alterações de conteúdo, aparece na p. 451 uma quadrinha de versos populares (de autoria de um vaqueiro da região do Recôncavo, de nome desconhecido) autenticamente baianos.

Também há uma citação, logo no 5º parágrafo, dos poemas "Stèle pour vivre nº 1" e "Stèle pour vivre nº 2", em PIGNATARI, Décio. *Poesia pois é poesia*: 1950-2000. Cotia, SP: Ateliê Editorial/ Campinas, SP: Unicamp, 2004, pp. 98-9. E no parágrafo seguinte, novamente uma referência à música "Lamento sertanejo", de Dominguinhos e Gil.

Depois do diálogo do parto, que termina em "é uma menina", há mais quatro parágrafos de inspiração e citações ao mesmo capítulo do livro de Camus.

pp. 454-5 – **Enquanto isso na Itacutiara...** Este subcapítulo traz informações de trechos variados em ML-STA: pp. 45, 98-101 e 174-7 (no 4º parágrafo, as citações são da p. 176, e no 5º, das pp. 176-7).

p. 455 – **Maroquinhas e Ioiô**. As informações são de ML-STA, pp. 99-100.

pp. 455-6 – **Filhos naturais que eram agregados – Eulália e outros**. No 1º parágrafo relembram-se informações de ML-STA, pp. 114-5. No 3º, das pp. 116-7, e no 4º, a citação é da p. 117, assim como a informação básica do 5º. Já as informações dos últimos dois parágrafos estão em ML-STA, p. 99.

pp. 457-8 – **Eulália, Madalena e as terras passadas a seus maridos, os vaqueiros Genésio e Martinho.** As informações do 1º e 2º parágrafo vieram de ML-STA, p. 99, assim como a primeira citação do 3º parágrafo, sendo as duas subsequentes da p. 100 (com a segunda sendo palavras de Antoninho).

Os parágrafos seguintes, com algumas citações (inclusive as mais longas, de relatos de Antoninho sobre a polêmica entre Ioiô e Francisco), também são informações de ML-STA, p. 100, à exceção da última parte, de três parágrafos, que são da p. 101 (incluindo-se a longa citação de uma carta de Annita).

pp. 458-60 – **A herdeira de Francisco.** A informação do 1º parágrafo está em ML-STA, pp. 69, 75 e 116-7. No 2º há uma citação do mesmo livro, p. 62, além de informações desta mesma página e da 69.

Depois de um trecho de ficção, volta-se no 6º parágrafo à história real, fazendo-se primeiro uma referência à música "O homem velho", de Caetano Veloso, para nos parágrafos seguintes – 8º em diante – entrar-se em inúmeras citações ao testamento de Francisco, transcrito em grande parte em ML-STA, pp. 69-70.

pp. 461-2 – **Casa de vaqueiro e diversão.** Como o anterior, este subcapítulo é uma ficção, mas faz referência a duas histórias (com citações da segunda) de: RAMOS, Graciliano. *Alexandre e outros heróis*. 33ª edição. Rio de Janeiro: Record, 1991 – histórias que deram origem à personagem televisiva de Chico Anísio, como é comentado no 5º parágrafo. Há também informações sobre literatura de cordel vindas da *Wikipédia*.

p. 463 – **Médico.** Já esta ficção faz brincadeira com um artigo de Fernando Reinach no jornal *O Estado de S. Paulo* (de data não localizada). No último parágrafo, o 2º dos três provérbios está na Bíblia, em Lucas, 4, 23.

pp. 463-4 – **Lembrança triste...** Afora o último parágrafo, de interpretação pessoal do autor, e o primeiro, de apresentação do episódio, todo este subcapítulo repete o que foi narrado por Antoninho em relato transcrito em ML-STA, pp. 202-3 (capítulo "Lembranças do Tamboril"), usando-se de várias citações.

p. 465 – **Céu estrelado...** Algumas considerações deste trecho de ficção podem ter vindo do já citado livro CASSÉ, M., ADOUZE, J. e CARRIÈRE, J-Claude. *Conversas sobre o invisível*. São Paulo: Brasiliense, 1991.

p. 467 – **Tecnologia experimentalista.** A metáfora desta ficção foi certamente tirada do mesmo livro (nota anterior – *Conversas sobre o invisível*).

pp. 467-8 – **Ainda no trem.** A expressão entre aspas do último parágrafo é provavelmente de Rafael Moreira.

p. 468 – **O livro que lê...** A primeira citação é de uma música de Caetano Veloso, "Trem das cores". Em seguida, são citadas em forma de ficção (como se fosse matéria de jornal, lida por Antoninho) passagens do livro *Através da Bahia* – excertos da obra *Reise in Brasilien* (1938), por Carl Friedrich Philipp Von Martius, Johann Baptist Von Spix, p. 227.

pp. 468-9 – **... e o que viu Antoninho.** O 1º parágrafo traz informações de ML-STA, pp. 87-8, 125, 142 e 241, sendo as citações da p. 142 (com a página seguinte mostrando uma imagem dessas barcas, assim como ocorre na p. 122). A partir do 2º parágrafo, as informações (e uma citação) vieram da *Wikipédia*.

p. 471 – **Sonho de Antoninho...** Este trecho de ficção faz uso de informações das "Anotações para memórias..." de Annita, em ML-STA pp. 254-62, sendo as citações da p. 258.

pp. 471-2 – **... pela lembrança de Anita.** A partir do 3º parágrafo (começando por uma longa citação da p. 258), são apresentadas as informações do texto de Annita "Anotações para memórias...", transcrito em ML-STA, pp. 254-62, com nota explicativa de que foi escrito em 1970, tratando-se de "valiosa contribuição de Anna Amélia Vieira do Nascimento, filha de Annita".

As citações do 4º parágrafo são das pp. 258-9, sendo desta última as informações do 5º e citações do 6º e 7º parágrafos (também as informações dos últimos dois parágrafos são da p. 259).

pp. 472-4 – **A viagem.** As primeiras informações tiradas diretamente do texto de Annita (há antes aquelas que são gerais, vindas de outras partes de ML-STA) aparecem junto com a primeira citação, da p. 255. No 2º trecho dá-se sequência ao conteúdo das "Anotações para memórias...", com informações e citações ainda da p. 255, em ML-STA.

Segue-se então um parágrafo com informações sobre a barreira de Sobradinho, tiradas da *Wikipédia*, havendo algumas citações. E na sequência, trecho de letra da música "Sobradinho", de Sá e Guarabyra. Seguem-se então três parágrafos curtos e duas longas citações, mais dois parágrafos e outra longa citação, acompanhando-se o texto de Annita, transcrito na mesma p. 255. A partir da primeira citação do parágrafo seguinte, até o final do subcapítulo, seguem-se (com citações) as mesmas "Anotações...", agora na p. 256 de ML-STA, entremeando-se com algumas informações de outras partes do livro.

p. 475 – **Personagens do encontro – Ioiô, Senhô, Janoca...** Depois de uma apresentação ficcional, no 2º parágrafo volta-se ao texto de Annita, agora em seu início, transcrito em ML-STA, p. 254. O 3º terceiro parágrafo também reproduz informações (com citações) do mesmo texto, agora em ML-STA, p. 258.

pp. 475 – **Escritório dos tios**. As informações e citações deste subcapítulo são do texto de Annita em ML-STA, p. 258 (há apenas um acréscimo ficcional, de que os tios comparariam as culturas romana e francesa com a "portuguesa, brasileira e outras").

p. 476 – **Janoca**. Os primeiros três parágrafos (que incluem uma longa citação) seguem o texto de Annita, agora em ML-STA, p. 257. Na parte final volta-se ao mesmo trecho, simulando-se por travessões a situação de diálogo entre Janoca e Naninha como é descrita no texto. Apenas a última frase é da p. 258.

p. 477 – **Sonho de quando eles conheceram a avó**. As informações e citações do 1º parágrafo são do texto de Annita em ML-STA, p. 257. Os parágrafos seguintes são de certa forma uma ficção, ou interpretação do conteúdo que se segue à mesma página.

p. 478 – **Conversa na calçada**. A informação das conversas de Antoninho com Janoca estão em ML-STA, pp. 241-2, e a citação (em forma de diálogo) é do mesmo livro, p. 105. Seguem-se em acréscimo, no 2º parágrafo, ficções e interpretações.

pp. 478-9 – **Antoninho e a avó**. Afora o começo do 1º parágrafo, segue-se neste subcapítulo o conteúdo (sobre Janoca) de ML-STA, pp. 107-8, sendo as duas citações na parte final palavras de Antoninho.

pp. 479-81 – **Na temporada de despedida...** Nos primeiros três parágrafos relembram-se informações espalhadas em ML-STA, especialmente das pp. 42 e 237. Retoma-se em seguida o texto de Annita (pp. 256-7 do mesmo livro), sendo a primeira grande citação (5º parágrafo) da p. 256 e a segunda (7º parágrafo) das pp. 256-7. Os parágrafos seguintes, portanto, trazem informações e citações de ML-STA, p. 257, à exceção do último, de pura ficção, inspirada em um relato sobre Pedrito, irmão de Antoninho.

p. 481 – **... uma cavalgada até a Vila**. Nesta ficção, faz-se citação a frases soltas do capítulo de abertura de CAMUS, Albert. *O primeiro homem*. Rio de Janeiro: Nova Fronteira, 1994, pp. 5-19, "Acima da carruagem" (como em **Nascimento de Juliana...**, pp. 450-4), à exceção do último parágrafo, do texto de Annita em ML-STA, p. 256.

pp. 481-2 – **Ainda a viagem...** Toda esta parte final são informações e citações do texto de Annita em ML-STA, pp. 260-1 (a citação maior é da passagem entre essas duas páginas, e a que finaliza o romance da p. 261, com grifos do autor pelo uso dessas palavras em trechos de ficção – pp. 287, 330 e 336-7).

Árvore genealógica

FN = FILHO NATURAL
NN = NETO NATURAL

NÚMEROS DE **1** A **11** = CASOS EM QUE UM MESMO CASAL OU PESSOA APARECE EM DUAS PARTES DA ÁRVORE

FRANCISCO A. DE CARVALHO (TENENTE) 1680-.....
&
TEODORA DA SILVA

PEDRO MARIANI (MÚSICO)
&
ANA TOMEI

RITA MARIA DA SILVA
&
BENTO GOMES DE LIMA

ANTÔNIO TOMEI MARIANI 1734-1817
&
JOANA GOMES DE SÁ

ANA MARIANI 1766-1799
&
JOÃO C. DA MOTA

MARIA MARIANI MARQUES 1768-1851
&
LUÍS MARQUES PINTO .....-1820

JOSÉ MARIANI 1770-1825
&
MARIA CLARA DA VIRGEM 1775-1859

LAUREANA M. DA CONCEIÇÃO (ÍNDIA CARIRI)
&
BRÁS M. RESENDE (SARGENTO E JUIZ)

FLORÊNCIA CLARA DA VIRGEM
& (**1**)
FRANCISCO J. CORREIA

FRANCISCA A. DO LIVRAMENTO .....-1817
& (**3**)
JOÃO M. VANDERLEI (CAP.-MOR) 1775-1840

TOMEI
& (**1**) FLORÊNCIA C. DA VIRGEM

& JERÔNIMA (ESCRAVA)

EDUARDO MARIANI (**FN**)

BÁRBARA MARIANI (**FN**)
& FRANCISCO G. DE OLIVEIRA

- JOANA DA MOTA 1798-1821 & FRANCISCO B. DE ABREU (SOBRINHO DE JOÃO C.) .....-1825
  - A. FRANCISCA DA M. ABREU 1816-..... & (6) CARLOS M. 1803-1890
    - JOSÉ CARLOS (INVENTARIANTE DO BARÃO DA VILA)
  - CLEMENTE BONIFÁCIO 1817-1870 & (7) A. JOAQUINA VANDERLEI
    - JOANA M. DE ABREU (JANOCA) & (8) ANTÔNIO JR. (DR. ANTONINHO)
  - JOSÉ BONIFÁCIO 1818-1886
  - FRANCISCO BONIFÁCIO (MÉDICO, BARÃO DA VILA DA BARRA) 1819-1887
    - J. BENÍCIO DE ABREU (FN) 1843-.....
  - ANTÔNIO BONIFÁCIO 1821-.....
- JOSÉ M. MARQUES 1800-1841 & M. CUSTÓDIA DA ROCHA & M. EUGÊNIA DA C. ROCHA & (4) ANA FRANCISCA
  - LUÍS P. MARQUES .....-1858
  - MARIA FRANCISCA .....-1858
  - RITA C. MARQUES (FN)
- MARIA JOANA MARQUES 1802?-1855 & (2) ANTÔNIO M. (TONHÁ)
  - ANTÔNIO M. JR. (DR. ANT.) 1833-1885 & (8) JOANA M. DE ABREU & GAUDÊNCIA (ESCRAVA)
    - ANTÔNIO (IOIÔ) 1873-1918
      - BRASÍLIA BENIGNA DE ABREU (FN)
    - MARIA JOANA (IAZINHA) 1875-1929 & (10) PEDRO M. JR. (DINDINHO) 1855-1922
    - ANA C. (NANINHA) 1876-1931 & P. RIBEIRO DE A. B. (JUIZ) .....-1958
      - PEDRITO 1895-.......
      - TUTA 1896-.......
      - ANTONINHO 1898-1980
      - ANITA 1899
      - SINHÔ 1900-1981
      - MARIAZINHA
      - ESTELA
      - MATIAS
    - FRANCISCO BONIFÁCIO (SENHÔ) & (11) ANTÔNIA
    - JOSÉ E. DE LIMA (FN)
    - EULÁLIA (FN) & G. LEITÃO (VAQUEIRO)
    - M. MADALENA (FN) & M. CARNEIRO (VAQUEIRO)
    - ______
      - GERALDO ROCHA (NN)
  - MARIA JOANA (MAROQ.) 1836-1916 & FÉLIX CASTELO BRANCO

- MARIA M. (LÍLIA) 1795-1855 & (3) JOÃO M. VANDERLEI (CAPITÃO-MOR)
  - A. JOAQUINA V. DE ABREU & (7) CLEMENTE BONIFÁCIO
  - ANTÔNIA VANDERLEI M. & (5) PEDRO M.
  - FRANCISCA A. V. BORGES
  - MARIA CLARA V.
  - JOANA V. COSTA
  - RITA V. M.
- ANTÔNIO M. (TONHÁ) 1798-1864 & (2) M. JOANA 1802?-1855
- JOSÉ M. (JUIZ E MIN. DO STJ DO IMP.) & JOANA MEIRELES
  - MARIA
  - JOANA
- CARLOS M. 1803-1890 (TEVE FNS DEPOIS DE VIÚVO) & (6) ANA FRANCISCA DA MOTA
- FRANCISCO M. (JUIZ) 1812-1906 & FELICIANA M. DE OLIVEIRA & ANA C. GUARIBA
  - TOMÁS M. (FN - SOLDADO) .....-1860
  - FLORÊNCIA C. DA VIRGEM M. (FN) & (9) BENTO GOMES M.
- PEDRO M. 1818-1899 & (5) ANTÔNIA M. VANDERLEI
  - PEDRO JR. (DINDINHO) 1855-1922 & (10) MARIA JOANA (IAZINHA)
    - NIZAN
    - ANTÔNIA G. M. (TONINHA) & (11) FRANCISCO B. (SENHÔ)
      - J. BONIFÁCIO (DEDÉ)
      - FRANCISCO (CHICO)
  - JOSÉ
  - ANA TOMEI M. & ANTÔNIO B. GUERREIRO
  - MARIA CLARA

- MANUEL GOMES DE SÁ (FN)
  - BENTO G. M. (FN) & (9) FLORÊNCIA

- A. FRANCISCA VANDERLEI 1810-1885 & & ABÍLIO C. BORGES (BARÃO DE MACAÚBAS) & (4) JOSÉ M. MARQUES
- AMBRÓSIO M. V.
- LEONARDA (LUNA) 1814-1849
- J. MAURÍCIO V. FILHO (BARÃO DE COTEGIPE)

- JOAQUIM A. VANDERLEI (FN)

- ANTÔNIO "PRIMO" (NN - BARÃO DE CAMPO LARGO) & SILVÉRIA

Formato	15,8 x 23cm
Mancha	13 x 19 cm
Tipologia	Carslon 11,5/13
Papel	Pólen 80 gr/m2 (miolo)
	Cartão 250 gr/m2 (capa)
Páginas	512